Einaudi. Stile Libero Big

Dello stesso autore nel catalogo Einaudi

Case di vetro
Il regno delle ombre
Un uomo migliore
I diavoli sono qui
Natura morta
Una specie di follia
Tracce dal passato
La grazia dell'inverno
Il piú crudele dei mesi
Stato di Terrore (con Hillary Rodham Clinton)

Louise Penny
Il lupo grigio

Traduzione di Letizia Sacchini

Einaudi

Titolo originale *The Grey Wolf*

Questo libro è un'opera di fantasia.
Tutti i personaggi, le organizzazioni e gli avvenimenti
raccontati in questo romanzo sono il frutto dell'immaginazione dell'autrice
o usati a puro scopo narrativo.

www.einaudi.it

ISBN 978-88-06-26592-2

Il lupo grigio

per Rocky e Steve,
per sempre nel mio cuore

Capitolo 1

Il telefono stava squillando. Di nuovo.

Quattro chiamate in otto minuti.

Tutte dallo stesso numero, tutte ignorate dal capo della Omicidi della Sûreté du Québec. Nella speranza che dall'altra parte la piantassero.

Invece, come spesso accade quando s'ignora qualcuno o qualcosa, la situazione era peggiorata.

Il primo squillo aveva squarciato la pace del giardino sul retro di casa Gamache in una domenica mattina di metà agosto a Three Pines, un piccolo villaggio del Québec. Aveva fatto irruzione nei pensieri di Armand mentre sedeva sotto il portico di pietra, spolverandosi distrattamente scaglie di croissant dalla camicia e sorseggiando un cremoso *café au lait*.

Mentre Reine-Marie leggeva il quotidiano, lui si era posato sulle ginocchia la propria pagina del giornale per raccogliere le briciole. Aveva inclinato il capo verso il sole, respirando l'aria di fine estate. Poi aveva contemplato le aiuole di ibisco vescicoso, le belle di giorno, i piselli dolci e la clematide viola lungo la staccionata che li separava dalla poetessa balorda della casa accanto.

Una barriera molto graziosa ma inefficace. Avrebbero dovuto aggiungere del filo spinato.

In realtà la vera minaccia era l'anatra. Grazie al cielo, Rosa si era dimenticata di saper volare. O meglio, aveva scelto di non farlo piú.

Letto (o non letto) il giornale, con le tazze in mano, Armand e Reine-Marie calpestarono l'erba bagnata di rugiada, superarono il grosso acero con l'altalena per i nipotini, si fermarono a guardare le macchie di piante perenni fino al punto in cui la loro proprietà finiva e cominciava il resto del mondo.

Era il rito domenicale dei Gamache. Nelle loro vite cosí imprevedibili, trovavano in quella routine una sorta di religione. Anche solo per un momento.

In fin dei conti, la vita era fatta di scelte minime. Come un quadro puntinista: a definirla nel complesso non era un singolo puntino né una singola scelta. Ma se li guardavi tutti insieme, puntini e scelte, saltava fuori un dipinto. Una vita.

Dove abitare, dove sistemarsi. Cosa mangiare, cosa bere, cosa indossare. Decidere se falciare il prato o lasciarlo crescere incolto. Cosa dire e, forse piú importante, cosa non dire.

A quale vocazione, a quale telefonata rispondere.

A quale telefonata.

Tornando a sedersi nel portico, Armand Gamache allungò le gambe, si abbandonò all'indietro, chiuse gli occhi e pensò… a nulla. La sua testa era un confortante spazio vuoto.

Quanta pace. Ne aveva bisogno.

All'arrivo della prima chiamata, Armand prese il telefono con l'intenzione di rispondere. Era il suo numero personale. L'aveva dato solo a familiari e amici.

Stava per far scorrere il dito sullo schermo, poi di colpo si fermò.

Lentamente, rimise sul tavolo il cellulare che continuava a squillare, guardò davanti a sé con le palpebre strette. Senza piú vedere il giardino. Senza piú sentire gli uccelli e le cicale, al tempo stesso melliflui e invadenti.

Tutto fu inghiottito dal *drin-drin* del telefono. Compreso lui.

Reine-Marie abbassò il giornale. Lo stretto necessario per guardare il volto del marito e poi giú verso il cellulare. Non leggeva il numero, vedeva solo la smorfia che aveva scavato pieghe intorno agli occhi e alla bocca di Armand.

A quasi sessant'anni, il suo volto rasato di fresco era ruvido e segnato. Per decenni si era inginocchiato tra la neve, nei boschi, sulle rive rocciose di laghi turbolenti e sull'asfalto infuocato dal sole. Per esaminare cadaveri.

Da capo della Omicidi della Sûreté du Québec, Armand Gamache aveva visto la morte piú da vicino degli altri. Morti violente, brutali, devastanti. Contro natura. Ecco perché, per bilanciare l'orrore di un'autopsia, si crogiolava nel ronzio delle api e nella caciara dei grilli. Per digerire i rapporti ricevuti dai colleghi, ascoltava il vento tra gli alberi e inspirava l'odore pungente delle foglie d'autunno. Quelle cose erano il suo balsamo. Il suo ansiolitico.

Ecco perché la casa, la famiglia e una placida domenica in giardino erano cosí importanti. Per lui. Per loro due.

Armand Gamache aveva capelli ondulati e ormai del tutto grigi che si arricciavano intorno alle orecchie e sulla nuca. *Deve andare dal barbiere*, pensò Reine-Marie.

Era alto, oltre il metro e ottanta, robusto e spesso identificato, da chi lo vedeva per la prima volta, come un professore di storia antica anziché come uno che di mestiere dà la caccia agli assassini.

Il telefono continuò a squillare. Le pieghe sul viso di Armand Gamache diventarono solchi.

Poteva rifiutare la chiamata, pensò Reine-Marie. Eppure non la rifiutava. Poteva spegnere il telefono. Invece lo teneva acceso. Lo lasciava squillare e basta, all'infinito. E fissava nel vuoto.

Dopo un po', il telefono si zittí.

– Hanno sbagliato numero? – chiese Reine-Marie.

Lui si girò a guardarla. – *Non*. Hanno sbagliato persona.

Forse lo cercavano per sbaglio, pensò Gamache. Possibile. Era capitato anche a lui.

Sí, ecco. Un errore. La chiamata non era destinata a lui. Reine-Marie aggrottò la fronte senza dire nulla.

Lui le sorrise, le rughe sul volto si fecero piú marcate. Alcune di quelle rughe le avevano scavate la sofferenza e il rimorso, l'angoscia e il senso di colpa, ma in gran parte Armand se l'era procurate semplicemente cosí. Sorridendo. Come linee su una mappa, indicavano la longitudine e la latitudine, il viaggio di un uomo che aveva trovato la gioia.

Poi c'era la brutta cicatrice sulla tempia, che tagliava in diagonale le rughe.

Nel giardino tornò il silenzio. Dopo un momento di tensione, marito e moglie rialzarono le pagine del quotidiano domenicale e si immersero nella lettura.

Three Pines non compariva sulle mappe e si faceva trovare solo da quelli che si erano persi. I viandanti arrivavano in cima alla collina e si fermavano, sbalorditi dal panorama del bosco e delle Green Mountains del Vermont, oltre il confine con il Québec. Poi guardavano in giú e vedevano una cosa ancora piú sbalorditiva.

A valle, nel mezzo del nulla, casette di pietra e legno e negozi con mattoni a vista si snodavano intorno a un parco. Gli abitanti portavano a spasso i cani, lavoravano in giardino, sedevano sulle panchine. Ridevano e parlavano. Una di loro perfino da sola.

Al centro del parco, tre enormi pini svettavano verso il cielo. Come un faro. Un segnale.

Un messaggio.

Sei a casa, sei al sicuro.

Quelli che sceglievano di restare (non tutti, sebbene ciascuno fosse il benvenuto) capivano ben presto che il villaggio, come tutte le comunità, non era immune alle tragedie o al passaggio del tempo.

Era un rifugio, non un posto dove sparire.

Offriva conforto in un mondo troppo veloce. Offriva un posto a tavola, compagnia, comprensione. E croissant.

Offriva una mano da tenere.

Three Pines era il luogo dove il capo della Omicidi della Sûreté du Québec e sua moglie, archivista e bibliotecaria, avevano scelto di abitare. Dove si erano creati una casa. Non per scappare dagli orrori del mondo ma per guarirne.

Ciononostante il mondo, quella domenica mattina, li aveva trovati. Mentre loro due sedevano belli comodi nel loro giardino sul retro. Il *drin-drin* riprese. E di nuovo Armand si sforzò di ignorarlo. Beffardi, gli squilli si mescolavano alle campane della chiesa.

St Thomas chiamava a raccolta i fedeli.

E qualcun altro invece stava chiamando Armand Gamache.

– Tira su quel cazzo di telefono! – Dall'altra parte della staccionata arrivò una manciata di compost, terra o altro.

Il telefono continuò a berciare. Poi smise di colpo, a metà di uno squillo. Il silenzio era quasi piú inquietante.

Dopo pochi minuti, ricominciò per la terza volta. Reine-Marie abbassò il giornale e guardò il telefono, poi il marito.

– Santo cielo, Armand, mi dici chi è? Lavoro? – Non poteva essere lavoro. Altrimenti lui avrebbe risposto.

Dopo un attimo di incertezza, il marito alzò il telefono per mostrarle lo schermo. Non c'era il nome, ma Reine-Marie riconobbe le prime cifre. Un numero del governo. Nazionale, non locale. Non aveva idea di chi ci fosse dall'altra parte, ma era chiaro che il marito sapeva chi lo stava chiamando. Sapeva chi stava ignorando.

– Vuoi che risponda io?

– *Non*.

Armand trascinò il telefono verso di sé come per proteggerla. Se lo poggiò contro il petto, ne sentí la vibrazione e lo spostò.

Il seccatore si era già insinuato nella sua testa, di certo non voleva dargli il benvenuto anche nel cuore.

Poi gli squilli cessarono, e lui rimise il telefono sul tavolo.

La pace domenicale si era infranta in mille pezzi. Neppure il silenzio li rassicurava: era solo un preludio a ciò che entrambi si aspettavano.

Pochi minuti dopo, le loro previsioni si avverarono, e Armand perse la pazienza. Afferrò il telefono, fece scorrere bruscamente l'indice sullo schermo e scattò in piedi.

Rimase in ascolto per pochi secondi, poi disse: – Andate all'inferno.

Infine, sotto lo sguardo allibito di Reine-Marie, riagganciò. Lei non l'aveva mai sentito usare quei toni. Di certo in polizia a volte erano necessari, ma lí a casa loro? Nel loro cortile sul retro?

– Dimmi tutto, – gli ordinò quando lui si decise a voltarsi, con le nocche sbiancate dallo sforzo di stringere il telefono. Armand obbedí.

Reine-Marie ascoltò, e alla fine esalò un lungo sospiro. Ora capiva perché Armand si era ostinato a non rispondere.

– Cosa voleva?

– Vedermi.

– Perché?

– Non lo so. Non gliel'ho chiesto.

– È incredibile che abbia avuto il coraggio, – disse Reine-Marie. – Dopo quello che è successo l'ultima volta.

Aspettarono un'altra chiamata che non arrivò. L'ora seguente filò via apparentemente senza scossoni, però marito e moglie sentivano le spalle irriggidite per l'ansia, e Reine-Marie si ritrovò a leggere la stessa recensione diverse volte prima di constatare la propria sconfitta.

– Andiamo al bistrot, – propose alzandosi dalla sdraio. – Ci serve un diversivo.

– Parla per te, – ribatté Armand, alzandosi a propria volta. – A me serve un *pain au chocolat*.

Lei rise, vide il marito sorridere. Le pieghe sul suo viso erano di inquietudine, non di allegria.

Capitolo 2

– Cosa avete combinato? – chiese Ruth raggiungendoli nel portico sul retro del bistrot, all'ombra di alti aceri.

– In che senso? – chiese Myrna.

– Quel cavolo di telefono, – la vecchia poetessa accennò ai Gamache con l'indice adunco. – È andato avanti tutta la mattina. Per poco non chiamavo la polizia.

– Lo sai che la polizia è Armand, vero? – Clara si ficcò una mano nel nido dei capelli, dal quale con sua grande sorpresa cadde una girella di liquirizia.

Gli altri non si scomposero.

Lei se la mise in bocca.

– Non dirmi che credi ancora a quella panzana, – disse Ruth. – Sta' a vedere che il nostro Clouseau è un ufficiale della Sûreté. E domani mi verrai a dire che la biblioteca è una libreria e che questi due sono marito e moglie, – aggiunse riferendosi a Olivier e Gabri. – Hanno aperto le gabbie.

– Racchia, – borbottò Gabri. Posò il *pain au chocolat* davanti a Gamache e trascinò una sedia al tavolo per unirsi agli amici.

– Checca, – borbottò Ruth tirando verso di sé il piatto e ficcando il dito ossuto al centro del dolce, come se fosse uno stato da rivendicare con una bandiera.

Armand sospirò, poi sorrise quando Olivier gli serví prontamente un altro *pain au chocolat*. – *Merci, patron*.

La vecchia continuava a fissarlo in attesa di una risposta.

Ruth Zardo. La poetessa. L'artista piena di premi e onorificenze. Che dalla sua baracca in quel villaggio sperduto vedeva cose che agli altri sfuggivano.

Eccone una buona:
sdraiata sul letto di morte.
Ti resta un'ora da vivere.
Chi, di preciso, hai avuto bisogno
di tutti questi anni per perdonare?

Era una delle poetesse preferite di Armand, sebbene non una delle sue persone preferite. Ma nel profondo gli toccava ammettere che occupava un posto speciale anche nella seconda categoria.

– Chi era al telefono?

– Nessuno.

Myrna Landers, la proprietaria della libreria, era seduta accanto alla sua piú cara amica, Clara Morrow. Olivier e Gabri, che gestivano il bistrot, li avevano raggiunti al tavolo.

– Quando nessuno ti telefona t'incazzi proprio tanto, – ribatté Ruth. – Quattro volte di fila. Hai perfino alzato la voce.

Girò uno sguardo eloquente sui commensali. – Contro nessuno, eh.

A quel punto gli altri, sincronizzati come in una coreografia, girarono le teste verso Gamache.

Sul serio?, pensò Myrna. *Armand che alza la voce?*

Come tutti, l'aveva visto al telegiornale martellato da giornalisti che lo accusavano di incompetenza, di corruzione. C'era una giovane blogger che faceva di tutto per metterlo in cattiva luce.

Eppure l'ispettore capo Gamache non perdeva mai la pazienza, offriva agli sciacalli risposte pacate e sincere.

Myrna non se lo immaginava, Armand che alzava la voce.

Cosa poteva portarlo a quel punto? *Chi* poteva portarlo a quel punto?

Myrna Landers conosceva bene i Gamache. Venivano spesso da lei a curiosare tra le novità e tra i libri usati, li prendevano dagli scaffali e li sfogliavano per poi scegliere quelli che catturavano la loro attenzione. A volte, però, Armand passava da solo. Nei pomeriggi d'inverno, con la neve fuori, lui e Myrna si sedevano vicino alla stufa a bere tè forte e a scambiarsi confidenze.

Lui le raccontava di quando si calava nella mente di pazzi criminali, scivolando sempre piú a fondo in quelle buie spelonche fino a trovare le risposte che cercava. Fino a trovare l'assassino.

E lei gli raccontava di quando era la dottoressa Landers, una stimata psicologa specializzata in comportamento criminale. Fino al giorno in cui si era inoltrata troppo a fondo nella spelonca, dentro la testa di un paziente, e si era smarrita. Aveva dovuto cercare la via per risalire alla luce del sole. In un mondo dove esiste anche il bene.

Si era licenziata, aveva stipato i bagagli nella sua utilitaria e aveva detto addio alla città, senza una meta precisa. Voleva solo andarsene.

Lungo il tragitto aveva fatto una sosta in un villaggio scovato per caso, era entrata nel bistrot a prendersi un caffè e un croissant, aveva visto che il negozio accanto era in affitto, insieme al loft sopra al negozio. Non se n'era piú andata.

Aveva trovato il suo rifugio in pieno sole. La dottoressa Landers era diventata Myrna e basta.

Poi un giorno il capo della squadra Omicidi della Sûreté du Québec e sua moglie avevano comprato la vecchia casa con tante stanze di fronte al parco del villaggio. Lui era entrato in libreria, si era accomodato in poltrona e l'ispettore capo Gamache era diventato Armand e basta.

La differenza tra loro, una differenza enorme, era che lei con quelle spelonche non aveva piú niente a che fare; lui invece ne era ancora dentro.

Chi l'aveva cercato al telefono quel mattino? E cosa aveva detto quella persona, cosa aveva chiesto per spingere quell'inossidabile ispettore a perdere il controllo nel suo paradisiaco giardino, in un radioso mattino di domenica?

Da parte sua, Armand sapeva di essersi lasciato offuscare dalla rabbia. Non accadeva spesso, aveva lavorato sodo per neutralizzare i suoi punti deboli, che in polizia potevano generare conseguenze disastrose. L'aveva visto nei colleghi.

La rabbia irrisolta e una pistola carica erano un binomio spaventoso.

In realtà, Gamache si arrabbiava piú spesso di quanto credessero gli altri. È difficile non incazzarsi davanti al cadavere di un bambino morto ammazzato. Ma la rabbia aveva come unico effetto di oscurare il raziocinio. Era un altro problema, non una soluzione.

Inoltre Armand aveva abbastanza onestà intellettuale da non rinnegare le proprie caverne e i propri abissi. In particolare quello dov'era caduto quel mattino, spinto all'esasperazione da una placida voce che a chilometri di distanza gli aveva fatto una semplice richiesta.

Di vedersi.

Per calmarsi, addentò la pasta soffice e ancora calda che grondava cioccolato fondente. Poi spinse lo sguardo oltre il portico, verso il fiume Bella Bella e il suo fresco corso di montagna che sotto il sole sembrava una colata d'oro. Era uno spettacolo rassicurante. Invitava al raccoglimento.

Sentí il cuore rallentare i battiti e la tensione defluire dalle spalle.

Era stato un errore rispondere al telefono?

Perché non l'aveva spento dopo il primo squillo? Perché non l'aveva portato nello studio e relegato dietro una porta chiusa?

Sapeva perché. Perché in cuor suo a quella chiamata desiderava rispondere. Perché doveva sapere.

Sapere era l'unico vero potere. Molti poliziotti consideravano la pistola l'arma per eccellenza, ma per l'ispettore capo Gamache l'unica vera arma, la piú adatta a offrire difesa, erano le informazioni.

Eppure...

Eppure in quel caso non era andato a fondo. Era scappato. Aveva respinto la prospettiva di un incontro. Aveva respinto la possibilità di scoprire cosa voleva quella persona. Aveva riagganciato non perché fosse incazzato, ma perché aveva paura.

In quel momento il telefono riprese a squillare.

Capitolo 3

Al primo squillo, Reine-Marie sussultò e il piatto azzurro e bianco che aveva in mano s'infranse sulla pietra del portico. Poi anche il suo telefono si mise a squillare. Cercò Armand con gli occhi, lo trovò subito.

Era mai possibile, stava pensando lui, la mente già piena di congetture. Era mai possibile che la persona, infuriata dalla sua reazione, avesse deciso di cambiare strategia e di tartassare Reine-Marie?

In cuor suo sapeva che gli squilli avrebbero ripreso. Una cacofonia, un urlo lancinante. Un attacco.

Doveva fermarlo. Doveva rispondere.

Fece scorrere l'indice sullo schermo per aprire la conversazione, si alzò e si avviò verso l'erba in riva al fiume. Il cellulare di Reine-Marie non squillava piú. Anche lei aveva risposto.

– Si può sapere cosa volete?

– Ispettore capo Gamache?

– *Oui*.

– La chiamo dalla compagnia antifurto. È scattato l'allarme nel suo appartamento a Montréal. Vuole che mandi una macchina?

Armand sentí un'ondata di sollievo, un fiotto di euforia quasi inebriante. – *Un instant, s'il vous plaît* –. Si rivolse a Reine-Marie: – L'allarme?

– *Oui*, – anche lei pareva sollevata. Parlando nel microfono, disse: – L'allarme della porta d'ingresso? È difettoso. È già successo altre volte.

– Si sono attivati i rilevatori di movimento? – indagò Armand rivolgendosi all'impiegato.

– *Non*. Neanche uno. A quanto ci risulta, in casa non è entrato nessuno. Mi pare di capire che siete fuori, dunque mi sa tanto che è scattato a vuoto.

– Siamo fuori, sí. Non si disturbi a mandare qualcuno. Ci penso io.

– Se è sicuro, ispettore capo.

– Sí, *merci*.

– Faccio disattivare l'allarme, – disse l'impiegato. – Ma prima o poi dovreste farlo aggiustare.

– Mi prendi per il culo? – sbottò la voce che Gamache conosceva cosí bene. – Un'altra volta?

– Be', a tutti serve un hobby, *mon vieux*. Armand stava parlando con Jean-Guy Beauvoir, che era insieme il suo vice e il marito di sua figlia. Annie e Jean-Guy abitavano non lontano dall'appartamento dei Gamache, a Mile End, una zona meno chic di Outremont ma piú adatta a una giovane coppia con due bambini.

– Ci andrò a piedi con Honoré, ma ti consiglio di prepararti all'eventualità che il nostro scassinatore ti abbia fregato tutti i biscotti.

– Quali biscotti?

Dopo pochi minuti, Jean-Guy lo richiamò.

– Tutto tranquillo. Non è entrato nessuno, ma vi esorto a far riparare questo trabiccolo.

Era fermo sulla porta dell'appartamento che i Gamache avevano comprato dopo aver venduto la casa di famiglia per trasferirsi a Three Pines, un agile pied-à-terre che serviva quando dovevano fermarsi in città per lavoro o avevano semplicemente voglia di trascorrere un piacevole fine settimana nella capitale.

Suo malgrado, negli anni l'ispettore capo Gamache era diventato il volto pubblico della polizia provinciale del Québec. La Sûreté. Il loro motto era: *Service, Intégrité, Justice*.

Tuttavia un motto e la realtà sono due cose diverse. Gamache era convinto che la maggioranza dei poliziotti, dei dirigenti e dei comandanti credessero nell'integrità, nella giustizia e nel servizio che prestavano ai cittadini. Eppure restavano sacche di corruzione, e non solo nella Sûreté. Insieme a quel pensiero arrivò il tarlo della telefonata.

Veniva da un numero del governo. Da una persona che Gamache reputava senza dubbio corrotta, anche se era impossibile dimostrarlo. Una persona che negli anni aveva allargato la propria influenza al punto da riuscire ad arrivare praticamente ovunque.

– Armand?

La voce di Jean-Guy al telefono lo riportò al presente. Alla seccatura dell'allarme inceppato.

– *Désolé*, – rispose. – Ero distratto.

Non mentiva. Oltre che dai propri pensieri, Armand era calamitato da Rosa. L'anatra aveva appena piantato il becco nel suo *pain au chocolat*.

– Solo una cosa: credo che i topi abbiano fatto incetta dei biscotti al cioccolato che nascondi a Reine-Marie.

– Non ho mai fatto nulla del genere.

– Oh, bene. Cosí non ne sentirai la mancanza.

– Mascalzone, – borbottò Armand prima di riagganciare, facendo in tempo a sentire Jean-Guy che ridacchiava. Poi si girò verso la moglie e le fece una proposta. – Ti va di andare a Montréal? Ci fermiamo lí a dormire. Magari chiediamo a Vivienne e Marcel di venire a cena.

I LaPierre erano i loro piú cari amici a Montréal, dal giorno in cui Daniel, il primogenito dei Gamache, si era rotto una gamba e il dottor LaPierre aveva attraversato di corsa avenue Querbes per soccorrere il bambino urlante e i genitori sconvolti.

Venticinque anni prima.

– Li chiamo e gli do appuntamento al *Leméac*, – disse Reine-Marie.

Il *Leméac* si trovava proprio dietro l'angolo di casa Gamache. Reine-Marie pregustava già la loro divina tartare di salmone aromatizzata al tartufo, mentre Armand e Marcel avrebbero ordinato le solite *moules-frites*.

Vivienne, che faceva la biologa marina, preferiva invece il risotto ai funghi, mantecato con scaglie di parmigiano. Lei e Reine-Marie avrebbero bevuto del Pinot Noir e gli uomini due birre.

L'idea fu accolta, la telefonata fatta e la cena organizzata.

Prima di mettersi in viaggio, i Gamache si fermarono all'emporio di Monsier Béliveau. Per comprare dei biscotti.

Avviandosi alla macchina, incrociarono un uomo diretto al bistrot. Uno mai visto. Magro, piuttosto anziano. Con indosso un completo che gli cadeva male e una cravatta troppo larga, come non se ne vedevano piú da secoli.

Pochi passi piú avanti, Armand si guardò alle spalle e vide che anche l'uomo si era fermato. I loro sguardi si incrociarono per un istante, poi entrambi proseguirono per la loro strada.

Quel tipo gli risultava vagamente familiare. Doveva aver preso una stanza al B&B. Aprendo la portiera, Armand si voltò di nuovo, ma l'altro era già scomparso dentro al bistrot.

La cosa spiazzante, rifletté uscendo in macchina dal villaggio, era che l'uomo gli aveva trasmesso un calore immediato. Se davvero l'aveva già visto, doveva far parte di un bel ricordo.

Capitolo 4

Le stranezze cominciarono ad accadere il mattino seguente, quando Armand arrivò al lavoro.

La sera prima, mentre lui e Reine-Marie stavano per uscire diretti al *Leméac*, aveva cominciato a piovere. Armand aveva aperto l'armadio per prendere il soprabito leggero e si era accorto di averlo lasciato a Three Pines, anche se non ricordava di averlo visto in giro.

I LaPierre erano già al tavolo, e nel corso della bella serata le due coppie si aggiornarono sulle rispettive famiglie, sugli impegni di lavoro e sul resto. Vivienne stava per partecipare a una spedizione nell'Artico per monitorare il livello dei ghiacci polari, questa volta Marcel sarebbe partito con lei. Invitarono anche i Gamache, che rimasero sedotti dall'idea e ne discussero per tutto il tragitto verso casa.

All'uscita dal ristorante, la pioggia era cessata. Armand e Reine-Marie passeggiarono a braccetto fermandosi di tanto in tanto a osservare le vetrine di avenue Laurier. Svoltarono nella loro stradina laterale e alzarono gli occhi verso le finestre illuminate degli appartamenti, ricavati da quelle che in origine erano state grosse ville signorili.

Arrivarono alla loro casetta al pianterreno con

la bella rampa di scale sul davanti, i soffitti alti, le intricate mondanature e il caminetto decorativo.

Ai Gamache ricordava la prima casa dove avevano vissuto insieme, sebbene quella fosse ancora piú piccola e in affitto. All'epoca comprare sembrava un miraggio. Armand aveva appena cominciato alla Sûreté e Reine-Marie era una giovane bibliotecaria che sognava di approdare un giorno agli Archives nationales du Québec. Mai avrebbero pensato che un giorno lei ne sarebbe diventata capo archivista, mentre il marito avrebbe guidato la squadra Omicidi.

Je me souviens, pensò Armand salendo i gradini. Mi ricordo. Il motto del Québec si adattava a parecchie circostanze.

Per fortuna quella notte il sensore difettoso non fece i capricci, e i loro telefoni rimasero zitti. Il mondo aveva ripreso a girare per il verso giusto. Fino al mattino dopo, quando arrivò il pacco.

La giornata iniziò come tante altre.

Dopo aver bevuto il caffè e mangiato croissant in cucina, Reine-Marie era andata agli archivi per alcune ricerche, Armand si era avviato al quartier generale della Sûreté. Il lunedí mattina aveva la riunione settimanale con la sua capa e i responsabili degli altri dipartimenti, per esaminare i casi ancora aperti, quelli risolti e quelli che sarebbero andati a processo.

La settimana prima Armand aveva già fissato un colloquio informale con la sua omologa al Crimine organizzato, Evelyn Tardiff. Voleva chiederle il parere su due omicidi che stavano impegnando la squadra, secondo lui legati alla mafia. Uno nella regione del Saguenay - Lac-Saint-Jean, un altro nelle ventose Îles de la Madeleine. In Québec la criminalità organizzata risaliva a generazioni addietro, forse addirittura al Proibizionismo, quando i contrabbandieri avevano importato l'alcol nel paese. Da allora non si erano piú fermati. Adesso, oltre all'alcol, spostavano miliardi di dollari in droga e armi. Negli ultimi anni la mafia del Québec era diventata un mostro. Aveva stretto alleanze con quella dell'East Coast e con le cinque grandi famiglie di New York. Aveva messo radici nell'edilizia, nei trasporti, nella raccolta dei rifiuti, perfino nell'industria dei formaggi: tutta una sfilza di business «rispettabili» sui quali la Sûreté stava indagando con una squadra creata appositamente.

Di quegli omicidi fuori Montréal la cosa piú sinistra era che le vittime non avevano nessun apparente legame con lo spaccio di droga, con la prostituzione e via dicendo. La donna di Saguenay lavorava alle poste. Il tipo delle Magdalen Islands era un insegnante in procinto di andare in pensione. Due cittadini esemplari, senza ombre.

Finché un giorno erano stati legati mani e piedi e giustiziati con un colpo di pistola alla nuca. A ventiquattr'ore di distanza l'una dall'altro.

– Che idea ti sei fatta, Evelyn?

L'ispettrice si tolse gli occhiali e bevve un sorso di caffè. – Hanno visto qualcosa che non dovevano vedere.

– Tutti e due? Nel giro di ventiquattr'ore?

Tardiff scrutò Gamache. – Secondo te sono collegati? Stavano a migliaia di chilometri di distanza, non si conoscevano, non avevano precedenti.

– Vero. Eppure…

– Eppure sei convinto che i casi siano non solo collegati tra loro, – lo interruppe Tardiff sfogliando le fotografie, – ma anche alla mafia.

Nel suo tono non si leggeva traccia di sarcasmo né di cinismo, e Gamache le fu grato.

– A me sembrano due esecuzioni esemplari, – disse. – Un lavoro da sicari. Tu come la vedi? – Aspettò invano la risposta, quindi aggiunse: – Si sta muovendo qualcosa. Vi sono arrivate voci?

Lei fece no con la testa. – Tutto tace, da quando è morto il vecchio Moretti e il figlio ha preso il suo posto. Ci aspettavamo una faida, ma il passaggio di testimone è andato liscio. Quelli della nuova generazione sono piú sensati. Meno interessati alla violenza e piú ai profitti. Le guerre non convengono a nessuno.

Tranne che al vincitore, pensò Gamache. Anche in quel caso, però, i danni collaterali erano cosí alti che per tornare alla normalità si dovevano mettere in conto anni.

Tardiff aveva ragione a proposito delle nuove leve, ma con la forza dell'età e dell'esperienza sapevano entrambi che «sensato» era un eufemismo. Forse a prima vista i nuovi mafiosi parevano meno rozzi, eppure nel profondo erano sanguinari quanto i padri e i nonni. Tagliagole, in senso letterale.

Non erano, per usare l'aggettivo preferito della sua nipotina Florence, persone «carine».

Gamache sapeva un'altra cosa. La Sûreté aveva un informatore ai piani alti della mafia di Montréal. Una persona «poco carina». Un cattivo del quale avevano bisogno.

Pochissimi ne conoscevano l'identità. Lui, a differenza della collega che gli sedeva di fronte, non aveva quel privilegio. Sapeva solo che l'informatore non era un eroe che lavorava nell'ombra per smantellare l'organizzazione di Moretti. Che fosse uomo o donna, si trattava di una persona opportunista, calcolatrice, senza scrupoli. Che agiva solo per il proprio tornaconto.

Fin lí le informazioni si erano rivelate attendibili, ma un giorno avrebbero cambiato rotta. Un giorno, per ottenere i propri scopi, quella persona li avrebbe fregati.

E quando Armand si era inginocchiato accanto alla donna e all'uomo giustiziati senza nessun perché, aveva avuto il brutto presentimento che quel giorno fosse vicino.

Tardiff aveva ragione. La situazione sembrava tranquilla, ma il mostro era tutt'altro che sconfitto: si guardava intorno, procrastinava, raccoglieva le forze. Quella tregua non era un sonno profondo ma il ronzio di un respiro vigile. Cauto.

E quegli omicidi su cui stavano indagando erano il preludio, i brevi singulti spezzati prima dello strillo lancinante.

Evelyn Tardiff tamburellò sui fascicoli con gli occhiali. – Credi davvero che questi due fossero dei bersagli, Armand? – Lui annuí e lei si appoggiò allo schienale, incrociò le gambe e contemplò lo skyline di Montréal fuori dalla finestra. Poi tornò a concentrarsi sul collega. – Vedo cosa riesco a scoprire.

– *Bon, merci.*

Di esecuzioni come quelle doveva averne già viste. Come lui, Tardiff aveva i suoi segreti. Ben custoditi e potenzialmente pericolosi, una volta sguinzagliati fuori nel mondo.

In futuro poteva essere una buona idea sedersi intorno a un tavolo e liberare quei segreti entro il piccolo recinto della squadra. Però anche lí c'erano dei rischi. Gamache si fidava di Tardiff, ma la Sûreté era una realtà eterogenea. Vecchi elementi che al quartier generale avevano fatto la muffa. E che non disdegnavano di guardarsi in giro.

Gli omologhi dei collaboratori di giustizia. Sbirri mafiosi tenuti per le palle dalla mafia. L'elenco non si limitava ai poliziotti.

C'erano pubblici ministeri e giudici, politici e lobbisti. Giornalisti.

Gamache non aveva prove, era solo realista. La criminalità organizzata aveva armi, fondi sommersi, zero scrupoli di coscienza, sete di potere e bisogno di protezione. Potevano comprare chi volevano.

Possibile che quei delitti fossero le prime zaffate putride della carneficina a venire?

O meglio: perché quei due erano stati presi di mira? Perché qualcuno, mafioso o meno, aveva deciso che dovevano morire?

Gamache guardò l'orologio e si alzò. – Siamo in ritardo.

– Oh no, – sospirò Tardiff. Gamache fece uno sbuffo un po' divertito e un po' rassegnato.

A volte le riunioni del lunedí mattina erano una gara di resistenza, specie quando l'ispettore capo Goudreau della divisione Autostrade si sentiva sminuito e sforava di proposito dal tempo pattuito.

Praticamente tutti i lunedí mattina.

Armand si accomodava al lungo tavolo, posava

il fascicolo chiuso davanti a sé e ascoltava. Mentre gli altri sbuffavano in modo plateale, lanciavano sguardi alla finestra o controllavano di straforo il cellulare, lui si sforzava di prestare vera attenzione. Anche se non era facile prestare attenzione, vera o finta che fosse, al capo della divisione Autostrade. Si lasciò distrarre dalla sua cravatta di un caldo arancione. Forse «ambra» era la sfumatura piú azzeccata. Era di suo gusto, pensò, e dopo la riunione poteva fare un salto da *Ogilvy* a vedere se…

Goudreau aveva appena finito di pontificare sul numero ideale di linee tratteggiate per chilometro quadrato, il commissario stava per illustrare il rapporto seguente. Dopo una subdola pausa, il primo riattaccò a parlare.

In sala si alzò un gemito di disappunto.

Forse cerco pure un nuovo soprabito estivo…

Gamache si riscosse dalle sue fantasticherie.

Goudreau stava cercando di giustificare i tagli sugli agenti alle stazioni di pesatura citando statistiche secondo le quali i camionisti, nella stragrande maggioranza dei casi, rispettavano scrupolosamente le regole.

– E se i dati fossero falsati dalla mancanza di controlli? – ribatté in tono fiacco il commissario. – Forse riescono semplicemente a sfangarla.

Gamache finse di consultare il proprio fascicolo per nascondere il sorriso che gli era spuntato sulle labbra. A quel punto gran parte dei suoi colleghi si stavano chiedendo se le finestre fossero aperte per buttarsi di sotto.

– Il mio dipartimento lavora sodo, e i risultati si vedono –. Come sempre, Goudreau si era messo sulla difensiva. – I camionisti non ci pensano nemmeno a «sfangarla». Sanno che verrebbero beccati seduta stante.

– Certo, ma se... – il commissario lasciò in sospeso la frase. – Ne riparliamo alla fine della riunione.

Tornando verso il suo ufficio, Gamache trovò ad aspettarlo sulla porta Isabelle Lacoste. Tra i trenta e i quaranta, sposata e con due figli piccoli, lavorava con Gamache da dieci anni, da quando lui l'aveva tirata in squadra ancora giovanissima perché il suo ex capo si era messo in testa di silurarla. All'epoca Isabelle aveva fama di essere «troppo tenera».

Anche Gamache veniva spesso accusato di essere tenero. Perché non restava indifferente. Perché conosceva il valore dei fatti ma anche quello dei sentimenti. Perché preferiva ascoltare anziché intimidire. Perché desiderava comprendere.

Lacoste aveva scalato in fretta la gerarchia fino a diventare la sua vice, posizione che in quel momento divideva con Jean-Guy Beauvoir.

– Aspetta, *patron*, – Lacoste gli sbarrò la strada e indicò la scrivania.

Sopra c'era un pacco avvolto in carta da giornale e legato con uno spago. – Non è una bomba, – aggiunse.

Lui si voltò a guardarla, divertito dalla precisazione. Avessero mai trovato un ordigno inesploso, si augurava che non lo piazzassero sulla sua scrivania.

– Allora perché stiamo a distanza di sicurezza?

– Il tipo che lasciato il pacco all'accettazione è scappato via in fretta e furia. Non c'è un biglietto, ma ci hanno scritto sopra il tuo nome e hanno aggiunto: «Questo è di suo interesse».

I due rimasero sulla porta a esaminare il pacco.

– Impronte?

– *Non.* Tutti i test per i materiali tossici sono negativi. È pulito.

– Rimani qui.

Gamache entrò nell'ufficio e un secondo dopo sentí Lacoste al suo fianco.

Non le aveva impartito un ordine categorico, eppure…

Si piegò sulla scrivania per guardare meglio il pacco. Sopra, con un pennarello dalla punta sottile, il mittente aveva scritto in stampatello: *Ispettore capo Gamache. Questo è di suo interesse.* Si raddrizzò e cominciò a macinare congetture. I casi ancora irrisolti. Le morti, i delitti su cui la squadra stava indagando. Forse quella era una prova anonima che qualcuno aveva deciso di girare alla polizia. Per molti era la scappatoia ideale. Volevano che l'assassino venisse fermato ma avevano paura di esporsi.

L'involucro era ricavato dal «Journal de Montréal», il quotidiano piú letto della città, per cui non forniva appigli. Una vecchia edizione del fine settimana, la sezione «Cibo e vino».

La scelta non conteneva minacce implicite. Non era la pagina dei necrologi né quella di cronaca nera. Solo ricette, recensioni di ristoranti. Il nome di Gamache era scritto in cima alla ricetta per miscelare un cocktail chiamato *L'ultima parola.*

– Dalla sorveglianza mi gireranno le riprese al piú presto, – disse Lacoste.

– Bene.

Gamache frugò nel cassetto della scrivania e tirò fuori due paia di guanti sterili sigillati in buste di plastica. Ne lanciò un paio a Lacoste e si infilò l'altro, poi tagliò lo spago e lo svolse con cautela. Un certo nervosismo riguardo al contenuto del pacco era inevitabile. Pensò agli omicidi a Chicoutimi e alle Îles de la Madeleine, gli balenò in testa una continuità tra le esecuzioni e il pacco.

Non si sentivano odori sospetti e non si notavano infiltrazioni. Eppure...

Diversi agenti si erano radunati nell'ufficio a curiosare.

Beauvoir si aprí un varco a gomitate per raggiungere la prima fila.

– Siete venuti a controllare se so ancora maneggiare una prova? – li apostrofò Gamache. – Tornate al lavoro, per cortesia.

Sapeva che erano tutti preoccupati per lui. Temevano che quel pacco fosse piú pericoloso di come sembrava. Una ragione in piú per volerli lontani da lí.

Rimasero Lacoste e Beauvoir. Infine lui, Gamache.

Una pagina dopo l'altra, srotolò lentamente gli strati di giornale, fino a raggiungere l'ultimo. Si fermò e osservò i suoi due vice, concentrati sul pacco con i volti tesi. Quindi tolse l'ultima pagina e si preparò alla verità.

Gli altri lo videro inclinare il capo, la fronte aggrottata dallo sconcerto.

L'ispettore capo aveva un'immaginazione collaudata, ma di certo non si sarebbe mai aspettato quello spettacolo.

– Cos'è? – disse Lacoste sporgendosi in avanti. Beauvoir la imitò.

Lí sulla scrivania di Gamache c'era una giacca

estiva. Grigio pietra, ben ripiegata, con una macchia rossa sul davanti.

Gamache allungò la mano, ma anziché afferrare il soprabito cercò il telefono.

– Reine-Marie, sei a casa?

– *Non*. Sono ancora in archivio. Perché? È successo qualcosa?

– Non lo so. Per adesso non andare a casa.

– Perché? Dimmi cosa succede.

– Ti prego, resta fuori finché non ci sentiamo di nuovo.

Reine-Marie stava per dire sí, senza obiezioni, ma si ritrovò in mano un telefono muto. Suo marito aveva riagganciato.

– *Patron*, – disse Jean-Guy, – che roba è?

– Il mio soprabito.

– Proprio il tuo? – disse Lacoste. – Sei sicuro?

– Quella macchia me l'ha fatta Florence con un gelato alla fragola.

Si era ripromesso di ficcarlo in lavatrice il prima possibile, poi se n'era dimenticato. Lacoste sorrise sollevata. – Be', buone notizie. Non dovremo farlo saltare in aria. L'avrai dimenticato da qualche parte, in un negozio o al ristorante, e un'anima buona te l'ha riportato dritto in centrale.

Ancora prima di finire la frase, notò che il capo aveva il volto truce. – Che c'è?

– Non l'ho lasciato da nessuna parte, – Gamache guardava come ipnotizzato il soprabito, lo stesso che la sera prima aveva cercato invano. – Era a casa, a Montréal.

– Allora come ci è arrivato qui? – chiese Lacoste. Con un senso di nausea, Beauvoir si rese conto che sapeva la risposta.

– *Tabernak*, – imprecò. – L'allarme.

– *Oui*.

Beauvoir tirò fuori il telefono e chiamò la polizia di Montréal per chiedere una pattuglia da mandare all'appartamento dei Gamache. – Aspettate fuori. Arriviamo subito. *Merci*.

– Che allarme? – chiese Lacoste.

– Ieri è scattato l'allarme nel nostro appartamento in città. E noi abbiamo dato la colpa a un sensore difettoso o a una porta agitata da una corrente. L'abbiamo liquidato come un falso allarme.

– E invece?

Anziché rispondere, Armand continuò a fissare il soprabito. – Ieri sera lo cercavo e non lo trovavo –. Adesso era lí. Sulla sua scrivania. Nel suo ufficio. Alla Sûreté. *Questo è di suo interesse*.

Poco ma sicuro.

– Aspetta un attimo, – replicò Isabelle. – Stai dicendo che qualcuno è entrato in casa vostra e ha preso il soprabito? Nient'altro?

– A controllare dopo che è scattato l'allarme sono passato io, – spiegò Jean-Guy. – Sembrava tutto a posto. La porta d'ingresso era chiusa a doppia mandata.

– Però… – riprese Lacoste.

– Perché prendere solo questo? – disse Gamache. – Non ha senso.

– E perché restituirlo? – ragionò Beauvoir. Non si aspettava una risposta, e infatti non la ottenne.

Gamache prese il soprabito e lo aprí tenendolo per le spalle, con il mezzo timore che saltasse fuori qualcosa di brutto. Invece non accadde nulla.

Solo frugando nelle tasche trovò il biglietto.

Per favore, devo parlarle. Vediamoci oggi. Alle quattro all'«Open Da Night». Mi perdoni. Non sapevo che fosse casa sua.

Gamache allungò il biglietto a Beauvoir, che lo lesse e balbettò: – Ma che cazz...? Perché...? Cosa diavolo...?

– Cosa diavolo significa? – Il capo si stava domandando la stessa cosa.

– Forse significa semplicemente ciò che dice, – intervenne Lacoste. – Il ladro non sapeva di aver puntato l'appartamento del capo della Omicidi della Sûreté. Quando se n'è accorto, gli è venuta strizza e ha restituito il maltolto.

– Per poi chiedere al capo della Omicidi di bersi un bicchiere insieme, – concluse Beauvoir. – Non starai pensando di andare?

– Non penso a niente.

Gamache frugò nelle altre tasche. In quella piccola e interna trovò un altro pezzetto di carta. Piegato in due, piú spesso del primo.

– Cosa c'è scritto? – chiese Lacoste avvicinandosi insieme a Beauvoir.

– *Finocchio, timo, salvia, macis, noce moscata*... e altro ancora.

– Tua? – chiese Lacoste.

– *Non*. E neppure di Reine-Marie –. Gamache conosceva bene la grafia della moglie.

– Sono erbe, – disse Isabelle. – Una ricetta? Forse una lista della spesa.

– Una lista per un orto di erbe aromatiche? – buttò là Beauvoir.

Era possibile che a scrivere la lista fosse stata Myrna, Clara o uno dei loro vicini, rifletté Gamache. Però in quel caso non l'avevano data a lui, quindi come ci era finita in una tasca che non usava mai? Fin lí non sapeva neppure che esistesse.

Inoltre se alcune di quelle erbe erano comuni (salvia e timo, per esempio), altre erano praticamente sconosciute. Ben pochi avrebbero pianificato di usarle o piantarle. E altre ancora erano spezie.

Gamache girò il foglietto. Sul retro c'era una sola parola. *Acqua*.

– Un promemoria per non scordarsi di bagnare le piante, – suggerí Isabelle.

– Forse.

Gamache esaminò il foglietto alla luce diretta del giorno. Non notò altro.

Lacoste indicò il bordo inferiore. – È strappato. Incompleto.

Era vero. In fondo, la carta era leggermente sfilacciata.

Lungo lo strappo, si indovinavano due parole.

– *Steli*, – lesse Gamache. – E la seconda sembra *Angelica*. Cosa vuol dire?

– Non ne ho idea, – disse Lacoste.

Gamache fece una foto a entrambi i biglietti e li allungò a Lacoste. – Devo andare a casa.

– Mando tutto in laboratorio.

– Bene. Dopo che li hanno fotografati e analizzati, fammeli riavere.

– Vado a dire alla Scientifica di venire da te, – disse Beauvoir.

Si avviarono tutti e tre alla porta. – Sollecitate i video delle telecamere di sorveglianza. Voglio sapere chi ci ha lasciato questo regalino.

Capitolo 5

– Qualcuno è entrato in casa, signore? – chiese la giovane agente dell'autopattuglia.

– Cosí pare.

Erano fermi sul pianerottolo, di fronte alla porta chiusa a chiave.

– Eppure quando siete arrivati l'appartamento era in ordine.

L'agente guardò Beauvoir, che fece sí con la testa. – E l'unico oggetto trafugato dall'intruso è stato un soprabito.

– *Oui*, – rispose Gamache. La giovane agente della polizia di Montréal aveva l'aria stranita. In tutta onestà, Gamache non poteva biasimarla. E il peggio doveva ancora arrivare. – Però me l'hanno restituito questa mattina.

– *Pardon*?

Gamache ripeté la frase. Suonava ridicola perfino alle sue orecchie. Se non fosse stato il capo della Omicidi della Sûreté, nessuno avrebbe creduto al presunto crimine di cui era stato vittima. L'avrebbero liquidato come un mentecatto. E la poliziotta sembrava molto tentata.

– Non ho capito bene cosa vuole da noi, signore.

Dagli occhi sgranati e dal tono nervoso, si capiva che sapeva chi aveva di fronte. A sciogliere i dubbi bastava la cicatrice sulla fronte di Gamache, lo squarcio vicino alla tempia.

La giovane agente aveva sentito parecchie cose sul conto dell'ispettore capo. Ma nessuno le aveva detto che gli mancava un venerdí. Quella era una novità.

– L'indagine passerà ai miei colleghi, – rispose Gamache. – Vi chiedo solo di scrivere un rapporto in cui si specifica che l'intervento della polizia di Montréal non è stato necessario.

– D'accordo.

Sempre piú stranita, la poliziotta se ne andò. Mentre scendeva le scale, incrociò la squadra della Scientifica diretta all'appartamento.

Controllarono la porta e confermarono che non era stata scassinata, quindi Armand e Jean-Guy entrarono e passarono in rassegna la casa, per accertarsi che nient'altro fosse stato prelevato o imboscato.

Non ci misero molto. L'appartamento era piccolo, luminoso e accogliente, con un comodo divano e belle poltrone. Tappeti orientali coprivano il parquet, le librerie erano zeppe di tascabili e hardcover. Sulla mensola del camino occhieggiavano fotografie incorniciate di parenti e amici, tra i quali il padrino di Armand, Stephen Horowitz, che da qualche tempo era andato a stare a Ottawa da una nipote.

– Dove si trovava il soprabito, *patron*? – chiese il responsabile della Scientifica.

Gamache indicò una fila di ganci d'ottone accanto all'ingresso, dov'era appeso un soprabito da donna. Alcuni colleghi della Sûreté rimasero colpiti dal fatto che l'ispettore capo e la moglie abitassero in un luogo tanto modesto. Sapevano quasi tutti che quello era solo un pied-à-terre, che la vera casa dei Gamache era a sud di Montréal, nella provincia orientale del Québec. Lo stesso, l'appartamento era piú piccolo di quello che si sarebbero aspettati da un pezzo grosso della Sûreté.

Jean-Guy si fermò al centro del soggiorno per studiare la disposizione della casa.

La porta si apriva nella direzione opposta rispetto ai ganci, dunque al ladro era bastato allungare la mano per prendere il soprabito. Solo che non c'era stata effrazione, forse neppure una vera e propria intrusione.

Chi mai si sarebbe preso la briga di entrare in casa d'altri per rubare solo un vecchio soprabito macchiato?

E poi perché restituirlo? Anche ammesso che il ladro, come s'intuiva dal biglietto, si fosse pentito di aver profanato l'appartamento di un poliziotto, che per giunta era l'ispettore capo Gamache, non sarebbe stato piú sensato buttare via il soprabito e basta?

Perché chiedere un incontro? Se voleva costituirsi, poteva semplicemente presentarsi in centrale.

Armand aveva chiamato Reine-Marie e le aveva dato il permesso di tornare a casa. Lei era arrivata pochi minuti dopo.

– Cosa succede?

– Andiamo in cucina.

Si misero seduti al tavolo, accanto alla finestra da cui entrava il sole, e Armand le spiegò tutto. Prima di replicare, lei lo scrutò per qualche secondo.

– Vuoi dire che ieri è entrato qualcuno?

Gamache annuí in silenzio.

– E ha preso solo il tuo soprabito.

Altro cenno di assenso.

– Perché?

– Non lo sappiamo.

– Però secondo te non è solo un topo da appartamento.

– Non lo so. Voglio andarci con cautela.

Dalla porta della cucina, Reine-Marie sbirciò la Scientifica che aveva messo a soqquadro il loro piccolo soggiorno. Lei non l'avrebbe definita proprio «cautela».

– Devi dirmi altro? – buttò là, nella speranza che Armand negasse e si affrettasse a rassicurarla. Però nel profondo Reine-Marie sapeva, glielo leggeva in faccia.

Armand tirò fuori il telefono e le mostrò le foto dei biglietti. – Nelle tasche della giacca ho trovato questi. Li riconosci? – buttò là, nella speranza che la moglie assentisse e si affrettasse a rassicurarlo. Però nel profondo sapeva. E sul viso di Reine-Marie, nella ruga in mezzo agli occhi all'improvviso piú marcata, lesse il suo stesso stupore.

– Perché chiede di vederti?

Armand si limitò a scuotere la testa.

– Ci andrai, vero?

– Non ho ancora deciso.

Armand indicò il secondo biglietto e aggiunse: – Di questo che ne pensi?

– Sembra una lista della spesa. Oppure una ricetta, però senza le dosi.

– Un orto di erbe aromatiche? È possibile che te l'abbia passata Myrna o qualcun altro?

– Quella non è la grafia di Myrna. E poi non

ho mai chiesto consigli per un orto di erbe aromatiche. Nella lista ci sono anche spezie. Impossibile far crescere della noce moscata a Three Pines.

Armand si domandò brevemente dove crescesse la noce moscata. Era una noce vera e propria, da macinare? C'erano diverse specie di noci al villaggio, di cui almeno una immangiabile, ma non di quel tipo.

– E poi come ci è finita quella lista nel soprabito che tieni a Montréal? Hai un'idea, Armand?

Lui esalò un profondo sospiro. – Ho le stesse idee che hai tu, quelle che avrebbe qualsiasi persona dotata di raziocinio. Credo che sia un fatto molto strano. Che qualcuno voglia attirare la mia attenzione.

Armand fece una pausa, abbozzò un sorriso. – Però non mi fa paura. Se questa persona avesse brutte intenzioni, non mi avrebbe recapitato un biglietto mellifluo per chiedermi di andare a bere qualcosa.

Eppure…

Reine-Marie diede un'altra occhiata al biglietto. – A te non sembra strano?

– Sí, l'ho appena detto.

– Non il biglietto, ma dove ha chiesto di incontrarti.

– Lí in zona è una specie di istituzione.

– Certo, ma fa pensare che il ladro ti conosca meglio di quanto credi.

Armand sorrise. Reine-Marie riusciva sempre a cogliere dettagli che sfuggivano a tutti. Tranne a lui. E forse al ladro. Il che era sconcertante, doveva ammetterlo. L'*Open Da Night* non era solo un baretto locale, era un posto che lui e Reine-Marie frequentavano spesso. E il ladro aveva scelto il soprannome che usavano soltanto gli habitué.

– Che ne dici di rientrare a Three Pines? – chiese Armand.

A quel punto fu Reine-Marie a sorridere. Armand aveva espresso un desiderio mascherato da domanda.

– Volentieri. Stasera mi raggiungi?

– Se tutto va secondo i piani.

Nella voce del marito, Reine-Marie percepí una punta di apprensione. Quando lei se ne andò, Armand fece una telefonata, poi raggiunse Beauvoir all'ingresso.

– Tutto fa pensare che l'intruso avesse la chiave, – disse Beauvoir. – Resta da capire come se l'è procurata.

Gamache non avanzò ipotesi. – Farò cambiare subito la serratura, ma credo che non ci saranno altri episodi. Credo che chiunque sia entrato abbia già ottenuto ciò che cercava.

– Il soprabito? – fece Jean-Guy.

– La mia attenzione.

– C'è un'altra cosa che non quadra. Qual è il ladro che si mobilita in pieno giorno? Di domenica, quando tutti sono a spasso? Manderò uno della squadra a chiedere ai vicini se hanno visto qualcosa. A che ora è scattato l'allarme?

Gamache consultò il telefono. – Ci hanno chiamato ieri mattina alle undici e quarantasei.

Beauvoir trasmise l'informazione al detective responsabile.

– È arrivato un messaggio di Isabelle, – disse Gamache. – Le hanno inoltrato le riprese delle telecamere di sicurezza.

Insieme al suo vice, si accomodò al tavolo della cucina e aprí l'allegato.

Nel video si vedeva un giovane uomo magro entrare nel palazzo della Sûreté con il famigerato pacco stretto al petto. Secondo il *time-code*, erano le 8:37 di quel mattino.

Beauvoir mise in pausa e andò avanti al rallentatore, cercando un fotogramma che mostrasse meglio il volto. Il ragazzo aveva tenuto la testa abbassata, riuscendo a evitare che la telecamera gli inquadrasse i lineamenti. Era comunque possibile farsi un'idea. Capelli arruffati, piuttosto lunghi. Slanciato, senza barba. Indossava pantaloni della tuta e una maglietta. Da quanto si vedeva, non aveva piercing né tatuaggi.

– Lo conosci? – chiese Beauvoir.

– *Non*, – rispose Gamache.

– Che coglione. Le centrali di polizia sono piene di telecamere.

– Lui però è riuscito a nascondere il viso –. Non era un'impresa facile. Specie senza aiuto.

Arrivò il fabbro, e aspettando che finisse Armand si piazzò dietro di lui e fece vagare lo sguardo nell'appartamento. La porta d'ingresso si apriva direttamente sul soggiorno. Da lí, cosa aveva avuto il tempo di vedere l'intruso? Mobili funzionali, scaffali pieni di libri, pile di riviste ancora da leggere. Pastelli e album da colorare per i nipotini. Vecchi giocattoli rosicchiati per i cani. Appesi alle pareti c'erano manifesti originali dell'Expo '67 e di vari festival e concerti.

Infine fotografie. Dei figli, dei nipoti. Dei genitori di Armand e Reine-Marie, ritratti in bianco e nero il giorno delle nozze. Ce n'era una della nonna di Armand, che posava fiera accanto a lui alla cerimonia del diploma.

Davanti a quella foto, i nipotini scoppiavano sempre a ridere. Il nonno aveva i capelli lunghi ed era magro come un chiodo. Sulla mensola del caminetto c'era un ritratto recente della famiglia al completo, inclusi lui e Reine-Marie.

Il pensiero che un malintenzionato avesse calpestato quella soglia e spiato brandelli della sua vita piú intima e preziosa lo faceva infuriare, anche se da fuori nessuno avrebbe indovinato i pensieri di Armand. La sua parte razionale, quella da ispettore, si focalizzò sul fatto che non c'era nulla in quello scorcio che suggerisse in maniera anche solo vaga che lí ci abitava un ufficiale della Sûreté.

Qual era il dettaglio che aveva catturato l'immaginazione del ladro?

– Niente cimici, *patron*, – gli annunciò uno degli agenti della squadra interrompendo il suo ruminare. – E tantomeno telecamere. Abbiamo controllato due volte tutte le stanze.

– *Bon, merci*.

Gamache non si curò di dissimulare il sollievo. L'agente lo capí e sorrise, fiero di portare al capo buone notizie.

Gamache e Beauvoir salirono in macchina per tornare in ufficio. Dopo pochi minuti di silenzio, Beauvoir si girò verso Gamache. – Ci vai, vero?

Il capo assentí.

Capitolo 6

Mancavano cinque minuti alle sedici.

Gamache era seduto in macchina in rue Saint-Viateur, con lo sguardo fisso al tendone verde dell'*Open Da Night*. Aveva saltato il pranzo e ora, contemplando i clienti seduti ai tavolini fuori a sbafare paste italiane, si rese conto che aveva fame.

Accanto a lui al posto di guida c'era Jean-Guy, con la fisionomia del ragazzo che aveva consegnato il pacco ben stampata in mente. A tutta la squadra era stato distribuito il fermoimmagine piú nitido.

Arrivò un messaggio di Lacoste, già appostata dentro il caffè. Lei e gli altri erano pronti.

Era inutile, valutò Beauvoir, chiedere un'altra volta al capo se era sicuro. Lo era. Quell'incontro era un *fait accompli*, una certezza dal momento in cui avevano trovato il messaggio.

Per favore, devo parlarle. Vediamoci oggi. Alle quattro all'«Open Da Night». Mi perdoni. Non sapevo che fosse casa sua.

Era impensabile che Gamache rifiutasse di affrontare l'individuo che era entrato in casa sua.

E avrebbe sprecato fiato anche a chiedergli se non reputasse di dover portare la pistola, però Jean-Guy lo chiese lo stesso, ottenendo la risposta che si era aspettato. E un'occhiata sorniona.

– Portare un'arma da fuoco in un bar pieno di gente, *mon ami*? *Non*. Preferisco lasciarla a te, cosí ci ammazzi un paio di passanti ignari.

Era una delle battute piú nere che Jean-Guy avesse mai sentito dal capo.

– Per uno di quei bomboloni sarei pronto a crepare anch'io, – disse Beauvoir.

– Te ne porto uno se prometti di non sparare. Soprattutto di non sparare a me.

Beauvoir stava per aggiungere «per la seconda volta». Poi pensò che sarebbe stato un po' sopra le righe, probabilmente nessuno dei due aveva voglia di rammentare l'episodio. Di certo il tipo inquadrato dalle telecamere non si era fatto vedere. Ma non si poteva escludere che l'intruso fosse una persona diversa. Ecco l'aspetto piú spiazzante. Non avevano idea di chi si sarebbe presentato all'appuntamento. Né del perché.

In realtà il bar si chiamava *Café Olimpico*. Era stato ribattezzato in quel modo quando alcune lettere erano cadute dall'insegna, senza venire piú rimpiazzate. «Open Day and Night» era diventato «*Open Da Night*».

Era interessante, forse rivelatorio, che il ladro avesse usato quel soprannome. Non tutti lo conoscevano.

E forse non era una coincidenza che tra tutti i caffè di Montréal avesse scelto quello che Armand bazzicava di piú. Dove si sentiva piú a suo agio, piú a casa. Piú al sicuro.

Ci andava spesso, in genere la domenica mattina, per un espresso *allongé* con Reine-Marie. Nei primi anni di matrimonio ci avevano trascorso ore a leggere i giornali, sorseggiare caffè e chiacchierare con Rocco, il primo titolare.

Armand abbassò gli occhi sui foglietti che teneva in mano. Il laboratorio aveva finito di analizzarli e glieli aveva restituiti. Armand li ripiegò, li infilò nella tasca interna della giacca e si accinse a uscire dalla macchina.

– Vengo con te, – disse Jean-Guy.

– Meglio se resti qua fuori.

Ne avevano già discusso. Se il ladro aveva guardato le fotografie, c'era il rischio che riconoscesse Jean-Guy, visto che compariva in piú d'una. Sebbene nel biglietto non gli chiedesse di venire solo, Armand non voleva certo annunciare con le trombe che il caffè era imballato di poliziotti. Spinse la porta e salutò Vito, uno dei baristi di lungo corso.

– Un *allongé*, per favore.

– Eccolo qui, capo. L'ho vista da fuori.

Non era grave che Vito avesse appena annunciato ai clienti, alcuni dei quali non poliziotti, che tra di loro circolava una mezza celebrità. Non era certo una sorpresa per chi gli aveva dato appuntamento. Né Gamache aveva mai pensato di presentarsi in incognito.

Si accomodò a un tavolino d'angolo che offriva una buona visuale di tutto il bar.

Come al solito, c'era casino. La tivú riproponeva partite storiche dei campionati internazionali, tutte immancabilmente vinte dall'Italia. I baristi ripetevano le ordinazioni a voce alta e snocciolavano canzoncine ironiche. Gli habitué imprecavano rivolti allo schermo, pur sapendo benissimo come sarebbero finite le partite.

Nell'angolo opposto due vecchi clienti giocavano a carte. Indossavano canottiere bianche ingiallite dal sudore e pantaloni verdi chiazzati di fango, gli stessi che usavano per badare alle gigantesche piante di pomodoro nel cortile delle loro villette a schiera.

Non era un posto tranquillo, ma era vibrante e ospitale, senza pretese e senza tempo. Con le sue pareti di pietra, il lungo bancone di marmo e il soffitto piastrellato di stagno, non era cambiato molto dalla prima volta che Stephen, il padrino di Armand, lo aveva portato lí dentro quando era solo un ragazzino imberbe.

Laggiú, al tavolino rotondo davanti alla vetrata, Armand aveva bevuto il suo primo cappuccino. Il retrogusto amaro non gli era piaciuto. Del resto all'epoca aveva schifato anche la prima birra, il primo scotch e il primo boccone di salmone affumicato. Gli ci erano voluti tempo e perseveranza per abituarsi ai sapori della vita adulta.

I cannoli erano un'altra storia. Quelli l'avevano stregato al primo morso.

Vito portò il caffè e una pasta. Armand non l'aveva chiesta ma la apprezzò.

– Grazie.

– Prego, ispettore capo.

– Mi porta un altro cannolo, per favore? Sto aspettando una persona.

– Madame Gamache?

– *Non*.

Faceva caldo, e Armand indossava giacca e camicia. Era tentato di togliersi la giacca, ma si limitò ad allentare la cravatta e a slacciarsi il primo bottone della camicia immacolata. Alle sedici e sette un uomo entrò nel bar, si guardò intorno, si fissò su Armand e si incamminò verso di lui.

In un pomeriggio rovente, indossava una felpa con il cappuccio tirato sul capo. Teneva le mani affondate nella tasca davanti. Era tarchiato e camminava con il passo flemmatico e ondivago del pugile che affronta un avversario.

Non era l'uomo del video. Armand si sentí pungere da un'inquietudine che sfiorava la paura.

Era una trappola?

Con la coda dell'occhio, vide Lacoste scattare in piedi. In un secondo Gamache radiografò gli avventori, tra cui un signore anziano con la nipotina, che si trovavano tra Lacoste e l'uomo che avanzava senza fretta. Erano nella traiettoria dello sguardo di Lacoste. Nella traiettoria del proiettile.

Gamache rivolse a Lacoste un cenno impercettibile per chiederle di stare ferma dov'era, con la mano sul fianco a nascondere la pistola. In allerta. Anche gli altri si erano alzati in piedi. Il nonno, che aveva intuito qualcosa, guardò a sinistra e a destra e allungò d'istinto la mano verso la bambina.

Gli agenti si disposero intorno alle persone accalcate al bancone a ordinare caffè e paste, che cominciavano a rendersi conto della situazione. Quelli davanti al televisore, ancora ignari, esultarono per un gol che l'Italia aveva segnato decenni prima.

Dei suoi colleghi Gamache aveva una visuale imperfetta, il che significava che loro avevano una visuale imperfetta di lui e dello sconosciuto in mezzo al locale. Se il tipo avesse tirato fuori una pistola, sarebbe stato impossibile prendere bene la mira.

Il nonno posò la mano sulla spalla della nipotina e la costrinse delicatamente a spostarsi dietro di lui.

Come sempre nelle situazioni di pericolo, era accaduto tutto in fretta. Uno, due secondi.

– Posso? – Lo sconosciuto indicò la sedia.

– Veramente sto aspettando qualcuno, – ribatté nervoso Gamache, i palmi allargati sul tavolo per essere pronto a scaraventarlo contro il nuovo arrivato. A balzare di lato. Forse avrebbe schivato il proiettile, forse no, ma almeno avrebbe atterrato il cecchino e dato ai colleghi il tempo di schierarsi.

– Sta aspettando me.

L'uomo si abbassò il cappuccio e si accomodò. Da vicino aveva il volto ruvido, inasprito dal sole e dal vento. Era uno che passava molto tempo all'aria aperta. Tra i venticinque e i trent'anni, valutò Gamache. Senza piercing né tatuaggi visibili. I capelli corti. Gli occhi vigili, chiari. Piú grigi che azzurri, ma forse erano del tipo che cambia colore a seconda dei vestiti.

– Può mettere le mani sul tavolo, per favore? – disse Gamache, spostando le proprie verso il bordo. Per buttare all'aria tutto nel caso che…

L'uomo parve stupito ma obbedí. Allargò le dita e le mise bene in mostra. Erano forti e stranamente soavi, pensò Gamache. Piú da pianista che da pugile. Benché abbronzate, le mani non erano callose. Le unghie e le cuticole erano rosicchiate e malridotte.

Senza mani, la tasca sul davanti della felpa si sgonfiò. Lí dentro non c'erano armi.

Finí senza clamore. La tensione defluí dal bar alla stessa velocità con cui si era materializzata.

Gli agenti rimasero in piedi, senza curarsi di dissimulare il loro interesse per la scena. Non abbassarono la guardia.

Il nonno stava ancora facendo scudo alla nipotina. Seguí gli occhi delle persone intorno, fino al tavolo d'angolo a cui sedeva un signore ben piazzato, con le mani strette sul bordo. Vide il signore muovere le mani, incrociarle davanti a sé.

Sul volto del vecchio spuntò un sorriso di sollievo. Staccò la mano dal corpicino della nipote.

– Cosa succede? – domandò la bimba, che aveva intuito l'ondata di panico.

– *Rien*, – disse in fretta il nonno. Niente. Si piegò, indicò il signore seduto in fondo al bar e sussurrò qualcosa all'orecchio della bambina. Lei si girò a guardare con gli occhi sgranati. Era la prima celebrità che vedeva in vita sua.

Ora il nonno era tranquillo, convinto che se l'ispettore capo Gamache si trovava lí in mezzo a loro non potesse accadere nulla di brutto.

Si sbagliava, come avrebbe scoperto in seguito.

– Lei non è la stessa persona che ha lasciato il pacco in centrale.

– Le sembro scemo?

No, pensò Gamache. Non sembrava scemo. Solo uno che si sforzava disperatamente di apparire calmo, con la situazione in pugno.

– Ho pagato un senzatetto e ci ho mandato lui.

– Eppure adesso è qui davanti a me.

La voce di Armand era garbata, anche lui si sforzava di apparire calmo, mentre ogni fibra del suo corpo era in allerta. – Non capisco che senso ha avuto quella messinscena al quartier generale.

– Non ero sicuro che si presentasse. Non volevo espormi inutilmente.

– Sta dichiarando che ha intenzione di esporsi? – disse Armand.

L'altro lo scrutò per un secondo, poi sorrise. Come accade a certe persone, il sorriso gli trasfigurò il volto. Il ragazzone tarchiato parve d'un tratto piú giovane, piú ingenuo.

– Solo se sarò costretto.

La mano di Vito si materializzò all'improvviso sulla spalla dell'uomo. Lui sussultò, ebbe uno spasmo, per poco non assestò un manrovescio al piatto con il cannolo.

– Non li ho ordinati io, – sbottò, vergognandosi della propria reazione.

– Li ho ordinati io, – intervenne Gamache. – Grazie, Vito. Vuole un caffè?

Mentre l'altro lo fissava con sguardo vacuo, come se non avesse capito la domanda, Gamache chiese a Vito di portare un altro cappuccino. – Decaffeinato, magari.

– *Non*. Il caffè non mi va.

Vito gli riempí il bicchiere d'acqua ma l'uomo lo spostò di lato.

Quando il cameriere se ne fu andato, dopo aver lanciato a Gamache uno sguardo indecifrabile, il ragazzone chiese: – Perché sta facendo tutto questo?

– Cosa sto facendo?

– Lo sa. Mi offre del cibo.

– Pensavo che potesse avere fame. Dalle riprese sembrava piú magro. E piú giovane.

L'uomo emise uno sbuffo sarcastico. – Da stamattina ho messo su qualche chilo e qualche anno.

– A chi lo dice.

Armand ricambiò il sorriso, si sforzò di mantenere il dialogo su un binario disteso e cordiale. Come se per lui fosse ordinaria amministrazione fare due chiacchiere con uno che si era abusivamente introdotto in casa sua. Il suo interlocutore parlava con un forte accento *joual*, il vecchio, o per meglio dire antico, *patois*, arrivato sui galeoni con Jacques Cartier e Samuel de Champlain. Trapiantato nel Nuovo Mondo dai sobborghi di Parigi, aveva attecchito in fretta.

In certe zone di Montréal proliferava ancora.

Come il *cockney*, si era evoluto. A cambiare non erano state solo parole o frasi fatte, ma la percezione della gente. Dai vicoli male illuminati dell'East End, il *joual* era approdato nelle strade dello shopping e sui palchi dei teatri piú importanti. Risuonava nelle aule universitarie e nei consigli di amministrazione. Armand ne amava i suoni e la cadenza. Le parole. Non le capiva tutte, ma sapeva per esempio che «poutine» era il corrispettivo di «pudding».

Era un dialetto gutturale, quasi aspro. Se un inverno del Québec avesse avuto il dono della parola si sarebbe espresso in *joual*.

Cosí Armand in quel momento provò quasi affetto per lo sconosciuto. Un moto istintivo di simpatia.

Ovviamente dalla simpatia bisognava stare in guardia, e per un attimo si chiese se il ragazzone non l'avesse premeditato. Il *joual* era un crocevia emotivo, un codice che serviva agli abitanti del Québec per comunicarsi a vicenda l'appartenenza alla stessa genuina tribú. Di noi ci si può fidare. Come ti fideresti di un nonno, di una nonna.

Gamache guardò verso il signore anziano, che nel frattempo si era seduto a un tavolo e stava pulendo uno sbaffo di crema dal mento della nipotina. Sí, la fiducia era un impulso potente. Un'arma.

– Abita qui in zona? – chiese Gamache.

– *Non*.

L'uomo prese il cannolo e diede un morso. La crema pasticciera straripò dai lati e gli colò sulle dita. Gamache bevve un sorso di caffè.

– Non siamo in tanti a chiamare questo posto *Open Da Night*.

– Mi sa che ho letto un articolo su internet. Ho pensato che di certo lo conosceva, visto che sta a due passi. Volevo un posto dove si sentisse rilassato.

– *Merci*. È un bel pensiero.

Era una cazzata, Gamache era pronto a giurarci, ma per il momento decise di credergli. – Desidera altro? Anche i cornetti sono buonissimi.

Il ragazzone aveva già spazzolato il cannolo. – No, grazie –. Ora aveva l'aria confusa. – Non ce l'ha con me, vero?

Faceva quasi tenerezza.

– Be', non sono contento. È entrato in casa mia e mi ha fregato il soprabito. Però poi l'ha restituito. Ha fatto un bel gesto.

Gamache si sporse in avanti. – Posso chiederle come si chiama?

– Charles.

– Charles e poi?

– Solo Charles.

Poiché «Charles» con tutta probabilità non era il suo vero nome, non valeva la pena di insistere per estorcergli anche un falso cognome.

– Perché siamo qui, Charles?

– Avevo bisogno di parlare con lei.

Gamache rimase in attesa. «Charles» si girò a contemplare i meandri del bar. Chissà se aveva capito che gran parte degli avventori erano sbirri. In tal caso, non sembrava particolarmente colpito. Tornò a puntare gli occhi in faccia all'ispettore.

– È stato uno sbaglio.

– In che senso?

– Darle un appuntamento.

– Perché dice cosí?

– È una brutta mossa. Lei è uno famoso. Qualcuno potrebbe vederci insieme.

– Sarebbe un problema?

«Charles» abbozzò un sorriso sibillino. – Be', difficile che ci scambino per amici.

– Allora perché mi ha scritto? Cosa voleva dirmi?

«Charles» si sporse in avanti. Gli era rimasta della crema pasticciera sulle dita, e Armand soffocò l'impulso di allungargli un tovagliolo di carta. O di pulirlo con le proprie mani.

Quel ragazzone aveva una strana aura. Nel giro di pochi secondi passava dall'arroganza, dalla ferocia, alla fragilità. Come se non riuscisse a decidere chi era, o che strategia usare con quello sbirro che era anche una mezza celebrità.

Cosí aveva sfoderato a turno tutto il suo repertorio, per poi sembrare solo un povero cristo con della crema pasticciera sulle unghie rosicchiate. Era uno spettacolo affascinante.

Il ragazzone aveva cominciato a sudare: impossibile capire se per colpa dell'ansia o della felpa troppo pesante in quel baretto umido e surriscaldato.

Abbassò la voce in un sussurro roco: – Senta, non sapevo davvero che era casa sua. Altrimenti col cavolo che accettavo.

L'ispettore capo non disse nulla. Sapeva che «Charles» stava solo aspettando la sua sfilza di domande, alcune delle quali piuttosto prevedibili. Ecco perché aveva scelto di starsene zitto. Gli interrogatori non erano sempre utili. Al contrario. L'interrogato poteva limitarsi a rispondere alle domande. Ma erano le domande a cui l'inquirente non era arrivato che portavano alla verità.

Cosí l'ispettore capo Gamache incrociò le gambe, si abbandonò contro lo schienale, giunse le mani in grembo e aspettò.

Quella postura, unita al silenzio, disorientò visibilmente «Charles». – Non vuole sapere nulla?

– Deve decidere lei. È stato lei a invitarmi qui, presumo che abbia le sue buone ragioni. Me le dirà, sono fiducioso. Non le serve certo un interrogatorio.

L'altro rimase ancora piú confuso. Quella reazione, dall'ufficiale della Sûreté di cui aveva profanato il pied-à-terre, non l'aveva messa in conto. Chissà cosa invece avrebbe soddisfatto le sue aspettative, si chiese pigramente Gamache. Conosceva la risposta. «Charles» prevedeva di essere arrestato. E ancora non era detta l'ultima parola.

Non si poteva escludere che addirittura *sperasse* di essere arrestato. Un'ipotesi che Gamache trovava intrigante.

Ciò che «Charles» proprio non si aspettava era di essere accolto a cannoli e parole gentili.

Sotto lo sguardo impassibile di Gamache, allungò la mano verso l'acqua, poi la ritirò di scatto come se il bicchiere l'avesse scottato.

– Okay, glielo dico. Un tipo mi ha offerto cento dollari per entrare in un appartamento di Outremont. Mi ha dato una chiave e l'indirizzo, facendomi giurare di andarci subito. Mi ha detto che in casa non c'era nessuno, di non prendere niente. Dovevo solo entrare, richiudere a chiave e telare.

– Le ha dato la chiave dell'appartamento? – Ammesso che «Charles» non stesse mentendo, quella versione era sconcertante.

– *Oui*. Dopo l'ho gettata nel cassone di un camion.

– Come ha fatto il mandante a contattarla?

– È venuto al rifugio dove sto adesso. Mi ha chiesto se volevo guadagnare un po' di soldi facili.

– Perché ha scelto proprio lei?

– E io che cazzo ne so?

– Quando è successo?

– Verso le dieci di ieri mattina. Quando ho aperto la porta e l'ho riconosciuta nelle foto, mi è venuto un colpo. Ho preso il soprabito e sono uscito come un pazzo.

Gamache non rispose subito, si mise a giocherellare con il manico della tazza. – Perché proprio il soprabito?

«Charles» cambiò posizione, imbarazzato. – Sta arrivando l'inverno. Esagerato, dirà lei. Siamo solo ad agosto. Ma se vivesse per strada a Montréal… – Lasciò sfumare la frase, e tutti e due ebbero la visione mentale di un cumulo di vestiti incrostati di ghiaccio, tempestati dalla neve su una grata della metropolitana. L'uomo o la donna sotto tutti quegli strati erano raccolti in posizione fetale. La stessa di quando erano venuti al mondo.

Sí, in Québec l'inverno era un appuntamento temibile a cui si doveva arrivare preparati. Lo sapevano anche quelli che avevano vestiti caldi e un tetto sopra la testa.

– Quando ho visto il soprabito l'ho preso e basta, ho pensato che mi avrebbe tenuto all'asciutto almeno per l'autunno.

«Charles» si sforzava di decifrare i pensieri dell'altro, ma l'espressione di Gamache era perfettamente neutra. Specie perché ancora non sapeva cosa pensare.

Di domande ne aveva, però non erano urgenti. Ciò che in quel momento voleva sapere dipendeva da domande che non riusciva a formulare. Cosí rimase in silenzio e si limitò a contemplare l'uomo che aveva di fronte. L'età, si rese conto, era difficile da capire. Probabilmente dimostrava piú anni di quelli che aveva, come spesso accade a chi vive per strada.

Gamache sapeva che molti senzatetto avevano problemi di tossicodipendenza o di salute mentale. In poche parole, erano persone che andavano aiutate. Non gettate in mezzo a una strada come spazzatura.

Come era arrivato quel ragazzo a perdere tutto? E ancora: aveva davvero perso tutto o era una messinscena?

Gamache era frustrato dalla sua scarsa perspicacia. L'esperienza avrebbe dovuto aiutarlo, eppure l'altro lo disorientava. Il suo intuito gli diceva che «Charles» stava mentendo, ma su cosa? Su tutto? I migliori bugiardi partivano dalla verità per poi deviare in un labirinto di invenzioni, alla ricerca di sé stessi. Cosa stava cercando «Charles»? Qual era il suo scopo?

Gamache spinse il cannolo che ancora non aveva toccato verso il commensale.

– Non mi crede, vero? – disse lui.

– Mi riservo di giudicare in un secondo momento. Credo che una parte di ciò che mi ha detto sia vera, una parte falsa. Non aiuta che abbia mentito per prima cosa su come si chiama.

– Si aspettava la verità?

Gamache cominciava a stufarsi di quelle schermaglie. Era stata una giornata lunga e sfiancante. Voleva delle risposte e voleva tornare a casa. Da Reine-Marie. La immaginò nella loro cucina a Three Pines, impegnata a preparare la cena. Una tazza di tè forte sul bancone. Gracie e i cani che le si infilavano tra i piedi. Vide Myrna in libreria alle prese con i nuovi arrivi, Clara nel suo studio, con un pennello dietro l'orecchio, a contemplare il suo ultimo lavoro, parte di una serie che aveva intitolato *Appena prima che accada qualcosa*...

Quelle tele grondavano euforia e inquietudine. Promesse, possibilità e pericolo. Speranza, ma anche paura. Poteva accadere qualsiasi cosa...

Al B&B, Gabri stava probabilmente cambiando le lenzuola. Insieme a quel pensiero, arrivò l'immagine dello sconosciuto che aveva incrociato il giorno prima. Il tipo anziano che gli pareva di aver già visto da qualche parte.

Poi la mente di Armand continuò a vagare, si spostò su Olivier che al bistrot stava riempiendo le ciotole dell'aperitivo con un mix di arachidi e anacardi. Al tramonto del sole avrebbe forse acceso il fuoco nei grossi camini di pietra ai lati opposti della sala. Piú che calore, davano allegria.

Sí, Armand voleva uscire e tornare a casa.

Eppure si sporse in avanti e parlò senza indugi.

– Ha detto che doveva parlarmi. Parli, dunque. Dica la verità. Altrimenti me ne vado.

Il telefono di Reine-Marie si mise a squillare. Lei rispose senza controllare lo schermo, convinta che fosse il marito. All'altro capo c'era una voce familiare.

– Sto sperimentando un nuovo cocktail, – disse Olivier. – Ti va di fare un salto?

– Ovvio.

Le altre cavie erano già schierate al bistrot sul grosso divano e sulle poltrone accanto al camino, allestito per il fuoco ma ancora spento. Era un pomeriggio tiepido, ma insieme al sole sarebbe calata anche la temperatura.

– Non ci hai ancora detto chi è che vi tartassava ieri mattina, – disse Ruth.

Reine-Marie tagliò una fetta di Bleu bénédictin, prodotto dai monaci nella vicina abbazia di Saint-Benoît-du-Lac, e lo spalmò su un pezzo di baguette della boulangerie di Sarah. Poi pescò un bicchiere del nuovo cocktail e lo annusò. Era verde, aveva odore di torba.

E della torba aveva anche il sapore. Reine-Marie fece una smorfia e mise giú il bicchiere.

– Ha un nome?

– *L'ultima parola*, – disse Olivier.

Gli altri lo assaggiarono con la stessa smorfia di Reine-Marie.

– Per caso l'ultima parola è «bleah»? – chiese Myrna.

– Porca merda! – Ruth fece girare la lingua in bocca per cancellare il sapore del drink. – È una roba immonda. Di' la verità: vuoi avvelenarci.

Detto ciò, svuotò in un sorso il bicchiere e si aggiudicò quello di Clara, che la lasciò fare.

– Voglio del gin! – strillò Clara. – Subito!

– Abbiamo appena avuto un'esperienza di premorte, ma non credere che ci siamo scordati della domanda, – incalzò Ruth mentre gli altri la guardavano perplessi, perché in effetti si erano scordati della domanda. – Chi vi stalkerava ieri mattina?

Trattandosi di una chiamata privata, Reine-Marie non era certo tenuta a metterne a parte gli amici. Ma si fidava ciecamente di quelle persone da anni, per cui con loro poteva anche parlare della telefonata. Almeno in una versione accuratamente ritoccata.

– Una signora che Armand conosceva tanto tempo fa...

– Ah ecco, – disse Ruth. – Anch'io tanto tempo fa ero una di quelle «signore»...

Gli altri ridacchiarono. Perfino Rosa abbozzò un sorriso, come in realtà alle anatre capita spesso.

– Sei fuori strada, – disse in fretta Reine-Marie, prima che anche Rosa ci mettesse il becco. – È tutto il contrario.

Gli altri si sporsero ad ascoltare: ora finalmente avrebbero avuto la versione succosa. Qualcosa stava per accadere.

Capitolo 7

– Mi arresterà?

– Vuole essere arrestato? – chiese Gamache. – Ho l'impressione di sí. Per cosa dovrei arrestarla? È entrato in casa mia senza invito, ma non ha fatto danni e si è limitato a prelevare un vecchio soprabito, che poi ha restituito. Volendo potrei mettere insieme un'accusa, ma di certo le darebbero la condizionale. Ho cose piú piacevoli e piú importanti da fare che giocare a guardia e ladri con lei.

Quelle parole produssero in «Charles» un effetto spropositato. Si guardò intorno, poi si allungò verso Gamache e parlò a voce bassa. – Senta, credo che vogliano incastrarmi. Sta per succedere qualcosa e vogliono mettermi in mezzo. Ecco perché volevo parlarle. Mi serve aiuto. Mi serve protezione.

– Protezione da chi?

– Magari lo sapessi.

Ora la voce del ragazzone aveva una nota lamentosa, l'accento era piú aperto, piú marcato. Se davvero il *joual* era il corrispettivo linguistico dell'inverno canadese, Armand si trovava nel bel mezzo di un acquazzone improvviso, con il rischio di smarrire la strada.

– Qualcuno mi ha pagato per entrare da lei e mi ha detto di non prendere nulla. È assurdo, cazzo.

– Sono d'accordo, – si limitò a rispondere Gamache. – Quello che dice è assurdo.

E non si riferiva solo all'accento.

Di nuovo, «Charles» guardò a sinistra e a destra. Era uno spettacolo quasi comico, un cliché. Il tizio paranoico che nei film ha paura di essere pedinato dai «cattivi».

Eppure, valutò Gamache con una punta di fastidio, cliché o meno, forse non stava barando. Forse di paura ne aveva davvero. O forse no. Di rado si era sentito cosí spiazzato davanti a un sospetto. Anche se «Charles» di sospetto aveva poco e niente. Lui era colpevole. Comunque a Gamache serviva sapere una cosa sola: chi l'aveva ingaggiato. Non poteva avere fatto tutto da solo.

– Le credo: quando è entrato non sapeva che era casa mia. Però il mandante doveva saperlo per forza. Chi era?

– Non lo so.

Gamache si alzò in piedi.

– Aspetti, – sbottò «Charles» afferrandogli la manica. Armand si divincolò e si riaccomodò al tavolo. Puntò gli occhi in faccia al ragazzone, sfidandolo a raccontare un'altra balla.

– Aveva una giacca di pelle e una camicia pulita, – disse Charles d'un fiato. – Belle scarpe. Ci bado, alle scarpe. Anche le sue sono belle scarpe. Non come quelle che si sfasciano appena cadono due gocce d'acqua.

Sembrava una digressione senza importanza, eppure corroborava l'ipotesi che l'uomo vivesse gran parte dell'anno per strada. Lí saper distinguere una buona scarpa da una fregatura era questione di vita o di morte.

– Non m'interessano i vestiti. Mi dica com'era fatto.

– Non so, normale.

– Giovane, vecchio? Francofono? Alto, basso? Faccia uno sforzo.

– Parlava francese. Piú vecchio di me ma meno di lei, – disse il ragazzone. Era chiaro che ai suoi occhi Gamache era una specie di relitto. – Alto piú o meno come me, con i capelli scuri. In forma, tipo uno che va in palestra.

Le cose erano due: o «Charles» aveva studiato il mandante con piú attenzione di quanto avesse fin lí dichiarato, oppure si stava inventando tutto. Armand propendeva per la seconda scelta.

– Le ha detto per quale motivo la stava mandando in quella casa?

– Ha detto solo che era una scommessa. E io non gli ho chiesto granché. Volevo i soldi.

– Una scommessa? Non le è parso strano?

– Che cazzo, ispettore! – Il ragazzone bellicoso e sulla difensiva aveva ripreso il sopravvento. – Io crepo di fame e un tipo mi offre dei soldi. Glielo avrei succhiato per molto meno. Quindi no, non so altro. Mi ha detto fin troppo. Non ho fatto domande.

– Perché ha scelto proprio lei?

– Forse perché lí in mezzo sembravo quello con piú probabilità di successo.

– E il piú disponibile?

– *Oui*. Che c'è di male? Si metta al mio posto, *tabernak*.

Gamache scelse di non specificare che al suo posto avrebbe rifiutato. Ma era poi vero? Se il destino gli avesse riservato altre sfortune, dopo che i suoi erano morti insieme in quell'incidente? Se non avesse avuto una nonna pronta ad accoglierlo? Se non avesse avuto Stephen? Se si fosse ritrovato in un orfanotrofio, poi per strada a patire la fame? Con i buchi nelle scarpe e una grata della metro come unico punto di riferimento. Chi poteva dire come sarebbe diventato? Cosa avrebbe fatto?

– Come l'ha pagata?

– Accetto carte di credito. Come cazzo crede che mi abbia pagato? In contanti.

– Prima o dopo?

– Prima.

– D'accordo.

«Charles» sapeva di aver commesso un errore, sapeva che Gamache l'aveva capito. E che non seguisse il filo di quell'errore era ancora piú disturbante.

– Mi descriva l'appartamento.

– *Pardon*?

– Il mio appartamento. Mi dica com'è fatto.

Silenzio. Forse non era stato nemmeno lui a entrare. Fino a che punto, pensò Gamache, lo stavano prendendo per il culo?

– Locandine alle pareti. Ho riconosciuto quella del Jazz Festival. C'è un camino, ed è lí che l'ho vista in foto. Libri e giornali dappertutto. Non ricordo altro. Era…

Gamache aspettò e basta.

– … carino. Accogliente.

C'era tristezza nella voce di «Charles». Una malinconia impossibile da nascondere. E secondo Gamache quella era autentica. Una verità involontaria.

– Qual è il rifugio dove alloggia?

– La Missione, nella Vieux-Montréal.

Gamache lo conosceva. Ci avrebbe mandato qualcuno.

E grazie alla tazza di caffè che l'uomo aveva toccato avevano anche le impronte.

Armand si frugò nella tasca della giacca, tirò fuori un taccuino e lo fece scivolare sul tavolo.

– Le chiedo di scrivere «Per favore, devo parlarle».

Tirò fuori anche una penna. Sulle prime l'altro parve confuso, poi capí.

– È uno che non si fida, eh? – disse mentre scriveva.

– Lei si fiderebbe di sé stesso?

«Charles» se ne uscí con una risatina secca, poi restituí il taccuino a Gamache. – Ecco. Soddisfatto?

– Sa dirmi perché le ho fatto questa richiesta?

– Perché sta scritto sul biglietto che le ho mandato. Quel biglietto, vero? – Indicò un pezzo di carta tra le dita dell'ispettore capo.

Gamache lo aprí e lo mise a confronto con il taccuino. La grafia era la stessa. – Dov'era sistemato il biglietto?

– Cazzo, ispettore, non molla. L'ho messo nella tasca del soprabito, – Charles mimò con la mano quella interna. – E questo? – Gamache aprí un altro pezzo di carta. La lista di erbe e spezie.

Reine-Marie fece un respiro profondo, raccolse i pensieri e si buttò. – Armand non la sente da anni. L'ultima volta che l'ha chiamato voleva un favore.

Rosa annuí con aria scafata, come se stessero per inoltrarsi in un territorio a lei familiare.

– Che favore? – chiese Gabri allungandosi a prendere il formaggio e il pane.

– All'epoca lei era l'assistente di un parlamentare. Uno senza ministeri, appena eletto in una circoscrizione rurale di Québec City. La figlia del parlamentare era rimasta coinvolta in un incidente. L'assistente chiese ad Armand di incontrarla, e lui accettò.

– Di incontrare l'assistente o la figlia? – chiese Myrna.

– L'assistente. Voleva che al parlamentare venisse concessa la negabilità plausibile –. Gli amici pendevano dalle sue labbra. La negabilità plausibile. La storia era sempre piú succosa.

– Perché? – chiese Clara. – Cosa avevano combinato?

– Qualche sera prima la figlia era tornata tardi da un'uscita con gli amici. Era minorenne, sbronza marcia e aveva solo il foglio rosa. Aveva investito un ciclista. Anziché fermarsi ad aiutarlo, era scappata. La Sûreté era riuscita a rintracciarla e voleva interrogarla.

– E il ciclista?

– Era un ragazzo che lavorava alla cassa di un supermercato. Stava tornando a casa dal turno di notte. Il medico legale disse che se la ragazza si fosse fermata a soccorrerlo avrebbe potuto farcela. Invece è morto da solo in un fosso.

Dal cerchio di amici si alzò un sospiro, poi soltanto silenzio. D'un tratto la storia non era piú succosa. Era soltanto tragica.

– L'assistente chiese ad Armand di insabbiare il caso, – disse Reine-Marie. – Voleva che la Sûreté ritirasse le accuse e lo archiviasse come un incidente.

Il ragazzo aveva preso una buca, era stato sbalzato dalla bici ed era finito contro un albero.

– Però le ferite dicevano il contrario… – ribatté Olivier.

Reine-Marie reagí con un'impercettibile alzata di spalle. – Sembra assurdo, eppure si può fare qualsiasi cosa, con il potere e gli agganci giusti.

– E il parlamentare disponeva di entrambe le cose, – disse Ruth.

– Anche Armand, – aggiunse Clara, – aveva il potere di rimetterli in riga.

– *Oui*, – disse Reine-Marie. Non aveva piú dimenticato la faccia di Armand quando era rientrato a casa quella sera.

Lí seduta al bistrot, un luogo che per lei era una seconda casa, circondata da persone oneste e di buon cuore, sembrava tutto semplice. Scontato. C'era una sola cosa da fare. E Armand l'aveva fatta. Le accuse erano rimaste in piedi. Eppure sia lui che Reine-Marie avevano sottovalutato le armi che il parlamentare e l'assistente erano disposti a sfoderare per vendicare l'offesa. Anni dopo, nel loro placido giardino, Reine-Marie aveva capito che Armand stava ancora parando il colpo.

Capitolo 8

«Charles» lesse il foglio con l'elenco delle erbe, poi guardò Gamache. – Mai visto.

– Perché me l'ha messo nel soprabito?

– Non sono stato io.

Il suo stupore sembrava autentico. – Posso vederlo meglio? – aggiunse.

Gamache glielo allungò. – Cosa c'è di tanto strano? È una lista della spesa.

Girò il biglietto con espressione concentrata, quindi lo restituí all'ispettore capo. – Sarà stato lí dentro da un po'.

– No. Ce l'ha messo qualcuno. Mi dica chi.

Armand contemplò una goccia di sudore colare lentamente lungo il viso di «Charles».

Se non fosse stata una reazione chiaramente involontaria, Gamache l'avrebbe catalogata come l'apice della messinscena.

– Non lo so.

Gamache rimase a fissare «Charles» cosí a lungo che la goccia ebbe il tempo di strisciare fino alla mandibola. Poi cadde. *Splat.* Sul tavolo di legno.

– Come avrebbe fatto il suo mandante a dimostrare che era stato nell'appartamento?

– Eh?

– Aveva fatto una scommessa. Per vincere doveva portare una prova. Senza un oggetto personale, come poteva dimostrare di essere entrato?

– Mi ha detto di scattare una foto.

Gamache allungò il palmo aperto. – Me la faccia vedere.

– L'ho cancellata. Non volevo prove.

– Prima però l'avrà girata al mandante. Mi faccia vedere la sua casella di posta. Il palmo era sempre lí, in attesa.

– Non ce l'ho un telefono.

– Che cavolo, ci metta un po' piú d'impegno! – sbottò Armand, esasperato. – Come ha fatto a scattare la foto? E a mandarla? Devo insegnarle a raccontare balle?

– Il tipo mi ha dato il suo telefono.

– Non ci prova nemmeno, a essere verosimile.

Oltre la spalla di «Charles», Gamache vedeva Lacoste che seguiva la scena. Aveva addosso una cimice. Lei e Beauvoir non perdevano una parola. Stavano registrando e filmando l'incontro. Probabilmente Jean-Guy aveva già inserito nel sistema l'immagine dell'uomo.

Gamache abbassò la mano sul tavolo. Tutte cazzate dall'inizio alla fine. A parte forse il sudore. Quello con le menzogne veniva piú copioso.

Il ragazzone si sentiva stretto all'angolo. E non solo dall'ispettore capo Gamache. Anche da un altro. Uno di cui aveva piú paura. In realtà, dell'ispettore capo «Charles» non aveva affatto paura. Al contrario. Lo considerava un'ancora nella tempesta. Quello a cui attaccarsi per salvarsi il culo. Ciononostante, malgrado le suppliche di Gamache, malgrado lui stesso l'avesse invitato lí, sembrava riluttante ad accettare aiuto.

Da parte sua, Armand Gamache sapeva che un uomo in procinto di affogare rischiava di trascinare a fondo anche il suo samaritano.

– Mi dica come stanno le cose, – ora la voce dell'ispettore capo era gentile, suadente piú che minacciosa.

«Charles» inspirò a fondo. Doveva fare una scelta. Affondare o risalire? La verità era pericolosa, certo. Ma tanto ormai non poteva piú tornare indietro. Perché esitava?

– Va bene. Glielo dico.

Gamache si aspettava una via di mezzo. Non una balla totale, ma neppure tutta la verità. La fine dei giochi era vicina. E quella faceva paura eccome.

Era all'improvviso molto grato che Beauvoir avesse trasferito l'intera squadra Omicidi dal quartier generale all'*Open Da Night*. Anche se all'amministrazione avrebbe dovuto spiegare perché aveva messo in conto spese tutti quei cappuccini e quei bomboloni.

«Charles» aveva detto che quell'incontro era stato un errore. E forse Armand aveva preso una cantonata ancora piú grossa.

Gamache si girò a guardare il nonno e la bambina e notò con sollievo che i posti occupati fino a qualche momento prima erano vuoti. Si era liberato un tavolino fuori e i due ne avevano approfittato per spostarsi. Dal peggiore scenario possibile sarebbero usciti illesi.

– Mi è stato detto di entrare e di prendere il soprabito come prova. Quello e nient'altro. Ho pensato a una bravata. Non sapevo che era casa sua, lo giuro.

– Basta cosí, – disse Gamache. Non era facile ascoltare l'uomo che aveva davanti e restare concentrato sui movimenti intorno a loro. – Se sapesse o meno, non posso verificarlo e non mi interessa. Piuttosto vorrei invitarla a riflettere. A riflettere sul serio. Le hanno chiesto di introdursi in casa del capo della squadra Omicidi della Sûreté. Un ufficiale di polizia. Sotto dev'esserci una ragione che va al di là di una goliardata.

Si guardò intorno, quindi puntò di nuovo gli occhi in faccia a «Charles». – Cosa facciamo?

– In che senso?

– Le hanno detto non solo di entrare ma anche di mettermi nella giacca del soprabito il biglietto. Quello dove chiedeva di incontrarmi. Perché? A che scopo?

«Charles» non rispose.

– *Bon*, – Gamache si alzò in piedi. – Ho perso la pazienza. Faccia attenzione. Buona fortuna.

– No, aspetti.

Di nuovo, l'altro si allungò per afferrare il polso di Gamache.

– Cosa devo aspettare? – chiese lui divincolandosi dalla stretta. – Che ci raggiunga qualcun altro?

– No. Non lo so. Forse.

– Chi?

– Si sieda, la prego.

La disperazione di «Charles» sembrava autentica.

Gamache obbedí. – Le do due minuti, poi me ne vado. Voglio la verità. Chi è lei?

– Okay. Non vivo alla Missione, non piú almeno. Un tempo mi facevo di coca, poi di fentanyl. Alla fine con quella merda sono riuscito a chiudere, e adesso alla Missione faccio volontariato. Il tipo mi ha cercato per il lavoro. Mi ha offerto mille dollari, metà in anticipo e metà dopo. Il soprabito dovevo lasciarlo su un gancio alla Missione e tanti saluti.

«Charles» cominciava a ragionare. Gamache aveva intuito subito la balla del pagamento in anticipo. In quel momento l'altro aveva capito di aver commesso un errore, ecco perché era passato dalla rabbia alla supplica. Vacillava, e voleva sottrarre equilibrio anche a Gamache.

– Conosceva la persona che l'ha contattata?

– Non di nome, ma l'avevo visto in giro. Era l'assistente di un pezzo grosso. Veniva alla Missione quando c'era una visita ufficiale.

– Che tipo di visite?

– Di politici. Si fanno fotografare mentre allungano un pasto gratis ai pezzenti. Una volta sono stato servito dal premier in persona.

Prima di fare la domanda che aveva in mente, Gamache si impose di restare calmo. – La persona che l'ha contattata lavora con il premier? Magari nella security?

A proteggere il premier, essendo lui il capo della provincia, pensava la Sûreté. Se chi aveva reclutato «Charles» lavorava nella security presidenziale, non era illogico presumere che…

– Non lo so.

– Usi il cervello, – sbottò Gamache. Se ne pentí. Un secondo dopo, la sua voce era di nuovo pacata, quasi melliflua. – L'ha visto alla Missione anche in assenza del premier?

Charles si fermò a riflettere. Fece sí con la testa. – Qualche volta. Sempre per le visite.

– Tutti politici della provincia o altre autorità?

– Non lo so, – ripeté Charles, con il tono di uno a cui tocca rispondere a una domanda scema.

Solo che per Gamache era tutt'altro che scema.

– Per favore. Si sforzi.

Con suo grande stupore, «Charles» obbedí.

– C'è stata una visita di gente del governo, incluso il ministro di qualcosa. Uno importante. La persona l'ho avvistata anche lí.

– Quel giorno non ha notato altri politici della provincia? Né il premier né altri?

– No, ma non è che li conosco tutti.

Nell'incertezza, almeno era qualcosa. Gamache si coprí la bocca con la mano mentre pensava. Il suo cervello lavorava in fretta.

– Ricorda le date?

– Delle visite? Mi prende per il culo? So a malapena che giorno è oggi.

– Quando fa volontariato alla Missione? Ha dei giorni fissi?

– Ogni due domeniche.

Meglio di niente. Sarebbero partiti da lí.

Alla Missione c'erano delle telecamere di sorveglianza. Poteva procurarsi i nastri e guardare quelli delle visite a cui aveva assistito anche «Charles». Chiamarlo a identificare la persona che l'aveva reclutato. Non era difficile.

– Il soprabito, – disse Gamache prendendola alla larga. – Le hanno detto di rubarlo.

– *Oui*.

– E lei ha messo nella tasca il primo biglietto ma non l'altro. Questo non è suo.

Gamache posò la mano sulla lista di erbe e spezie.

A quel punto «Charles» avvampò. – Le ho detto una balla. Ce li ho messi tutti e due. Come mi hanno ordinato di fare.

– Sta mentendo. Quando ho tirato fuori il secondo biglietto, ho osservato la sua reazione. Era stupito. Deve dirmi la verità. È per questo che ha voluto incontrarmi, *non*? Ha paura, e temo che abbia delle buone ragioni. Mi ha chiamato qui. Perché? Cosa voleva dirmi?

Gamache fece per prendere il bicchiere d'acqua, ma nello stesso momento anche l'altro allungò la mano. Il bicchiere si rovesciò. Gamache reagí alla svelta, sollevando il foglio dal tavolo prima che s'impregnasse.

– Perché l'ha fatto?

– È stato un incidente.

– Non è vero. L'ha fatto apposta. Voleva distruggere il biglietto. Perché?

Charles abbozzò un sorriso enigmatico. – Dice che basta un po' d'acqua a distruggerlo? Pensi quello che vuole, ma di strada ne ha parecchia da fare.

– Cosa sta insinuando?

Charles si mordicchiò le labbra, come se suo malgrado avesse parlato troppo.

Allora Gamache capí. Si era sbagliato di grosso. Tutta la storia era una balla. Ed era cominciata con il biglietto.

Per favore, devo parlarle. Vediamoci oggi. Alle quattro all'«Open Da Night». Mi perdoni. Non sapevo che fosse casa sua.

– Come faceva a sapere cosa avrebbe fatto il mandante con il mio soprabito?

– Non lo sapevo.

– Mi ha messo il biglietto in tasca. Perciò doveva aver capito che il soprabito mi sarebbe tornato indietro.

Eccolo lí. Il centro del labirinto in cui Armand aveva vagato dal momento in cui aveva aperto il pacco. Ora vedeva il suo interlocutore per com'era. Non un poveraccio scelto a caso e tirato dentro a quella messinscena. «Charles» ne era al centro. Sapeva tutto.

L'altro sorrise e annuí. Il suo atteggiamento, la sua postura, il suo volto: da quel momento si trasformò in un altro.

– È libero di non credermi, Monsieur Gamache, ma cerco solo di essere d'aiuto.

Perfino la sua voce era diversa. Non c'era piú traccia del *joual*. – E le bugie? Perché non parla e basta? Cosa sta succedendo? Cosa succederà?

– Sta già succedendo. E va avanti da un po'.

– Cosa? Per Dio, lo dica e basta.

– Mi mancano ancora dei pezzi. Li ha la persona per cui lavoro, anche se comincio a chiedermi da che parte stia. La stessa cosa che fin qui mi sono chiesto di lei.

Gamache rimase esterrefatto. – Aveva dei dubbi su di me?

– Mi piace solo essere cauto.

– Chi le ha chiesto di entrare in casa mia? Per chi sta lavorando? Il nome, forza.

– Senta, le ho chiesto di incontrarci perché volevo guardarla in faccia e verificare se era uno fidato. La sua insistenza, il fatto che sia rimasto anche mentre continuavo a rifilarle cazzate, anche con il sospetto che fosse tutta una fregatura, mi fanno pensare che arriverà fino in fondo.

– In fondo a cosa? Per favore, basta con i giochetti.

Il ragazzone guardò Gamache dritto in faccia.

– Questo non è un giochetto. Se solo sapesse da dove è partito.

– Come potrei? Non mi ha detto niente.

– Eppure ha dei sospetti.

Gamache sgranò gli occhi, la frustrazione gli alterò la voce. – Non so cosa si sia messo in testa, ma di prove non ne ho.

– Invece sí.

Il ragazzone si guardò intorno. – Dobbiamo andare. Mi sono fermato fin troppo –. Notò il panico sul viso di Gamache e sorrise. – Tranquillo. Non succederà nulla tra queste pareti. Ho voluto incontrarla solo per essere sicuro che potevo fidarmi.

– E il secondo biglietto? La lista che ha provato a bagnare d'acqua. Che significato ha? Perché mi è arrivata?

Per la prima volta da quando si era scoperto, il ragazzone parve preoccupato. – Di quella non so niente. Non l'ho mai vista. Non so chi gliel'abbia messa in tasca.

– Non ce l'ha messa lei?

– No.

– Allora chi è stato? Chi aveva accesso al soprabito dopo che lei l'ha rubato?

– Il mio capo. Ho obbedito agli ordini.

– Sa perché lui o lei ha ritenuto opportuno recapitarmelo in centrale?

– Sí, lo so. Ecco perché le ho messo quel biglietto in tasca.

– Non si è chiesto perché gliel'avessero fatto rubare se poi me l'hanno restituito?

– Il mio capo ha detto che era per attirare la sua attenzione.

– E lei gli ha creduto.

– Be', il suo scopo l'ha raggiunto.

All'uomo scappò un mezzo sorriso. Gamache rimase impassibile.

– Provi a ragionarci su, – disse. – Rimandarmi indietro il soprabito sarebbe parso strano, ma non avrebbe monopolizzato la mia attenzione. A fare da pungolo sono stati i biglietti. Il suo, ma anche l'altro. Lei ci deve essere per forza arrivato.

Poi Gamache ebbe un'intuizione. – Voleva dirmi una cosa, ma voleva anche scoprirne una da me. Mi dica cos'è.

In un certo senso, era chiaro. Gamache aveva mostrato al ragazzone il secondo biglietto. Era quella la trappola?

– Ci ero arrivato, – ammise Charles. – Ma non sapevo perché il mio capo ci tenesse tanto alla sua attenzione. Quella lista per me non significa nulla, ma il biglietto sí.

– Cosa intende? Che significato ha il biglietto?

– Lo stesso che ha per lei. So che dico balle da quando sono arrivato. Ha tutto il diritto di non fidarsi. Forse un giorno cambierà idea. Ma l'unica cosa che volevo scoprire qui dentro era se potevo fidarmi di lei. E la risposta è sí.

Gamache non si mostrò molto impressionato da quella dichiarazione.

– Le dico una cosa gratis –. Si alzò e posò sul tavolo i soldi delle consumazioni piú una lauta mancia. – A meno che non sia un completo deficiente, il suo capo ha trovato il biglietto e sa che ci siamo visti.

«Charles» si paralizzò come di fronte a una rivelazione sconcertante.

– Deve dirmi chi è.

Il ragazzone fece no con la testa. – Prima devo capire se del mio capo ci si può fidare. Glielo devo. O ha molto coraggio, oppure...

Oppure, pensò Gamache. In vita sua aveva incrociato una considerevole quota di «oppure». Ma si era anche imbattuto in persone con molto coraggio. A dispetto delle menzogne, forse a quel tavolo d'angolo era stato seduto con una di loro.

Capitolo 9

L'incontro era concluso.

In mezz'ora abbondante, Gamache non era riuscito a spremere quasi nulla da «Charles», a parte confusi accenni a un intrigo piú vasto.

Zero fatti, zero prove, zero nomi. Tantomeno il suo.

Seguendolo verso l'uscita, Gamache era impensierito e incazzato. Se l'era giocata male.

Non avendo fatti né prove, doveva appoggiarsi all'istinto. E il peggio era che l'istinto, per quanto fosse inaffidabile, per quanto lui cercasse di zittirlo, gli diceva che «Charles» era sincero quando diceva di volerlo aiutare. Solo che, combattuto com'era, di aiuto ne aveva fornito ben poco. Al contrario: aveva costruito un castello di spettri e minacce fumose, e ci aveva attirato dentro Gamache.

Fuori dal bar, si fermarono sul marciapiede.

– Perché non sapeva se fidarsi di me? – chiese Gamache. Il sole lo accecava e si spostò di qualche centimetro. Dall'altra parte della strada, a mezzo isolato, intravedeva Beauvoir accanto a un Suv parcheggiato. Probabilmente un'auto civetta della Sûreté. Lacoste stava uscendo proprio in quel momento dall'*Open Da Night*, seguita da una donna che guardò a sinistra e a destra, in cerca di una persona o semplicemente di un tavolino libero nella distesa affollata.

«Charles» non aveva risposto alla domanda di Gamache. Si limitava a contemplarlo in silenzio. Allora Gamache capí.

– Ha paura che la Sûreté sia corrotta.

– Ne ho la certezza. E sí, ispettore capo, ho paura.

– Chi? Chi nella Sûreté?

«Charles» scosse la testa. – Non lo so. Comunque è il male minore.

– Il minore tra quali? – domandò Gamache sentendo che stava perdendo la pazienza.

Charles pensò a una risposta, ne soppesò le implicazioni. – Ho chiuso con l'alcol e con le droghe, e adesso tutti mi dicono che per stare bene dovrei bere piú acqua, ma io non sono d'accordo.

Fissò Gamache, come se quell'indizio dovesse risvegliare in lui chissà cosa. – Mi dica di piú. Mi serve altro, figliolo.

Non avrebbe dovuto usare quell'assurdo appellativo, «figliolo», per blandire un ragazzo piú o meno coetaneo di suo figlio. Eppure i due non avevano in comune solo l'età. Entrambi avevano fatto uso di droghe. Entrambi erano riusciti a riprendersi la loro vita.

Con la coda dell'occhio, Gamache vide la donna alle spalle di Lacoste alzare una mano e sventolarla in direzione del Suv. La macchina si staccò dal bordo della strada per venire a prenderla.

«Charles» decise di non rispondere alla domanda.

– Mi rifarò vivo, – disse.

– Non mi ha rivelato nulla!

– Le ho rivelato piú del previsto. Piú di quanto mi consigliava la prudenza. Devo capire un po' di cose. Mi rifarò vivo, prometto.

– Lascerò il soprabito vicino alla porta.

«Charles» rise e fece per andarsene. Però Gamache aveva un'ultima domanda che gli bruciava sulla lingua.

– Mi dica il suo vero nome.

L'uomo si girò: stava ancora sorridendo. – Non ci crederà, ma mi chiamo davvero Charles.

Un movimento sopra la spalla di Charles catturò l'attenzione dell'ispettore capo.

Il Suv si stava avvicinando all'*Open Da Night*. Ma invece di rallentare per far salire la donna guadagnò velocità, puntando dritto verso di loro. Verso il marciapiede. Verso la distesa di tavolini. Verso Charles e Gamache. E chiunque si trovasse nella loro traiettoria.

Gamache sgranò gli occhi. Charles si girò per guardarsi alle spalle. Ma non aveva piú tempo.

Tra loro e il Suv c'erano il nonno e la bimba, seduti a un tavolino. Lei stava colorando un albo, lui leggeva il giornale. Ignari.

Era successo tutto in fretta, e insieme al rallentatore. Adesso il Suv era cosí vicino che Gamache incrociò lo sguardo dell'autista.

E poi...

Jean-Guy Beauvoir si accorse troppo tardi del pericolo, ma anche in caso contrario non sarebbe riuscito a bloccarlo.

Il primo e l'unico campanello d'allarme fu l'espressione sul volto di Gamache. Il panico. Il corpo che s'irrigidiva. Pronto a scattare.

Poi il lampo di nero che gli oscurò la visuale al passaggio del Suv.

Isabelle Lacoste era uscita dal bar e stava controllando le mail in cerca di novità dal quartier generale. Aveva ancora indosso l'auricolare e colse l'ultimo frammento di dialogo tra il capo e lo sconosciuto. Dopo tutto – sorrise – si chiamava davvero Charles. Immaginò Gamache scuotere la testa, diviso tra il disappunto e l'autocommiserazione.

Il sorriso le morí sulle labbra quando sentí un gemito strozzato. Non proprio un urlo, ma quasi. Era la voce del capo. Alzò gli occhi nel momento del boato.

Jean-Guy scattò verso l'inferno che aveva sconvolto la distesa. Sedie e tavole rovesciati.

Corpi a terra.

Per un attimo, dopo lo schianto c'era stato un silenzio perfetto. Come se la vita e la morte fossero sospese. Intrecciate. E al destino servisse del tempo per decidere.

Poi si alzarono le urla. Il Suv si era scagliato in mezzo alla distesa, in mezzo alla gente, poi era filato via. Girando l'angolo per imboccare avenue Fairmount Tires, aveva fatto stridere i freni. Mentre le auto della Sûreté partivano di gran carriera dietro di lui, le sirene si erano mescolate agli strilli degli avventori.

All'arrivo di Beauvoir, Gamache si era liberato del pesante tavolino che lo schiacciava. Aveva fatto scudo alla bambina con il suo corpo, schermandola contro l'asfalto. Lei aveva gli occhi stralunati. Sangue sul viso e tra i capelli. La bambina e l'ispettore capo si guardarono per un momento.

Poi lei scoppiò a piangere, con lunghi gemiti striduli. Quelli di una bambina terrorizzata ma illesa. Il piú bel suono del mondo. Armand si tirò su in ginocchio ed esaminò in fretta, con occhio clinico, la bimba. Non aveva niente di rotto. Le controllò la fronte e il capo. Un graffio, nient'altro.

– *Patron*? – gridò Beauvoir togliendo di mezzo altre sedie e cocci di vetro.

Gamache si guardò intorno, vide il nonno seduto a terra con aria smarrita. Il vecchio strillò: – Patricia! –, la voce impastata di panico. Poi vide la nipotina e la strinse subito in un abbraccio, scosso dai brividi.

– Chiamate le ambulanze.

– Subito, *patron*, – disse Lacoste.

– A loro pensaci tu, – le ordinò Gamache. Si tirò su e, aiutandosi con le mani, incespicò tra i detriti e gli oggetti sparsi fino al corpo che era stato sbalzato in mezzo alla strada.

Si inginocchiò e mormorò: – Charles?

Intorno a loro si era già addensato un capannello di gente. Lontana, Gamache sentiva la voce perentoria di Lacoste che chiedeva al telefono le ambulanze. Lui però vedeva solo l'uomo immobile sull'asfalto, con le gambe piegate con un'angolazione innaturale.

Charles era riverso su un fianco, e Gamache non osò girarlo. Non per paura di peggiorare la situazione, sapeva con certezza che era morto o stava per morire, ma per risparmiargli altra sofferenza.

Cosí fu lui a sdraiarsi su un fianco, con il viso a

pochi centimetri da Charles. Gli occhi grigi erano fissi, vitrei. Il sangue gli schiumava sulle labbra. Stava respirando. Appena.

Gamache gli cercò la mano, la prese.

– Charles, – disse piano. – Charles.

Ripeté il nome sperando di recargli conforto nell'agonia. Non era solo. Per un attimo, gli occhi di lui misero a fuoco. Le labbra si schiusero.

Gamache si fece piú vicino. Aveva nelle narici l'odore del catrame sciolto e quello di crema pasticciera che esalava dal respiro spezzato di Charles. Sentiva sotto di sé il tepore dell'asfalto, il sole del tardo pomeriggio gli scaldava il viso.

E capí di non avere scelta. Doveva chiedere ancora, insistere per l'ultima volta.

– Un nome. Dimmi un nome, figliolo.

– La famiglia, – balbettò Charles.

– Lo prometto, – disse Armand. – Parlerò con i tuoi genitori.

Charles rispose alla stretta, e per un attimo Gamache gli vide il panico negli occhi.

Poi anche quello scivolò via. Come tutto il resto.

Charles se n'era andato. Insieme a tutto ciò che sapeva.

– *Patron*, stai bene?

La voce di Lacoste. Era inginocchiata vicino a lui e gli teneva una mano sulla spalla.

– Signore, riesce ad alzarsi? – La seconda voce era di un inserviente dell'ambulanza, e d'un tratto Gamache si accorse di essere spalmato in mezzo alla strada. Da fuori sembrava tutto tranne uno che sta «bene».

Si rialzò a fatica. Dopo averlo rapidamente visitato e avergli sparato una luce negli occhi per escludere un trauma cranico, i paramedici lo costrinsero con fermezza ad allontanarsi mentre loro si dedicavano all'uomo esanime per terra.

Lacoste stava dicendo qualcosa. Dal marciapiede fuori dal bar venivano ancora strilli e richiami.

Gamache capí che l'ambulanza si trovava già nei paraggi. Chissà se era stata Lacoste o era stato Beauvoir a pensarci. Giusto per sicurezza...

– È morto, – sancí la paramedica, staccandosi in fretta da Charles per occuparsi di quelli a cui serviva ancora aiuto. Gamache abbracciò la scena con gli occhi. Uomini e donne si tiravano su a sedere, alcuni si azzardavano perfino ad alzarsi, tastandosi con cautela dove gli faceva male.

Quando era avvenuto l'attentato? Un minuto, due minuti prima? Non di piú.

Il Suv era scomparso. Le sirene della polizia erano sempre piú lontane. Gamache si girò verso Lacoste. – L'avete beccato?

– Abbiamo un video.

Seguí il capo mentre s'inoltrava senza esitare, con il passo un po' zoppicante, nel cuore del disastro.

– I nostri non hanno perso tempo, i colleghi di Montréal sono stati allertati. Vedrai che lo becchiamo.

I passanti avevano sfoderato i cellulari per postare la tragedia in diretta, di certo su internet era già partito il live streaming. A Gamache non sarebbe dispiaciuto scaricare su di loro la rabbia. Invece puntò il dito verso un'agente e le diede istruzioni.

– Mettiti lí, cerca di contenerli e blocca loro la vista del corpo.

– *Oui, patron*.

– Tieni, – Gamache si levò la giacca, con una certa sorpresa notò che era strappata. – Coprilo con questa. Aspetta! – Si riprese la giacca e svuotò le tasche, tastando i due bigliettini. – Ecco. Resta di guardia fino a nuovo ordine.

– Sissignore.

– Si chiama Charles, – aggiunse a beneficio della ragazza che si era già mossa. Gli pareva importante che lei sapesse il nome.

La giovane agente raggiunse la postazione e stese la giacca sopra Charles come le era stato chiesto. Poi allargò le braccia per proteggere il ragazzo martoriato dall'ennesima violenza.

La famiglia, pensò Gamache.

Che orrore se l'avessero scoperto da internet. I passanti avevano il diritto di filmare, sebbene si trattasse di un diritto imperfetto, ma Gamache si chiedeva se capissero che ogni secondo di quei video postati in rete toglieva loro un briciolo di umanità.

La famiglia, aveva balbettato Charles. Solo due parole. L'ultimo pensiero era stato per i suoi, e Gamache sapeva che avrebbe reagito nella stessa maniera. Qualche anno prima, mentre giaceva sul pavimento di una ex fabbrica in preda a un'emorragia potenzialmente fatale, Armand aveva sussurrato a Isabelle Lacoste quelle che credeva le sue ultime parole.

Reine-Marie.

Aveva affidato tutto il suo amore a Lacoste, nella certezza che lei l'avrebbe portato a destinazione.

Alla fine era sopravvissuto. Ma quel momento li aveva legati con forza. Proprio come l'ultimo istante di Charles l'aveva legato a Gamache. Ora esisteva un accordo, un contratto, tra chi era sopravvissuto e chi era morto.

Gamache avrebbe potuto salvare Charles, invece l'aveva lasciato morire. Aveva scelto di fare scudo alla bambina. E adesso gli toccava il compito di parlare con la famiglia. Charles era sposato? Aveva una figlia piccola? Un figlio?

Eppure qualcosa gli sfuggiva. Quando aveva giurato al ragazzone che avrebbe cercato la sua famiglia, lui non era parso sollevato. Tutto il contrario. Era parso terrorizzato.

Sulle prime Armand l'aveva attribuito all'ultima disperata consapevolezza di chi sta per andarsene. Eppure negli anni alla Omicidi aveva visto morire tante persone, le aveva assistite nei momenti finali. Si era sforzato di non farle sentire sole.

In alcuni casi, per quelli che ne avrebbero ricavato conforto, aveva recitato il rosario. Aveva visto labbra prosciugate muoversi insieme alle sue. Aveva preso la mano dei moribondi, aveva sopportato il loro sguardo finché non ne era defluita via tutta la luce. Aveva assorbito il loro dolore, la loro paura, i loro rimpianti. Il loro amore.

Mai una volta, in quelle persone, aveva visto lo stesso sguardo di Charles.

– Almeno abbiamo il numero di targa.

Lacoste lo seguiva da vicino, lo aiutava a rimettere in piedi le persone coinvolte. A tranquillizzarle. A controllare le ferite. – Sarà un'auto rubata, ovvio. Ho girato il video ai nostri.

– *Bon*.

Nel pronunciare quelle tre lettere, Gamache si rese conto che non sapeva piú chi fossero «i suoi».

Specie dopo le parole di Charles. Un pensiero arrivò a scuoterlo mentre aiutava una donna a rialzarsi...

– È ferita?

Che fosse stato quello il vero scopo dell'incontro? Piantargli un dubbio nel cervello?

– Mi fa male il braccio, ma sto bene. È solo una botta.

– Si metta qui, – Gamache raccolse una sedia e la spolverò con la mano. – Un medico passerà a visitarla.

Era arrivato vicino a qualcosa nel corso di una delle sue indagini? Troppo vicino?

– Sono un medico anch'io, Monsieur Gamache.

Tramite Charles, i mandanti volevano sabotare la sua indagine. Farlo dubitare dei colleghi. Era quella la missione di Charles?

E lui l'aveva portata a termine? Era un complice o una vittima?

– Se serve, do volentieri una mano, – disse la donna.

Perché l'avevano ucciso? Forse l'ispettore capo una risposta ce l'aveva.

– È sicura di stare bene?

Avevano ucciso Charles per rendere piú efficace la loro strategia. Per dimostrare che diceva la verità. L'avevano ammazzato per far credere a Gamache che i suoi colleghi alla Sûreté erano dei vermi. Perché credesse a una bugia.

– Sicurissima.

La dottoressa si avviò a soccorrere i feriti, senza aspettare un permesso che comunque lui non aveva l'autorità di concederle.

Santo cielo, rimuginò Gamache. Qual era l'ipotesi peggiore? Che Charles avesse mentito, e loro fossero alle prese con dei bruti capaci di ammazzare un compagno? O che avesse detto la verità?

– Manca una ripresa chiara dell'autista per colpa dell'angolazione, – disse Lacoste.

– *Pardon*? – le chiese l'uomo che era impegnata a soccorrere.

– Non dicevo a lei. Si sente bene?

– Sta parlando con me? – insisté l'uomo.

Lacoste annuí e lui la rassicurò: – Sono a posto, credo.

– Io l'ho visto, – disse Gamache.

– Sul serio? – Lacoste si alzò e si girò a guardarlo.

I capelli grigi del capo erano sconvolti, e lo stesso i vestiti. Aveva la camicia bianca slacciata, sporca di sangue. La cravatta lasca e storta. I pantaloni strappati sulle ginocchia, anch'essi striati di rosso. La mano sanguinava per le abrasioni che si era procurato strusciando sull'asfalto. Si vedeva che non era gravemente ferito. Non come avrebbe potuto ferirsi. Non come aveva temuto lei in quegli istanti terribili.

– Riesci a descriverlo?

– Riesco a fare di meglio, Isabelle. Ti mostro la foto. Era il tipo che ha lasciato il pacco in centrale stamattina. Non ho dubbi.

Sembrava impossibile che fosse cominciato tutto al mattino, poche ore prima.

Lacoste ci mise un po' a elaborare le parole del capo.

– Porca merda.

Aprí la galleria del cellulare, tamburellò sulla foto e gliela mostrò. Il volto dell'attentatore era sfocato ma se ne intuivano i lineamenti.

– C'era una donna qua fuori, – disse Armand allungando il braccio teso verso un uomo ancora a terra. – L'hai vista? È uscita dopo di te e ha agitato la mano verso il Suv. Forse era un segnale –. Con lo sguardo, passò in rassegna la distesa. – Ora non la vedo piú.

– Abbiamo filmato anche fuori, – rispose Lacoste. – La cerco nelle riprese.

Gamache studiò la situazione. Era sotto controllo. Beauvoir era riuscito a sedare in fretta il panico e stava coordinando i soccorsi. Altre ambulanze e paramedici lo avrebbero aiutato.

Le conseguenze erano meno brutte del previsto, meno brutte di come poteva andare. Gran parte degli avventori si erano feriti cadendo dalle sedie, rovesciandosi addosso i pesanti tavolini mentre cercavano di sottrarsi dalla traiettoria del Suv. Avevano abrasioni e lividi, piú che feriti erano scioccati.

Però anche lo shock era una ferita.

– Ti ho girato dei fermoimmagine, – disse Lacoste.

Gamache li scorse rapidamente. – È lei.

Lacoste girò alla squadra un fermoimmagine, con la richiesta di cercare la donna e di avvicinarla con cautela, mentre Gamache tornava verso il nonno e la bambina.

I paramedici avevano fasciato la testa alla bambina e stavano visitando il nonno.

Lei aveva piú o meno l'età di Florence, una delle nipotine di Armand.

Lui si inginocchiò per nasconderle lo spettacolo del corpo riverso in mezzo alla strada, anche se la bambina l'aveva già visto. Adesso di Charles si vedevano solo le gambe disarticolate, che la giacca non riusciva a coprire. Aveva perso le scarpe nell'urto con il Suv ed erano volate da qualche parte.

La bambina aveva smesso di piangere e osservava con un certo stupore i postumi dell'attentato.

– Ti chiami Patricia, vero?

Lei fece sí con la testa.

– Sei molto coraggiosa.

Lei fece sí di nuovo, convinta. Gamache tirò fuori dalla tasca il fazzoletto pulito e lo leccò per inumidirlo, quindi pulí il viso della bambina dalle lacrime e dal sangue rappreso.

I suoi profondi occhi azzurri rimasero fissi su di lui. Poi la bambina guardò in basso e sorrise.

Lui seguí il suo sguardo e vide che aveva della crema pasticciera sul dorso della mano. Per un attimo rimase a fissarla come uno scemo, poi guardò verso Charles rannicchiato in mezzo alla strada. Doveva essersi sporcato mentre gli teneva la mano.

I paramedici non l'avevano mosso dal punto in cui era caduto: in maniera piuttosto ragionevole, avevano valutato che fosse meglio dedicare le loro energie ai vivi. Anche Gamache aveva fatto una scelta: salvare la bambina al posto del ragazzo. Mentre il Suv piombava tra i tavoli, Armand si era sentito sfiorare la gamba. Vicinissimo.

Però lui era vivo, e Charles era morto. Ucciso dall'autista del Suv e dalla scelta di Armand.

Con il fazzoletto macchiato del sangue della bambina, si tolse con cura la crema pasticciera dalla mano.

Capitolo 10

Reine-Marie era seduta nello studio davanti allo schermo spento. Sapeva che prima o poi avrebbe dovuto guardare, ma non ce la faceva.

Armand aveva chiamato per dirle che era andato all'appuntamento e riferirle dell'attentato.

– Esistono dei video. Circoleranno su internet e li manderanno al telegiornale.

– Stai bene? – Era l'unica cosa che a Reine-Marie importasse davvero.

– Sí.

In sottofondo, Reine-Marie udiva il frastuono, gli strepiti e le sirene. – Torni a casa?

– Non ancora. Però conto di tornare stasera. Non per cena, piú tardi.

Armand aveva avuto la tentazione di aggiungere: «Non aspettarmi alzata». Ma sapeva che lei non l'avrebbe ascoltato. La chiamata risaliva a un'ora prima.

Clara era seduta nel loft al primo piano della libreria di Myrna, la mano con il bicchiere di birra congelata a pochi centimetri dalle labbra.

Sul divano, davanti al televisore, Myrna e Billy Williams guardavano l'annunciatore della Cbc che sciorinava la notizia d'apertura del telegiornale delle diciotto. Subito dopo partí il video.

Billy allungò la mano per prendere quella di Myrna. Lei afferrò la mano di Clara.

Gabri era nella lavanderia di fronte alla cucina del B&B, impegnato a ficcare nella lavatrice lenzuola e asciugamani. Gli ospiti avevano fatto il check-out, a lui toccava l'ultima incombenza prima di potersi rilassare con un cocktail. Non quello suggerito dal loro anziano ospite, certo. Quella era stata una cattiveria bella e buona.

In sala da pranzo era acceso il televisore, sintonizzato sul notiziario francofono di Radio-Canada. Sentendo citare l'ispettore capo Gamache della Sûreté du Québec, Gabri smise di fare ciò che stava facendo e si affacciò in corridoio.

Stringendo ancora un telo da bagno tra le mani, entrò in sala da pranzo e crollò sul divano. Con gli occhi sgranati e la bocca socchiusa per la sorpresa, tormentando senza sosta il telo, guardò il video che veniva trasmesso al telegiornale.

– Oh cazzo, – bofonchiò Ruth.

– Cazzo, cazzo, cazzo, – confermò Rosa. Era un'anatra bellicosa, con la tendenza a contraddire chiunque, ma in quel caso era d'accordo con la padrona. Prima che finisse il servizio, Ruth prese in braccio Rosa e si avviò alla porta.

– *Bonjour*?

Reine-Marie si girò e vide Clara sulla soglia dello studio. Alle sue spalle si materializzarono Gabri e Olivier. Poi Myrna. Infine, in un borbottio fuori campo, sentí: – Cazzo, cazzo, cazzo.

– Ci siamo permessi di entrare, – disse Olivier, come se a Three Pines non si trattasse di un'abitudine consolidata.

– Stai bene? – chiese Clara.

– Hai visto il servizio? – chiese Myrna.

– Mi ha raccontato tutto Armand al telefono, ma non ho ancora visto il telegiornale.

Reine-Marie guardò d'istinto verso la sveglia sulla libreria e si stupí nel constatare che erano le diciotto e dieci. – Ne hanno già parlato?

– *Oui*, – disse Gabri.

– L'unica cosa importante è che Armand e Jean-Guy stiano bene, – aggiunse Olivier.

– Ti sbagli: a lei serve di piú.

La voce querula di Ruth piombò nella stanza, seguita a stretto giro dalla poetessa in carne e ossa. Puntò gli occhi di un azzurro sbiadito in faccia a Reine-Marie. – Devi vedere il video. Cosí eviti di farti film ancora piú brutti.

Reine-Marie sapeva due cose.

La vecchia pazza aveva ragione. E perché gli amici erano entrati in casa sua senza chiedere permesso. Per non lasciarla sola mentre guardava il video.

Le tende alla finestra oscillarono con dolcezza, come se stessero respirando: dal parco, una folata d'aria fresca entrò nella stanza. Portava con sé il profumo dell'erba, i richiami dei bambini immersi nei loro giochi e il lieve ronzio delle api che gravitavano intorno al caprifoglio intrecciato e alla pianta di pisello dolce abbarbicata al graticcio.

Quanta pacifica bellezza c'era nel vivere in un luogo dove il ronzio delle api era considerato una virtú. Addirittura una necessità. E dove le vite delle persone erano intrecciate.

Alla fine, mentre Clara le sedeva accanto e le teneva la mano, Reine-Marie guardò il video.

Armand rientrò nell'appartamento di Montréal, dove si fece una doccia e indossò dei vestiti puliti: una camicia azzurra, un maglione estivo e pantaloni comodi.

Mentre si svestiva, constatò senza sorpresa che era pieno di graffi e lividi. Ferite aperte. In gran parte poco fastidiose. Quello che faceva piú male era il piede sinistro, gonfio e violaceo.

Si spalmò della pomata antisettica sui tagli e sulle abrasioni.

Gli abiti che aveva indossato quel mattino erano appallottolati in un angolo della camera. Avrebbe dovuto gettarli via. Erano sdruciti, macchiati di polvere e sangue. Irrecuperabili.

Beauvoir aveva dato la caccia alla scarpa che Armand aveva perso nel trambusto, e lui se l'era rimessa insieme all'altra.

Aveva provato a pulirla con uno strofinaccio, ma non era riuscito a togliere i graffi piú brutti.

Era l'ultimo dei suoi problemi. Proprio come aveva detto Charles. Durante il loro incontro, aveva tenuto a puntualizzare che i corrotti all'interno della Sûreté erano il male minore.

Ma non aveva aggiunto qual era il male maggiore.

Ora sapevano che di cognome si chiamava Langlois. Abitava in rue Versailles, nel quartiere di Petite-Bourgogne. Era bastato controllare nel suo portafoglio. Nella tasca Charles aveva anche la chiave di casa e un cellulare, ma nient'altro.

Dalla scena del crimine Gamache era andato direttamente al presunto indirizzo di casa, senza nemmeno una sosta per ripulirsi o cambiarsi. Doveva parlare subito con i familiari, prima che vedessero il video.

Una prima ricerca nel database era stata infruttuosa. Charles Langlois non aveva precedenti. Mentre Jean-Guy guidava, Armand rispose alla chiamata del commissario Toussaint.

– Sto guardando un video in rete, Armand. C'è qualcosa che vorresti dirmi?

– Stavo per farti uno squillo.

Beauvoir gli lanciò un'occhiata, concedendosi di dubitare della sincerità del capo. Poi lo ascoltò fornire al commissario una versione precisa, seppure un po' edulcorata, dei fatti.

– Hai detto che l'uomo, l'unica vittima, ti aveva dato un appuntamento in quel bar? Dunque non si è trattato di un attentato terroristico.

– No, l'obiettivo era lui.

– Ne sei sicuro? Possiamo comunicare ai cittadini che non corrono pericoli?

– Non dal Suv, *non*.

Ammesso che avesse colto il sarcasmo, Toussaint lasciò perdere. – La sindaca farà una conferenza stampa. Vuole che siamo presenti entrambi. Il video è già virale.

Gamache borbottò a mezza voce una cosa che il commissario non gli chiese di ripetere.

– Sei sicuro che possiamo escludere un attentato terroristico?

– Sicurissimo.

– All'eventualità che l'obiettivo fossi tu ci hai pensato, Armand?

Nell'intimità della sua testa, Gamache rivide il volto dell'autista. Gli occhi che l'avevano fissato per un istante. Prima di concentrarsi su Charles.

– Non ero io l'obiettivo.

– Devi dirmi tutto quello che sai. Ti aspetto nel mio ufficio.

– D'accordo.

Di fatto, ciò su cui Armand si era appena dichiarato d'accordo era una bella lavata di capo. Il commissario Toussaint aveva dieci anni meno di lui. Aveva cominciato all'unità Antiterrorismo e Crimini informatici. Alcuni mormoravano che avesse fatto carriera solo perché era donna e nera, però Gamache sapeva bene come stavano le cose. Quando lei frequentava l'accademia, lui era stato suo professore. E quando era stato declassato, qualche anno prima, aveva suggerito il nome di Toussaint per il ruolo di commissario della Sûreté du Québec, benché si trattasse di una procedura informale e lei probabilmente non l'avesse mai scoperto.

In fin dei conti era irrilevante.

Toussaint si meritava di stare ai vertici della Sûreté. Cosí come lui meritava d'incassare tutte le grane che lo attendevano. Per non aver previsto ciò che era accaduto. Per non aver impedito che accadesse.

– Sto andando a parlare con la famiglia della vittima.

– Raggiungimi il prima possibile, ti aspetto, – tagliò corto lei. Poi aggiunse, in tono piú conciliante: – Sei sicuro di stare bene, Armand?

– Sto bene, Madeleine. *Merci*.

Dopo aver riagganciato, il dilemma che Charles

gli aveva piantato in testa riprese a tormentarlo. Poteva davvero fidarsi di Toussaint? Ad arrivare fin lí l'aveva aiutata lui, ma a volte il potere trasformava le persone. E lei di potere ne aveva da vendere.

Lungo il tragitto verso casa di Charles, Gamache si infilò la camicia nei pantaloni, si ripulí alla bell'e meglio le mani e il viso e si ravviò i capelli per rendersi piú presentabile. Dopo che il cadavere era stato spostato, aveva recuperato la giacca e l'aveva indossata per coprire la macchia di sangue sulla camicia bianca. Ora non era piú cosí sicuro che fosse una buona idea. La giacca era strappata, con altre chiazze di sangue.

Tenerla addosso o levarla? Quale scelta sarebbe stata meno terrificante per la famiglia di Charles?

Nessuna delle due sembrava adeguata. Corrispondevano semplicemente a diverse gradazioni di orrore.

Beauvoir guidava in silenzio, cercando le parole per chiedere perdono al capo.

Quando si fermarono a un semaforo, Armand si girò verso il marito di sua figlia. Sapeva cosa stava rimuginando. Cosa stava provando.

– Quel Suv era elettrico. Non faceva rumore. Tu stavi sorvegliando il bar, come era tuo dovere. Io l'ho visto parcheggiato a bordo strada e non ho detto nulla. Avrei potuto dare l'allarme, ma non l'ho fatto.

– Perché davi per scontato che avessi controllato.

Jean-Guy stringeva forte il volante, lo sguardo fisso davanti a sé.

Sarebbe mai riuscito a dimenticare il viso del capo e il fotogramma di quel Suv nero?

– Avrei dovuto controllare.

– E io avrei dovuto prevedere il pericolo. Charles Langlois avrebbe dovuto chiedermi appuntamento nel mio ufficio, anziché in un luogo pubblico.

Sarebbe mai riuscito a dimenticare il volto di Charles Langlois, trasfigurato dalla fine ormai vicina? Aveva ventisette anni e giaceva morente in mezzo a una strada. Uno sconosciuto che gli tendeva la mano appiccicosa di crema.

– Del senno di poi sono piene le fosse, Jean-Guy. Dobbiamo accantonare i sensi di colpa e scoprire chi ha agito e perché.

E cosa gli riservava il domani. Non sarebbe finita cosí, poco ma sicuro. Qualcosa stava per accadere.

– *Oui*.

Per il resto del tragitto, ciascuno rimase immerso nei propri pensieri.

– Lei è quel poliziotto –. Sentendo picchiare alla porta di Langlois, la vicina di sotto era uscita sul ballatoio. Scrutava senza vergogna il piú grosso e il piú vecchio dei due sbirri, con gli abiti stazzonati e insanguinati. – Quello del video.

Gamache sospirò. Non erano riusciti ad arrivare in tempo.

Poi la vicina capí che stavano cercando Langlois e sbarrò gli occhi. – Era lui quello che è stato ucciso?

– Charles Langlois abita qui?

La vicina annuí e Gamache aggiunse: – Da solo?

– *Oui*. Mai visto né sentito nessuno lassú con lui. Dio, che disgrazia. Sono stati i terroristi? Tutti dicono che sono stati loro.

– *Non*, nessun terrorista. Da quanto tempo Charles Langlois abita qui?

La donna ci pensò su. – Meno di un anno, direi. Ma dovete chiedere al padrone di casa.

– Ci serve il nome e il numero di telefono del proprietario, – disse Beauvoir. – E anche il suo.

Gamache bussò piú volte, infine usarono la chiave trovata addosso a Langlois per aprire. Superarono la soglia e raggelarono.

Il monolocale era mezzo distrutto. I libri erano squadernati a terra, i cuscini del divano letto squarciati, il materasso ribaltato.

Avevano rovesciato i cassetti del vecchio comò all'angolo, il contenuto era sparso sul pavimento.

– Chiamo la Scientifica, – disse Beauvoir.

– Chiedi ai vicini se hanno visto o sentito qualcosa.

Mentre Beauvoir andava di porta in porta, Gamache rimase nel monolocale a esaminare il disastro. Poi si mise a perlustrare lo spazio palmo a palmo. Non toccò nulla.

Non c'erano computer, tablet, documenti o quaderni. Era stato tutto requisito. Gamache si avvicinò a una parete dov'erano fissati dei chiodi a trattenere brandelli di carta. Di qualunque cosa si trattasse, avevano strappato il foglio, restavano solo gli angoli. Però lui aveva capito cos'erano quei frammenti. Di ritorno nell'appartamento, Jean-Guy confermò la sua intuizione. – È una cartina. Charles Langlois aveva appeso al muro una gigantesca cartina geografica.

– I vicini?

– Al momento la signora al piano di sotto è l'unica in casa, ma ha detto di essere stata fuori per quasi tutto il pomeriggio. Non ha visto né sentito nulla.

Sparsi a terra c'erano dei vestiti con le tasche rivoltate.

– Guarda questa, – Gamache si chinò su una felpa alla quale era appuntata una spilla. – Ti dice qualcosa?

Era il simbolo dello yin e dello yang, verde e azzurro. Con un pesce che saltava nel mezzo.

– *Non*, – rispose Jean-Guy.

Gamache si rialzò a fatica, i lividi e le botte cominciavano a farsi sentire. Beauvoir allungò una mano per aiutarlo. – Qui serve un montacarichi, *patron*.

Gamache sorrise. – Riesco ancora a portarti in braccio, se voglio, – disse, benché entrambi sapessero che ormai da qualche anno era un'affermazione azzardata.

– Sono passati mentre lui era all'*Open Da Night*, – disse Beauvoir. – Per cui qualcuno doveva essere al corrente dell'appuntamento.

Gamache annuí.

– Perché non l'hanno ammazzato prima, se sapevano dell'appuntamento e avevano cosí paura di quello che poteva dirti? – aggiunse Jean-Guy.

Gamache si fermò alla finestra con le mani incrociate dietro alla schiena, ponderò con cura la domanda.

– Forse non sapevano dell'appuntamento, – con il fiato tiepido, appannò il vetro. – Forse lo pedinavano, e quando l'hanno visto parlare con uno della Sûreté sono andati nel panico. Hanno raffazzonato una strategia all'ultimo momento. Hanno mandato uno a rovistargli l'appartamento e poi l'hanno investito alla luce del giorno. Non sembra un piano molto sofisticato.

– Si sono cagati addosso, – disse Beauvoir. – Non sapevano cosa vi eravate detti, cosa avresti riferito alla squadra. Hanno perso la testa.

– Il punto è che non mi ha detto nulla.

Lei sa, aveva detto Charles. *O almeno ha dei sospetti*.

Gamache sospirò, frustrato. Charles si sbagliava. Lui non aveva sospetti né certezze.

Il cellulare di Beauvoir vibrò, era un messaggio di Lacoste. – Merda. Hanno trovato il Suv a Terrebonne, nella discarica di Lachenaie. Insieme all'autista.

Gamache si staccò dalla finestra. – Morto?

– Con un proiettile in testa. Zero documenti addosso. Ci gira le foto.

Gamache si era sempre chiesto se dietro la scelta di chiamare in quel modo il luogo dove confluiva tutta l'immondizia della città si celasse un augurio o solo ironia involontaria. Terrebonne. Terra buona.

Il punto è che lí non confluivano solo i rifiuti dei privati cittadini, ma anche gli scarti della mafia di Montréal. Nel corso degli anni ci avevano trovato diversi cadaveri.

Gamache si limitò ad annuire. – Hai fatto una foto alla spilla?

– *Oui*. La inserisco nel sistema.

– No, – lo bloccò subito il capo. – Teniamola tra di noi. Falla vedere solo a Isabelle.

– Dunque secondo te Charles ha detto la verità. Nella Sûreté ci sono delle mele marce.

– Non lo so, ma non possiamo escluderlo.

Charles sapeva di non essere solo un'esca? Sapeva che rischiava anche lui? Non era venuto al quartier generale della Sûreté, però aveva convocato lo sbirro piú riconoscibile di tutto il Québec in un luogo pubblico. Se aveva il sospetto di essere pedinato, voleva fare in modo che li vedessero insieme. Il bar affollato, perfino la sosta strategica sul marciapiede.

Il suo scopo non era confondersi tra la gente ma farsi notare per bene, e farsi notare insieme all'ispettore capo Gamache. Forse, cosí facendo, credeva di pararsi il culo. Non aveva senso ammazzarlo se aveva già vuotato il sacco, per giunta con uno dei capi della Sûreté.

Solo che il suo ragionamento si era rivelato fallace, e da lí potevano dedurre che in ballo c'era molto piú di quanto Charles Langlois avesse previsto.

– Jean-Guy?

– *Oui*?

– Se sapessi di essere pedinato e avessi in mano prove in grado di incastrare gente molto cattiva e molto disperata, cosa faresti?

Beauvoir ci pensò su. – Be', se avessi proprio tanta paura farei un video. Lo manderei alla polizia. Cosí uccidermi avrebbe poco senso, una volta che le informazioni sono già partite.

– E se di informazioni sicure non ne avessi? Se dovessi ancora separare i buoni dai cattivi?

– Che cazzo! – Jean-Guy si prese qualche secondo per pensarci. – Credo che starei imboscato finché non lo capisco.

– È quello che farei anch'io.

Gamache contemplò di nuovo la scrivania. Possibile che il portatile, i documenti e la cartina appesa al muro non fossero stati rubati ma nascosti?

Beauvoir interruppe le ricerche e girò il cellulare.

– La spilla è di un gruppo che si chiama Action Québec Bleu. Ambientalisti.

Tamburellò sull'icona delle chiamate e mise in vivavoce.

– Action Québec Bleu, – scandí con brio una voce giovane e femminile.

– *Bonjour*, – disse Gamache. – Chiamo per sapere se conoscete un certo Charles Langlois.

– Be', sí. Lavora qui, ma oggi non c'è. Vuole lasciare un messaggio?

– *Non, merci*. Preferisco passare direttamente. Mi dà l'indirizzo, per cortesia?

La ragazza obbedí, Gamache scrisse un appunto e riagganciò senza dire altro.

– Isabelle ha tracciato le telefonate di Charles. Aveva un cellulare usa e getta. Nuovo. L'ha usato per una sola chiamata.

Armand aveva in mente di spedire Beauvoir all'Action Québec Bleu mentre lui passava da casa per farsi una doccia, cambiarsi e infine andare dal commissario. Ma il numero che compose di lí a poco, l'ultimo che Charles Langlois aveva chiamato in vita sua, scombinò i suoi piani. All'altro capo rispose la voce di un uomo. Sí, conosceva Charles Langlois.

– È mio figlio. Posso sapere perché ci sta chiamando?

Mentre Beauvoir si avviava all'Action Québec Bleu, Armand andò a parlare con i genitori di Charles. La casa era piccola, ordinata, cosí pulita da spezzare il cuore. *Propre*, fu l'aggettivo che si affacciò alla mente di Armand. Piú che pulita, immacolata.

Alla porta, Madame Langlois gli chiese di mostrare il distintivo. Gamache obbedí, dolorosamente consapevole dello stato dei suoi vestiti. Dello stato della sua persona.

Prima di uscire dal palazzo di Charles aveva chiesto alla vicina del piano di sotto di usare il bagno per darsi una sistemata. Quando infine ne era uscito, dopo essersi lavato il viso e le mani ed essersi rassettato i vestiti alla bell'e meglio, lei l'aveva squadrato e aveva annuito.

– Meglio.

Quel «meglio» aveva un valore relativo, e in quel momento lui era scivolato molto al di sotto dei suoi standard. Eppure il commento l'aveva rincuorato. Madame e Monsieur Langlois lo invitarono dentro. Avevano piú o meno l'età di Gamache e l'aria circospetta, ma di sicuro non avevano visto il video né ricevuto la notizia da amici e parenti.

Li informò dell'accaduto con tutta la delicatezza di cui era capace, ma senza lasciare adito a dubbi. Odiava gli eufemismi, le perifrasi, le mezze verità che alimentavano false speranze. Per come la vedeva lui, erano l'antitesi della compassione.

Pronunciando le ultime parole, guardò dritto in viso Madame Langlois. Nei suoi occhi, come in quelli del figlio, si aspettò di vedere la morte. La vita che defluiva via all'improvviso. Con le sue parole senza appello stava sottraendo a quelle due persone la vita che fin lí avevano conosciuto, per scaraventarli in un aldilà dove faceva sempre buio. Da lí in poi, il tempo si sarebbe fermato e avrebbe avuto una nuova scansione.

Madame Langlois in ogni caso non sembrava sorpresa. E nemmeno il padre di Charles.

Dissero a Gamache che non avevano notizie del figlio da quasi un anno. L'avevano bandito da casa e dalle loro vite quando l'abuso di droghe aveva preso il sopravvento. Quando aveva cominciato a rubare anche a loro. Una, due, tre volte. Quando aveva minacciato sua madre con un coltello per farsi dare dei soldi.

Avevano vissuto nella paura che tornasse a tormentarli. E accettato il fatto che un giorno qualcuno avrebbe bussato alla porta per annunciare che era morto.

Gamache era quel qualcuno. Il giorno era arrivato.

Madame e Monsieur Langlois parevano quasi sollevati. Il peggio era accaduto. Da lí in avanti non erano piú costretti ad attendere il finale dell'incubo. Avevano pianto cosí a lungo la scomparsa del loro bambino, ora finalmente avevano un corpo da seppellire.

Era orrendo, tragico, ma non sconvolgente.

– Sapete come ha vissuto negli ultimi tempi? – chiese Gamache.

Tutti e due fecero no con la testa.

– Le ultime persone che ha chiamato al telefono, stamattina, siete stati voi.

– *Oui*, lo sappiamo, – rispose la madre. – Non abbiamo risposto, e lui non ha lasciato un messaggio.

Non sembrava consumata dal rimpianto. Al contrario: aveva un tono provocatorio, come se sfidasse Gamache a biasimarla. Non perché avesse il cuore di pietra, pensò lui, ma perché il suo amore per il figlio era schiacciato sotto un tale peso di fatica e sofferenza da non poter piú essere riesumato.

Pensò al suo primogenito Daniel, a quanto li aveva fatti penare negli ultimi anni dell'adolescenza. Era stato tremendo, lo sforzo continuo di bucare la corazza di un adolescente fuori controllo. Fuori portata. La crepa tra i genitori e Daniel, il loro bambino cresciuto, era diventata profonda. La ferita si era allargata. E Armand non poteva dire di aver fatto il possibile per rimarginarla.

Lui e Reine-Marie erano arrivati molto vicini al punto dove si trovavano ora i Langlois. Costretti ad ascoltare un malcapitato ufficiale di polizia venuto a dar loro brutte, bruttissime notizie.

Per fortuna a loro quell'abisso era stato risparmiato.

Eppure Gamache non riusciva ancora a ripensare a quei giorni, a quei mesi, perfino a quegli anni, senza provare malessere. Alla fine Daniel e Charles avevano ritrovato la strada. Daniel era tornato da loro. Adagio, per tentativi. Come un animale ferito che chiede aiuto al cacciatore.

E forse Charles sarebbe tornato dai suoi se avesse avuto piú tempo davanti a sé. Impossibile capire se le sue parole avrebbero migliorato o peggiorato le cose, eppure Armand non si censurò.

– A quanto ho visto, Charles era lucido e presente. Il suo ultimo pensiero è stato per voi –. Spostò lo sguardo dal padre alla madre e rimase su di lei. – Era un uomo coraggioso.

Li informò del video e consigliò loro di non guardarlo. Alla fine Monsieur Langlois lo accompagnò alla porta. Poco prima che Gamache gli voltasse le spalle, il padre di Charles lo scrutò con intenzione e disse: – Vedo che ha fregato anche voi.

Poi la porta si richiuse e Armand tornò alla macchina con il passo sbilenco. Guidò fino a casa.

Rimase a lungo sotto il getto dell'acqua calda, piegando il collo per farsi colpire in viso. Con gli occhi chiusi, provò a schiarirsi i pensieri. Le ultime parole di Monsieur Langlois non ne volevano sapere di scivolare giú per lo scarico con il sangue e la polvere.

Vedo che ha fregato anche voi.

Però a colpirlo, a perseguitarlo, era stato soprattutto lo sguardo di Madame Langlois. Identico a quello del figlio quando aveva capito che stava per morire. Non di rimpianto. Non di sofferenza. Madame Langlois era terrorizzata.

Capitolo 11

– Prego?

La donna seduta alla scrivania di fronte a Beauvoir si era presentata come Margaux Chalifoux, direttrice esecutiva dell'Action Québec Bleu.

– Mi sembra di essere stato abbastanza chiaro, Madame. Purtroppo Charles Langlois è morto. È stato investito da una macchina oggi pomeriggio.

Beauvoir studiò con trepidazione la reazione della sua interlocutrice. Nei suoi ultimi minuti di vita, Charles Langlois aveva espresso il dubbio che il suo capo fosse impelagato nei fatti che lo tormentavano.

Il suo capo era quella donna.

Charles Langlois aveva detto «capo», non «capa». Forse stava bluffando, forse non riconosceva l'autorità di Margaux Chalifoux. Forse si riferiva a qualcun altro.

Madame Chalifoux era una donna di mezza età con i capelli diradati, un'ombra di baffetti sul labbro superiore e un volto paffuto che esprimeva compunzione, se non dispiacere. – È terribile. Era un bravo ragazzo –. Fece una pausa. – In quale dipartimento della Sûreté ha detto che lavora?

– Alla Omicidi.

Madame Chalifoux chiuse gli occhi per un lungo istante. Quando li riaprí, aveva lo sguardo serio e spiccio. Niente storie. – Siete convinti che l'abbiano ammazzato.

– Ne siamo certi. Ero con lui.

– Per cui qualcuno voleva ucciderlo. L'hanno fatto di proposito. Perché proprio Charles?

Madame Chalifoux si zittí, scosse la testa. – Mi scusi. Domanda stupida. È quello che state cercando di scoprire, immagino.

– Di cosa si occupava?

– Era uno dei nostri biologi.

Notando lo stupore sul volto di Beauvoir, la donna aggiunse: – Cosa sapete di preciso sul conto di Charles?

– Niente, – ammise Beauvoir. Si accomodò senza essere stato invitato a farlo. – Me ne parli lei.

Lungo i corridoi del quartier generale della Sûreté, Gamache capí che quasi tutti i suoi colleghi avevano visto il video. Alcuni si fermarono a chiedergli come stava, altri si limitarono a rivolgergli un cenno di solidarietà.

A ogni sorriso, a ogni saluto, Gamache non poteva fare a meno di chiedersi se fossero sinceri.

Ogni passo in quel lungo corridoio gli risvegliava una fitta di dolore nel punto in cui la scarpa batteva contro il piede contuso. Quando finalmente le porte dell'ascensore si richiusero su di lui, Gamache si appoggiò al muro, esalò un sospiro e sollevò il piede.

– Vieni dentro, ispettore capo, – lo invitò Madeleine Toussaint di lí a due minuti, quando l'assistente le ebbe annunciato il suo arrivo. – Accomodati. Caffè?

– *Non, merci*.

Toussaint fece il giro della scrivania e si piazzò sulla sedia accanto a lui. – Dimmi tutto quello che sai, Armand.

– Charles Langlois è, o meglio era, un biologo marino, – disse Madame Chalifoux.

– Specializzato in mari e oceani? In acque salate, dunque.

– Sí, però da noi studiava la situazione delle acque dolci.

Beauvoir non si curò di nascondere una certa perplessità e lei aggiunse: – La verità, ispettore, come forse avrà intuito, è che abbiamo pochi fondi. Ci tocca arrangiarci. A Charles serviva un lavoro, a noi serviva un biologo.

– Qual era di preciso la «situazione» a cui stava lavorando?

– La stessa a cui lavoriamo tutti. Piani di sicurezza dell'acqua.

Beauvoir si sporse in avanti. – Charles credeva che la sicurezza delle nostre acque fosse in pericolo?

– Be', sí, ispettore.

Beauvoir incassò la risposta senza scomporsi. Forse in quell'ufficio, da quella donna, stava per scoprire ciò che Langlois aveva taciuto a Gamache.

– Stiamo tutti mettendo in pericolo la nostra acqua potabile in nome del progresso. Alteriamo il clima e gli ecosistemi con additivi fuori controllo. Dubito che la causa della sua morte vada cercata qui.

Madame Chalifoux fece una pausa. – Non amo battere su questo tasto, ma siete al corrente del suo passato?

– È una delle piste che stiamo seguendo. Nel frattempo vorrei sapere un po' di cose da lei. Vorrei vedere ciò a cui Charles stava lavorando.

Beauvoir seguí Madame Chalifoux nel vasto open space. Oltre a lei c'erano otto persone: tutti si girarono a guardarli. Era chiaro che avevano appena scoperto da altre fonti ciò che era successo. Alcuni avevano le guance chiazzate come se avessero pianto. Altri un'espressione vitrea e stoica.

– L'ispettore Beauvoir lavora per la Sûreté. Ha delle domande da farci.

– *Merci*. Prima, se non le spiace, vorrei vedere la postazione di Monsieur Langlois.

Jean-Guy si mise i guanti e studiò per diversi minuti i fogli stipati nei cassetti e sopra la scrivania.

– Non c'è molto qui. Secondo lei manca qualcosa? Non tocchi nulla, per favore.

Madame Chalifoux ritirò di scatto la mano e osservò le carte con aria accigliata.

– Si è preso il portatile. Mi aspetterei di trovare anche dei quaderni, ma forse ha spostato anche quelli.

– Oggi è passato qualcuno a cercarlo?

I colleghi fecero no con la testa.

– Sapete a che progetto stava lavorando di preciso?

– In questo periodo era concentrato sui laghi del nord e del centro, – rispose una ragazza. – Faceva test sull'inquinamento.

– Lavorava da solo?

La ragazza annuí.

– Aveva un supervisore? – Un uomo, pensò Beauvoir. Quel «capo» che Charles aveva menzionato.

– Margaux, – rispose la ragazza spostando gli occhi su Madame Chalifoux.

– Nessun altro? – I colleghi confermarono che c'era solo lei. – È possibile che Charles durante i suoi test abbia trovato qualcosa di molto pericoloso?

– Be', anche lassú al nord c'è un mucchio di inquinamento che distrugge la biodiversità, – intervenne un collega piú maturo. – Pioggia acida, componenti elettronici smaltiti senza criterio, mercurio scaricato dalle dighe idriche. Se perfino nelle alghe abbiamo riscontrato segni di sofferenza...

Alla parola «alghe», Beauvoir perse interesse. Non poteva stare dietro a tutto, e nella sua lista di priorità le alghe non comparivano.

– Mi riferivo a un pericolo concreto per Monsieur Langlois, non alla mucillagine lacustre.

Gli altri lo guardarono come se con quelle parole avesse definitivamente sancito di essere un cavernicolo. – Come è arrivato Monsieur Langlois qui da voi? – aggiunse Beauvoir.

– Si è presentato in sede e ci ha offerto le sue competenze, – rispose Madame Chalifoux. – All'inizio faceva il volontario, appena abbiamo avuto un po' di soldi l'abbiamo assunto.

– Vi disse come aveva scoperto la vostra associazione?

– *Non*, e io non gli chiesi nulla. Eravamo semplicemente grati del suo aiuto. Come vede, siamo una piccola organizzazione. Senza la buona volontà dei nostri membri non esisteremmo. Nessuno lavora a tempo pieno, percepiamo il minimo sindacale e devolviamo parte dei nostri compensi all'organizzazione.

Beauvoir passò in rassegna le persone nell'open space. Uomini e donne, vecchi e giovani, verosimilmente di diversa estrazione culturale. – Siete molto motivati.

– Dica pure fanatici, – ribatté una signora di una certa età. – C'è in ballo il futuro dei nostri nipoti.

– Monsieur Langlois era un fanatico?

– Se per «fanatico» intende squilibrato, no, – Madame Chalifoux ammoní con lo sguardo i colleghi. – Però era motivato, certo. Sapeva che l'acqua, a fronte del cambiamento climatico, sta diventando un bene sempre piú scarso. Ne siamo tutti consapevoli.

In verità Beauvoir all'acqua non pensava granché. Da quando era papà, il mondo che i suoi figli avrebbero ereditato lo impensieriva. Le riserve di cibo in esaurimento. I boschi devastati dagli incendi, le epidemie, le carestie, le inondazioni. Le guerre per il controllo delle risorse. Quelli erano gli effetti del cambiamento climatico che lo tenevano sveglio la notte.

Dell'acqua, che in Canada pareva tanto abbondante, non era preoccupato.

– Margaux, – disse una ragazza con le guance ancora umide e striate di rosso.

– Sí, Debs?

– C'è un video in rete...

Era un rischio, ma Gamache l'aveva ponderato con cura. Quanto dire al commissario. Come dirlo. Una parola dopo l'altra, Armand sorvegliava con cura l'espressione di Toussaint.

– Un collaboratore? – disse lei alla fine. Aveva sorvolato sull'irruzione in casa Gamache ed era passata all'unico punto di suo interesse. – Secondo te è questo che ha provato a farti capire fin dall'inizio?

– Non ci ha solo provato: me l'ha detto chiaro e tondo.

– Il nome?

Armand fece una smorfia quasi divertita. – Credi che non te l'avrei detto subito se lo sapessi?

Sul volto di Gamache aleggiava una tale ambiguità che perfino la sua capa ne rimase colpita. Spiazzata.

E lí Gamache voleva arrivare.

Madeleine Toussaint, commissario della Sûreté du Québec, era brava. Ecco perché, contro i suoi interessi, Gamache l'aveva aiutata a occupare il posto dal quale lui era stato silurato. Aveva un'intelligenza acuta, buone doti organizzative e un carisma naturale. Con la sua combinazione di esperienza e intuito, capiva subito se qualcuno voleva fregarla. Propinarle una balla era fuori discussione.

Tanto piú che Toussaint lo conosceva bene. Ma anche lui conosceva lei.

A Gamache serviva solo destabilizzarla un po'. Ottenere che lei gli credesse quando affermava di non sapere se Langlois fosse attendibile, ma anche insinuarle il sospetto che invece sapesse eccome.

Inoltre doveva farle credere che la presunta macchia nella Sûreté fosse l'unica ragione per cui Langlois l'aveva contattato. Quella e nient'altro.

– Sentiamo un po': con chi starebbe collaborando questo collaboratore?

– Non lo so.

In quel caso Gamache aveva detto tutta la verità. Anche se in segreto temeva che il collaboratore fosse la donna che aveva ripreso posto dietro la scrivania, davanti a lui.

Beauvoir sapeva che avevano caricato un video in rete e che il video era diventato virale, ma fino a quel momento non l'aveva ancora visto. L'effetto era dirompente. Si era trovato sul luogo dell'omicidio. Vi aveva assistito di persona. Quella però era una prospettiva diversa. Molto piú ravvicinata.

Vide il Suv sfiorare il corpo di Armand che veniva sbalzato dallo spostamento d'aria. Beauvoir aveva sottostimato la distanza. Pochi centimetri piú in là e…

Il Suv era passato cosí vicino a Gamache da levargli una scarpa.

Il corpo di Langlois era atterrato con un tonfo sordo. Senza rimbalzare. Come un sacco di sabbia. Le scarpe erano volate via ed erano rotolate sull'asfalto, fermandosi piano.

Per qualche ragione, lo spettacolo delle scarpe senza padrone era quasi peggio del cadavere. A volte accadeva durante le esplosioni, o quando la vittima veniva crivellata da un'arma di grosso calibro. Si staccava da terra e le scarpe schizzavano via.

Pochissimi riuscivano a riappropriarsene da vivi.

Alla fine del video, nessuno aprí bocca. Era stato tagliato prima della parte in cui Jean-Guy recuperava la scarpa di Armand e gliela riportava.

Fu lui a rompere il silenzio. – Qualcuno di voi è mai stato a casa di Charles?

Fecero tutti no con la testa. Tutti tranne…

Jean-Guy scrutò la ragazza di nome Debs, visibilmente piú scossa dei colleghi.

– Tu ci sei stata? – le chiese con delicatezza. Lei annuí.

Gli altri la fissarono sorpresi.

– Siamo usciti qualche volta.

– E vi è capitato di andare da lui.

Beauvoir aspettò che la ragazza confermasse. – Sai dirmi cosa c'era alle pareti?

– Alle pareti?

Beauvoir non le fece pressione.

Lei ci pensò su. – Una cartina del Québec.

– Sai perché la teneva lí?

– Non eravamo molto interessati alla cartina.

– Portiamo tutti il lavoro a casa, ispettore, – intervenne un'altra donna. – E scommetto che tutti abbiamo cartine alle pareti.

Fece girare lo sguardo intorno e nessuno degli altri obiettò.

– Charles si portava il computer a casa dopo il lavoro?

Debs annuí.

– Non abbiamo trovato né quello né appunti scritti a mano. Avete idea di dove siano finiti?

No, non lo sapevano.

– Questa vi dice qualcosa? – Beauvoir sfoderò il cellulare, gli attivisti gli si radunarono intorno. Sullo schermo c'era una lista di erbe e spezie. – Sono specie di particolare interesse per l'ambiente?

– Steli di Angelica? Noce moscata? Ammesso che siano davvero piante, non appartengono all'ecosistema canadese. E noi non ce ne siamo mai occupati, – disse Madame Chalifoux.

– Questa non è la grafia di Charles, – precisò Debs.

– No, – confermò Beauvoir rimettendosi il telefono in tasca. – La riconoscete?

Di nuovo, i colleghi negarono all'unisono.

Eppure Beauvoir si era ben guardato dal mostrare il retro della lista, dov'era scritta la parola *Acqua*.

Prima di andarsene, si fece dare l'elenco delle trasferte di Langlois. Infine, nell'intimità dell'autopattuglia, ordinò un mandato di perquisizione per la sede dell'Action Québec Bleu e per il domicilio della sua direttrice esecutiva. Il capo di Langlois. Il fatto che lui ne avesse parlato al maschile garantiva con un buon margine di certezza che si trattava di una donna.

La sindaca aveva convocato una conferenza stampa per rassicurare i cittadini sulla minaccia terroristica. Si era trattato del gesto isolato di un pazzo, non di un attacco su larga scala.

L'attentatore era stato trovato morto con un proiettile in testa. La polizia non c'entrava.

Tutto faceva pensare a un suicidio.

Gamache puntò lo sguardo verso le luci intense delle telecamere. Aveva dolori un po' ovunque per via dei graffi e delle contusioni, ma soprattutto gli faceva male il piede. Sapeva che gran parte delle telecamere, gran parte dei giornalisti si sarebbero concentrati su di lui: non poteva permettersi la minima incertezza.

Dopo la sindaca parlò il commissario Toussaint. Un rapido intervento per rassicurare di nuovo i cittadini, quindi fu il turno di Gamache. Gli avevano dato una dichiarazione già pronta, doveva limitarsi a leggerla. Ma non potevano imporgli il tono di voce, le pause tra una parola e l'altra. Le espressioni del viso. Le risposte alle domande.

Il responsabile dell'attentato, chiunque fosse, avrebbe seguito la conferenza con estrema attenzione.

E al momento delle domande, i giornalisti si sarebbero rivolti a Gamache. Solo a lui.

Ci racconti cosa è successo, ispettore capo.

Come si sente? Lei e la vittima siete stati visti insieme all'interno del bar. Lo conosceva? Per quale motivo vi siete incontrati?

Chi era l'autista? Perché si è schiantato proprio contro quel bar? Aveva un conto in sospeso con lei? Con i titolari del bar?

Cosa le ha detto Charles Langlois negli istanti prima di morire?

Armand rispose a tutte le domande con la massima sincerità possibile.

Prima dell'omicidio stava interrogando Monsieur Langlois (pausa) in relazione a un potenziale reato. No, non poteva discuterne nei dettagli. *Non*, Charles Langlois non era tra i sospetti.

Quanto alle ultime parole che Langlois aveva detto riverso in fin di vita sull'asfalto – Gamache guardò dritto in camera e fece una pausa – si trattava di una questione privata.

Una blogger si alzò in piedi e domandò se era possibile che l'obiettivo fosse stato proprio Langlois.

Gamache la conosceva bene. Il suo blog aveva lo scopo non dichiarato di fare a pezzi la Sûreté in generale e Gamache in particolare. E quella era un'occasione ghiotta. – Stiamo seguendo anche quella pista, – rispose Gamache.

– O puntavano a lui o puntavano a lei, ispettore capo, è palese.

– Ha una domanda da fare?

– Questo Langlois doveva essere uno importante, se è riuscito a tirarla fuori dall'ufficio.

Dal tono della blogger non filtrava il minimo rispetto. Non che Gamache se lo aspettasse. Ma non si aspettava neppure di vederla comparire a una conferenza stampa organizzata in fretta e furia. Eppure eccola lí, in prima fila. – Di nuovo: ha una domanda da fare?

– Il video l'abbiamo visto tutti, Monsieur Gamache. Lei si è accorto dell'auto che puntava alla vetrata del bar prima di tutti gli altri. Avrebbe potuto salvare Monsieur Langlois, ma ha scelto di salvare sé stesso. Può spiegarci il motivo?

Gamache non rispose subito, e la blogger si insinuò in quel silenzio. – Come possono i cittadini sentirsi al sicuro se la polizia tutela per prima sé stessa?

La parola «codardo» non era stata pronunciata ma aleggiava nell'aria.

I reporter della vecchia guardia assistevano basiti allo scambio.

Poi Gamache ebbe un'intuizione. Piú che una risposta, un pensiero improvviso. Un'idea.

Stava per darle voce quando il commissario Toussaint si parò all'improvviso davanti al microfono.

Madeleine Toussaint si lanciò in una vibrante difesa del capo della squadra Omicidi, che aveva salvato la vita a due persone mettendo a repentaglio la propria. Ecco cosa si vedeva nel video.

– Non sono d'accordo, – ribatté la blogger. – Io

ho visto un uomo che nel tentativo di salvarsi è inciampato su una bambina e su un signore anziano, facendo del male anche a loro. Le immagini non suggeriscono che volesse consapevolmente proteggerli.

Non era facile bucare la scorza dei vecchi reporter, molti dei quali bazzicavano nella nera da anni, eppure quell'ottusa requisitoria li mise a disagio.

Quasi tutti conoscevano bene l'ispettore capo. Avevano guardato il video diverse volte. Era evidente che in quei pochi secondi Gamache aveva fatto una scelta. Si era salvato, certo, ma non si poteva certo dire che avesse anteposto la propria incolumità a quella dei cittadini. La sua priorità era stata spostare la bambina dalla traiettoria del Suv in corsa.

– L'ispettore capo Gamache ha dovuto prendere una decisione cruciale in una frazione di secondo, – tagliò corto Toussaint. – Posso solo sperare che in una circostanza simile saprei dimostrarmi alla sua altezza –. Squadrò la blogger. – Lei avrebbe lasciato morire la bambina?

La blogger arrossí e li fulminò con lo sguardo. Stretta all'angolo, senza una risposta.

Fermo al suo fianco, Armand bisbigliò a Toussaint: – *Merci*.

Si sentiva un po' in colpa per averla creduta capace di tradire non solo la Sûreté ma i cittadini del Québec. Soprattutto lui.

Eppure sapeva che se per assurdo la collaboratrice fosse stata lei, Toussaint avrebbe agito nello stesso identico modo. E le congetture non finivano lí.

Non era impossibile che avesse organizzato quell'agguato ai danni di Gamache, o che perlomeno l'avesse previsto. Sarebbe bastato invitare la blogger alla conferenza per assicurarsi che lui venisse messo sotto accusa. Lei non chiedeva altro.

Cosí Toussaint avrebbe avuto l'opportunità di difenderlo. Di rassicurarlo che stava dalla sua parte.

Era un vicolo cieco, doveva ammetterlo. Ai suoi occhi, Toussaint era sospetta se lo difendeva e altrettanto sospetta se non lo difendeva. Pazienza: lui voleva solo arrivare alla verità.

Capitolo 12

– Sto arrivando, – rispose Jean-Guy.

Gamache aveva scritto a Beauvoir e Lacoste per dare loro appuntamento da *Chez Mère Grand*, un'appartata trattoria nella vecchia zona del porto di Montréal, poco lontano da Champ-de-Mars. Non l'aveva scelta a caso: si trovava proprio a metà strada tra il quartier generale della Sûreté e la loro tappa successiva. Non era un luogo molto frequentato dagli altri poliziotti: in genere loro preferivano i bar immersi nella penombra anche in pieno giorno. Ecco perché Gamache l'aveva scelta. Inoltre il locale e i giovani titolari erano simpatici e accoglienti, il cibo genuino e delizioso.

In circostanze normali Armand sarebbe andato a piedi, per prendere una boccata d'aria fresca e schiarirsi le idee in quella limpida sera d'estate. Ma la scarpa sformata gli tormentava il piede contuso, e le stradine acciottolate della città vecchia avrebbero reso il tragitto ancora piú difficile. Cosí chiamò un taxi.

Al suo arrivo, Isabelle era già al tavolo. Armand ordinò per tutti tramezzini al formaggio grigliato, farciti di gorgonzola e gruyère filante, con il chutney che colava dai lati. Aggiunse un *éclair* per Isabelle, un millefoglie per Jean-Guy e una spessa fetta di tremolante meringata al limone per lui.

Mentre aspettavano Jean-Guy, Armand aggiornò Isabelle sulla perquisizione a casa di Charles e sulla scomparsa del portatile, dei quaderni e della cartina.

– È arrivato troppo vicino a qualcosa, – disse Isabelle. – Abbiamo registrato la vostra conversazione, l'ho ascoltata diverse volte e due cose mi hanno colpito. Primo, – si mise a contare con l'indice, – Charles credeva che nella Sûreté ci fosse almeno un complice dei suoi presunti nemici. Secondo, – dopo l'indice sollevò il medio, – aveva dei sospetti sul suo capo. Presumibilmente il suo superiore all'associazione ambientalista.

– È una donna, ma di per sé non significa nulla, – disse Gamache. – Terzo, aveva paura, eppure sottovalutava il pericolo in cui si era cacciato. O non voleva crederci.

Molto spesso le brave persone non riuscivano a valutare né ad accettare le dimensioni del mostro che le sovrastava.

A quel punto Jean-Guy entrò a passo svelto nella trattoria. Andò direttamente al bancone, parlò con il titolare, rimase in attesa, infine li raggiunse al tavolo e allungò una cosa ad Armand.

– Una borsa del ghiaccio, *patron*. E questo... – Insieme al ghiaccio, c'era un sacchetto di carta piuttosto ingombrante.

Armand lo aprí e sorrise. Dentro c'era una scatola di cartone. Scarpe nuove di pelle morbida.

– *Merci*, – disse, indugiando con gli occhi sul viso di Jean-Guy. – *Beaucoup*.

Quand'è che le cose erano cambiate?, si domandò Armand togliendosi la scarpa assassina e piazzando il ghiaccio sul piede gonfio e livido. Quand'è che Jean-Guy aveva cominciato a prendersi cura di lui anziché l'inverso?

Sentendo il dolore che si attenuava, Armand capí di sbagliarsi. Si erano protetti e guardati le spalle a vicenda dal loro primo incontro, tanti anni prima.

– Cosa hai trovato all'Action Québec Bleu?

– Non molto.

Mangiando il suo tramezzino, Jean-Guy li aggiornò sulla spedizione.

Armand si appoggiò allo schienale e ascoltò. Li osservò.

Era orgoglioso di tutta la sua squadra, ma in special modo di quei due, che condividevano la responsabilità di fargli da vice.

I membri del suo dipartimento erano stati scelti con cura uno per uno, non dalla cima della piramide ma dalla base. Donne e uomini pieni di talento, che avevano rischiato di essere cacciati a pedate dalla Sûreté.

Il suo dipartimento Omicidi, composto da agenti che le altre squadre avevano scartato, registrava la piú alta percentuale di successi di tutto il paese. Perché Gamache sapeva una cosa che i suoi colleghi ignoravano. Accompagnate da buoni consigli, fiducia e aspettative realistiche, le seconde possibilità erano miracolose.

Gamache aveva recuperato i suoi agenti dal pozzo e li aveva spediti in tutto il Québec a cercare quelli che ci erano caduti.

– Che idea ti sei fatto, Jean-Guy?

– Langlois stava facendo ricerche sui laghi del centro e del nord, e sono spariti non solo i quaderni ma anche la mappa. Mi sa che ci attende una bella rogna. Forse una fuga di scorie tossiche da una delle manifatture tessili della zona, o da una miniera.

– Tutte le grandi aziende inquinano, – ribatté Lacoste. – Ma non commissionano omicidi per coprire le loro malefatte.

– Però la malefatta potrebbe essere una cosa grossa, che va avanti da un pezzo con la complicità di politici importanti.

Era possibile, pensò Gamache. Di certo l'ipotesi piú probabile. Lui però ne vedeva un'altra, che al momento preferiva tenersi per sé. Doveva riflettere.

– Se saltasse fuori, i colpevoli sarebbero costretti a chiudere baracca e a pagare centinaia di milioni in multe e risanamenti, – continuò Beauvoir. – E poi finirebbero in carcere.

– I politici perderebbero le cariche e il governo si giocherebbe le prossime elezioni, – disse Lacoste.

Guardarono entrambi Gamache, che fin lí si era limitato ad ascoltare. E lui parlò. – Avete descritto ciò che dovrebbe succedere in un mondo ideale, non ciò che capita davvero. Quanti amministratori delegati di multinazionali finiscono in carcere per aver inquinato l'ambiente? Quanti governi pagano le conseguenze?

Gli altri rimasero zitti.

– Ecco. Per un amministratore delegato il gioco non vale la candela.

– Tu che idea ti sei fatto? – gli chiese Lacoste.

Anziché rispondere, Gamache si rivolse a Jean-Guy. – Come ti è sembrata la capa di Langlois?

Beauvoir ci pensò su. Era una domanda che si aspettava. – Sincera, come gli altri colleghi. Però è facile comprare qualcuno. Due o tre milioni tappano la bocca a tutti o quasi.

– Eppure dopo aver scoperto che Langlois era stato ucciso, perché non parlare dei loro sospetti? – chiese Lacoste.

– Tu parleresti? – replicò Beauvoir. – Sapendo che l'ultimo che l'ha fatto è stato ammazzato?

Mentre Jean-Guy ne staccava un grosso morso, la crema pasticciera colò dal millefoglie.

– È chiaro che Charles stava facendo un'indagine personale, – disse Gamache. – A un certo punto ha fatto l'errore di parlare con la persona sbagliata.

– Con chi avrebbe scelto di confidarsi per primo? – ragionò Lacoste. – Con la sua capa. Ci sono un mucchio di cose che non tornano. Perché è entrato in casa tua? Perché ha preso il soprabito? Se aveva scoperto qualcosa, perché non dirtelo e basta? Tutti quei sotterfugi non hanno senso.

– Perché abbia preso il soprabito non so, però secondo Charles la Sûreté è corrotta. Voleva incontrarmi lontano dalla centrale.

– In un bar cosí affollato? – disse Lacoste. – È stata una conversazione frustrante. Continuava a girare intorno al punto senza dire nulla di concreto. Anche in punto di morte.

– Ha detto che doveva verificare la mia lealtà ed escludere che il suo capo avesse una parte nel complotto.

– È arrivato il mandato di perquisizione per l'Action Québec Bleu e per il domicilio di Madame Chalifoux, – disse Beauvoir.

– Bene, – disse Gamache. – Molto bene. Dobbiamo procurarci l'elenco delle principali industrie tessili, cartarie e minerarie che hanno stabilimenti nella zona dei laghi per verificare le fughe di sostanze tossiche. E dobbiamo parlare con altri ambientalisti per scoprire cosa sanno di quelle multinazionali.

– Ho un amico biologo, – disse Lacoste. – Uno a posto.

Gamache si frugò in tasca e tirò fuori la lista trovata nel soprabito.

– Di questa che ne dici, *patron*? – chiese Beauvoir. – Secondo te ce l'ha messa Langlois?

– *Non*. Quando l'ha vista sembrava sorpreso.

Gamache picchiettò sul foglietto con le dita.

– Chiunque ce l'abbia messa voleva che la trovassi. E questo è di per sé rilevante.

Noce moscata, timo... tutti ingredienti presenti in molte cucine. Tranne uno.

– Questo cos'è? – puntò il dito sull'ultima parola della lista. – Mai sentito parlare di steli di Angelica.

Beauvoir sfoderò il telefono. – Ecco. Il nome scientifico è *Angelica archange*... che cavolo.

– *Archangelica*, – scandí Lacoste leggendo dallo schermo. – Come arcangelo.

– Cresce in Russia, – Beauvoir si fermò a scrutare il volto del capo, poi tornò allo schermo. – Si usa per il vermut, per il Chartreuse, per il Bénédictine. Segnatevelo: spesso è scambiata per una specie velenosa.

Gamache posò il mento sul pugno chiuso. Veleno.

– Che c'è, *patron*? – chiese Beauvoir. Era tra le persone che lo conoscevano meglio al mondo.

Gamache tirò fuori il proprio cellulare, tamburellò sull'icona della app di messaggistica sicura e si interruppe.

– *Patron*? – insisté Isabelle.

– Un momento, per favore.

Aveva bisogno di riflettere. Guardò fuori dalla finestra: era quasi buio. Mancavano pochi minuti al tramonto del sole. Eppure davanti a sé Armand non vedeva gli edifici della città vecchia lambiti dall'ultimo bagliore del giorno, ma un elenco di nomi che scorrevano come titoli di coda.

Uomini e donne che aveva incontrato negli anni in polizia. Alleati, colleghi fidati, amici.

Doveva sceglierne uno solo. E doveva essere quello giusto. Di rado aveva sentito con tanta intensità il peso di una decisione.

L'elenco si fermò su un nome. Mentre Jean-Guy e Isabelle aspettavano che dicesse qualcosa, Armand si fissò sul nome e valutò sotto ogni aspetto la persona a cui apparteneva.

Poi scrisse un messaggio conciso e posò il telefono sul tavolo.

– Cos'hai? – chiese Jean-Guy. L'espressione sul volto di Gamache gli metteva paura.

– Probabilmente si tratta di materiale tossico scaricato in un lago, – disse Gamache. Una pausa, quindi aggiunse: – Lo spero, almeno.

– Che cavolo, – fece Beauvoir. – A cosa stai pensando? Cosa c'è di peggio?

Armand si girò verso Lacoste. – Hai detto che hai riguardato il video dell'incontro diverse volte. Ti ricordi dell'acqua?

– Quando Charles ha rovesciato l'acqua? Sí. Pensavi che volesse distruggere il foglio. Cosí gli hai detto.

– Charles ha risposto che non sarebbe bastata

un po' d'acqua a distruggerlo. E non solo. Dopo si è rifiutato di bere e ha fatto un'osservazione sibillina sull'acqua, che al giorno d'oggi non farebbe bene alla salute.

Gamache guardò in giú, verso la lista aperta sul tavolo. – Quando gliel'ho mostrata, Charles ha detto che la lista per lui non significava nulla, ma il biglietto sí. Non sono riuscito a capire cosa intendesse, e siamo passati ad altro. Adesso però mi è venuto un dubbio... – Girò il foglietto.

– Acqua, – lesse Jean-Guy cogitabondo.

– Dopo l'undici settembre sono nate tante task force antiterrorismo, transnazionali e multidisciplinari, – disse Gamache. – Il loro scopo non è solo individuare possibili minacce, ma anche possibili bersagli.

– Continua.

– Quando ero a capo della Sûreté, mi hanno invitato in una di queste task force. La maggioranza lavora su dirottamenti, bombe, omicidi. Ma alcune hanno priorità diverse.

– Quali?

– La sicurezza dell'acqua.

– Come l'Action Québec Bleu, – ribatté Beauvoir. – Monitorano il rischio d'inquinamento. Di questo stiamo parlando, no? Langlois ha scoperto una fuga di roba tossica.

– *Non*. Non una fuga in un lago isolato. Gli attacchi studiati da questi specialisti, quelli che loro intendono scongiurare, sono contro l'acqua potabile.

– In che senso? – chiese Lacoste. Dall'espressione sembrava che avesse capito perfettamente. Solo che si rifiutava di accettare le dimensioni del mostro evocato dalle parole di Gamache.

– Nel senso di un deliberato attacco terroristico, nazionale o transnazionale, sulla fornitura d'acqua corrente.

Jean-Guy e Isabelle si scambiarono uno sguardo.

– Dio mio, – disse lei. – È una cosa possibile?

– Possibile, sí. Probabile? – Armand si strinse nelle spalle.

– Sarebbe una strage di massa, – continuò Isabelle. – Civili. Bambini.

– Cosa userebbero? – chiese Beauvoir.

– Armi chimiche o biologiche, neurotossine...

– Di questo si tratta, – chiosò Lacoste.

– ... purtroppo la lista è lunga. Quasi tutte sono a diffusione aerea, ma alcune, come l'antrace, la ricina, i batteri della peste e della febbre Q sono stabili e letali nell'acqua.

– Come si fa a proteggersi da un attacco del genere? – chiese Isabelle, quasi tra sé. Posò il bicchiere d'acqua che teneva ancora in mano.

Armand scrisse un altro messaggio al suo contatto, allegando una foto della lista. Poi si rimise il telefono in tasca.

L'allarme che gli si era acceso in testa ululava quasi come una sirena, eppure sapeva che erano tutte congetture. A loro servivano i fatti.

– Se davvero si tratta di terroristi, perché hanno scelto noi? – disse Isabelle. – Perché proprio il Québec?

– Perché no? – rilanciò Beauvoir.

– Be', tanto per cominciare non siamo certo l'epicentro del potere mondiale. Se un gruppo terroristico arriva a pianificare una cosa del genere sceglie gli Stati Uniti o il Regno Unito. In Canada colpirebbero Ottawa, la capitale, oppure Toronto. L'attacco a una città come la nostra sarebbe tremendo per chi ci vive, certo. Ma esistono obiettivi molto piú efficaci.

– Forse stanno pianificando attacchi coordinati, – ribatté Beauvoir. – Per aumentare le possibilità di successo. Come l'undici settembre.

– *Voyons*, – li redarguí Gamache. – Restiamo sui fatti. Questa, – tamburellò sul foglietto aperto vicino alla meringata che non aveva toccato, – potrebbe essere una lista della spesa. Non c'è nulla di certo. Facciamo un passo per volta.

Eppure gli altri due gli leggevano lo sgomento in viso.

Comunque è il male minore.

Le parole di Langlois risuonavano nella testa dell'ispettore capo. Se una breccia nella Sûreté era l'ultimo dei loro problemi, qual era il primo?

Eccolo lí. – È strano che con me Charles non abbia mai menzionato il suo lavoro all'Action Québec Bleu, – disse Armand.

– Ha menzionato il suo capo, – osservò Jean-Guy.

– Sí. E ha parlato piú volte della Missione, dove avrebbe incontrato il presunto mandante.

Ascoltandoli, Isabelle si chiese quante volte si fossero trovati a discutere tutti e tre insieme di un omicidio. In squallide camere d'albergo, in catapecchie nel mezzo del nulla dove avevano allestito centrali operative. Su barche e traghetti. Una volta su una canoa nel Québec settentrionale. In tende da campeggio nel bosco, durante le cacce ai latitanti.

Jean-Guy le raccontava spesso del gabinetto a due posti che una volta lui e il capo avevano usato come quartier generale. Isabelle non ci credeva, ma si godeva l'aneddoto e ringraziava di aver saltato quella particolare indagine.

I suoi casi preferiti erano quelli che sulle tracce del colpevole li portavano a Three Pines, il villaggio dove abitava il capo. Facevano le riunioni al bistrot o alla vecchia stazione ferroviaria, attrezzata come una centrale operativa. Certe volte a casa Gamache. In cucina, intorno al massiccio tavolo di pino. Sorseggiavano caffè, tè freddo, birra, o quella deliziosa, corroborante limonata rosa che il capo sosteneva di preparare solo per le sue nipotine.

Mangiavano panini, hamburger o salmone grigliato, passavano in rassegna fino allo sfinimento i loro appunti. Rifornivano di legna il camino nelle gelide sere d'inverno, ascoltavano il frinire dei grilli dietro le zanzariere nelle torride sere d'estate.

Isabelle Lacoste odiava gli omicidi ma amava le indagini. Amava quei due.

Si riscosse, notò che entrambi la stavano fissando. – *Pardon*?

– Parlavamo della donna che ha fatto cenno al Suv, – disse Jean-Guy. – Ci sono novità?

– Non ancora, – rispose Isabelle. Ora toccava a lei fare rapporto. – Abbiamo inserito lo screenshot nel sistema. E sono passata alla discarica a dare un'occhiata al cadavere dell'autista. Non è ancora stato identificato e il caso non è nostro, come sapete. Lo segue la Omicidi di Montréal, ma conosco il detective responsabile, è pronto a collaborare.

– Le telecamere di sicurezza? – chiese Beauvoir.

– Erano spente.

Gamache strizzò le palpebre e assorbí l'informazione. – La guardia giurata dov'era?

– Ha staccato prima della fine del turno. Stiamo provando a rintracciarla.

– La discarica e lo smaltimento dei rifiuti sono in mano alla mafia, – disse Beauvoir. – Non è che dietro a tutto questo casino ci sono loro?

– Siamo passati dagli ambientalisti al terrorismo internazionale, alla mafia di Montréal, – disse Gamache. – Chi sarà il prossimo? Il campionato di hockey? Proviamo a ragionare. La mafia non è interessata a contaminare la nostra fornitura d'acqua o a collaborare con i terroristi. Ha altre priorità. Ci vorrebbe tutti dipendenti dagli oppioidi, non morti avvelenati. Il punto è capire il ruolo di Langlois in questa storia. Da che parte stava? Voleva darci una mano o confonderci le idee?

La voce del padre di Charles era impossibile da cancellare.

Vedo che ha fregato anche voi.

Beauvoir esalò un lungo sospiro. – Che cazzo. Perché non ha detto di piú?

– Magari ci ha provato, – ribatté Lacoste. – In un certo senso sembrava convinto di averci detto abbastanza.

– Forse ha nascosto i quaderni ben sapendo di essere in pericolo, – disse Beauvoir. – Ecco perché ha parlato piú volte della Missione.

Gamache aggrottò la fronte. A quell'ipotesi non aveva pensato.

– *Bon*, – tagliò corto. Si chinò per indossare le scarpe nuove. Il ghiaccio gli aveva giovato: il piede non faceva piú male, il gonfiore si era attenuato. – C'è un solo modo per scoprirlo.

Alzandosi, notò uno sbaffo di crema pasticciera

sulle dita di Beauvoir. Con grande sorpresa degli altri due, il capo prese un fazzoletto di carta e raccolse con cura la crema.

Infine, senza zoppicare, si avviò alla porta.

Capitolo 13

– Porca puttana.

Ecco le prime parole pronunciate dalla prima persona che Beauvoir, Lacoste e Gamache incontrarono all'ingresso della Missione. In un crescendo paradossale, i fondatori avevano scelto di riconvertire un'ex distilleria nella zona del vecchio porto in un rifugio per senzatetto.

– *Pardon*? – chiese Gamache alla donnina esile che gli bloccava il passaggio. – Ho visto il video. Povero Charles. Scambia due chiacchiere con lei e muore ammazzato.

La donna si guardò intorno, come se da un momento all'altro un'auto pirata dovesse sfondare l'ingresso.

– Siamo della Sûreté.

– Lo so.

– Armand Gamache. E loro sono...

– Non m'interessa.

I capelli grigi della donna erano sparati in tutte le direzioni, avevano colonizzato perfino il mento e il labbro superiore. La testa somigliava a un satellite sovietico. Sul volto aveva un reticolo di rughe profonde come i solchi di un campo spaccato dalla siccità, e un tatuaggio rudimentale in mezzo agli occhi. Una croce o una *X*. Il tipo di tatuaggio che ti porti dietro dalla galera.

Indossava una tuta troppo larga e floscia per il suo fisico minuto.

– Vorremmo parlare con Monsieur Gagnon, il direttore responsabile.

Armand si spostò a sinistra e l'altra lo imitò spostandosi a destra, cosí si ritrovarono di nuovo faccia a faccia. O faccia a petto.

– Lo troviamo qui alla Missione? – Gamache si guardò intorno, la massa di capelli della donna gli bloccava parzialmente la visuale. Cercava il direttore, un impiegato, chiunque potesse toglierli dall'imbarazzo. Era ora di cena, e l'atrio era deserto.

– Vi porto nel suo ufficio.

La donna aveva la voce un po' impastata, e quando si girò per accompagnarli notarono che trascinava una gamba. Sindrome di Korsakov, pensò Gamache andandole dietro. O forse un ictus.

– La sorella di Ruth? – suggerí Jean-Guy a bassa voce.

– Non ce l'ho una cazzo di sorella.

– Mi aveva quasi fregato, – borbottò lui.

– Ci vuole poco, signora Fletcher.

– Lei come si chiama? – chiese Jean-Guy accostandosi alla donna.

– Claudine.

– Conosceva Charles Langlois?

– Lo conoscevamo tutti. Era un bravo ragazzo. Per un po' ha dormito qui. Mangiavamo insieme quando c'erano le spaghettate.

– A quanto ne so, dopo che se n'è andato è tornato per fare il volontario, – intervenne Gamache.

– Ma davvero? – Gamache ebbe la netta impressione che la donna lo stesse prendendo per i fondelli.

Sfilarono accanto a diverse persone, apparentemente tutti ospiti. Uomini e donne che vivevano per strada e venivano alla Missione per un letto e un pasto caldo. Una doccia. Vestiti puliti. Un luogo sicuro. Al mattino se ne andavano, ma tornavano sempre. O quasi sempre. Alcuni non riuscivano piú a trovare la strada.

Claudine era un'habitué: gli altri la salutavano con un cenno del capo e squadravano i nuovi arrivati che sembravano sbirri.

– Eccoci, – Claudine si fermò davanti a una porta. – Potete aspettare dentro, il direttore arriverà a momenti. Prima deve controllare che non scoppi una rissa per l'ultima salsiccia.

Detto ciò, si allontanò zoppicando.

– Mi gioco tutto che a cominciare la rissa sarà lei, – disse Beauvoir.

– E che si aggiudicherà l'ultima salsiccia, – aggiunse Lacoste.

L'ufficio sembrava un deposito. Vestiti, piatti, scatoloni impilati l'uno sull'altro. Nell'aria c'era odore di purè di patate. Nel complesso era meglio di quanto Jean-Guy si aspettasse.

Armand era già stato alla Missione diverse volte, e lui e Reine-Marie facevano regolarmente delle donazioni. Avevano cominciato quando Daniel… facendo due calcoli, Gamache non ci tornava da prima della pandemia.

Claudine riapparve sulla porta. – Tutto bene. Niente sangue nei contorni di verdure.

Ciò non escludeva che ci fosse sangue altrove, ragionò Beauvoir.

– Si è accaparrata l'ultima salsiccia? – chiese.

– Non sono affari tuoi, testa di rapa.

Lacoste soffocò una risata e soppesò con aria adorante la vecchia signora bislacca.

Claudine si accomodò dietro la scrivania. – Come posso aiutarvi?

Gamache sussultò, augurandosi che il pavimento gli si spalancasse sotto i piedi. – È lei la direttrice?

– Esatto. Si accomodi, prego.

C'era una sola sedia, e l'invito era chiaramente rivolto all'ispettore capo. Dopo quella tremenda gaffe, Gamache non si sentí di contrariare la direttrice. Spostò una pila di magliette bianche ripiegate con cura e si sedette. – Che fine ha fatto Monsieur Gagnon?

– È una storia complicata.

– Mi metta alla prova, – la esortò Gamache. – Vediamo se riesco a capirla.

– Il coglione è scomparso durante la pandemia e non è piú tornato.

– Okay.

Gagnon non era certo l'unico ad aver abbandonato persone fragili di cui in teoria aveva la responsabilità durante il lockdown. – Lei ha preso il suo posto?

– Qualcuno doveva pur farlo. Quelli dell'amministrazione hanno provato a cacciarmi quando si sono resi conto che a mandare avanti la baracca erano gli ospiti, ma non hanno trovato nessun altro disposto ad accollarsi il lavoro.

Gamache lanciò uno sguardo ammonitore a Beauvoir, poi si rivolse di nuovo a Claudine. – E Gagnon?

– Ho sentito che adesso prende una bella pensione.

Non sembrava incazzata. – Cosí va il mondo. Esistono cose peggiori. Tipo venire asfaltati da un pazzo e crepare in mezzo a una strada proprio quando hai ripreso in mano la tua vita. Ho visto cosa ha fatto.

Gamache pensò che Claudine, proprio come la blogger, volesse accusarlo di egoismo e incompetenza.

– Gli ha tenuto la mano, – Claudine lo guardò dritto in faccia. – È quello che ci auguriamo tutti, no? Quando arriverà la fine.

Gamache non si girò verso Lacoste ma sentí di nuovo la mano di lei che afferrava la sua, e capí che la direttrice aveva ragione. Quando fosse arrivata la sua fine, Claudine sarebbe stata circondata da persone che le volevano bene come lei ne aveva voluto a loro.

– Come posso aiutarvi? – chiese di nuovo lei.

– Non abbiamo un mandato…

– Attento a come parla. Secondo lei aiutiamo la gente solo se siamo costretti?

– Mi perdoni, – disse Gamache. – Non intendevo in quel senso.

– Ne è proprio sicuro?

– Pensiamo che Charles possa avere nascosto qualcosa qui dentro.

– Étoile! – strillò Claudine in maniera cosí inaspettata che perfino Gamache fece un salto sulla sedia. – So che stai origliando dietro la porta, stronzetta. Vieni dentro.

Un giovane uomo, o forse una giovane donna, apparve sulla soglia. L'unica cosa certa era che si trovava nel bel mezzo di una transizione.

– Fa' vedere a questi sbirri quello che vogliono. Lasciali ficcare il naso dove gli pare.

– Sí, zia.

Lacoste e Beauvoir seguirono Étoile in corridoio mentre Gamache, che non aveva ricevuto il permesso di muoversi, rimase incollato alla sedia.

– Mi chiamano zia, valli a capire.

– Qual è il suo nome completo?

– Basta Claudine, grazie.

– Non in questo caso, purtroppo.

I due si studiarono un istante senza parlare.

– McGregor.

– *Merci*.

Se Charles aveva fatto volontariato lí, pensò Gamache, anche Claudine McGregor poteva essere considerata il suo capo. Per quanto improbabile, non era impossibile che si riferisse a lei quando aveva detto che non sapeva se fidarsi del suo capo.

Claudine McGregor sembrava una a cui non sfuggiva nulla. Una a cui arrivavano molte informazioni. Una che, come Gamache aveva dimostrato con la sua terribile figuraccia, veniva sottovalutata. E non poco.

Erano tre caratteristiche vantaggiose per chi aveva in mente un piano perverso.

– Charles ha accennato ai politici che ogni tanto vengono a farvi visita.

– Sí. Gli piace farsi vedere accanto ai pezzenti. Forse pensano di sembrare piú buoni. Quasi umani. Teste di cazzo. In quelle foto dove li vedi con le retine sui capelli a scodellare carote insipide per i senzatetto sembrano solo dei palloni gonfiati. Ecco perché li ospito volentieri.

Aveva la voce sempre piú impastata, e Gamache si ricordò che era tardi. Probabilmente Claudine era lí dal mattino, aveva fame e voleva staccare. Però lui, come la direttrice, non poteva mollare.

– Vorrei vedere i filmati.

– Tutti quanti?

– *Non*. Solo quelli in cui compare Charles.

Claudine prese l'agenda e la sfogliò, annotò un paio di cose.

Lacoste e Beauvoir rientrarono nell'ufficio. – Abbiamo guardato nell'armadietto di Langlois e in magazzino. Niente, *patron*. Ma questo posto è immenso. Ci servono rinforzi.

– Cosa state cercando? – chiese Claudine.

Gamache esitò, poi si decise. – Il portatile e i quaderni di Charles. E una mappa.

– Li ho visti in giro. Li ha tenuti nel mio ufficio per un po'.

– Davvero? – chiese Gamache. Al «per un po'» sentí affievolirsi la speranza.

– Se li è portati via tipo una settimana fa.

I poliziotti si scambiarono uno sguardo. A dispetto delle apparenze, quella era una buona notizia. Suggeriva che probabilmente gli intrusi non se li erano presi. Charles doveva averli nascosti in un posto che loro non avrebbero mai indovinato. Un posto che quasi certamente nemmeno Gamache e i suoi colleghi avrebbero mai indovinato.

– Non le ha detto dove li avrebbe spostati? – chiese Beauvoir mentre uscivano tutti quanti dal minuscolo ufficio.

– Certo. Mi ha lasciato detto dove aveva nascosto la sua roba, in caso qualcuno fosse venuto a cercarla –. Una pausa, quindi Claudine mugugnò: – Bisogna avere la segatura nel cervello.

– Se dovesse per forza scommettere su un posto, quale sceglierebbe?

– E che ne so. Casa, credo. Dove, sennò?

Madame McGregor fece qualche altro passo strascicato, poi senza girarsi verso Gamache disse: – Faceva il volontario qui ogni due domeniche.

Gamache stava per dire «Sí, lo so». Poi si morse la lingua. Non l'avrebbe sottovalutata di nuovo. Aspettò. E fu ricompensato.

– Ma veniva quasi tutte le sere.

Detto ciò, Madame McGregor spostò gli occhi su Gamache. – Si chiudeva a lavorare nel mio ufficio. Gli avevo promesso di non dirlo, ma adesso...

Ma adesso è morto.

– *Merci*, – disse Gamache, capendo che per lei quella rivelazione equivaleva a tradire la fiducia di Charles. – Veniva mai qualcuno a trovarlo?

– Non che io sappia. Arrivava tardi la sera e al mattino non c'era piú.

– Ha altro da riferire?

Erano arrivati davanti a una porta con la scritta «Security».

– Quando ho risposto che probabilmente la roba l'ha portata a casa, non era tanto per dire. È stato lui a dirmi che voleva portarla lí.

Gamache non se l'aspettava. – Gliel'ha detto lui?

– *Oui*.

Era un brutto colpo da incassare. Ammesso che davvero fosse andata cosí, chiunque avesse buttato per aria l'appartamento di Charles aveva trovato ciò che cercava.

Perché Charles aveva fatto quella scelta? Perché nascondere alla Missione i suoi segreti per poi trasferirli nel posto piú scontato e metterne a parte Madame McGregor? Forse voleva fare in modo che lei riferisse l'informazione a chiunque fosse venuto a chiedere, mentre lui in realtà aveva portato le sue cose altrove.

Gamache saltellava da una congettura all'altra come un avventuriero che guada un fiume su un letto di sassi. Pregando di non fare uno scivolone.

Se voleva che Claudine riferisse l'informazione – Gamache azzardò un altro passo – Charles doveva essere piú o meno certo che qualcuno sarebbe venuto a cercarlo. Sapeva di essere in pericolo. E sapeva che se qualcuno fosse venuto a cercarlo il peggio era già successo.

Doveva aver avuto molta paura. Eppure aveva continuato a scavare. Avrebbe potuto fermarsi. Avrebbe potuto consegnare il dossier ai suoi nemici sperando che lo lasciassero in pace.

Invece Charles Langlois, appena uscito dall'incubo della droga e della vita randagia, era entrato in un altro incubo.

Doveva aver custodito un segreto terribile.

Perché se l'era tenuto per sé fino alla fine? Bastava un nome. Mentre era lí riverso sull'asfalto. Un nome, una parola qualsiasi.

Ora l'unica persona in grado di sciogliere il mistero se n'era andata, portandolo con sé. Potevano solo sperare che Charles avesse mentito per l'ennesima volta, e il dossier non fosse mai arrivato a casa sua.

– Se qualcun altro viene a chiedere dei quaderni di Charles, me lo faccia sapere.

Gamache allungò a Madame McGregor il suo biglietto da visita.

Dopo essersi procurati i filmati, Beauvoir, Lacoste e Gamache li guardarono a doppia velocità. Ogni tanto mettevano in stop, scorrendo certi fotogrammi al rallentatore.

In uno c'era il Primo ministro del Québec, con un gran sorriso stampato in faccia, la retina sui capelli e l'aria ridicola. Gamache lo riteneva una persona perbene, anche se non ne condivideva le idee politiche.

Passarono in fretta alle altre visite. Gamache riconobbe alcuni ministri che la Sûreté era incaricata di proteggere: membri del governo, politici locali di minore livello.

Le retine non erano mai della misura giusta. Sempre troppo strette, tanto che i politici sembravano reduci da un catastrofico intervento al cervello, oppure troppo larghe, come le capocchie di un fungo.

Gamache sospettava che non si trattasse di un caso.

All'improvviso si sporse verso lo schermo come se volesse entrarci dentro. Mise in pausa. O meglio, pigiò il dito sul tasto come se ne andasse della sua vita.

– Quello è Langlois, – disse Lacoste guardando il fotogramma.

Gamache si rimise seduto, come per non disturbare con la sua presenza le figure sullo schermo.

Charles Langlois si intravedeva sullo sfondo mentre un parlamentare, con un'allegria quasi maniacale e una retina che lo faceva sembrare un pollice gigante, si sforzava di fare conversazione con un senzatetto che voleva solo una fetta di bacon.

Charles era impegnato a parlare con una donna, si capiva che si conoscevano bene. Non stavano scambiando convenevoli, dal dialogo filtrava un'aria d'urgenza.

Il senzatetto girò il capo e guardò dritto verso di loro. La data del nastro era di due domeniche prima.

Beauvoir osservò il fermoimmagine e chiese a Gamache: – Chi è quella? – Lui zoomò sul fotogramma per vederlo meglio.

La donna era piú vecchia dell'ultima volta che l'aveva vista. I vestiti che indossava erano piú eleganti, i capelli impeccabili. Però non aveva dubbi.

Era la donna che l'aveva cercato al telefono, spezzando la quiete della sua domenica mattina.

La donna che aveva mandato all'inferno.

– Gesú, – disse Gamache. Insieme alla parola, da un luogo profondo dentro di lui, scappò un sospiro. Erano decenni che lo tratteneva.

Capitolo 14

Era quasi mezzanotte quando Armand arrivò sotto il portico di casa sua a Three Pines.

Gli edifici in pietra, legno e mattoni intorno al parco erano al buio, ma se ne intuivano i contorni sullo sfondo del cielo stellato. L'unica luce nel villaggio, come un segnale, veniva da casa Gamache. Si fermò sotto il portico e contemplò le lucciole che si accendevano qua e là. A caso. Impossibile prevedere dove sarebbero spuntati i puntini luminosi.

La luce del portico attirava le falene. Svolazzavano intorno al faretto e ci si buttavano contro. Imperterrite. Armand si era spesso chiesto cosa si aspettassero dopo la prima batosta. Perché ci provavano ancora?

In un certo senso le capiva. A volte si sentiva come una falena. Sbatteva la testa contro una scoperta che pareva promettente e poi si rivelava un'illusione. Addirittura un abbaglio.

La porta si aprí prima che Armand toccasse la maniglia. Henri si precipitò fuori, attaccandosi alle gambe del padrone. Se non fosse stato preparato, Armand avrebbe perso l'equilibrio. Reine-Marie spuntò dietro il pastore tedesco e avvolse il marito in un abbraccio prima ancora che potesse entrare in casa. Mentre la teneva stretta, lui affondò il viso nel maglione di lei, profumato come un giardino di rose.

Reine-Marie respirò la sua colonia al sandalo. Poi si staccò e lo osservò alla distanza di un braccio teso.

– Stai bene?

– Adesso sí.

Lei sorrise e disse, imitando Clouseau: – Ha un livído, monsieur –. Gli abbassò delicatamente la testa e baciò il piccolo ematoma che gli fioriva in fronte.

Armand rise. Come per magia, il suo mal di testa si era dissolto.

– Meglio?

– Sempre.

Si accomodarono sul dondolo a due posti e per un po' ciondolarono piano, avanti e indietro, avanti e indietro. Henri, Fred e la piccola Gracie sonnecchiavano ai loro piedi. Armand non aveva mai avuto dubbi: a Reine-Marie avrebbe raccontato tutto. Lo fece con il sottofondo dei grilli e delle rane, il guaito lontano di un lupo che era sceso dalle montagne per cacciare.

La notte era fresca, quasi fredda, ma sotto la coperta della Hudson's Bay che si erano posati sulle ginocchia stavano al caldo. Reine-Marie aveva preparato del tè mentre Armand si svestiva per indossare un pigiama di flanella pulito. D'estate tendeva ad abbandonarli, ma in quel momento gli serviva il conforto che solo la flanella poteva offrire. Ne indossava uno anche Reine-Marie.

Sedendosi accanto a lei, Gamache pensò che era

possibile, per una breve parentesi di beatitudine, dimenticare i sospetti. Le paure. Le dimensioni del mostro che temeva di avere alle calcagna.

Sentí nella sua la mano di Reine-Marie, il pollice che gli accarezzava piano il dorso, dove si era sporcato con la crema pasticciera di Charles. Come se quello sbaffo fosse ancora lí. Per sempre.

Armand cominciò a parlare guardando il cielo notturno anziché il viso di sua moglie.

Abbassò gli occhi solo quando ebbe finito. Avevano spento la luce del portico, e lei era illuminata dalla luce che filtrava dal soggiorno. Reine-Marie sembrava esausta. Prosciugata. Piú vecchia dei suoi cinquantasette anni. Piú vecchia di quanto sembrasse pochi minuti prima. Quando ancora non sapeva.

E anche lui probabilmente aveva l'aria decrepita.

Quanto sarebbero state diverse le loro vite se lui avesse scelto la carriera legale o quella accademica? Se avesse fatto il carpentiere o l'agricoltore? Se avesse studiato qualsiasi altra cosa, ma non i modi in cui gli uomini e le donne si ammazzano gli uni con gli altri.

Però senza il suo lavoro non avrebbero mai trovato il villaggio. Gli amici. Quella vecchia casa scricchiolante. Annie, la loro primogenita, non avrebbe incontrato e sposato Jean-Guy e non avrebbe avuto Honoré e Idola.

Ne era valsa la pena? Quando si trovava al termine di giornate come quella, in notti dove il suo lavoro pesava come un macigno, Armand non aveva risposte.

– Potrebbe essere una fuga di scorie tossiche, – disse lei. – Su al nord.

– Sí.

Reine-Marie rimase zitta per almeno un minuto. – Tu non ne sei convinto.

– In genere le fughe sono accidentali. Qui invece c'è un piano ben preciso.

– Secondo te è plausibile che si tratti di un attentato terroristico alla nostra acqua?

Armand annuí. – Ho paura di sí. Indagheremo sulle miniere e sulle fabbriche di cellulosa, ma il raggio d'azione del complotto sembra troppo vasto. Il piano troppo meticoloso.

– Faranno del male a migliaia di persone.

Armand si chiese fin dove potesse spingersi, poi capí che sua moglie aveva bisogno di sapere la verità.

– Probabilmente useranno un agente nervino, una neurotossina. Secondo le task force antiterrorismo, gli scenari sono diversi. Il piú ottimista prevede decine di migliaia di morti.

– Santo cielo, – Reine-Marie gli afferrò il braccio. – Devi ordinare lo stato d'allerta.

– Non posso. Almeno finché non ne siamo sicuri.

– La gente ha il diritto di sapere. Devi dar loro la possibilità di scappare, di difendersi. I bambini…

– Hai ragione, ma se lo facciamo i terroristi capiranno che gli stiamo addosso. Anticiperanno l'attacco.

– Oppure lo bloccheranno. Torneranno sui loro passi.

Con gli occhi sgranati, Reine-Marie lo implorava di spostare il punto di vista. Di vedere ciò che vedeva lei.

– Sarebbe ancora peggio.

– In che senso?

– Sono anni che pianificano questo attacco. Ci sono troppe persone in ballo. Troppi soldi. Centinaia di milioni, se ci ho visto giusto. Non bloccheranno l'attentato, lo rimanderanno e basta. Lo sposteranno in un altro luogo e in un altro momento, che non riusciremo mai a prevedere. *Non*, in un certo senso siamo stati fortunati a ricevere questo avvertimento. Non capiterà di nuovo. È la nostra unica speranza.

Tra scivoloni e ostacoli, Reine-Marie seguiva il filo dei propri pensieri, in cerca di un argomento che lo convincesse a diramare un'allerta generale. Alla fine chiuse gli occhi.

Armand aspettò.

Finché sua moglie riaprí gli occhi e annuí.

– Qui abbiamo il pozzo. Per prima cosa, domani mattina chiamerò Annie e Daniel e li farò venire con i bambini.

– Non puoi dirgli il motivo. Deve restare tra noi. E non possiamo avvertire nessun altro.

– I LaPierre?

Lui fece no con la testa.

– I tuoi colleghi? Armand, gli uomini e le donne che lavorano nel tuo dipartimento.

Gamache sentí un'ondata di nausea. Erano ore che lottava con quel pensiero. Come una falena, si sfracellava contro la luce sapendo ogni volta che non serviva a niente. Temendo che fosse una fiamma e di restare carbonizzato.

– *Non*. Solo i figli.

In gola sentiva un nodo che pizzicava. Aveva ben presente la cosa terribile che stava facendo. Avrebbe salvato la sua famiglia e abbandonato tutti gli altri.

Reine-Marie voleva protestare, ma di fronte al viso di Armand le parole le morirono in gola. Rimasero seduti sotto il portico, sul dondolo ormai immobile, a contemplare le stelle.

– Forse potresti almeno raccomandare di non bere acqua dal rubinetto, – disse lei dopo un po'. – Solo acqua in bottiglia. Dite che c'è il pericolo di un'infezione da *Escherichia coli* o simili. È plausibile.

Reine-Marie stava percorrendo il suo stesso sentiero, esaminando disperatamente tutte le opzioni. Solo che quelle, immancabilmente, si rivelavano illusioni. Abbagli. Non erano scelte praticabili.

– I terroristi mangerebbero la foglia. È tremendo, lo so, ma devono continuare a credere che Langlois non mi abbia detto nulla. Che l'ipotesi peggiore sia una fuga di sostanze tossiche da un lago del nord. E poi c'è un'altra cosa.

Armand mise giú la tazza e si girò verso la moglie. Nella penombra vide i suoi occhi spalancarsi, per poi tornare normali mentre lei cercava di contenere il panico.

Armand odiava, odiava averla messa in quella situazione. E disprezzava chi l'aveva costretto a farlo.

– Credo che dietro a questa storia ci sia Jeanne Caron.

Negli scenari che Reine-Marie si era immaginata non compariva certo quel nome.

– Caron? – La sua voce era piú acuta del solito. Non stridula: era la voce di una persona che cercava di dominare il panico. Henri alzò la testa, drizzò le enormi orecchie. – Cosa te lo fa pensare?

Armand le raccontò del filmato alla Missione.

Di Jeanne Caron e Charles Langlois immersi in una fitta conversazione.

– Secondo te cosa significa, Armand?

Lui sospirò. – Non lo so.

– Adesso accetterai di vederla? Le chiederai cosa ci faceva alla Missione?

– Non prima di avere un quadro piú chiaro. Non posso arrivare impreparato.

Come l'ultima volta, l'unica, che si era incontrato con Jeanne Caron. Sia lui che Reine-Marie sapevano bene cos'era successo all'epoca. A lui, Armand, e soprattutto a Daniel.

Reine-Marie stava seguendo il filo dei propri pensieri. – È sempre a capo dello staff di quel politico?

Reine-Marie non avrebbe mai dimenticato il nome. Ma non voleva pronunciarlo. Lui era «Quel Politico» e basta. Quello che anni prima aveva perseguitato suo marito e suo figlio adolescente quando Armand non aveva annullato i capi d'accusa a carico della figlia.

Naturalmente il politico si era tenuto a debita distanza mentre Jeanne Caron faceva il lavoro sporco, un lavoro che era ben lieta di svolgere e per il quale aveva talento. Ma non c'erano dubbi su chi dirigeva l'operazione. Su chi dirigeva Jeanne Caron.

All'epoca Quel Politico era ancora un semplice parlamentare, scaltro e ambizioso come pochi. Armand era riuscito a parare gli affondi piú crudeli, ma non tutti. Daniel ne portava ancora i segni. Dava ancora la colpa al padre.

E aveva ragione, doveva ammettere Armand.

Reine-Marie aveva seguito l'ascesa di Quel Politico negli anni a venire. Con la speranza che il destino, il karma o una qualche entità superiore intervenisse a punirlo. Non era successo. O almeno lei non se n'era accorta.

Anziché perdere le elezioni e tornarsene nelle fogne da cui era uscito, Quel Politico aveva fatto carriera. Era stato rieletto ogni volta, un gradino dopo l'altro aveva scalato la gerarchia di partito. Fino ad aggiudicarsi un posto nel governo. E da lí aveva continuato a salire.

– Jeanne Caron è ancora a capo del suo staff, – disse Armand. – E lui è vicepremier.

– Santo cielo, – mormorò Reine-Marie. – Ero rimasta a quando era ministro dell'Ambiente. Vicepremier? Quanto dev'essere tonto il nostro Primo ministro per mettersi accanto uno come quello?

Armand si era chiesto la stessa cosa.

– C'è di peggio. Adesso ha una nuova carica. Cooperazione internazionale su tutto il territorio canadese.

– È una cosa tanto grave?

– Il dipartimento di Cooperazione internazionale segue gli Affari esteri e gli scambi con gli altri paesi, ma ha anche il compito di gestire le operazioni antiterrorismo a livello nazionale e internazionale.

Se Reine-Marie fosse stata in piedi, avrebbe sentito il bisogno di sedersi. Invece si limitò a girarsi verso il marito.

– È stata una decisione del premier? Gli ha affidato sia l'Ambiente che l'Antiterrorismo? È impazzito? Gli ha dato di volta il cervello? – Aspettò invano la reazione del marito. Poi la sua espressione cambiò di nuovo e mormorò: – Oh mio Dio, Armand. Credi che ci sia di mezzo anche il premier?

– *Non*. Per ora no. Ma sono preoccupato.

– Quale uomo politico accetterebbe di avvelenare decine di migliaia di concittadini? – Reine-Marie scosse la testa, allibita. – Ho votato anch'io per lui. Due volte.

L'aveva votato solo perché l'altro candidato era peggio, rammentò Armand. Uno squilibrato di estrema destra. Anche se adesso, a ben guardare, era il loro leader centrista, eletto sulla scorta del buon senso e del pragmatismo politico, a sembrare uno squilibrato.

– Se Jeanne Caron si trovava alla Missione per conferire con Langlois, – disse Reine-Marie, – doveva averla mandata il suo capo.

– Probabile.

– Secondo te era lui il capo a cui si riferiva Charles?

– Non possiamo escluderlo.

– Da che parte stava Charles?

– È una buona domanda. Forse era solo una pedina in un gioco piú grosso. Quando l'ha capito, ha cominciato a indagare per conto suo.

– E ti ha cercato. Resta da capire perché sia entrato in casa nostra e ti abbia rubato il soprabito.

– È ancora presto per dirlo. Se solo riuscissimo a trovare il suo computer e i suoi appunti.

– Li troverete.

Gamache abbozzò un sorriso per ringraziarla dell'ottimismo. In quella fredda notte, con il verso del lupo famelico in sottofondo, gli faceva bene.

Armand fu strappato a un sonno profondo dallo squillo del telefono. Lottò contro il torpore e liberò la mano impigliata nel lenzuolo per prendere la cornetta.

– *Oui, allô*? – Aveva la voce impastata ma si sentiva piú o meno lucido.

Fuori era ancora buio, e tirandosi su a sedere controllò la radiosveglia sul comodino. Le 3:42.

Reine-Marie aveva acceso l'abat-jour e lo stava fissando con gli occhi sgranati.

Era già successo? Non avevano fatto in tempo a...?

– È Jean-Guy, – le disse a bassa voce. – Nulla di grave. Però ha scoperto una cosa.

Reine-Marie si alzò e andò in bagno.

– Sono tornato alla Missione, – disse Jean-Guy all'altro capo. – Non riuscivo a dormire e mi è venuta voglia di dare un'occhiata agli altri filmati della security.

– Che filmati?

– Quelli notturni. Ci ho messo un po', ma alla fine l'ho trovata.

– Cosa?

– La prova che ci serve. Una donna è venuta qui almeno tre volte. Quando ormai avevano spento le luci e chiuso l'ingresso. La faceva entrare Langlois. È vestita normale e ha il cappuccio tirato sulla testa, però è lei. Non ho dubbi.

Jeanne Caron. Ora Armand era completamente sveglio, come se avesse ricevuto una sberla in piena faccia.

– Si spostavano in fondo al corridoio, verso l'ufficio della direttrice. Là non ci sono telecamere, per cui non possiamo sapere cosa combinavano.

– Bravo, – disse Gamache. – Fai una copia dei filmati e girali alla mia mail personale.

– Le copie sono già pronte. Ho appena cliccato su «Invia».

Reine-Marie stava preparando il caffè in cucina quando Armand tornò dal parco con i cani, ancora stordito dall'insolita passeggiata mattiniera.

Sul fiume Bella Bella, mentre la fresca aria del primo mattino entrava in collisione con l'acqua tiepida, si era alzata la foschia.

Armand si era svegliato con le membra rigide, indolenzite e doloranti. Ma dopo una doccia calda e una passeggiata nel parco si sentiva meglio.

– Tre ore di sonno, – disse Reine-Marie portando le tazze all'altro capo della cucina. – Vai a Montréal?

Armand era già vestito di tutto punto per andare in ufficio, in giacca e cravatta. – Tra un paio d'ore. Prima devo verificare un po' di cose.

Con i loro caffè, sprofondarono nelle poltrone ai due lati della stufa e Armand riferí alla moglie cosa aveva scoperto Jean-Guy.

– A questo punto il «capo» di cui parlava Charles dev'essere per forza Jeanne Caron, – disse lei.

Fece una pausa e ci ragionò su. – Però Charles doveva essere convinto che stesse dalla sua parte. Non è assurdo?

– Evidentemente no.

– Ti sento incerto.

Gamache non rispose subito. – Anni fa, quando io e te l'abbiamo conosciuta, Jeanne Caron era una specie di crisalide. Faceva le prove, si guardava intorno, imparava le regole del gioco. Aveva appena cominciato a trasformarsi nella persona che sarebbe diventata.

– Se quella era la larva, come sarà ora la farfalla?

– La risposta la conosciamo entrambi, credo.

– Charles Langlois non se n'è accorto?

– Era sulla buona strada. E probabilmente lei l'ha capito. Dal filmato alla Missione sembra che i due stessero discutendo, piú che parlare. Non possiamo biasimare Langlois per essersi fatto convincere. È una manipolatrice professionista. E io non sono meglio di lui. Anzi, sono peggio. Charles ha detto che nella Sûreté ci sono dei corrotti, io ci lavoro insieme tutti i giorni e non so chi siano. Forse va avanti da anni.

Era uno degli aspetti piú terrificanti di ciò che stava accadendo. Aveva ignorato minacce vicinissime a lui. Travestite da colleghi, alleati, amici. Non poteva piú fidarsi di persone di cui si fidava da anni.

– Scusa. Sono cosí preso dai miei problemi che non ti ho chiesto come stai.

– Vediamo un po'. Al mio appartamento di Montréal vanno cambiate le serrature perché ci è entrato un ladro, per poco mio marito non è stato ammazzato e sono stata informata di un complotto per sterminare tutto il Québec. Come se ciò non bastasse, ieri sera Olivier ha provato ad avvelenarci.

– Cosa? – Armand si sporse in avanti. – C'è stata un'intossicazione alimentare al bistrot? Stai bene?

Possibile che fosse stato cosí distratto da non accorgersi che sua moglie si era sentita male?

– Non ci crederai, ma è stata colpa di un cocktail. Una mistura disgustosa. Un ospite del B&B ha dato a Gabri la ricetta di un drink e una bottiglia di non so quale liquore per prepararlo. Ruth se n'è scolata due, prima di capire quanto fossero letali. È un miracolo che sia sopravvissuta.

– Non tutti lo definirebbero miracolo. Tu hai vomitato?

– No, ma quasi. Era nauseante. Anche solo dal colore. Verdognolo, – Reine-Marie fece una smorfia. – Comunque il nome avrebbe dovuto metterci in allarme.

– Come si chiamava? Non Bere Quella Cosa?

Reine-Marie scoppiò a ridere. – O magari Stricnina?

– Sulla bottiglia c'era un teschio con due tibie incrociate?

– Be', dovrebbero mettercelo. Si chiamava *Le Ultime Parole Famose* o giú di lí. Cosa ti prende, Armand?

Capitolo 15

– Porca merda, Armand, mi hai fatto prendere un colpo.

Aprendo gli occhi, Olivier si era ritrovato davanti un tizio che troneggiava su di lui al buio. Era balzato a sedere cosí alla svelta che per poco non aveva dato una zuccata allo scocciatore.

– Che ci fai qui? Cosa succede?

– Dobbiamo parlare.

– Adesso? – Olivier inforcò gli occhiali. – Sono le quattro e mezza del mattino. Stavo dormendo, per Dio.

Poi notò l'espressione di Armand e obbedí brontolando. – Aspetta un attimo.

Accanto a lui, Gabri russava con un sorriso beato stampato sulle labbra.

– Sorride nel sonno? – chiese Armand mentre Olivier si infilava vestaglia e pantofole.

– Sempre. A volte ride come se gli facessero il solletico. Non so cosa darei per passare cinque minuti nella sua testa. Dev'essere un posto dove c'è sempre profumo di pane caldo.

Malgrado il suo stato d'animo, Armand rise. Pensò a Reine-Marie e al profumo che aleggiava nella sua testa. Rose, probabilmente. Un giardino in un bel mattino d'estate. E forse una traccia di vecchie scartoffie.

Dentro alla testa di Clara c'era odore di pittura a olio e banane mature. In quella di Myrna un misto di vecchi libri e tè forte. Dalla testa di Olivier esalava tanfo di banconote. La testa di Billy Williams somigliava a un bosco invaso dal muschio. E quella di Ruth? Be', non era difficile indovinare l'odore dominante.

E la sua? Armand avrebbe scelto meringata al limone con una punta di cane bagnato, ma temeva che la realtà fosse diversa.

Seguí Olivier giú per le scale del B&B. Fuori l'edificio era rimasto identico a quello delle origini. Una locanda per viandanti del secolo scorso. Un luogo di sosta sulla tratta New-York - Montréal. I viaggiatori ci si fermavano una notte o due e ripartivano il prima possibile.

Dentro, invece, la locanda era stata completamente rinnovata dai due titolari che l'avevano comprata oltre un decennio prima. Via i brutti divani in tessuto chintz, via le tende di pizzo alle finestre. Le pareti erano state dipinte di un rilassante grigio-blu. In ogni stanza c'erano librerie verniciate di bianco, piene di puzzle, giochi di società e libri letti nel corso della vita dai proprietari. Nel soggiorno, di fronte al camino, le vetrate a piombo originali si affacciavano sull'ampio portico e sul parco del villaggio. Dalle finestre del soggiorno Olivier e Gabri vedevano il loro bistrot, poco piú in là.

Il vecchio parquet rovinato dal tempo era coperto di tappeti orientali.

Era un luogo confortevole e confortante. Un matrimonio alla buona tra il passato e il presente. Un po' come quello tra Olivier e Gabri. Al piano di sotto Olivier, dopo aver perdonato l'amico per la levataccia, gli chiese come stava, facendo attenzione a non nominare l'attentato.

– Bene.

– Come Balorda, Esagitata, Nevrotica, Egomaniaca.

– Esatto. Devo chiederti una cosa, Olivier.

– Non potevi aspettare un orario piú decente?

– *Non*.

Passando davanti alla porta d'ingresso, Olivier aggiunse: – Dobbiamo ricordarci di chiuderla a chiave. Quando abbiamo ospiti lo facciamo regolarmente, ma stanotte eravamo soli. Diamo sempre per scontato che qui al villaggio nessuno sia cosí cafone da introdursi nella camera padronale.

Lanciò ad Armand un'occhiataccia e riprese: – A volte Ruth s'intrufola dentro di notte a rubare cibo e alcol. All'inizio pensavamo a un ratto, poi un bel giorno è scomparsa una bottiglia di scotch. Adesso le lasciamo la cena apparecchiata sul bancone.

– Come per Babbo Natale.

– Con la differenza che Babbo Natale non è un pazzo cleptomane. Ma nemmeno Ruth si era mai spinta in camera da letto.

– Se anche lí tenete dell'alcol, è solo questione di tempo.

Armand seguí Olivier nella grande cucina rustica, dove l'altro gli indicò uno sgabello con un cenno sbrigativo. Armand rimase a guardare l'amico mentre preparava il cappuccino per entrambi e serviva croissant alle mandorle su un piattino.

– Cosa vuoi sapere, Armand?

– Ieri pomeriggio hai preparato un cocktail.

Olivier lo scrutò perplesso. – Non dirmi che ti sei svegliato nel cuore della notte con l'insopprimibile voglia di assaggiarlo. Te lo sconsiglio.

– *Non*, – Armand non riuscí a trattenere un sorriso. – Dimmi solo come si chiamava.

– Come si chiamava? Mi prendi per il culo?

Armand non replicò, si limitò ad aspettare, cosí Olivier ci pensò su. – *L'ultima parola*. Ecco come si chiamava.

Gamache non parlò subito. – Dove hai trovato la ricetta?

– Me l'ha data un ospite.

– Non è piú qui, immagino.

– Esatto. Si è fermato una notte ed è ripartito ieri pomeriggio.

Armand pensò al vecchio dall'aria sorniona che lui e Reine-Marie avevano incrociato due giorni prima. Lui e lo sconosciuto si erano girati a scambiarsi una rapida occhiata. Avevano subito distolto lo sguardo, però a lui era rimasta l'impressione di averlo già visto.

– Come si chiamava?

– Monsieur Gilbert. Non ricordo il nome di battesimo, ma posso cercarlo sul registro.

Armand si sentiva in subbuglio. Come se qualcuno avesse increspato l'aria intorno a lui. Non era una sensazione di pericolo. Al contrario, gli dava conforto. Come la ventata di un profumo che porta bei ricordi.

– La ricetta era un ritaglio di giornale? – Armand tirò fuori il telefono. Aveva già cercato l'immagine.

– Sí. E il tipo aveva con sé una bottiglia dell'ingrediente principale. Ormai non lo vendono quasi piú. Ha insistito per regalarcela.

– Il ritaglio ce l'hai ancora?

– No. Dopo due sorsi, quando ho visto che perfino Ruth stava per vomitare, l'ho gettato nel fuoco.

Un vero peccato, pensò Armand. Gli avrebbe dato volentieri un'occhiata.

Mostrò lo schermo del cellulare a Olivier: la foto di una pagina del «Journal de Montréal». Accanto a un bicchiere con un drink, c'era la ricetta dell'*Ultima parola*. E in cima alla foto, a caratteri regolari: *Ispettore capo Gamache. Questo è di suo interesse*.

– Bravo. È proprio quello.

Armand spense lo schermo e posò il cellulare sul bancone della cucina a isola. – Quando è stata l'ultima volta che hai sentito parlare di questo cocktail?

– Non ne ho mai sentito parlare. E nessuno me ne ha mai chiesto uno. Ti dirò di piú: non ricordo che qualcuno abbia mai ordinato un drink con dentro il Chartreuse.

– In quel cocktail c'è il Chartreuse? – Armand non si era soffermato sulla ricetta: perché avrebbe dovuto? Sembrava un dettaglio insignificante. Riprese in mano il telefono e allargò la foto con l'articolo di giornale. Esatto: il liquore verde era l'ingrediente principale.

Un'altra presenza fece vibrare l'aria intorno. Una molto meno gentile della prima. Eppure Armand non riusciva ancora a collocare le sue impressioni.

– *Oui*.

– Com'era l'ospite?

– Attempato. Oltre i settanta, direi. Magro. Vestito in modo assurdo...

– In che senso?

Quando Gamache aveva incrociato l'uomo al parco, i suoi vestiti lo avevano colpito. Il cappello. Molto simile a quello che ricordava dalle vecchie foto di suo padre. Nessuno portava piú cappelli come quello.

– Vestiti puliti e ordinati, – disse Olivier. – Ma passati di moda mezzo secolo fa. Giacca con i risvolti ampi. Cravatta grossa. I pantaloni e la giacca non erano della sua taglia.

Quello l'aveva notato anche Armand.

– Pareva li avesse rimediati in un seconda mano o all'Esercito della Salvezza.

Oppure, pensò tra sé Armand, dai pacchi di un rifugio per senzatetto. Dall'armadietto di una prigione, riempito al momento di entrare e riaperto a decenni di distanza, alla fine della pena.

Questo Monsieur Gilbert era uno che aveva arrestato per omicidio mezzo secolo prima? All'epoca Armand era un ragazzino. Precoce, senza dubbio, ma non a quel punto.

– Che modi aveva?

Olivier prese uno sgabello e si accomodò di fronte ad Armand. Bevve un sorso di cappuccino e ci pensò su.

– Era un tipo perbene. Gentile. Però aveva anche carisma. Positivo. Rassicurante. Faceva domande e si vedeva che ascoltava davvero le risposte.

– Che domande?

– Sul villaggio. Quando era stato fondato. Perché abbiamo scelto di vivere qui. Ha fatto una passeggiata su a St Thomas e quando è tornato l'ha chiamato «santuario».

Armand sorrise. Era la prima parola che gli saliva

alle labbra, quando pensava alla minuscola chiesa arroccata sopra il villaggio.

In quel posto aleggiava l'odore del tempo e delle sue vicissitudini. Matrimoni, battesimi, funerali. Il seminterrato era un luogo di ritrovo: gli abitanti di Three Pines ci portavano uova alla diavola, sandwich al cetriolo senza crosta e biscotti con sopra i marshmallow. Soprattutto portavano compagnia, per le feste e per i lutti.

A dare magia al luogo erano i tre fratelli, in verità poco piú che bambini, ritratti sulle vetrate istoriate. Impegnati a marciare verso il loro destino nella Grande guerra. Non sarebbero piú tornati a casa, eppure lí a casa erano incisi per sempre.

Nella piccola chiesa c'era il tanfo della vergogna e l'intenso profumo del perdono di una cosa imperdonabile.

– Cosa sai di lui?

– Di Monsier Gilbert? Gli ho chiesto di cosa si occupava nella vita, ma è rimasto sul vago. Tanto che non ricordo cosa mi abbia detto.

Probabilmente Olivier non era molto interessato alla risposta, pensò Gamache.

– Poi gli ho chiesto cosa l'avesse portato a Three Pines.

– E lui?

– Ha solo detto che gliene aveva parlato una persona. Ho domandato chi, ma era come se l'avesse scordato.

– Ha chiesto di me?

– Di te? No. Perché avrebbe dovuto?

– L'accento?

– Del Québec. Di uno che ha studiato. Però s'impennava su certe parole. Hai presente?

Armand annuí. Spesso le persone si sforzavano di nascondere le loro origini, ma quelle erano come animali in gabbia. Anche se non potevano muoversi liberamente, non sparivano nel nulla. – Dimmi che non mi hai tirato giú dal letto alle quattro e mezza per chiedermi del nostro ospite e dell'orribile cocktail che ci ha consigliato.

– Devo ammettere di sí. Mi fai vedere la sua prenotazione?

– Volentieri, ma non ti dirà granché. Quando ha chiamato, ho trascritto i suoi dati. Non ha usato internet. Guarda.

Olivier aprí il calendario sul suo telefono. Non mentiva. La prenotazione era stringata: P. Gilbert. Montréal. Piú un numero di telefono e la data della permanenza. Nessun recapito.

Armand trascrisse le informazioni. – Quando ha prenotato?

– Qualche giorno prima. Con poco anticipo.

– Come ha pagato?

– In contanti, l'ho trovato un po' strano. Oggi li usano in pochi.

Armand bevve un sorso di caffè forte e cremoso e provò a ragionare. Forse la presenza dell'*Ultima parola* sul pacco recapitato in centrale e la ricetta di quell'ospite bislacco erano semplici coincidenze. A volte capitava di assistere a strani eventi in rapida successione. Slegati gli uni dagli altri. Destinati a non ricapitare mai piú.

– C'è una festa e non mi avete invitato?

I due si girarono: sulla porta c'era Gabri, con indosso la sua enorme vestaglia rosa a balze e le pantofole da coniglietto.

– Signore e signori, – annunciò Olivier, – ecco mio marito.

– Che succede?

– Armand è venuto a interrogarci sul cocktail.

– A quest'ora? Ruth mi ha giurato che non avrebbe sporto denuncia. Tranquillo, Armand, siamo tra amici.

Gamache si limitò a sorridere e Gabri aggiunse, in tono piú serio: – Era una porcheria, Reine-Marie te l'avrà raccontato. Nemmeno Ruth è riuscita a berlo, e lei butta giú perfino l'acqua del water.

– Quanto sei falso, – disse Olivier.

– Una volta l'ho vista con i miei occhi.

Mentre i due battibeccavano, Armand si alzò.

– Grazie per il cappuccino e per il croissant.

– Non l'hai nemmeno toccato. Portalo a Reine-Marie.

– Grazie. Volentieri.

Armand avvolse la pasta in un fazzoletto e se la mise in tasca. – Immagino che abbiate già pulito la stanza.

– Che stanza? – chiese Gabri.

– Quella di Monsieur Gilbert.

– Sí. Avete parlato di lui? Che persona incantevole. Bravissimo a cantare.

– Come lo sai?

– L'ho sentito. Cantava a bassa voce in camera sua. Non si capivano le parole e non ho riconosciuto la melodia, ma era un balsamo per l'anima. Rassicurante.

Di nuovo quell'aggettivo, pensò Armand. – Posso vedere la stanza dove ha dormito?

– Da quando in qua chiedi permesso per entrare nelle camere altrui? – sbottò Olivier alzandosi dallo sgabello. – Hai una strana idea della buona educazione.

La camera assegnata a Monsieur Gilbert era semplice e arredata con gusto: un letto matrimoniale coperto da una trapunta di seta rosa, una solida poltrona accanto al caminetto ornamentale. La finestra dava sul parco del villaggio, che cominciava in quel momento a emergere dalla foschia mattutina.

– A dire il vero aveva prenotato una stanza piú piccola, – spiegò Olivier.

– La piú piccola di tutte, – disse Gabri. – Però in questi giorni siamo vuoti, cosí gli abbiamo concesso un upgrade.

– Per lo stesso prezzo, – dal tono di Olivier trapelava una nota di rimpianto, se non di stizza.

Rimasero nella stanza mentre Armand dava un'occhiata in giro senza trovare nulla. – *Merci.*

Accompagnandolo alla porta, Gabri disse: – Prima parlavate della chiesa, se ho capito bene. Quando ieri sera sono andato a pulire dopo la funzione domenicale…

– Cosa combinate durante la messa? – chiese Armand. – A sentire te, ogni volta è un pandemonio.

– Be', il sangue di gallina è particolarmente appiccicoso…

Armand rise e Gabri continuò: – In chiesa ho trovato una busta con il tuo nome scritto sopra. Volevo prenderla e portartela, ma l'ho dimenticata lassú.

Armand sentí rizzarsi i peli sulla nuca.

Adesso nell'aria aleggiava una nebbia densa, quasi palpabile: il villaggio aveva perso i suoi colori per assumere cangianti sfumature di grigio. Al loro arrivo alla chiesetta di St Thomas, Olivier, Gabri e Armand avevano i vestiti non proprio zuppi ma di certo umidi.

Come al solito, la cappella non era chiusa a chiave. Gabri accese il lampadario centrale, illuminando le poche file di banchi lustri e il modesto altare in fondo alla navata.

I fratelli ritratti sulle vetrate istoriate brillavano di rosso, verde e azzurro chiaro.

– Eccola.

Gabri indicò la busta bianca. Era poggiata contro la placca di ottone sotto la vetrata. Incisi sulla placca c'erano i nomi di tutti gli abitanti della zona che erano andati in guerra e non erano piú tornati. Nomi come Billy e Tommy, Gabrielle e P'tit Marcel.

Sotto l'elenco la scritta: *Erano i nostri figli*.

Gabri allungò la mano verso la busta ma Armand lo bloccò.

– Ieri l'hai toccata? Quando l'hai trovata, dico.

– Io? *Non*.

Armand si avvicinò. Nero su bianco, a caratteri nitidi e sinuosi, c'era scritto: *Armand Gamache*.

Non era la stessa grafia del quotidiano.

Scattò una foto alla busta, poi prese dalla tasca il fazzoletto di stoffa e lo usò per raccoglierla.

Si mise seduto a un banco, avvolto dal tenue bagliore dei ragazzi evanescenti, la aprí e tirò fuori un foglio di carta. In silenzio.

– Cos'è? – chiese Olivier. Gli altri due si sporsero in avanti per leggere mentre Armand apriva il foglio piegato in due.

– Erbe? – fece Olivier. – E spezie. Una ricetta, forse.

– Dio, – borbottò Gabri. – Fa' che non sia un altro cocktail.

Il bordo superiore del foglio era seghettato lungo la linea dello strappo, però Armand riuscí a distinguere due parole tagliate a metà.

Steli e *Angelica*.

Girò il foglio. Dietro c'era scritto: *Qualche disgrazia*…

Capitolo 16

Il foglio era posato accanto a lui sul banco di legno lucido.

Lo sovrastava qualche disgrazia.

Aveva chiesto a Olivier e Gabri di lasciarlo da solo in chiesa per pensare. Gabri moriva dalla voglia di chiedergli una cosa, o dieci, ma si era trattenuto. Aveva capito che Armand non era solo sorpreso ma turbato. Sconvolto. Gli servivano spazio, tempo, silenzio e pace. Per trovare risposte.

L'ultima cosa di cui aveva bisogno erano altre domande.

Cosí lui e Olivier se n'erano andati. Armand era rimasto in chiesa da solo, con lo sguardo perso nel vuoto. Impossibile orientarsi. La nebbia era sempre piú fitta. Lo circondava da ogni lato. Si sentiva perso. Condannato a vagare in cerchio. L'unica cosa da fare era restare immobile. Riflettere. Valutare. Riflettere ancora.

Inspirare a fondo. Espirare lentamente.

Evita le conclusioni affrettate, si era ripetuto. Non passare da una congettura infondata a una congettura infondata. Per poi finire dritto nel precipizio.

Quello era il momento della chiarezza, non della velocità.

Eppure la sua testa andava a mille. Con fatica, con metodo, rallentò il ritmo. Per poi approdare a una sola certezza.

Armand Gamache sapeva chi era l'estraneo. Quello che aveva incrociato al parco. Quello che aveva riconosciuto senza conoscerlo. L'uomo che aveva sostenuto di chiamarsi Monsieur Gilbert.

Per poco non gli scappò un sorriso. Che scemo era stato a non arrivarci prima, quando Olivier aveva detto il nome. Ma era tutto troppo assurdo.

Monsieur Gilbert, che cantava da solo nella sua camera al B&B. Armand era pronto a scommettere che il sole era appena tramontato, quando Gabri aveva sentito la voce armoniosa dietro la porta.

Monsieur Gilbert, che portava vecchi vestiti sformati e si era spinto alla chiesa del villaggio dove aveva lasciato un biglietto che prima o poi Armand avrebbe trovato. La prima metà del foglio era stata nascosta nel soprabito rubato da casa sua. Nella certezza che prima o poi Armand l'avrebbe trovata.

La seconda metà era stata invece maneggiata da una persona diversa, che aveva scritto sul retro un'unica parola.

Acqua.

Qual era il legame? Doveva esisterne uno per forza. Ben saldo. Due metà di un biglietto. Due metà di un tutto. Spezzate, forse come le persone che in origine avevano posseduto il foglio.

Sapevano l'una dell'altra? Sapevano ciò che l'altra aveva fatto della propria metà? Sapevano che adesso Armand aveva entrambe? Che aveva il tutto?

Ma il tutto di cosa?

Abbassò gli occhi sul pezzetto di carta che riposava come un amico accanto a lui, nel silenzio della chiesa.

Qualche disgrazia... sembrava una minaccia, e come minimo ne era l'annuncio. Ma era anche una citazione che Armand avrebbe colto al volo, e Monsieur Gilbert lo sapeva bene.

Ci sovrasta qualche disgrazia. Noi attendiamo, attendiamo.

Veniva da una tragedia in versi di T. S. Eliot, *Assassinio nella cattedrale*, che racconta del brutale omicidio di Tommaso Becket, ucciso da sicari a cui il sovrano chiede: «Chi vuole togliermi di torno questo chierico importuno?»

Tra tutti gli uomini di chiesa vicini all'arcivescovo di Canterbury, solo uno non l'aveva abbandonato. Solo uno era rimasto dalla sua parte, nonostante il pericolo che correva. Un eroe improbabile.

San Gilberto. Sebbene all'epoca non fosse ancora santo. La santità era arrivata in seguito e per ragioni oscure, dal momento che Gilberto non aveva fatto nulla per conquistarla tranne quell'unico gesto, glorioso e improbabile.

In quei giorni Monsieur Gilbert aveva visitato Three Pines. E con sé aveva portato una disgrazia.

Quale fosse, Armand temeva di saperlo.

Rimase seduto per un bel pezzo nella luce incerta della cappella. Aspettando che la mente si placasse e che le risposte venissero a cercarlo. Anche se in verità l'avevano sfiorato nell'istante in cui aveva letto quelle due parole. Forse una minaccia. O meglio, un avvertimento.

Unite, le due metà profetizzavano: *Qualche disgrazia... acqua*.

Infine sul retro del biglietto c'erano altre parole condivise da entrambe le parti. *Steli* e *Angelica*. Era solo una coincidenza che il biglietto fosse strappato in quel punto? Armand non credeva che a metterci lo zampino fosse stato solo il caso.

Come nel preludio a una gara per risolvere il cubo di Rubik, le facce erano state rimaneggiate e mescolate.

La canzone a bassa voce.

I vestiti larghi.

Il volto familiare.

Il senso di calma che aveva provato incrociando lo sguardo dell'estraneo. Il nome che lui aveva dato a Olivier e Gabri. Monsieur P. Gilbert.

E adesso la citazione. Quella era la prova del nove. Non lasciava adito a dubbi. A restare misterioso era lo scopo del biglietto che una persona, anzi due, gli avevano recapitato. Una lista di erbe e spezie. Le parole scarabocchiate sul retro.

E il cocktail? *L'ultima parola*?

Armand chiuse gli occhi e rivolse il viso al soffitto della chiesa. Cercò di ricordare una cosa che qualcuno aveva detto il giorno prima. Isabelle? Reine-Marie?

No, Jean-Guy. Riaprí gli occhi e prese dalla tasca interna della giacca l'altra metà del biglietto. Rilesse l'elenco di erbe e spezie fino ad arrivare alle parole mozzate, le ultime parole, pencolanti in fondo alla pagina. *Steli*, *Angelica*.

Nome scientifico: *Angelica archangelica*. L'oscura pianta spesso scambiata per il suo gemello velenoso. Usata per preparare, tra le altre cose, il liquore Chartreuse. Ovvero l'ingrediente principale del cocktail immondo. *L'ultima parola*.

Adagio, Armand abbassò la mano fino a posarla sulla panca, avvicinando le due metà del foglio. Riunite. La pagina resa un tutto.

Sapeva cos'era quella lista. Parte della ricetta per il Chartreuse.

E il signore anziano che si era fermato a Three Pines per lasciarla in quella chiesa Armand l'aveva conosciuto qualche anno prima.

Era Dom Philippe, abate del remoto monastero di Saint-Gilbert-Entre-les-Loups. P. Gilbert.

Adesso aveva quasi la certezza che l'altra metà della lista venisse da una persona che aveva lo stesso potere dell'abate, ma di segno opposto. Charles Langlois aveva consegnato il soprabito al suo capo, e lei l'aveva restituito ad Armand.

Quel mostro, Jeanne Caron, gli era scivolato nella tasca. Le due metà di un tutto. Paradiso e inferno.

Armand era ancora seduto quando sentí aprirsi la porta della cappella e un rumore di passi lungo la navata.

Era cosí immerso nei propri pensieri che il picchiettio della pioggia contro il tetto lo sorprese. La voce, al contrario, se la aspettava.

– Olivier mi ha detto che ti avrei trovato qui, – Jean-Guy si infilò accanto a lui nel banco. – Io e Annie abbiamo portato i bambini a Three Pines. Daniel e Roz sono appena arrivati con Florence e Zora. Ora casa tua sembra un doposcuola. Vuoi chiedere asilo politico qui? Prenderanno anche me?

Armand emise uno sbuffo divertito. Riusciva quasi a sentire nelle orecchie gli strilli selvaggi dei nipotini che giocavano insieme, seguiti dal pianto perforante dell'uno o dell'altra, o magari di tutti e quattro, dopo una caduta o un'offesa all'amor proprio. Entrambe le fasi erano inevitabili.

– Ho guardato i video della security che mi hai girato, – disse Armand.

– È la stessa donna, vero? Jeanne Caron. La responsabile dello staff del vicepremier.

Armand fece sí con la testa.

– Porco mondo.

Gamache non se la sentí di contraddirlo.

– C'è dentro anche lei?

– Fino al collo.

– Sembra che tu la conosca.

Armand sapeva che il momento sarebbe arrivato, si era preparato la risposta. Non che esitasse ad affidare la verità a Jean-Guy. Gli avrebbe affidato la vita. Ma in quella verità c'era dentro anche Daniel. Aveva già tradito suo figlio una volta: Daniel avrebbe pensato che ci era cascato di nuovo, e lui non poteva dargli torto.

Prima che potesse parlare, la porta si aprí di nuovo. Armand e Jean-Guy si girarono e videro Isabelle che si scrollava la pioggia dal soprabito. Aveva i capelli appiccicati al cranio, qualche ciocca sferzata dal vento le rigava le guance.

– Cristo, capo. Non potevi restare al bistrot?

La piccola chiesa era diventata fredda e umida, buia anche con le luci accese. E per giunta puzzava di lana bagnata.

Isabelle si accomodò nel banco davanti a loro e si sporse oltre lo schienale.

– Grazie per avermi invitato a Three Pines con la famiglia, capo, – disse. – Abbiamo preso una stanza al B&B.

– Mi spiace che non ci sia posto in casa.

– I ragazzi dicono che stare in albergo è molto fico. Per loro è la prima volta.

Naturalmente Isabelle e il marito avevano sorvolato con i bambini sul motivo per cui dalla città si erano trasferiti all'improvviso in campagna. In un villaggio con l'acqua di un pozzo e un torrente gonfio di pioggia primaverile.

Che l'acqua potabile fosse stata avvelenata era ancora un'ipotesi di lavoro, ma Armand non voleva correre rischi. Nello scenario peggiore...

Non poteva fare a meno di chiedersi se anche Noè si fosse sentito in quel modo, fermo sul ponte dell'arca, con lo sguardo rivolto a tutti quelli che aveva lasciato a riva.

– Adesso li ho portati da te. Ti consiglio di aspettare un po' a rientrare, a meno che tu non voglia fare un fango integrale di plastilina.

Isabelle alzò il braccio a tastarsi i capelli bagnati e si tolse un grumo verde da una ciocca. – Casa tua è assicurata, vero?

– *Oui*.

La casa era assicurata, ma il matrimonio no. Gamache pensò che doveva proprio raggiungere Reine-Marie per darle una mano. E in fretta...

Isabelle si rivolse a Jean-Guy. – Ho visto il video che ci hai girato. È certo, allora. Jeanne Caron era il contatto di Charles Langlois e molto probabilmente il capo al quale si riferiva. Senza contare che è pure la capa dello staff del vicepremier. Significa che dietro questa storia c'è anche lui.

– E non solo lui, – disse Jean-Guy. – Se è stato il premier a fornire al suo vice il dossier dell'antiterrorismo, fate due calcoli.

Entrambi aspettarono il parere di Gamache.

– Credo che dobbiamo prepararci al peggio.

Faceva parte del loro mestiere, ragionò Gamache. Accettare il peggio e prepararsi. Cercare di anticiparne l'arrivo.

E ciò che stava arrivando, per come la vedeva lui, bloccava la luce del sole.

– C'è una cosa che devo dirvi. Madame Caron mi ha chiamato domenica mattina. Voleva fissare un incontro. E io l'ho mandata all'inferno.

– Perché l'hai mandata all'inferno? – chiese Lacoste.

– Perché ti ha chiamato? – chiese Beauvoir.

– Perché mi abbia chiamato non lo so, ma dovete sapere che in passato abbiamo già avuto a che fare. Anni fa, quando era una giovane assistente alle prime armi e il suo capo un parlamentare eletto da poco, mi chiese un favore. Di evitare alla figlia del politico un'imputazione per omicidio colposo. Io le dissi di no.

– Poi cos'è successo?

– Malgrado le prove schiaccianti, la ragazza fu assolta. Dopo il processo vennero a cercarmi. E non cercarono solo me. Scoprirono che in quel periodo Daniel faceva uso di droghe.

Parlando, Armand aveva chiuso la mano a pugno. Con forza. – Come da patteggiamento con il giudice, stava seguendo un programma di recupero. Be', loro ottennero che quel programma fosse rivisto. Daniel fu accusato di spaccio. In vita sua non aveva mai spacciato.

Armand si sentí avvampare di rabbia. Era piú forte di lui. Prima di continuare, fece una pausa e inspirò a fondo.

– Fu mandato in carcere, dove ebbe una ricaduta. Io e il suo avvocato facemmo ricorso, alla fine Daniel uscí, l'accusa fu annullata e lui tornò in comunità. Ci vollero parecchi mesi e un tentativo di suicidio –. Armand cambiò posizione, fece un sospiro profondo e finí di raccontare. – Però ne è uscito. Da allora non si è piú drogato. Ha dato la colpa a me per molti anni. Adesso va meglio, ma è una ferita che non si rimarginerà piú.

Beauvoir aveva chiuso gli occhi. Anche lui ci era passato. Aveva cominciato con gli analgesici, e da lí sempre peggio. Aveva causato danni incalcolabili a chi gli voleva bene. Incluso l'uomo che gli era seduto accanto. Però alla fine ne era uscito.

Beauvoir intuiva che tra Daniel e Armand era successo qualcosa, però non aveva mai saputo i dettagli. Padre e figlio avevano avuto un chiarimento a Parigi, piú o meno un anno prima.

Ma era chiaro che la rabbia e il rimorso avevano lasciato dei segni. Probabilmente in tutti e due. Di certo nel padre.

Jeanne Caron e il suo capo erano quasi riusciti ad ammazzare Daniel Gamache. Armand non li avrebbe mai perdonati. Mai.

Armand pensava a quello tutte le volte che Jean-Guy lo trovava seduto in quel banco nella piccola chiesa? Chiedeva consiglio ai tre ragazzi che secondo la leggenda avevano perdonato fatti ben piú gravi?

Rimasero in silenzio per un po', finché il capo non recuperò l'autocontrollo. Si passò una mano sul viso, come per cancellare i ricordi piú brutti.

– Non ho idea del perché volesse incontrarmi, – disse infine.

– Lo scopriremo, – rispose Beauvoir. – Dobbiamo interrogarla.

– Non ancora, – disse Gamache. – Non abbiamo prove a sufficienza. Ed è uscito altro. Domenica pomeriggio, mentre andavo alla macchina con Reine-Marie per venire a Montréal, abbiamo incrociato un uomo di una certa età. Un ospite che aveva appena preso una camera al B&B. Mi ha lasciato una busta qui in chiesa –. Gamache sostenne lo sguardo esterrefatto di Beauvoir. – Dentro c'era questo. Attento, dovremo prendere le impronte.

Beauvoir prese il foglio strappato aiutandosi con un fazzoletto di carta. Esaminò quello e l'altra metà, ancora posata sul banco. La stessa trovata nel soprabito di Gamache.

Infine girò il foglio. – «Qualche disgrazia». Che roba è?

– Una citazione da un dramma in versi. Un avvertimento, un indizio per farsi identificare. Sapeva che non mi sarebbe sfuggita. Ma non si è fermato lí. Ha regalato a Olivier una bottiglia di Chartreuse e una ricetta per un cocktail chiamato *L'ultima parola*.

Isabelle Lacoste piegò il capo. – Quella scritta sul giornale in cui era avvolto il tuo soprabito.

– *Oui*.

– Un attimo, – disse Beauvoir. – I filmati confermano che Charles e Jeanne Caron lavoravano insieme. Lui ha seguito i suoi ordini: ha fatto irruzione in casa tua e ha preso il soprabito, *patron*. Poi lei ha fatto in modo di restituirtelo, avvolto nel giornale, con la ricetta e la lista in una delle tasche.

– Infine ti ha chiamato, – disse Lacoste.

– No, – rispose Armand. – Prima è venuta la chiamata: l'irruzione c'è stata dopo, verso mezzogiorno.

– Le due cose sono legate? – chiese Lacoste. – Voleva avvisarti? È assurdo. Prima orchestra il furto, poi cerca di bloccarlo.

– A quanto ne so non voleva avvisarmi, voleva vedermi.

– Esatto.

– Poi c'è il tizio che viene qui a spacciare lo stesso cocktail della ricetta, – disse Beauvoir. – Significa che i due sono complici? Jeanne Caron e l'ospite del B&B, intendo.

– Per forza, – disse Lacoste. – Lui chi è, *patron*? Tu lo sai, vero?

Prima di rispondere, Gamache lanciò un'occhiata a Beauvoir. Per qualche ragione, l'altro ne rimase scombussolato.

– A Olivier e Gabri ha detto di chiamarsi P. Gilbert. Io però l'ho già incontrato. E anche voi.

Beauvoir aggrottò la fronte e tirò a indovinare. – Un criminale? Un assassino? Chi è?

– Dom Philippe –. Pronunciando il nome, Gamache non staccò gli occhi dal volto del suo vice.

Jean-Guy ci mise qualche secondo a tornare indietro con la memoria, infine se ne ricordò. Si trovavano entrambi in un periodo difficile. Erano scesi da una barca su una sponda rocciosa per indagare su un omicidio. Si erano trovati davanti il remoto monastero di un lago dimenticato da Dio. Da Lui, ma non da tutti.

Diverse volte al giorno, per la preghiera del mattino e per le lodi, per la compieta e per i vespri, le voci dei monaci si alzavano dall'abbazia per mescolarsi a quelle della foresta secolare, dei fiori spontanei, degli animali selvatici, delle fonti, dei pesci e dei galli cedroni. I monaci intonavano antichi canti gregoriani. La parola di Dio nella voce di Dio. E grazie a quei canti si fondevano gli uni con gli altri. Con la natura. Con l'universo. Con Dio.

Seguivano con fede il loro abate, Dom Philippe. La guida spirituale di Saint-Gilbert-Entre-les-Loups. Un'abbazia nel mezzo della selva, dimenticata e negletta.

Al momento del loro arrivo, Armand e Jean-Guy non erano mai stati cosí distanti. Lí a Saint Gilbert Tra i Lupi avevano inaugurato un brutto capitolo delle loro vite.

Adesso era passato, definitivamente archiviato. Eppure, come ogni evento di cesura, aveva lasciato dei segni.

Per ora sapevano solo che nell'ultimo periodo a Saint-Gilbert era successo qualcosa. Il soave abate del monastero era uscito dalla sua pace claustrale per tuffarsi nel mondo e approdare infine a Three Pines. Da un luogo remoto a un altro luogo remoto.

Si era infilato i vestiti che aveva indosso cinquant'anni prima, quando era entrato da novizio al monastero, si era calcato il borsalino grigio sui capelli grigi e aveva richiuso il portone alle sue spalle.

Armand si chiedeva perché l'abate, dopo aver fatto tutta quella strada per recapitargli un messaggio, non l'avesse fermato per strada. Avrebbe potuto allungargli il biglietto di persona, sedersi accanto a lui e spiegargli per bene, anziché poggiare la busta contro il muro della chiesa. Forse Dom

Philippe non voleva rispondere a domande spinose. Forse il suo scopo non era affatto quello di spiegarsi. Il che significava che lui o una persona a lui cara erano invischiati in quel mistero.

– Ho capito cosa vogliono dire le due metà, se le ricomponiamo, – disse Gamache. – È una ricetta, o parte di essa. Per preparare il Chartreuse.

Beauvoir e Lacoste rimasero interdetti.

– Quell'intruglio che si beve? – chiese infine Lacoste. – Mia nonna lo tirava fuori nelle occasioni speciali.

– Quello che si beve, – confermò Gamache.

Mentre il capo non si stancava di contemplare la vetrata istoriata, gli altri due tirarono fuori i telefoni e fecero ricerche sul liquore.

Infine i tre sbirri della Sûreté rimasero seduti nella luce fioca, sotto lo sguardo dei tre giovani soldati, a parlare di delitti, monaci e di come uno sperduto monastero e la sibillina ricetta di un bislacco liquore si legassero a Charles Langlois. Un biologo che forse, ma solo forse, era incappato in un piano criminale per avvelenare l'acqua potabile di Montréal.

Capitolo 17

– Oddio oddio, oh merda.

Armand si sentí afferrare l'avambraccio e posò la mano sulle dita convulse di Jean-Guy.

– Tranquillo. Non ci succederà nulla.

– Siamo fottuti.

Armand non poteva replicare come avrebbe desiderato. Temeva che a tradire l'ipocrisia delle sue parole bastasse il tremito della voce. E il fatto che uscisse un'ottava piú stridula del normale.

Neppure col Suv che puntava a tutta birra verso di lui si era spaventato tanto. Probabilmente perché non ne aveva avuto il tempo.

Ora il tempo ce l'aveva eccome. Di immaginare l'impatto. Di valutare quanto male si sarebbero fatti.

Piú che volare, il piccolo idrovolante monomotore stava sobbalzando. Era impegnato a perforare le raffiche di vento e la pioggia battente, o forse a farsene trivellare. Davanti ai loro occhi esplose un immane lampo di luce.

Sulle prime Gamache pensò che l'idrovolante si fosse disintegrato. Colpito da un fulmine. Però il lampo era baluginato alla loro sinistra. Subito dopo se ne accese un altro alla loro destra. Erano in mezzo a una tempesta. I rebbi di una gigantesca forchetta cercavano di infilzare un pisello.

Il pisello erano loro.

Non sarebbero dovuti decollare, ma il pilota aveva giurato che la pioggia stava per finire, e che comunque sarebbero sbucati in fretta sopra il nubifragio.

– Sopra quanto? – aveva strillato Jean-Guy per sovrastare il frastuono. – In paradiso, magari? Oddio oddio, oh merda.

L'idrovolante cadde a picco per un paio di metri, il pilota cercò disperatamente di mantenere il controllo e la quota.

– Vi chiedo di resistere un altro po', – gridò mentre il velivolo s'inclinava di lato, quasi sul punto di rovesciarsi.

Santo cielo, pensò Armand puntellando le mani contro il soffitto per non sbatterci contro la testa. *Oh, Dio. Non doveva andare cosí. Ti prego, fa' che ritrovino i corpi. Reine-Marie, perdonami...*

Le onde in tumulto sembravano sempre piú vicine, cosí vicine che se ne intuiva la schiuma biancastra. A quella velocità piombare in acqua sarebbe stato come schiantarsi sull'asfalto. Armand si preparò all'impatto e trattenne il respiro, Jean-Guy gli afferrò la mano. Questa volta Armand la tenne stretta.

Il motore ruggí e l'idrovolante recuperò quota, infilandosi nelle nuvole. Nella tempesta.

– Dobbiamo cambiare rotta, – gridò Gamache al pilota sopra il rombo dell'acqua.

– Troppo tardi.

– In che senso «troppo tardi»?

– Siamo troppo in là. Dobbiamo andare avanti. Presto saremo fuori dalla tempesta.

Di per sé, quelle parole li avrebbero rassicurati, non fosse stato per il panico cieco nella voce del pilota, un minaccioso scricchiolio e infine il rombo di un tuono cosí violento da far tremare l'abitacolo.

Gamache affondò nel sedile e rimase concentrato sullo schianto, mentre il velivolo e i suoi occupanti venivano sbalzati a destra e a sinistra, su e giú. Quello era un mezzo della Sûreté, con il pilota aveva viaggiato innumerevoli volte, incluse le recenti trasferte alle Îles de la Madeleine e a Saguenay per indagare sui due omicidi che parevano esecuzioni mafiose.

Al mattino, arrivato in centrale da Three Pines, aveva convocato in ufficio gli agenti responsabili.

Ruth si era presentata a casa Gamache per sollevare Annie, Reine-Marie e gli altri dalla responsabilità costante di badare ai bambini. Chissà come, su di loro la vecchia poetessa sciroccata esercitava uno strano incantesimo che li teneva buoni.

Armand si sforzava di non pensare alla favola di Hansel e Gretel e a come finiva.

Aveva salutato Reine-Marie e gli altri al bistrot. Li aveva lasciati davanti al fuoco crepitante con gli occhi stralunati, le mani avvolte intorno a tazzone di caffè mentre cercavano di elaborare gli ultimi avvenimenti. Forse ora, come lui, stavano borbottando, *Oddio oddio, oh merda*.

Arrivati alla Sûreté, Armand, Jean-Guy e Isabelle si erano divisi. Beauvoir aveva consegnato di persona la busta e il biglietto alla Scientifica sperando che avessero novità da comunicargli, Lacoste aveva chiamato il numero che Dom Philippe aveva dato al B&B.

Armand si era seduto alla scrivania con lo sguardo alla finestra rigata di pioggia per fare un po' di telefonate, la prima all'hangar della Sûreté in aeroporto. Poi aveva aperto l'app di messaggistica sicura.

Possiamo vederci?

Sí. Quando? Dove?

Tra un'ora. Al «Broken Kettle» di Vankleek Hill.

Non aveva ricevuto risposta, non serviva.

Prima di uscire, aveva chiamato gli agenti responsabili delle indagini alle Îles de la Madeleine e nella zona di Saguenay. – Purtroppo non ci sono sviluppi, *patron*, – gli aveva comunicato il piú esperto. – Non abbiamo trovato correlazioni tra i due delitti, nulla in grado di associare la nostra vittima alla mafia. Continueremo a cercare.

Dall'altro agente, distaccato a Chicoutimi nella provincia di Saguenay, a nord di Québec City, Gamache aveva ricevuto un rapporto molto simile. Zero piste. Zero legami con l'altro omicidio o con la mafia.

– Interrogate di nuovo i colleghi. Uno di loro sa qualcosa.

Uscendo dalla centrale, era passato nell'ufficio di Evelyn Tardiff, la capa del dipartimento Crimine organizzato.

– Novità?

– Nessuna, Armand. Nessuno dei miei informatori riferisce di sicari che si siano spostati nell'una o nell'altra zona. Ciò non vuol dire che non ce ne siano stati.

– Gli omicidi sono troppo simili. Polsi immobilizzati con il nastro adesivo. Un proiettile alla base del cranio. Stesso calibro, seppure di armi diverse. Precisi, puliti, efficaci. Quelle erano esecuzioni.

– Non facciamo il passo piú lungo della gamba. Io non vedo prove di una rappresaglia mafiosa.

– Non vedi prove? Ci sono tutti gli elementi.

– Anche ammesso che sia cosí, com'è che quei due sono entrati nel mirino della mafia? – Tardiff si era appoggiata all'indietro contro lo schienale e l'aveva squadrato.

– Un movente valido non l'abbiamo trovato, – aveva riconosciuto Gamache. – E apparentemente le vittime non hanno nessun legame tra loro o con la mafia. Però un legame dev'esserci per forza, Evelyn. E penso che sei d'accordo con me.

– Se ti sembro d'accordo, Armand, non immagino come debba sembrarti il disaccordo. Il punto è: cosa se ne fa la mafia di due signori di mezza età dalle vite irreprensibili? I conti non tornano. E poi a Saguenay non c'è nulla a parte laghi e boschi.

– C'è l'alluminio.

Tardiff era scoppiata a ridere. – Dici che adesso la sesta famiglia è entrata nel business della carta stagnola?

Aveva usato il soprannome con cui gli autoctoni si riferivano ai Moretti. In coda alle prime cinque famiglie storiche, la mafia di Montréal era considerata la sesta piú potente di tutto il Nord America. Efficiente e spietata, aveva allargato i tentacoli sul territorio dopo la morte del capostipite.

Armand aveva fatto un sorriso tirato. – Non è molto credibile, ne convengo.

Aveva deciso di non insistere. Entrando in ascensore, si era chiesto perché Tardiff si dimostrasse cosí ottusa. Quasi sulla difensiva. Aveva schiacciato il pulsante del pianoterra con il dubbio che lei gli nascondesse qualcosa.

All'apertura delle porte, il dubbio aveva mutato forma. Era diventato una certezza. Tardiff gli nascondeva qualcosa.

Il punto era capire perché.

– David.

– Armand.

Gamache si era alzato in piedi per salutare il suo amico e collega della Royal Canadian Mounted Police. – Grazie per aver trovato il tempo di vedermi. Posso offrirti un caffè?

– Mi servo da solo, grazie.

L'altro era andato al tavolino contro la parete di mattoni ed era tornato con una tazza di caffè americano e un muffin ai mirtilli. Si era accomodato di fronte a Gamache.

– Ieri ho ricevuto il tuo messaggio.

– Però non hai risposto.

David aveva giocherellato con il manico sbeccato della tazza. – È una faccenda delicata.

– Delicato è un eufemismo.

– Ho dovuto fare qualche ricerca.

Gamache non aveva risposto.

– Nel messaggio non c'erano informazioni, – aveva rincarato il vicecommissario Lavigne. – Zero contesto.

– Vero. Ti serve il contesto?

– Per me quello che serve è uno scambio di informazioni.

Erano seduti nella sala sul retro di un anonimo ristorante, invisibili ai passanti.

Vankleek Hill era un villaggio nell'Ontario, praticamente a metà strada tra Ottawa e Montréal. A un'ora di macchina da ciascuna delle due. Si trovava fuori dalla giurisdizione della Sûreté, per cui Gamache non rischiava di incontrare nessuno del suo dipartimento.

David Lavigne era un suo collega di lunga data nelle forze dell'ordine, il vicecommissario della Royal Canadian Mounted Police. Da cinque lustri era specializzato nel terrorismo nazionale e internazionale.

– Mi hai chiesto se negli ultimi tempi si è mosso qualcosa nel campo delle armi chimiche o biologiche.

– E...?

David si era appoggiato allo schienale e non aveva risposto subito. – Da Roma e Parigi sono arrivate voci di un bersaglio nel Nord America. Stiamo cercando di restringere il campo. In mano non abbiamo ancora nulla. I nostri informatori stanno cercando delle coperture.

– Quindi è una roba grossa.

– Diversa dal solito, diciamo cosí. E qualsiasi cosa fuori dalle regole mette strizza. Non solo a noi, anche a loro –. Aveva abbozzato un sorriso amaro. – E quando a loro viene paura, a noi viene il panico. Tu cosa sai?

– Poco e niente, in realtà. È possibile che si tratti di un'arma biologica?

– Forse. O di un'arma chimica. Nucleare, addirittura. O che non sia nulla, in realtà.

– Qualcosa c'è sempre.

Erano entrambi abbastanza scafati da sapere che i gruppi terroristici locali e internazionali avevano sempre qualcosa che bolliva in pentola.

– C'è una ragione per cui hai parlato di armi biologiche, Armand?

Gamache aveva aggirato la domanda. – Ho sentito che c'è un nuovo dirigente alla Cooperazione internazionale.

– Ci credo, se n'è parlato parecchio. Non hanno ancora fatto l'annuncio ufficiale, ma il Primo ministro ha mollato la patata bollente a Lauzon. Ormai è un anno che c'è dentro.

– Tu come la vedi? – Gamache si era sforzato di usare un tono neutro.

– Lo vedo come un bene e come un male, come quasi tutte le decisioni dei politici. Un male perché Lauzon è un opportunista. Non gliene frega nulla né dei canadesi né del suo partito.

– È già vicepremier, – aveva replicato Gamache. – Si è preso l'Ambiente. E adesso con questa nuova carica...

– Avrà un potere pressoché illimitato.

– E il bene?

– Be', quando il potere è concentrato nelle mani di uno solo, è piú facile individuare gli abusi. E poi a livello generale significa che l'Ambiente e gli Affari esteri lavoreranno sempre piú in tandem. Mi auguro che il premier abbia fatto una mossa strategica per accelerare la transizione ecologica.

– Sí, ma perché scegliere Lauzon? – aveva chiesto Gamache. Tra tutti i candidati possibili, aveva pensato senza aggiungerlo.

– Ho rinunciato da un po' a capire le ragioni dei politici. Alleanze, conventicole. Per forza di cose non possono che avere una logica contorta. Lo sai anche tu.

– A preoccuparmi è il secondo incarico di Lauzon. Ora gli Affari esteri gestiscono l'Antiterrorismo internazionale e quello nazionale. È uno dei tanti modi per trasferire denaro da un paese all'altro. Da un organismo all'altro.

– Esatto, capo. Vedo che hai fatto i compiti.

– Li tengo in bagno, insieme alle riviste di gossip. Ai terroristi servono denaro pulito e corridoi per trasferirlo nei posti giusti. Un'organizzazione transnazionale cosí complessa, con progetti tanto ambiziosi, ha bisogno di soldi. E adesso monitorare quel flusso di denaro spetta a Lauzon.

Gamache aveva aggrottato la fronte, in attesa che il suo collega continuasse.

Lavigne aveva messo da parte il muffin e si era sporto sul tavolo.

– Questo lo sapevi anche prima di vedere la mia bella faccia. Non mi hai fatto venire qui per fare due chiacchiere. Forza, Armand, non ho tutta la giornata a disposizione. Spara.

Lavigne aveva fatto una pausa, l'aveva scrutato con attenzione, si era abbandonato di nuovo all'indietro. – Dio santo, Armand. Non parli perché non sai se puoi fidarti. Sono vent'anni che lavoriamo insieme. Mi hai fatto venire qui, e di punto in bianco sei lacerato dai dubbi?

Lavigne aveva ragione.

Quello era il momento del *beau risque*. Del salto di fede. Gamache e il ristretto gruppo dei suoi collaboratori non potevano farcela da soli. Nel filmato avevano visto Jeanne Caron, come minimo serviva un aggancio con il governo. Se dall'altra parte c'era un pezzo grosso come il vicepremier, loro dovevano aggiudicarsi un complice all'altezza.

Non ne esisteva uno migliore di David Lavigne, il maggiore esperto nazionale di terrorismo, che oltretutto sedeva nel comitato di Cooperazione internazionale.

Eppure gli elementi che lo rendevano l'alleato ideale per la loro indagine erano gli stessi che avrebbero fatto sbavare i cospiratori. Magari Caron e Lauzon.

Lavigne era nel loro giro? Era un membro della loro conventicola, per citare la sua espressione?

Era corruttibile? Era affidabile?

Durante il tragitto in macchina, Gamache non aveva pensato ad altro. Tutto si sarebbe chiarito quando l'avrebbe avuto davanti, sperava. Quando gli avrebbe parlato. L'istinto gli avrebbe indicato la strada. Fin lí aveva parlato con due dirigenti della polizia, ufficiali di alto rango della Sûreté, e li aveva entrambi scartati perché gli davano una brutta sensazione. Cosa avrebbe provato a pelle di fronte a Lavigne?

– Ti ricordi di quando è nata Idola? – aveva chiesto all'improvviso Gamache.

– La tua nipotina con la sindrome di Down, – aveva detto Lavigne. – Certo che mi ricordo.

Si vedeva che la digressione l'aveva spiazzato.

– Ci hai mandato un regalo e hai aggiunto un biglietto per Annie e Jean-Guy. Hai scritto che la sorella di tua moglie, Charlene, ha la sindrome di Down, e che non potevi immaginare la tua vita senza di lei.

– Sí, e allora?

– Allora mi fido di te.

– Ti fidi perché anche la sorella di mia moglie ha la sindrome di Down? Non sto dicendo che sbagli, Armand, ma come ragionamento mi sembra un po' debole. Anche per uno come te.

A Gamache era scappato uno sbuffo divertito.

– Mi fido per quel gesto di gentilezza che hai rivolto a mia figlia e a Jean-Guy. Uno con tanta sensibilità non potrebbe partecipare a una strage di massa in cui moriranno anche bambini.

– Strage di massa? – Senza volere, Lavigne aveva alzato la voce, poi aveva mormorato in un sussurro roco: – Cosa sai, Armand? Devi dirmelo.

Gamache aveva inspirato a fondo e si era tuffato. Aveva raccontato tutto al vicecommissario della Royal Canadian Mounted Police. A quel punto non si poteva piú tornare indietro. Quando aveva smesso di parlare, nella saletta era aleggiato un lungo silenzio.

– Secondo me ti sbagli. Ci sarà in ballo una fuga di scorie tossiche.

Per essere uno che non credeva all'ipotesi peggiore, Lavigne era diventato molto circospetto. Come un animale dopo aver fiutato un predatore.

– Insomma, sembra molto piú plausibile. Dico sul serio, Armand. A che scopo avvelenare tutta l'acqua di Montréal?

Nella sua voce c'era una sfumatura di supplica. Implorava Armand di dargli ragione.

– Ti faccio una domanda, David. Cosa succederebbe se tutta l'acqua potabile venisse contaminata? Non mi riferisco alle morti, quelle le immagino, ma alle conseguenze politiche.

– Te lo ricordi come finí nel 1970? Quando il

Front de libération du Québec sequestrò e uccise un parlamentare e piazzò delle bombe a Montréal?

Lavigne si riferiva alla Crisi di Ottobre. Era una domanda retorica, visto che tutti e due sapevano com'era finita. Eppure l'aveva formulata lo stesso ad alta voce.

– Il Primo ministro dichiarò lo stato di guerra.

– *Oui*. E questo farebbe la stessa cosa. Non avrebbe scelta.

– Le libertà civili verrebbero sospese, – aveva detto Gamache. – La Carta dei diritti e delle libertà congelata. Il Québec e tutto il Canada diventerebbero un regime di polizia.

– Il governo avrebbe poteri illimitati.

– Un potere sfrenato, – aveva chiosato Gamache. – Un *coup de grâce* seguito da *coup d'état*.

– Tu sostieni davvero, – Lavigne aveva abbassato la voce, – che il Primo ministro sia della partita? Non mi è mai piaciuto, ma perfino io ho delle remore a considerarlo un dittatore che uccide migliaia di persone per diventare un tiranno.

Gamache si era limitato a fissare il collega. Dopo un po', Lavigne aveva scosso la testa con un sorriso amaro.

– Scusa, sono proprio un gonzo. Basta guardare i leader mondiali. Oggi la follia regna sovrana. Il nostro premier arriverebbe a tanto? Non lo so. Forse. Eppure ho i miei dubbi. Secondo me ti sbagli.

Lavigne si era frugato in tasca e aveva tirato fuori un tubetto di aspirine ad azione rapida. – Mi hai fatto venire il mal di testa –. Aveva inclinato il tubetto verso Armand, l'altro aveva rifiutato e lui ne aveva buttate giú un paio.

– Spero di sbagliarmi, David, quanto è vero Dio. Ma ti consiglio di tenere quel tubetto a portata di mano. Gli scenari li sai. Quanto sarebbe facile per loro avvelenare l'acqua che beviamo?

– L'acqua è sempre stata tra le nostre priorità. Non sarebbe facile, ma nemmeno impossibile. Se hai ragione, Armand… – Lavigne aveva sgranato gli occhi e lasciato sfumare la frase. – Montréal? Vorrebbe dire che…

– *Oui*.

Lavigne pareva aver elaborato lo shock dei primi istanti. Ora cominciava a ragionare.

– Non possiamo diramare un'allerta nazionale. Non prima di esserne certi. Inoltre l'allarme arriverebbe anche agli attentatori. Sospenderebbero il piano, oppure andrebbero a nascondersi dove mai riusciremmo a stanarli.

Gamache aveva annuito in silenzio.

– La nostra unica speranza è beccarli. Estirpare le radici e tagliare i rami. Cristo santo, Armand, quanto saranno grosse le radici? E i rami?

A quel punto era stato Gamache a sporgersi sul tavolo. – Questo lo devi scoprire tu.

– E tu?

– Io devo trovare l'abate.

– Davvero? Bel piano di battaglia. Trovare un vecchio monaco che va in giro con la ricetta di un liquore mai sentito. Secondo me abbiamo piste piú promettenti.

– Quelle le stanno seguendo i miei colleghi. Hai ragione, fossero stati solo Dom Philippe e un foglietto strappato non ci avrei perso piú di due minuti, ma non si tratta solo di lui. L'altra metà del biglietto me l'ha fatta avere Jeanne Caron.

– Giusto, – aveva ammesso Lavigne. – Quei due devono avere qualcosa in comune.

– Credo che Dom Philippe, chissà come, abbia scoperto qualcosa. E che abbia paura.

– O che voglia la sua fetta di torta.

– *Non*, – aveva risposto Armand senza esitare. – Lo conosco. Non ne sarebbe capace.

– Eppure, se ci hai visto giusto, è a conoscenza di un imminente attentato terroristico e non ha fiatato. Ti sembra un comportamento da persona perbene?

– Presto lo scopriremo. Vado al monastero. È tornato lí, credo.

– Forse s'immagina che andrai a cercarlo.

– Forse è ciò che vuole. Lí si sente al sicuro, con il controllo della situazione. Ma ci sono almeno altre due persone con cui parlare, e per ovvie ragioni non posso pensarci io. Una è Evelyn Tardiff…

– Quella del Crimine organizzato? – David non si era curato di dissimulare la sorpresa. – Non avrai dei sospetti anche su di lei.

– Lei e Madeleine Toussaint.

– Mi prendi per il culo? – Lavigne aveva abbassato la voce, rendendola ancora piú stridula. – La capa di tutta la Sûreté? Dio santo, Armand. Se quelle due sono dentro, chi c'è ai comandi?

Poche ore prima Lavigne aveva usato una metafora, ma in quel momento Armand era attanagliato dalla stessa domanda, solo piú concreta e urgente.

Chi c'era ai comandi dell'idrovolante? Il piccolo velivolo monomotore sobbalzava, sputacchiava, cedeva ai vuoti d'aria. Il pilota era uno capace o un inetto in preda al panico? Era ancora cosciente?

In quel momento, a conferma che il pilota non era svenuto, li raggiunse uno strillo. Da lí piú nulla: né indicazioni, né parole di senso compiuto. Solo quel gemito dal posto di comando.

Jean-Guy, che già in condizioni normali odiava gli spazi stretti, era tra il coma e la veglia. Armand, che odiava le grandi altezze, non stava molto meglio.

Non erano partiti con l'idea di una gita di piacere, ma a quel punto avevano la certezza che stavano per morire, e nessuno dei tre riusciva a mettere i pensieri in fila.

Armand non osava aprire bocca per paura di vomitare. Deglutí con forza e sentí la gola in fiamme e un sapore di bile. Si girò a guardare Jean-Guy, che era pallido e quasi verdastro. Lucido di sudore. Con gli occhi sbarrati e fissi davanti a sé, come se volesse aiutare il pilota con la forza del pensiero. Deciso a non perdere la concentrazione, in caso fosse proprio quella a tenerli a mezz'aria.

Entrambi avevano rischiato la vita in situazioni estreme. Regolamenti di conti. Scontri a fuoco. Però sempre con la possibilità di agire. Difendersi. Scappare. Adesso invece erano impotenti. Legati ai sedili posteriori di un ridicolo idrovolante. Senza nulla da fare. A parte attendere.

Noi attendiamo. Attendiamo.

Poco prima, Armand era riuscito a tirare fuori il telefono e a digitare un messaggio per Reine-Marie. *Ti amo. Perdonami.* Però non l'aveva inviato. Non voleva spaventarla. Ora indugiò con il dito sopra l'icona «Invia».

Il velivolo si rovesciò all'improvviso su un lato, mandando Armand a sbattere contro il finestrino. Sentí il telefono sgusciargli di mano e la guancia appiccicata al vetro. Per quanto terrorizzato, fu costretto a guardare giú. Non vide l'acqua ma il bosco. Una spessa tettoia di sempreverdi. Sotto di loro, avvolto nella nebbia, si delineò un edificio familiare.

Armand si piazzò le mani ai lati della testa e si sforzò di staccarsi dal finestrino, ma la forza che lo teneva inchiodato era troppo forte. Il corpo di Jean-Guy premeva contro di lui e lo imprigionava.

Fuori dal finestrino appannato di condensa, Armand cominciò a scorgere le quattro ali del monastero.

Senza raddrizzarsi, il velivolo stava atterrando. Le ali erano sempre piú vicine a quelle del monastero.

Gli venne l'impulso di serrare gli occhi ma non lo fece. Piú forte dell'istinto a nascondersi dall'ineluttabile aveva il desiderio di vedere quanto piú mondo possibile prima che…

L'aereo fu percorso da un brivido immane e si rovesciò dall'altra parte. Armand fu scaraventato sopra Jean-Guy. Allungò le braccia per evitare di finire contro la fusoliera e proteggere Beauvoir.

Poi il velivolo beccheggiò di nuovo. Nel tumulto, Armand non riuscí piú a capire se si era raddrizzato o se erano completamente a testa in giú. Vide la schiuma delle onde a poche decine di centimetri e con il braccio schermò il petto di Jean-Guy. Come si fa con un bambino per ripararlo da una brusca frenata. Un gesto inutile ma istintivo.

Il pilota gridò: – Attenti!

Sentirono un tonfo violento e uno stridore di metallo. Jean-Guy e il pilota furono sbalzati in avanti e si misero a strillare. Anche Armand lanciò un grido. Quasi un gemito.

Poi attese. Non sentiva piú nulla.

Niente.

Aprí gli occhi e vide l'acqua tutto intorno a loro, però l'idrovolante, con i suoi galleggianti, ci fluttuava sopra.

– Oh merda, – esalò Jean-Guy. – Oh Dio.

Nella cabina di guida il pilota stava piangendo.

Armand batté le palpebre tre o quattro volte e trattenne il respiro. In caso, quello era il momento giusto per avere un infarto. Aspettò. Ma il suo cuore, che martellava nel petto, cominciò a calmarsi.

– State bene? – chiese agli altri due ricevendo per tutta risposta increduli cenni d'assenso. Pulí il finestrino con la manica per levare il vapore e la traccia della sua guancia, vide due monaci fermi sulla riva come un miraggio. All'unisono, si fecero il segno della croce.

Buon Dio, pensò Armand.

Capitolo 18

Isabelle Lacoste sapeva, naturalmente, perché non era andata in missione con il capo e con Beauvoir. Le donne non erano ammesse nei monasteri di clausura, men che meno a Saint-Gilbert-Entre-les-Loups.

C'era il rischio che perfino Gamache e Beauvoir venissero bloccati dai monaci. In pochi oltrepassavano quel portone. L'ultima volta avevano ottenuto il permesso solo per via del cadavere. Come loro tre sapevano bene, gli omicidi erano dei passe-partout.

Inoltre c'era parecchio da fare anche a Montréal.

Per prima cosa, Lacoste chiamò il numero lasciato da Dom Philippe al B&B. A rispondere fu un tipo che dichiarò di non aver mai sentito nominare né Dom Philippe né un certo Monsieur Gilbert.

Il tipo era a casa dal lavoro per colpa di una brutta influenza. Un'influenza estiva.

Stava per entrare nei dettagli, ma Lacoste si affrettò a ringraziarlo e a riagganciare. Poi mandò un agente a controllare se diceva la verità.

Era abbastanza scontato che l'abate avesse dato un numero falso. Per come la vedeva lei, era un indizio di colpa. O almeno di qualcosa da nascondere.

Si chiese anche se questo Dom Philippe, che lei non aveva mai incontrato e sul quale non nutriva pregiudizi, fosse davvero cosí integerrimo come diceva il capo. Di solito la gente perbene non nasconde tanti segreti. Da nascondere ha poco e niente.

Dopo la telefonata, Lacoste andò all'obitorio.

– Documenti ne avete trovati? – chiese alla dottoressa Harris, contemplando i resti dell'uomo che aveva ucciso Charles Langlois ed era stato ucciso a sua volta.

– No. Gli hanno sparato alla testa, una volta sola. I vestiti li sta analizzando la Scientifica, ma nelle tasche non c'era nulla. Forse con il calco dentale sarà possibile identificarlo. Vi ho girato le impronte e il Dna.

– Abbiamo già provato, – disse Lacoste. – Nel sistema del Québec e in quello nazionale non ci sono corrispondenze. Li mando agli americani e all'Interpol. Dimmi tutto quello che sai.

– Piú o meno ciò che vedi, – disse la dottoressa Harris. – Maschio, caucasico. Tra i venticinque e i trentacinque anni. Il suo ultimo pasto è stato hamburger e patatine, due ore prima del decesso. E aveva bevuto alcol. Non per sbronzarsi, credo. Piú un aiutino per rilassarsi.

Lacoste contemplò il corpo allampanato. – Per darsi coraggio, forse.

Lanciò uno sguardo all'altro corpo coperto con un lenzuolo. Charles Langlois. Vittima e assassino fianco a fianco.

Si spostarono vicino al cadavere di Charles. A lui l'autopsia l'avevano già fatta.

– Conosciamo il nome e l'età, – disse la dottoressa Harris. – E cosa l'ha ucciso. Porta tutti i segni di una tossicodipendenza piuttosto grave, ha danni al cervello e a qualcuno degli organi interni. Non recenti, però. Era pulito da almeno un anno.

– Danni al cervello, dici? Del tipo che possono causare allucinazioni o paranoia?

– Sí, ma solo dopo aver assunto droghe. Non era al punto di averle da sobrio, – abbassò gli occhi su Charles. – Quando è morto era un ragazzo in salute.

– Si capisce dove è stato nelle ultime ore?

– Ho prelevato campioni dalle mani, dal viso e dai piedi, ma è impossibile dirlo. Forse ci aiuteranno i vestiti.

– *Merci*.

Prima di partire, Beauvoir aveva girato ai colleghi il rapporto della Scientifica. I vestiti di Langlois erano freschi di lavatrice. Sopra non c'erano indizi dei suoi ultimi spostamenti.

Dopo l'obitorio, Isabelle Lacoste radunò una squadra e si procurò i mandati di perquisizione per la sede dell'Action Québec Bleu e il domicilio della sua direttrice esecutiva, Margaux Chalifoux.

L'ispettore capo Gamache aveva chiamato dall'aeroporto poco prima del decollo per raccomandarsi che fosse lei a coordinare la perquisizione a casa di Madame Chalifoux: se c'erano segreti da scoprire, molto probabilmente li avrebbero trovati lí. Inoltre nello stesso momento la direttrice avrebbe avuto il suo bel daffare con gli agenti venuti a perlustrare l'ufficio. Lacoste e i suoi avrebbero potuto lavorare indisturbati a casa sua.

Al loro ingresso nella villetta nell'East End di Montréal furono accolti da un gran casino.

– Meraviglioso, – commentò uno della Scientifica. – Un'altra accumulatrice seriale.

Dopo pochi minuti, però, capirono che Madame Chalifoux non era affatto un'accumulatrice seriale. Quelli collezionano oggetti a caso. Hanno case luride, trascurate, con pile di immondizia e gatti mummificati.

Lí invece regnava un ordine meticoloso. Quell'ammasso apparentemente caotico era in realtà una collezione di scatoloni con diversi dossier. Tutti catalogati. Tutti con lo scopo di proteggere l'acqua fresca del Québec.

– Di acqua ne abbiamo fin troppa, – disse uno della squadra passando in rassegna gli scatoloni. – Che bisogno c'è di proteggerla? I soliti fricchettoni allarmisti.

– Viviamo in un mondo di pazzi, – chiosò un altro. – A sentire loro tutto è a rischio.

Lacoste aveva ottenuto accesso anche ai dati bancari di Madame Chalifoux. Sul conto aveva 49 dollari. E 1456 in debiti della carta di credito. Il suo ultimo acquisto era stato uno stock di magliette in bambú. Per promuovere l'Action Québec Bleu.

– Le ha comprate con i suoi soldi, – disse Lacoste all'agente.

– Una fanatica, – fu la risposta dell'altro.

Si trovavano nel seminterrato, sull'unico metro quadrato di pavimento libero dagli scatoloni. Di fronte a loro, una cartina appiccicata alla parete.

Era una cartina del Québec, con bandierine di colori diversi a contrassegnare laghi e fiumi.

– I primi anni nella Sûreté li ho fatti ad Abitibi, – disse l'agente avvicinandosi alla cartina e indicando una zona a nord. – Alcune di queste bandiere indicano le fonderie e le fabbriche di cellulosa.

– Fotografa la cartina nei dettagli. Voglio sapere a cosa corrisponde ogni bandierina.

– Tutte? Ce ne saranno a centinaia.

– Tutte. E voglio una lista degli agenti inquinanti.

– Ti anticipo che le fonderie di rame smaltiscono arsenico.

– Cristo, – borbottò Lacoste scattando una foto della cartina per girarla a Gamache e a Beauvoir.

Due ore dopo le perquisizioni erano finite, e Isabelle Lacoste sedeva con Margaux Chalifoux nella sua cucina dopo averla fatta riaccompagnare a casa da una volante.

Alla sede dell'associazione non avevano trovato nulla.

Lí in casa invece la situazione era diversa.

– Mi dica dell'arsenico.

Chalifoux aveva capito di essere nei guai. Non dal tono della donna seduta di fronte a lei. La poliziotta della squadra Omicidi parlava in tono pacato, quasi soffuso.

Però sul tavolo c'era una cartellina che Chalifoux conosceva molto bene.

– Non avrei mai fatto nulla.

– I fogli che abbiamo trovato raccontano un'altra storia, – disse Lacoste, posando la mano sulla cartellina.

Chalifoux inspirò a fondo, come per prepararsi a una confessione, poi cambiò idea. Dopo diversi secondi di silenzio, Lacoste si alzò.

– Da qualche parte ho visto del whisky. Credo che un bicchiere le farà bene.

Tirò fuori dalla dispensa la bottiglia di Canadian

Club, cercò un bicchiere e del ghiaccio, miscelò il whisky con del ginger ale e offrí il robusto drink a Madame Chalifoux.

– Perché è cosí gentile?

– Non dovrei? – Eppure Lacoste, nel profondo, si era posta la stessa domanda. Per quella donna nutriva simpatia, addirittura rispetto. Non per i suoi metodi, forse, ma di certo per i suoi obiettivi.

– Non è come pensa.

– Lo dicono tutti. E comunque non sa come la penso.

Chalifoux accennò al dossier con la testa. – Lei crede che quelle lettere le abbia spedite.

– Non l'ha fatto?

– No. Non ci ho mai nemmeno pensato. Sono sproloqui e basta. Sfoghi. Ero incazzata, frustrata, spaventata. Senza un soldo. E ubriaca. Alle due di notte mi era sembrata una buona idea. Alle sette del mattino una follia.

– Eppure quelle lettere non le ha buttate.

Chalifoux avvampò. – In quel momento l'Action Québec Bleu sembrava spacciata. Come ora. Quei maledetti in Parlamento ci hanno tagliato i fondi. Questa, – si guardò intorno, – è una cucina comunitaria. Ci riuniamo qui, portiamo da mangiare. In genere cibo rimediato dalle food bank. Alcuni vengono a stare qui dopo essere stati sfrattati. Siamo al limite. Facciamo un lavoro prezioso, importante. Ma nessuno ci ascolta.

Chalifoux si prese la testa tra le mani, affondò le unghie fra i capelli. Parlò rivolta al pavimento di vinile: – Ero disperata, – alzò la testa e accennò alla cartellina con il mento. – Ecco perché ho scritto quelle lettere.

Lacoste lesse a voce alta dalla prima stampata:

Care facce di merda. Se non stanziate subito dieci milioni di dollari per l'Action Québec Bleu, avveleneremo l'acqua potabile con l'arsenico. Lo stesso arsenico che producete voi, coglioni dementi.

– Cristo, – disse Chalifoux alzando gli occhi al cielo. – Non ci credo che l'ho scritta io. Sono i deliri infantili di una disperata. Se avessi voluto minacciarli davvero, non l'avrei fatto con una lettera del genere. Nessuno l'avrebbe presa sul serio –. Con il mento, ripeté quel gesto un po' sprezzante. – Lo giuro. Era solo uno sfogo. Quelle lettere non le ho mai inoltrate. Chieda alle aziende.

– Chi mi assicura che prima o poi il piano non l'avreste messo in atto?

– Avvelenare l'acqua potabile con l'arsenico? – sul volto di Chalifoux si dipinse un'incredulità quasi divertita.

– Charles ha mai visto questo dossier? – Lacoste tamburellò sulla cartellina. – È venuto da lei a esigere risposte?

– E a quel punto io l'ho ammazzato? – la direttrice sembrava di nuovo padrona di sé. – Siete impazziti?

E lei?, fu sul punto di rimbeccarla Lacoste. Riuscí a fermarsi in tempo.

Sapeva che gli ossessivi compulsivi rischiavano di sconfinare nella mania, di perdere il senso delle proporzioni, del bene e del male, per quella che reputavano una giusta causa.

Cosa sarebbe disposto a fare uno squilibrato convinto di avere nelle proprie mani il futuro del pianeta?

I grandi gruppi industriali disponevano di soldi, potere, agganci. Spesso agli ambientalisti non restava che la guerriglia, e gli estremisti si dedicavano ad atti violenti di ecoterrorismo.

A Isabelle Lacoste, madre di due bambini, gli ambientalisti stavano simpatici. Però non poteva difendere né giustificare un omicidio di massa in nome di un bene piú grande.

Uscí dalla cucina e si rivolse al responsabile della squadra.

– Avete trovato dell'arsenico?

– *Non, chef.*

– Qualsiasi altra sostanza che si possa classificare come veleno?

– No. Abbiamo trovato riferimenti a diversi veleni, ma solo nei dossier sugli inquinanti. Lo sapevi che l'industria della carta e della cellulosa...

– Sí, – tagliò corto Lacoste con una punta di esasperazione. – Lo sapevo. Chiudiamola qui. Sequestrate tutti i fascicoli sospetti. E prendete anche la cartina nel seminterrato, senza toccare le puntine.

– *D'accord, chef.*

L'agente si allontanò, ragionando su come staccare la mappa senza far cadere le bandierine.

Capitolo 19

Per prima cosa, dopo essere uscito a carponi dall'aereo per issarsi in piedi sul galleggiante che andava su e giú, Beauvoir vomitò anche l'anima.

La tempesta, come uno scherzo del cosmo, era cessata appena dopo l'atterraggio. Il vento però soffiava ancora, agitava l'acqua e dava la nausea ai nuovi arrivati.

Erano riusciti ad avvicinarsi all'attracco, e di lí a poco approdarono sulla banchina, con i capogiri e le gambe molli.

L'aria fresca era balsamica e rinvigorente. Gamache chiuse gli occhi e buttò indietro la testa. Respirò a fondo e sentí odore di pino. Odore di casa.

La seconda cosa che fece Jean-Guy, appena il suo cervello riprese a funzionare, fu scagliarsi contro il pilota.

– Testa di cazzo. Ci hai quasi ammazzato.

Gamache riuscí a placcarlo appena in tempo, il telefono gli sfuggí di mano.

– Piantala! – si piazzò tra i due per dividerli.

– Ci ho salvato, stronzo! – stava strillando il pilota. – Senza di me saresti morto.

– Senza di te sarei tutto intero a casa mia. Sei partito anche se non dovevamo.

Jean-Guy fissava il pilota con occhi spiritati da

sopra la spalla di Gamache, come sul punto di piangere. – Ho due bambini. Una moglie. Non posso... Non posso... – lasciò la frase in sospeso, si raddrizzò e provò a ricomporsi. – Lí dentro non ci torno –. Fece un cenno convulso verso l'aereo. – È una trappola mortale. Un catorcio.

– A differenza di te ha tenuto botta, – ribatté il pilota.

Beauvoir si scagliò di nuovo verso di lui. Gamache, che se l'aspettava, lo bloccò.

– Basta cosí! L'ispettore Beauvoir ha ragione. Non saremmo dovuti partire. Ma io sono responsabile quanto il pilota. Ho dato l'autorizzazione. Adesso siamo qui. Abbiamo una cosa da fare. Non possiamo scannarci a vicenda.

Gamache spostò lo sguardo dall'uno all'altro, aspettando che annuissero entrambi. Poi si avvicinò al marito di sua figlia, lo fissò negli occhi. Dentro ci vide furia e qualcos'altro. Un'emozione piú potente. Anzi, pensò Gamache. Un ricordo potente che aveva provocato quella reazione.

Sapeva cos'era. Era lo stesso ricordo che tormentava anche lui, che l'aveva assalito da quando avevano messo piede sul molo. Con il sottofondo delle onde, il galleggiante che cozzava contro il parabordo, le strida degli uccelli e il vento che stormiva nel bosco e frustava i vestiti.

Tutti e due stavano ricordando l'ultima volta che si erano trovati su quel molo. In quel punto preciso. Quando Dom Philippe aveva raccontato a Jean-Guy del lupo grigio, e lui aveva fatto una scelta.

Ora in quegli occhi che aveva imparato a conoscere e ad amare c'era vergogna.

– L'importante è che stiamo tutti bene, – disse Gamache. Sorrise e vide il suo vice, il marito di sua figlia, rilassarsi.

Jean-Guy fece un sospiro profondo e provò a ricambiare il sorriso. – *Oui*.

Lanciò uno sguardo al pilota. – *Desolé*. Sono solo un po'…

– Anch'io, – ammise il pilota. – Ti chiedo scusa. – Si rivolse a Gamache: – Vado a preparare il mezzo per il viaggio di ritorno, *patron*.

– *Bon, merci*.

Armand si chinò e raccolse il telefono da terra. Lo asciugò sui pantaloni e controllò lo schermo, pregando che a furia di urti e scossoni non fosse partito il messaggio per Reine-Marie.

Scrollò le bozze senza trovarlo, sempre piú in ansia. I casi erano due: o si era cancellato o era partito.

– Oh no, – borbottò. – No, no, no.

Doveva assolutamente scrivere un altro messaggio.

Va tutto bene. Siamo arrivati sani e salvi, digitò in fretta. Tamburellò su «Invia». Non si aspettava nulla, infatti il messaggio rimase nelle bozze. Lassú non c'era campo. O almeno solo a tratti.

– Il vostro prende? – mostrò il cellulare al pilota e a Jean-Guy. Loro risposero di no.

– Zero, – disse Jean-Guy. – Ho appena provato a scrivere a Annie.

– Dall'idrovolante si possono inviare messaggi?

– No, – fece il pilota, – potrei sparare il razzo di emergenza, ma non arriverebbe molto lontano. E comunque…

Armand immaginò la reazione alla centrale di

Montréal dove si intercettavano i fasci luminosi degli aerei in avaria. Avrebbero organizzato le ricerche. Il razzo avrebbe generato panico. Ancora piú del messaggio.

– No. Niente razzi.

Armand si allontanò verso il vasto lago grigio e l'impenetrabile foresta sull'altra sponda, tenne sospeso il telefono sopra la testa e passeggiò per il molo, sperando che il messaggio appena digitato trovasse lo scampolo di segnale che l'avrebbe recapitato a casa.

– Aspetta uno squillo dai piani alti, ispettore capo? – disse una voce alle sue spalle. – Ho paura che da queste parti anche l'Onnipotente sia costretto a bisticciare con la rete.

– Lui però preferisce le chiamate, – aggiunse un'altra voce con una risatina.

I due monaci che Armand aveva visto sulla riva erano emersi dalla foschia e avanzavano sul molo, le mani candide che spuntavano dalle maniche informi. Le tonache nere che svolazzavano nel vento.

Nessuno dei due era l'abate.

– Dove si trovano adesso? – chiese Reine-Marie.

Era a casa, nello studio. C'era silenzio. I bambini e Ruth stavano facendo un pisolino, anche se nel caso dell'anatra e della poetessa somigliava piú a un coma profondo. Gli altri erano in cucina a preparare la cena.

Reine-Marie guardò fuori dalla finestra. Il temporale si era sfogato, il cielo del crepuscolo era tinto di rosa. L'indomani sarebbe stata una bella giornata.

Eppure quel cielo Reine-Marie lo odiava. La

tempesta non era cessata in tempo. E per lei l'indomani...

Ti amo. Perdonami.

Non sentiva il marito da quel messaggio inquietante.

L'aveva chiamato. Gli aveva scritto. Aveva provato sul cellulare di Jean-Guy. Niente. Adesso Reine-Marie era al telefono con Isabelle Lacoste, sforzandosi di tenere la sua crescente isteria sotto il panico conclamato.

Guardò verso la porta chiusa e si chiese quando avrebbe dovuto riferire agli altri ciò che sapeva.

Armand e Jean-Guy erano saliti su un idrovolante durante una tempesta. Erano irreperibili. E chiedevano perdono.

– Stiamo cercando di contattare il pilota, – disse Isabelle. Anche lei si sforzava di dissimulare lo sgomento che trapelava dalla voce. – E il monastero. Per ora nessuna risposta, ma continueremo a provare.

Prima della telefonata di Reine-Marie, Isabelle non aveva neppure preso in considerazione l'idea che il capo e Beauvoir fossero dispersi. Aveva controllato i messaggi diverse volte, ma non si era preoccupata del loro silenzio.

– Lassú internet non funziona, – disse.

– Questo lo so, – sbottò Reine-Marie. Poi inspirò, fece una pausa. – Scusa. È solo che il suo ultimo messaggio...

Lo girò a Isabelle che lo lesse di nuovo ed ebbe una stretta al cuore.

Ti amo. Perdonami.

Odiava, odiava, odiava doverlo ammettere, ma

era il genere di messaggio che avrebbe mandato una persona consapevole di essere in punto di morte. Unito al silenzio, era un tragico presagio.

– Manderò al lago una squadra di ricerca, – disse Lacoste.

– Adesso? Stasera?

– Se possibile sí –. Sapevano entrambe che le squadre non si mobilitavano mai al calare del buio. – Li troveremo.

Stavano suonando le campane. I rintocchi partivano dal monastero e si mescolavano al verso lontano di una strolaga. Un coro inquietante, specie davanti alla foschia che serpeggiava ancora sul bosco.

I due monaci girarono sui tacchi, si avviarono senza una parola verso le campane. Beauvoir e il pilota guardarono Gamache, che fece loro cenno di seguirli.

Di fronte all'enorme portone di pietra di Saint-Gilbert-Entre-les-Loups, i monaci si fermarono. Uno di loro afferrò il batacchio di ferro e bussò. Alle loro spalle, Gamache sentiva lo sciacquio del lago e il frullo delle anatre che si alzavano in volo, spaventate dal rumore.

Dalla feritoia balenarono per un attimo due occhi azzurri, si sentí uno stridore di metallo su metallo. Infine, solennemente, il portone di legno massiccio si aprí.

Non una parola fu pronunciata. Quei monaci avevano fatto voto di silenzio. Eppure, per un trionfo del paradosso, nel resto del mondo erano famosi per le loro voci. I canti gregoriani che avevano registrato a sostegno di una modesta raccolta fondi per riparare il tetto del monastero erano diventati in poche settimane una hit globale. Un fenomeno. Un miracolo, pensavano alcuni. Un miracolo che però aveva portato il caos in quel rigido ordine monastico.

All'apice del caos si era verificato un omicidio: ecco perché alcuni anni prima Gamache e Beauvoir erano finiti sulle sponde di quel lago remoto.

– Io su quel trabiccolo non ci salgo piú, – ribadí Jean-Guy.

Sbirciò verso il pilota che si guardava intorno stranito.

Come tutto il Québec, aveva sentito parlare di quei frati che non lasciavano entrare anima viva nel loro monastero. In qualche modo, però, lui ci era entrato. Grazie al calare della sera.

Eccoli lí. Ammessi all'inammissibile.

Il pilota era imbambolato per la sorpresa. Nella penombra, il luogo sembrava incantato. Da fuori era cupo, lugubre. Ma dentro era magico.

Le finestre che arrivavano al soffitto del lungo corridoio catturavano l'ultimo bagliore del giorno e lo facevano pulsare come una cosa viva. Il vestibolo di pietra era trasfigurato dalla luce del tramonto.

In quel luogo ogni sasso, ogni rumore, ogni scampolo di luce e movimento, ogni istante diurno e notturno della vita monastica era denso di simboli. Stratificato. Meditato. Carico di senso.

– Devo dirti una cosa, *patron*, – fece Jean-Guy. – Cambio vita. Prendo i voti.

– Lo riferirò a Annie.

– A me è parso che il suo Do alto fosse perfetto, – stava dicendo il primo monaco al secondo.

– Sí. Un giovane soprano ci farebbe comodo.

Jean-Guy scrutò le schiene dei monaci con un filo di apprensione. Avevano richiuso il portone a doppia mandata. Il mondo era confinato fuori, loro erano bloccati lí dentro.

Per prima cosa, Gamache aveva chiesto di parlare con l'abate.

– Prego, ispettore capo, da questa parte, – lo invitò il piú vecchio dei due gilbertini. Quello che Gamache ricordava come Frère Auguste e che evidentemente si era ricordato di lui.

Di lí a poco avrebbe ottenuto da Dom Philippe delle risposte.

Al termine del corridoio entrarono in uno spazio ampio e senza barriere. La cappella, il cuore di Saint-Gilbert.

Nella luce calante era spoglia e austera. Poche file di banchi di legno sul pavimento di pietra. Sul fondo, due file di panche l'una di fronte all'altra.

Nessun dipinto, nessun ornamento. Niente luci né crocifisso. Nemmeno un altare. Il sole si era inabissato dietro l'orizzonte, la luce corrusca era sfumata in un'oscurità che presto sarebbe stata totale. Sotto gli occhi di Beauvoir, Armand fece un piccolo inchino e abbozzò il segno della croce. Jean-Guy non lo imitò.

– Dove siamo? – chiese il pilota intimorito. La sua voce rimbalzò contro i muri di pietra, produsse un'eco e svaní del tutto, come inghiottita dal vuoto. La pace che aveva provato pochi istanti prima era trasfigurata dal buio.

Una lucina sfarfallò alla loro sinistra, e subito dopo udirono un suono smorzato, una specie di gemito che si confondeva con il rintocco grave delle campane.

D'istinto il pilota indietreggiò, pestò i piedi all'ispettore capo e cacciò un urlo.

– Tranquillo, – mormorò Gamache. – Non ci succede niente.

Per sicurezza, l'altro si fece il segno della croce.

Adesso erano immersi in un buio rotto solo dalla lucina che si faceva via via piú intensa.

Piú vicina.

Davanti a loro apparve un monaco con il cappuccio tirato sulla testa. Reggeva una candela e salmodiava un canto basso e ipnotico.

Dopo di lui un'altra voce, un altro monaco, un'altra lucina. Poi un terzo, un quarto. Finché lo spazio vuoto si riempí delle loro voci limpide e l'oscurità fu dissolta.

Le campane cessarono ma il canto proseguí, una preghiera intonata da uomini convinti con il cuore e l'anima che quella loro adunata fosse divina.

In pochi avrebbero osato contraddirli. Il pilota, che fino a qualche istante prima avrebbe desiderato trovarsi altrove, era rapito. Assisteva in silenzio a quella semplice, solenne processione con gli occhi accesi dalle fiamme delle candele.

I monaci procedevano in fila indiana e andavano a sistemarsi in fondo, l'uno di fronte all'altro.

Il canto si spense. Si misero a sedere. Il silenzio ammantò la cappella.

Le fiamme delle candele tremolavano e sfarfallavano. Armand, Jean-Guy e il pilota si accomodarono in uno degli scomodi banchi e si accinsero a guardare i monaci di Saint-Gilbert-Entre-les-Loups che celebravano i vespri, uno dei momenti canonici della giornata liturgica. Alla lettera, «vespri» significa «ombre». Quando la luce diventa ombra e l'ombra diventa notte.

A un certo punto una fiammella si levò sopra le altre e il silenzio fu rotto da una sola voce, limpida e forte. Passava dal registro acuto a quello grave, era gioiosa, incantevole e ipnotica. Gli altri si alzarono in piedi e si unirono alla voce come fossero uno. In perfetta sincronia. Riempirono il grosso spazio di musica. Le preghiere scendevano in picchiata, fluttuavano e galoppavano su note solide. Attorniavano i presenti, i monaci e gli spettatori. Li abbracciavano, s'insinuavano dentro di loro, li colmavano. Tenevano loro compagnia affinché capissero, con assoluta certezza, che non erano soli.

Armand sbirciò Jean-Guy: aveva gli occhi chiusi e la testa gettata all'indietro, come per farsi inondare dalle parole, dalla musica, dalla pace.

Invece lui teneva gli occhi bene aperti, attento a ogni particolare. Ciò che vedeva era importante quanto ciò che *non* vedeva.

Dom Philippe non c'era.

– *Maman*, è successo qualcosa? – chiese Annie.

Stava preparando un'insalata di patate mentre Daniel e Roslyn sbucciavano pannocchie e il marito di Isabelle modellava gli hamburger per il barbecue. Reine-Marie non poteva piú aspettare. Annie e Daniel avevano il diritto di sapere. Si sarebbero arrabbiati moltissimo scoprendo quello che gli stava tacendo di Armand e Jean-Guy.

Eppure non ce l'aveva fatta. Non era uscita in

giardino, si era rintanata nello studio. Guardava fuori dalla finestra, controllava il telefono a ogni secondo. Poi di nuovo la finestra. Finché le ombre si erano allungate sul piccolo villaggio, al crepuscolo era seguita la sera e lei si era ritrovata nel buio forato solo dalla luce dello schermo quando controllava il cellulare. Una, due, tre volte. Niente.

Prima di uscire dallo studio aveva chiamato Isabelle. Lei aveva confermato che non c'erano notizie. – Stavo per chiamarti. È troppo buio per fare uscire l'elisoccorso e la nebbia non si è diradata. Il comandante locale della Sûreté mi ha assicurato che manderà delle barche insieme all'elisoccorso alle prime luci dell'alba. Non hanno usato il razzo d'emergenza, e questo è un buon segno. Sappiamo dov'erano diretti. E se sono atterrati sull'acqua, be', l'aereo è un idrovolante. Ci sono tutte le ragioni per sperare nel bene.

– *Oui*. Ci raggiungi per cena?

– No. Rimango qui. All'alba voglio partire con l'elisoccorso.

Reine-Marie aveva riagganciato ed era andata di nuovo alla finestra a contemplare il villaggio. I tre pini svettavano verso il cielo. Si era sforzata di sentirlo. Armand era vivo. Non ci era riuscita. Ma non sentiva neppure che era morto. E secondo lei l'avrebbe capito. L'avrebbe capito per forza. O no?

Alla fine aveva deciso che era il momento.

Sperare nel bene, sperare nel bene, si era ripetuta avviandosi lentamente in cucina, dove sentiva Annie e Daniel che si punzecchiavano per scherzo.

– *Maman*? – chiese Daniel vedendola in faccia.

Subito dopo anche Annie: – *Maman*? – posando il coltello e venendole incontro verso la porta.

A quel punto arrivò un piccolo rumore. Un *ding*.

Reine-Marie controllò il telefono che stringeva ancora in mano.

Va tutto bene. Siamo arrivati sani e salvi.

Guardò Annie e Daniel, si girò bruscamente e corse nello studio, dove scivolò a terra con la schiena alla parete. E pianse.

Capitolo 20

Le ultime note dei vespri, riluttanti a svanire, fluttuarono per i corridoi fino alle estreme propaggini del monastero e vennero assorbite dalle pareti. Come se l'abbazia di Saint-Gilbert-Entre-les-Loups non fosse fatta di pietra ma di note e neumi.

– Quando ho sentito il rombo dell'aereo, ho mandato fuori a controllare fratello Auguste e fratello Patel, – disse il monaco che aveva officiato la funzione. – Per fortuna siete sani e salvi, ispettore capo. Per un momento abbiamo temuto… – fece fluttuare verso l'alto la mano sottile, il palmo all'insú, in un gesto eloquente.

– *Oui*, – assentí Gamache. – Per un momento anche noi.

Il monaco si rivolse brevemente Jean-Guy. – Ispettore Beauvoir, bentornato, – poi tornò a concentrarsi su Gamache. – Forse non si ricorda di me. Sono Frère Simon.

– Certo che mi ricordo: lei è il segretario, – disse Gamache. – Vorrei parlare con Dom Philippe. Ai vespri non l'ho visto.

– Non l'ha visto perché non si trova qui.

Gamache si fermò di colpo e scrutò in volto il monaco. – Dove si trova?

Nel rispondere, Simon parve a disagio. – Non

lo sappiamo con precisione. Mi ha incaricato di sostituirlo.

– Io e lei dobbiamo parlare, *mon frère*.

– Certamente, ma non adesso. Venite. Sarete affamati.

In quel momento Jean-Guy si rese conto che aveva una fame da lupi. Aveva saltato il pranzo e attendeva con ansia la cena. Accanto a lui, il pilota s'illuminò.

– Guarda che questi sono vegetariani, – lo avvisò Jean-Guy seguendo il monaco lungo un altro interminabile corridoio. Provava soddisfazione al pensiero che un altro carnivoro sarebbe rimasto con un palmo di naso.

La cena si rivelò squisita: zuppa d'aglio orsino, ratatouille al forno e formaggio di capra.

Cestini di pane appena sfornato passavano di mano in mano, insieme a terrine di burro artigianale e a un tagliere con una scelta di formaggi. Per dessert, crostata di mele con crema.

Tutto cibo coltivato o scelto con cura dai monaci.

– Ci sono anche i mirtilli? – chiese Jean-Guy al giovane monaco seduto accanto a lui. Sulle prime l'altro non rispose, quindi si guardò intorno e bisbigliò: – Non è ancora stagione.

– Peccato, – commentò Jean-Guy. I mirtilli ricoperti di cioccolato fondente erano la specialità di Saint-Gilbert-Entre-les-Loups.

Come ogni altra attività che si svolgeva nell'abbazia, a parte la preghiera all'inizio e alla fine, il pasto era consumato nel silenzio piú totale.

Armand arrivò in ritardo: era riuscito a convincere fratello Simon che gli serviva un telefono con la massima urgenza. La richiesta aveva un duplice scopo. Sapeva che l'unico telefono del monastero, collegato per le emergenze a un debole ripetitore, si trovava nell'ufficio dell'abate. Avrebbe potuto finalmente parlare con Reine-Marie. E inoltre dare un'occhiata all'ufficio.

– Grazie, ricordo la strada.

– Non ne dubito, ispettore capo, ma se non le spiace la accompagno. Di notte il monastero può rivelarsi insidioso. Ci è capitato di smarrire diversi postulanti.

Scosse il capo con aria mesta, poi rivolse a Gamache un sorriso titubante.

– Chissà, forse stasera ne ritroveremo qualcuno, – disse Armand.

– A questo punto non me lo auguro, ispettore capo.

Gamache ebbe l'impressione che Simon scherzasse solo in parte.

Il telefono si rivelò fuori uso e le carte sulla scrivania di Dom Philippe illeggibili, visto che l'unica luce nella stanza consisteva nella candela che il monaco reggeva saldamente tra le mani.

– Ho una curiosità, *mon frère*, – disse Gamache uscendo dall'ufficio. – Che fine fanno gli abiti con cui varcate la porta del monastero?

– Li teniamo in uno scatolone nel seminterrato in caso tornino utili per lasciare il monastero.

– Perché? Non potete uscire con la tonaca?

– Non se abbandoniamo l'ordine. Non ricordo casi del genere, ma i vestiti li teniamo per sicurezza. Quando un monaco muore, i suoi effetti personali vanno in beneficenza.

– Può mostrarmi quelli dell'abate?

Qualche minuto dopo, Gamache e il monaco contemplavano i recessi di uno scatolone aperto con l'etichetta *Frère Philippe*. Vuoto, a parte diverse palline di naftalina.

– Ma guarda –. Un commento perplesso, quasi distratto. Eppure Simon sembrava preoccupato. – Deve averli portati con sé. Anche se non capisco il motivo.

Gamache la ragione la sapeva, ma si guardò bene dal rivelarla.

Prima di andare a cena, controllò i messaggi.

– È successo qualcosa? – chiese Frère Simon. – Brutte notizie?

Il monaco, sempre guardingo, aveva notato che Gamache aveva cambiato postura. Aveva sentito il lieve sospiro, quasi un gemito, che gli era sfuggito dalle labbra.

– Al contrario.

Il suo secondo messaggio per Reine-Marie, quello dove diceva che stavano bene, aveva trovato un brandello di segnale ed era partito. E lei aveva risposto.

Appena entrato nel refettorio, andò dritto verso Jean-Guy e gli mormorò all'orecchio: – Sanno che stiamo bene.

Jean-Guy chiuse gli occhi, abbassò la testa ed esalò un sospiro cosí lungo che la fiamma della candela sfarfallò per un attimo. I monaci si girarono verso di lui, e come una sola persona sorrisero nel vedere il sollievo sul volto di Jean-Guy. Alla fine del pasto Gamache, Beauvoir e Simon tornarono negli appartamenti dell'abate, mentre il pilota fu accompagnato in una stanza definita «cella» dagli stessi monaci. Gli diedero una candela con la raccomandazione di stare zitto e fermo.

Non se lo fece ripetere due volte.

– Cosa sta succedendo? – chiese Gamache.

– In che senso?

– Per favore, *mon frère*, non faccia il finto tonto. Sa a cosa mi riferisco.

La pazienza dell'ispettore capo, una delle sue qualità piú ammirevoli, era agli sgoccioli. Ciascuno dei tre aveva ricevuto una fiammella montata su piccoli candelieri, sistemati in punti strategici nel modesto ma confortevole ufficio dell'abate.

Simon inspirò a fondo. – Sono cambiate tante cose dall'ultima volta che siete venuti.

Jean-Guy fece una smorfia. A lui in verità pareva che fosse cambiato poco e niente, a parte la latitanza dell'abate. Ma non gli sfuggiva il fatto che in una comunità cosí piccola e reclusa anche cambiare sapone per le mani poteva essere uno scossone.

– Dopo la vostra visita, all'abate serviva un nuovo priore. Un vice, in altre parole. Nella sorpresa generale, ha scelto Frère Sébastien.

– Sébastien, – ripeté Gamache. Si sporse in avanti e puntellò i gomiti sulle ginocchia. In quella posizione il suo viso era quasi tutto in ombra. – Il monaco che il Vaticano aveva incaricato di stilare un rapporto sui gilbertini? Non fa nemmeno parte del vostro ordine.

– *Non*. È un domenicano.

Il sorriso del monaco era indulgente ma un po' forzato. – Subito dopo ha acconsentito a passare con noi. Ma sapete come si dice: se sei stato un Mastino del Signore…

– In che senso? – chiese Beauvoir.

– Un domenicano, *Domini Canes*, – spiegò Simon. – I cosiddetti Mastini del Signore. L'Inquisizione.

Fu allora che Jean-Guy si ricordò di Sébastien.

– Era un monaco giovane.

– Se non ricordo male, aveva una bella voce melodiosa, – disse Gamache.

– Esatto, – replicò asciutto Simon.

Entrambi i detective, abituati a cogliere le sfumature, percepirono nella voce altrettanto bella di Simon una nota di risentimento.

– E dove si trova adesso fratello Sébastien? – chiese Gamache. – Stasera non ho visto neanche lui.

– Ha ricevuto un messaggio da un collega del Vaticano, a quanto ho capito. È partito per Roma.

– Quando è successo?

Frère Simon ci pensò su. – Dopo la Natività di san Giovanni Battista.

– San Giovanni si festeggia a fine giugno, – disse Jean-Guy.

– Quanto dopo? – insisté Gamache.

– Mi spiace, non saprei, – rispose l'altro in tono di scusa. – Qui il tempo lo misuriamo in modo diverso.

– Ha detto dove era diretto?

– Può darsi che l'abbia detto a Dom Philippe, però lui con noi non ne ha parlato. Poco dopo Frère Sébastien si è fatto vivo con una lettera, e anche l'abate è partito. Mi ha affidato il convento.

Il monaco non pareva fiero né contento di quell'incarico.

– Se n'è andato senza una parola? – chiese Gamache perplesso.

– Ha detto che sarebbe tornato. Ma come vedete... – il monaco perlustrò l'ufficio con lo sguardo, si soffermò sulla porta della camera spartana dove dormiva l'abate.

Frère Simon, fino a quel momento impenetrabile, strinse le labbra cosí forte che divennero invisibili. Il mento gli si accartocciò come se stesse per piangere.

Lasciando il monaco ai suoi pensieri e alle sue paturnie, i due detective si misero a perquisire l'ufficio e la camera.

Dopo un po' Frère Simon si ricompose e raggiunse Gamache, che stava esaminando con metodo la scrivania. – Ho cercato anch'io. Abbiamo cercato tutti. Quasi ogni giorno vengo qui e ricomincio a cercare, mi dico che deve aver lasciato per forza un biglietto. Una spiegazione. Non ci abbandonerebbe mai cosí.

Il monaco aveva la voce tremante e gli occhi sgomenti.

– *Oui*, – disse Gamache. – Lo credo anch'io.

Tirò fuori un pezzo di carta dalla tasca interna della giacca e lo allungò a Simon. – Questo le dice qualcosa?

Jean-Guy si avvicinò ai due e annunciò che non aveva trovato nulla.

– Sembra una lista di erbe, – replicò Simon. – Perché la fa vedere a me?

– Me l'ha data Dom Philippe.

Frère Simon si animò. – L'ha visto? Quando?

– È venuto a cercarmi pochi giorni fa.

– Cosa le ha detto? Stava bene? Come l'ha trovato?

– In realtà non ci siamo visti, ma ha fatto in modo di recapitarmi il foglietto che le ho dato. E quest'altro, – Armand tirò fuori la seconda metà, – l'ho ricevuto da un'altra persona.

Frère Simon prese il frammento e lo avvicinò cosí tanto alla candela che Jean-Guy ebbe paura lo desse alle fiamme. Si fece avanti, preparandosi a strapparglielo di mano.

Il monaco però si limitò a scrutarlo con attenzione. Poi prese la prima metà e ricompose la pagina.

– È solo una lista di erbe e spezie.

– Ha idea del perché Dom Philippe ne fosse in possesso?

Simon restituí i frammenti a Gamache. – No. Solo alcune sono erbe del nostro orto, e in ogni caso Dom Philippe non aveva mansioni da giardiniere.

Gamache si rimise i foglietti in tasca. – Secondo me invece non è soltanto una lista. È un pezzo di ricetta. Per preparare il Chartreuse.

A quel punto il sostituto abate fece schioccare la lingua in un modo che i due sbirri della Sûreté non si sarebbero mai aspettati. – State scherzando. Forse avete alzato un po' il gomito con il nostro sidro.

– Perché sarebbe cosí improbabile? – chiese Beauvoir.

Il monaco spostò lo sguardo dall'uno all'altro. – E poi sarei io, il finto tonto. Vi invito a ragionare, signori.

Gamache sorrise. – E io la invito a rispondere alla domanda.

Il monaco parve rassegnato. – Come dovreste sapere, – esordí senza risparmiare loro un'ultima stoccata, – il Chartreuse lo preparano in un solo posto al mondo. In Francia, in uno dei conventi dei fratelli certosini. Da quando è nato, soltanto due monaci per volta sono autorizzati a conoscerne la ricetta. È uno dei segreti meglio custoditi della storia mondiale. Quando uno dei fratelli muore, la ricetta passa a un altro soltanto, e cosí all'infinito.

– Come la torcia olimpica, – chiosò Beauvoir.

Frère Simon sorrise: era chiaro che l'analogia gli piaceva. – Sí. Fin dalle origini.

– Sono riusciti a tenere segreta la ricetta per centinaia di anni? Anche nei tempi recenti? – Durante le ricerche preliminari, Beauvoir si era imbattuto in quella leggenda senza riuscire a crederci fino in fondo.

– *Oui*. La Chiesa è molto brava a custodire i segreti e a proteggere i suoi arcani. Hanno azzardato tante imitazioni, ma nessuno è mai riuscito a replicare la ricetta originale.

– Non capisco a cosa serva tutto questo mistero.

– I segreti implicano potere. E questo non è un segreto come gli altri. Ad affidarlo al primo monaco nel 1605 fu un alchimista. Diceva che il Chartreuse era un elisir.

Frère Simon si stava accalorando. Per essere un monaco che aveva fatto voto di silenzio, pareva rapito dal suono della propria voce. Gamache provò a capire cosa c'era di insolito in quella voce. Era bella, armoniosa. Ma non solo.

Frère Simon parlava con una cadenza particolare. Simile a una litania. Conferiva risonanza alle parole, le rendeva ancora piú accattivanti. E l'argomento era di per sé accattivante.

– Non era un rimedio come tanti, – proseguí il

monaco. – A quanto si diceva, il preparato nelle mani dei certosini era il segreto per una lunga vita. Molti ci credono ancora. Fanno centinaia, migliaia di chilometri per berne un sorso.

Il monaco si concesse un sorriso. – Di sicuro se ne bevi abbastanza i patemi e le preoccupazioni scompaiono come per magia.

– Per essere rimpiazzati con altri patemi e altre preoccupazioni, – replicò Jean-Guy.

– Esatto. Posso vedere di nuovo la lista?

Gamache allungò al monaco le due metà strappate.

– Degli ingredienti sappiamo diverse cose, – continuò Simon. – Sono centotrenta tra erbe e spezie. Alcune sono note, ma nessuno conosce le dosi. E le modalità di preparazione. Qui sopra, – con le mani ricompose il foglietto, – c'è scritto *steli di Angelica*. Un'erba rara. Sappiamo che è uno degli ingredienti principali. Unito agli altri, indica una pista sicura –. Scrutò i due poliziotti. – Come avete fatto?

Beauvoir si girò verso l'ispettore capo, che stirò un sorrisetto imbarazzato. A fare la differenza era stata la bottiglia di Chartreuse che Dom Philippe aveva lasciato a Three Pines. E il bislacco consiglio di quel cocktail che aveva come base proprio il Chartreuse.

L'ultima parola.

Gli steli di Angelica, di cui i poliziotti non avevano mai sentito parlare, erano a loro volta la base per il Chartreuse. Da soli, quegli indizi non dicevano nulla. Tutti insieme indicavano una pista sicura, per usare le parole di Simon.

Eppure Gamache non aveva nessuna intenzione

di svelare quella sequenza al monaco con gli occhi furbi e la voce ipnotica.

Il dipartimento Omicidi della Sûreté e gli ordini monastici avevano una cosa in comune. Entrambi erano bravi a custodire segreti.

Dietro la finestra si sentiva il frinire dei grilli e lo sciabordio dell'acqua, forse un uccello acquatico atterrato sul lago o un pesce di grossa taglia impegnato in un'acrobazia.

– Perché Dom Philippe mi ha fatto avere un pezzo di quella ricetta? – chiese Gamache.

Fratello Simon scosse la testa. – In tutta onestà, non ne ho idea.

– Esistono altri livelli di lettura? Un codice, magari? – Ancora prima di finire la domanda, Gamache si sentí molto tonto. Codici. Come gran parte delle religioni, la Chiesa cattolica ne aveva a bizzeffe. Significati nascosti. Alfabeti che solo i credenti e gli eletti erano in grado di decifrare.

– Ha detto che Dom Philippe ha ricevuto una lettera da Frère Sébastien dopo il suo rientro a Roma, – disse Gamache. – Si può ipotizzare che nella lettera ci fosse anche il biglietto. Intero o in parte.

– Il biglietto dev'essere stato per forza intero, *non*? – disse Beauvoir. – Altrimenti Philippe non ci avrebbe capito nulla.

Beauvoir cercò conferma dal sostituto abate, che annuí. – Sono d'accordo. Una sola metà non gli avrebbe detto nulla.

– Seguendo questa ipotesi, sarebbe stato lo stesso Dom Philippe a stracciarlo, – disse Gamache.

– È possibile, – rispose cauto il monaco.

– Perché? – chiese Beauvoir.

– Forse per continuare a proteggere il segreto.

Per Gamache invece esisteva un'altra possibilità. A stracciare il foglio ci aveva pensato Sébastien, inviandone metà all'abate e metà a qualcun altro. Uno di cui si fidava. Nella lettera aveva riferito a Dom Philippe chi era, e perché l'aveva scelto.

Gli aveva detto di cercare la persona in possesso della seconda metà. Che era uno di cui ci si poteva fidare. Ma perché aveva scelto come codice la ricetta di un intruglio caduto nell'oblio?

– Quella non è la ricetta originale, – disse Gamache. – È stata scritta di recente. Riconosce la grafia di Sébastien?

– Non lo so.

– Possiamo verificarlo? Avete cose scritte di suo pugno? Magari nella sua cella?

– Quando se n'è andato, ha portato tutto con sé. La sua cella era completamente vuota. Tanto che per stanotte ci ho sistemato voi due.

– E la grafia di Dom Philippe, la riconosce? – insisté Gamache.

– No.

– E questa? – Gamache girò uno dei foglietti.

– *Qualche disgrazia*, – Simon scandí ad alta voce e annuí. – *Oui*, è la sua grafia. Perché ha scritto solo quelle due parole?

– Per farmi capire chi mi aveva lasciato il messaggio, credo. Sapeva che avrei riconosciuto la citazione e mi sarei ricordato della conversazione che avevamo avuto qui al monastero.

– È un verso di *Assassinio nella cattedrale*, – disse il monaco. – *Ci sovrasta qualche disgrazia. Noi attendiamo, attendiamo*. Il punto è: cosa attendiamo?

– La disgrazia, – rispose Jean-Guy. Uno che avveleni l'acqua potabile e uccida migliaia di persone, rifletté in silenzio.

Un complotto in cui pareva essere incappato l'abate di un remoto monastero nel cuore selvaggio del Québec. Per caso o perché qualcuno lo aveva informato. Forse un Mastino del Signore.

Probabilmente anche Charles Langlois aveva scoperto quel complotto. Lui era morto, e l'abate scomparso. Possibile che la disgrazia l'avesse già ghermito?

– E quest'altra parola? – Gamache girò il secondo brandello.

– *Acqua*, – lesse il monaco ad alta voce. – Non escludo l'abbia scritta l'abate, però è scarabocchiata, mentre la sua grafia in genere è molto precisa. È opportuno che io sappia cosa significa?

– Probabilmente no, – rispose Gamache.

– Di recente qui al monastero è passato qualcuno? – chiese Beauvoir.

– No. Anche se fosse, non lo accoglieremmo. Voi siete un'eccezione.

– Capisco. Ha notato per caso un giovane biologo nelle vicinanze? Magari venuto ad analizzare le acque del lago?

– No. È raro vedere gente su queste sponde. E se anche fosse, come ho detto, non lo accoglieremmo. Ma potete chiedere al custode.

– Lo stesso che apre il portone d'ingresso?

– Piú che altro lo chiude, – ribatté Frère Simon.

Gamache si prese un istante per riflettere. – Esiste un fascicolo su Dom Philippe? Dove è nato, la famiglia, le scuole che ha frequentato?

Simon piegò il collo e lo scrutò. – Non teniamo fascicoli sui confratelli, ispettore capo.

– Ha capito cosa intendo. Dati personali, non un dossier di spionaggio. Pensi a quando fate richiesta per entrare nell'ordine. Per accettare un postulante, l'abate dovrà esaminare le sue informazioni personali. Dev'esserci per forza qualcosa di scritto.

– Sí. Riempiamo dei questionari, ci sottoponiamo a un colloquio e a una valutazione psicologica. Molto rigorosa, specie negli ultimi tempi.

All'ultimo commento non servivano spiegazioni.

– Dove le tenete tutte queste cose? – Gamache si guardò intorno.

– Le bruciamo.

– *Pardon*?

– Quando un postulante diventa a pieno titolo un confratello, facciamo una cerimonia. Allestiamo un falò sulla spiaggia e bruciamo le carte. Il suo passato non ha piú importanza. Adesso per lui ci sono una nuova vita e una nuova famiglia. Un nuovo padre e una nuova madre. Dei fratelli.

A Jean-Guy parve un rituale quasi pagano. Ma anche piú sensato di altri a cui aveva assistito da bambino. Gli effluvi di incenso, la comunione.

Il fuoco era il simbolo di un inizio nuovo di zecca. A quegli uomini era data una nuova vita, la possibilità di scegliersi un altro nome. C'era il caso che l'abate non si chiamasse nemmeno Philippe.

Se solo fosse cosí semplice anche nel mondo là fuori, pensò Beauvoir. Reinventarsi. Lasciarsi alle spalle il passato. Se solo fosse possibile.

– Dom Philippe le ha mai raccontato della sua famiglia? – chiese Gamache. – Di dov'era nato?

– No.

– Come fa a sapere che la lettera che aveva ricevuto era proprio di Frère Sébastien? – lo incalzò Gamache. Nella calma granitica del monaco si aprí una crepa.

All'improvviso sembrava a disagio. Non tanto. Ma quando un uomo apre bocca cosí di rado, a parlare per lui sono il viso e il corpo. Due occhi al cielo sono come un'aggressione, una schiena girata all'interlocutore è una dichiarazione di guerra. Un sorriso è un invito.

Un leggero imbarazzo l'anticamera dell'isteria.

– Sono io che ritiro la posta e le provviste da una barca a motore che passa una volta alla settimana. Ho notato la busta con lo stemma del Vaticano.

– Però lo stemma doveva averlo anche la lettera ricevuta da Frère Sébastien qualche mese prima, – intervenne Beauvoir, che aveva intuito dove voleva arrivare il suo capo. – Perché ha pensato che la lettera per l'abate fosse di Sébastien e non di chi l'aveva contattato per primo? O di chiunque altro al Vaticano?

Il monaco non rispose, ma a tradirlo furono le guance.

– L'ha aperta? – chiese Gamache.

Silenzio.

– Come faceva a sapere cosa c'era scritto nella prima lettera indirizzata a Frère Sébastien? E che veniva da un americano?

Per la seconda volta dal loro arrivo al monastero, risuonò il clangore delle campane. Come un automa, il sostituto abate girò sui tacchi e si avviò alla porta.

– Le ho fatto una domanda, Frère Simon, – insisté Gamache mentre l'altro si allontanava. Lo seguí nel lungo corridoio. – Ha aperto quelle lettere?

Gli venne l'impulso di afferrare il monaco per il braccio o per la spalla, ma riuscí a trattenersi. Rimase a guardarlo mentre veniva inghiottito dalle ombre, finché fu solo una sagoma buia dai contorni luminosi.

Le campane chiamavano a raccolta i confratelli. Era il momento della compieta, per quanto ne sapeva lui. L'ultima funzione della giornata prima del Grande Riposo.

Gamache si rivolse a Beauvoir. – Vienimi dietro –. Insieme, tornarono verso l'ufficio di Dom Philippe.

In fondo al corridoio, Frère Simon si guardò alle spalle. Tra un rintocco e l'altro aveva sentito i passi dell'ispettore capo che lo seguivano sul pavimento di ardesia. Sconcertante. Una pausa, poi i passi erano andati nella direzione opposta. Senza fermarsi. Ancora piú sconcertante.

– Perché hai fatto tutte quelle domande sulla famiglia di Dom Philippe? – chiese Jean-Guy quando rientrarono nell'ufficio dell'abate.

– C'è un buco di un mese. Cosa ha fatto Dom Philippe una volta uscito dal monastero? Dov'è andato? Di certo non aveva con sé molto denaro.

– Secondo te è andato dai familiari?

– Dai familiari, da amici.

Gamache apriva e chiudeva cassetti. Fin lí aveva sperato di trovare un biglietto dell'abate che spiegasse la sua partenza. Ora cercava documenti personali. Effetti personali in genere. Magari lettere scritte per chi aveva lasciato prendendo i voti.

– Da qui è partito tre settimane fa, a Three Pines è apparso molto dopo. Cosa ha combinato nel frattempo?

– C'è dell'altro, *patron*. Se ci abbiamo visto giusto, Dom Philippe ha strappato la ricetta e spedito a un altro la seconda metà. Mi sa tanto che quell'altro non è Jeanne Caron, vero?

– *Non*, – la risposta di Gamache fu categorica.

– Allora a lei com'è arrivata?

Il capo smise di fare ciò che stava facendo e guardò Beauvoir. – Questa, figliolo, è un'ottima domanda.

Jean-Guy, che si era sdraiato sulla dura pietra per illuminare il sotto della scrivania con la torcia del cellulare, si alzò in piedi. – Caron l'ha avuta in un altro modo –. Si spolverò i calzoni. – Dalla persona a cui l'abate l'aveva mandata, chiunque essa sia.

– Anche Sébastien, per dire, potrebbe aver mandato quella metà a qualcuno.

– Come l'abbia avuta Caron resta un mistero. Non è neppure la ricetta completa del Chartreuse. E anche se fosse, chi se ne frega? Cosa c'entra con un ipotetico attacco alla nostra acqua potabile?

Il capo non rispose e Beauvoir aggiunse: – Chiunque abbia ricevuto per primo la metà del biglietto dev'essere morto. Altrimenti non sarebbe arrivata a Caron. Poco ma sicuro.

Gamache non obiettò.

– Ci tocca cercare un altro cadavere, – rincarò Beauvoir.

O forse, pensò Gamache, l'avevano già trovato. Polsi legati dietro la schiena. Un proiettile alla base del cranio. La provincia di Saguenay, dove la donna era stata giustiziata, non era poi molto lontana da lí.

C'era Jeanne Caron dietro al delitto? Dietro ai delitti? La seconda metà della ricetta era arrivata alla donna di Saguenay? All'uomo delle Magdalen Islands?

Chi erano davvero quei due?

Come faceva Caron a sapere che lei o lui avevano messo le mani sul prezioso brandello di carta? E a lui, Gamache, cosa sfuggiva? Probabilmente un bel po' di cose.

– Dobbiamo scovare informazioni su Dom Philippe. Sulle sue origini.

– Non sappiamo nemmeno se Philippe è il suo vero nome.

– *C'est vrai*.

Gamache si strofinò il viso e sentí gli spunzoni di barba. Ancora un po' e gli sarebbero venute le traveggole. Avrebbe immaginato fatti che non erano mai successi. Visto legami e correlazioni che non esistevano. Sprecato tempo a inseguirli.

Per un detective era uno dei rischi piú grossi. Conferire dignità a semplici congetture. Cercare deboli prove a sostegno di un'ipotesi verosimile.

Dovevano fidarsi del loro istinto ma basarsi sui dati di fatto. Fin lí di prove ne avevano raccolte ben poche. Sotto ogni punto di vista. Anche il complotto sull'acqua era soltanto un'ipotesi.

Eppure, rammentò a sé stesso, qualcosa era accaduto.

Charles Langlois era stato ammazzato.

Charles Langlois aveva probabilmente lavorato per Jeanne Caron.

Charles Langlois aveva con tutta certezza scoperto qualcosa. Una cosa cosí pericolosa che avevano dovuto ammazzarlo.

Charles Langlois studiava la sicurezza dell'acqua. E in teoria nulla dovrebbe essere piú sicuro dell'acqua potabile. Quelle non erano correlazioni assurde. Non erano deliri.

Armand alzò gli occhi: il suo vice stava frugando in un canestro.

– Lí dentro ci sono le planimetrie del monastero, – disse. Le ricordava dalla prima volta che era stato lí. – Non toccarle.

Beauvoir non gli obbedí: aprí due o tre pergamene. In effetti erano disegni, vergati secoli prima da una mano esperta. Non semplici bozzetti, ma vere e proprie opere d'arte.

– *Patron*.

Gamache riconobbe il tono, s'interruppe e andò dal suo vice.

Jean-Guy aveva in mano un rotolo. Carta, non pergamena. Entrambi i detective riconobbero la consistenza. Alle pareti del loro dipartimento, nelle centrali operative dove indagavano sui delitti, erano appiccicati fogli con una grana molto simile. La Sûreté du Québec ne ordinava a tonnellate.

– Era infilata in una specie di vecchio papiro.

Sul ripiano inclinato del tavolo da lavoro dell'abate, Jean-Guy aprí una grossa cartina del Québec. Aveva delle increspature, come se fosse stata piegata tante volte.

Portava il timbro del Ministero dell'Ambiente del Québec, e sopra c'erano degli appunti scritti a mano in rosso.

L'ispettore capo Gamache inforcò gli occhiali

da lettura, e lui e Beauvoir avvicinarono le torce del cellulare.

Gli angoli della mappa, nei punti in cui erano stati strappati con foga dalla parete, erano sfilacciati. I detective non avevano dubbi su dove trovare i brandelli mancanti. L'indice di Gamache veleggiò a pochi centimetri dalla pagina per tracciare una linea invisibile da Montréal in su. Piú su, oltre il verde dei boschi e il bianco degli insediamenti umani. Lungo le linee sinuose dei fiumi e sopra i laghi. Fino a un punto preciso.

Il monastero non era segnato, ma Gamache sapeva che si trovava proprio lí dove stava il suo dito.

Nello stesso punto c'era un asterisco. Rosso acceso, come uno sbaffo di sangue.

I due poliziotti si scambiarono un'occhiata. Sapevano entrambi cosa significava quel reperto. Eppure entrambi stentavano a crederci.

– È venuto qui, – disse Jean-Guy in un sussurro. – Charles Langlois è venuto qui. Ha portato con sé la cartina e l'ha nascosta.

Gamache annuí. Pareva un salto ragionevole. Erano atterrati su un terreno solido.

Finalmente, ecco una prova. Di cosa, era tutto da vedere. Però l'avrebbero scoperto. E se Langlois aveva portato al monastero la cartina, chissà cos'altro aveva affidato da custodire all'abate.

Voci soffuse, ritmiche e profonde, entravano dalla porta aperta e davano l'illusione di respirare direttamente le parole dei monaci.

Armand inspirò a fondo. Gli servivano tutto l'aiuto e le preghiere del mondo.

Capitolo 21

La compieta era finita da un pezzo e sull'abbazia di Saint-Gilbert-Entre-les-Loups era sceso il silenzio, rotto solo dal verso lontano di una strolaga e dalla conversazione soffiata dei due detective.

Armand e Jean-Guy sedevano sulla brandina nella cella di Armand, con le schiene al muro di pietra e le ginocchia contro il petto, i piedi avvolti nei calzettoni pesanti su una coperta grezza che li proteggeva dalla fredda pietra. In mezzo a loro, un tagliere di formaggi e fettine di mela che Jean-Guy aveva sgraffignato dalla cucina.

– L'unico modo per sapere che la lettera per Sébastien veniva da un americano e quella per Philippe da Sébastien era leggerle, – disse Armand.

– Quindi Frère Simon ha aperto le lettere.

– Probabilmente lo fa spesso. In una comunità chiusa i segreti sono sinonimo di potere. L'ha detto anche lui.

– Secondo te ha usato contro qualcuno ciò che ha letto lí dentro?

– Non lo so. A te che impressione ha fatto?

Jean-Guy scelse un pezzo di formaggio a pasta erborinata e ci pensò su. – Ti direi che è un furbo, ma non sarei sincero. Secondo me se vivesse in qualsiasi altra parte del mondo non se ne andrebbe in giro a leggere la posta altrui. Non ne sentirebbe il bisogno. Forse ha solo fame di novità. Di notizie. Per quello apre la posta. Non per cattiveria, non per smania di potere, ma semplicemente perché è curioso del mondo. Forse al suo posto farei la stessa cosa.

Armand annuí. Forse in quelle circostanze anche lui avrebbe fatto qualsiasi cosa per uno stimolo mentale. In teoria i monaci erano superiori agli istinti, ma nel profondo erano uomini come gli altri.

– Secondo te cosa c'era scritto nella prima lettera per spingere Sébastien ad andarsene? – chiese Jean-Guy. – E cosa può aver scritto lui a Dom Philippe?

Armand prese un pezzo di formaggio morbido e lo spalmò su una fettina di mela dolce. Nelle indagini, quella era la sua parte preferita. Mettere in campo le idee. Esplorare le ipotesi dell'altro.

– La prima deve averla scritta un monaco o un pastore americano, – disse Armand. – Assegnato al Vaticano.

– Ce ne saranno parecchi.

– Probabile, ma mi aspetto che questo sia un domenicano. Forse una vecchia conoscenza di Sébastien. Cosí il campo si restringe. Dobbiamo rintracciare lui.

– Giusto. Me ne occupo io.

Beauvoir si sentiva meglio. Davanti a loro la strada era piú sgombra, c'era una pista concreta da seguire. Trovare Frère Sébastien, il Mastino del Signore, che avrebbe dato risposta a gran parte delle loro domande.

– Se è stato Charles Langlois a portare qui la cartina, – disse, – è probabile che ci abbia aggiunto anche i quaderni e il computer. Per nascondere tutto.

– Hai ragione, – rispose Gamache. – Però il monastero è troppo grande, non riusciamo a perlustrarlo da soli. E anche se riuscissimo, dobbiamo tornare a Montréal per rimetterci sull'indagine.

Dalla voce del capo filtrava tensione. Il tempo era agli sgoccioli.

– Cosa facciamo allora? Chiediamo un mandato e mobilitiamo una squadra?

– Non abbiamo altra scelta. Se Simon ci sta sabotando deliberatamente e sa dove si trovano le altre cose, una perquisizione della polizia sarà sufficiente a farlo capitolare. Sennò lo portiamo con noi.

– Lo arrestiamo?

– Per intralcio alla giustizia. L'accusa non regge, ma lui ha delle informazioni che ci servono.

Jean-Guy guardò di sottecchi Gamache: nella penombra vide un uomo molto deciso e molto preoccupato.

– Perché non ci consegna tutto e non ci pensa piú?

– Non lo so. Gli hai chiesto se al monastero fossero venuti visitatori, e lui ha risposto di no. Invece pare proprio che qualcuno sia passato.

Con il mento, Gamache indicò la cartina aperta sul pavimento di pietra e tenuta ferma da quattro scarpe, una per angolo.

Gli appunti che Langlois ci aveva scarabocchiato sopra erano incomprensibili. Avrebbe forse potuto decifrarli un biologo marino, certo non due ufficiali della Sûreté.

Jean-Guy aveva girato a Lacoste delle immagini

della cartina. O almeno ci aveva provato. La mail e l'allegato fluttuavano ancora nel limbo della rete.

– Non è detto che Langlois sia venuto di persona, – aggiunse Gamache. – Potrebbe aver spedito la cartina all'abate per posta.

– Insieme al computer e ai quaderni?

Pareva un'ipotesi balzana. Era piú probabile che il giovane biologo si fosse recato al monastero e avesse consegnato la cartina e gli appunti all'abate, con la preghiera di metterli al sicuro. Cosí Dom Philippe aveva nascosto la cartina in una vecchia pergamena che nessuno consultava da secoli.

La cartina doveva essere importante. Forse addirittura una questione di vita o di morte.

Era straziante sapere che quasi certamente avevano davanti agli occhi la risposta. Senza però sapere la domanda.

E il computer? I quaderni?

– Ci dev'essere una ragione se Langlois è venuto qui tra tutti i posti al mondo, – disse Beauvoir. – Conosceva l'abate, sapeva che l'avrebbe aiutato. Un legame deve esistere per forza.

Di nuovo quella parola. *Legame*.

Gamache aveva l'impressione che fossero caduti in una rete di fili invisibili. E ci si fossero impigliati senza rimedio.

– Langlois conosceva Jeanne Caron, – disse Beauvoir. – Dobbiamo dedurne che la conosceva anche l'abate?

– Non necessariamente, – rispose Gamache, senza aggiungere che era comunque possibile.

– Devi ammetterlo, – Jean-Guy si guardò intorno. – È un gran bel nascondiglio. Una fortezza.

Nessuno può entrare senza il permesso dei monaci, e loro non lo dànno praticamente mai.

Jean-Guy aveva ragione. In teoria.

– Noi siamo entrati. E con un mandato di perquisizione sarebbero obbligati a far entrare tutta la squadra –. Armand s'interruppe, scrutò il suo vice. – Che cavolo. Non mi funziona piú il cervello. Non possiamo ordinare una perquisizione qui dentro.

Jean-Guy ci mise un momento a capire cosa intendeva il capo. – Merda. Se negli alti ranghi della Sûreté ci sono dei collaboratori, gli serviamo la pappa pronta. La chiave del monastero, i quaderni, il computer. Come ne usciamo?

– Dipende. Ci fidiamo dei monaci?

Jean-Guy capí dove voleva arrivare Armand. E sapeva cosa c'era in ballo con la sua risposta.

– Sí. Anche di Simon. Avrà i suoi difetti, ma pure tu ne hai, *patron*.

Di fronte a una sintesi cosí efficace, Gamache scoppiò in una risata. La sua allegria fu assorbita dalle pareti, si mescolò a note e preghiere centenarie. Per diventare parte dell'abbazia di Saint-Gilbert-Entre-les-Loups.

– La perquisizione la affidiamo ai monaci, – concluse Jean-Guy.

– Esatto. Vorrei tanto sapere il giorno esatto in cui Langlois è stato qui.

– Un attimo, – Beauvoir tirò fuori il cellulare. – Ho chiesto all'Action Québec Bleu l'elenco delle trasferte di Langlois. Dubito che abbia segnato quella al monastero, però eccole qui… – Con voce sempre piú fioca, Beauvoir lesse i punti del documento che aveva scaricato. Poi si alzò dalla branda e andò a inginocchiarsi accanto alla cartina.

– Queste sono date, *patron*. Alcune segnano i giorni in cui ha fatto i sopralluoghi. Guarda.

Allungò il telefono a Gamache per un rapido confronto tra il programma e la cartina. Non avevano capito subito che si trattava di date perché Langlois le aveva scritte in modo strano. Anziché mettere trattini o punti fermi tra il giorno, il mese e l'anno, aveva scritto i numeri tutti di seguito.

L'intuizione di Jean-Guy era preziosa. Ora potevano collegare date e luoghi. Al lago vicino al monastero non erano associati numeri, e non si trovava sull'elenco che Langlois aveva fornito ai colleghi.

– Guarda qui, *patron*. La data piú recente risale alla settimana scorsa. A pochi giorni prima dell'attentato.

Gamache avvicinò il viso alla cartina per esaminare di nuovo il lago. Insignificante. Nulla da segnalare a parte il monastero. Nessun centro abitato. Nessuno stabilimento industriale. Chissà cosa aveva indotto Langlois a spingersi fin lí.

– Ci sono altri numeri e lettere, – disse Jean-Guy, avvicinandosi anche lui alla cartina per studiare gli appunti di Charles.

– Forse i risultati dei check-up sull'acqua.

Gamache si rialzò con un grugnito. – Dobbiamo dormire un po'. Ci sveglieranno molto presto. Lascia tutto cosí.

Bloccò Beauvoir che stava per riprendersi la cartina e arrotolarla di nuovo. – Sta bene dov'è.

Al posto delle scarpe di Jean-Guy furono piazzate due Bibbie, e lui se ne andò. Portandosi via il formaggio.

Armand spense la candela soffiandoci sopra e si

sdraiò sul giaciglio, piú comodo del previsto. Nella cella mancavano le prese per la corrente, non c'era verso di ricaricare tablet o cellulari.

La sua batteria era al trentadue per cento. Il telefono andava usato solo per comunicazioni importanti, se non vitali. Armand scrisse a Reine-Marie *Bonne nuit, je t'aime* e spedí il messaggio nel limbo della rete con l'emoji di un cuore.

Poi alla luce fredda dello schermo fece un'altra cosa di vitale importanza. Rilesse i messaggi della moglie. Si soffermò sull'ultimo, in cui lei lo rassicurava che stavano tutti bene.

Con sollievo, notò che l'aveva chiuso con un cuore e un *Je t'aime*.

Spense lo schermo e la cella piombò nel buio totale.

Nel grande silenzio, Armand bisbigliò: – *Je t'aime*.

Il mattino dopo, al sorgere del sole, Jean-Guy e Armand si trovavano già sulla sponda del lago, a osservare il pilota impegnato nella revisione dell'aereo. Faceva ancora troppo buio per il decollo, ma era evidente che l'altro non voleva perdere un minuto.

– Quello si è messo in testa di partire senza di noi, – borbottò Beauvoir.

– Avevo capito che volessi prendere i voti, – disse Armand.

– Se preparassero ancora quei mirtilli ricoperti di cioccolato, ci farei un pensierino. Ma visto che li hanno tolti dal menu…

Armand sorrise.

Come spesso accadeva dopo una violenta tempesta, il nuovo giorno era limpido, il lago una lastra immobile. A quell'ora il cielo a est aveva una sfumatura color malva. L'acqua era increspata qua e là dai pesci che si affacciavano a catturare gli insetti.

L'aria sapeva di fresco e di pulito: un aroma balsamico che si alzava dal fango sulla riva, dal muschio umido, dagli aghi di pino.

Le lodi, che nella liturgia monastica segnavano l'arrivo dell'alba, erano appena iniziate.

Lí in riva al lago veniva spontaneo illudersi che si preparasse non solo un nuovo giorno ma un nuovo mondo. Incontaminato. Dove il male, la crudeltà e la catastrofe non stavano tramando nell'ombra.

Cosí lui, Armand, non avrebbe avuto nessun dovere di fermarli.

Jean-Guy si chinò sulla sponda e scelse con cura un sasso. Poi lo lanciò e si mise a contare. Cinque rimbalzi scheggiarono la superficie del lago. – Raccontami del lupo.

Il lupo.

La notte prima Armand aveva dormito male. La cella era gelida, e lui si era raggomitolato in posizione fetale e si era stretto addosso la sottile coperta per non disperdere calore. Il suo giaccone era steso sull'unica sedia, ma lui non aveva la forza di alzarsi e andare a prenderlo. Era piombato in un sonno irrequieto e si era svegliato dopo poche ore. Era rimasto sdraiato al buio per un paio di minuti, quindi si era arreso all'evidenza e si era alzato.

Dopo una doccia appena tiepida si era vestito in fretta, grato del maglione pesante che Reine-Marie gli aveva infilato nel borsone all'ultimo minuto. Aveva acceso la torcia e scrutato la cartina che copriva quasi del tutto il pavimento della sua cella, sperando in un'intuizione repentina. Non era arrivata.

Cosí aveva spento la luce e infilato la cartina arrotolata dietro il borsone, sotto il letto. Un nascondiglio poco efficace, in realtà l'unico a disposizione, motivo per cui non era affatto un nascondiglio.

Si era raddrizzato puntellando una mano sul letto, con un grugnito soffocato, quindi era uscito dalla cella. Dopo pochi passi nel corridoio buio aveva fatto dietrofront, si era ripreso la cartina e l'aveva portata con sé. Con cura, si era rimesso in tasca le due metà del biglietto.

Camminando, Armand aveva tastato con la mano la scabra parete di pietra. Per non perdere l'equilibrio. Era spiazzante trovarsi nel buio e nel silenzio piú totali.

Anziché accendere subito la torcia del cellulare, aveva atteso che gli occhi si abituassero. In realtà era una specie di metafora. Quant'era facile per le persone abituarsi al buio. Ai pensieri bui, ai gesti ancora piú bui. Finché alla fine il buio diventava la norma, e loro non sentivano piú la mancanza della luce. Non la cercavano piú, non si fidavano.

Era istinto alla sopravvivenza, certo, ma dei piú discutibili.

Lí dentro non ne erano immuni. Lo spettro dell'Inquisizione infestava il monastero. Se tanti cosiddetti uomini di Dio avevano chiuso gli occhi di fronte a quella barbarie e ad altro ancora, qualsiasi cosa era possibile.

Incluso un piano strategico per avvelenare l'acqua potabile e sterminare migliaia di cittadini.

– *Ci sovrasta qualche disgrazia*, – aveva borbottato Armand senza rallentare il passo. – *Noi attendiamo, attendiamo*.

Secondo i suoi calcoli, l'attesa era quasi finita.

Solo che lui non era pronto. Non aveva risposte a sufficienza. Non ci vedeva chiaro. Armand aveva soffocato l'istinto di scappare via in una direzione a caso. Di mandare ordini abborracciati alla sua squadra.

Si era smarrito una volta sola, poi aveva trovato il corridoio verso l'enorme portone. Verso il mondo fuori. Ci si era avvicinato e aveva fatto scorrere la mano sul legno liscio, poi sulla parete, a sinistra e a destra. Sperando di trovare una chiave.

Infine aveva spinto lo sguardo fino alla nicchia nella pietra dove erano incastonati una scrivania, una brandina e un monaco addormentato.

Il custode.

Gamache aveva deciso di rischiare. Aveva acceso la torcia del cellulare, era andato verso la nicchia e aveva illuminato la parete dove verosimilmente la chiave...

– Chi va là? – La voce era meno impastata di quanto sarebbe stato lecito aspettarsi. Mentre Armand si affrettava a spegnere la luce, il custode si era tirato su a sedere. – Che ore sono? – Il monaco aveva afferrato gli occhiali. – Sono in ritardo? Non ho sentito le campane.

– *Non, non. Désolé.* Sono solo le quattro di mattina. Volevo uscire a fare una passeggiata.

– Una passeggiata? – Il monaco aveva pronunciato la parola come se ne ignorasse il significato. Poi aveva acceso un cerino per guardare in faccia l'intruso. – Lei chi è? Un attimo, lo so. Quel poliziotto.

– Esatto, e vorrei prendere una boccata d'aria fresca. Le spiace?

Il custode aveva l'aria perplessa. Si trovava alle prese con una richiesta unica nel suo genere. Sgradita.

Aveva acceso la sua candela, poi si era alzato e si era piazzato di faccia a Gamache. Era basso e paffuto. Aveva la testa rasata a zero, le guance lisce e gli occhi di un azzurro intenso. Era difficile azzardare l'età, ma Gamache avrebbe detto quaranta, forse cinquanta. Magari addirittura sessanta.

Il monaco aveva emesso un verso gutturale e si era allungato a prendere una grossa chiave nera di ferro battuto posata accanto al letto.

Mentre l'enorme portone si apriva, Armand era rimasto sulla soglia. – Volevo chiederle se negli ultimi tempi è passato di qui un giovanotto.

– Non che mi risulti.

– Una volta alla settimana arriva la posta.

– Sí.

– E lei cosa ne fa?

– La consegno a Frère Simon.

– L'abate riceve molta corrispondenza?

– *Non*.

– Ricorda di aver visto una lettera, o piú d'una, in arrivo dal Vaticano?

Il monaco non era riuscito a trattenere una smorfia. – No. Perché il papa dovrebbe scrivere proprio a noi?

– Non necessariamente il papa. Qualcuno in Vaticano.

Il custode aveva fatto no con la testa.

– Ricorda da dove veniva il grosso delle lettere indirizzate all'abate?

– Non ci badavo.

– Davvero? – aveva chiesto Gamache in tono conciliante.

Si poteva supporre che il custode lanciasse almeno uno sguardo al mittente, che registrasse la stranezza di uno stemma pomposo sulla busta. A prescindere dalle direttive, i voti monastici non annullavano la curiosità.

– Molte lettere non hanno il mittente, – aveva risposto il monaco. – E non ricordo di averlo mai visto su quelle per l'abate.

– E buste dal Vaticano?

A quel punto al custode era scappato un sorriso che per un attimo l'aveva reso umano. – Me ne sarei ricordato.

– *Merci*.

Armand aveva sentito la porta chiudersi alle sue spalle, la chiave girare nella serratura. Adesso era chiuso fuori. O forse dentro. Dentro al mondo, fuori dal chiostro. Del sole non c'era nemmeno l'ipotesi: il cielo era punteggiato di stelle da un orizzonte all'altro. Armand guardò in su, inalò una boccata d'aria fresca e pensò a Reine-Marie, alla sua famiglia addormentata a casa, sotto lo stesso cielo.

Aveva pianificato di sedersi sopra un grosso sasso piatto sulla spiaggia a contemplare il lago, forse addirittura immergere il piede malandato nell'acqua fredda per riflettere meglio sulle prossime mosse. Tornati a Montréal, dovevano agire bene e in fretta.

Eppure prima di sedersi Armand aveva rammentato il motto di Sant'Agostino. *Solvitur ambulando*. Camminando si risolve. Cosí era andato a fare una passeggiata. Aveva preso il sentiero sterrato che si allontanava dal lago per inoltrarsi nel bosco. Lí il buio era meno spiazzante del silenzio assoluto nell'abbazia. Per certi versi gli ricordava le passeggiate di mattina presto nel bosco che circondava Three Pines con Reine-Marie, i cani e Gracie.

Con le mani dietro la schiena a reggere la cartina arrotolata, il capo leggermente inclinato, Armand camminava e rifletteva. Rifletteva e camminava.

Finché fu colto da un pensiero.

Frère Simon aveva detto che era arrivata una lettera dal Vaticano per Sébastien. Poi una per Dom Philippe qualche settimana dopo, sempre dal Vaticano. Simon ne era certo. Anche senza aprire la lettera, lo stemma sulla busta era inconfondibile.

Eppure a detta del custode di lettere con lo stemma non ne erano mai arrivate.

I casi erano tre: o mentiva il custode, o mentiva Simon, oppure...

Armand aveva sentito un rumore alla sua destra. Si era fermato ma non aveva visto nulla.

Il rumore si era ripetuto. Un fruscio. Abituato al sottofondo del bosco, Armand non si era preoccupato. Solo il rumore seguente l'aveva fatto raggelare.

Un ringhio sordo.

Adagio, con cautela, aveva posato la cartina, preso il cellulare e acceso la torcia.

Due occhi fosforescenti lo fissavano da venti metri di distanza.

Al suo gesto era seguito un altro ringhio gutturale, piú roco e prolungato.

Armand aveva sentito il cuore accelerare nel petto e il sudore sulla fronte.

Era un lupo.

Aveva allargato le braccia per apparire piú grosso che poteva. Forse la luce della torcia avrebbe accecato l'animale. O almeno gli avrebbe messo paura.

Ma il lupo era un osso duro.

Aveva fatto un passo avanti: lento, cauto, quasi delicato. Poi un altro. A quel punto era cosí vicino che Armand ne scorgeva il pelo ritto e il giallo delle zanne scoperte.

Si erano guardati. È opportuno fissare un animale selvatico? O è meglio distogliere gli occhi? Doveva emettere un ringhio anche lui?

Armand non ne aveva idea. Però doveva decidere in fretta.

Quello era un problema che di certo non si risolveva camminando. E neppure scappando. All'improvviso sant'Agostino non gli pareva piú cosí geniale. Non che Armand fosse piú saggio. Se fosse crepato lí in quel bosco, non avrebbe potuto dare la colpa al lupo. A ucciderlo sarebbe stata la sua scempiaggine.

Idiota, idiota, idiota. Si era augurato non fosse il suo ultimo pensiero. *Idiota.*

Poi sia il lupo che l'uomo avevano girato la testa, distratti da un altro rumore.

Qualcosa si stava avvicinando. Un animale ancora piú grosso. *Oddio*, aveva pensato Armand. *Un orso.*

– *Patron*?

Il lupo si era girato di nuovo verso Armand, aveva emesso un latrato sordo ed era sparito con un balzo nella fitta boscaglia.

– Armand? – aveva chiesto Jean-Guy avanzando sul sentiero. – Era un coyote, quello?

– Un lupo.

Armand ansimava come se avesse fatto una corsa: in quel momento aveva capito che per lunghi istanti aveva trattenuto il respiro.

– Porca puttana.

Jean-Guy aveva messo la mano sulla fondina e aveva scrutato il folto del bosco, troppo buio per distinguere qualcosa. – Leviamoci da qui.

Gamache aveva raccolto la cartina da terra. Poi i due erano tornati indietro in fretta, guardandosi alle spalle ogni pochi passi.

– Cosa ci facevi nel bosco?

– Pensavo.

– Pensavi male, – aveva detto Jean-Guy. – Ecco cosa succede quando si pensa troppo. Io il rischio di essere sbranato da un lupo non lo correrò mai.

Armand aveva fatto una risatina rauca ma non aveva risposto. Dopo pochi passi, Jean-Guy gli aveva chiesto: – Che c'è?

– Mi sono ricordato una storia che mi raccontò Dom Philippe sul perché il monastero è stato battezzato cosí.

– Già. Adesso tutto è chiaro. Saint Gilbert in mezzo ai lupi.

In realtà quel nome, Saint-Gilbert-Entre-les-Loups, Jean-Guy l'aveva tradotto male. Era un errore comune, e Armand non aveva sentito il bisogno di correggerlo. Si era limitato a guardarsi alle spalle un'altra volta, ma nulla faceva pensare che fossero inseguiti. Braccati.

– Almeno non si chiama Saint Gilbert dilaniato dai lupi, – aveva aggiunto Jean-Guy.

Armand aveva riso di nuovo, questa volta con un briciolo di nervosismo. – Esatto. Quello sarebbe stato piú inquietante, però almeno ci avrebbe messi sull'attenti.

Jean-Guy aveva borbottato che a lui gli avvertimenti non servivano.

– Prima di uscire ho parlato con il custode. Dice che non ha mai visto arrivare lettere dal Vaticano.

– Ma Frère Simon ha detto che...

– Lo so.

– Uno dei due sta mentendo.

– Non necessariamente.

– In che senso?

Al primo rintocco delle campane, si erano lasciati il bosco alle spalle e avevano il monastero in vista.

– Maledizione.

Gamache si era lanciato verso l'enorme portone massiccio, Jean-Guy l'aveva battuto sul tempo. Aveva impugnato il batacchio di ferro e aveva bussato.

Niente. Aveva riprovato.

– Lodi, – aveva scandito Gamache.

– Di tante parole, non è la prima che mi sarebbe venuta in mente, – aveva detto Jean-Guy mollando il batacchio.

– È la prima funzione della giornata. Ci è andato anche il custode.

– E tanti saluti a noi che siamo chiusi fuori. Quanto durano?

– Piú o meno venti minuti.

Mentre le campane si spegnevano e l'ultima nota fluttuava sul lago ed entrava del bosco, il primo raggio di sole aveva colpito la facciata. Solo allora Armand e Jean-Guy avevano notato il pilota che armeggiava sul molo per revisionare l'aereo.

– Quello si è messo in testa di partire senza di noi, – borbottò Beauvoir.

Mentre si avvicinavano alla spiaggetta rocciosa, Jean-Guy fece in modo di piazzarsi tra Armand e il bosco nella malaugurata ipotesi che il lupo tornasse.

– Avevo capito che volessi prendere i voti.

– Se preparassero ancora quei mirtilli ricoperti di cioccolato, ci farei un pensierino. Ma visto che li hanno tolti dal menu...

Jean-Guy raccolse un sasso, lo esaminò e lo lanciò rasente all'acqua. – Uno, due... – contò cinque rimbalzi, quindi si rivolse a Gamache.

– Raccontami del lupo.

Da lí si sentiva il canto. Basso e leggiadro, scivolava fuori dal monastero come se fosse l'edificio stesso a esalare la preghiera.

– Non c'è molto da raccontare, – disse Armand. – È comparso e basta. Sono stato uno scemo a entrare nel bosco da solo all'alba.

– *Oui*. Ma intendevo quello del nome. Quello a cui stavi pensando prima. È strano vedere un lupo associato a un monastero. In genere si chiamano Saint Gilbert del Sacro Cuore, o Saint Gilbert della Vita Eterna. Invece questo qui è un po' il Saint Gilbert del Ventre Squarciato. Non molto invitante.

– Il nome non significa «in mezzo ai lupi».

– In che senso?

Armand si chinò e raccolse a sua volta un sasso. Lo guardò per bene, lo lasciò ricadere a terra e dopo averne scelto un altro piegò il braccio e lo scagliò sulla lastra immobile con gesto esperto. *Plop, plop...* Quattro rimbalzi. – Sei andato meglio tu.

– Se mi segui, figliolo, ti insegnerò tutto quello che so, – disse Jean-Guy con un sogghigno. – Però prima devi spiegarmi come si chiama questo posto.

– La prima volta che siamo stati qui, l'abate mi ha detto che il vero nome è «Saint Gilbert Tra i lupi».

– Tra, in mezzo, cambia qualcosa?

– Probabilmente no. Sei stato tu a chiedere. Ecco la risposta.

Gamache si girò a guardare le mura alte e compatte. – I monaci indossano tonache nere con un cappuccio bianco, ma ieri sera ho notato che non è proprio bianco. Piú grigio chiaro.

– Hai dormito male, vero? Ti farai un sonnellino sull'aereo.

Gamache sorrise. – Forse.

Chissà se doveva raccontare a Jean-Guy anche il resto. Da dove l'abbazia aveva preso quel nome bislacco. Rischiava di riaprire una vecchia ferita. E probabilmente non aveva importanza.

Probabilmente.

Guardò in giú verso la mappa che aveva portato con sé. Pensò a Charles Langlois, a Dom Philippe. A quell'impiccione di Frère Simon. E si sentí ancora piú inquieto al pensiero di ricacciarsi a Saint Gilbert Tra i Lupi.

– Cosa intendevi quando hai detto che forse né Simon né il custode mentono a proposito delle lettere dal Vaticano? – chiese Jean-Guy. – Si contraddicono a vicenda. Uno dei due deve aver detto una balla.

Avevano trovato degli scogli piatti e si erano accomodati sulla spiaggia, a guardare il cielo passare dal malva all'azzurro. Solo la stella del mattino era rimasta fissa, un puntolino luminoso all'orizzonte.

– Ti chiedo una cosa, – esordí Gamache. – Se scoprissi che un tuo collega ti legge la posta, cosa faresti?

– Ti direi che lo pesterei a sangue con il calcio della pistola. Ma mi sa che non è la risposta giusta.

– Prima di qualunque altra cosa, faresti in modo che smetta.

– Pestandolo…

– No, non pestandolo a sangue con il calcio della pistola. Diresti a chi raccoglie la posta di consegnarla direttamente a te. Senza intermediari.

– No, onestamente non è ciò che farei. E neppure tu. Chiederesti un provvedimento disciplinare e lo faresti trasferire.

– Certo, ma prima impedirei al tipo di mettere le mani sulla posta altrui. Prima si risolve il problema, poi si punisce il colpevole.

Armand lanciò un altro sasso nel lago e vide dei pesciolini disperdersi nell'acqua trasparente. Per un attimo si soffermò sul loro punto di vista. In mezzo a loro era piombato l'equivalente di una bomba.

– La Sûreté non è un monastero di clausura, – aggiunse. Vide uno dei pesciolini avvicinarsi al sasso, come per guardarlo meglio. Poi un altro ancora. Erano sorpresi? Spaventati? Erano risoluti, intrepidi, curiosi? Consideravano il sasso una specie di divinità?

– Questa è una comunità chiusa, – Armand piantò gli occhi in faccia a Jean-Guy. – Una scialuppa di salvataggio. Con i compagni di scialuppa ci devi convivere, non gli puoi dichiarare guerra. Le infrazioni alla regola vanno gestite con tatto.

– Secondo te l'abate ha detto al custode di bypassare Frère Simon e consegnare direttamente la posta ai legittimi destinatari?

– Lo scopriremo. Ma soprattutto dobbiamo scoprire cosa sa Simon del contenuto delle lettere.

– Se fosse come dici, perché il custode non ti ha detto degli ordini dell'abate e delle buste con lo stemma?

– Perché non lo sapeva. Ho avuto l'impressione che fosse un po' inesperto. Quando c'era Dom Philippe, verosimilmente non aveva ancora avuto l'incarico. Una volta partito l'abate, Simon ha riguadagnato libertà di movimento. Ha messo un nuovo custode alla porta e ha ripristinato il vecchio sistema in cui tutta la posta veniva filtrata da lui.

– Cosí poteva ricominciare impunito a leggerla. Questo custode non sa delle istruzioni dell'abate né delle lettere dal Vaticano, ma solo perché sono arrivate quando lui non stava lí.

– Ho chiesto al monaco sbagliato.

– Dobbiamo trovare l'altro custode.

– Ora sí che stai facendo lavorare il cervello, – disse Gamache come se parlasse a un cucciolo di cane. *Ora sí che stai facendo il bravo bambino*. Beauvoir non riuscí a trattenere un sorriso. Poi tornò serio. – Sapendo com'era e che non meritava fiducia, perché l'abate ha lasciato il monastero in mano a Frère Simon? Perché non scegliere un altro?

Gamache si era chiesto la stessa cosa, poi aveva rammentato l'incontro con Dom Philippe la prima volta che erano stati lí. L'abate si era dimostrato gentile. Non molto loquace. Però saggio. A suo modo astuto. Forse non sapeva granché del mondo fuori, ma il microcosmo tra quelle mura lo conosceva bene. Forse non era al corrente delle prime pagine dei quotidiani, ma aveva una profonda consapevolezza della natura umana.

– Perché la debolezza di Simon gli faceva comodo. Dom Philippe sapeva che sarei venuto a cercarlo. Mi ha costretto a farlo. E sapeva che il monaco a cui mi sarei rivolto per primo sarebbe stato il sostituto abate. Frère Simon.

– Voleva che andassi da lui. Che interrogassi lui. Simon è l'unica persona qui dentro a sapere cosa c'era in quelle lettere. Dom Philippe voleva che fosse lui a darti quelle informazioni, solo che purtroppo Simon non si è rivelato molto collaborativo. Ha detto poco e niente.

– Sí. Era in difficoltà. Aveva una gran voglia di togliersi quel peso ma sapeva che si sarebbe esposto troppo.

– Camminava sui tizzoni ardenti, come si dice.

Jean-Guy provava quasi pena per Simon. Quasi.

– Dobbiamo trovare il primo custode e chiedergli conferma delle nostre ipotesi –. Armand si girò a osservare il monastero. Il coro si era spento da un po'. – Vai a bussare di nuovo. Le lodi saranno finite.

Mentre Beauvoir obbediva, Gamache s'incamminò lungo il molo per raggiungere l'idrovolante e il pilota.

– Guardi laggiú, – disse il pilota indicando l'acqua limpida. – Non so cosa darei per una canna da pesca.

– Persici, – asserí Gamache. L'acqua faceva sembrare tutto piú grande, ma i pesci che vedeva guizzare nei pressi del molo erano sani e pasciuti.

– Chissà come mai i monaci non li pescano.

– Perché odiano la violenza, credo.

– Violenza sui pesci?

– Su qualunque creatura vivente.

– Gesú non era un pescatore?

– Pescava discepoli, piú che altro. E non se li mangiava.

Beauvoir strillò qualcosa verso di loro. I battenti di legno massiccio erano aperti.

– Siamo pronti per partire? – chiese Gamache al pilota che si era messo a scrutare il cielo.

– *Oui, patron*. C'è luce a sufficienza. Quando vuole.

– Ci dia solo mezz'ora.

Capitolo 22

– Sta cercando questa?

Gamache alzò il braccio a mostrare la cartina.

Frère Simon era sdraiato a pancia in giú sul pavimento di pietra, con la testa e il busto sotto la branda di Gamache.

Si alzò in fretta, impresa non facile se indossi una tonaca, si rassettò con tutta la dignità di cui era capace e fronteggiò l'ispettore capo della Sûreté.

– L'avete trovata, – constatò.

– Sí. Come faceva a sapere che ce l'avevo proprio io?

– Sono passato dall'ufficio a controllare se era ancora al suo posto.

– Gliel'ha mostrata Dom Philippe?

– Sí. Pregandomi di non parlarne con nessuno.

Di nuovo, Gamache pensò alla machiavellica strategia dell'abate e soffocò un sorriso. Anche se doveva ammettere che fin lí Frère Simon aveva mantenuto il segreto. La cartina l'aveva trovata Jean-Guy.

– Posso spiegare, – aggiunse Simon.

– Me lo auguro, ma non adesso.

Qualche minuto piú tardi si trovavano di nuovo davanti all'ufficio di Philippe. Frère Simon si fermò sulla soglia. Al centro della stanza c'era un altro monaco. Piú giovane di lui ma piú nerboruto, piú solido. Piú placido.

I due si fissarono in un silenzio impacciato. Simon gli rivolse un cenno di saluto.

L'altro non ricambiò.

– Ti presento Frère Roland, – disse Beauvoir. – Quando c'era Dom Philippe, faceva il custode del monastero. *Merci, mon frère.* Torni pure alle sue mansioni. Negli ultimi tempi, – spiegò Beauvoir al capo, – Frère Simon gli ha affidato la manutenzione del sistema fognario, e in particolare delle fosse settiche.

Gli sbirri squadrarono Simon. Lui ebbe la decenza di avvampare e di arretrare un po' per lasciare spazio a Roland. Rimasero in silenzio, mentre l'ex custode lanciava uno sguardo intenso al confratello e lui abbassava gli occhi.

L'equivalente monastico di uno spintone.

La giornata era appena cominciata e per l'abate già girava male. Non poteva che peggiorare: Simon, come gli altri due, lo sapeva.

Quando furono soli, Armand chiuse la porta e accennò alle sedie con la cartina arrotolata a tubo. Poi in silenzio indicò a Jean-Guy di prendere in mano la situazione.

– Non ci faccia perdere tempo, – cominciò Beauvoir. – Sappiamo che apriva la posta che arrivava al monastero. Sappiamo che l'abate l'ha scoperto e ha chiesto a Frère Roland di consegnarla direttamente a lui. Non gli ha detto perché, ma Roland l'ha intuito.

Simon rimase seduto in silenzio. Senza smentire né confermare.

– Prima di andarsene, l'abate l'ha messa a capo del monastero, lei ha sostituito Roland con un nuovo custode e ha ricominciato a spiare la corrispondenza degli altri.

Le guance di Simon avvamparono di nuovo. Se ci avessero messo i palmi sopra se li sarebbero scottati.

Gamache si sporse verso il monaco.

– Tranquillo, non la metteremo in punizione. Anzi, ci fa molto piacere che abbia letto quelle lettere. Ci deve solo riferire cosa dicevano quelle dal Vaticano.

La pausa che seguí parve infinita. Ora la luce inondava la stanza e tutta l'abbazia. L'architetto progettista aveva sistemato le finestre in modo da catturare e assorbire ogni raggio di sole. In modo che tutto l'edificio, dalla cappella ai gabinetti, risplendesse di una luce cosí festosa che era impossibile non ritrovarsi un sorriso ebete stampato in faccia.

Era come essere battezzati in un catino di luce.

Frère Simon sospirò, una scia di granelli di polvere danzò nel sole. – La prima lettera, quella del monaco americano a Sébastien, era generica. Accennava a un complotto, a un piano cosí terribile che il monaco era stato costretto a rientrare a Roma dall'America. Chiedeva a Sébastien di raggiungerlo.

I poliziotti si scambiarono un'occhiata.

– Diceva perché? – chiese Beauvoir.

Simon fece no con la testa.

– È una richiesta impegnativa da fare a un collega.

– Cosí impegnativa che sulle prime la liquidai come una stravaganza. Sébastien non avrebbe mai lasciato un monastero in cui aveva fatto voto di clausura per raccogliere il fumoso invito a Roma di un confratello.

– Invece poi a Roma ci è andato.

Simon annuí. Si guardò le mani eleganti e affusolate, poi piantò gli occhi in faccia ai detective. – È partito il giorno dopo. L'abate l'ha accompagnato alla barca e l'ha salutato con un abbraccio.

– L'abate sapeva cosa stava succedendo?

– Lo escludo, considerato che non lo sapeva neppure Frère Sébastien. Qui dentro abbiamo dei vincoli clericali e morali, ispettore. Ma non siamo in catene. Siamo liberi di andarcene. Anche se non ho mai visto nessuno uscire da quella porta. Finora.

Nell'ultimo mese da Saint-Gilbert-Entre-les-Loups se n'erano andati il priore e l'abate. Quelle lettere avevano avuto lo stesso effetto del sasso nel lago immobile. Un evento scioccante piombato a disturbare la quiete dei monaci. A metterli in fuga.

– Il monaco che ha scritto la prima lettera dal Vaticano deve averla firmata, – disse Gamache.

– È questa la cosa strana. Non c'era nessuna firma.

– Niente che aiutasse a identificare il mittente?

– Per quanto mi riguarda no.

– Eppure Sébastien aveva capito, – disse Gamache. – Doveva conoscere il mittente molto bene per intuirne l'identità senza una firma.

– C'è una cosa che mi ricordo. Tutte le *B* erano sottolineate.

– Le *B*? – chiese Beauvoir. – Intende le lettere?

– E cos'altro? – fece Simon.

– Non lo so, me lo dica lei, – sbottò Beauvoir.

I due si scrutarono per un secondo di troppo.

– Credo che il fratello si riferisca alla lettera dell'alfabeto, – disse Gamache. Simon assentí.

– Allora? Cosa significa? – chiese Beauvoir dopo un po'.

– Non lo so. Non ne ho la piú pallida idea. Ma a giudicare dall'intestazione la busta non veniva semplicemente dal Vaticano. Veniva dal Dicastero per la Dottrina della fede.

Gamache e Beauvoir rimasero interdetti.

– In un altro tempo si chiamava Inquisizione.

– Ecco, – Beauvoir si abbandonò contro lo schienale. – Allora questo collega è uno di quei domenicani. Ci fa comodo saperlo.

– No. Non si tratta necessariamente di un domenicano. Oggi a quel dipartimento della Curia confluiscono tutti gli ordini monastici. Ma è un'ipotesi plausibile, considerati i trascorsi di Sébastien. Forse è lí che si sono incontrati. Hanno lavorato tutti e due per la Dottrina della fede.

Gamache annuí. Aveva senso, eppure qualcosa non tornava.

– Ricapitolando, Frère Sébastien è partito per recarsi a Roma, – disse Beauvoir. – E qualche tempo dopo ha scritto a Dom Philippe. Cosa c'era in quella lettera?

I detective attesero con trepidazione. Ecco il momento fondamentale. La domanda fondamentale.

– Era breve. Un biglietto, piú che altro. Sébastien chiedeva all'abate di incontrarsi e specificava che gli avrebbe scritto la data e il luogo in un'altra lettera.

– Nient'altro? – chiese Gamache. – Tutto lí?

– Tutto lí.

– Le *B* erano sottolineate? – chiese Gamache.

– No. Per quale motivo avrebbero dovuto essere sottolineate?

– Le consiglio vivamente di non prenderci... – scattò Beauvoir. Gamache lo zittí con la mano alzata. L'ufficio piombò nel silenzio.

L'ispettore capo non si curò di riempirlo. Durante gli interrogatori era una delle sue tecniche preferite. Per molti, il silenzio è piú minaccioso di un imperativo strillato a un palmo dal naso.

Tranne che...

Gamache si ricordò che per quelle persone, per i monaci, il silenzio era un nido sicuro. Cosí cambiò strategia. – Cosa c'era nella seconda lettera?

Simon allargò le braccia. – Non ho mai scoperto se Sébastien abbia inoltrato i dettagli all'abate. A quel punto lui ha parlato con Frère Roland, e io non ho piú avuto accesso alla posta. Dovete chiedere a Roland.

D'un tratto Simon aveva l'aria offesa, come uno che si è reso conto di aver subito un torto.

Gamache si girò verso Beauvoir. Gli brillavano gli occhi. Come se non vedesse l'ora di riferire ad Armand ciò che sapeva. Ciò che gli aveva rivelato il primo custode. Solo che dovevano parlare in privato, non davanti a quel chierico importuno.

Quel pensiero ne accese un altro, nella testa dell'ispettore capo. Erano state le parole di re Enrico a scatenare l'omicidio dell'arcivescovo. *L'assassinio nella cattedrale.*

Chi vuole togliermi di torno questo chierico importuno?

Scrutò Frère Simon e non poté fare a meno di chiedersi...

C'era un'ultima cosa che doveva sapere. – Ha guardato la mappa?

Simon alzò le spalle. A quel punto negare sarebbe stato inutile. Il gatto era già scappato dal sacco.

– Ci ho capito poco e niente. Tutti quei numeri vicino ai laghi.

– Sa da chi l'ha avuta Philippe?

Simon negò con la testa.

– Lo è venuto a trovare qualcuno? – Gamache si sforzò di decifrare il viso del monaco.

– Non che io sappia. In teoria potrebbe essere arrivato qualcuno con la barca dei rifornimenti, ma qui nel monastero non è mai entrato.

– E l'abate? Si è lasciato sfuggire qualcosa?

– Mi ha detto solo di non mostrare la cartina a nessuno.

Tra Gamache e Beauvoir passò uno sguardo. Se davvero Dom Philippe avesse voluto mantenere il segreto non ne avrebbe fatto parola con nessuno, tantomeno con quel monaco pasticcione.

– Non avevo mai visto una cartina integrale del Québec, – aggiunse Simon. – La cosa che mi ha colpito di piú è stato il numero di corsi d'acqua.

Gamache non replicò.

– Non ci rendiamo conto di quanta acqua abbiamo finché non guardiamo il paese in scala o dal finestrino di un aereo, – insisté il monaco.

– Ci sono anche tanti boschi, – commentò Gamache in tono neutro. Senza dare a intendere che si trattava di un argomento cruciale. – Lei però ha notato l'acqua. Come mai?

Simon alzò di nuovo le spalle, esitò. – Forse perché a quel punto l'abate ha citato i salmi. *In terra arida, assetata, senz'acqua*. Mi è parso strano, visto che non siamo esattamente una terra arida e assetata. Ma forse parlava in senso lato. Era una metafora sulla fede.

– Ha aggiunto altro?

– No.

– Le ha mostrato altro? – chiese Beauvoir.

– In che senso?

I due poliziotti non risposero. Il monaco rimase in silenzio.

– Potrei chiedere un mandato di perquisizione, – disse dopo un po' Gamache in tono grave, come se gli dispiacesse dare quell'avvertimento.

Frère Simon impallidí. – Arrivereste a tanto? A violare la sacralità del monastero?

– Non sarei io a violarla. Rifiutandosi di collaborare, lei è il primo a metterla in pericolo. Anche ammesso che racconti la verità, non ci sta dicendo tutto. Non ci sta mostrando tutto.

Gamache era sempre piú convinto che Langlois, oltre a chiedere all'abate di imboscare la cartina, gli avesse affidato anche il computer e i quaderni. Anche se il legame tra i due restava un mistero. Ogni cosa a suo tempo. Adesso dovevano trovare le altre cose nascoste lí tra i monaci.

Simon aveva il panico negli occhi.

Era chiaro che per quel luogo nutriva un amore ardente e sincero. Considerava suo compito proteggerlo. Invece tra i suoi fratelli, nella sua famiglia, aveva insinuato l'orrore.

– Non so a cosa si riferisca, – replicò con voce

stridula, venata di allarme. – L'abate non mi ha mostrato altro. Avete la cartina. Perché non ve ne andate? Portatela via. Lasciateci in pace. Vi prego.

Gamache lo studiò in silenzio per un istante, poi si alzò in piedi. – Ce ne andiamo. E lei viene con noi. Vada in cella a preparare i bagagli. Si porti il necessario per qualche giorno. Il resto se lo farà spedire.

– Cosa? Perché?

– È in arresto per intralcio alla giustizia.

– Non capisco. Ho fatto tutto quello che mi avete chiesto.

– No. Ci nasconde qualcosa di importante.

Gamache fece una pausa per consentire a Simon di tornare sui propri passi. – Vada a fare i bagagli.

Simon rimase impalato e incredulo per un momento, poi uscí dall'ufficio.

Quando ebbe la certezza che lui e il suo vice erano rimasti soli, Gamache gli ordinò senza preamboli: – Dimmi tutto.

– Ho parlato con Frère Roland. Ha confermato che le due lettere sono arrivate con lo stemma e con il francobollo del Vaticano. La prima per Sébastien, la seconda per l'abate, a poche settimane di distanza. E questo lo sapevamo. Ma nessuno dei tre, incluso Simon, sapeva che all'abate è arrivata un'altra cosa. Senza stemma né francobollo.

– La lettera di Sébastien, quella per comunicargli la data e il luogo dell'incontro.

– Forse, ma era piú voluminosa di una lettera. Sembrava una scatola. E pochi giorni dopo Philippe è partito.

Una scatola.

Per la centesima volta, Gamache perlustrò con gli occhi l'angusto ufficio. Aveva una gran voglia di mettersi a passeggiare su e giú. Per riflettere. Ma lí dentro si stava stretti, e non aveva intenzione di tornare nel bosco.

Si sarebbe potuto spostare nel giardino cintato, ma decise infine che era piú sicuro stare fermo e lasciare che a sbizzarrirsi fosse solo il cervello. Con le mani giunte dietro la schiena, l'ispettore capo contemplò il paesaggio fuori dalla finestra. Il sole del mattino gli scaldava il viso. Chiuse gli occhi e cercò di acciuffare i pensieri.

Finché non riuscí a placcarne almeno uno.

– Mettiamo che il contenuto di quella scatola non venisse dal Vaticano ma da Charles Langlois, – disse.

Beauvoir cambiò espressione. – Un pacco con dentro il computer e i quaderni?

– Forse.

– Allora vuol dire che sono qui dentro.

– Forse.

Gamache non aveva finito. Un'altra idea l'aveva sfiorato mentre parlavano della prima lettera.

– Il monaco americano ha scritto di aver scoperto un fatto cosí disturbante da sentirsi costretto a lasciare la sua comunità negli Stati Uniti per venire a Roma.

– Sí.

– Se ne può dedurre che a Roma sia arrivato solo di recente.

– Probabile.

– Per cui Frère Sébastien e questo americano non possono essersi conosciuti alla Curia di Roma. Sébastien se n'è andato un paio di anni fa. E questo americano è appena arrivato.

– Si saranno conosciuti altrove. Dobbiamo scoprire un po' di cose su questo Sébastien, – disse Jean-Guy. – Ti ricordo che il suo fascicolo è finito in cenere. Durante uno di quei rituali a cui accennava Simon.

– È stata bruciata la domanda di ammissione ai gilbertini...

– Ma non necessariamente la domanda e il fascicolo originario presso i domenicani, – concluse Beauvoir con un sorriso trionfante. – Me ne occupo appena rientriamo.

– Bene. Se qualcuno sta tramando nell'ombra, i domenicani dovrebbero essere i piú bravi a stanarlo.

– Perché dici cosí?

– Per l'Inquisizione. È ormai scomparsa, ma i domenicani sono una comunità propensa alle indagini. Come noi, per certi versi.

– Secondo me invece è tutto il contrario, – si animò Jean-Guy. – Gli inquisitori cercavano e punivano cose che non esistevano. Usavano la blasfemia come pretesto per vendicarsi e guadagnare potere. I gilbertini bruciano i fascicoli, quelli però bruciavano le persone –. Fece una pausa. – E noi non bruciamo né i primi né le seconde.

Armand non aveva mai chiesto al marito di sua figlia da cosa derivasse il suo profondo disprezzo per la Chiesa. Non era il momento, ma prima o poi ci sarebbero arrivati. Forse tra non molto.

Nell'ufficio dell'abate si limitò a rispondere: – Sono cose di secoli fa.

– Tu non sei piú un cattolico praticante, *patron*.

Gamache rimase spiazzato da quell'affermazione: a prima vista non c'entrava nulla con il discorso, eppure in qualche modo c'entrava eccome.

– Vero.

– Non frequenti nessuna chiesa, vai solo alla cappella di Three Pines, che a quanto ne so non ha neppure un nome.

– *Oui*.

– Ciononostante, se ti tocca entrare in un luogo del culto cattolico per un matrimonio, per un funerale o per un'indagine, fai il segno della croce e un mezzo inchino. L'hai fatto anche qui.

Con la mano, Beauvoir accennò alla cappella del monastero. Gamache rimase sorpreso. Erano gesti che considerava privati, sebbene li compisse alla luce del sole.

– Esatto, – disse stiracchiando un sorriso. – Per stare sul sicuro.

– Un mezza riverenza non ti assicura un posto in paradiso. Non serve a niente, però tu non vuoi rinunciarci. Credi in Dio e reputi che andare in chiesa o seguire le regole degli altri non ti avvicini necessariamente a lui. Eppure continui a fare ciò che ti hanno inculcato, – Beauvoir si fece il segno della croce e mimò una genuflessione. – Per stare sul sicuro.

Gamache annuí, si chiese dove l'altro volesse andare a parare.

– Secondo te i domenicani sono tanto diversi, *patron*? O non è piú probabile che secoli di doveri e rituali abbiano lasciato in loro segni ancora piú profondi?

– Stai dicendo che i domenicani…

– Non solo loro, ma tutto l'ufficio per la difesa della fede o come cavolo si chiama...

– Il Dicastero per la Dottrina della fede.

– Dottrina, difesa, cambia poco.

– Secondo te agiscono ancora come ai tempi dell'Inquisizione?

– Sí. Per stare sul sicuro. Con discrezione, certo, sempre attenti a nascondersi dietro una cortina d'incenso o a depistarci con le loro belle voci. Non mi stupirei se dietro a tutto questo casino ci fossero loro. Pronti a trasformare l'acqua in veleno o in potere. Secondo te davvero possiamo fidarci di quello che ci racconteranno questi monaci, se mai li troveremo?

Armand fece un sospiro profondo. Mai aveva preso in considerazione l'idea che il Vaticano e la Curia fossero coinvolti in un piano per avvelenare l'acqua potabile del Québec. Era un'ipotesi assurda. E sospettava che la verità fosse molto piú semplice, molto piú vicina a casa.

Capiva il punto di vista di Jean-Guy, sapeva che la Santa Sede non era un covo di santi. Agiva soprattutto per il proprio tornaconto. Ma per come la vedeva lui i due monaci avevano scoperchiato segreti ben piú mondani. Segreti mortali.

– Ci siamo mai fidati ciecamente delle persone che interroghiamo? *Non*. Ascoltiamo quello che hanno da dire e facciamo le nostre verifiche. Secondo me questi monaci stanno rischiando grosso. Secondo me l'americano ha scoperto chi c'è dietro al complotto dell'acqua. Lo ha riferito a Sébastien, che si è confidato con l'abate. E lui ha cercato un modo per passare a me l'informazione.

– Che senso hanno tutti questi giochetti? Perché non rivolgersi alle autorità e basta?

– Forse è quello che hanno fatto.

Mentre assimilava l'importanza di quell'intuizione, Beauvoir non staccò gli occhi dal volto di Gamache. Mettiamo che quei monaci avessero scoperchiato una qualche tremenda e imminente minaccia alla popolazione del Québec. A chi avrebbero scelto di rivolgersi? Certo non alla minuscola centrale di polizia dei dintorni. No, avrebbero puntato in alto. Forse al capo della Sûreté in persona, che si era metaforicamente accollato la responsabilità di proteggere tutti i cittadini. Si sarebbero rivolti al governo nazionale, l'unico con il potere e le risorse per disinnescare un complotto cosí vasto. Avrebbero scalato il piú possibile la catena di comando, fino al ministro del dipartimento Antiterrorismo. Ovvero il vicepremier del Canada. Fiduciosi che il capo della Sûreté e quello dello Stato bloccassero i terroristi. Senza sapere che erano proprio loro quelli che andavano bloccati.

– Ecco perché metà del biglietto con la ricetta del Chartreuse è finito nelle mani di Jeanne Caron. Sono stati loro a darglielo. Senza sapere che... – Beauvoir lasciò la frase in sospeso. – Ancora non capisco cosa c'entri il liquore in tutto questo.

– Prima o poi lo scopriremo. Forse è semplicemente un codice usato dai monaci. Hanno scelto un elisir di vita come contrappunto a tante morti annunciate. Per adesso non dobbiamo lasciarci sfuggire con nessuno che sappiamo dei monaci e dell'abate. Ci fingeremo tonti. Conti di farcela?

– Chi dei due è andato a farsi una passeggiatina

notturna in un bosco infestato dai lupi? Mi sa che non avremo problemi a fingerci tonti.

Non era una battuta. Da fuori doveva sembrare che l'ispettore capo e la sua squadra annaspassero nel buio. Impantanati in un vespro senza fine. Il che comunque era una mezza verità.

– Mettiamo che il foglietto, – Beauvoir indicò i brandelli che Gamache aveva ancora in mano, – sia davvero finito a Jeanne Caron. Perché dopo l'ha recapitato proprio a te?

Era un interrogativo inquietante anche per Gamache. Nel caso peggiore, Caron stava giocando al gatto col topo. L'aveva osservato. Sapeva dell'*Open Da Night*. Sapeva dove abitava. Si era procurata una chiave dell'appartamento.

Forse lo stava manipolando. Lo conosceva abbastanza da sapere che per smuoverlo, per incuriosirlo, bastava sventolargli sotto il naso un enigma arcano, una formula segreta. E lui ci era cascato. Si era ficcato in quel remoto monastero a interpellare monaci di clausura mentre sarebbe dovuto andare da tutt'altra parte.

Il binomio tra il Chartreuse, un liquore ormai scomparso, e un fantomatico piano terroristico per avvelenare l'acqua del Québec sembrava in effetti una barzelletta.

Gamache capí che forse non si stava limitando a fingersi tonto. Forse tonto lo era davvero.

Eppure… eppure Charles Langlois era stato ucciso, Dom Philippe gli aveva lasciato la metà del biglietto. L'aveva attirato al monastero. Avevano scovato la cartina di Langlois. E lí nei paraggi forse era nascosto altro.

Qualcosa stava accadendo. Ed era tutto collegato.

Certo, mancavano ancora tante informazioni. Ma ne avevano di piú rispetto a quando erano arrivati, meno di ventiquattr'ore prima.

L'ispettore capo si riscosse e si avviò alla porta. – Andiamo.

– Vuoi davvero che ci portiamo appresso Frère Simon? – indagò Jean-Guy seguendolo lungo le pozze di luce e ombra nell'interminabile corridoio.

Saint Gilbert Tra i Lupi, su questo Gamache non aveva dubbi, era un luogo di contrasti. La voce di Dio e il silenzio tombale. La luce e il buio. Il bene e il male. Il paradiso e l'inferno in terra che aleggiava all'orizzonte.

– Non abbiamo scelta, – disse. – Se non vogliamo che arrivi qualcuno a toglierci di torno il chierico importuno.

– Oh, merda. Dici che è il prossimo della lista?

– Dico che in questo caso sapere non è potere, è una condanna a morte. E il nostro strano amico sa piú di quanto dichiara.

Nel giro di pochi minuti i poliziotti raccolsero i bagagli e uscirono sul molo. I monaci si erano disposti sul sagrato dell'abbazia a semicerchio, spalla contro spalla. Non tanto per salutare i visitatori, pensò Gamache, quanto per assicurarsi che togliessero il disturbo.

L'ispettore capo aveva preso da parte Frère Roland, subentrato a Simon alla guida del monastero, e gli aveva chiesto di organizzare una perquisizione.

– Dovete cercare un computer e dei quaderni appartenuti a un giovane biologo di nome Charles

Langlois. Crediamo che l'abate abbia acconsentito a nasconderli qui.

Benché sorpreso, Frère Roland non protestò. Si limitò a chiedere: – E se li troviamo?

– Non li toccate. Mi chiami subito. Le do il mio biglietto da visita. E qualsiasi cosa accada, *mon frère*, non fate entrare nessuno, assolutamente nessuno.

– Nemmeno il papa?

Gamache sorrise. – Nemmeno lui.

– Dom Philippe?

Gamache ci pensò su. – Solo se con lui non c'è nessun altro.

– E Sébastien?

– No. Tenete il portone chiuso a chiave. Anche se dovesse presentarsi la Sûreté.

Dopo l'ultima frase, Roland inarcò le sopracciglia in una smorfia che nel codice monastico equivaleva a uno strillo di aiuto.

– Siamo in pericolo?

– Non lo so. Meglio essere cauti.

Tanto per stare sul sicuro, pensò Gamache tra sé. Poi notò la strana espressione del monaco. – Che c'è?

– Se si presenta qualcuno in difficoltà, siamo obbligati ad accoglierlo, – disse Roland con un sorriso mite. – Voi siete stati accolti. I curiosi e gli scocciatori restano fuori. Ma i bisognosi vanno aiutati. Un tempo ci hanno negato asilo. Abbiamo giurato che non avremmo mai fatto la stessa cosa.

Da come lo raccontava sembrava un fatto successo ieri, anziché secoli prima a monaci ormai morti e sepolti. Cenere alla cenere. Jean-Guy aveva ragione. In quel luogo la memoria durava a lungo.

– Io vi ho avvertito.

– *Merci*. Seguiremo le sue indicazioni.

Roland si fermò a osservare Frère Simon che s'inerpicava goffamente a bordo dell'idrovolante. – Non è una persona cattiva, – disse. – Credo però che il suo posto sia nel mondo, non qui. Forse ora, con il volere di Dio, capirà dove deve stare. Ce lo auguriamo tutti.

I monaci contemplavano i preparativi con le braccia aperte ai lati del corpo, le mani che spuntavano dalle maniche informi, e i due poliziotti si stiparono nel velivolo con una certa riluttanza. Anche il pilota sembrava nervoso, il che di certo non era incoraggiante.

Sul sedile posteriore, accanto a Simon, Jean-Guy si mise a borbottare una nenia incomprensibile.

Armand si girò a guardarlo dal posto del copilota. – Stai pregando?

– Se esiste una Saint-Merde allora sí, sto pregando.

– La santa patrona della Omicidi, – chiosò Armand sentendo Jean-Guy scoppiare in una risata.

Frère Simon scosse la testa, ormai convinto di essere in compagnia di due bruti blasfemi. Beauvoir tornò imperturbato alla sua litania.

Armand era quasi sicuro di averlo visto farsi il segno della croce.

L'aereo cominciò a scivolare sull'acqua, guadagnò velocità. Infine decollò, si lasciò dietro il lago e la terraferma, libero dalla forza di gravità, un fenomeno che l'Inquisizione avrebbe considerato opera del demonio. Un oltraggio bruciante. Mentre l'idrovolante virava per puntare a sud, verso

Montréal, Armand si obbligò a contemplare, sotto di sé, la distesa apparentemente infinita di alberi e acqua. E per l'ennesima volta si sentí grato che i suoi figli e i suoi nipoti vivessero in Québec, dove le risorse naturali, per quanto a rischio, erano ancora abbondanti.

Il Canada non era certo la nazione piú potente sulla terra, ma a livello globale il potere si stava trasferendo dalle armi alle risorse. Al Canada le seconde non mancavano, per cui l'ago della bilancia si stava progressivamente spostando dalla sua parte.

Se un tempo i canadesi venivano liquidati come spaccalegna e pescatori, umili e sgobboni, alle porte del disastro climatico quegli attributi erano ormai considerati complimenti. Il Canada aveva tanta legna di cui fare rifornimento e tanta acqua fresca da imbottigliare. Da bere.

Dovevano solo impegnarsi di piú a proteggerla.

Qual era il versetto citato dall'abate mentre nascondeva la cartina di Langlois?

In terra arida, assetata, senz'acqua.

Di quelle terre, di quelle nazioni che soffrivano la siccità ce n'erano sempre di piú. E se il cambiamento climatico aveva colpito anche il Canada, specie sotto forma di violenti incendi, l'impressione era che lí fosse piú clemente che altrove. Ciononostante il Sud del paese, da verde e fertile, era diventato brullo e riarso. I fiumi un tempo impetuosi si erano ridotti a un rigagnolo.

Il futuro sembrava senza speranza. Le persone la stavano perdendo.

Qualche minuto prima, mentre il pilota ultimava i preparativi e Simon salutava i confratelli, Armand e Jean-Guy si erano fermati sul molo di fronte alla fresca distesa del lago.

– Mi ricordo la prima volta che siamo partiti da qui, – aveva detto Jean-Guy in tono assorto.

– Anch'io.

– Ero cosí incazzato.

Prima di posarlo su Jean-Guy, Armand aveva fatto correre lo sguardo lungo la sponda rocciosa e i pochi alberi che vi si erano radicati.

– Anch'io.

Jean-Guy si era girato di scatto. – Davvero? Non me l'avevi mai detto.

Armand aveva annuito. – Quando hai fatto la tua scelta e ho dovuto guardarti partire da solo, ero cosí arrabbiato che mi mancava il respiro. Non con te, ma con... – Armand non aveva pronunciato il nome. Non serviva. – Dom Philippe lo capí. E a quel punto mi raccontò la storia del nome.

– Per distrarti.

– *Non*. Per aiutarmi nella scelta.

– In che senso?

– Avevi ragione, Saint-Gilbert-Entre-les-Loups è un nome a dir poco atipico per un monastero. E viene da una circostanza ancora piú eterodossa e insolita. Dopo essere scampati all'Inquisizione, i gilbertini sono sbarcati nel Nuovo Mondo e hanno continuato a spostarsi. Finché alla fine sono approdati qui, – con lo sguardo, Gamache abbracciò il bosco smisurato. – In quella che a prima vista pareva una terra selvaggia ma che si rivelò essere molto piú civilizzata del posto da cui venivano. I nativi, i Cree, li accolsero. Li aiutarono.

– E poi se ne pentirono amaramente.

– In realtà, stando alle cronache, fu uno dei pochissimi esempi di convivenza pacifica. Forse perché i gilbertini non avevano complessi di superiorità né intenti evangelizzatori. Dopo gli orrori dell'Inquisizione, desideravano solo vivere in armonia ed essere lasciati in pace. Con il tempo, i monaci assorbirono il linguaggio dei nativi. Si avvicinarono ai costumi e alle credenze dei Cree e impararono da loro a sopravvivere in un ambiente ostile. L'abate e il capotribú divennero amici. Un giorno, facendo visita ai monaci, il capotribú chiese loro perché si fossero spinti fin lí. L'abate spiegò che erano stati cacciati dalla loro terra. Alcuni uccisi, bruciati sul rogo, altri torturati e incarcerati. Perseguitati da quella che doveva essere la loro famiglia spirituale, i loro *frères* e *pères* d'elezione. I pochi sopravvissuti erano scappati. L'abate aveva portato con sé la propria rabbia, e a ogni visita dell'amico, man mano che emergevano nuovi dettagli, la sua rabbia cresceva. Per quanto comprensibile, quella rabbia minacciava di distruggere non solo lui ma la nuova vita che i monaci stavano conquistando giorno dopo giorno. Un luogo costruito su fondamenta d'odio non è un luogo sicuro.

Jean-Guy lo ascoltava in silenzio. Sulla riva del lago, accanto al suo *patron*, non poteva credere che un tempo fosse arrivato a odiarlo.

Armand si era sentito osservato e gli aveva restituito uno sguardo cosí pieno d'amore che per poco Beauvoir non era scoppiato in lacrime.

– Non sei solo, – aveva detto Armand. – Io ho provato le stesse cose. Mentre ti guardavo andare via, piú o meno dove ci troviamo ora, ho pensato di odiarti. L'odio mi aveva trasfigurato, mi stava consumando. Dom Philippe capí esattamente cosa provavo: ecco perché mi raccontò la storia.

Armand aveva indicato un punto indefinito lungo la riva e aveva proseguito.

– Una sera, mentre sedevano intorno al fuoco, il capotribú Cree condivise con l'abate una cosa che gli era successa quando era bambino. Suo nonno, anche lui capotribú, gli aveva rivelato che nel suo corpo di vecchio, pronti a contendersi le sue viscere, c'erano due lupi. Il primo, un lupo grigio, lo esortava a essere forte e compassionevole. Saggio, coraggioso, capace di perdonare. L'altro, un lupo nero, lo spingeva invece alla vendetta. A non dimenticare i torti subiti. Ad attaccare per primo. A essere spietato, furbo, brutale con amici e nemici. A non risparmiare nessuno. Quelle parole, sentite dalla bocca del nonno, avevano terrorizzato il bambino. Era scappato via. Aveva impiegato diversi giorni a trovare il coraggio di tornare dal nonno. E alla fine gli aveva chiesto: «Qual è il lupo che vincerà? Il grigio o il nero?»

Finito il racconto, era stato Armand a fissare in tralice Jean-Guy. In quel momento pareva che fossero i primi, gli ultimi e gli unici esseri umani sulla terra. – Il nonno aveva risposto: «Quello a cui do da mangiare».

Con un sospiro, Jean-Guy aveva chinato il capo. Si era concentrato sull'acqua agitata vicino ai suoi piedi. Poi si era girato verso Armand.

– Saint Gilbert Tra i Lupi.

– Tutti abbiamo quei lupi dentro di noi. Si tratta solo di riconoscerli. Cosí potremo scegliere a quale dei due dare da mangiare.

Armand aveva rimirato di nuovo la distesa del lago. – Là fuori c'è un grosso lupo nero, Jean-Guy. È in giro da un po'. Si nutre di rabbia, della sete di potere. Attacca i fragili e i vigliacchi. Li convince a osare l'impensabile.

– Dobbiamo trovarlo e fermarlo.

– O fermarla, – aveva precisato Armand, sentendo il suo lupo nero alzare la testa e annusare l'aria. – Poi c'è il lupo grigio. Dobbiamo trovare anche lui.

Prima di rispondere, Jean-Guy ci aveva pensato su.

– Sappiamo davvero chi è chi, *patron*?

Mentre l'aeroplano virava in direzione di Montréal e sul sedile posteriore Jean-Guy pregava e Frère Simon salmodiava parolacce, Armand seguí lo snodarsi dei corsi d'acqua sotto di loro. Nella sua testa, però, vedeva i monaci di Saint-Gilbert schierati sul molo a salutarli, le tonache nere che ondeggiavano nella brezza leggera.

Capitolo 23

Isabelle Lacoste li venne a prendere in aeroporto e li raggiunse dentro l'idrovolante.

– Ho mandato le foto della cartina di Langlois al mio amico biologo del Freshwater Institute di Winnipeg. Non mi pareva sicuro farle girare in Québec.

Gamache era d'accordo. Si trovavano nella scomoda situazione di non potersi fidare di nessuno all'infuori della loro ristretta cerchia di tre.

– Cosa dice? – Armand fece passare il bagaglio dal portellone.

Lacoste si accorse solo in quel momento della presenza di un passeggero vestito da monaco, che tentava con un certo impaccio di sfilarsi dal sedile posteriore. Con lo sguardo, interrogò il capo.

– Ti presento Frère Simon del monastero di Saint-Gilbert-Entre-les-Loups. È in arresto.

– Per cosa?

– Intralcio alla giustizia.

– Non ho intralciato un bel niente. Ho risposto a tutte le vostre domande. Questo è un sequestro di persona.

L'ispettore capo prese da parte Lacoste e le sussurrò: – Lo mettiamo in custodia protettiva. Assicurati che non gli manchi nulla. A parte il telefono, ovviamente.

– E la libertà, – chiosò Beauvoir.

– Prima di entrare in cella, deve levarsi la tonaca e indossare vestiti normali. Registralo con un nome falso e mettilo in isolamento. Lontano dagli altri.

Il monaco non aveva tutti i torti, ragionò Isabelle. Quello aveva l'aria di un rapimento, piú che di un normale arresto.

– Secondo te è in pericolo? Sa qualcosa?

– Sa un sacco di cose, e presumibilmente non ce le ha dette tutte. Se i mandanti scoprono che è con noi e cominciano a sospettare che abbia visto il computer e i quaderni, siamo nei guai. Cosa dicevi della cartina?

Seguirono il resoconto di Lacoste senza perdere di vista il monaco imbronciato che li aspettava vicino all'aereo.

– Secondo il mio amico biologo, alcuni dei numeri sulla cartina sono date.

– Sí, l'abbiamo capito anche noi, – disse Beauvoir. – La piú recente è di pochi giorni prima dell'attentato. Gli altri numeri invece?

– Alcuni sono candidature delle aziende per superare i limiti d'inquinamento. E non semplici candidature ma autorizzazioni –. Lacoste fece una pausa. – Il governo ha concesso a diverse aziende del settore primario di superare i limiti d'inquinamento stabiliti per legge di trenta volte. Non del trenta per cento: di trenta volte.

Gamache assimilò l'informazione mentre Beauvoir mugugnava un commento che il monaco non avrebbe apprezzato. – I nomi delle aziende?

– Li sta cercando.

– Bene. E gli altri numeri?

– Deve controllare, perché non crede a ciò che ha visto.

– Cosa ha visto? – fece Beauvoir.

– A prima vista sembrano autorizzazioni...

– Sí, l'hai già detto. A inquinare.

– No. Quelle sono diverse. Nullaosta destinati a multinazionali americane per comprare quote di maggioranza di aziende canadesi. Sempre del settore primario.

– È una cosa illegale, – ribatté Gamache.

– Esatto. Il governo vigila rigorosamente sul diritto di proprietà canadese, specie nel caso di boschi, miniere e riserve di pesca.

– Eppure sembra che qualcuno abbia deciso di svenderci, – disse Jean-Guy.

– Quel qualcuno ha un nome, – disse Gamache. – Le approvazioni devono essere vagliate da un ministro. Quello che controlla sia l'ambiente sia l'industria, il commercio e l'artigianato.

– Marcus Lauzon, il capo di Caron, – concluse Beauvoir.

Quel politico, chiosò mentalmente Gamache. – Di' al tuo amico di non indagare e di non parlare con nessuno.

– Sí. *Patron*, nel seminterrato di Madame Chalifoux c'è una mappa simile a quella di Langlois...

– La capa dell'Action Québec Bleu, – ricordò Beauvoir a Gamache. – Il posto dove lavorava Langlois.

Gamache aveva già letto il rapporto. – Le località in cui l'associazione aveva fatto verifiche erano contrassegnate con delle puntine, vero?

– Sí.

– La mappa di Langlois era identica a quella di Chalifoux? – chiese Beauvoir.

– Non proprio. Ho mostrato la mappa alla signora e lei non aveva idea di cosa fossero tutti quei numeri. Le ho chiesto perché Langlois avesse fatto sopralluoghi su tutti quei fiumi e laghi. Lei ha detto che l'associazione gliene aveva assegnati alcuni, ma non tutti. Ho fatto una lista di quelli che lui ha visitato di sua iniziativa.

– A visitare gli altri probabilmente ce l'ha mandato Caron, – disse Beauvoir. – La sua altra capa. La sua vera capa.

Gamache non era d'accordo. – Potrebbe aver scoperto qualcosa da solo. Vicino al lago confinante con il monastero, Langlois ha tracciato un asterisco. C'era una puntina anche sulla mappa di Chalifoux?

– *Non*.

Gamache si fermò a riflettere. – Cosa ci è andato a fare laggiú?

– Non abbiamo la certezza che ci sia andato di persona, – ribatté Beauvoir. – La cartina si trovava al monastero, come forse il computer e i quaderni, ma hai detto tu stesso che Langlois potrebbe averli spediti.

– Però in qualche modo era a conoscenza di Saint Gilbert e dell'abate, – disse Gamache.

I suoi due vice sembravano spiazzati da quella premessa. – Okay, per adesso mettiamo da parte il discorso, – riprese Gamache. – Ci servono fatti e prove.

– Ci servono i quaderni e il computer, – disse Beauvoir.

Gamache fissò Isabelle. – Ci servono i monaci latitanti.

– Ho degli spinaci incastrati tra i denti? – Isabelle si rigirò la lingua in bocca. – Ho fatto colazione in mensa e ho mangiato un'omelette.

– Ce l'hai un passaporto valido?

– Certo, *patron*. Perché?

– Sei mai stata a Roma?

Gamache assegnò gli incarichi seduta stante, sull'asfalto della pista di atterraggio.

Isabelle Lacoste avrebbe cercato Frère Sébastien e il monaco americano a Roma.

Beauvoir invece si sarebbe impegnato a scoprire il piú possibile sul conto di Sébastien.

– Se è a Roma che si trova, – obiettò Beauvoir, – forse dovrei andare a cercarlo io. Almeno so com'è fatto.

– Ha ragione, *patron*, – disse Lacoste. – Con un uomo il Dicastero per la Dottrina della fede sarà piú accogliente.

– Dubito che possano rivelarsi accoglienti con qualcuno che fa domande, uomo o donna che sia, – disse il capo. – In un certo senso, tu saresti al di sopra di ogni sospetto. Un commissario sano di mente non spedirebbe mai una donna…

– A fare il lavoro di un uomo? – lo interruppe Lacoste con un sorriso sornione. – Sei sano di mente, capo?

Gamache rise. – Forse no. Se stanno osservando come ci muoviamo, dobbiamo depistarli. Fargli credere che brancoliamo nel buio. Che non rappresentiamo una minaccia.

– E chissà che per una volta non ci abbiano azzeccato, – scherzò Beauvoir.

– Tu hai tante cose da fare qui, Jean-Guy. Frère Sébastien doveva conoscerlo bene quell'americano, se poi lui gli ha chiesto aiuto. E Sébastien non ha esitato a mollare tutto e a imbarcarsi in un viaggio transoceanico. Si sono incontrati da qualche parte. Hanno trascorso del tempo insieme. Se riesci a scovare un nome, lo passiamo a Isabelle.

– Un nome sarebbe utile, – convenne lei.

– Può darsi che basti quello a bloccare il complotto, di qualunque cosa si tratti.

Nella voce del capo, ferma e solida come sempre, serpeggiava un fondo di inquietudine. Non proprio panico, ma quasi.

– E tu, *patron*? – chiese Lacoste.

– Andrò a cercare Dom Philippe. Voglio scoprire dove si è diretto dopo aver lasciato il monastero.

– A Roma, *non*? – chiese Beauvoir.

– Certo, ma è impossibile che sia saltato subito su un aereo. Come ci è arrivato in Italia?

– Ha chiesto aiuto, – rispose Lacoste. – A parenti o amici.

– Sí, non c'è altra spiegazione. Devo scoprire chi sono. Chi l'ha ospitato, chi l'ha consigliato. E forse con un po' di fortuna troverò anche lui. Se è stato a Roma, verosimilmente non si è trattenuto granché. L'hanno visto a Three Pines non molti giorni fa –. Gamache si strofinò la fronte. – Sta di fatto che presto ci toccherà diramare l'allerta. Dovremo comunicare con i sindaci, con il premier e con i responsabili degli impianti di depurazione idrica. Allertarli del pericolo. Ad aspettare rischiamo grosso.

Jean-Guy e Isabelle si scambiarono uno sguardo. Non invidiavano il capo. Attendere era stata una sua scelta. E avrebbe deciso lui quando uscire allo scoperto.

Se i terroristi nel frattempo avessero colpito, Gamache sarebbe stato responsabile almeno in parte della morte di migliaia di persone. Ne era consapevole: si capiva dai solchi ancora piú profondi sul suo viso.

– Il lato positivo, – continuò Gamache, – è che se almeno uno di noi riesce nell'impresa abbiamo buone probabilità di bloccare il complotto. Se troviamo uno qualsiasi dei monaci, avremo delle risposte. Se troviamo il computer e i quaderni, forse avremo addirittura il quadro completo.

– *Pardon*, – Simon si era avvicinato ai tre poliziotti senza fare rumore. Sembrava sulle spine. – Se ho capito bene, parlavate dei familiari di Dom Philippe.

– Ne sa qualcosa? – chiese Gamache. – Ci ha detto che tutti i dati personali di Philippe sono stati bruciati.

– Sí, ma una cosa la so.

Beauvoir squadrava il monaco come se fosse tentato di saltargli al collo. – Cosa?

Comprensibilmente, Simon scelse di rivolgersi a Gamache. – L'abate teneva una fotografia nella sua cella. Quando è partito l'ha portata con sé. Era una foto di lui prima che entrasse nell'ordine, doveva avere poco piú di vent'anni. Insieme a lui c'erano una bambina e una giovane donna. La sua famiglia, credo.

– Dom Philippe era sposato?

– Non lo so. Può darsi. La ragazza sarebbe potuta essere sua moglie. La bambina una figlia.

– C'era scritto qualcosa sul retro? – chiese Gamache.

Conoscendo Simon come un uomo curioso e con poco senso del limite, Gamache dava per scontato che quella foto l'avesse studiata per bene. Probabilmente non si trovava in bella mostra: era nascosta in un cassetto o tra le pagine di un libro. E Simon ficcanasando in giro l'aveva trovata. Poco importava. L'unica cosa importante era che il monaco, in virtú di quel suo oltraggio alla fiducia e alla privacy dell'abate, ora aveva l'opportunità di salvare migliaia di vite.

Simon scosse la testa. – No, nulla.

– Può descrivere lo sfondo? Ha riconosciuto qualcosa?

– Erano in piedi davanti a quella che pareva una capanna costruita sulle rocce. C'era un'aria, – Simon cercò la parola esatta, – desolata.

– Philippe non ha mai parlato della sua famiglia? Del suo luogo d'origine? – insisté Gamache. – Se sa qualcosa, deve dircelo subito. Non gli sta facendo un favore a mantenere il segreto. Ci sono buone probabilità che sia in pericolo. Dobbiamo rintracciarlo.

– *Désolé*. Non so altro.

Scrutando quel monaco cocciuto, per la prima volta Gamache comprese la tentazione di estorcere informazioni con la violenza. Schiaffeggiarlo. Pestarlo con il calcio della pistola. Tempestarlo di secchiate d'acqua o fare qualunque altra cosa potesse persuaderlo a salvare la vita di tanti altri. A salvare la propria famiglia.

Lui non sarebbe mai arrivato a tanto, almeno cosí credeva. Però capiva la frustrazione, la paura, la tensione che spingevano individui apparentemente normali a torturare un interrogato in certe circostanze. Come diceva suor Helen Prejean: «Ogni persona vale piú della sua peggiore azione».

Armand si sentiva vertiginosamente vicino alla sua peggiore azione.

Mentre il monaco veniva invitato a salire su un'auto senza contrassegni, Jean-Guy e Isabelle sembravano preoccupati.

Alla fine fu Jean-Guy a formulare la domanda.

– Andrai a Ottawa?

Gamache si bloccò con la mano sulla portiera, dal lato del guidatore. Era chiaro cosa intendesse Jean-Guy. E lui non sapeva proprio cosa rispondere. Posò un braccio sul tettuccio della macchina e guardò i suoi due vice.

– A parlare con Jeanne Caron, dici.

– Sí.

– Posso andarci io, – si offrí Isabelle.

– *Non*, – ribatté Gamache. In fretta, quasi con malgarbo. Poi tentò di rimediare. – Grazie per l'offerta, ma è un confronto che devo avere da solo. Non subito, però. Prima mi serve sapere di piú. Aspetto da voi le munizioni. Una granata, se possibile.

– Sappiamo che il pacco con dentro il soprabito è partito da Caron, per cui anche l'irruzione nel tuo appartamento è opera sua. Non basta per incriminarla?

– Uscirebbe nel giro di poche ore, forse minuti, – rispose Gamache. – E avrebbe la certezza che siamo sulle sue tracce. Se invece stiamo buoni, con un po' di fortuna, non è detto che mangi la foglia.

Non sa che le telecamere di sorveglianza alla Missione l'hanno ripresa insieme a Charles, e che noi l'abbiamo vista. O almeno spero.

– Lo spero anch'io, – sospirò Beauvoir.

– Isabelle, – riprese Gamache, come se l'avesse colto un pensiero improvviso. – Se ricevessi una lettera in cui tutte le *B* sono sottolineate, cosa penseresti?

Anziché scoppiare a ridere di fronte a quella domanda apparentemente demenziale, Lacoste si mise a riflettere. Nel silenzio, Jean-Guy canticchiò a bocca chiusa una vecchia canzone dei Beatles.

– Penserei che il mittente stia cercando di dirmi qualcosa.

– Sí, ma cosa? Segreti della Curia e del Vaticano?

Lacoste sorrise. – In linea di massima non sarebbe il mio primo pensiero, *patron*.

Anche Gamache sorrise. – Scusa. Non ti ho spiegato bene. Il primo biglietto per Frère Sébastien veniva da una persona interna alla Curia. Tutte le lettere *B* erano sottolineate. Come se fosse uno stratagemma per farsi identificare.

– Interessante.

– Quando sei in Vaticano, fai attenzione a tutti i nomi che cominciano per *B*.

– Secondo te il riferimento è al nome?

– Mi sembra probabile, sí.

Come avrebbero scoperto in seguito, l'ispettore capo aveva preso un granchio. E bello grosso.

Capitolo 24

Isabelle Lacoste salí sul volo di coincidenza per Roma. Non sarebbe atterrata prima delle dieci di sera ora locale. Troppo tardi per fare una capatina in Vaticano. Le sarebbe toccato aspettare il mattino dopo.

Mentre lei si strizzava nel purgatorio del sedile di mezzo per la lunga traversata aerea, Jean-Guy Beauvoir entrava nell'archivio centrale dell'ordine domenicano del Québec. Da qualche parte, in uno di quei fascicoli, si nascondeva Frère Sébastien.

– Capita spesso che i monaci e i sacerdoti cambino nome di battesimo? – chiese all'archivista.

– Be', scegliere un altro nome dopo aver preso i voti è una pratica diffusa: adesso quanto nel passato.

– L'uomo che sto cercando è piuttosto giovane, poco oltre i trent'anni.

– Si chiama Sébastien, ha detto?

– Sí, ma non so se sia il nome di nascita o quello che ha scelto dopo.

– Sébastien è una delle opzioni piú comuni –. Dal tono dell'archivista pareva che stessero discorrendo di una marca di stivali o di una destinazione vacanziera. – Tra i maschi, almeno. È il patrono dei soldati, e per ragioni misteriose anche dei ciclisti. Stando all'agiografia era molto virile, anche se fu salvato da una donna. Sant'Irene. Temo che molti dei nostri Frère Sébastien abbiano rimosso quella parte della storia.

Pronunciò l'ultima frase come se i confratelli fossero cloni usciti da una trama di fantascienza.

Quindi cercò un'immagine sul computer. – Questo è esposto al Louvre.

Beauvoir soffocò a stento una risata. Il dipinto mostrava un uomo incatenato a una colonna e trafitto da innumerevoli frecce. La cosa buffa non era il contesto, ma l'espressione che Sébastien aveva in viso. Durante la tortura, pareva solo leggermente stizzito.

Jean-Guy si accomodò a una delle scrivanie e passò in rassegna i registri. Vecchi e semplici schedari, non ancora trasferiti su supporto elettronico. Eppure il lavoro si rivelò meno impegnativo del previsto: negli ultimi tempi la popolazione maschile del Québec sembrava aver cessato di prendere i voti, specie quelli per l'ordine domenicano.

Dall'altra parte della città, Gamache era approdato all'arcidiocesi di Montréal in cerca di Dom Philippe.

– Il gilbertino? – gli domandò il giovane sacerdote al banco dell'accoglienza. – Quello che ha inciso i dischi?

– *Oui*, proprio lui, – rispose Gamache nel suo tono piú affabile. Quindi aggiunse *mon père* in segno di rispetto, sebbene avesse l'età per essere lui stesso il *père* del giovane.

In fondo i novizi erano simili ai medici tirocinanti o alle matricole della polizia. Venivano trattati dai superiori con un miscuglio di paternalismo e insofferenza: qualsiasi parola di rispetto che non provenisse dalle loro madri suscitava gratitudine.

Gamache osservò l'imponente ritratto sul banco. Raffigurava un tipo solenne con una mantella rossa appuntata sopra a una semplice tonaca nera e a un collarino ecclesiastico. Gamache tenne gli occhi sul volto familiare un secondo in piú di quanto sarebbe stato normale, quindi tornò a rivolgersi al novizio.

– Sua Eminenza è in sede? Gli ruberei solo qualche minuto.

– Al momento l'arcivescovo Fleury è a un pranzo di lavoro. Dovrebbe rientrare all'incirca tra un'ora, ma temo che oggi abbia l'agenda piena.

Gamache non ne aveva nessuna voglia, ma capí di non avere scelta. Tirò fuori il distintivo.

– Sono l'ispettore capo Gamache. Il capo del dipartimento Omicidi della Sûreté. Non è mia intenzione far perdere tempo all'arcivescovo, ma ho davvero necessità di parlargli.

– In effetti avevo l'impressione di averla già vista. Al telegiornale, ecco dove.

Il novizio si guardò intorno con aria circospetta e aggiunse: – L'arcivescovo ha fatto qualcosa di male?

– *Non*, assolutamente. Mi servono solo informazioni a proposito di Dom Philippe, il quale a sua volta non ha fatto nulla di male.

– Oh.

Il giovane stava per scribacchiare il nome di Gamache nel registro, ma lui lo bloccò.

– È meglio che questo incontro ce lo teniamo per noi. Discrezione.

– Certo. Torni alle due e mezza.

– *Merci*.

L'ispettore capo Gamache uscí dalla diocesi senza fretta. Poi fermò un taxi con il braccio teso. – Andiamo al quartier generale della Sûreté, – disse. Dopo neanche due minuti, cambiò idea. – Accosti qui, per favore.

– Dovrò fare il giro dell'isolato. Qui non si può sostare.

– D'accordo.

Gamache scese dal taxi ed entrò al Musée des Beaux-Arts di Montréal. Si fermò nel celebre atrio con il soffitto a doppia altezza per fare una telefonata. A Londra.

– Caufield, sono Gamache.

– Armand. Non ci sentiamo da quando eri il capoccia di tutta la Sûreté e hai avuto la pessima idea di farti silurare. Cosa vuoi? Devo lavorare.

Sherry Caufield era la capa del dipartimento di Controspionaggio del Regno Unito. Era lei a guidare il comitato internazionale per le emergenze. Gamache trovava incredibile che non avesse ancora scatenato una guerra tra Stati.

– Sai nulla di quel gossip sull'acqua potabile di Montréal, Sherry?

Una pausa. Quando rispose, il tono di Caufield era diverso. – Tu cosa sai di preciso?

– È solo un'ipotesi, ma...

Era su quel «ma» che bisognava indagare, naturalmente.

– Mandami quello che hai, mi ci dedico il prima possibile. Al momento non mi risulta nulla.

– *Merci*. Se la minaccia fosse concreta, come agirebbero?

– Lo sai come, c'eri dentro anche tu al comitato.

– Sono passati anni. Mi ricordo tante cose ma non tutte, e nel frattempo è possibile che le regole siano cambiate. Che si siano evolute. Cosa ti dice la parola «Chartreuse»?

– È un colore?

– Forse, ma soprattutto una roba da bere.

– Credo che se volessi avvelenarmi sceglierei un'altra cosa. Perché?

– Nel corso delle indagini questo nome è saltato fuori diverse volte. Tanto da farmi pensare che uno o piú gruppi lo usino come codice.

– Cosí su due piedi non mi dice nulla. Verificherò. Prima mi hai chiesto come farebbero a contaminare l'acqua potabile.

– *Oui*.

– Non è facile come si può pensare, e di certo non come vogliono farci credere i complottisti. Per ottenere minime probabilità di successo, un'organizzazione deve avere accesso a tre cose. Primo, devono hackerare i computer e bypassare l'apparato di sicurezza dell'impianto di depurazione. Secondo, uno di loro deve infiltrarsi nella struttura per contaminare fisicamente il sistema. Terzo, l'infiltrato deve avere con sé il veleno. Preferibilmente in forma liquida, e in un contenitore che non desti sospetti nella security. Magari uno di quei dispenser per medicinali, o un flacone di shampoo da viaggio.

– E il veleno?

– Non sarebbe Chartreuse, questo posso assicurartelo.

– Bene.

– C'è il sarin, un gas nervino in forma liquida. È

solubile e ha una buona tradizione alle spalle. Pensa a cos'è successo in Giappone. Però è instabile. Negli ultimi tempi l'ipotesi di un'arma biologica da usare nell'acqua potabile va molto di moda. Diverse sostanze sono state adattate allo scopo. L'antrace. La febbre Q. La ricina. Io però al posto loro userei il botulino.

– Il botulino?

– Esatto. Una neurotossina. Agisce sui muscoli. Causa paralisi. Secondo gli ultimi dati, un grammo può uccidere un milione di persone.

Gamache si avviò verso il grosso blocco di cemento nell'atrio del Musée. Lo raggiunse appena in tempo: gli cedettero le gambe e ci crollò sopra.

Guardò davanti a sé con sguardo vacuo, assimilando ciò che aveva appena ascoltato.

– Si può versare nell'acqua? – Per quanto ne sapeva, non tutte le neurotossine conservano le loro proprietà nell'acqua.

– Sí. E ricordati, Armand, che si diffondono nell'aria microgoccioline di acqua anche quando la versiamo, per cui la tossina avrebbe anche diffusione aerea.

Stordito, Armand si obbligò a non perdere lucidità. – Dove si trova il botulino?

– Lo chiamano il veleno dei miracoli. È da lí che viene il botox della medicina estetica. In questo caso è una classe di tossine completamente diversa.

– Dove, Sherry. Dov'è che si può trovare abbastanza veleno da intossicare una metropoli?

Una pausa. – Be', non ci vorrebbe molto…

– Va' avanti.

– Non sappiamo che fine abbia fatto.

– Non capisco.

– Dopo lo scioglimento dell'Unione Sovietica, anche i loro programmi sulle armi biologiche sono stati abbandonati. E quando le autorità occidentali li hanno cercati, gran parte di quei programmi erano scomparsi.

– Sí, questo lo so. Ma è successo decenni fa. Se una qualsiasi organizzazione terroristica li avesse trafugati, a questo punto li avrebbero già messi in pratica.

– Esiste anche il terrorismo domestico, controllato dai governi interni.

Gamache pensò a Caron e al vicepremier. Non rispose.

– C'è dell'altro, Armand. Le potenze occidentali, specie gli Stati Uniti, hanno i loro programmi sulle armi biologiche. In teoria sono stati congelati dopo la Biological Weapons Convention, ma a quel punto la frittata era fatta.

– Secondo la delibera, tutte le armi andavano distrutte.

– Cosí sostengono di aver fatto.

Armand scattò in piedi in modo talmente brusco che le guide del Musée lo fissarono allarmate. Uno venne verso di lui, ma fu bloccato da un collega che evidentemente aveva riconosciuto l'ispettore capo.

– Dove vuoi arrivare?

– Non c'è nulla di ufficiale, ma nelle comunità di intelligence è opinione generale che gli Stati Uniti abbiano perso traccia di una buona percentuale delle loro tossine biologiche.

– A chi devo chiedere?

– Al nostro amico comune. Ma è meglio che non

lo contatti per telefono. Usa un'app di messaggistica sicura e incontratevi di persona. Non puoi dirmi altro? Che sospetti hai? Devi averne per forza.

– Non posso parlarne.

– Allora è qualcuno che conosco. Perché una minaccia del genere arrivi cosí lontano, serve qualcuno che abbia dimestichezza con le unità antiterrorismo. Qualcuno che sappia come nascondersi.

Caufield aspettò la replica di Armand, ma lui si limitò a chiedere: – Qual è l'antidoto al botulino?

– Si chiama BAT. È un'antitossina.

– Quanta ne abbiamo?

– Non abbastanza.

Gamache riagganciò, lo sguardo distante. Il volto terreo. Una smorfia cupa in volto.

Alla guida che aveva provato ad avvicinarsi venne naturale paragonarlo alla statua dall'altra parte di rue Sherbrooke. Tra i due c'era una somiglianza sinistra. L'uomo sul piedistallo, con indosso una tonaca logora, guardava fisso davanti a sé. Aveva un'espressione colma di sgomento. Di orrore.

Armand Gamache, nell'atrio luminoso del Musée, guardava fisso davanti a sé. Aveva un'espressione colma di orrore.

Non c'erano molte differenze tra il capo della Omicidi della Sûreté e il borghese di Calais di Rodin. Entrambi stavano affrontando l'inconcepibile.

Capitolo 25

Sulla porta dell'ufficio, Gamache fu fermato dalla sua assistente. – Il commissario ha chiesto di vederti. Sembra un po' incazzata.

Gamache posò il borsone sul pavimento e chiuse la cartina nel cassetto della scrivania. Poi si diresse all'ultimo piano del quartier generale, preparandosi all'ennesima lavata di capo. Se la meritava. E poi quel colloquio faceva comodo anche a lui. Ecco perché era tornato in centrale.

Erano le due meno dieci. Se voleva arrivare in orario all'appuntamento con l'arcivescovo, doveva sbrigarsi a incassare la ramanzina.

– Dove sei stato? – lo investí la Toussaint.

– Ho fatto un giro a vuoto, – Gamache crollò su una sedia come se fosse esausto. – Ho preso un aereo per andare dai gilbertini che ci hanno sbattuto la porta sul muso.

– Perché siete andati lí? – All'apparenza, Toussaint sembrava davvero stupita.

– Ah, non chiedermelo.

– Invece sí, te lo chiedo. Hai preso un mezzo della Sûreté e sei scomparso nel nulla.

Gamache fu lieto di aver raccontato almeno una parte della verità. La parte che Toussaint poteva verificare, come aveva già fatto.

– Il giovane biologo che hanno ucciso nell'attentato lavorava per uno di quei gruppi ambientalisti, l'Action Québec Bleu.

Mentre parlava con voce monocorde, quasi annoiata, Gamache non perdeva d'occhio le reazioni di Toussaint. – Uno dei laghi che stava monitorando si trova lassú, è quello su cui sorge il monastero. Ho pensato: magari i monaci ci dànno una mano. Forse aveva alloggiato da loro, si era sbottonato in qualche modo. Loro però dicono che non l'hanno visto. E che di certo non l'avrebbero ospitato.

– Dunque non hai idea del perché fosse salito lassú?

– A quanto pare monitorava laghi a macchia di leopardo in cerca di agenti inquinanti. Pioggia acida, mercurio e via dicendo. È stato uno spreco di tempo. Mea culpa.

Gamache si alzò in piedi e notò che il commissario Toussaint lo stava fissando in modo strano.

– Non è da te sprecare tempo e risorse, Armand. Va tutto bene?

Lui esalò un sospiro. – Vuoi la verità? Brancolo nel buio, Madeleine. Ci dev'essere un motivo per cui Langlois è stato ucciso. Qualcosa deve avermi detto, a qualcosa deve aver alluso. Ma non capisco cosa. Mi sento responsabile, non so dove sbattere la testa. Tu puoi aiutarmi, Madeleine?

Ora aveva l'aria di un vecchio ispettore che cominciava a perdere colpi. A perdere lo smalto di un tempo.

– Se fossi in te andrei a casa e mi prenderei un giorno di riposo. Domani sarà tutto piú chiaro. Non c'è fretta.

– È un buon consiglio, lo seguirò. *Merci*.

Gamache appuntò mentalmente che un commissario della Sûreté l'aveva sostanzialmente esortato a rallentare un'indagine. Avviandosi all'ascensore, Gamache rivolse distratti cenni di saluto ai colleghi e si assicurò di avere l'aria abbacchiata. Non troppo, ma abbastanza da alimentare le chiacchiere.

Alcuni si voltarono e lo fissarono apertamente. Gamache sembrava l'ombra dell'ufficiale autorevole che aveva calcato i corridoi fino a qualche giorno prima.

Arrivato al suo ufficio, chiuse la porta e tirò fuori la cartina di Langlois. Erano le due e venti. Era in ritardo per l'appuntamento. Arrotolò la cartina, la rimise nel borsone e si diresse rapido alla porta. Appena prima di superarla si bloccò, fece marcia indietro e si fermò davanti alla gigantesca cartina del Québec appesa alla parete.

Stava sprecando secondi preziosi, ma indugiò lo stesso a contemplarla.

Infine scattò diverse foto. Mentre usciva, sfiorò con gli occhi il poster incorniciato sulla porta. Le ultime parole del poeta Seamus Heaney.

Noli timere.

Non avere paura.

– Devo partire per Washington, *patron*, – disse Beauvoir.

All'arrivo della chiamata Gamache era in macchina, diretto all'arcidiocesi.

– Non è che vuoi evitare di tornare a Three Pines?

Poco prima aveva chiamato Reine-Marie e aveva sentito in sottofondo urla belluine. Il genere di strilli spacca-timpano che solo i bambini sono in grado di produrre.

– In che senso? – ribatté Jean-Guy. – Stai insinuando che dovrei avere paura di sei bambini sotto i dieci anni?

Anche lui aveva parlato con sua moglie. Annie era sull'orlo delle lacrime.

«Hanno trovato i marshmallow, Jean-Guy. Li hanno mangiati quasi tutti, e i pochi rimasti sono riusciti ad appiccicarli al soffitto. Com'è possibile? – In un sussurro, Annie aveva aggiunto: – Sono dei mostri».

– Okay, – disse Armand. – Perché proprio Washington?

– Credo di aver trovato il nostro uomo.

– Quale dei tanti?

– Sébastien. È saltato fuori che quello è il suo vero nome. Sébastien Fontaine. Nato a La Tuque. C'è una foto di lui che prende i voti da domenicano. È un po' datata, ma presumo che non sia cambiato molto.

– Girala a Isabelle.

– Ho girato il file a entrambi. Per un periodo Sébastien ha insegnato in seminario a Washington, e credo sia lí che ha incontrato l'altro domenicano. Interrogherò lo staff e gli altri insegnanti per scoprire a chi era vicino. Mi concentrerò sui nomi che iniziano per *B*.

– Ottimo. E già che sei lí, ti chiederei di parlare con qualcun altro. Con un esperto di biotossine scomparse. Organizzo tutto io.

– Biotossine scomparse?

Armand era arrivato. Svoltò nel parcheggio della diocesi e aggiornò Beauvoir sulle ultime scoperte. All'altro capo, mentre Jean-Guy assorbiva le informazioni, ci fu una lunga pausa. – Salto sul primo volo e torno il prima possibile. Mi auguro solo che a quel punto Annie sia riuscita a raschiare i marshmallow dal soffitto.

Armand aggrottò la fronte. A lui non risultava nessuna battaglia a colpi di marshmallow. Jean-Guy doveva sempre scherzare...

– *Patron*, non hai pensato che forse Charles Langlois è stato ucciso perché ha scoperto che il vicepremier ha approvato non solo il nuovo tetto all'inquinamento ma la svendita delle nostre aziende agli americani? Probabilmente Lauzon ha incassato delle mazzette. Se dovesse saltare fuori, per lui sarebbe la fine.

– Sí, è possibile. Dobbiamo seguire entrambe le piste.

– Però...

– Però io non sottovaluterei l'ipotesi del cavallo fantoccio.

– Certo, il cavallo fantoccio. Che diavolo è?

Sia Beauvoir che Lacoste erano abituati alle strane espressioni del capo. E almeno quella, *cavallo fantoccio*, non era in rima. – Lo usano i cacciatori. È un fantoccio zoomorfo che serve a nascondere i loro intenti predatori.

– Tipo specchietto per le allodole? – Beauvoir ci pensò su. – Sí, ci sta.

Gamache ci aveva già riflettuto, e sapeva che se i terroristi stavano davvero pianificando di avvelenare l'acqua in Canada, avrebbero cercato di dirottare l'opinione pubblica su uno scandalo agli antipodi. Come la vendita agli americani di industrie primarie.

– Mettiamo che sia cosí, – disse Beauvoir. – Che ai terroristi facesse comodo rendere pubbliche quelle concessioni per spostare l'attenzione dal resto. In quel caso Lauzon sarebbe stato nella merda. E non avrebbe avuto senso ammazzare Langlois, che a loro è servito da megafono.

Erano obiezioni sensate. In ogni caso Quel Politico era vulnerabile. Possibile che anche Caron, il suo braccio destro, avesse deciso di voltargli le spalle? Il vicepremier del Canada coinvolto in una compravendita illegale di aziende in cambio di tangenti sarebbe stato un ben cavallo fantoccio.

– Teniamoci aggiornati.

Armand era già in ritardo per l'appuntamento con l'arcivescovo, ma si concesse altro tempo per aprire la app di messaggistica sicura, scrivere un messaggio al suo contatto a Washington e fissare l'appuntamento con Beauvoir. Infine, prima di entrare, telefonò a David Lavigne, il vicecommissario della Royal Canadian Mounted Police.

– David, sono…

– Sí, lo so. Stavo per chiamarti. Aspettavo solo la conferma definitiva. Hai presente quella riunione che dovevo fare con Caron? Il vicepremier mi ha sospeso dal dipartimento di Cooperazione. Non ho piú accesso alle informazioni del comitato in materia di terrorismo nazionale e internazionale. Posso procurarmele tramite altri canali, ma ci vorrà piú tempo.

– Secondo te sanno che stiamo facendo domande?

– No, impossibile. È solo che nel comitato Lauzon vuole mettere i suoi. E ho scoperto un'altra cosa. Pare che in segreto abbia fatto una trasferta a Ste Émiline.

Gamache rimase zitto. Quella sí che era una notizia. – Dici che è colluso con la mafia?

Ste Émiline si trovava nelle Lower Laurentians, a nord di Montréal. Era nota per essere un'enclave della mafia.

– Un po' eccessivo, no? – aggiunse Armand. – Hai un legame con la criminalità organizzata e ti presenti di persona a casa di un boss.

– I politici sono arroganti. Secondo me è convinto di poter fare tutto quello che gli pare.

Armand non era d'accordo. Per quanto arrogante, uno non arrivava alla carica di vicepremier senza un buon istinto di sopravvivenza. Quella era una mossa da coglione, punto.

Benché la revisione del tetto all'inquinamento e la cessione di aziende agli americani, con il suo nome stampato sopra, non fossero manovre piú sagge.

Forse Lauzon era insieme stupido e arrogante. Le due cose spesso andavano a braccetto.

– E se Jeanne Caron l'avesse tradito? È lei che gli organizza gli appuntamenti. Forse l'ha mandato lí sapendo che lo tenevano d'occhio.

– È possibile, Armand. Non ne so ancora molto. Non voglio far partire falsi allarmi.

A quel punto Armand si ricordò del secondo motivo per cui aveva chiamato il vicecommissario.

– A Montréal ci sono sei impianti di depurazione dell'acqua potabile. Devo capire qual è il piú vulnerabile e chi potrebbe infiltrarsi nel sistema.

– Be', te lo dico io. Qualsiasi hacker esperto può penetrare nel sistema. Una volta sviluppato, il sistema può anche essere hackerato.

– Mi servono dei nomi. Ah, un'ultima cosa. Ti è giunta voce di un nullaosta che consentirebbe a multinazionali americane di comprare aziende chiave del nostro settore primario?

– Impossibile. C'è una legge federale che stabilisce che le quote di maggioranza devono restare a investitori canadesi.

– Credo che negli ultimi mesi Charles Langlois abbia scoperto che alla legge sono state applicate diverse eccezioni. Sarebbe possibile farlo di nascosto dal dipartimento di Cooperazione?

Una lunga pausa, mentre David Lavigne soppesava la domanda.

– In teoria sí. Il dipartimento di Cooperazione è un comitato di consulenza, non un organo esecutivo. Il nostro focus principale è l'antiterrorismo.

– Però servirebbe l'approvazione del vicepremier.

– *Oui*.

Mentre Jean-Guy correva in aeroporto per imbarcarsi sul primo volo per Washington e Lacoste sorvolava l'Atlantico in viaggio per Roma, l'ispettore capo Gamache entrò alla diocesi e si ritrovò di nuovo al cospetto del giovane sacerdote.

– *Désolé, mon père*. Ho diversi minuti di ritardo.

– Non si preoccupi. Sua Eminenza la sta aspettando. Mi ha detto che in passato vi siete già conosciuti.

– Sí. Lo ricordo bene.

Quel giorno Armand l'aveva impresso nella memoria. Quello in cui l'arcivescovo aveva celebrato i funerali dei suoi agenti rimasti uccisi nel blitz alla fabbrica.

Lo stesso Gamache era rimasto gravemente ferito, e Jean-Guy ancora peggio. Però entrambi erano sopravvissuti, e Armand era riuscito a partecipare ai funerali. Aveva marciato con determinazione alla testa del corteo che si snodava lungo la città. Era incespicato, in modo quasi impercettibile, solo sugli ultimi gradini della cattedrale.

Al suo ingresso, i presenti si erano alzati in piedi con un tramestio che era risuonato nel grosso spazio vuoto. Poi c'era stato silenzio. Assoluto, soverchiante.

L'ispettore capo Gamache, con indosso la divisa ufficiale, si era fermato sulla soglia con tutti gli occhi addosso, si era levato il cappello e aveva scrutato la lunga navata. Aveva temuto di non farcela. Poi però aveva pensato ai suoi agenti. A quelli morti. A quelli brutalmente feriti. Alle famiglie.

Aveva fatto un respiro profondo e si era deciso. La mano destra gli tremava, con la sinistra stringeva il cappello, eppure era riuscito ad abbozzare un inchino. Isabelle Lacoste era accorsa al suo fianco. Per sicurezza.

In caso gli servisse aiuto.

Poi Armand Gamache si era raddrizzato e aveva percorso la navata per accompagnare un'ultima volta gli agenti chiusi nei feretri alle sue spalle.

Sí, quel giorno se lo ricordava.

L'incontro con l'arcivescovo era stato breve. Si erano stretti la mano al termine della cerimonia. Eppure poco prima tra loro era passato uno scambio piú intimo, piú significativo.

Sulla soglia, Gamache aveva contemplato la lunghissima navata. Alle sue spalle i feretri, gli agenti della squadra e i rappresentanti delle istituzioni provinciali, nazionali e internazionali. Mentre esitava sul portone della cattedrale, mentre valutava la situazione, aveva incrociato gli occhi del religioso.

Nessuno dei due aveva distolto lo sguardo, e Gamache aveva avuto la sensazione che l'arcivescovo lo invitasse a venire avanti. Che gli offrisse sostegno nello straziante tragitto verso l'altare.

Gamache non aveva rallentato finché si era trovato alla meta, aggrappandosi al banco mentre i feretri dei giovani agenti che aveva addestrato, condotto in quella ex fabbrica e stretto tra le braccia al momento della morte venivano issati sulla pedana. A quel punto il silenzio si era infranto. La cattedrale si era riempita dei singhiozzi di madri e padri, sorelle e fratelli. Mariti, mogli, compagni e figli.

Solo in seguito, guardando la foto sul giornale, si era accorto di avere il viso bagnato di sudore. O di lacrime.

– Ispettore capo, – la voce dell'arcivescovo Fleury lo riportò al presente.

– Sua Eminenza.

Gamache strinse la mano del gioviale arcivescovo, quindi lo seguí nel suo ufficio privato. Si era chiesto cosa avrebbe provato nel rivederlo. Nel guardarlo negli occhi. Il dolore lo avrebbe investito di nuovo?

Ma la verità era che a quei giovani agenti pensava di continuo. Li portava con sé ogni giorno, ogni passo che faceva. Non aveva bisogno di rinfrescare il ricordo.

La vista del religioso gli comunicò un senso di pace.

Fleury gli indicò una poltrona e si accomodò di fronte a lui nell'ufficio comodo, luminoso, leggermente caotico.

– Perdoni il disordine. Non riesco a pensare, se tutto è lindo e immacolato. Detto tra noi, l'ordine perfetto mi intimorisce. Padre Thomas, per esempio, – accennò alla porta e al giovane sacerdote dall'altra parte, – mi mette una paura del diavolo.

Il bel volto dell'arcivescovo si aprí in un sorriso. Aveva passato da un pezzo i settanta, ed era piú vitale e attivo di molti con la metà dei suoi anni.

– Mi ha detto che è venuto a proposito di Dom Philippe. Come posso aiutarla?

Il sorriso si spense, gli occhi penetranti rimasero fissi su Armand. Intenti, ancora gentili. Ma con un fondo imperscrutabile. Come quelli di Armand.

– Mi servono informazioni sul suo passato.

– Il motivo? – La voce non era piú cosí cordiale.

– Ho solo alcune domande da porle. Dom Philippe non ha fatto nulla di male, glielo assicuro.

– Allora perché queste domande non le rivolge a lui?

– Preferisco la discrezione. Mi capirà, Sua Eminenza. Sia io che lei dobbiamo proteggere le parole che ci vengono affidate.

L'arcivescovo annuí. – Forse non sa che io e Philippe abbiamo studiato insieme, secoli fa. Al Grand Séminaire di Montréal. Non lo conoscevo bene, ma posso dirle che non si chiama Philippe. È il nome che ha scelto nel prendere i voti.

– Ricorda il suo nome di nascita?

– No. Come ho detto, non lo conoscevo bene. Se lo ricordo è perché anche allora era uno strano personaggio. Stravagante. Come il suo accento.

– L'accento?

– Sí. Aveva un forte accento e uno strano vocabolario.

– L'accento *joual*? – Gamache sentí un fremito di eccitazione. Ecco perché Charles Langlois conosceva l'abate. Ecco come gli era venuto in mente di nascondere la cartina al monastero. Erano parenti? Venivano dallo stesso quartiere? Di generazioni diverse, ma cresciuti per strada, a contatto con il *joual*.

– *Non*, il *joual* lo conosco. Quello di Philippe era piú bizzarro. Musicale. Naturalmente già allora era celebre per le sue doti canore.

– In quali anni avete frequentato il seminario?

L'arcivescovo snocciolò le date e aggiunse: – Philippe era molto brillante. Restammo tutti sorpresi quando scelse la vita monastica anziché il sacerdozio. E ancora piú sorpresi quando decise di unirsi ai gilbertini. Molti di noi erano convinti che quell'ordine non esistesse piú.

– Secondo lei perché l'ha fatto?

– Un ordine di clausura di cui nessuno si ricordava piú, nel mezzo del nulla, era il luogo migliore in cui nascondersi.

– Voleva nascondersi? Da cosa?

– Forse da quella vocina in fondo alla testa di molti giovani uomini che sussurra loro che non sono degni d'amore.

– Non solo giovani e non solo uomini.

– Sí. Però alcuni, quando capiscono che Dio ci

ama per come siamo, preferiscono erigere un muro intorno a sé. Rifugiarsi lí dietro con la paura che appena fuori quella voce li assalga di nuovo.

Gamache pensò alle mura alte e spesse di Saint-Gilbert-Entre-les-Loups.

Gli venne il sospetto che l'arcivescovo la sapesse piú lunga di quanto dava a intendere. Come lui, del resto. Erano entrambi bravi a custodire i segreti.

– Ce l'avete un annuario?

L'arcivescovo sorrise. – No, ispettore capo. Il seminario non è una confraternita universitaria. Ma posso metterla in contatto con il sacerdote che all'epoca era il piú caro amico di Philippe, se non ricordo male. Adesso è in pensione.

Dopo aver chiesto al suo assistente di cercare il contatto dell'amico, Fleury si alzò.

– Le auguro di trovare ciò che le serve. Vada in pace, Armand.

– La pace sia con lei –. Come quel giorno di tanti anni prima, Gamache sostenne lo sguardo dell'arcivescovo. – *Merci*.

Capitolo 26

Subito dopo l'atterraggio, Jean-Guy aprí il messaggio con le informazioni del contatto di Washington.

Lesse il nome e si accigliò. Guardò l'orologio. Prima di presentarsi al bar dell'hotel *Hay-Adams* aveva tempo per fare un salto al seminario dove Sébastien aveva tenuto dei corsi.

– Come posso aiutarla?

Suor Joan non arrivava ai quarant'anni. Era molto piú giovane di quanto Beauvoir si fosse aspettato. Agli antipodi dei preti e delle suore del suo vecchio collegio, che erano o sembravano tutti piú vecchi. Rinsecchiti. Severi. Incazzati. Stanchi. Infelici.

Il preside, *Père* Pierre, indossava una lunga tonaca nera, su cui spiccavano il collarino bianco e l'enorme croce d'avorio che gli ballonzolava sul petto.

Jean-Guy ricordava l'enorme Bibbia nera sulla scrivania. La croce. Il bastone.

L'odore del seminario gli era familiare. Disinfettante, gesso, incenso troppo dolce. Le pareti erano tinteggiate dello stesso verde chiaro del suo collegio. Una specie di Chartreuse sbiadito. Il colore della paura e dell'impotenza. Della vergogna, della colpa, di un peccato generico eppure generalizzato.

– Sto cercando informazioni su uno dei vostri ex insegnanti, – Beauvoir rimase sbalordito nell'udire la voce di un adulto uscire dal corpo del decenne che era stato. – Un certo Sébastien Fontaine. Originario del Québec. Un domenicano.

– Mi faccia dare un'occhiata.

La direttrice inforcò gli occhiali e andò a sedersi al computer. – Eccolo qui. Ha ragione, è stato uno dei nostri insegnanti, ma ha scelto di abbandonare il seminario.

– Per quale motivo?

La donna si tolse gli occhiali e scrutò Beauvoir dritto in viso. – Sono informazioni riservate.

– Speravo che fosse disposta a venirmi incontro…

– A infrangere il codice etico stipulato con docenti e allievi per un perfetto estraneo sbucato dal nulla? – La donna sorrise. – Lei al mio posto lo farebbe?

Malgrado il fastidio e la delusione, Jean-Guy capiva il punto di vista della donna. Capiva anche che la direttrice non era *Père* Pierre. Che quella non era la sua vecchia scuola. Che lui non aveva dieci anni.

– Non sono sbucato dal nulla. Per venire qui ho preso un aereo da Montréal. Sono un detective del dipartimento Omicidi, non le sto chiedendo informazioni per ammazzare il tempo. Conosce i colleghi che erano piú vicini a Sébastien Fontaine? Frequentava gli altri insegnanti? – Beauvoir esitò, poi decise di tentare il tutto per tutto. – Nello specifico cerco un altro domenicano, monaco o sacerdote. Un americano. Il suo nome comincia per *B*.

– Preciso e vago al tempo stesso, ispettore.

Eppure Beauvoir distinse chiaramente gli occhi

della direttrice guizzare verso lo schermo, quindi tornare su di lui.

– Mi spiace. Non posso rispondere alle sue domande.

– Mi ascolti, sorella, – disse Beauvoir. Il tono, la formula, perfino a lui la sua voce suonava come un'imitazione di James Cagney. – Non può dirmi proprio nulla sul conto di Sébastien Fontaine? Sul periodo che ha trascorso qui?

Silenzio.

– Sul perché se n'è andato?

Di nuovo, gli occhi della donna slittarono impercettibilmente verso il computer. Ore passate a mettere sotto torchio i sospetti e a interrogare testimoni, avevano allenato Beauvoir a cogliere ciò che in genere sarebbe passato inosservato.

Il tempo trascorso da Sébastien al seminario era irrilevante, la domanda cruciale era perché se ne fosse andato.

– Posso dirle due o tre cose, ispettore. A quanto risulta dal fascicolo, in seminario fratello Sébastien aveva stretto amicizia con due persone. Entrambe insegnanti.

– Sono ancora qui? Posso vederle?

– Purtroppo si sono trasferite.

– Dove?

– Questo non posso dirglielo. I loro nomi compaiono sul fascicolo solo per via di quello che è successo.

Beauvoir non osò parlare. Trattenne il fiato, pregando che la direttrice non si fermasse. – I tre avevano una passione comune. Con l'andare del tempo questa passione ha procurato loro dei guai, ed è stato a quel punto che fratello Sébastien è andato via.

Vedendo l'espressione di Beauvoir, la direttrice si affrettò ad aggiungere: – No, non si tratta della passione che crede lei. Anzi, se non sbaglio Sébastien vi si dedica ancora, con la piena benedizione della Chiesa. All'epoca però aveva superato quello che il seminario considerava un limite. Specie per un insegnante, un modello di comportamento.

– Qual è il limite a cui si riferisce? – Era una domanda che andava fatta, sebbene Beauvoir non si aspettasse una risposta.

La risposta non arrivò. Allora lui provò a girarci intorno. – Fratello Sébastien è andato via. Sembra tanto un eufemismo per «licenziato» –. La direttrice non rispose e lui proseguí. – Gli altri hanno avuto il permesso di restare.

– Sí.

– Però dopo qualche tempo anche loro hanno tolto il disturbo. Uno dei due ha seguito Sébastien a Roma?

Suor Joan fece una smorfia. Non si aspettava che lui sapesse di Roma. Si sforzò di ragionare, di formulare una risposta che non violasse il suo codice etico.

Beauvoir sorrise, tanto la risposta l'aveva già ottenuta.

Armand aveva appuntamento con l'amico piú caro di Dom Philippe in una brasserie nella cittadina di Saint-Alphonse-de-Granby, dove il sacerdote si era ritirato dopo la pensione.

Entrò, si guardò intorno e notò un tipo seduto da solo. Malgrado la folla, non ebbe difficoltà a individuarlo. Non era difficile riconoscere un prete in pensione.

– Padre David?

Il signore anziano si alzò un po' a fatica dal divanetto del séparé. – Monsieur Gamache.

– *S'il vous plaît.*

Con un cenno, Armand lo pregò di restare seduto e strinse la mano che l'uomo gli offriva.

Aveva l'aria fragile, ma emanava una serenità e un'allegria contagiose.

Armand scivolò nel séparé, e i due si misero a discorrere del meteo canadese e degli ultimi ingaggi nel campionato di basket, finché il cameriere portò al tavolo i sandwich con le bibite fresche.

– Mi ha chiesto di Dom Philippe. Come le ho detto al telefono, sono anni, forse decenni che non lo vedo.

– Lo so. Ma mi piacerebbe sapere tutto quello che ricorda di lui dai tempi della scuola.

– C'entra qualcosa con la morte di quel ragazzo? In tivú ho visto cosa gli è successo. A lui e a lei.

– Questo ancora non lo so. Nelle indagini, oltre a scoprire ciò che è importante, bisogna eliminare ciò che non lo è.

Armand fece una pausa per bere un sorso del suo tè freddo e il sacerdote sorrise. – Ecco una delle analogie con noi sacerdoti. Tutti i giorni i fedeli venivano a confessarsi e a chiedere l'assoluzione. Peccati veniali, peccati mortali, peccati originali. Vizi capitali. Nella Chiesa ce n'è per tutti i gusti. Un sacerdote è tenuto ad approfondire, a fare domande. A incasellare il peccato nella giusta categoria. Lei con cosa sta avendo a che fare, Monsieur Gamache?

– Con un peccato mortale.

Padre David posò il suo sandwich al tonno e si abbandonò contro lo schienale. – Commesso da Yves?

– Yves è il vero nome di Dom Philippe?

– *Oui*. Yves Rousseau. È sicuro che…

– *Non*. Anzi, credo stia cercando di evitare che muoiano delle persone. Però questo l'ha messo in pericolo. Devo rintracciarlo e scoprire cosa sa di preciso. Credo che abbia cercato di dirmelo senza sbilanciarsi troppo. Come se sentisse il dovere di indagare di piú.

– È preoccupato per lui.

– Sí.

– E gli vuole bene.

– Sí.

– Anch'io. Forse queste potranno aiutarla.

David frugò nelle tasche del cardigan e tirò fuori una manciata di lettere. – Dopo che mi ha chiamato per chiedermi di lui, ho riesumato vecchie carte. Queste le ho ricevute da Yves anni fa, dopo che entrambi avevamo lasciato il Grand Séminaire senza ancora approdare alle nostre sistemazioni definitive.

– Di recente l'ha sentito?

Gamache scrutò la reazione dell'altro. Dopo aver lasciato il monastero Dom Philippe, come ancora lo chiamava nella sua testa, doveva aver chiesto ospitalità a qualcuno. Gli serviva aiuto per arrivare a Roma e riunirsi con Sébastien. Perché non rivolgersi al suo amico piú caro?

– *Non*. Se lo trova, gli chieda per favore di mettersi in contatto con me. Gli dica che sono tornato nella casa della mia infanzia. Strano: è cosí che finiscono spesso i sacerdoti.

Il suo sorriso era quasi trasognato. – L'ultima volta che ci siamo visti eravamo cosí giovani, cosí ingenui.

Armand raccolse le lettere, dal plico scivolò fuori una foto in bianco e nero.

Raffigurava un giovane uomo in mezzo a una giovane donna e a una bambina. Quasi certamente, pensò Armand, era una copia della foto che aveva descritto Frère Simon. L'unico oggetto che Dom Philippe si era portato dietro dalla sua vecchia vita.

Armand controllò il retro. Niente.

– Chi sono queste persone?

– Yves, sua sorella e la figlia della sorella, la nipote di Yves. Davanti a casa loro.

I tre parevano sereni. Felici. L'impressione di Armand era che la piccola avesse detto qualcosa di buffo, perché lo zio, quando la fotocamera aveva immortalato il momento, pareva sul punto di rivolgersi a lei.

Erano l'immagine della famiglia felice. Eppure Armand sapeva che le immagini erano ingannevoli. E che nessuna famiglia è perfettamente felice.

Frère Simon non sbagliava nel definire il posto «desolato». Però aveva anche un'aria familiare.

Armand aprí la prima lettera.

Mio caro David,

è strano chiamarti con questo nome. Chissà se e quando riuscirò a smettere di pensare a te come Jean. Ho deciso di prendere il nome di Philippe e andare tra i gilbertini. Che cavolo...? Mi sembra quasi di sentirti borbottare. Ti stai scompigliando quella chioma fluente che ti ho sempre invidiato?

Armand alzò gli occhi sul sacerdote calvo, che

gli restituí uno sguardo equanime. Poi tornò alla lettera.

> Non l'ho ancora detto ai miei. Rimarranno sconvolti. Credimi, ho cercato di resistere. Tutti i giorni mi siedo su uno scoglio (Dio solo sa quanti ne potrei scegliere qui, ma ho il mio preferito) e guardo l'acqua. Nel moto perpetuo delle onde sento la voce del Signore. Giorno e notte. Una specie di canto. Una chiamata serena ma inesorabile. Allora capisco che il mio posto è al monastero. In quel piccolo ordine dimenticato. A cantare la parola di Dio nella voce di Dio, per tutta la vita. A trascorrere i miei giorni nel silenzio e nella contemplazione. Nella semplicità.
>
> Ho paura ad annunciarlo a mamma e papà, figurarsi agli altri. Mi mancheranno tantissimo. Mi mancherà perfino lo scoglio.
>
> Prega per me come io pregherò per te, mio caro David.

Per un attimo, Armand pensò di chiedere al sacerdote che tipo di rapporto aveva avuto con Philippe, poi capí che non contava. Lí c'era stato amore, e l'amore non era mai sbagliato.

Cosí si concentrò sul dettaglio importante. L'indirizzo del mittente. – Dom Philippe è di Blanc-Sablon?

Padre David rise. – *Oui*.

– Le viene da ridere?

– Quando arrivò in seminario parlava uno strano miscuglio di francese e inglese, con un accento cosí marcato che in pochi riuscivano a capirlo. Eppure aveva un carisma incrollabile. Padronanza di sé. Ero calamitato da lui. Con il passare delle settimane, imparò a parlare come gli altri, ma in privato tornava al suo dialetto.

– Al suo vero io.

Armand riprese in mano la foto e studiò gli occhi sornioni del giovane uomo che sarebbe arriva-to ai vertici dell'abbazia di Saint-Gilbert-Entre-les-Loups. Che sarebbe diventato il lupo grigio. E avrebbe lasciato il santuario per mettersi sulle tracce dell'altro lupo. Pareva che stessero parlando di due persone diverse. Yves Rosseau, il giovane novizio ingenuo, e Dom Philippe, il chierico anziano, l'abate alla guida del monastero. Impegnato a sventare una catastrofe.

– Ha un passaporto valido, padre?

– *Oui*. Ogni tanto mi invitano a un seminario in Vermont. Perché?

– Posso vederlo?

– Non ce l'ho qui con me, ma posso mandarle una foto.

– Meglio se facciamo una videochiamata. Me lo mostrerà quando ci colleghiamo. Il suo nome di battesimo è Jean. E il cognome?

– Bauchemin.

– Dunque il nome sul passaporto sarà Jean Bauchemin.

Gamache lo scribacchiò sul taccuino. Poi puntò gli occhi in viso all'anziano sacerdote. – Ha dato il suo passaporto a Dom Philippe?

– No, ispettore. Ma se me l'avesse chiesto l'avrei fatto.

Gamache annuí lentamente. Avrebbe fatto la stessa cosa. Commettere un reato senza vittime per un amico. Se l'avessero interrogato al riguardo, avrebbe mentito? Probabile.

Credeva nella sincerità di padre David, ma avrebbe controllato se un certo Jean Bauchemin si fosse imbarcato su un aereo negli ultimi tempi.

– Queste posso tenerle? – Gamache aspettò che l'altro acconsentisse, poi raccolse le lettere e la foto. – Mi impegno a restituirgliele il prima possibile.

Ecco perché lo sfondo della foto gli risultava familiare. In quel piccolo avamposto di pescatori al confine tra il Québec e il Labrador c'era già stato in passato.

Molti degli abitanti discendevano dai sopravvissuti ai naufragi dei secoli precedenti. Pescherecci provenienti dal Newfoundland che si erano schiantati contro gli scogli durante i nubifragi. I superstiti non si erano piú riuniti con le loro famiglie e ne avevano create di nuove su quella costa frastagliata.

Quella zona era cosí desolata che diversi secoli prima i marinai l'avevano ribattezzata «la terra che Dio diede a Caino».

Un dono al primogenito. Al primo assassino. Al primo a commettere peccato mortale.

Davanti alla foto del monaco, nato e cresciuto nella terra che Dio diede a Caino, Armand si ricordò della domanda formulata da Jean-Guy al momento di partire da Saint-Gilbert-Entre-les-Loups.

Sapevano davvero chi era il lupo grigio e chi il lupo nero?

Capitolo 27

Jean-Guy impiegò qualche istante ad abituarsi alla penombra del leggendario bar interrato dell'*Hay-Adams Hotel.* Di leggende su quel bar dovevano essercene per forza, anche se lui non ne conosceva neanche una.

L'*Hay-Adams* affacciava direttamente sulla Casa Bianca. Come si dice, erano a uno sputo l'uno dall'altra.

Il bar era senza finestre. Forse, pensò Jean-Guy, perché gli uomini e le donne che lo frequentavano volevano dimenticare per un po' l'esistenza della sede presidenziale. O forse per ragioni piú pratiche. Era un luogo intimo. Da dentro non si poteva guardare fuori, ma neanche all'inverso.

Non era un caso che si chiamasse *Off the Record.* Dalle immagini alle pareti, si capiva che quel baretto interrato offriva un discreto punto d'incontro ai politici di Washington.

Lí dentro nemici giurati tracannavano robusti cocktail e si passavano informazioni e ciotole di noccioline.

Lí dentro i giornalisti incontravano le fonti.

Gli agenti segreti parlavano con gli informatori.

Sedevano nelle poltroncine rosso fuoco tra pareti borgogna e si confidavano segreti.

– Uno Shirley Temple, per favore.

Il cameriere, che ne aveva viste di tutti i colori, si limitò a chiedere a Beauvoir se desiderava una o due ciliegie al maraschino.

– Due, grazie.

Dopo un po' tornò con il cocktail e lo piazzò su un sottobicchiere con la faccia del presidente degli Stati Uniti. Beauvoir esaminò i sottobicchieri sparsi sul ripiano di legno e notò che su ciascuno di essi c'era la caricatura di un famoso politico. Quasi tutti americani, alcuni stranieri. Zero canadesi, a quanto vedeva. Agli occhi dell'élite politica americana, il Canada non esisteva. In caso, era solo una fastidiosa appendice alla loro nazione. Una specie di fratellino molesto che ogni tanto prova ad alzare la testa e va rimesso in riga.

Jean-Guy era in anticipo. Meglio cosí. Doveva scrivere un aggiornamento a Gamache. Si distrasse solo quando intuí con la coda dell'occhio una persona che si avvicinava.

– Monsieur Beauvoir?

Jean-Guy si alzò in piedi. – *Oui*. Cioè, sí. Il generale Whitehead?

I due si strinsero la mano. In quella di Whitehead, la mano di Jean-Guy quasi scompariva.

Come l'uomo, la stretta era decisa. Ma non prepotente, stabilí Beauvoir.

Alto, solido e ben rasato, capelli bianchi e ordinati, il generale sarebbe parso solenne con indosso qualsiasi cosa, figurarsi con la divisa piú intimidente che Beauvoir avesse mai visto nella sua carriera. Gli altri clienti sbirciavano verso di loro, cercavano di intercettare gli occhi del generale.

Ma lui era concentrato solo sul tipo al tavolo con lui, un outsider che in giro non avevano mai visto.

Albert Whitehead aveva conosciuto Armand Gamache quando lui era stato, per un breve ma significativo periodo, il capo di tutta la Sûreté du Québec. Da parte sua, il generale Whitehead era a capo del Joint Chiefs of Staff degli Stati Uniti. Il militare piú potente del mondo.

In poco tempo, il commissario e il generale avevano consolidato un'amicizia che surclassava la sfera professionale eppure inglobava, come la stretta di Whitehead, ciò che entrambi facevano da una vita.

– Temo che presto non vi sarò piú molto d'aiuto, – disse Whitehead accomodandosi al tavolo. – Mi aspetto di essere congedato. I governi cambiano.

– Crede che il presidente non verrà piú rieletto?

– Sí. Come quasi tutti qui dentro, – Whitehead si guardò intorno. – Ma in politica un anno è un'eternità, per cui chi lo può dire. Il suo drink ha un ottimo aspetto.

Whitehead si rivolse al cameriere. – John, lo stesso del signore. Uno Shirley Temple con due ciliegie.

Poi aggiunse: – Mi ci sono affezionato da quando porto a spasso i miei nipoti. Il mio nipotino dice che la versione da maschi è il Roy Rogers, ma io preferisco comunque lo Shirley Temple. Vecchia scuola.

Di nuovo, sorrise in un modo che era, e voleva essere, disarmante. L'arma segreta di un uomo che di vere armi ne controllava tante.

All'arrivo del cocktail, sollevò il bicchiere: – Alla sua, ispettore.

– Grazie, generale.

– La prego, mi chiami Bert. Armand mi ha chiesto di incontrarla ma non mi ha spiegato il motivo.

Quell'uomo gentile con la divisa intimidente sembrava un filo meno gentile e ancora piú intimidente, ora che Jean-Guy intravedeva la forza bruta che si celava dietro al sorriso.

Armand aveva avvisato Jean-Guy di raccontare a Whitehead ogni cosa. – Tutto tutto, *patron*?

– *Oui*. Per aiutarci deve sapere tutto. Gli stiamo chiedendo di fornirci informazioni coperte dal segreto di Stato. Non possiamo essere reticenti.

– *D'accord*.

Cosí, in quel bar interrato e semibuio, mentre i segreti fluttuavano intorno a loro, Jean-Guy Beauvoir sorseggiò il suo Shirley Temple e aggiunse segreti ai segreti, mentre il capo del Joint Chiefs of Staff sorseggiava il suo Shirley Temple e ascoltava la storia di una strage annunciata.

– Non guardare in alto.

Reine-Marie si sciolse dall'abbraccio e affondò gli occhi in quelli di Armand.

Ora era impossibile che lui obbedisse all'ordine.

Guardò in su e vide una serie di grumi appiccicati al soffitto del soggiorno.

– E quelli? Erano già lí quando abbiamo comprato la casa?

– Sí, Armand. Ci sono sempre stati.

Reine-Marie sorrise, Armand strinse le palpebre con aria perplessa.

– E come...? Perché... – Per una volta, trovava difficile articolare una domanda. – Cosa sono?

– Nonno, – Florence afferrò la mano di Armand e lo trascinò in giro per la stanza. – Quello è mio.

– No! – protestò la sorellina. – È mio. E pure quello.

Zora indicò uno degli svariati marshmallow appiccicati al soffitto. Come se fosse un trofeo.

A quel punto scoppiò il pandemonio. Armand si girò verso Reine-Marie, che aveva un sorriso beato stampato in viso.

– Sei ubriaca?

– Magari. Mi sono semplicemente arresa. E quando getti la spugna arriva uno strano senso di libertà. Darò l'acconto per una nuova casa nello Yukon, magari aprirò una libreria laggiú. Vuoi venire con me? Possiamo tornare quando avranno compiuto vent'anni.

– È stata lei a iniziare! – strillò Honoré. Stava puntando il dito contro Ruth, che non si disturbò a smentire.

– Ti prego, non lasciarmi qui da solo, – sussurrò Armand. – Dove sono Annie e Daniel?

– I disertori hanno mollato la nave. Sono andati al bistrot con la scusa di portare a casa la cena. Due ore fa.

– Be', *sauve-qui-peut*.

Reine-Marie rise. – È bello averti a casa, – disse. Poi tornò seria. – C'è qualcosa che posso fare per aiutarti?

Era chiaro che l'emergenza era tutt'altro che finita.

– Mi ucciderai, ma devo fare un salto al bistrot a dare un'occhiata alla bottiglia di Chartreuse che ci ha regalato Dom Philippe.

– Come mai?

– Credo che stia cercando di dirmi qualcosa. La prendo e torno subito.

– Promesso?

Adesso oltre a Fred stava abbaiando anche Henri, che di rado apriva bocca. La piccola Gracie era sul divano, rimbalzava su e giú mentre i bambini saltavano sui cuscini. Ruth teneva al sicuro sulle ginocchia Idola, che aveva l'aria di divertirsi un mondo.

I passi cadenzati del suo corpo di umano sull'erba e i latrati di tre corpi canini seguirono Armand nella sua passeggiata al parco.

Il sole era basso all'orizzonte, la luce morbida. Faceva piú fresco, e gli avventori seduti ai tavoli fuori del bistrot si erano infilati i maglioni mentre bevevano vino e birra e gustavano formaggio e pâté.

Appena entrato, Armand vide Annie e Daniel insieme a Roslyn, la moglie di Daniel, e al marito di Isabelle Lacoste. Erano seduti a un tavolo con Clara e Myrna.

Armand salutò Olivier, ma prima di andare al bancone si avvicinò alla sua famiglia.

– Voi due traditori, – puntò il dito contro Daniel e Annie, – andate subito ad aiutare vostra madre –. Abbassò la voce e aggiunse: – Dopo vi do cinque dollari.

Annie e Daniel si alzarono.

– Stavamo per andar via comunque, – mentí Annie. Abbracciò il padre e gli mostrò il palmo aperto per riscuotere i soldi.

Anche Daniel si alzò per salutare il padre. Armand esitò, poi disse: – Dobbiamo parlare. Magari dopo cena.

– Non mi dài neanche un indizio?

– Ne parliamo dopo.

– *D'accord.* Stai bene?

Suo padre aveva l'aria stanca. Stressata.

Armand sorrise. Un tempo, molti anni prima, Daniel non l'avrebbe notato, e se l'avesse notato di certo non si sarebbe informato sul benessere psicofisico di suo padre.

Per fortuna le cose erano cambiate. Ma Armand temeva sempre una ricaduta.

– Sí. Adesso filate subito a salvare vostra madre. Ha dei marshallow tra i capelli, un nugolo di bambini tra i piedi e Ruth alle costole.

Daniel rise. La risata corposa, piena di abbandono, che illuminava la stanza e riempiva di gioia il cuore di Armand dall'istante in cui il suo primogenito era nato.

Armand si avviò al bancone e passò in rassegna la fila di bottiglie sulle mensole, alle spalle di Olivier.

– *Salut, patron*. Vorrei vedere quella bottiglia di Chartreuse che ti ha regalato il nostro ospite.

– Non ce l'ho. Non c'era piú spazio, e comunque qui non lo beve nessuno. L'ho offerto a Ruth, ma l'ha schifato pure lei. Che c'è?

Sul volto di Armand era affiorato lo sgomento.

– Dov'è adesso la bottiglia?

– L'ho svuotata e l'ho messa nella differenziata.

Armand ragionò in fretta. Il vetro passavano a ritirarlo proprio quel giorno. Uscí dal bistrot, prese la macchina e raggiunse i bidoni, che si trovavano al primo incrocio fuori da Three Pines. Scendendo, udí un rombo familiare. Il camion dei rifiuti.

Stava arrivando o se n'era appena andato?

Armand aprí il grosso bidone del vetro, vide che era pieno. Esalò un sospiro di sollievo, poi si issò sul bordo. In equilibrio precario, mezzo dentro e mezzo fuori dal bidone puzzolente, cominciò a ravanare.

In un minuto aveva finito. Alcune bottiglie si erano infrante, ma per fortuna quella del Chartreuse era integra.

Si rimise in macchina e studiò l'etichetta, in cerca di un messaggio dell'abate. All'improvviso sulla bottiglia colò una goccia di sangue: una scheggia di vetro gli si era conficcata nel dito. Armand se la tolse in fretta e usò il fazzoletto per avvolgerci il dito.

Inforcò gli occhiali da lettura e scrutò da vicino la bottiglia. Qualcosa doveva esserci.

Nulla. Meno di zero.

Ci aveva sperato cosí tanto da convincersi che Dom Philippe gli avesse lasciato un messaggio. Anche se forse il messaggio era la bottiglia in sé. Stava per rimettere in moto e tornare a casa, quando gli venne un'idea.

Jean-Guy capiva perché Bert Whitehead fosse arrivato ai vertici del Joint Chiefs of Staff.

Dopo essere stato informato di un sospetto attacco terroristico alla rete di acqua potabile di una metropoli del Nord America, per mezzo di una biotossina prodotta negli Stati Uniti, non batté ciglio.

Assorbí l'informazione e affrontò il problema per gradi.

– Vi girerò un elenco delle organizzazioni, nazionali e transnazionali, con la maggiore probabilità di essere coinvolte nel piano. Non è solo confidenziale, ma anche protetto dal segreto di Stato. Per ovvie ragioni.

– Certo.

Whitehead sostenne lo sguardo dell'ispettore, assicurandosi che Jean-Guy avesse compreso il rischio cui andava incontro.

– Al momento in agenda non abbiamo emergenze, ma di minacce ne blocchiamo in continuazione, – proseguí il generale. – Piú di quante si possa immaginare. E un numero allarmante viene dal nostro paese. Se questa è concreta, a pianificarla non è stato uno svitato chiuso tra quattro pareti. Questi terroristi sono capaci, hanno una rete efficiente. Sono riusciti a lavorare nell'ombra per un bel pezzo. Finché qualcuno vi ha lasciato una mappa nel fango.

– Prego, signore? Una mappa dove? – chiese Beauvoir.

Ora capiva perché Whitehead e Gamache erano amici.

– Una mappa nel fango. È un'espressione che risale a quando gli esploratori o i pionieri si incontravano lungo la via e si scambiavano indicazioni. Prendevano un bastoncino e disegnavano una mappa nel fango. Non era perfetta, ma meglio di niente.

Beauvoir annuí. Era ciò che Dom Philippe aveva lasciato a Gamache. Una bottiglia. La pagina strappata di una vecchia ricetta. Una spintarella verso Frère Simon, che aveva aperto le lettere e sapeva piú del dovuto.

Però nella mappa c'era senz'altro di piú. Altri cartelli a indicare la via.

– Vediamo cosa riesco a scoprire, – stava dicendo Whitehead. – L'obiettivo potrebbe non essere il Québec, e nemmeno il Canada. Però l'ipotesi ha un suo razionale. Montréal o Québec City sarebbero un cosiddetto *soft target*, piú facili da colpire di New York, Washington, Londra, e con la stessa risonanza internazionale.

La mente di Whitehead si muoveva con agilità in un territorio che aveva studiato a lungo, augurandosi di non doverlo mai visitare. Come un vulcanologo che conosce profondamente i vulcani e non vorrebbe mai trovarsi nei pressi di un cratere al momento dell'eruzione.

Il generale sentiva odore di zolfo, sentiva la terra tremare sotto i piedi.

– Se le dico «Chartreuse» le viene in mente qualcosa, signore?

Il generale fissò Beauvoir come se l'avesse colto il dubbio di sedere al tavolo con un mentecatto. – Quello da bere? – D'istinto, si girò verso le mensole del bancone, dove in effetti troneggiava una bottiglia del liquore.

– Sí. Durante l'indagine ce lo siamo ritrovati di continuo tra i piedi.

– Farò qualche ricerca, ma non conosco nessuna organizzazione che lo usi come nome in codice o termine gergale per indicare un veleno, anche se sarebbe adatto. L'ha mai assaggiato?

– *Non*.

Whitehead si sporse verso Beauvoir. – Spero e prego che vi siate sbagliati a proposito dell'attentato. Abbiamo studiato tanti scenari. La contaminazione dell'acqua di una metropoli è tra i peggiori. Appena sotto la minaccia nucleare.

Beauvoir aggrottò la fronte. – Un altro undici settembre...

– No, – lo bloccò Whitehead. – Il problema non

sarebbero solo i morti, ma gli effetti a catena. Centinaia di migliaia di persone si ammalerebbero nello stesso momento. Una strage di civili, ma anche di lavoratori essenziali come operatori sanitari, vigili del fuoco, poliziotti. Gli ospedali collasserebbero. Per non parlare della mancanza d'acqua potabile. Quanto può reggere uno stato in queste condizioni?

Whitehead scrutò Beauvoir, che una risposta precisa non l'aveva. – Non molto, comunque.

– Altrove si diffonderebbe il panico del contagio. Scoppierebbero rivolte in tutto il paese per accaparrarsi la poca acqua in bottiglia, il cibo disponibile. La pubblica amministrazione andrebbe in tilt. I negozi verrebbero saccheggiati. Disinformazione, teorie del complotto alimentate dagli stessi terroristi. La gente non saprebbe piú a chi credere, a chi chiedere aiuto. A chi dare fiducia. Piomberebbe nel caos. Provi a immaginare un evento catastrofico imprevisto, enorme. Causato non dalla natura ma dall'uomo.

Whitehead stava tracciando la sua mappa nel fango per accompagnare Jean-Guy nel cammino. Solo che non si trattava di una mappa finita. Era un *work in progress*.

– Ecco cosa vogliono i terroristi. Non la morte di diverse centinaia, perfino diverse migliaia di persone. Vogliono che ci rivoltiamo gli uni contro gli altri. Che finiamo il lavoro iniziato da loro. Vogliono l'anarchia. E la avranno.

Ascoltando le parole di Whitehead, Jean-Guy comprese d'un tratto che Three Pines non era affatto un luogo sicuro. Sarebbe stata invasa da orde di disperati disposti a tutto per sopravvivere, anche a uccidere coloro che avrebbero offerto loro aiuto.

– La chiave del potere politico è la fiducia, – il generale picchiettò sul sottobicchiere piú vicino a lui, con la caricatura di un ex presidente. – Se la democrazia funziona, è perché esiste un contratto tra gli eletti e gli elettori. Il consenso a essere governati. Ma si tratta di un patto fragile. Il consenso può essere revocato. I terroristi piú sofisticati lo sanno. Colpiscono per annientare la fiducia. E poche cose sono piú potenti, piú simboliche e piú importanti della sicurezza dell'acqua. Il cambiamento climatico l'ha già messa a repentaglio. Siccità, incendi, inondazioni. Mancano solo dei terroristi determinati ad avvelenare quella potabile…

Alzò le mani in segno di resa.

Gran parte di quelle riflessioni Beauvoir le aveva già sentite da Gamache, ma nemmeno lui si era spinto a tratteggiare una mappa cosí esaustiva e audace.

– Il punto è che un attentato alla rete idrica non deve necessariamente andare a segno per provocare conseguenze fatali, – continuò il generale, anche se adesso Beauvoir non aveva piú voglia di starlo a sentire. – Un attacco subito sventato, con pochissime vittime, riuscirebbe comunque a minare la nostra fiducia nelle istituzioni. A creare un terremoto politico.

– In che senso?

– Nel senso di una sproporzionata reazione politica.

– Tipo?

– Può essere usato come scusa per dichiarare lo stato di emergenza nazionale. Ordinare arresti di massa. Censurare notizie e social media. Controllare l'informazione. Imporre un coprifuoco. Pianificare esecuzioni. In poche parole, per imporre una dittatura.

– Un colpo di stato.

Il generale Whitehead non rispose, il che era di per sé una risposta. – Esistono dei precedenti. Sarebbe una perfetta occasione per accentrare i poteri.

– Per sospendere le elezioni? Non mi piace doverlo chiedere ma... – Il generale scosse la testa, intimandolo di fermarsi. Beauvoir non gli obbedí. – Se il presidente avesse paura di perdere...

– Basta cosí, ispettore.

La voce era aspra. Imperiosa. Ma Jean-Guy aveva rimesso in riga una suora. Un generale non gli faceva paura.

– ... arriverebbe a tanto? Sceglierebbe una metropoli straniera ma vicina agli Stati Uniti?

– No.

– Ne è sicuro? Chi meglio di un governo potrebbe nascondere un attentato? Lo stesso organismo che in teoria dovrebbe fermarlo. E chi ricaverebbe piú benefici di un governo che rischia la sconfitta? Sono scoppiate guerre per lo stesso motivo.

Il generale Whitehead si alzò in piedi e Jean-Guy lo imitò. – Il colloquio finisce qui.

Lanciò a Beauvoir uno sguardo gelido e se ne andò.

Beauvoir si rimise a sedere e finí di scrivere la mail per Gamache. Tamburellando su «Invia», si rese conto che il discorso fatto per il presidente degli Stati Uniti valeva anche per il premier del Canada.

Armand era seduto in macchina nel parcheggio della Société des alcools du Québec a Knowlton e studiava la bottiglia di Chartreuse che aveva appena acquistato.

Mettendola a confronto con quella che aveva ripescato dal bidone, non notava differenze. Stesso emblema. Stesso lettering. Stesso grado alcolico.

Tornò dentro e chiese alla commessa se le bottiglie le sembrassero uguali. Lei ci mise dieci secondi in tutto.

– Questa ha una piccola *E* quaggiú in fondo, – disse indicando la bottiglia che Gamache aveva comprato. La lettera era minuscola. – L'altra non ce l'ha.

– Cosa significa?

– Export. Quello che vendiamo noi è da esportare. Il suo, – gli restituí la bottiglia vuota, – invece no. Dev'essere stato acquistato dal produttore in Francia e portato qui nel bagaglio. Si sente bene, ispettore capo?

Gamache aveva lo sguardo allucinato di un folle. – *Merci, merci infiniment.*

La commessa lo seguí con lo sguardo mentre usciva dal negozio, stringendosi al petto le due bottiglie come uno che ha appena mollato gli Alcolisti Anonimi.

Capitolo 28

Al suo ingresso al bistrot, Armand trovò Reine-Marie seduta a un tavolo. – Quel «torno subito» andava interpretato liberamente, – disse.

– Scusa. Però ho rispedito a casa i ragazzi a dare una mano. Mi perdoni?

Lei lo scrutò e gli vide uno scintillio negli occhi. – Ti è successa una cosa, – disse. – Una cosa bella.

Armand annuí senza parlare: non poteva ancora rivelarle che l'abate non si era recato a Roma bensí in Francia. Al monastero della Grande Chartreuse. Dove il liquore veniva distillato. Dove si era procurato la bottiglia.

Perché i monaci avevano scelto di incontrarsi proprio in quel monastero? Era la casa madre dei certosini, non dei domenicani. Con il vantaggio che chiunque si fosse messo sulle loro tracce non avrebbe pensato di cercarli in quel monastero sepolto tra i monti.

Bisognava capire se l'americano e Sébastien si trovavano ancora lí.

Dom Philippe gli stava chiedendo di andare laggiú? Cosí pareva. Ma il tempo scarseggiava, aveva tanto da fare a Montréal e la Grande Chartreuse era distante. Forse aveva preso un abbaglio. E in caso contrario c'era il rischio di arrivare tardi, di mancare per un soffio Sébastien e l'americano.

Però non aveva scelta. Doveva provarci.

Appena rientrato a Three Pines, con le bottiglie accanto a lui sul sedile del passeggero, aveva scritto un messaggio a Isabelle Lacoste per prepararla a una trasferta alla Grande Chartreuse, in caso non avesse trovato i monaci in Vaticano.

Poi aveva ponderato con cura la mossa successiva. Il problema era che Lacoste in Francia non aveva nessuna autorità. Se anche avesse trovato i monaci ma quelli si fossero rifiutati di collaborare, non avrebbe potuto convincerli.

Cosí, dopo aver guardato l'orologio, aveva fatto una telefonata. – Claude? Ti ho svegliato?

– Quasi. Va tutto bene?

Claude Dussault era l'ex prefetto della polizia di Parigi. Da quando era andato in pensione abitava con la moglie in un villaggio nel Sud della Francia.

– Conosci il monastero della Grande Chartreuse?

– Tra tutte le cose su cui potevi interpellarmi nel cuore della notte, questa non l'avrei mai indovinata. Sí, lo conosco. Di fama, almeno. Non ci sono mai stato.

– Ti piacerebbe andarci?

– Cosí cosí. Vuoi che ci vada? Ho un po' paura a chiedertelo.

– Può darsi. Devo trovare due monaci che forse si nascondono lí.

– Sospetto che ci siano diversi monaci che si nascondono lí. E in coscienza non posso biasimarli. Da chi si stanno nascondendo? Da te?

– Non posso dirti di piú, ma a quanto ne so nessuno dei due ha commesso un reato. Devo interrogarli. Uno è nei gilbertini.

Dietro la vetrata del bistrot, Armand vedeva Reine-Marie chiacchierare con Clara e Myrna. Gabri le aveva raggiunte.

– I gilbertini? Non li ho mai sentiti nominare. E poi quello è un convento di certosini.

– Sí. Il secondo monaco, – Armand si era preparato alla reazione di Claude, – è un domenicano.

– Dio, Armand. Dici che alla Grande Chartreuse qualche certosino è rimasto? Ci vado, se vuoi, ma non mi faranno entrare. Probabilmente non hanno fatto entrare neppure quei due. *Ces religieux* non vivono semplicemente in clausura, stanno sottovuoto. Solo i certosini entrano da quel portone, e hanno dei buoni motivi per comportarsi cosí. Nella loro storia sono stati perseguitati e scomunicati innumerevoli volte, l'ultima nel 1903.

– Manderò al monastero un'agente della mia squadra. Se lei...

– È una lei? – Claude era scoppiato a ridere. – Dio, Armand, vivi davvero in un mondo di fantasia. Se già con un «lui» era difficile, una «lei» non avrà la minima possibilità di varcare quella porta.

– Vedremo. L'ispettrice Lacoste è piena di risorse.

– Sa manovrare un bulldozer? Quello sí che sarebbe utile.

Armand aveva riso. – Non lo escluderei. Se lei fallisce, ci servirà un mandato di perquisizione. E qui entri in gioco tu.

– Non dirmi che ordinerai un mandato di perquisizione per la Grande Chartreuse.

– Non io. Tu.

– Ho meno autorità di te per chiedere un mandato. Sono in pensione. Te lo sei scordato?

– Conosci gente che può farlo al posto tuo.

Dussault aveva esalato un profondo sospiro. – Sí. Dev'essere una cosa importante.

– Importantissima, *mon ami*.

– *Bon*. Dammi i nomi dei religiosi che devi trovare.

Mentre parlava, Armand aveva sentito Claude prendere nota dall'altra parte. – Il primo è un certo Frère Sébastien, gilbertino. E il domenicano? Come si chiama?

– Non lo so.

– Non mi rendi facile il lavoro.

– Se l'ispettrice Lacoste ha un po' di fortuna, scoverà il nome di questo misterioso domenicano nelle sue ricerche a Roma. Vi metterò in contatto. Credo che quei monaci abbiano scoperto una cosa orrenda, Claude. Devo trovarli prima che sia troppo tardi.

– Farò il possibile. Spero solo di non essere scomunicato.

– Fai mandare la scomunica direttamente a me.

– Mi sa che non funziona cosí.

– Mi sa che le scomuniche non esistono piú.

– Questo è lo spirito giusto. Tieni presente che la Grande Chartreuse da qui è a cinque ore di macchina, per cui mi serve un po' di preavviso.

– Lo dirò a Isabelle. *Merci*, Claude.

Dopo aver riagganciato, Armand aveva scritto un messaggio a Isabelle. Era arrivata a Roma e si era sistemata nel suo albergo vicino al Vaticano. Lui l'aveva aggiornata su Claude Dussault e le aveva girato il suo contatto. Poi aveva indugiato un altro po' in macchina e aveva tirato fuori i due frammenti del biglietto. Dom Philippe ne aveva lasciato uno per lui insieme alla bottiglia, per ribadirgli il legame con la Grande Chartreuse. Adesso era chiaro.

Ma era ancora oscuro e perturbante il motivo per cui Jeanne Caron fosse in possesso del primo. E la ragione che l'aveva spinta a infilarglielo in tasca dopo aver trafugato il soprabito dal suo appartamento. Prima di entrare al bistrot, Armand aveva comprato il biglietto per un volo diretto l'indomani a Blanc-Sablon, dove sperava di trovare l'abate e un po' di risposte. Sempre ottimista, per il viaggio di ritorno aveva prenotato due posti.

– Cosí l'abate ci ha regalato la bottiglia per rivelarti che era stato alla Grande Chartreuse, – disse Reine-Marie mentre passeggiava a braccetto con il marito nel parco.

– Non solo per rivelarmelo: per attirarmi lí.

– Ci andrai?

– No. Mando Isabelle. Forse ci troverà ancora gli altri due monaci.

L'aria del pomeriggio era pungente, però marito e moglie si scaldavano stringendosi l'uno all'altra.

– E Dom Philippe? Dove può essere?

– Credo che forse sia tornato a casa.

– A Saint-Gilbert-Entre-les-Loups? Ci siete appena stati.

– *Non*. A Blanc-Sablon. Ho prenotato un volo per andarci domani. Il suo amico David dice che i religiosi, dopo essere andati in pensione, tornano spesso a casa. Dom Philippe non è ufficialmente andato in pensione, ma credo sia tornato là per ricevere aiuto. L'istinto l'ha riportato a casa.

Armand guardò verso la loro grande casa un po' storta con la facciata di assi bianche, il grosso portico, l'altalena e le luci fioche alle finestre. Probabilmente Daniel e Annie stavano preparando la cena. I piú piccoli (nella categoria andava annoverata anche Ruth) a quell'ora in genere erano esausti: si stravaccavano in soggiorno con i cani, l'anatra e Gracie, circondati da grumi di marshmallow.

Casa.

– Armand... – Reine-Marie esitò un secondo. – La minaccia all'acqua potabile. Ne hai parlato con i sindaci?

Lui fece no con la testa e lei si fermò di colpo per scrutarlo in viso. – A qualcuno devi dirlo. Dovete avvisare la popolazione. Metti che capiti stanotte. Domattina. Può succedere in qualsiasi momento.

– Hai ragione. Ma per ora non posso parlarne con nessuno.

– Perché no? Cosa state aspettando? Non capisco. Giocate d'azzardo con migliaia di vite. Le vite dei tuoi amici. Dei tuoi colleghi.

In realtà Armand stava giocando una posta piú alta. Sapeva, come il generale Whitehead, che se i terroristi avessero ottenuto anche solo un successo parziale, le conseguenze avrebbero colpito un raggio molto piú vasto. E loro non avrebbero potuto farci nulla.

– Non sappiamo chi ci sia dietro questo piano. I terroristi devono avere degli appoggi nelle istituzioni. Se avviso i sindaci e le pubbliche amministrazioni, c'è il rischio che accelerino l'attacco.

– O che lo cancellino, – disse Reine-Marie.

– Non sarebbe una cosa positiva. Prima o poi

ci riproverebbero. O sposterebbero l'obiettivo a un'altra città uscendo definitivamente dal nostro radar. Vorrei tanto dirlo al premier, ai sindaci, alla capa della Sûreté. Che se lo gestiscano loro, il problema. Tornerei a casa, cenerei in pace con la mia famiglia e andrei a letto. Mi farei un bel sonno, finalmente. Ma non posso. Non ancora.

Lei gli prese la mano e intrecciò le dita alle sue. – Perdonami.

– Non sono sicuro al cento per cento di fare la cosa giusta. Credo di sí, ma...

Reine-Marie sciolse il fazzoletto che Armand aveva avvolto intorno al dito. – Hai di nuovo frugato nei cassonetti, eh?

– Dove si trovano gli indizi migliori e i regali di compleanno piú azzeccati.

– Andiamo dentro. È ora di cena. Cosí ti disinfetto quel graffietto invisibile.

– Graffietto? È uno squarcio. Una ferita tremenda. Insanabile.

Armand si guardò il dito. – È il dito sbagliato, ispettore, – lo informò ridendo Reine-Marie.

Casa. Quella era casa.

Attraversando il portico, si sentiva profumo di pasta e di pane all'aglio che filtrava dalla zanzariera.

– Se ricevessi un messaggio con tutte le *B* sottolineate, cosa penseresti?

Era diventata la domanda *du jour*. Uno di quegli indovinelli che si snocciolano alle feste, però senza la battuta finale.

– La lettera *B*?

– Eh, la lettera *B*.

Reine-Marie ci ragionò su. Nel silenzio, sentirono una vocina acuta che intonava una melodia.

– Letter *B*, letter *B*, letter *B*, oh, letter *B*.

Armand e Reine-Marie si guardarono intorno, quindi si avvicinarono alla balaustra e guardarono di sotto. Honoré era seduto in mezzo a un'aiuola, abbarbicato a Henri. Cantava.

– Cosa fai, ometto? – gli chiese Reine-Marie.

– Mi nascondo.

– Da chi?

– Da mamma. È ora di cena e ci sono i broccoli. Li nasconde sotto gli spaghetti.

– Stavi anche cantando, – Armand scrutò il nipote, il visetto sporco levato verso di loro. – Puoi rifarlo?

Intuendo lo spiraglio per una trattativa, Honoré replicò: – Solo se i miei broccoli li mangi tu.

– Non li dài a Henri di solito?

Sentendo il proprio nome, le enormi orecchie del pastore tedesco vibrarono in direzione di Armand.

– Come fai a saperlo? – ribatté Honoré. – No, non è vero.

– Qualcuno deve insegnare a questo bambino a mentire come si deve, – sussurrò Reine-Marie al marito.

– Per stasera i tuoi broccoli li mangio io, – si arrese Armand. – Se canti ancora per me.

Honoré, che aveva una vocina limpida e penetrante, riattaccò: – Letter *B*, letter *B*...

– Non dovrebbe essere «*Let It Be*»? – chiese Reine-Marie.

– Letter *B*, ohhhh, letter *B*.

– Ti piacciono i Beatles? – chiese Armand. Era

lo stesso ritornello che Jean-Guy, il padre di Honoré, aveva canticchiato a bocca chiusa a proposito del codice.

– No. La cantano a *Sesame Street*. Il programma tivú.

Il bambino non riusciva a credere che nel mondo, nel *suo* mondo, ci fossero persone all'oscuro di quell'ovvietà. – Letter *B*. Non lo sapete l'alfabeto?

Armand si coprí la bocca con la mano e rimase a guardare il nipote che cantava a gola spiegata. Sperando di insegnare qualcosa a quel suo povero nonno. Be', qualcosa gliel'aveva insegnata davvero.

– Sono in aereo, *patron*. Di ritorno a Montréal. Stanno per chiudere il portellone.

– Scendi. Ho bisogno che tu faccia una cosa.

Beauvoir si alzò, recuperò il bagaglio a mano e dopo aver mostrato un distintivo della Sûreté che negli Stati Uniti non valeva granché, si affrettò a scendere prima che fosse troppo tardi.

– Sono sceso. Che succede?

– Innanzitutto, ho bisogno che tu chieda a suor Joan se è al corrente della distinzione tra «*Let It Be*» e «*Letter B*».

– Se preferisce i Beatles o *Sesame Street*, dici? – Jean-Guy aveva sentito quella canzoncina un milione di volte. Era il programma preferito di Honoré e adesso anche di Idola, che adorava tutto ciò che le propinava il fratello. – Non capisco.

– Nel primo messaggio, quello che Sébastien ha ricevuto dal domenicano a Roma, la lettera *B* era sottolineata.

– Sí, lo so. È da lí che Sébastien ha ricavato il mittente. Il suo amico che comincia con la *B*.

– Questa è la nostra ipotesi, ma metti che ci siamo sbagliati. Forse si tratta davvero di uno stratagemma per comunicare il mittente, ma il nome non c'entra. Forse è davvero un riferimento a quella gag di *Sesame Street* che Honoré mi ha cantato.

Con la sua voce baritonale, Armand intonò le prime note.

– Non vedo perché dei monaci debbano sceglersi come formula segreta una canzoncina di *Sesame Street*.

– Perché gli studenti del college guardano i *Flintstones*? Quando ci sentiamo sotto pressione, facciamo cose strane.

– Tu guardi i *Flintstones*?

– *Non*. Accendi il cervello, Barney. Quando stiamo male, cerchiamo una cosa che ci ricordi un periodo in cui non sapevamo cos'era lo stress. Quando eravamo giovani e non avevamo responsabilità. Rileggiamo i nostri libri preferiti, riascoltiamo la musica di cui ci siamo innamorati da ragazzini. Neil Young, Beau Dommage. Nel tuo caso, Céline Dion. In televisione guardiamo programmi che ci rassicurano. Per tornare indietro a quando eravamo piú giovani, piú felici, meno incasinati. I *Flintstones*, *La Petite Vie*…

– Dio, la adoravo.

– Scommetto che la guardi ancora.

Armand aveva ragione. Quando lui o Annie erano particolarmente stressati, riguardavano insieme un episodio della *Petite Vie* prima di andare a letto. A volte due. E immancabilmente, anche se conoscevano a memoria tutti gli episodi, si sbellicavano dalle risate.

Andavano a letto con il cuore e con la testa piú leggeri.

– Secondo me quei giovani seminaristi che da poco avevano cominciato a insegnare, con tutte le difficoltà del caso, guardavano *Sesame Street*, – disse Armand. – Piace agli adulti come ai bambini.

Vero, pensò Jean-Guy. I bambini non coglievano il riferimento a *Let It Be*, ed era quel dettaglio a rendere lo sketch davvero divertente.

– Okay, facciamo che hai ragione. A noi cosa serve?

Gli inservienti dell'aeroporto esortarono Jean-Guy a spostarsi dalla passerella per staccarla dall'aereo.

– Suor Joan ha accennato a una passione che Sébastien e gli amici avrebbero avuto in comune.

– Esatto.

– Una passione che oggi lui starebbe sfruttando con profitto, ma che all'epoca era stata il motivo del suo licenziamento.

Beauvoir, che stava attraversando l'aeroporto a grosse falcate, si fermò cosí di botto che le persone intorno a lui furono costrette a una brusca deviazione per non investirlo. Almeno uno gli mostrò il medio alzato, ma Jean-Guy, in genere svelto a rispondere, incassò l'insulto senza reagire.

– Il canto. Era quella la passione.

– Credo che quel ritornello, «*Letter B*», fosse uno scherzo privato tra tutti e tre. In fondo *Let It Be* è un inno, per cui non è strano che i monaci trovassero particolarmente buffa la storpiatura. Grazie a quelle *B* sottolineate, Sébastien ha capito chi gli stava scrivendo. Uno dei due amici con cui aveva condiviso quel tormentone. E che insieme a lui avevano perso l'impiego.

– Chiamo suor Joan.

– Ci sono novità sull'autista del Suv, – annunciò l'agente dal quartier generale, all'altro capo del filo. – Quello che hanno trovato morto alla discarica. Stavo per farti rapporto.

– Davvero? – Gamache si sporse sulla scrivania e scelse una penna.

– Si chiamava Paolo Parisi.

– Ripeti il nome lettera per lettera, per favore –. Gamache se lo appuntò e aggiunse: – Come l'avete scoperto? Addosso al cadavere non c'erano documenti, le sue impronte non sono in archivio.

– È stata l'Interpol. Gli ho mandato le informazioni e loro l'hanno identificato.

– Per cosa è ricercato?

– Per nulla.

Gamache si sporse un altro po', stupito dalla risposta. – Allora?

– È l'ultimogenito di una nota famiglia siciliana.

– Un attimo. *Quei* Parisi? Quelli dell'olio d'oliva?

Parisi era una marca d'olio pregiato. I Gamache ne avevano una grossa latta in cucina. Probabilmente quella sera l'avevano usato per condire l'insalata.

– *Oui*. È sbarcato al JFK con un visto turistico due mesi fa.

– Poi è entrato in Canada? Quando?

– Non lo sappiamo. Non c'è traccia di lui alla dogana canadese. Forse ha passato il confine di straforo.

Il Canada aveva la piú lunga frontiera sguarnita del mondo. Sarebbe stato piú sorprendente che

Parisi avesse dichiarato il passaggio da un paese all'altro. – Perché entrare legalmente negli Stati Uniti e illegalmente in Canada? Sarà passato con il visto, *non*?

– Certo. Non c'erano ragioni per bloccarlo. A parte forse il piano di ammazzare una persona senza essere identificato. Tanto per dire.

– D'accordo, – scandí Gamache, vagamente divertito. – La sua famiglia ha legami con il crimine organizzato?

– Qui la cosa si fa interessante, *patron*. Hanno dei legami molto forti con la criminalità organizzata, ma non del tipo che pensi tu. La madre è un magistrato che ha seguito i piú importanti processi per mafia, e il signor Parisi ha combattuto per anni contro le estorsioni ai danni di imprenditori e commercianti.

– Ah.

In segreto, l'agente era fiera di sé. Lavorava in squadra da piú di dieci anni, e si contava sulle dita di una mano il numero di volte in cui era riuscita a stupire davvero l'ispettore capo.

– Un figlio che si ribella ai genitori? – chiese Gamache, quasi tra sé. – Non escluderei che l'impegno dei Parisi contro la mafia sia solo una facciata.

O magari, pensò ancora Gamache, era stato lui a prendere un abbaglio, e le indagini su cui stavano lavorando non avevano nulla a che vedere con la mafia di Montréal. Per quale motivo dei mafiosi avrebbero dovuto prendersela con un attivista ambientale? Forse questo Parisi era un cane sciolto, era stato reclutato da altri.

– La famiglia è stata informata?

– Non ancora.

– Va bene. Contatta le autorità di Palermo, cerca di scoprire tutto il possibile sui Parisi. Con discrezione. Assicurati che al momento della notizia sia presente un esponente delle forze dell'ordine che conosce i genitori. Voglio che mi descriva la loro reazione. Dobbiamo farci dire dai familiari tutto ciò che sanno sul conto di Paolo. Che lavoro faceva, che gente frequentava, quali erano i suoi spostamenti. Chi conosceva a New York e a Montréal. Ammesso che i genitori sapessero dove si trovava.

– Tutto chiaro, *patron*.

– E mettiti in contatto con il capo del nucleo antimafia in Italia. Chiedigli dei Parisi. Se hanno giri strani, lui dovrebbe saperlo.

– Ti inoltro il materiale dell'Interpol. Stiamo ancora cercando la donna dell'*Open Da Night*. Quella che ha salutato Parisi con la mano e che potrebbe averlo ucciso.

– *Bon, merci*.

Seduto nel suo studio, Gamache lesse il referto dell'autopsia praticata sul cadavere di Paolo Parisi. Ventiquattro anni. Sano come un pesce. Nulla faceva pensare che non sarebbe arrivato alla vecchiaia. Eppure eccolo lí, disteso sul tavolo autoptico, con gli occhi sbarrati.

Armand rammentò il giovane uomo dietro il parabrezza del Suv. Il momento sospeso in cui i loro sguardi si erano incrociati, e Gamache aveva visto in Parisi una lucida intensità. Prima che si concentrasse sul vero obiettivo. Su Charles Langlois.

Che fosse un'esecuzione mafiosa finita male, con la morte del pirata? La discarica era un presidio della criminalità organizzata, uno dei loro business apparentemente irreprensibili. In materia di proprietà e privacy il Canada aveva una legislazione fumosa, ben nota a giuristi e a criminali. Era una specie di cataratta burocratica. Il regolamento, piú o meno consapevolmente, aveva creato un porto sicuro per le attività illegali, agevolando l'ascesa del crimine organizzato in Québec. Gamache si ricordò delle autorizzazioni portate alla luce da Langlois, quelle che consentivano agli americani di comprare quote di maggioranza del settore primario canadese. Era lí che Langlois e la mafia s'intersecavano?

Per quanto ne sapeva, la mafia aveva messo le mani sullo smaltimento dei rifiuti, sugli autotrasporti, sull'edilizia... ma non si era mai interessata a miniere, boschi o a enormi fonderie piene di esalazioni tossiche.

Non molti italiani a Montréal erano invischiati con la mafia. Si trattava piú che altro di un pregiudizio. Ma quei pochi erano potenti e spietati.

Gamache fece tamburellare la penna sul quaderno e scrutò lo schermo del portatile. Valutò la possibilità di girare le informazioni su Paolo Parisi all'ispettrice capo Tardiff del dipartimento Crimine organizzato.

In quel momento Honoré e Florence fecero irruzione nello studio. Gamache chiuse in fretta il portatile e li scrutò negli occhi, per assicurarsi che non avessero colto nemmeno uno scorcio delle immagini dell'autopsia. Però i bambini erano troppo concentrati a nascondersi da Zora, che lí trovò pochi secondi dopo.

– Troppo facile, – disse la bambina. – Vengono sempre da te. Giochiamo a *cribbage*?

– Una partita, poi filate a letto.

Armand uscí con i nipoti dallo studio e, tra le proteste generali, barò per vincere la partita in poche mosse.

Eppure era distratto. Aveva ancora in mente il referto. Quello che non aveva inoltrato a Tardiff.

Dopo aver aiutato a fare il bagno ai bambini e a metterli a letto, Armand telefonò a Jean-Guy.

– Suor Joan ammette che la passione dei confratelli era il canto, ma rifiuta ancora di dirmi i nomi degli altri due, – disse Beauvoir.

– Come hanno fatto a mettersi nei guai per il canto?

– Be', è ovvio che non cantavano nel coro del seminario. Forse si esercitavano su canzoni che i colleghi trovavano sconvenienti, specie per degli insegnanti.

– I Beatles? *Let It Be*? Tu la trovi abbastanza sconveniente da provocare un licenziamento? – Gamache ci ragionò su. – Se non sono le canzoni, forse era il posto in cui cantavano.

– Un pianobar? Uno strip club?

– Forse, ma dubito che siano stati cosí scemi.

– Un karaoke bar. In abiti normali.

– *Non*. Con l'abito talare. A quel punto sí che avrebbero superato un limite.

– Ci sto.

Armand riagganciò e guardò Daniel, che lo aspettava sulla soglia dello studio. Era arrivato il momento.

Capitolo 29

– Perché non mi hai detto subito che ti aveva chiamato Jeanne Caron?

Padre e figlio avevano deciso di spostarsi al bistrot per non disturbare il riposo degli altri. Sedevano accanto al fuoco ormai spento, ridotto a pochi tizzoni ardenti.

All'ora di chiusura il bistrot era deserto. Gabri si era avvicinato con l'intenzione di avvisarli, ma notando la concitazione del dialogo aveva fatto marcia indietro. Aveva posato rumorosamente le chiavi sul bancone e aveva tolto il disturbo.

– Prima dovevo capire cosa voleva da me.

Armand cambiò posizione per scrutare il figlio dritto in viso. – Anzi, non è vero, – aggiunse. Da quell'ammissione rimase quasi piú sorpreso di Daniel. – La verità è che volevo credere che bastasse mandarla all'inferno per sbarazzarsene.

– Invece non te ne sei sbarazzato.

– Non in maniera definitiva.

– Cosa voleva?

Armand vide Daniel irrigidirsi in attesa della risposta.

– Voleva vedermi, però io ho riagganciato. Quindi ancora non lo so.

– Richiamala. Fatti dire il motivo. Non puoi esserti dimenticato di cosa ci ha fatto –. Daniel studiò l'espressione del padre. – Secondo te vuole fregarci di nuovo? C'entra quel pirata della strada?

– Sto cercando di scoprirlo.

– Come è possibile? – Daniel aveva l'aria incredula. – Jeanne Caron controlla lo staff dell'uomo che forse diventerà il prossimo premier e sospetti che sia coinvolta in un omicidio? Cosa sta succedendo? Papà, la prima volta ero un ragazzino. Adesso sono un adulto, con una famiglia mia da proteggere. Devi dirmelo.

Quando Armand esitò, Daniel aggiunse: – Non ti fidi abbastanza da spiegarmi come stanno le cose.

Quel tono, quello sguardo, Armand li conosceva fin troppo bene.

Forse parlare con Daniel era stato un errore. Non voleva che lui venisse a sapere dell'indagine da altri, ma piú che avvisarlo l'aveva gettato nel panico. Aveva riaperto una vecchia ferita.

Era cosí tentato di raccontare al figlio della possibile minaccia alla loro acqua potabile che provava un dolore quasi fisico. Daniel sarebbe stato capace di tenersi l'informazione per sé? Di non divulgarla ai suoi amici di Montréal che avevano tutti figli piccoli? Forse. Probabilmente sí. Però lui non poteva rischiare.

– Mi dispiace.

Daniel annuí bruscamente, si alzò. Se ne andò. Armand chiuse gli occhi e abbassò il capo. Poi sentí qualcuno sedersi sul divano accanto a lui.

– Ho paura, – disse Daniel a bassa voce. – Non per me. Per Florence, per Zora. Non capisco cosa tu abbia in mente, né perché. Non so cosa bolle in pentola, e non sapere è terribile. Ma so che ho fiducia in te, piú di quanta tu ne abbia in me.

– Non posso... – tentò Armand. Daniel lo bloccò con un cenno categorico.

– Non importa. So che questa cosa non riguarda solo me. Forse un giorno ti fiderai di me quanto ti fidi di mamma. Quanto ti fidi di Jean-Guy. Voglio aiutarti, papà, e se aiutarti significa non fare un bel niente, be', sono pronto a stare fermo e zitto.

Armand posò una mano sulla guancia del figlio. – Grazie.

Ora è davvero finita, pensò Armand mentre tornavano a casa in silenzio. Caron non sarebbe piú riuscita a minacciare la sua famiglia.

Erano le quattro del mattino a Three Pines e le dieci a Roma, quando Isabelle Lacoste attraversò piazza San Pietro. Gli uffici del Vaticano erano aperti da poco.

Rallentò per guardare in su, verso il famoso balcone da cui il papa recitava la messa.

Lui non c'era.

La guardia aveva fatto una breve telefonata, quindi le aveva indicato gli uffici della Curia dall'altra parte della piazza. Mentre Lacoste si avviava verso il portico a pianta ricurva, che dava al passante l'impressione di ricevere un abbraccio dalla piazza stessa, da una porta spuntò una suora vestita tutta di bianco. Una domenicana. E non una suora qualunque ma la madre superiora.

– Signora Lacoste?

– Sí.

– Sono Madre Beatrice. Benvenuta...

– Mi perdoni, non parlo italiano, – disse Isabelle in inglese, dando per scontato che fosse una lingua masticata da entrambe. Si sbagliava.

– *Español?* – chiese l'altra.

– *Nein*, – disse Isabelle prima di rendersi conto che aveva parlato in tedesco.

– *Latino?* – Nel porgere la domanda, madre Beatrice abbozzò un sorriso, come a indicare che si trattava di una battuta a cui rispondere con un'altra battuta.

– *Niet.*

– *Français?*

– *Oui. Vous?*

Madre Beatrice scosse la testa, ed entrambe si chiesero perché si fosse disturbata a chiedere.

La suora contemplò l'ospite inattesa. Cosa fare con una persona che le aveva chiesto udienza senza preavviso e con la quale non poteva comunicare? L'intervista con la giornalista canadese sembrava spacciata. A meno che…

Madre Beatrice le rivolse un cenno con la mano, e Isabelle, sollevata, la seguí oltre la porta e lungo i corridoi di marmo. Come in molti sontuosi palazzi d'epoca, gli interni della Curia erano meno spettacolari dell'involucro. Piú s'inoltravano verso il centro, piú la sede papale somigliava a una tana di roditori. Gran parte delle persone che incrociavano non erano religiosi ma impiegati, che con le loro mansioni contribuivano all'impresa di gestire una delle piú ricche e potenti istituzioni sulla faccia della Terra.

Mentre affrettava il passo per stare dietro alle lunghe gambe coperte dalla tonaca della badessa, Isabelle sbirciava negli uffici in cerca di Sébastien.

Lí dentro lavoravano centinaia, forse migliaia di persone. A meno di un colpo di fortuna, non l'avrebbe mai trovato. Doveva mostrarsi piú diretta.

Dopo un bel pezzo la monaca si fermò e la invitò ad accomodarsi in una stanzetta senza finestre dove lavorava un'altra consorella. Prima di entrare, Lacoste tirò fuori la foto di Frère Sébastien e la fece vedere alla badessa. Lei la esaminò con scrupolo e scosse la testa.

– Suor Irene, – Madre Beatrice apostrofò la collega e le disse qualche parola in italiano: probabilmente, pensò Lacoste, una breve presentazione della nuova arrivata. – Io vado, – aggiunse infine in un inglese incerto.

– Grazie, – Isabelle era stata a un soffio dal rispondere *Danke*, quando d'un tratto l'italiano le si era materializzato in testa.

– Madre Beatrice mi ha detto che sta scrivendo un articolo sull'ascesa delle donne all'interno della Curia, – disse la suora in un inglese impeccabile quando rimasero sole. – In circostanze normali avrebbe impiegato settimane ad avere il permesso per un'intervista, ma negli ultimi tempi il Santo Padre è ansioso di mostrare ai fedeli i cambiamenti che stiamo incentivando.

Come madre Beatrice, suor Irene era una domenicana. Prevedibile, visto che quello era il Dicastero per la Dottrina della fede.

– Come vede, non sono tra le donne in posizioni d'autorità. Non ancora.

– Le spiace se registro la nostra conversazione?

– Niente affatto. Ma non vedo come potrei aiutarla. L'unica ragione per cui la madre superiora l'ha dirottata qui è che parlo inglese. Nella Curia ci sono senza dubbio donne piú potenti. In questi uffici ci sono croste di pane con piú potere di me. Sono una galoppina, un colletto bianco.

– Una suora con il colletto bianco? – chiese Lacoste.

La sorella sorrise. – Strettamente parlando, le suore non sono considerate parte del clero. C'è ancora tanta strada da fare. Ma non rinuncio alla speranza di diventare papa, un giorno.

Lacoste rise e si chiese se quella giovane donna piú o meno dei suoi anni, tra i trenta e i trentacinque, scherzasse solo a metà. Nei suoi occhi c'era una scintilla di allegria, quasi di scherno.

– Io per lei voterei senz'altro, – ribatté Lacoste. – Però prima dovrei entrare nel collegio cardinalizio.

– Potrebbe tentare. Vent'anni fa sarebbe stato impossibile vedere una suora in posizione di comando. L'impensabile sta accadendo, Miss Lacoste. Piano piano, certo, ma siamo pur sempre in Vaticano –. Fece una pausa. – Lei è francese, vero?

– Del Québec.

Suor Irene la scrutò con piú attenzione. – È lontana da casa.

– Come lei. Americana?

– Di Cleveland.

– Però parla italiano.

– Sono un'immigrata di seconda generazione. La mia famiglia viene dalla Toscana. Non mi chieda a chi mai...

– ... verrebbe l'idea di trasferirsi dalla Toscana a Cleveland –. Poi Lacoste continò: – Voi americani vi conoscete tutti? – Lo chiese in tono cortese, come se si trattasse di una normale battuta per sciogliere il ghiaccio e non di una domanda strategica.

– Come all'*Harry's Bar*? – Suor Irene sorrise. – Alcuni fanno amicizia, ma impariamo in fretta che qui è meglio custodire i propri segreti, difendere il proprio territorio. Le fratellanze sono pericolose.

– Pericolose?

– Non dal punto di vista fisico, ovviamente, ma da quello professionale. Per fortuna il mio territorio non ha bisogno di essere difeso.

– Parla come se si sentisse sola.

Suor Irene parve colpita da quell'osservazione. Dopo un istante, disse: – La Curia è un luogo di solitudine. Mi mancano i miei amici.

Isabelle indicò una sedia. – Posso?

– Sí, certo. Si accomodi.

– Ci sono molti americani qui?

– Non molti. Penserà che ogni tanto dobbiamo per forza riunirci, magari per il pranzo del Ringraziamento. E forse gli altri si riuniscono davvero.

– Non ha mai trascorso un Ringraziamento qui al Vaticano?

– No. Questo è il mio primo anno.

– Una curiosità: conosce monaci o sacerdoti che vengono dal Québec?

– Abbiamo centinaia di monaci e sacerdoti, qui. Non li conosco tutti. E forse non ho capito bene l'argomento del suo articolo. Pensavo volesse parlare della condizione delle donne.

Isabelle capí di essere stata avventata. Poi capí anche che le serviva una persona addentro al Dicastero da molto piú tempo. Una che avesse per forza incrociato Sébastien all'epoca in cui lavorava lí. Una che fosse in grado di riconoscerlo, se avesse mai dovuto ripresentarsi.

– Sto pensando che forse mi conviene seguire uno dei suoi buoni consigli. Posso parlare con una consorella che ha fatto carriera in questo ufficio?

– Mi lasci fare una telefonata.

Dopo aver riagganciato, suor Irene invitò Lacoste a seguirla.

Mentre percorrevano il dedalo di corridoi, Lacoste sbirciò di nuovo dentro ogni porta aperta nella remota speranza di individuare Sébastien.

– Dove ha frequentato il seminario? – Altre porte dietro cui gettare un'occhiata veloce.

– Alla Motherhouse di Amityville. A New York.

– E prima di venire qui cosa faceva?

– Insegnavo.

D'istinto, Lacoste rallentò il passo. – Dove?

– A Washington. In seminario.

Lacoste si fermò di botto. Suor Irene proseguí un altro po', quindi si fermò per guardarsi alle spalle.

– Washington DC?

– Sí. Si sente male? Vuole un bicchiere d'acqua?

Suor Irene scrutava Lacoste con una punta d'allarme.

– Ha conosciuto un certo Frère Sébastien? – Lacoste si frugò in borsa per recuperare la foto. – Era un domenicano, però adesso è entrato nei gilber…

A quel punto fu Lacoste ad allarmarsi. La suora aveva l'aria di una che ha appena incassato uno schiaffo. Ben assestato. In piena faccia. – No.

– Ci siamo sbagliati, *patron*.

Allo squillo del cellulare, Armand si stava avviando verso la macchina sotto una lieve pioggerella mattutina.

Lacoste parlava in un sussurro, però la sua voce era carica d'urgenza.

– Il terzo non è un monaco, è una suora! Uno degli amici di Sébastien al seminario era una donna. Suor Irene.

Il borsone scivolò dalla spalla di Armand e piombò sull'erba bagnata. Reine-Marie, che gli camminava accanto, si fermò, si piegò in avanti e lo raccolse.

– Che c'è? – sillabò con le labbra. Armand aveva stretto la presa sul cellulare e fissava con sguardo imbambolato il bosco nero alle spalle della moglie.

– Come lo sai?

– In questo momento mi trovo con lei.

Di fronte all'espressione della suora e alla risposta che si presentava come una palese menzogna, Lacoste l'aveva spinta nel bagno piú vicino e aveva chiuso a chiave la porta.

– Suor Irene lavora al Dicastero per la Dottrina della fede. Si rifiuta di parlare, ma dalla sua reazione è chiaro che conosce Sébastien. Non vuole dirmi dove si trova ora, né ammette che hanno avuto una frequentazione, ma dev'essere lei che gli ha scritto per convocarlo qui.

Isabelle era appoggiata alla porta mentre suor Irene si era rincantucciata contro un water di porcellana.

– Devi farti dire dove agiranno i terroristi, – disse Gamache.

Rimase in linea mentre Isabelle parlava con la religiosa. – Dobbiamo sapere cosa sta accadendo per fermare i responsabili. Sappiamo che in qualche modo c'entra l'acqua. È al corrente di un piano per avvelenare l'acqua potabile?

Silenzio.

– Colpiranno Montréal, vero? – domandò Lacoste. – L'acqua potabile di Montréal. Per carità, deve dircelo.

Armand contemplava il bosco sforzandosi di individuare gli alberi in quella colata di nero, pregando che la suora rispondesse.

– Scuote il capo e basta. Non lo sa, oppure non vuole parlare. Ha l'aria terrorizzata, come se si aspettasse che le faccia del male.

– Dille che sappiamo della Grande Chartreuse.

– Cosa sappiamo, *patron*?

– Te lo spiego un'altra volta. Ma scommetto che lei capisce.

Armand sentí Isabelle pronunciare «Grande Chartreuse». La sua voce rilasciava una piccola eco. Chissà dove si trovava tra tutti gli angoli del Vaticano. Forse addirittura nella Cappella Sistina.

– Non parla.

– Cristo Santo! – Una pausa. – Ti va di cantare una cosa?

– Prego?

– Di cantare. La conosci *Let It Be*?

– Ti senti bene, capo?

– Ti prego, rispondi e basta.

– Sí.

– *Bon*. Allora voglio che canti il ritornello sostituendo le parole «*let it be*» con «*letter b*».

Lacoste era confusa. Possibile che il capo manifestasse i primi sintomi di demenza senile? In ogni caso abbassò il telefono e cantò.

Beauvoir cercò di mettersi in contatto con il capo, ma il suo telefono dava occupato. Cazzo. Cosí chiamò Annie.

– Jean-Guy…

– Passami tuo padre, veloce.

Annie era già sveglia e vestita a metà. Si infilò in fretta la vestaglia e setacciò una stanza dopo l'altra in cerca del padre.

– Che succede? – chiese Daniel uscendo dalla sua camera.

– Devo trovare papà.

– È fuori, sta salendo in macchina.

Annie corse giú per le scale e uscí in ciabatte, sventolando il cellulare come una bandiera. – Papà! C'è Jean-Guy al telefono. Dice che è urgente.

Lacoste aveva attaccato il ritornello da una ventina di secondi quando Armand sentí lo scroscio di uno sciacquone.

Con tutta probabilità non si trovavano nella Cappella Sistina.

– Dopo la canzone sembra ancora piú sconvolta, – disse Isabelle. – Come se l'avessi presa a sberle.

Suor Irene era rimasta cosí colpita dalla performance che per non perdere l'equilibrio aveva tastato a casaccio la parete, azionando lo sciacquone.

– Cosa significa quella canzone, capo? – chiese Lacoste.

– Significa che la nostra suora sa piú di quanto dichiari. Resta in linea –. Armand prese il cellulare che Annie gli stava porgendo. – Dimmi, Jean-Guy.

– Quando sono arrivato ieri sera i karaoke bar avevano già chiuso, ma sono uscito presto stamattina sperando di trovare almeno gli addetti alle pulizie. Ne ho scelti alcuni…

– Jean-Guy!

– La faccio breve. Ci abbiamo azzeccato. Tre insegnanti del seminario frequentavano regolarmente il karaoke di martedí, in abito talare. In poco tempo sono diventati un fenomeno. È uscito un articolo sul quotidiano locale, con una foto dei tre, lo tengono appiccicato a una parete del bar. Credo sia colpa dell'articolo se al seminario li hanno beccati e puniti.

– In teoria solo Frère Sébastien è stato cacciato. Gli altri due no. Cosa dice l'articolo?

– Lo sto leggendo in questo momento. Ti mando una scansione. *Patron*, una era una suora. Una domenicana. Una certa suor Irene.

– Lo so. Sono al telefono con Lacoste dal Vaticano. È con la suora, adesso. Che mi dici del terzo?

– Frère Robert, cosí si chiama. Attenzione, però. Non è un domenicano. È un certosino.

Armand gettò il capo all'indietro ed esalò un sospiro.

Finalmente. La domanda a uno dei loro interrogativi cruciali. Perché la Grande Chartreuse? Ecco perché.

Riavvicinò all'orecchio il suo cellulare. – Isabelle, hai sentito?

– *Non*. Cosa avrei dovuto sentire?

– Il terzo si chiama Frère Robert. Un certosino. Quasi certamente è lui che Dom Philippe e Sébastien sono andati a trovare alla Grande Chartreuse.

Mettiti in contatto con Claude Dussault. Digli che lo raggiungi là. E porta con te suor Irene.

– D'accordo.

A Isabelle pareva impossibile convincere la suora a uscire dal bagno e poi dalla Curia. Figurarsi costringerla a imbarcarsi in un viaggio dall'Italia alla Francia, fino alla roccaforte dei certosini.

– E Sébastien? – chiese.

– Lui non è essenziale. È l'altro monaco che ci serve. È lui a possedere le informazioni che cerchiamo.

– Come fai a esserne cosí sicuro?

– Perché è Robert che vive nascosto. L'abate è andato a trovarlo. D'ora in poi dovrete concentrarvi su di lui.

Adesso la suora, notò Lacoste, aveva recuperato il controllo e la scrutava con occhi accesi. Incuteva quasi timore. Come se stesse sfidando la pericolosa visitatrice a farle ancora piú male. Per quanto assurdo, Lacoste provava un'irresistibile ammirazione per Irene. Di sicuro era terrorizzata, con la certezza di trovarsi intrappolata in un bagno con una degli emissari da cui stava cercando di nascondersi.

Irene non aveva la vocazione della martire, eppure era determinata ad affrontare qualunque cosa il destino avesse in serbo per lei. Era determinata a proteggere ciò che sapeva. I suoi amici. Anche se di certo sperava che il suo momento non fosse ancora arrivato; che il vespasiano degli uomini in un'ala della Curia non fosse il luogo designato alla sua morte.

Ma c'era un altro problema.

– *Patron*, ho controllato. Da qui alla Grande Chartreuse sono dieci ore di macchina.

– Devi prendere un aereo.

– Scherzi? Suor Irene non salirà mai su un volo di linea.

– Di' a Claude Dussault di mandare un elicottero.

– A spese della Sûreté?

– No. Ti mando gli estremi della mia carta. Non usare il conto della Sûreté.

Armand sentí qualcuno posargli una mano sul braccio. Era Reine-Marie. – Chiamo la banca e chiedo di alzare il nostro limite di spesa.

– Di un bel po', – precisò Armand.

– Papà? – Armand notò solo allora che Daniel era uscito di casa e si era avvicinato. – Forse anche questa ti sarà utile.

In mano aveva la sua American Express.

Il padre esitò un secondo, poi la prese. – *Merci*.

Annie era scomparsa dentro casa per poi tornare brandendo una banconota da cinque dollari.

– La mancia che mi hai dato ieri per salvare mamma dai bambini, – disse. – Non so, magari ti serve. E pure questa.

Gli mise in mano la sua Visa.

Armand sorrise e accettò entrambe le carte. – Isabelle?

– Ci sono, *patron*.

– Ti mando i dati per il pagamento.

Dopo aver riagganciato, Armand riprese il cellulare di Annie. – Jean-Guy, devi parlare di nuovo con suor Joan. Dille cosa hai scoperto. Quando vedrà di quante cose sei già al corrente, sarà piú disposta a sbottonarsi.

– Le chiederò anche se qualcuno è già passato al seminario a chiedere di Robert e Sébastien.

– Bravo. Poi te ne torni a casa.

– Il prima possibile. Tu cosa farai?

– Vado a Blanc-Sablon a cercare Dom Philippe.

Prima di partire, Gamache inoltrò un messaggio. Un invito a colazione a Montréal, destinato a una persona il cui sconcerto nel riceverlo avrebbe superato quello che provava Armand nel mandarlo.

Con tutta probabilità, la persona non avrebbe risposto. Non si sarebbe presentata.

Con tutta probabilità quel messaggio era stato un'idea stupida.

Era sempre piú difficile distinguere le buone idee da quelle stupide.

Capitolo 30

Dopo aver parlato con Gamache, per prima cosa Lacoste chiamò l'ex prefetto della polizia di Parigi Claude Dussault e gli chiese di organizzare un elicottero.

Lui non parve sorpreso. – Mi sono già informato. La cosa migliore è che mi veniate a prendere a metà strada. Ti giro i dettagli.

Risolto il problema dell'elicottero, Lacoste passò a quello piú spinoso. La suora.

– Il mio capo mi ha ordinato di andare subito alla Grande Chartreuse e di portare con me anche lei.

Irene fece un passo indietro. Lacoste fece un passo avanti.

– Mi metto a strillare.

– Strano che non l'abbia già fatto, – disse Lacoste. – Senta, sorella, – come era già successo a Beauvoir, quella formula la fece sentire come un gangster di un film hollywoodiano. Se avesse avuto mezzo pompelmo a portata di mano, l'avrebbe spiaccicato sulla faccia di Irene. – Dobbiamo scoprire esattamente cosa sta succedendo.

– Io non posso aiutarvi.

A quel punto Lacoste si arrabbiò davvero. – Le consiglio di non prendermi per il culo. Sono stremata, ho paura. E lei, che dovrebbe aiutarmi, ha deciso di rendermi tutto piú difficile.

Si fermò, squadrò la suora. E per la prima volta Isabelle Lacoste fu sfiorata dal pensiero che forse, ma solo forse, suor Irene non mentiva.

– Fratello Robert deve avere per forza quelle informazioni, – disse. – È per questo che si nasconde. È per questo che lei lo protegge. È l'unico tra voi che sa cosa sta succedendo e chi c'è dietro.

Suor Irene chiuse gli occhi e strinse nel pugno la croce che le penzolava sulla tonaca bianca. Mormorò una preghiera. Poi un'altra ancora. Con piú convinzione.

Era arrivato il momento. La sua piú grande paura se ne stava lí di fronte a lei, si era materializzata nelle sembianze di una giovane donna del Québec dall'aria sincera. Insospettabile, com'erano spesso le maschere del male.

Isabelle Lacoste mormorò: – Io credo che anche lei sappia qualcosa.

Irene non aprí gli occhi. – Non so nulla.

– Sí che lo sa. Le cose importanti le sa. Qui dentro.

Isabelle toccò la croce. Suor Irene sbarrò gli occhi e se la ritrovò vicinissima, a pochi centimetri di distanza.

– Sa che l'aiuto che sta invocando in preghiera sono io.

All'arrivo di Gamache, l'ospite era già seduta a uno dei tavoli di *Chez Mama*.

– Monsieur Gamache.

– Madame Dorion.

Lui non le tese la mano e lei non si alzò in segno di rispetto.

Lei non si rivolgeva mai a Gamache usando la sua qualifica nella Sûreté. Era un piccolo affronto, con lo scopo di infastidirlo e destabilizzarlo.

Lei aveva compiuto da poco ventitre anni e non era sposata, ma lui le si era rivolto con l'appellativo di «madame» anziché con «mademoiselle», che tendeva sempre a sminuire le donne adulte.

Shona Dorion sembrava piú giovane della sua età. Come se non bastasse, si vestiva da ragazza ancora piú giovane, da studentessa. Era una messinscena, uno stratagemma che usava per sfidare chi le stava intorno. Dal suo volto pubblico emanava una persistente ironia. Un dito medio sventolato in faccia a chi la sminuiva perché era giovane e nera e donna.

Shona Dorion era la blogger che aveva bersagliato Gamache di domande ostili. Crudeli e ben mirate, ancora piú sconvolgenti perché venivano da una ragazzina che sembrava andare al liceo.

Prendeva quasi sempre di mira Gamache. E se Armand non avesse saputo perché Shona ce l'aveva con lui, perché demolirlo fosse diventata la sua *raison d'être* professionale, non l'avrebbe mai convocata lí.

Ma si dà il caso che lui sapesse. E che lei avesse accettato l'invito.

Aveva già ordinato la colazione: una montagna di pancake con bacon affumicato al legno di cedro e un bricco di sciroppo colloso con una formica appiccicata alla base.

– Mi fa piacere che abbia accettato l'invito.

– Avevo deciso di ignorarlo, poi però ero troppo curiosa. E non me la sentivo di rinunciare a una colazione offerta dalla Sûreté in questo bel posticino –. La ragazza si guardò intorno. – Scommetto che qui ci porta sua moglie.

Sentendo nominare Reine-Marie, Gamache ebbe un moto di fastidio ma non lo diede a vedere. Aveva scelto quel *diner* vicino alla Missione per il solo motivo che nessuno dei suoi conoscenti ci avrebbe messo piede di propria spontanea volontà. Infatti il luogo, a parte la cameriera che si aggirava lentamente tra i tavoli strusciando le ciabatte sul pavimento di linoleum, era deserto.

– Cosa le porto? – chiese la donna a Gamache.

– *Café, s'il vous plaît.*

– Solo caffè?

– E un croissant.

– Bene.

Quando arrivò l'ordinazione, Gamache spinse di lato la pasta. C'erano puntini di muffa verdastra sulla crosta e la traccia di un morso su uno dei cornetti. Decise anche di non toccare il caffè. Aveva fame e un disperato bisogno di caffeina. Rimpianse amaramente di aver scelto quel *diner*.

– Perché siamo qui? Vuole farmi abbassare la cresta con una minaccia? – Shona lo fissava con scherno. Gamache guardò il cellulare di lei, posato sul tavolo, e notò che stava registrando.

– *Non*. Non l'ho mai pensato.

– Lei ha arrestato mia madre. L'avete chiusa in cella e si è impiccata. Non la considera una minaccia? Avevo otto anni.

– *Oui*.

Era la parte del suo lavoro che Gamache detestava e che sarebbe tornata a perseguitarlo tutti i giorni, anche dopo la pensione. I danni che la sua squadra aveva inflitto a persone vulnerabili nel corso di questa o quella indagine. Insieme ai fantasmi, le persone ferite erano schierate in fila alle sue spalle. Ansiose di fare una «chiacchierata». Solo che quello non era proprio il momento.

Gamache e Shona si erano incontrati quando lui aveva bussato a casa sua con un mandato d'arresto in mano. Shona era una bambina attaccata alle gonne della madre, con due grandi occhi puntati su di lui. Non era arrabbiata e nemmeno impaurita, solo curiosa. Poi lui aveva spiegato perché si trovava lí, e nella bambina si era insinuata l'implacabile consapevolezza che il mondo fosse cattivo. Che gli adulti commettessero degli errori.

Shona era cresciuta in una casa dove girava il crack. Sua madre era una prostituta e una tossicodipendente. Ma era anche una donna amorevole e protettiva. Aveva travasato tutta la sua bontà, tutta la sua considerevole riserva d'amore, nella figlia.

L'aveva protetta da un mondo spesso crudele.

Finché il mondo aveva bussato alla porta di casa nelle sembianze di Armand Gamache, lo sbirro che aveva strappato alla bambina l'unico affetto che avesse mai conosciuto.

Shona non aveva piú rivisto la madre.

Gamache aveva cercato di minimizzare il senso di colpa ripetendosi che non era responsabile della tragedia. Era stata la madre di Shona a uccidere il suo pusher. Eppure quella donna stava cosí male che in tutta onestà nemmeno lei poteva essere considerata responsabile.

– Mi serve il suo aiuto, Madame Dorion.

Gli stessi occhi che l'avevano scrutato quella

prima volta si posarono su di lui. Be', non proprio gli stessi. Ora la meraviglia era scomparsa, rimpiazzata dal disprezzo.

– Voglio rivelarle una cosa, – continuò Gamache. – In una cassetta di sicurezza nel seminterrato di casa ho dei fascicoli sulle persone che ho incrociato durante le indagini.

Gli occhi di Shona si accesero, spostò impercettibilmente il cellulare verso Gamache. Come tutti i bravi detective, non lo interruppe. Lo lasciò parlare.

E lui parlò. Senza fretta, con precisione. Senza ambiguità. Rivolto al registratore.

Per la cronaca.

– Nel fascicolo ci sono testimoni, qualche sospetto che poi si è rivelato essere innocente. In gran parte assassini. Prima che me lo chieda, su di lei non c'è niente.

Shona non pareva convinta.

E lui non poteva darle torto.

Era cosí affezionata all'idea che Gamache fosse un individuo spregevole, sempre pronto ad abusare della sua considerevole quota di potere, da non riuscire a vedere al di là.

– Nei fascicoli ci sono le dichiarazioni che queste persone hanno rilasciato nel corso degli anni, a volte i risultati delle nostre stesse indagini. Fatti che in ultima analisi si sono rivelati estranei agli omicidi. Inezie. Piccoli furti. Reati per droga. Ma soprattutto sbagli, errori di valutazione. Prepotenze. Relazioni extraconiugali. Bugie. Gesti di vigliaccheria, morali o concreti. In ogni caso, segreti che potrebbero danneggiare gli interessati sul fronte personale o professionale.

Gamache si guardò le mani, sentendosi addosso i fiammeggianti occhi castani di Shona.

– Poche persone sono al corrente di questi fascicoli. Non sono classificati. Non sono illegali. Anche se molti resterebbero disgustati dal fatto che un ufficiale di polizia conservi in casa propria fascicoli su privati cittadini. Potrebbe montarci un caso.

Gamache sostenne lo sguardo della ragazza. In quel momento, lei gli ricordò il lupo del bosco intorno al monastero. Pronto ad azzannargli la gola.

– Se questa cosa venisse presentata in un certo modo, probabilmente sarei licenziato e mandato a processo. L'accusa non reggerebbe, però sarei rovinato.

Gamache fece un respiro profondo. Non poteva piú tornare indietro. Shona sembrava elettrizzata dalle informazioni che aveva ricevuto, ma anche perplessa. Perché Gamache le aveva servito quella pistola fumante?

– Se quei fascicoli sono cosí controversi, perché li tiene?

– Un'altra domanda potrebbe essere: perché quei fascicoli sono su certe persone e non su altre?

– Come preferisce.

– Quelle persone non sono colpevoli del reato su cui stavamo investigando, ma sono tutt'altro che innocenti. Io credo e sento a pelle che un giorno commetteranno qualcosa di terribile. Forse l'hanno già commesso. Gliel'ho letto dentro.

– Lei accumula informazioni su cittadini innocenti per poterli ricattare.

– *Non*. Il ricatto non c'entra. Sono prove. Reperti. Ecco cosa sono. Non ho fascicoli su chi è davvero innocente.

– A suo giudizio.

– A mio giudizio, sí. Se mi sbaglio, quei fascicoli resteranno sepolti dove sono.

Gamache si sporse sul tavolo. Posò per un attimo le mani sul ripiano appiccicoso, se ne accorse e si affrettò a staccarle. – Se ho ragione, quando queste persone si macchieranno davvero di un crimine, noi inquirenti avremo un grosso vantaggio. Sarei un idiota a buttare via quelle informazioni.

– È un idiota a raccontarmi del suo piccolo archivio privato. Sa che sto registrando tutto.

– *Oui*. L'ho immaginato.

– Allora perché lo fa?

– Cosí siamo pari. Nello svolgere il mio lavoro, ho modificato la traiettoria della sua vita, le ho inferto una ferita profonda. E adesso lei, nello svolgere il suo, può fare la stessa cosa.

– Esatto. Ma perché me l'ha servita su un piatto d'argento?

– Per farle capire che ciò che sto per chiederle è importante. Cruciale. Vale tutta la mia carriera. Forse di piú.

Shona si abbandonò all'indietro e studiò l'ispettore capo Gamache.

Aveva provato molte volte a screditarlo, ma nonostante tutti gli sforzi per scovare dettagli compromettenti, per sminuirlo, schernirlo e insultarlo, lui era rimasto impassibile. Con lei, addirittura cortese. Il che l'aveva fatta infuriare e l'aveva pungolata a impegnarsi ancora di piú.

Adesso aveva finalmente ciò che le serviva.

– In pratica queste informazioni sono una specie di ipoteca. Ora la tengo per le palle.

– È una metafora colorita ma piuttosto accurata, – disse Gamache. Shona allungò una mano verso il croissant. – Fossi in lei quello non lo toccherei, – aggiunse lui. E dopo un secondo: – Mi serve una persona esterna disposta a scoprire un po' di cose. A indagare con discrezione.

– Esterna alla Sûreté? – Negli occhi di Shona c'era una punta di incredulità. – Perché proprio io?

– Ci ragioni su.

Non ci voleva molto a fare due piú due. – Perché la detesto. Nessuno penserebbe che lavoriamo insieme.

– E perché è molto brava a fare quello che fa.

Shona spense il telefono e se lo ficcò in tasca. – Okay, Gamache. Sono tutta orecchie.

– Il governo ha concesso a diverse aziende del Québec, e forse di altre zone del Canada, di superare di trenta volte i limiti d'inquinamento stabiliti per legge.

– Del trenta per cento, intende?

– Di trenta volte.

– Merda.

– Inoltre ha concesso agli americani quote di maggioranza di aziende del settore primario.

Anziché ribadire che era una pratica illegale, come senz'altro sapeva, Shona si limitò a scuotere la testa e si mise a prendere appunti.

– Mi servono dei nomi.

– Posso procurarglieli.

– Cristo. Qualcuno sta incassando un bel po' di mazzette.

Shona si abbandonò di nuovo contro lo schienale e chiese: – Cosa c'entra questa storia con il dipartimento Omicidi?

– Charles Langlois, il giovane uomo ammazzato da quel pirata della strada, faceva il biologo in un'associazione ambientalista chiamata Action Québec Bleu. Si occupava di studiare laghi potenzialmente inquinati. Credo che durante le sue ricerche abbia scoperto queste infrazioni, e che sia uno dei motivi per cui è stato ucciso.

– Uno dei motivi?

– Abbiamo altre piste. A lei chiedo di esplorare questa.

Alle spalle di Shona s'intravedeva la cameriera emaciata e minuta, e a Gamache venne l'impulso di gridarle: «Se ne vada di qui. Prenda i suoi cari e vada via dalla città. Sta per capitare una cosa terribile».

Quel mantra l'aveva tormentato mentre attraversava la città in macchina, mentre passava accanto a scuole e ospedali, a uomini e donne che uscivano dalla metro per andare al lavoro. Mamme e papà che tenevano i figli per mano ai semafori, aspettando il verde.

Aveva pensato ai LaPierre e ai loro amici piú stretti.

«Andate via! Vi scongiuro, andate via da questa città prima che...»

Naturalmente non aveva detto nulla. Era rimasto zitto e si era inoltrato nella città vecchia, tallonato dalle parole di Martin Luther King: *Alla fine, ricorderemo non le parole dei nostri nemici, ma il silenzio dei nostri amici*.

Con la differenza che i suoi amici non avrebbero ricordato un bel niente. Sarebbero stati morti. Per colpa del suo silenzio.

Ti prego, Signore, fa' che funzioni.

– Voglio che scopra chi c'è dietro a tutto questo. Qual è lo scopo.

– Soldi. Cos'altro?

– Forse.

Lei rilesse i suoi appunti. La sua attenzione era slittata da Gamache al compito che le era stato affidato. E a quel punto capí.

– Un attimo. Entrambe le cose, il nullaosta ai limiti stabiliti per legge e la vendita delle aziende, sono controllate dallo stesso soggetto. Marcus Lauzon. Il vicepremier.

– *Oui*.

Shona esalò un lungo sospiro. Un fazzoletto di carta appiccicato al ripiano del tavolo fluttuò per lo spostamento d'aria. – Secondo lei il vicepremier e forse addirittura il Primo ministro stanno tramando qualcosa.

– Nel caso, dobbiamo scoprirlo. E in fretta. Ma se ho ragione, potrebbe essere una cosa pericolosa. Almeno una persona è stata uccisa dopo averla scoperta.

– Non può essere piú pericoloso che mangiare qui.

– La prenda come un'esercitazione sul campo. E quella, – Gamache indicò il croissant, – è una bomba a mano.

Sorrise, fiero della battuta.

Lei lo guardò stupefatta e si rese conto che non l'aveva mai visto sorridere. I giornalisti lo interpellavano solo per parlare di crimini orrendi. Nel suo caso, solo per vendicarsi del profondo trauma che aveva subito.

Nel sorriso le rughe che Gamache aveva in faccia diventavano piú evidenti. E Shona capí che a seguirle sarebbe arrivata nel suo luogo piú intimo. La casa. L'anima. Però lei non aveva nessuna voglia di andarci. Per adesso. Non era pronta a smettere di vederlo come uno stronzo senza cuore.

– Può rifiutare, – disse Gamache. – Ha avuto ciò che desiderava da quando era piccola. Una prova che potrebbe distruggermi. Prenda la registrazione e vada via. Non sarò io a fermarla.

– *Non*. Ci sto. Per distruggere lei ho tutto il tempo del mondo.

Gamache si alzò in piedi. – Ho un'ultima domanda. Chi l'ha invitata alla conferenza stampa?

– Strano che me lo chieda. È stato il suo capo.

– Il commissario Toussaint?

– Bingo, – rispose Shona raccogliendo le proprie cose. – Ha tanti amici, Monsieur Gamache. Ma ha anche parecchi nemici. Potenti.

– Inclusa lei, Madame Dorion.

Gamache le porse la mano, che rimase sospesa a mezz'aria.

– Mi pare prematuro.

Gamache annuí e si avviò al bancone, dove lo attendeva la cameriera.

Non osò tirare fuori la carta di credito, consapevole di dover investire fino all'ultimo centesimo nelle spese di Lacoste in Europa. Cosí scelse i contanti. Tirò fuori una banconota da cinque dollari, la studiò un istante e se la rimise in tasca.

– Offro io? – chiese Shona.

Si aspettava di vederlo ridere alla battuta, invece quando si girò era serio.

– *Non, merci*. La prossima volta.

– Se ci sarà una prossima volta, non faremo colazione in questo posto di merda. E lei sarà ancora tenuto a offrire, bastardo spilorcio.

– Cosa ci fa qui?

Suor Joan era arrivata in seminario e aveva trovato Beauvoir seduto sulla panca nell'atrio.

– La aspettavo –. Si alzò e si sistemò lo zaino in spalla. – Sto andando in aeroporto, ma prima dovevo parlare con lei.

– Non ho altro da dirle, – tagliò corto Joan aprendo la porta dell'ufficio.

– Frère Robert. Suor Irene.

– Prego?

– Sono gli altri due del trio di cantanti, – Beauvoir le allungò il ritaglio di giornale.

– L'ho già letto. Adesso ne sa quanto me.

– Mentire non è peccato?

Lei si girò e lo scrutò.

– La mia collega della Sûreté ha trovato suor Irene alla Curia del Vaticano. Ma è con Robert che dobbiamo parlare.

Suor Joan si accomodò alla scrivania. Aveva l'espressione tesa e stremata.

– Non ho il suo recapito. So solo che se n'è andato da qui per accettare una posizione a Roma.

– Lei ne è rimasta sorpresa?

– Un pochino. Qui sembrava felice.

– Dunque all'epoca era già arrivata.

Ora suor Joan aveva l'aria colpevole. – Sí. Però l'altro non l'ho mai visto. Fratello Sébastien. Quello su cui mi ha interrogato ieri.

– E suor Irene? Deve aver incontrato anche lei.

– Sí. Se n'è andata poco dopo Robert.

– Mi parli un po' di lui. Da dove viene? A quanto ne so, è nell'ordine dei certosini.

– Non posso divulgare informazioni personali.

– Può dirmi almeno cosa insegnava? Questo non può essere un segreto.

– Chimica e biologia. Ovviamente aveva anche una laurea in teologia.

– Ovviamente –. Ecco un'altra persona che Jean-Guy non avrebbe mai voluto trovarsi accanto a un dinner party. – Suor Irene invece cosa insegnava?

– Storia.

– Dovevano essere molto amici per uscirsene con l'idea di andare a cantare in un karaoke bar con l'abito talare. Di sicuro sapevano che rischiavano grosso.

L'altra fece spallucce. – È successo tanto tempo fa. Erano giovani. Tutti facciamo cose di cui ci pentiremo.

Jean-Guy fu tentato di chiederle dei suoi rimorsi ma si limitò a dire: – Il seminario l'ha scoperto per via dell'articolo?

– All'epoca non ero qui, ma mi sembra una deduzione plausibile.

– Quindi tutti e tre sono stati sanzionati, ma solo Sébastien ha perso il posto. Perché?

– Questo non posso dirglielo. E credo non abbia importanza ai fini della vostra indagine.

Beauvoir parve colpito da quell'affermazione. – Come fa a dirlo? Non le ho mai parlato dell'indagine.

– Sí. Ma ha detto che si trattava di una cosa seria, per cui immagino che non sia venuto fin qui per scavare nel vecchio scandalo di tre religiosi canterini.

Dal tono di suor Joan, quella vicenda pareva una barzelletta scadente.

– Sono l'unico che è venuto a chiedere di loro?

– Sí.

Joan si alzò e gli porse la mano. – Buona fortuna. Mi spiace di non averla potuta aiutare.

Questa volta Jean-Guy le credette.

Capitolo 31

Per ragioni che Armand Gamache non era mai riuscito a comprendere, nei giorni di pioggia l'atrio del quartier generale della Sûreté a Montréal puzzava di cane bagnato.

La polizia possedeva un'unità cinofila, certo, ma non la tenevano all'ingresso.

Le scarpe di Gamache lasciavano sul pavimento impronte umide che si sovrapponevano a quelle degli altri a cui era toccato recarsi in centrale in quel piovoso mattino d'agosto.

Si era fermato al caffè all'angolo e aveva ordinato un croissant appena sfornato e un cappuccino doppio da asporto, il cui profumo si mescolava adesso al tanfo di pelo bagnato. In attesa dell'ascensore, Gamache pensò che quel binomio gli ricordava Henri e Fred stravaccati sul pavimento del bistrot nelle giornate di pioggia.

I suoi amici arricciavano il naso schifati, lui invece respirava a pieni polmoni.

Arrivato al piano, per prima cosa Armand andò in bagno a sciacquarsi le mani e il viso per lavare via l'impressione di quel *diner* pestilenziale. Mentre l'acqua scorreva dal rubinetto, ne raccolse una manciata, la annusò, infine la assaggiò con la lingua. Pur sapendo che il botulino non aveva odore né sapore, dopo quel gesto si sentí meglio.

Piú al sicuro.

Ancora nulla. Forse.

Fermo sulla porta dell'open space dove i suoi agenti stavano lavorando, provò di nuovo l'urgenza di strillare: «Andate via subito! Prendete i vostri cari e scappate il piú lontano possibile dall'isola di Montréal!» Eppure, anziché allertare quegli uomini e quelle donne di cui in un certo senso aveva la responsabilità, rimase lí come uno scemo, in preda a un'ondata di nausea cosí intensa che dovette appoggiarsi allo stipite. Per un terribile istante, la attribuí all'acqua potabile che aveva assaggiato. Se davvero...

No. A disturbarlo in quel caso era una tossina autoprodotta. Dal senso di colpa.

Provò a recuperare il controllo. Tormentarsi era inutile, gli toglieva solo lucidità. E a lui serviva tutta la concentrazione possibile. Paradossalmente, l'unica maniera di salvare i suoi agenti era tenerli all'oscuro. Tenerli in pericolo.

Era essenziale dare un'impressione di normalità. Dopo aver fatto il punto sui casi aperti con gli agenti responsabili, chiamò nel suo ufficio quello che lavorava in tandem con la polizia di Montréal sugli omicidi di Langlois e Parisi.

Appese al gancio il soprabito zuppo e si mise alla scrivania, invitando l'agente ad accomodarsi di fronte a lui.

– Dimmi cosa avete in mano.

– La famiglia Parisi è stata informata. La notizia si è diffusa in rete e su tutti i notiziari italiani. I giornalisti cominciano a tartassarci, da qui e dall'Italia. È una roba grossa, e diventerà ancora piú grossa.

– Cosa avete trovato? – Gamache cercò di reprimere un moto di insofferenza. Dei giornalisti se ne fregava.

L'agente consultò i suoi appunti e lui bevve un sorso di cappuccino.

Di rado gli era parso tanto buono.

– Parisi ha dormito cinque notti al *Gramercy Park Hotel* a New York, poi se n'è andato. Secondo i nostri calcoli, a quel punto è entrato in Québec, anche se dagli uffici della dogana non risulta. E non si è registrato in nessun albergo di Montréal. Ho mandato in giro degli agenti con le foto che ci ha girato la polizia italiana.

– È chiaro che qui aveva degli appoggi.

– *Oui*. Abbiamo chiesto ai familiari chi conoscessero a Montréal. Hanno dichiarato soltanto un importatore del loro olio d'oliva. Apparentemente non ha legami con la mafia. Ho mandato uno dei nostri a interrogarlo.

– Di conoscenze personali non ne hanno? Amici?

– Sostengono di no. La teoria dei poliziotti italiani è che la mafia abbia preso di mira Paolo per colpire i genitori. L'avvocato della famiglia ha diffuso un comunicato ufficiale.

– Quella è la facciata pubblica. In privato i familiari cosa dicono?

– Escludono che il figlio abbia a che fare con l'omicidio di Charles Langlois.

Gamache allargò le braccia. Ovvio. Anche se il testimone oculare era il capo del dipartimento Omicidi della Sûreté.

– E il capo del nucleo antimafia?

– Non sono mai riuscito a parlarci per telefono.

– D'accordo, – Gamache tamburellò sul tavolo. – Dammi il nome e il numero.

– Posso insistere, *patron*.

– *Non*. Ci penso io. È una questione di grado, – ribatté Gamache. «Grado» era proprio la parola giusta. – Non è colpa tua. Novità sulla donna che ha rivolto quel cenno d'intesa a Parisi?

– Macché. È scomparsa nel nulla.

Sapevano entrambi cosa voleva dire. Un altro giretto in discarica.

Dopo che l'agente fu uscito, Gamache alzò il telefono e compose un numero.

– Mi spiace, ispettore, ma il commissario Genori al momento è occupato.

La linea fu interrotta.

Gamache fissò incredulo il ricevitore che aveva in mano, poi inoltrò di nuovo la chiamata e dall'altra parte si sentí la voce querula ripetere: – Mi spiace, ispettore...

– Sono un ispettore capo. Dica al commissario di venire subito al telefono. Gli dica che sono il capo della Omicidi e che ho assistito personalmente all'omicidio di Parisi. Quello commesso da Parisi.

Una pausa, poi Gamache riprese piú lentamente, con intenzione: – L'attentato in cui sono rimasto quasi ucciso. Sono sicuro che ha visto il video.

Dall'altra parte calò il silenzio, ma non perché avessero riagganciato. Venti secondi dopo, rispose un'altra voce. – Le offro le mie piú sincere scuse, ispettore capo. Gamache, esatto?

L'uomo parlava con un forte accento ma in maniera comprensibile, e Gamache fu lieto che l'inglese dell'uomo fosse meglio del suo italiano. – Non si preoccupi. Andrò dritto al punto. Esistono dei legami tra la famiglia Parisi e la criminalità organizzata?

– Abbiamo già risposto. I legami esistono, ma non sono quelli che credete voi. Sia il signore che la signora Parisi hanno investito moltissime delle loro energie, personali e professionali, per combattere la mafia. A rischio della propria incolumità e chiaramente di quella della loro famiglia.

– Chiaramente? Cosa c'è di tanto chiaro?

– La mafia ha ucciso il loro figlio Paolo. Nel territorio di vostra competenza. Questo almeno è chiaro.

Il capo del nucleo antimafia era passato dalla compiacenza all'aggressività.

– E l'omicidio di Charles Langlois?

– Un tragico incidente. Paolo ha perso il controllo dell'auto. Forse stava scappando da quelli che poi l'avrebbero ucciso. Siamo molto grati che lei ne sia uscito sano e salvo, ispettore capo.

Dal tono non sembrava affatto grato.

– È impossibile che creda a quella ricostruzione, commissario. Ha visto il video, ha letto i rapporti ufficiali, inclusa la mia testimonianza. Paolo Parisi voleva uccidere Charles Langlois, non ci sono dubbi.

– Io di prove non ne vedo. Vedo un ragazzo perbene che scappa per salvarsi la vita e commette un tragico errore. Che movente poteva mai avere?

Esasperato, Gamache spinse indietro la sedia puntellandosi contro la scrivania. Per il contraccolpo la tazza da asporto si rovesciò, il caffè innaffiò i rapporti ancora da leggere.

Gamache balzò in piedi, cercò di salvare i fogli bagnati. L'intoppo ebbe il vantaggio di fargli smaltire la frustrazione.

All'altro capo del filo c'era la persona che coordinava tutti i dipartimenti impegnati nella lotta alla criminalità organizzata in Italia. Un uomo coraggioso, circondato da donne e uomini altrettanto coraggiosi, che mettevano a rischio la propria vita e quella dei loro familiari per smantellare la mafia.

Non c'era al mondo un poliziotto piú esperto delle gerarchie, delle strategie e dei codici mafiosi di quello con cui Gamache stava parlando al telefono. Genori doveva aver guardato il video e compreso al volo la dinamica. Aveva letto i rapporti, reputandoli senz'altro attendibili. Aveva creduto alle parole del capo della Omicidi, che per giunta era un testimone oculare.

Sapeva dell'altro. Però non poteva parlare. Paradossalmente, quel suo ostinato rifiuto dei fatti aveva rivelato a Gamache una cosa importante.

Forse di prove non ce n'erano, ma il commissario aveva dei sospetti su Paolo Parisi, se non su tutta la famiglia. Il problema era convincerlo a sbottonarsi.

– Ho un grande rispetto per lei e mi fido delle sue parole, – riprese lentamente Gamache, riaccomodandosi alla scrivania. – Le chiedo solo di girarmi tutte le informazioni che ha sul ragazzo.

– Paolo era incensurato, ispettore capo, per cui di informazioni ce ne sono poche. Ma chiederò a un agente del mio dipartimento di farle un piccolo resoconto.

– Grazie. Come sta la famiglia?

– Può immaginare.

– Sono suoi cari amici?

– Sí. Io e Alberto Parisi andavamo a scuola insieme. I nostri padri sono stati pestati quasi a morte dal racket del pizzo. Mio zio è stato ucciso. I signori Parisi odiano la mafia almeno quanto me.

– *Merci*. La prego, mi giri tutto ciò che reputa utile.

Una pausa. – Certo, ispettore capo. Mi perdoni.

Per cosa avrebbe dovuto perdonarlo?, ragionò Gamache chiudendo la comunicazione. In qualche modo, gli sembrava di aver colto il messaggio. Il commissario chiedeva perdono perché non poteva raccontargli la verità.

Con tutta probabilità i Parisi erano estranei alla mafia, l'avevano davvero combattuta con tutte le loro forze. Il ragazzo però era un altro discorso. Spesso i figli si ribellano ai genitori, a volte scelgono strade che feriranno la famiglia in modo insanabile.

Per i Parisi, quella strada era la mafia.

Armand contemplò i rapporti macchiati di caffè e sospirò. Aveva stabilito che il dipartimento Omicidi dovesse operare come al solito. E c'erano altri casi che richiedevano la sua attenzione.

Gamache scribacchiò appunti su due o tre rapporti. Ne firmò altri.

Uno degli agenti piú giovani era in ansia perché di lí a poco sarebbe dovuto comparire in tribunale. Bussò al suo ufficio e gli chiese consiglio.

Poi Gamache ne convocò un'altra per discutere di un arresto imminente.

«Presto. Scappa via dalla città!»

– Tutto bene, *patron*? – gli chiese la ragazza.

– A posto. Tu come vorresti procedere?

Una giornata come tante. Tutto nella norma. Davvero.

«Scappate!»

Si premurò di chiamare gli agenti sul campo, poi aprí una call con gli ispettori che stavano indagando sugli omicidi irrisolti a Saguenay e nelle Magdalen Islands.

– Ci sono sviluppi? – chiese. Nella voce dei due, che risposero in coro un «*non*», percepí una nota di esasperazione. – Siamo entrambi convinti che tra i due esista un legame, *patron*, ma è difficile individuarlo.

– La donna uccisa a Chicoutimi lavorava alle poste, – disse Gamache. – Forse ha visto qualcosa che non doveva vedere. Ha aperto una busta che non doveva aprire.

Gamache pensò a Frère Simon che smistava la posta al monastero e al quale era successa la stessa cosa.

– Abbiamo controllato, – replicò Innez. – È impossibile. Non lavorava a contatto con il pubblico, per cui non aveva accesso alla corrispondenza. Nubile, gentile con tutti ma riservata. Frequentava il circolo di lettura della chiesa, e apparentemente quello era il suo unico svago al di fuori del lavoro.

Di quelle informazioni Gamache era già in possesso. Era stato qualche giorno a Saguenay per vederci chiaro. Aveva imparato il fascicolo quasi a memoria. Eppure dovevano continuare a studiarlo fino a trovare ciò che era loro sfuggito.

Nel tardo pomeriggio del giorno fatale una persona si era recata a casa della donna, una modesta villetta in una zona rispettabile di Chicoutimi. Lei stava preparando la cena, una frittura in padella, in soggiorno c'era il televisore acceso. La donna era uscita con quella persona di sua spontanea volontà, o cosí pareva. Non avevano trovato segni di colluttazione, forse perché non era stata necessaria.

I vicini non avevano notato nulla. Era una bella serata estiva, e sia quelli del lato destro che quelli a sinistra erano fuori in giardino a fare un barbecue.

Gli inquirenti avevano capito subito che non si trattava di una rapina finita male. La borsetta della vittima si trovava sulla solita sedia all'ingresso, con dentro i soldi e tutte le carte di credito. La casa non era stata ripulita, a prima vista nemmeno setacciata. L'assassino cercava soltanto lei.

– Io non escluderei uno scambio di persona, *patron*.

Era possibile. Meno probabile che l'assassino non se ne fosse accorto in seguito. Se davvero aveva sbagliato bersaglio, perché non correggere il tiro?

Eppure dopo quello nella zona di Saguenay non si erano registrati altri omicidi. E che una tranquilla impiegata venisse scambiata per una delinquente da giustiziare non era cosa da tutti i giorni. L'avevano portata in un parco, le avevano legato le mani dietro la schiena. L'avevano imbavagliata. Costretta a inginocchiarsi.

Gamache provò a immaginare come doveva essersi sentita la poveretta. Quanta paura doveva aver avuto. Finché era arrivato il proiettile alla base del cranio. Perché? Perché proprio lei?

Tutto faceva pensare a un'esecuzione.

L'insegnante delle Magdalen Islands era stato ucciso due giorni piú tardi.

Per Gamache i due casi erano collegati al cento

per cento. Aveva preso in considerazione l'ipotesi che l'insegnante fosse il vero obiettivo: per una qualche ragione, l'impiegata delle poste si era semplicemente trovata in mezzo. Ma sembrava un'ipotesi ancora piú bislacca.

I due non avevano nulla in comune e vivevano a mille chilometri di distanza.

Al momento dell'omicidio l'insegnante stava per andare in pensione.

Perché?, gli aveva ripetuto la vedova tra i singhiozzi nei pochi giorni che l'ispettore aveva trascorso alle Magdalen Islands, alternando momenti in cui gli si aggrappava al collo ad altri in cui lo tempestava di pugni sul petto. Come se, per un'assurda torsione logica, Gamache fosse stato in parte responsabile della morte di suo marito perché non riusciva a trovare il colpevole.

Armand sapeva che di fronte a una morte improvvisa e violenta, in modo particolare un omicidio, il normale raziocinio era offuscato dallo sgomento. E un interrogativo fagocitava tutti gli altri. Non chi, ma…

Perché?, chiedevano i figli della vittima, ormai adulti.

Perché?, si erano domandati i colleghi.

Perché?, risuonava in testa a Gamache.

Un insegnante stimato da alunni e colleghi era stato condotto sul bordo di un dirupo. Gli avevano legato le mani dietro la schiena. L'avevano imbavagliato. L'avevano costretto a inginocchiarsi e infine gli avevano sparato un proiettile alla base del cranio. Un'esecuzione in piena regola.

Uguale a quella dell'impiegata delle poste. Identica. L'assassino non si era curato di dissimulare le analogie.

L'ispettore fece una lunga pausa. – Mi spiace, capo, ma non so dove andare a parare. Ho parlato di nuovo con la sorella di lei per vedere se saltava fuori qualcosa. Zero.

– Aveva anche un nipote, vero?

– Sí. Un certo Ferdinand. Non si sentivano da anni. Si erano allontanati, come capita spesso. Nel testamento non compare. Lei ha lasciato quasi tutto alla Chiesa, e comunque non aveva granché. Di moventi non ne vedo.

– Io idem, capo, – intervenne quello alle Magdalen Islands. – Zero moventi. Zero legami tra i due. Un testimone dice di aver visto un'imbarcazione attraccare nel piccolo molo dove l'uomo andava a pescare. Al mattino la barca non c'era piú. Non capisco perché l'assassino non abbia gettato il corpo nell'oceano. Perché si sia preso la briga di portarlo su una scogliera per ammazzarlo, senza neppure spingere giú il cadavere.

– Be', è ovvio perché.

– Sí, lo so. Voleva che il corpo venisse trovato al piú presto. Ma perché? Per l'assicurazione? A sua moglie non serviva. I figli vivono nella British Columbia e nell'Ontario, se la passano bene. In questo delitto, specie se premeditato, non trovo un movente né un senso. Per me è un altro scambio di persona.

Gamache grugní. Impossibile. Un sicario non avrebbe mai commesso due sbagli cosí macroscopici in rapida successione. Altrimenti sarebbe stato la terza vittima, e non per sbaglio.

No, lí c'era di mezzo un professionista. Uno che forse poteva fare un errore, ma non due. Con buona pace dell'ispettrice capo Tardiff del Crimine organizzato, si trattava di esecuzioni mafiose.

Il sicario non aveva occultato i cadaveri affinché fosse ben chiaro che la stessa persona aveva ucciso entrambi. Che era un professionista. Che tra le due vittime c'era un legame.

– Entrambi sono stati imbavagliati con il nastro adesivo: è un dettaglio interessante, – disse uno degli agenti.

– Sembra una cautela superflua, – replicò l'altro. – Stavano nel mezzo del nulla. Se anche avessero strillato, nessuno li avrebbe sentiti.

Gamache annuí. – Posto che si tratti di un'esecuzione, quella è una parte del messaggio. A volte i sicari tagliano la lingua per indicare che la vittima ha infranto il voto del silenzio.

– O per comunicare a un terzo che gli conviene stare zitto.

– Sí, ma in questo caso chi?

Gamache pensò a Paolo Parisi. Possibile che avesse cercato di rendersi credibile agli occhi del boss con due omicidi eseguiti ad arte?

Però Parisi all'epoca dei fatti si trovava ancora a New York.

E Langlois? Lui cosa c'entrava? Tutti e tre gli omicidi portavano la firma della mafia, o cosí pareva. Anche se era una firma illeggibile, nel migliore dei casi sbiadita.

– Vi chiedo di scambiarvi. Tu vai nel Saguenay e prendi in mano l'indagine di Chicoutimi. E tu, Innez, vai a farti una villeggiatura alle Magdalen

Islands. Non vi confrontate. Voglio uno sguardo fresco da ciascuno dei due.

Era la strategia della disperazione.

– *D'accord, patron*.

Gamache riagganciò e pregustò un sorso di cappuccino, poi si ricordò che l'aveva rovesciato sui rapporti. Gli venne voglia di prendersene un altro, ma non aveva tempo. Mentre era in call con gli agenti, era arrivato un aggiornamento da Isabelle. Suor Irene continuava a non parlare, ma almeno aveva acconsentito ad accompagnarla al monastero. Probabilmente con l'intento di avvisare o proteggere fratello Robert, ma a lui avrebbero pensato a tempo debito. Intanto un problema era risolto.

Lacoste, la suora e Claude Dussault erano in partenza per la Grande Chartreuse.

Per l'ennesima volta, Gamache tirò fuori i due frammenti della ricetta. Li appiattí sulla scrivania, fece combaciare i bordi e si mise a riflettere.

Uno gli era stato recapitato da Dom Philippe, che Armand sperava di stanare di lí a qualche ora a Blanc-Sablon. L'altro era piú inquietante.

Veniva da Jeanne Caron. Quei brandelli non erano come le due metà di un anello decodificatore, che una volta unite risolvono il rompicapo. Ricomposti in una sola pagina, continuavano a non avere senso. Formavano la prima parte di una ricetta che doveva essere per forza piú lunga. Erano inutili, ma non privi di significato.

L'unica congettura era che Caron volesse fregarlo, portarlo fuori strada con quell'oscuro enigma del passato. Forse voleva addirittura attirarlo verso di lei. Per i suoi scopi, ovvio. Per farlo cadere in una trappola ancora invisibile.

Forse con un piede Armand ci stava già dentro.

Si rimise i brandelli in tasca, prese la macchina e andò all'aeroporto per imbarcarsi su un volo diretto alla terra che Dio diede a Caino.

I tre passeggeri guardarono fuori dalla bolla di vetro dell'elicottero che sorvolava il monastero.

Lo spettacolo era incredibile. Incastonato in una spaccatura della catena montuosa, come se a difenderlo dall'assedio delle conifere fossero bastate la forza di volontà e il duro lavoro, c'era il monastero della Grande Chartreuse. Stava lí da secoli, una fortezza nella natura selvaggia.

Emanava una forza brutale. Era un luogo dove abitavano in silenzio creature fiere e solitarie. Una comunità di eremiti dove si facevano poche domande. Dove chi voleva scomparire trovava rifugio.

– Quelli sono monaci? – chiese Isabelle.

Una dozzina di uomini intenti a lavorare in quello che pareva un grosso orto al centro esatto della fortezza si scostarono i cappelli di paglia e guardarono in su. Verso di loro.

– Conversi, – strillò Irene per coprire il chiasso dei rotori. – Fanno i lavori piú pesanti, cosí i veri monaci possono starsene giorno e notte chiusi nelle loro celle a pregare.

Per quanto splendido, il monastero aveva un lato lugubre. Tutti gli strati sotto i quali i monaci si seppellivano a contemplare Dio. Per prime le montagne, poi il bosco, poi le mura spesse che cingevano l'abbazia e infine le celle, dalle quali i religiosi uscivano di rado. Tutte queste cose contribuivano a separarli dal mondo.

Vivevano nel silenzio e nella solitudine. Ed erano determinati a difenderli. Dentro al monastero non erano ammessi visitatori.

Sulle strade intorno non potevano circolare macchine. Pochi messaggi penetravano oltre le mura e pochissimi ne uscivano. Il mondo sarebbe potuto finire e quei monaci certosini non l'avrebbero mai saputo. In un certo senso per loro era già finito. Vivevano in un limbo sospeso tra il mondo e la loro ricompensa celeste.

Dussault infilò la mano nella tasca interna della giacca. Dopo tanti anni a capo della polizia di Parigi, poche cose riuscivano a inquietarlo. Aveva visto il peggio, e il peggio del peggio.

Adesso però era inquieto.

In teoria violare il monastero poteva provocare uno scandalo nazionale. E di sicuro era un incubo logistico. Sarebbero riusciti a varcare la soglia e a sventolare il mandato di perquisizione senza ricorrere alla forza?

C'era di buono che i monaci probabilmente non erano armati. Ma se i poliziotti avessero fatto irruzione con le pistole spianate contro forconi e badili, sarebbe stato peggio di uno scandalo. Sarebbe stata una vergogna indelebile.

Eppure poteva accadere. Tirò fuori la mano e se la posò in grembo.

– Mi auguro che Armand abbia ragione, – disse. – Che questo fratello Robert sia davvero qui dentro.

Anche la suora sembrava preoccupata.

Durante il volo in elicottero, aveva sentito i poliziotti confabulare tra loro. Adesso finalmente sapeva che erano davvero chi sostenevano di essere.

Volevano aiutarla anche se potevano rimetterci il posto o la vita. La loro sincerità, la loro disperazione, il loro impegno e la loro vocazione al sacrificio erano chiari.

Ma c'era una linea sottile tra il desiderio di aiutare e la possibilità di appiccare fuoco a una miccia pericolosa.

– Sí, è lí dentro.

Era la prima informazione che offriva di sua spontanea volontà. E gli altri in quel momento ne avevano bisogno.

Lacoste e Dussault si scambiarono uno sguardo. Le loro bocche esalarono all'unisono un sospiro. Gli sarebbe toccato andare fino in fondo.

Dussault se ne uscí con una frase che a Lacoste parve un buffo *non sequitur*. – Mi hanno detto che sai manovrare un bulldozer.

L'elicottero atterrò mezzo chilometro piú in là e loro si prepararono alla scarpinata.

– Guarda qui.

Armand e Jean-Guy erano riusciti a incrociarsi all'aeroporto prima della partenza di Gamache. Jean-Guy, sbarcato da pochi minuti, aveva tirato fuori il cellulare per mostrare lo schermo al capo. Armand gli offrí in cambio il sacchetto di carta che aveva in mano.

– Un croissant?

– Preso al caffè vicino al quartier generale. Un video?

– L'ho trovato su YouTube.

Armand cliccò su «Play», e mentre Beauvoir divorava il croissant, il capo osservò tre ragazzi giovanissimi, incluso un irriconoscibile Sébastien, esibirsi in una canzone.

Si aspettava *Let It Be*, e invece…

Vado giú al St James Infirmary
A trovare la mia bella
È distesa su un lungo tavolo bianco
tanto dolce, tanto bianca, tanto gelida.

Era un'immagine struggente. I due monaci e la suora avevano voci meravigliose, in perfetta armonia, agli antipodi dalle scalcinate performance da serata alcolica che riempivano i karaoke bar.

Lasciatela andare, che Dio la protegga,
Ovunque si trovi nell'infinito creato,
Vagherà in lungo e in largo,
ma non troverà un uomo altrettanto innamorato.

– Hai detto che è stato postato su YouTube?

– Sí. Con piú di centomila visualizzazioni e un mare di like. Solo uno ha messo il pollice all'ingiú.

Armand si domandò se al papa capitasse ogni tanto di bazzicare YouTube.

Quando verrà la mia ora, seppellitemi con i calzoni alla zuava
Regalatemi un cappotto nero e un Fedora.

Sullo schermo, i religiosi cantavano lentamente il vecchio standard blues, con le tonache oscillanti e gli occhi chiusi come se fossero in preda a un'estasi.

Chiamate sei portantini spericolati
Chiedete a una ballerina di fila una canzone

Una bella jazz band in testa alla processione
E un alleluia per nostro Signore.

Era una canzone incantevole, straziante, ma non molto ortodossa.

– Temo che le tonache e l'articolo sul quotidiano locale fossero l'ultimo dei problemi, – commentò Gamache restituendo il cellulare a Beauvoir. – Dal video il leader del gruppo sembra Robert.

– Già. Quindi non si capisce perché abbiano silurato Sébastien.

– Esatto.

– Vuoi che ti accompagni, *patron*?

– A Blanc-Sablon? *Non, merci.* Preferisco che coordini le indagini su Paolo Parisi. Appena mi arrivano, ti giro le informazioni del nucleo antimafia in Italia –. In cuor suo, Gamache cominciava a sospettare che il commissario non tenesse fede alla promessa. Da quando avevano parlato erano trascorse almeno un paio d'ore. – Continuate a cercare la donna che ha salutato Parisi davanti all'*Open Da Night*.

– La stessa che probabilmente l'ha ucciso. Sono sul pezzo, capo.

Erano quasi arrivati al gate. – Forse qualcuno ha aiutato Parisi a passare la frontiera canadese. Con un documento falso oppure...

– La dogana è controllata dal governo, – disse Beauvoir. – Caron?

– Può darsi. Bisognerebbe ricostruire i suoi spostamenti dopo che ha passato il confine.

– Oggi torno alla Missione.

Dagli altoparlanti si diffuse l'ultima chiamata per il volo di Gamache e i due affrettarono il passo.

– Perché?

– Parisi deve aver alloggiato da qualche parte. In albergo chiedono i documenti, mentre alla Missione non devi pagare e non fanno domande. Se anche lui è legato a Caron, lei potrebbe averlo dirottato lí.

– E nessuno si sarebbe insospettito nel vederla nei paraggi –. Gamache sorrise. – Bravo. Tienimi aggiornato.

– Anche tu.

Beauvoir voleva aggiungere «Fa' attenzione», ma si fermò in tempo. Anche se, osservando il capo che si faceva controllare il biglietto e spariva nel tunnel d'imbarco, se ne pentí.

Durante il viaggio Armand indossò le auricolari e ascoltò Cab Calloway, mentre dal finestrino contemplava la costa che si faceva sempre piú selvaggia. Aveva una bellezza respingente. Era un luogo dove solo i fieri e i solitari sceglievano di abitare. Dove si facevano poche domande. Dove chi voleva scomparire trovava rifugio.

Tirò fuori la fotografia sbiadita che aveva preso in prestito dall'amico di Philippe e provò a concentrarsi sulla ragazza e sulla bambina, con i grandi sorrisi che si aprivano in una risata. Però i suoi occhi venivano calamitati di continuo dal giovane uomo. Yves, che sarebbe poi diventato Philippe. Un uomo-bambino cosí innamorato di casa sua da avere perfino uno scoglio preferito.

L'aereo a elica puntò verso un piccolo villaggio di pescatori, l'estrema propaggine del Québec e il limite amministrativo entro cui Armand poteva esercitare la propria autorità.

E un alleluia per nostro Signore.

Capitolo 32

Isabelle Lacoste, Claude Dussault e suor Irene si avvicinarono al portone di quercia scabro e scheggiato. Il vento che spirava indisturbato dalla valle emetteva un sibilo profondo. Come ad ammonirli di fare silenzio. *Shhh*.

Lacoste si sentiva un'idiota. Si era talmente concentrata sull'impresa di giungere a destinazione da non aver preparato una strategia per entrare.

Frère Robert era riuscito a barricarsi in una cassetta di sicurezza, e suor Irene era l'unica chiave di cui disponevano. Restava da capire come una suora domenicana potesse essere accolta in una fortezza certosina di clausura.

Era difficile immaginare una chiave meno efficace.

– Com'è successo che siete diventati amici? Avevate in comune la passione per il canto?

Con la mano, Isabelle sfiorò distrattamente un cespuglio di fiori selvatici gialli, azzurri e lilla. Al loro passaggio le farfalle si alzarono in volo spaventate.

– No. Io e Sébastien ci siamo avvicinati per via dei nostri nomi.

Lacoste notò che Claude Dussault aveva abbozzato un sorrisetto.

– Cosa c'è di tanto buffo?

– Sébastien e Irene, – ribadí lui. Isabelle non colse e reputò superfluo indagare.

– E Robert? – buttò là. – Come vi siete avvicinati? – A Isabelle non importava altro. Scoprire qualcosa, qualunque cosa, sull'uomo barricato dietro le alte mura.

– Ci siamo conosciuti tramite Sébastien. Loro due erano molto amici.

– Mi hanno riferito la storia del karaoke. Ci andavate tutti e tre, ma solo Sébastien è stato punito. Cosa ha fatto per meritarselo?

Suor Irene camminava con lo sguardo fisso davanti a sé. Lacoste pensò che sembravano tre hobbit in procinto di espugnare Mordor, anche se in realtà l'analogia era molto stiracchiata. Il monastero non era un tempio del male. Era soltanto una gran rottura di coglioni.

Altre farfalle le svolazzarono intorno, sospinte dalla brezza leggera.

Quando capí che non avrebbe ricevuto risposta, Isabelle cambiò strategia. – Robert ha mandato una lettera a Sébastien a Saint-Gilbert-Entre-les-Loups per convocarlo a Roma. Per parlargli di come avesse scoperto…

Isabelle s'interruppe. Non voleva pronunciare la parola «complotto».

– *Non*, – si corresse, scrutando con intenzione la suora. – Non è stato Robert a scrivere quella lettera, ma lei. Robert si è rivolto prima a lei, e lei ha cercato Sébastien. Infine, Sébastien ha mandato a chiamare Dom Philippe e vi siete incontrati tutti qui. Perché?

Silenzio.

– Perché Robert era già fuggito e si era barricato alla Grande Chartreuse. Non voleva vedere nessuno di voi –. Poiché la suora si rifiutava di collaborare, Lacoste rispose da sola alla sua stessa domanda. – L'unica speranza era che accettasse di parlare con Dom Philippe. Perché?

Silenzio.

Isabelle afferrò il braccio della suora per costringerla a girarsi. – Alla fine Robert ci ha parlato con Dom Philippe? Gli ha detto cosa sapeva? E a lei l'abate ha riferito qualcosa?

Silenzio.

– Per pietà, Irene. La sto implorando. Sono pronta a chiederglielo in ginocchio, se serve. Dobbiamo sapere. Dobbiamo assolutamente fermare quello che sta accadendo.

– Io non so cosa stia accadendo.

– Non è vero, – intervenne Dussault. – Perché Robert l'avrebbe mandata a chiamare, se non per chiederle aiuto? Non avrebbe potuto aiutarlo senza sapere cosa c'era in ballo.

– No. Voi non conoscete Robert. Mi ha cercata perché gliel'ha imposto la sua coscienza. È scappato in Vaticano da Washington, però il suo Dio gli è venuto dietro, ha preteso che agisse. Doveva confidarsi con qualcuno, cosí ha cercato me.

– L'ha cercata e le ha raccontato ciò che sapeva, – insisté Dussault.

– No. Ha solo detto che stava per capitare qualcosa di orribile e che temeva per la propria vita. Che loro l'avrebbero ucciso, se solo avessero avuto il sospetto che avesse parlato.

– Loro chi? – la incalzò Lacoste.

– Secondo voi non gliel'ho chiesto? Non mi ha detto altro. Ero furiosa, credetemi. Avevo preso un permesso, affrontato un viaggio transoceanico e lui all'improvviso se la faceva sotto. Dovevo aspettarmelo.

– Perché dice cosí?

– Perché Robert è un vigliacco, va bene? – Era la prima volta che sentivano suor Irene sbottare in quel modo. – Lo è sempre stato. Voleva liberarsi del fardello, scaricarlo su di me.

– Solo che alla fine non si è liberato, – chiosò Dussault.

– No. Ho mandato a chiamare Sébastien, sperando che si confidasse almeno con lui. Al suo arrivo, Robert è scappato. L'abbiamo seguito fin qui. Lui ha rifiutato per l'ennesima volta di incontrarci, allora Sébastien si è rivolto a Dom Philippe.

– Perché proprio a lui? – chiese Dussault.

– Un attimo, – disse Lacoste. – Facciamo un passo indietro. Robert deve aver scoperto l'esistenza del complotto a Washington. Giusto?

Irene annuí.

– In che modo?

– Da un parrocchiano, durante una confessione.

– Robert è un monaco, – obiettò Dussault. – Non può confessare la gente.

– Sí che può, – disse Irene. – Solo che non può dispensare l'assoluzione.

– Allora a cosa serve? – chiese Dussault.

– Si metteva a disposizione della chiesa locale quando il sacerdote era troppo stanco.

Lacoste si domandò se quel «troppo stanco» non fosse un'iperbole.

– Chi andava a confessarsi non sapeva che dall'altra parte ci fosse un monaco anziché un sacerdote. In teoria era sbagliato, ma Robert sosteneva di non avere scelta. L'autorità lo intimoriva. Se un sacerdote gli faceva una richiesta...

– Di conseguenza Frére Robert non era tenuto a tenere il segreto, – osservò Dussault. – Non era vincolato dal sigillo sacramentale.

– Esatto.

– E se la persona che si era confessata avesse scoperto che...

– Sí.

– Robert non era costretto dal segreto confessionale, per cui avrebbe potuto rivolgersi alla polizia, – disse Lacoste. – Perché non ha parlato con nessuno?

– Io ho provato a farlo parlare, ma voi non sapete com'è fatto. È intelligente, sveglio, ma molto fragile. Basterebbero queste farfalle a terrorizzarlo.

Le farfalle stavano svolazzando ottusamente lungo il sentiero, e Isabelle doveva ammettere che anche lei le trovava fastidiose. Le sfioravano di continuo il viso, facendole il solletico.

Dussault ne inghiottí una per sbaglio e tossí.

– È andata cosí anche con il karaoke? – chiese Lacoste.

– Quando ci hanno beccato, io e Sébastien avevamo paura che Robert si facesse del male, per quanto era sconvolto. Cosí abbiamo tirato a sorte, lasciando che fosse Dio a decidere chi di noi avrebbe parlato con l'abate. E Sébastien ha perso.

– Ecco perché Robert lo detesta. Sébastien gli ricorda che lui è un debole.

– Sí. Gli rammenta la sua vigliaccheria, e piú in generale la sua mancanza di fede.

A quel punto i tre erano arrivati all'ombra del muro di cinta.

– Perché Sébastien ha mandato a chiamare proprio Dom Philippe? – chiese di nuovo Dussault.

– Perché lo rispetta e credeva che con lui Robert fosse disposto a parlare. Robert venera Dom Philippe. Inoltre gli abati vengono prima dei monaci, e il rispetto di Robert per l'autorità poteva rivelarsi decisivo.

– Robert ha acconsentito a parlarci? – chiese Dussault.

Suor Irene annuí.

– E poi?

– Dopo l'incontro, Philippe ha detto che Robert gli aveva parlato in via confidenziale, che non poteva riferirci nulla.

– In teoria poteva trattarsi di qualunque cosa, non necessariamente di un attentato.

Irene non rispose subito. – Sí, ma dopo il colloquio Dom Philippe sembrava molto scosso.

– Dov'è adesso? – chiese Dussault.

– Non lo so. È tornato in Canada.

– E Frère Sébastien?

Silenzio. Lacoste sentí una mano toccarle il braccio. Si girò: Claude Dussault aveva lo sguardo puntato verso il monastero.

L'enorme portone di quercia si era aperto, e sulla soglia, minuscolo in confronto alla voragine del varco d'accesso, c'era un uomo con indosso una tonaca di tela ruvida e un cappello di paglia.

– È uno dei conversi, – disse Lacoste.

Con la mano, il monaco chiese loro di avvicinarsi. Irene si avviò in fretta verso il portone, lo strascico della tonaca lasciò alle sue spalle una scia d'erba spiaccicata. Lacoste e Dussault le andarono dietro, tormentati dalle farfalle.

Arrivati al portone scoprirono che a chiamarli non era stato un converso. Era stato Frère Sébastien.

Dopo aver viaggiato in mezzo alla pioggia, Gamache atterrò a Blanc-Sablon sotto un sole radioso. Sceso dalla scaletta, si spostò per lasciare spazio agli altri passeggeri e controllare il telefono.

Era arrivata una caterva di messaggi. Scorse in fretta le notifiche, lesse gli aggiornamenti di Beauvoir e Lacoste, cliccò sulla mail ricevuta dalla polizia italiana.

Avevano allegato scansioni di tutti i documenti di Paolo Parisi. La patente di guida, il passaporto, la dichiarazione dei redditi e la fotografia di un ragazzo sorridente con lo sfondo di quello che pareva un bar o un ristorante. Era un primo piano di Parisi, le altre persone a tavola con lui erano state tagliate.

Gamache capí di aver peccato di ottimismo, credendo che il capo del nucleo antimafia finisse per girargli informazioni utili. Mise via il telefono e si guardò intorno.

Era stato nel Lower North Shore diverse volte, conosceva il posto. Una brezza fredda che minacciava di trasformarsi in vento gelido spirava dal golfo di St Lawrence. L'aria era limpida e pungente, con un lieve sentore di sale e di pesce.

Si sistemò il borsone sulla spalla e girò il viso. Chiuse gli occhi e inspirò a fondo. Il vento era abbastanza forte da provocargli l'effetto di un leggero schiaffo. Proprio quello che gli serviva.

– *Patron*.

Gamache aprí gli occhi e sorrise. Davanti a lui c'era la responsabile dell'avamposto di Blanc-Sablon.

Le tese la mano. – Valerie.

– Ti avevo portato un giaccone pesante, ma vedo che non ti serve.

– A differenza della prima volta che sono venuto. Quanto tempo è passato?

Insieme, si avviarono verso il pick-up della Sûreté.

– Ho controllato. Centoventitre anni. E cinque mesi.

Gamache scoppiò a ridere. – E tutto è rimasto uguale.

Non si trattava solo di una battuta. Dall'ultima volta in cui era sbarcato a Blanc-Sablon erano trascorsi vent'anni e il villaggio sembrava cristallizzato nel passato. Forse erano spuntate un paio di case nuove qua e là, due o tre vecchie erano state demolite o erano crollate. Ma nel complesso Blanc-Sablon era come Three Pines, un luogo dal quale il tempo aveva deviato la rotta.

Gamache gettò il borsone sul sedile posteriore e salí.

Valerie Michaud si mise al volante e lo osservò di sottecchi. Il suo sguardo scivolò sul volto familiare, seguendo le rughe intorno agli occhi fino alla cicatrice sulla tempia.

Era la prima volta che si vedevano dal giorno della tragedia, anche se lei era stata al funerale degli agenti morti. Aveva camminato in mezzo al corteo. L'aveva visto incespicare sui gradini della cattedrale e poi raddrizzarsi senza cadere.

Si erano conosciuti quando entrambi erano agli inizi della carriera. Gamache era arrivato sulla costa per aiutare l'ispettrice della Omicidi in un'indagine. Michaud era al suo primo incarico. In seguito aveva risalito la gerarchia fino a diventare comandante. Si era sposata e aveva fatto nascere i suoi figli lí al villaggio, e quando aveva ricevuto promozioni e proposte di trasferimento in luoghi migliori le aveva sempre declinate.

Casa sua era lí.

La comandante Michaud accese il motore. – Dove ti porto? Non mi hai detto perché sei venuto. Non in vacanza, immagino.

– *Non*. Sto cercando un certo Dom Philippe.

– Un religioso?

– Sí, un monaco. Un abate, per la precisione.

– Un attimo: quello che ha inciso un disco di canti religiosi?

– *Oui*. Lo conosci?

– No, ma conosco la famiglia. Di cognome fa Rousseau, vero?

– Sí, Yves Rousseau. Poi ha preso i voti e ha cambiato il nome in Philippe. Mi accompagni dai suoi familiari?

– Certo, – Michaud inserí la prima e partí.

– Chi è rimasto della sua famiglia?

– Sua sorella Eunice è morta anni fa, ma qui ha ancora un fratello. Raymond. Lo chiamiamo «Big Gars».

Big Gars: omone, marcantonio. Era tipico della

costa coniare espressioni che mescolavano inglese e francese.

– È molto grosso?

La comandante scoppiò a ridere. – No. Qui abbiamo un senso dell'umorismo un po' bislacco. È bassino e minuto, ma riesce a compensare con la personalità.

Al passaggio del pick-up, diverse persone salutarono Michaud con la mano e lei ricambiò.

– Nipoti?

– Una. Si è trasferita altrove, come gran parte dei suoi coetanei. Credi che Yves sia tornato qui?

– Lo spero.

– È possibile. Non mi sono arrivate voci ma non vuol dire granché, specie se lui non ha appeso i manifesti. A questo punto in pochi lo riconoscerebbero. Vuole nascondersi?

– Credo di sí.

– È il posto giusto. Puoi dirmi perché lo cerchi?

– Temo di no. Ma posso dirti che non è sospettato di alcun reato. Al contrario: potrebbe essere un testimone prezioso.

Mentre il pick-up sobbalzava sullo sterrato invaso dai solchi di pneumatici, Gamache ammirò le casette vista mare oltre il finestrino aperto. Le facciate dai colori pastello erano tenute con cura, sebbene alcune mostrassero i segni del costante assedio dell'acqua salata.

Come trent'anni prima, non si vedeva un albero nel raggio di chilometri. Solo rocce e arbusti, piegati nella stessa direzione del vento incessante. Mentre passavano davanti al molo, Gamache vide i pescatori attraccare con il bottino della giornata.

– Hai mancato per un soffio la stagione delle aragoste, *patron*, – disse Michaud notando la sua espressione assorta. – Ma se ti rimane un po' di tempo, io, mio marito e mia figlia abbiamo fatto una buona pesca di capesante. Stasera organizziamo un barbecue giú alla baia.

Armand sentí l'acquolina in bocca. Se solo…

– Purtroppo ho un posto prenotato sul prossimo volo. Se non sbaglio, molti pensionati del villaggio vanno a svernare in Florida.

– Esatto. Specie i piú anziani. Una generazione fa sarebbe stato impensabile…

– Raymond Rousseau è tra loro?

Michaud parve stupita dall'interruzione. – Sí. Lo sappiamo perché i nostri anziani ci informano in anticipo. Per non farci preoccupare se non li vediamo in giro per qualche tempo.

Gamache strizzò gli occhi irritati dal bagliore del sole sull'acqua. Lungo quella costa di grosse navi frigorifere non ne transitavano. Solo piccoli pescherecci che un genitore lasciava in eredità al figlio o alla figlia. La prima volta che era finito lí, decenni prima, il porto era pieno di barche. Ora si contavano sulle dita di due mani.

Gamache s'impresse lo spettacolo nella memoria: temeva che la volta seguente di barche non ne avrebbe vista neanche una.

– Mi è venuta in mente una cosa, Armand. A proposito dei Rousseau.

– *Oui?*

– È un po' che non vedo in giro Raymond e Miriam.

– Quanto?

Michaud ci pensò su. – Forse quattro giorni. Meno di una settimana.

– È una cosa strana?

– Un po'. In genere vengono sempre al bingo e alla spaghettata che facciamo la domenica sera in municipio, ma l'ultima volta non c'erano.

– Ti risulta che siano partiti?

– *Non*.

L'ispettore capo Gamache non aveva piú lo sguardo perso all'orizzonte. Adesso era intensamente concentrato sulla strada.

La comandante Michaud pigiò piú forte sull'acceleratore.

Capitolo 33

Claudine McGregor studiò la fotografia che Beauvoir le aveva messo in mano e scosse la testa.

– Zero.

Dopo aver restituito la foto all'ispettore, la direttrice della Missione si allontanò per i fatti suoi.

Con buona pace della sua geniale teoria, rifletté Jean-Guy. Si rificcò in tasca la foto di Paolo Parisi e osservò la vecchia con i capelli ispidi e la tuta floscia arrancare nel corridoio verso la sala mensa.

– Aspetti un secondo.

Lei non gli obbedí.

Per riavere la sua attenzione, Beauvoir dovette inseguirla e sbarrarle la strada.

Gli era venuta un'altra idea. – Guardi anche queste.

– Sta perdendo tempo.

Beauvoir estrasse il telefono e cliccò su un allegato. Le immagini dell'autopsia di Parisi.

Madame McGregor era molto protettiva nei confronti degli ospiti: non avrebbe mai dato informazioni a uno sbirro su uno di loro. Non su uno vivo, almeno. Ma un ospite morto era un'altra faccenda.

Claudine osservò le immagini e si incupí. Non per l'orrore di guardare in viso quello che era senza ombra di dubbio un cadavere. Di quelli ne aveva visti tanti: sui marciapiedi, sotto i ponti, nei fossi e sulle grate della metropolitana.

A preoccuparla era la vista di un volto familiare.

– Mi spiace, – disse Jean-Guy in tono sincero. – Lei lo conosceva.

Senza staccare gli occhi da quelli sgranati di Parisi, Madame McGregor annuí.

– Come è successo?

– L'hanno ucciso.

– Questo lo vedo. Come? Perché?

– Ha alloggiato qui?

– *Oui*. Per un paio di settimane. Se n'è andato qualche giorno fa e non è piú tornato. Ero preoccupata...

– Chi è lui?

– Si faceva chiamare Guido. Dubito che sia il suo vero nome. Era un ragazzo gentile. Italiano, naturalmente. Parlava un po' d'inglese. Francese quasi zero, ma voleva imparare.

– Aveva fatto amicizia con qualcuno?

– Faceva colazione tutte le mattine con Tanfo. Era lui che gli stava insegnando il francese.

– Tanfo è un cognome? – chiese Beauvoir. Il volto rugoso di Claudine divenne ancora piú rugoso.

– Credo che i suoi l'abbiano cambiato quando sono emigrati. Prima si chiamavano Tanski.

Beauvoir emise uno sbuffo divertito. – Secondo lei posso parlare con Monsieur Tanfo?

– Anche in questo caso è sfortunato. Non lo vedo da una settimana. Credo che vaghi qua e là senza una meta precisa.

– Demenza senile?

– Forse. Però non è abbastanza suonato da richiedere l'intervento degli sbirri, ammesso che servano a qualcosa. E torna sempre.

– Può chiamarmi appena lo vede in giro?

– No.

Beauvoir esalò un sospiro sconsolato. – Dovrò visionare di nuovo i filmati delle vostre telecamere di sorveglianza. Nei giorni in cui avete ospitato Guido. Ricorda visite di personaggi importanti in quel periodo?

– Probabile –. Claudine McGregor non si mosse. – Da quando vi interessa la morte di un senzatetto?

Beauvoir si sentí assalire dalla rabbia: in parte, in grandissima parte, perché sapeva che quelle parole contenevano una verità.

– E poi perfino io so che questo non è territorio di vostra competenza, – aggiunse Claudine. – Allora perché vi sbattete tanto?

– Questo Guido è coinvolto nell'omicidio di Charles Langlois. L'indagine è passata a noi.

– Coinvolto? In che senso?

– Era al volante della macchina che ha investito Langlois.

– Impossibile.

– Perché?

– Non era il tipo. Era solo un poveraccio che nella vita ha avuto sfiga, non un assassino.

– Forse ha ragione, – mentí Beauvoir. – Ma per esserne certo devo visionare quei filmati.

Madame McGregor lo squadrò con sussiego, quindi fece dietrofront e si trascinò all'ingresso e nella stanzetta con i monitor.

Gli ci volle un po', ma alla fine Beauvoir riuscí a individuarlo. Paolo Parisi che faceva colazione seduto a uno dei lunghi tavoli della sala mensa, con un uomo di fronte.

Beauvoir uscí in fretta dalla stanza e percorse a grandi passi il corridoio, poi svoltò nel successivo sbirciando in tutte le stanze fino a trovare Madame McGregor.

– Venga con me.

La portò nella stanza e le mostrò il fermoimmagine. – L'altro chi è?

– Gliel'ho detto. Tanfo.

– Il tipo che insegnava il francese a Pari... a Guido?

– *Oui*. Ogni santa mattina.

Beauvoir mandò avanti la registrazione. I due sembravano immersi in un dialogo piuttosto concitato.

– Perché lo chiamate Tanfo? Qualcuno sa il suo vero nome?

– *Non*. Lo chiamiamo cosí perché puzza.

– Di cosa?

Sulle prime, sentendo il soprannome, Jean-Guy si era immaginato un clochard che puzzava di escrementi o di birra. Ma adesso...

– Di naftalina. Lo sentono fino in paradiso.

– Che cazzo.

Beauvoir tornò a fissare lo schermo, sul quale campeggiava un filmato di sette giorni prima.

Dom Philippe in conversazione con Paolo Parisi.

– Accosta qui.

Si trovavano a una ventina di metri dalla casa con la facciata dai colori pastello. Poco prima, Gamache aveva fatto la strana richiesta di fermarsi al volo al supermercato, dove aveva comprato latte, uova, caffè, tè, pane e spesse fette di bacon affumicato al legno di cedro.

– Hai in programma un picnic, Armand? – gli aveva chiesto Michaud.

Poi erano arrivati in macchina fino a una modesta casetta appollaiata su una sporgenza di roccia.

– Com'è possibile entrare a Blanc-Sablon senza dare nell'occhio? – chiese Gamache scrutando la casa.

– Bisogna evitare l'aereoporto: sappiamo sempre chi sbarca. Non per esigenze di controllo, ma perché in una comunità cosí picc…

– Sí, ma in quale altro modo si arriva? Di strade che collegano il villaggio al resto del Québec non ne esistono.

– Puoi venire in macchina dal Labrador. È vicino. Passi dall'Anse-au-Diable e super l'Anse-au-Loup.

Dal Covo del Diavolo al Covo del Lupo. Tutto torna, pensò Gamache

– Ancora meglio arrivare via mare, dalla costa meridionale o addirittura dal Newfoundland. C'è un battello di linea, ma in quel caso dovresti sbarcare al porto, e una faccia nuova non passa certo inosservata.

– Quindi l'unico modo è usare una piccola imbarcazione.

– Sí, sarebbe relativamente facile. Specie se hai una guida e attracchi di notte.

– D'accordo. Sei armata?

– *Oui*.

– Bene. Io no.

– Vuoi la mia pistola?

– *Non, merci* –. Gamache rispose con il tono di chi declina con garbo un sandwich al cetriolo. – Al mio segnale, fai il giro della casa. Controlla le finestre. Se c'è un ingresso sul retro, rimani lí.

Si erano fermati a una distanza strategica: un cecchino dilettante appostato in casa probabilmente li avrebbe mancati. Un professionista no.

Scesero dal pick-up e ci si nascosero dietro.

Valerie Michaud posò la mano sulla fondina. Rimase in attesa, nervosa e con lo sguardo affilato.

– Monsieur Rosseau, – scandí ad alta voce Gamache. – Mi chiamo Armand Gamache. Sono della Sûreté du Québec.

La casetta era a due piani, verniciata di un pervinca ormai sbiadito. Era silenziosa e inquietante, con un'aria di abbandono. In attesa del segnale, Valerie Michaud si concentrò sullo scroscio delle onde sulle rocce. L'aveva sempre considerato un suono rilassante, quasi ipnotico.

Quel giorno, per la prima volta, ne avvertí la violenza. Era l'ultimo rumore udito da tanti marinai, cosí forte da surclassare le grida di aiuto che si sarebbero rivelate inutili. Era il rumore di una disperazione senza fondo.

Gamache le fece cenno di muoversi. Subito. Mentre lui sbucava da dietro il furgone, attirando l'attenzione su di sé.

– Che diavolo ci fai qui? – la aggredí Frère Sébastien.

Era cosí arrabbiato da avere il collo paonazzo. Si era tolto il cappello di paglia e lo strapazzava con una mano mentre spostava lo sguardo dalla monaca ai poliziotti.

Il pesante portone era stato chiuso a chiave alle loro spalle e ora i tre visitatori, i tre intrusi, si trovavano nel cortile del monastero. Ammessi ma non accolti.

Schierati alle spalle di Sébastien, armati di forconi e badili, c'erano altri conversi. La prima metà dell'incubo immaginato da Claude Dussault. Monaci con i forconi. Ma potevano ancora risparmiarsi la seconda parte. Per il momento la squadra d'assalto con i mitra spianati non serviva.

– Tranquillo, Sébastien, – disse suor Irene. – Questi signori sono qui per aiutarci.

– Per aiutarci? E come? Li conosci cosí bene? Ce li hai portati dritti in casa.

– Non gli ho detto nulla. Sapevano già di te, di Robert e di questo posto.

Irene contemplò la cinta muraria e l'azzurro sbiadito del cielo al crepuscolo. Nonostante la difficoltà delle circostanze, si sentiva invincibilmente attratta da quel luogo. Dalla protezione che offriva in un mondo non sempre tenero.

– Da chi si sta nascondendo, Sébastien? – chiese Lacoste.

– Questa è l'ispettrice Lacoste, della Sur… insomma, la polizia del Che… bèc, – balbettò Irene.

– La Sûreté du Québec, – intervenne Lacoste facendo un passo avanti. – Mi chiamo Isabelle Lacoste. E questo è Claude Dussault, ex questore della polizia di Parigi. Ha conosciuto il mio capo durante le indagini su un omicidio avvenuto a Saint-Gilbert.

– Gamache? È qui con voi?

– No. È in Québec, sta cercando Dom Philippe. Lei sa dove si trova?

– L'abate Philippe? *Non.*

– Può immaginare il motivo della nostra visita. Lei e i suoi amici siete in possesso di informazioni importanti. Robert ha scoperto qualcosa che l'ha spaventato a tal punto da costringerlo a barricarsi qui dentro.

Isabelle si guardò intorno. Il cortile era davvero grazioso. C'era un orto ben tenuto, il ronzio ammaliante delle api, e le mura di cinta erano cosí alte da tenere fuori le farfalle. Il che, doveva ammetterlo, era un grosso vantaggio.

Sébastien prese da parte Irene. – Ti fidi davvero di queste persone?

– Sulle prime no, ma ora sí. Credo che siano davvero chi sostengono di essere.

Irene squadrò l'amico da capo a piedi. – Da quando sei un converso?

– Era l'unico modo per farsi ammettere qui dentro. Volevo stare vicino a Robert, nell'ipotesi che…

– Ti ha detto niente?

Sébastien fece no con la testa.

– Secondo te Dom Philippe ne sa di piú? Ha sempre affermato di non aver ottenuto nulla da Robert, però magari…

– No. Robert dice che dell'abate non si fida.

– In che senso? Lo venera.

– Dice che ha avuto una strana sensazione quando si sono parlati.

– E noi ci fidiamo delle «sensazioni» di Robert? Santo cielo, Sébastien: ha paura del colore beige.

– Sei sicura che il beige sia proprio un colore?

– Adesso ha paura perfino di Dom Philippe?

– Qualcosa non va? – Lacoste, seguita da Dussault, si era avvicinata in silenzio ai due amici. – Ho sentito che avete menzionato Dom Philippe. Di cosa state parlando?

Capitolo 34

La comandante Michaud si spostò in fretta sul retro della casa, guardò dentro le finestre. Non vide nulla. Le luci erano spente.

Non vide neppure che una delle finestre sul davanti, al primo piano, era socchiusa.

Fu Gamache a notarla. Subito dopo scorse la punta di un fucile sbucare dalle tendine di pizzo.

Dopo aver saputo che i Rousseau non si vedevano da giorni, aveva cominciato a temere che fossero stati sequestrati, oppure che fossero morti dentro casa. Insieme a Dom Philippe.

Era possibile che il killer fosse ancora appostato all'interno.

L'arma puntata verso Gamache era un fucile a canna liscia semiautomatico, uno di quelli che si usano per cacciare la selvaggina.

Lí dentro c'era un compaesano terrorizzato, non un cecchino professionista.

– *S'il vous plaît*, Monsieur Rosseau, – ripeté Gamache a voce alta. – Sono qui per aiutarvi.

Valutò di ripararsi di nuovo dietro al pick-up, ma temeva che anche il minimo movimento potesse indurre l'imboscato a sparare. Cosí rimase fermo.

– Ho conosciuto suo fratello Yves al convento di Saint-Gilbert, qualche anno fa.

Detto ciò, Gamache rimase in silenzio. La punta del fucile non si mosse.

Tra le altre cose, quel piccolo calibro confermava l'ipotesi che Dom Philippe non fosse dal fratello. Altrimenti gli avrebbe subito detto che l'ispettore capo non rappresentava una minaccia.

Gamache scacciò la delusione. Rousseau gli avrebbe comunque fornito informazioni preziose. Doveva averne per forza, se era cosí sconvolto da sentire il bisogno di difendersi con un fucile da un poliziotto della Sûreté.

– So che Yves le ha detto di guardarsi dagli estranei e di non fidarsi di nessuno. Ma conosce Valerie Michaud. Sa che di lei può fidarsi, anche se non mi ha mai visto –. Gamache fece un'altra pausa. – Mi guardi, non sono neppure armato.

Armand si tolse il giaccone e lo gettò a terra.

– Si giri, – berciò l'uomo dalla finestra.

Armand sospirò. Nessun poliziotto esperto avrebbe volontariamente girato le spalle a un cecchino, eppure lui obbedí. Aspettò qualche secondo, con gli occhi puntati verso il furgone vuoto, poi si girò di nuovo.

– Ha visto? Di armi addosso non ne ho. Adesso la prego. Fa freddo.

In realtà Gamache stava sudando. Aveva chiazze scure sotto le ascelle e sulla schiena.

Dopo un po' il fucile arretrò, e infine la porta d'ingresso si aprí. Un vecchio asciutto e coriaceo, con la barba lunga e i vestiti in disordine, uscí sulla soglia imbracciando il fucile.

– Raymond Rousseu, cosa credi di fare?

La voce arrivò da dietro l'angolo, dal punto in

cui Valerie Michaud si era appostata. Gamache notò che aveva la pistola ancora nella fondina. Gli fece piacere. Significava che la situazione non sarebbe degenerata.

– Dovresti offrirci un tè caldo, anziché minacciarci con quel ferrovecchio. Dov'è Miriam?

La comandante si avviò alla porta come se si considerasse già invitata per un tè con biscotti.

Rousseau abbassò il fucile. – Giú nel seminterrato.

– Be', chiedile di salire. Dobbiamo fare due chiacchiere tutti insieme.

– Miriam!

Armand abbassò le braccia, raccolse il giaccone e in un attimo era tutto finito. O quasi.

Jean-Guy Beauvoir era cosí sconvolto che rimase a fissare il fermoimmagine per almeno trenta secondi, prima di accorgersi dell'orario in sovrimpressione sullo schermo. Poi schiacciò di nuovo «Play».

Il filmato era impostato a doppia velocità, per cui riuscí a visionarlo in fretta. Ora sapeva cosa cercare. Chi cercare.

E infatti eccolo un'altra volta. In una parte che aveva già guardato senza troppa attenzione. Di nuovo, mise in pausa.

Nella cucina della Missione c'era Charles Langlois, impegnato a parlare con Jeanne Caron. Quel segmento l'avevano già visionato. L'avevano classificato come un punto chiave, e in effetti lo era. Ma la scena offriva nuovi spunti.

In primo piano un politico giulivo scodellava del cibo nel piatto di uno degli ospiti. L'ospite indossava una vecchia tuta grigia che gli stava troppo larga.

Nelle narici, Beauvoir sentí quasi odore di naftalina.

– Merda, merda, merda, – borbottò. Fece ripartire il nastro dall'inizio. Gli occhi svelti di Jean-Guy, allenati a scovare minacce, passarono da un filmato all'altro e infine li trovarono di nuovo. Charles Langlois che apriva la porta d'ingresso dopo il coprifuoco per far entrare Jeanne Caron. Confuso nell'ombra, c'era qualcun altro.

Allargando l'immagine, regolando la brillantezza e la messa a fuoco, Jean-Guy non riusciva comunque a distinguere il volto, ma pensò che doveva trattarsi per forza di Dom Philippe. Nascosto a spiare Caron e Langlois.

Schiacciò su «Play» e il filmato andò avanti. Avevano già visto Langlois e Caron dirigersi nell'ufficio della direttrice. Li avevano visti riandar via qualche minuto piú tardi, li avevano seguiti fino alla porta da cui Langlois aveva fatto uscire la donna per poi richiudere a chiave. Eppure questa volta Beauvoir mise in *slow motion* e si concentrò sull'ufficio. Vide Caron e Langlois uscire. Vide qualcos'altro nell'istante preciso in cui la porta si chiudeva.

Una terza persona era stata ammessa alla riunione per rimanere infine sola come se quello fosse il suo ufficio.

Dom Philippe.

– Porca puttana, – mormorò Beauvoir appoggiandosi incredulo allo schienale. In quel caso l'immagine era chiara, come l'espressione sul viso dell'abate. Dom Philippe era trionfante, o perlomeno soddisfatto.

Di conseguenza la persona avvolta nell'ombra

all'inizio del filmato non poteva essere lui. Doveva trattarsi per forza di Parisi.

– Cosa diavolo succedeva qui dentro?

– Possiamo sapere dov'è suo fratello?

I poliziotti e i due coniugi erano seduti intorno al tavolo della cucina, ciascuno con una tazza di tè forte davanti a sé.

Gamache aveva portato dentro casa le buste della spesa. Le aveva comprate sospettando che gli anziani, ancora vivi, fossero rimasti barricati nella villetta tanto a lungo da avere bisogno di cibo.

All'inizio Raymond si era schermito, ma Miriam aveva afferrato le buste liquidando affettuosamente il marito come un «vecchio testone».

– Avevamo paura di uscire, – aveva spiegato. Si era messa un grembiule a pois, pulito e stirato, che le avvolgeva le forme rotonde, aveva acceso il fornello del piano cottura di smalto bianco e aveva messo il bacon a sfrigolare nella pentola di ghisa.

Di lí a poco tutta la casa si era riempita della fragranza di uova, bacon e caffè caldo.

Il tostapane aveva sputato le fette, e prima che Armand potesse imburrarne una, Miriam aveva agitato la spatola nella sua direzione.

– Si metta comodo.

– Yves è passato di qui piú o meno un mese fa, – rispose Raymond, raccogliendo con il toast le ultime gocce di tuorlo d'uovo e grasso di bacon. – Poi non l'abbiamo piú visto. Ci ha chiamati qualche giorno fa per avvisarci che poteva venire qualcuno a cercarlo. Gente pericolosa, ha detto. Assassini.

– E lei ci ha scambiato per quelle persone, – disse Gamache.

– Yves ha detto che probabilmente si sarebbero presentati come amici, – aggiunse Miriam. Stava mangiando in piedi anche se a tavola c'era una sedia vuota.

– E voi avete pensato che valesse la pena spararci, – disse Valerie.

– Però alla fine ci avete risparmiato, – chiosò Armand.

– Veramente io volevo spararvi: è stata mia moglie a fermarmi.

– Uccidiamo solo ciò che possiamo mangiare, – intervenne Miriam. – E voi nella casseruola per lo stufato non ci state.

Armand rise. – Per una volta mi tocca ringraziare le scorpacciate di *éclairs*, – scherzò. Poi tornò serio. – Suo fratello non le ha detto chi erano queste persone?

– No.

– Perché non siete venuti da me? – chiese Valerie. Ma dopo decenni trascorsi su quella costa non le era difficile intuire il motivo. I suoi compaesani i problemi li risolvevano da soli. Non gli sarebbe mai passato per la testa di rivolgersi alla polizia. Quando c'erano guai, era la polizia a venire da loro in cerca di aiuto.

– Raccontateci di quando Yves è passato a trovarvi qualche settimana fa, – disse Armand.

– Si è presentato senza avvisare, – disse Miriam. – Non lo vedevamo da quanto, Big Gars? Quarant'anni?

– Come minimo, Madre. Ho fatto fatica a riconoscerlo.

Armand sorrise nel vedere che anche Miriam

apostrofava il marito con il suo soprannome ufficiale. Marcantonio. Chissà da quanto tempo non lo chiamava Raymond. E da quanto tempo lui non chiamava lei per nome anziché Madre. Verosimilmente dalla nascita del loro primogenito.

– Perché è venuto a trovarvi?

A quel punto Big Gars e Madre parvero a disagio. Armand decise di aiutarli.

– È venuto a chiedervi dei soldi, di prestargli un passaporto e forse anche una patente di guida.

Raymond fece sí con la testa. I fratelli non si somigliavano granché. L'abate era piú alto e un po' piú in carne. Big Gars era asciutto e coriaceo. Consumato dal vento e dal sole. Ma nella foto di una patente del Québec, Dom Philippe poteva passare per il fratello.

E chiaramente ci era riuscito.

– Gli abbiamo dato cinquanta dollari in contanti, – disse Miriam. – E la carta di credito.

– Quanto denaro c'era sulla carta?

– Poco meno di novecento dollari. Il limite è diecimila. Ha preso un volo di andata e ritorno per Grenoble e noleggiato una macchina.

– E mi ha chiesto in prestito dei vestiti.

– Avete idea di dove si trovi ora?

– *Non*. Sul volo di ritorno c'era la data di qualche giorno fa.

Big Gars piantò gli occhi azzurri in quelli castani e profondi di Gamache. – Sta bene?

– Credo di sí, ma dobbiamo trovarlo. Esistono altre persone a cui potrebbe essersi rivolto per chiedere aiuto? Altri familiari? – Il cellulare di Gamache prese a vibrare. – Scusatemi un secondo.

Si spostò nel salotto immacolato e rispose.

– Jean-Guy?

– Sono alla Missione, *patron*. Ho riguardato i nastri delle telecamere di sorveglianza. Hai trovato Dom Philippe?

– No. Non si sa dove sia. È venuto direttamente qui dal monastero, ma...

Forse per la prima volta da quando lavoravano insieme, Jean-Guy interruppe Gamache. – Ascolta. Dom Philippe e Paolo Parisi hanno alloggiato qui nello stesso periodo.

– Alla Missione?

– Sí. Facevano colazione insieme tutte le mattine.

– *Quoi?*

– C'è dell'altro. L'abate conosceva anche Langlois e Caron. Ha partecipato a una riunione con loro nell'ufficio della direttrice. Non avevamo guardato bene. Quando i due se ne vanno, si vede chiaramente Dom Philippe sullo sfondo mentre la porta si chiude.

– Anche lui conosce Caron? – Gamache era cosí sbalordito che si sentí in dovere di pronunciare il nome per esteso. – Jeanne Caron?

– *Oui*, *oui*. E non solo di vista, a quanto pare.

Nella testa di Gamache, i pensieri si susseguivano veloci.

Cosa significa, cosa significa, cosa diavolo potrà significare?

Guardò la costa rocciosa fuori dalla finestra. Su cui tante imbarcazioni erano naufragate. Dalla quale si erano alzate tante grida di aiuto, tante preghiere inascoltate.

Anche lui si sentiva affondare.

– Sbaglio o l'ho sentita menzionare il nome di Jeanne? – Raymond Rousseau era fermo sulla porta del salotto, a pochi passi da lui. – Stavo giusto per parlarle di lei.

– Aspetta in linea, Jean-Guy.

Armand si rivolse a Rousseau. – Parlavo di Jeanne Caron. La capa dello staff del vicepremier.

– Esatto, proprio lei. Ha chiesto se c'erano altri familiari a cui Yves potesse rivolgersi. Lei è l'unica che mi viene in mente.

Jean-Guy continuava a blaterare nel cellulare. Era chiaro che aveva sentito il breve scambio con Big Gars. Eppure Gamache non gli prestò attenzione.

– È vostra parente?

– Nostra nipote. La figlia di Eunice.

– Jeanne Caron? – ripeté Gamache, incapace di assimilare ciò che aveva udito.

– Sí. Gliel'ho appena detto. Adesso sta a Ottawa. Torna ogni tanto, magari quando è in zona per una visita ufficiale o una roba del governo. Ma è un po' che non si fa vedere.

– Quando è stata l'ultima volta?

– Madre?

– Due anni e mezzo fa, quando c'era in cantiere quella nuova superstrada.

Big Gars si girò verso Gamache. Aveva la faccia di uno che durante un bagno in mare beve per sbaglio una sorsata d'acqua e ha paura di affogare.

Posò il telefono da cui filtravano, sempre piú insistenti, le proteste di Beauvoir. Si picchiettò le tasche e trovò la foto che gli aveva dato il sacerdote amico di Philippe.

– Chi sono queste persone?

– Oh, ce l'ha lei, – disse Raymond. – Ci chiedevamo dove fosse finita. Quelli sono Yves, Eunice e Jeanne.

Dal cellulare, attutito ma comprensibile, trapelò un «oh, merda».

– In che senso non vuole vedermi? – domandò Lacoste, anche se il significato non sarebbe potuto essere piú chiaro.

– Si aspettava altro?

Lacoste si trovava nel grande cortile della Grande Chartreuse, al cospetto del capo dei conversi.

Fece un respiro profondo. L'uomo aveva ragione, naturalmente. Se Frère Robert, che aveva paura del colore beige, avesse acconsentito subito a incontrarla si sarebbe potuto gridare al miracolo. Eppure probabilmente quel giovane uomo tronfio davanti a lei aveva fatto ben poco per convincerlo.

Con quel viso lungo, la palandrana di tela grezza e il cappello di paglia, somigliava a uno dei tristi muli del Don Chisciotte. Anche se aveva ricevuto l'autorità sufficiente, se non da Dio dall'abate di quel monastero, per poterla squadrare dall'alto in basso. Uno stronzetto arrogante.

– Lei è la prima donna mai entrata nel monastero da quando è stato fondato, – aggiunse. – Credo che di strada ne abbia fatta fin troppa.

Era chiaro che l'avrebbe volentieri rispedita al mittente.

Lacoste sgranchí le spalle e piegò il collo per allentare la tensione. Impuntarsi non sarebbe servito a nulla, avrebbe solo invitato il monaco a pestarla un altro po' sotto gli zoccoli.

– Posso almeno fare avere a Robert un messaggio?

– No.

Fissando il suo brutto muso asinino, Isabelle si sforzò di comprendere da dove venisse quel giovane uomo. Provò a vedere sé stessa, a considerare la situazione, con gli occhi di lui. L'improvvisa presenza di tre estranei, tra cui due donne, in quel cortile, oltre il muro di cinta, per i monaci era una specie di trauma. Da capo dei conversi, lui aveva il compito di mediare tra i certosini e il mondo esterno.

Stava solo facendo il proprio lavoro. Come lei faceva il suo.

– Lei cosa mi consiglia? – Isabelle fece un passo avanti: in senso letterale e metaforico.

– Di togliere il disturbo.

Lei sorrise. – Questo non è possibile. Veniamo da lontano, e Frère Robert ha delle informazioni che ci sono necessarie per salvare migliaia di vite.

– Posso chiedergli di pregare perché la situazione si risolva e quelle vite vengano risparmiate, ma non di piú.

– Immagino che quelle preghiere le abbia già fatte.

– Allora non vi serve altro. Le sue preghiere riceveranno una risposta, sebbene la risposta non sia sempre un sí.

Era la tipica pezza d'appoggio che Isabelle si era sentita sciorinare dai religiosi per tutta la vita. Copriva ogni sorta di peccati e malefatte.

– E se la risposta alle sue preghiere, *mon frère*, fossimo proprio noi? – Aveva funzionato una volta, pensò Isabelle, tanto valeva provarci di nuovo.

– Ne dubito.

– Perché?

– Se foste stati la risposta, vi avrei fatti entrare.

Suor Irene alzò gli occhi al cielo. Avrebbe dovuto pensarci prima.

Il monaco accennò al portone senza scomporsi. – Addio.

Lí dentro le regole le dettava lui, e lo sapeva. Lacoste invece non dettava bel niente. A meno che…

Scambiò un'occhiata con Dussault, che inarcò le sopracciglia ispide. Con riluttanza, l'ex questore si frugò nella tasca interna della giacca, tirò fuori una busta dall'aria importante e la passò a Lacoste.

– Forse questo sarà di aiuto, – disse l'ispettrice. – A noi, non a lei. Ha detto bene, la risposta alle preghiere non può sempre essere sí.

Il converso prese la busta e scorse il mandato di perquisizione. Poi girò sui tacchi e si allontanò.

– Ha una copia del mandato, Monsieur Dussault? – chiese Lacoste.

– *Non*.

Osservarono il monaco cocciuto inoltrarsi a fondo nel passaggio a volta, finché lui e il mandato scomparvero alla vista.

Gamache arrivò all'aereo proprio mentre cominciavano le operazioni di chiusura del portellone. Per tutta la durata del volo ignorò il chiacchiericcio insistente del tipo seduto accanto a lui. Quanto era stato fortunato: avevano riaperto le porte apposta per lui. Era seguita una lunga tiritera sconnessa a proposito di vaccini e zombie.

– Quando ha paura, la gente fa cose folli. È su

questo che gioca il governo. Ci mette paura. Prenda il cosiddetto riscaldamento globale...

Gamache non ascoltava. Guardava fuori dal finestrino, pregava che l'aereo arrivasse a Montréal il piú in fretta possibile. E non solo perché era seduto accanto a un idiota.

Prima del decollo, Gamache aveva scritto un messaggio a Jean-Guy con l'ordine di chiedere alla dogana e all'Interpol una ricerca urgente su un certo Raymond Rousseau. Dove e quando il suo passaporto era stato usato. I movimenti della carta di credito.

Jean-Guy lo aspettava agli arrivi con una notizia. – Isabelle è riuscita a entrare alla Grande Chartreuse.

– Grazie al cielo –. I due si erano avviati subito all'uscita, Jean-Guy aveva dovuto affrettare il passo per stare dietro all'ispettore capo. – Ha già parlato con Frère Robert?

– Sto aspettando che mi aggiorni. Pare che laggiú ci sia anche Frère Sébastien. È entrato con il ruolo di converso, a metà tra il custode e la guardia del corpo, ma a quanto ho capito Robert si è rifiutato di confidarsi con lui. Però ha incontrato Dom Philippe.

– Robert ha parlato con Dom Philippe? Significa che lui sa cosa sta accadendo. Se riusciamo a trovarlo...

– Hanno parlato e basta. Pare che il monaco non abbia vuotato il sacco nemmeno con lui.

– Perché no?

– Ha detto che non si fidava.

– Come mai?

– Aveva una brutta sensazione.

In passato Jean-Guy Beauvoir non aveva mai fatto mistero del suo disprezzo per i sentimenti. Ma da quando lavorava con il capo, da quando aveva chiuso con l'alcol, da quando si era innamorato di Annie e aveva avuto due bambini, si era accorto che i sentimenti avevano un grande potere. Per molti versi, per gli unici versi importanti, erano piú reali e piú potenti dei pensieri. Erano il motore della percezione, la quale guidava il pensiero, il quale a sua volta suggeriva le parole e innescava le azioni.

I sentimenti erano l'origine di tutto. Nel bene e nel male. Da detective della Omicidi, a lui e al capo toccava assistere al male piú che al bene.

Gamache gettò il borsone sul sedile di dietro dell'autopattuglia e salí al posto del passeggero.

– Ha avuto una sensazione: di ragioni concrete per non fidarsi dell'abate non ce ne sono.

– Apparentemente no.

Gamache e Beauvoir si mescolarono al traffico convulso dell'aeroporto di Montréal. Robert non era l'unico a nutrire dubbi sull'abate. La presenza di Dom Philippe alla Missione, il fatto che conoscesse sia Parisi che Caron, erano tutte cose nel migliore dei casi sospette.

E Armand Gamache temeva di non essere alle prese con il migliore dei casi.

– Non potete imporci un mandato di perquisizione.

Davanti a Isabelle Lacoste era piantato un tipo alto e robusto. Un cappuccio monacale incorniciava un viso che emanava autorità. Il tono che aveva usato ricordava molto quello di Obi-Wan Kenobi.

Questi non sono i droidi che state cercando.

Solo che naturalmente i droidi erano loro. E Lacoste aveva tutte le intenzioni di far valere il mandato. Se necessario.

– Mi auguro che non sia necessario, *mon frère*.

Nel sentirsi apostrofare «*mon frère*», come se lui e quella giovane donna fossero stati di pari rango, l'uomo si irritò. Come se lui non fosse stato l'abate di uno dei monasteri piú prestigiosi al mondo e lei, be', una semplice mortale.

Anche se doveva ammettere che «*frère*» era il termine esatto. Lí dentro erano tutti uguali, ma nel profondo a lui non sembrava affatto giusto. Del resto l'appellativo scelto da quella donna era il minore degli oltraggi. Il mandato di perquisizione per entrare nei meandri del monastero era molto peggio. Avrebbero violato la sacralità di casa loro. Il loro luogo di preghiera.

Non sarebbe stata la prima volta. E se quella giovane donna non era certo l'Inquisizione venuta a sgozzarli, i certosini sapevano che le persecuzioni cominciavano in quel modo.

Con un'indagine innocente.

Era cosí che le difese venivano sgretolate. Non con la forza ma con il sorriso. Con una profferta d'aiuto.

L'abate pensò a Frère Sébastien, il gilbertino che aveva mentito per entrare nel convento da converso. E aprire la porta agli invasori. Sí, erano loro a sgretolare le difese. Gli amici. I lupi travestiti da agnelli.

– Non vorrete entrare nel monastero con la forza.

Claude Dussault venne avanti con l'espressione

grave. – Sarebbe un terribile affronto. E personalmente vorrei evitarlo. Ma ci sono troppe vite a rischio. Se dovremo far valere il mandato, se saremo costretti a usare la violenza, la colpa sarà vostra. Siete voi che avete il potere di decidere.

Intravedendo una breccia nella scorza dell'abate, Lacoste aggiunse: – Dobbiamo solo parlare con uno dei monaci. Venti minuti, non di piú. Prometto che non lo arresteremo. Non dobbiamo nemmeno entrare. Può uscire lui. E lei è autorizzato ad assistere all'interrogatorio. La prego.

L'abate studiò il mandato che aveva ancora in mano, quindi si allontanò per confabulare con due conversi, che alla fine entrarono nel monastero.

Irene e Sébastien si scambiarono un'occhiata, Lacoste e Dussault sentirono accendersi la speranza. Non avevano la garanzia che l'abate desse loro le informazioni di cui avevano bisogno, ma era un grosso passo avanti.

– Come interpretiamo la parentela tra Dom Philippe e Jeanne Caron? – chiese Beauvoir nel tragitto verso Montréal.

– E il fatto che si siano visti di recente alla Missione? – aggiunse Gamache. – Dopo che hai chiamato, ho detto a Raymond Rousseau che il fratello e la nipote si erano incontrati. Sia lui che Miriam hanno replicato che era impossibile.

– Perché?

– Molti anni fa hanno litigato, e da allora Caron non vuole piú vedere Dom Philippe né sentir pronunciare il suo nome. Pare che non sia tornato a Blanc-Sablon per il funerale della sorella. Eunice è morta quando Jeanne aveva tredici anni. Affogata. La bambina era molto legata allo zio e avrebbe desiderato che officiasse il funerale.

– Perché lui rifiutò di farlo?

– Non lo so. Forse perché aveva preso alla lettera il voto di silenzio e di clausura. Si limitò a mandare un biglietto di condoglianze e disse che avrebbe pregato per l'anima di Eunice.

– Un po' freddino.

– Caron non riuscí a perdonarlo. E s'inasprí ancora di piú quando, anni dopo, i monaci registrarono il disco di canti gregoriani e Dom Philippe accettò di rilasciare interviste e perfino di apparire in televisione.

– Aveva lasciato il monastero per promuovere il disco ma non per celebrare il funerale della sorella, – disse Jean-Guy lanciando una rapida occhiata al capo. – Non sembra un comportamento da brava persona.

Gamache rimase zitto per qualche istante. – Poi qualcosa è cambiato.

– Nulla è piú efficace di un obiettivo comune per sanare vecchi torti, – disse Beauvoir.

– L'obiettivo comune sarebbe avvelenare un'intera metropoli?

– Se è questo che sta accadendo, sí. È tutta roba che sta nel Vecchio Testamento. Il diluvio universale. Sodoma e Gomorra. Forse quando è uscito dal monastero Dom Philippe ha visto quanto è rovinato il mondo. Forse si considera una specie di messia, un agente del Signore. Non sarebbe il primo religioso svitato che si crede onnipotente.

– Forse.

Chiaramente Caron era il lupo nero, o aspirava a diventarlo. E adesso pareva che al branco si fosse aggiunto anche Dom Philippe. Ma cosa ci guadagnava un monaco gilbertino a diventare terrorista?

A Gamache venne in mente un'altra cosa. Forse Caron sapeva che lui e l'abate si erano conosciuti. Che si rispettavano a vicenda. Era possibile che stesse usando il suo zio squilibrato per depistarlo? Il suo piano stava funzionando?

– Perché Dom Philippe e Caron si sono incontrati alla Missione? – rifletté Gamache a voce alta. – Perché si sono visti con Charles Langlois? Di cosa hanno parlato? È possibile che da quel colloquio sia partito il trasferimento della cartina e forse dei quaderni? Spediti non a Dom Philippe ma da lui in persona.

Beauvoir valutò l'ipotesi. – Frère Simon ci ha detto che Dom Philippe gli ha raccomandato di tenere al sicuro la cartina.

– Vero. Sembrava che l'abate gliel'avesse comunicato di persona. Ma metti che l'abate gliel'abbia detto per lettera, e siamo stati noi a dare per scontato che invece sia capitato di persona. Dobbiamo chiederlo a Simon.

A quel punto era un dettaglio secondario. Da chiarire a posteriori.

– Perché nascondere proprio a Saint-Gilbert le ricerche di Langlois? – Beauvoir si stava destreggiando a fatica nel traffico dell'ora di punta. – Perché tenerle al sicuro? Se Caron e l'abate hanno una parte nel complotto, sarebbe stato molto piú semplice per loro distruggerle subito.

Gamache scosse la testa, sconfitto. – Non ci arrivo. Non riesco proprio a capire. Tre persone s'incontrano. Almeno una è invischiata in un complotto per avvelenare l'acqua potabile di Montréal...

– Di questo non possiamo essere certi, *patron*. Lo sospettiamo, ma non abbiamo prove. Potrebbe trattarsi di una fuga di scorie tossiche.

– Secondo te è plausibile che vogliano solo occultare un disastro ambientale?

Beauvoir fece no con la testa. Qualche giorno prima una grave fuga di scorie tossiche l'avrebbe gettato nello sgomento. Adesso ci sperava con ardore.

– Isabelle deve riuscire a parlare con Robert, – disse Gamache. – E noi dobbiamo trovare i quaderni.

– I gilbertini hanno perlustrato l'abbazia e per adesso niente da fare.

Gamache controllò di nuovo i messaggi sul cellulare. Ce n'era uno da parte dell'agente mandato a dirigere le indagini a Saguenay. Probabilmente per comunicargli che era arrivato a destinazione. Armand lo segnò con la bandierina rossa per ricordarsi di aprirlo piú tardi.

– Ecco come Jeanne Caron ha avuto la seconda metà della ricetta, – stava dicendo Jean-Guy. – Gliel'ha data suo zio.

– E Dom Philippe dev'essersela procurata direttamente alla Grande Chartreuse.

– Da Frère Robert? In che modo e per quale motivo? In teoria soltanto due religiosi hanno accesso alla ricetta.

– Dobbiamo mettere in fila i pensieri. Ricominciamo dall'inizio. Durante una confessione, Robert viene a sapere una cosa che lo terrorizza. Cosí si candida per una posizione alla Curia, la ottiene e parte da Washington. Però la sua coscienza continua a tormentarlo, e lui chiede a suor Irene di venire a Roma, dove le dice che sta per succedere qualcosa di terribile, un attentato che ucciderà migliaia di persone. Si rifiuta di raccontarle altro, e lei scrive a Frère Sébastien a Saint-Gilbert-Entre-les-Loups e gli chiede di venire a Roma per convincere l'amico a parlare.

– Esatto. Sébastien obbedisce, ma al suo arrivo Robert è partito di nuovo, questa volta per la Grande Chartreuse.

– Suor Irene non sa cosa l'abbia turbato, ma è chiaro che non si tratta di una messinscena. Forse voleva semplicemente evitare Sébastien. Hai detto che a un certo punto l'amicizia si era raffreddata.

– Mi sembra una reazione un po' eccessiva, – disse Jean-Guy. – Al mondo ci sono parecchie persone che non mi va di vedere, però non mi barrico in un monastero per evitarle.

– In ogni caso Irene e Sébastien lo seguono alla Grande Chartreuse. Robert si ostina a non incontrarli. Cosí a Sébastien viene l'idea di convocare Dom Philippe. Sei riuscito a parlare con il sacerdote di Washington? Ha ammesso il misfatto?

– Che si faceva sostituire da un monaco per le confessioni, intendi? No. Non lo ammetterà mai. E non è disposto a fornirci un elenco dei parrocchiani piú affezionati al confessionale.

– Dobbiamo risalire la gerarchia e rivolgerci all'arcivescovo. Torniamo a Dom Philippe. Su richiesta di Sébastien, abbandona Saint-Gilbert-Entre-les-Loups e si dirige subito a Blanc-Sablon.

Si fa prestare dal fratello documenti, denaro e una carta di credito e va alla Grande Chartreuse, dove Robert acconsente a parlargli. Quando si ritrovano faccia a faccia, Robert ha un ripensamento. Rivela a Dom Philippe qualcosa, ma non tutto. A quel punto Dom Philippe torna a Montréal e va alla Missione.

– Ha contatti con Parisi e con sua nipote. Era pianificato? O solo una coincidenza? Possibile che l'abate abbia incontrato per caso Caron e abbia pensato che era la persona giusta a cui rivelare un possibile attentato?

– Lo zio le racconta dell'attentato, – dice Gamache, – ma allora perché non ammazzare anche lui? Dom Philippe poteva essere pericoloso. Per lei e per gli altri.

– Secondo me è stata Jeanne Caron a portarlo dentro, – disse Beauvoir.

Armand scosse la testa. Proprio non ce lo vedeva l'abate a schierarsi con il lupo nero.

Eppure l'ipotesi del suo vice andava ponderata con attenzione. L'isolamento aveva portato Dom Philippe sull'orlo della pazzia, e quando dopo quarant'anni era uscito dal monastero e si era accorto dello stato in cui versava il mondo, aveva definitivamente sbroccato. Possibile che ora si considerasse una specie di angelo vendicatore? Che avesse abbracciato un cristianesimo superomistico? Una religione non solo della preghiera ma dell'azione.

– Non è da escludere, – Gamache scelse le parole con cura, – che Robert abbia dato all'abate informazioni sufficienti per capire che dietro all'attentato c'è il vicepremier. Quando alla Missione ha incontrato la nipote, capa dello staff di Lauzon, Dom Philippe ha riallacciato i rapporti nella speranza di saperne di piú. Forse lasciando perfino intendere che era dalla sua parte.

– D'accordo. Secondo la tua versione, Dom Philippe ha finto di appoggiare i terroristi. A che scopo? Per guadagnarsi la loro fiducia e fermarli?

Gamache rifiutava a priori l'ipotesi che l'abate non fosse una persona perbene, e Jean-Guy era preoccupato.

– *Oui, exactement*. Ha finto per vederci chiaro, per raccogliere prove e venire a presentarmele. Deve aver capito subito che Robert gli nascondeva qualcosa. L'abate è un acuto osservatore. Un attento ascoltatore. Ha vissuto nella società a lungo, ha fatto da guida a cosí tanti monaci da capire al volo quando uno di loro mente. Sapeva che Robert aveva da dire parecchie cose. Ecco perché mi ha attirato laggiú. Nella speranza che lo facessi parlare.

Gamache controllò di nuovo i messaggi. Ancora niente da Isabelle. Le scrisse in fretta:

«DEVI far parlare Robert a tutti i costi».

Non usava quasi mai il maiuscolo nelle mail, per cui quella doveva sembrare non solo un'ingiunzione ma un vero e proprio grido d'aiuto.

– Inoltre mi ha portato sulle tracce di Jeanne Caron, affidandole la seconda metà della ricetta del Chartreuse. Philippe non lavora con i cospiratori. Sta cercando di smascherare Caron e il suo capo.

– Cosí però non ha senso, *patron*. Sono d'accordo, è stato Dom Philippe a dare a Caron la seconda metà, però a te l'ha recapitata lei, non lui. Voleva attirare la tua attenzione, e lui l'ha aiutata.

Era vero. Gamache sentí il cuore colare a picco. Possibile che Dom Philippe fosse venuto a Three Pines non per avvertirlo ma per confonderlo? Per distrarlo da ciò che si profilava all'orizzonte? Per sballottarlo da un posto all'altro?

Non era da escludere che l'incontro con Charles Langlois fosse stato combinato con lo stesso scopo. Per suggerire a Gamache confuse verità che erano parse d'un tratto attendibili al momento della morte di Langlois. Proprio sotto gli occhi dell'ispettore capo.

Forse lui, Gamache, non era altro che una pedina. Come Charles Langlois. Il ragazzone l'aveva capito solo quando si era ritrovato riverso sull'asfalto, negli istanti prima di morire.

Gamache aveva supplicato Charles di rivelargli il mandante. Di dargli un'indizio. E lui all'ultimo momento aveva mormorato: – La famiglia.

Cosí Gamache ebbe una folgorazione. Non aveva considerato che Charles Langlois con quelle parole stesse obbedendo alla sua richiesta. E che lui non le avesse colte.

La famiglia. Non la sua, ma forse una della criminalità organizzata. Langlois aveva riconosciuto Parisi? Sapeva che era colluso con la mafia? L'ipotesi avrebbe spiegato il panico negli occhi di Charles, quando lui gli aveva assicurato che avrebbe parlato con i suoi genitori.

Charles Langlois era andato nella tomba, al creatore, nella cella dell'obitorio, sapendo che la sua morte non era valsa a nulla. E solo perché quello scemo della squadra Omicidi si era lasciato fuorviare dalla propria esperienza e aveva interpretato male le sue ultime parole.

Eppure dove li portava quell'ipotesi? Per quanto Gamache stentasse ad ammettere che l'abate era il lupo nero, trovava difficile anche credere che dietro il piano di avvelenare l'acqua ci fossero i mafiosi. Dopo tutto, non avevano prove che Parisi collaborasse con loro.

Nell'esperienza di Gamache i mafiosi non avevano pietà, ma erano anche astuti uomini d'affari che colpivano i loro obiettivi con precisione chirurgica. Un attentato terroristico su vasta scala aveva troppo margine d'errore. E poi loro cosa ci avrebbero guadagnato?

Gli servivano risposte, non altre domande. E al piú presto.

Erano arrivati a un bivio, in ogni senso. Beauvoir si spostò meccanicamente nella corsia di destra, che li avrebbe portati nel centro di Montréal e al quartier generale della Sûreté.

– Vai a sinistra.

– A sinistra? – La svolta era a pochi metri di distanza.

– A sinistra!

Jean-Guy sterzò bruscamente e l'auto imboccò l'uscita, seguita da un coro di clacson inferociti.

– Dove andiamo, *patron*?

– A Ottawa.

Capitolo 35

Un'ora piú tardi, Armand Gamache si trovava davanti al celebre complesso di edifici su Parliament Hill.

In passato ci era entrato tante volte. A volte per cerimonie ufficiali. Altre per riunioni. Lui e Reine-Marie lo avevano visitato con i ragazzi anni prima.

Quella era la prima volta che scrutava gli edifici simbolo del Canada, per giunta sede del governo, con una punta di disagio.

In viaggio aveva scritto al suo collega e amico David Lavigne, il vicecommissario della Royal Canadian Mounted Police, per informarlo delle sue intenzioni.

Lui non aveva ancora risposto.

– Vengo con te, – si era offerto Beauvoir.

– *Merci*, ma ho bisogno di andare da solo.

– Lo reputi saggio?

– Credo che il saggio ce lo siamo persi per strada, *mon ami*.

Beauvoir aveva insistito. – Se però affronti Jeanne Caron, lei potrà sostenere che l'hai aggredita. Potrebbe farti arrestare. Ti serve un testimone.

– Cosa le impedirebbe di dire che l'abbiamo aggredita entrambi? Non sei solo il mio vice, sei il marito di mia figlia. Il che ti rende un testimone poco attendibile e un probabile complice. *Merci*, Jean-Guy, ma ho una missione importante da assegnarti.

– Non ho visto nessuna boulangerie nei paraggi.

Gamache aveva riso, poi si era aiutato con un foglio di carta sul quale aveva scritto a mano. Il foglio non poteva essere tracciato. Non ne esistevano copie. E, poiché a scuola non insegnavano piú il corsivo, un bambino di dieci anni non avrebbe saputo decifrarlo. Anche se ovviamente il problema non erano i bambini di dieci anni. Almeno non per lui, aveva chiosato in silenzio pensando ai marshmallow.

Jean-Guy aveva letto la lista di nomi e numeri e aveva annuito. – Sarà fatto, *patron*.

– Un'ultima cosa. Mi serve la tua pistola.

Beauvoir l'aveva fissato incredulo.

– Lo sai che non te la faranno mai tenere. Siamo fuori dalla nostra giurisdizione.

– Vale la pena tentare.

– E se riesci a sfangarla...?

Gamache era rimasto zitto, gli aveva mostrato il palmo aperto.

Beauvoir aveva cento domande: la maggior parte cominciavano con *perché*, il resto con *cosa*. Però aveva allungato al capo la fondina e l'aveva osservato sistemarsi la giacca mentre risaliva la collina. Poi si era messo al lavoro.

– Jeanne Caron, *s'il vous plaît*.

– *Avez-vous un rendez-vous?*

– No, non ho appuntamenti. Può dire a Madame Caron o al suo assistente che l'ispettore capo Gamache della Sûreté du Québec vuole vederla?

Estrasse il distintivo. L'impiegata lo esaminò. Un agente della Royal Canadian Mounted Police, con tanto di divisa ufficiale rosso scarlatto, passò lí accanto e gettò un'occhiata, poi si girò verso Gamache e fece il saluto militare.

– Monsieur Gamache.

– Ci conosciamo?

– Sergente Gauthier. Denis. Mia sorella era...

L'espressione di Gamache si ammorbidí. – Diane –. Porse la mano all'agente.

– Ci siamo conosciuti al funerale. Lei è rimasto in contatto con la famiglia. Con i miei genitori. Con il marito di Diane e con i bambini.

Gli occhi dell'agente deviarono verso la brutta cicatrice sulla tempia di Gamache, poi tornarono in fretta sul viso. – Vanno pazzi per le biciclette con lo stemma della Sûreté che ha mandato loro in regalo. Ci montano sopra e giocano a fare gli agenti della polizia a cavallo.

– Cavalli e non motociclette?

Il ragazzo sorrise. – Cavalli, grazie al cielo.

– Come stanno?

– Sentono la mancanza di Diane. Ma Gerald parla di lei, mostra loro le fotografie e racconta quanto era coraggiosa la mamma.

Probabilmente, ragionò Gamache, non aveva ancora raccontato ai bambini com'era morta. Era stata colpita da un proiettile, era morta tra le braccia del suo ispettore capo. Supplicandolo di salvarla. E lui ci aveva provato. Ma alla fine era stato costretto a recitare una preghiera improvvisata – *Signore, accogli questa tua figlia* – per poi rituffarsi nella mischia. L'aveva ripetuto piú volte: – *Signore, accogli questa tua figlia*. Finché anche lui si era beccato due proiettili. Aveva sentito in bocca il sapore del sangue, credendo di soffocare, era crollato sul pavimento della vecchia fabbrica e aveva sentito qualcuno afferrargli la mano. Stringerla. Una voce aveva mormorato per lui una preghiera. La voce di Isabelle Lacoste. *Signore, accogli questo tuo figlio*. Poi aveva strabuzzato gli occhi ed era svenuto.

– Ci penso io ad accompagnare l'ispettore capo, – disse Gauthier.

– Non ha un appuntamento, – ribatté l'impiegata. – Non è sulla lista.

– Nessun problema. Garantisco io per lui.

Il metal detector ululò al loro passaggio, e Gamache si scusò, tirando fuori la pistola. Il suo cicerone della Royal Canadian Mounted Police sorrise, e anziché chiedergli di lasciare l'arma all'ingresso, gliela restituí prontamente.

– Di lei mi fido, signore.

– *Merci*.

Durante la salita in ascensore, Armand incrociò le mani dietro la schiena e sentí il rigonfiamento della fondina all'altezza della cintura. Osservò i numeri schizzare verso l'alto e si ripromise di cavare fuori la verità a Jeanne Caron, fosse stata l'ultima cosa che avesse fatto. Prima che quel ragazzo gentile, il fratello di Diane, fosse costretto a spararagli. *Signore, perdona questo tuo figlio. Perdonami*.

Gamache seguí l'agente fino alla porta di legno lucido in fondo al corridoio. Sulla placca di ottone c'era scritto: JEANNE CARON, RESPONSABILE DELLO STAFF.

Jean-Guy Beauvoir chiuse la conversazione con il premier del Québec. Subito dopo, sulla lista veniva il sindaco di Montréal. Poi quello di Québec City. La prima persona a cui aveva telefonato era la sovrintendente ai lavori pubblici. Era essenziale che alla *conference call* fosse presente anche lei. Non il ministro delle Infrastrutture, aveva sottolineato Gamache, ma l'ingegnera che conosceva per davvero il funzionamento degli impianti di depurazione.

Il cerchio si stava stringendo.

Jean-Guy digitò il numero e aspettò la risposta del sindaco dall'altra parte.

Se il capo non fosse tornato in tempo per l'inizio della *conference call*, Beauvoir avrebbe dovuto gestirla da solo secondo le istruzioni.

Si mise a prendere appunti. Come convincere uomini e donne legittimamente increduli che l'inconcepibile stava per accadere? Che un attacco dal quale la nazione sarebbe dovuta essere immune era già cominciato? Si stava materializzando il peggiore scenario possibile, e dovevano far partire i protocolli antiterrorismo.

Dalla sua esitazione a coinvolgere le autorità, era chiaro che Gamache reputava quei protocolli inefficaci, buoni solo a diffondere il panico tra la popolazione. Eppure le persone avevano il diritto di sapere. Avevano il diritto di difendere sé stesse e le proprie famiglie.

Come aveva previsto il generale Whitehead, per far deragliare l'ordine sociale non era neppure necessario che l'attentato si verificasse davvero. Bastava che partisse l'allarme. Scegliendo di comunicare con i capi politici che avrebbero dovuto per forza preparare una dichiarazione pubblica, Gamache stava facendo il gioco dei terroristi.

Beauvoir osservò le famiglie con bambini entrare e uscire dagli edifici del Parlamento e pensò che quelle sarebbero state probabilmente le ultime ore di normalità nelle loro vite.

Cosa era andato a fare Gamache lí dentro? Con una pistola, per giunta. A quel punto si udí uno strepito di sirene sempre piú vicino.

– Oh cazzo, – mormorò Beauvoir, proprio nell'istante in cui il sindaco di Montréal rispondeva al telefono.

– *Excusez-moi?*

– Non lo troviamo.

– In che senso? – ribatté l'abate della Grande Chartreuse. – Cosa ci vuole a trovarlo? Siamo monaci di clausura.

– Frère Robert non è nella sua cella, – si difese il converso. – Forse è alle docce, o nella cappella. Andremo a controllare. C'è il caso che stia preparando la ricetta.

– Che ricetta? – disse Dussault. – Non sarà quella del Chartreuse.

Lacoste cercò la foto in galleria e ficcò il cellulare sotto gli occhi dell'abate. – Questa è la ricetta per il Chartreuse?

– E io che ne so? Non sono uno dei depositari.

Poi l'abate lesse con piú attenzione. Infine, con la stessa attenzione, scrutò Lacoste. – Da chi l'ha avuta?

– Da Dom Philippe.

– Il gilbertino venuto a trovare Frère Robert.

– Esatto. Dom Philippe ha rubato parte della vostra ricetta e una bottiglia della vostra riserva, etichettata e imbottigliata in convento. L'ha fatta avere al mio superiore.

– A che scopo?

– Voleva che venissimo qui a indagare sulle informazioni di cui Frère Robert è in possesso. A proposito di un attentato terroristico.

– Tutte queste deduzioni sulla base di due ipotetici frammenti della ricetta che custodiamo da mille anni? Dio ci aiuti se mai doveste scovare i manoscritti del Mar Morto.

– Ha detto che Frère Robert è stato scelto per custodire la ricetta? – chiese Dussault nel tentativo di ricostruire i passaggi fondamentali. – Eppure ci risulta che sia appena arrivato. Perché affidarla proprio a lui?

– Perché è giovane e codardo, – rispose l'abate. – La prima cosa suggerisce che preparerà l'elisir per molti anni a venire, la seconda che non se ne andrà mai.

– Allora dov'è adesso? – chiese Frère Sébastien.

I monaci si limitarono a scambiarsi un'occhiata. Dopo qualche secondo, fu l'abate a parlare.

– Trovatelo, – disse ai confratelli per poi rivolgersi ai visitatori. – Voi restate qui.

Lacoste aspettò finché i monaci, incluso Sébastien, furono tutti entrati, poi incalzò Dussault: – Andiamo?

– Dopo di te.

– E io? – chiese Irene mentre i suoi compagni di viaggio scomparivano nella bocca del monastero.

Si guardò intorno, quindi li seguí di corsa. Alcune farfalle rimaste intrappolate nelle pieghe della sua tonaca bianca svolazzarono via.

L'istinto suggerí loro di restare nel giardino. L'istinto non è sempre infallibile. Qualche momento dopo, furono mangiate dagli uccelli.

Capitolo 36

– Ora può lasciarmi solo, – disse Gamache quando entrò insieme al sergente Gauthier in sala d'aspetto. – Grazie per il suo aiuto.

– È stato un piacere, *patron*. Preferisco fermarmi per assicurarmi che la facciano entrare.

– Non è necessario.

– Lo so, ma è il minimo che possa fare.

Gamache si augurò di sembrare piú riconoscente di quanto si sentisse.

Il banco della sala d'attesa era deserto. Gamache si accomodò su una delle sedie, mentre il sergente osservava le foto alle pareti.

Guardandosi intorno, pensò che l'ufficio rispecchiava alla perfezione Jeanne Caron. Patinato e ineccepibile all'esterno; sporco, brutto e disordinato all'interno. La scrivania aveva l'aria di essere stata rimediata in discarica. Le immagini incorniciate alle pareti, che Gauthier stava passando in rassegna, erano datate: in gran parte mostravano politici defunti che stringevano la mano a politici ormai in declino.

Armand si sforzò di riordinare i pensieri: c'era il rischio che di fronte a Caron il suo cervello andasse in tilt. Preso in ostaggio da un torto che bruciava ancora.

Non poteva permetterselo. Gli serviva una strategia. Qualcosa su cui fare leva per indurla a rivelare ciò che sapeva. In alternativa alla pistola.

Non che fosse contrario a sparare. Anzi, reputava che sarebbe stato necessario. Il tempo e gli eventi l'avevano sconfitto. L'avevano calpestato e avevano annullato una vita trascorsa a fare la cosa giusta anziché abbandonarsi alla tentazione di quella piú semplice.

Sarebbe stato ricordato per quel gesto, forse l'ultimo da lui compiuto. Una farsa che si era scritto da solo. La storia che tanto amava l'avrebbe giudicato senza pietà. Ma non importava. Doveva avere risposte. In fretta.

Armand controllò il telefono. Le notifiche si stavano accumulando. Ancora nulla dal commissario Lavigne o da Lacoste.

Jean-Guy stava procedendo con le telefonate. Al termine della *conference call*, la macchina si sarebbe messa in moto e nulla sarebbe piú stato come prima. Stavano per premere il grilletto e seminare il panico.

Al panico sarebbe seguito il caos. Al caos sarebbe seguito lo sfacelo della società civile come la conoscevano. Dopo qualche tempo l'ordine sarebbe stato ristabilito, ma si sarebbe trattato di un ordine soffocante e autoritario. Un nuovo assetto mondiale a cui abituarsi. Diritti limitati. La privacy, un retaggio del passato. I viaggi e gli spostamenti proibiti. Le elezioni democratiche sospese.

Tutto ciò per il bene della gente, con il consenso della gente. Il tizio farneticante seduto accanto a lui in aereo aveva ragione su un punto. Quando hanno paura, le persone acconsentono a cose che fino al giorno prima le avrebbero disgustate.

Restava una possibilità. Far parlare Jeanne Caron.

In quel momento, la porta dell'ufficio si aprí. Gamache scattò in piedi.

Sulla soglia c'era un giovane uomo.

– Mi chiamo...

– So chi è lei, Monsieur Gamache. Mi hanno chiamato dalla portineria. Ho detto all'impiegata che Madame Caron non poteva vederla.

Educato ma inflessibile.

– *Merci*.

Eppure, anziché girare i tacchi e andarsene, Gamache passò oltre l'assistente («Ehi!») ed entrò nell'ufficio privato della responsabile dello staff.

Era vuoto.

– Non c'è, – disse la voce arrogante alle sue spalle.

– Dov'è?

– Non posso dirlo.

– Le consiglio di ripensarci, giovanotto, se non vuole essere accusato di intralcio alla giustizia.

Era una minaccia a vuoto, e di lí a poco il galoppino si sarebbe ricordato che l'ispettore capo Gamache della Sûreté du Québec non aveva alcun potere in quel luogo. Ma per una frazione di secondo...

Gamache non osò guardare il sergente della Royal Canadian Mounted Police, che senz'altro si era reso conto della sua menzogna.

– Partita.

– Questo lo vedo. Dov'è andata?

– Non lo so.

– È impossibile. È lei a gestirle l'agenda.

– Avrebbe dovuto presenziare a una riunione tra dieci minuti, ma…

– Ne deduco che la partenza sia stata improvvisa.

– Sí. È passato a trovarla un tipo anziano, all'incirca un'ora fa, e lei se n'è andata con lui. Mi ha detto che per oggi non sarebbe tornata.

– Mi descriva quest'uomo.

– Magro. Capelli bianchi. Sembrava un mendicante. Pantaloni troppo corti e giacca troppo stretta, come se durante la notte fosse cresciuto di una manciata di centimetri. Ho sempre creduto che funzionasse all'inverso. I vecchi con l'età si rattrappiscono.

Squadrò l'ispettore capo come se dovesse rattrappirsi all'improvviso davanti ai suoi occhi, poi protestò quando lui si avviò a passo deciso verso la scrivania. – Ehi! Qualcuno lo fermi!

Il sergente Gauthier si limitò a osservare a braccia conserte l'ispettore capo che apriva i cassetti e sfogliava le carte. L'unica cosa che trovò fu un'agenda in fondo a un cassetto. Era dell'anno prima. Se la ficcò in tasca e tornò dall'assistente.

– Devo vedere Monsieur Lauzon.

– Il vicepremier?

– Sí. Subito –. Gamache addolcí il tono. – Non vorrei metterla in difficoltà, ma è una questione di sicurezza nazionale. Mi dica dov'è. Di là?

Gamache si avvicinò a una porta che verosimilmente affacciava su un altro ufficio. Era probabile che la capa dello staff stesse vicina, se non attaccata, al ministro per cui lavorava.

– Non c'è nemmeno lui. Non lo guarda il telegiornale? È andato a Washington a un ciclo di conferenze per un accordo bilaterale sui cambiamenti climatici.

Gamache studiò il giovane uomo e pensò che una volta rimasto solo avrebbe immediatamente avvisato Caron. – Mi dica il suo nome.

– Frederick Castonguay.

– Bene, Monsieur Castonguay, lei viene con me.

– Non posso. Ho un impegno per cena.

Era un pretesto cosí esile che per poco Gamache non gli scoppiò a ridere in faccia.

– La cena gliela offro io.

– Non ci penso nemmeno.

– Allora sarò costretto ad arrestarla.

Sulle labbra dell'assistente spuntò un sorriso. – Qui non ha nessuna autorità, ispettore capo.

– Io però ne ho, – disse il sergente. – E lei viene con noi.

Gamache fissò il poliziotto della Royal Canadian Mounted Police, il fratello maggiore di Diane. Incredulo di fronte a quel *beau geste*. Quel nobile atto.

Che in sostanza era una *beau risque*. Una gigantesca scommessa.

– Mi dia il suo telefono, – disse Gamache a Castonguay.

– No.

Il sergente lo perquisí e se ne impossessò.

– Stronzo.

Gauthier fece per posarlo sulla scrivania, ma Gamache lo bloccò. – Dobbiamo portarlo con noi.

– Cosí riusciranno a tracciare i nostri spostamenti.

– Forse. Se però lo lasciamo qui e lui scompare,

sapranno per certo che è successo qualcosa. E noi siamo stati gli ultimi a essere visti con lui.

Il sergente allungò il telefono a Gamache, e tutti e tre imboccarono il corridoio e tornarono verso l'ascensore. Quando le porte si aprirono, il sergente chiese agli occupanti in tono cortese di uscire. Loro obbedirono e i tre si stiparono nella cabina.

– Mi pare di aver capito che le cose non sono andate secondo i piani, *patron*, – disse Gauthier a porte chiuse.

– *Pardon*, – ribatté Gamache, impegnato a controllare i messaggi sul cellulare. Alzò gli occhi. – *Non*. Ma poteva andare peggio. Lo sa, vero, che la sua carriera è finita? Saremo entrambi accusati di sequestro di persona.

– Come minimo, cazzo, – ringhiò l'assistente di Caron.

– Almeno però non ho dovuto spararle. È per questo che aveva addosso la pistola, no? Per usarla contro Jeanne Caron.

– Cosa? – sbottò Castonguay.

– Non mi guardi cosí, ispettore capo. Non ci voleva un genio per capire le sue intenzioni. Altrimenti perché venire armato? Diane diceva che lei non portava mai la pistola a meno di essere certo di doverla usare. E la vedo arrivare qui, in un edificio governativo, con un'arma. Infine c'è la sua faccia. La conosco, quella faccia.

Gamache scrutò il giovane. – È per questo che mi ha accompagnato? Per fermarmi?

– No. Per aiutarla. Lo devo a Diane. E, per quel che vale, Madame Caron mi sta cosí sulle scatole che probabilmente avrei sbagliato la mira finendo per colpire lei –. Il sergente sorrise. – A farmi la soffiata è stato il vicecommissario Lavigne. Mi ha detto che lei sarebbe passato da queste parti e mi ha ordinato di non lasciarla sola. Di offrirle protezione. Mi ha scelto perché sono il fratello di Diane. Sa quanto l'ammiro.

Gamache inspirò ed espirò. Una preoccupazione in meno. Lavigne stava dalla loro parte. Anche la sua carriera poteva considerarsi finita. Si stava lasciando dietro una bella scia di macerie.

– Cosa le ha fatto Caron per spingerla a tanto? Dev'essere stata una bella carognata.

– Glielo dirò quando saremo fuori di qui.

– Venite, presto!

Lacoste e Dussault avevano appena girato l'ennesimo angolo di quel labirinto di pietra che era la Grande Chartreuse quando udirono le grida.

– Sbrigatevi, vi prego! – Le parole rimbalzavano su pareti e pavimenti, riempivano lo spazio, rendevano impossibile capire in che direzione dovessero dirigersi.

– Vengono da là, – disse Isabelle indicando l'ennesimo corridoio senza fine.

– No: da qui.

Lacoste e Dussault si guardarono alle spalle e videro Irene che gesticolava. – Venite.

La seguirono. I passi e le suppliche di aiuto erano tutto intorno a loro. Sembrava che trasudassero dalla vecchia ardesia.

Grida intrappolate da secoli che si erano liberate.

I tre imboccarono una rampa di scale consunte. Poi giú per altri corridoi, su per scale sempre piú strette e tortuose. Alla fine raggiunsero la cima di una torretta.

Si trovavano su una terrazza sospesa a decine di metri d'altezza. Era buio, ma riconobbero l'abate. Si era sporto oltre la balaustra e guardava in giú insieme ai due monaci laici, le tonache scure che sventolavano nella brezza.

Lacoste sentí il cuore colare a picco.

– Che succede? – Frère Sébastien arrivò subito dopo di loro.

In basso, spiaccicata alla base dell'edificio in un letto di fiori selvatici, c'era una sagoma scura. L'inconfondibile sagoma di un corpo umano, con le braccia e le gambe aperte. Dall'alto della torretta, somigliava a un uccello che aveva lasciato il nido troppo presto. Che aveva spiccato il volo in anticipo.

O forse a un monaco morto.

Suor Irene crollò in ginocchio, la fronte poggiata contro il muro di pietra. Gli occhi serrati. Ma era troppo tardi. Aveva visto l'inconcepibile, e per tutta la vita non avrebbe piú cessato di vedere il corpo del suo amico.

In cima alla terrazza nessuno aveva dubbi circa l'identità del corpo.

– È caduto? – chiese l'abate con voce tremula. – Dev'essere caduto. Sarà stato un incidente.

Spostò lo sguardo da Lacoste a Dussault senza ricevere le conferme che stava cercando.

Per i detective era facile intuire i timori ai quali l'abate rifiutava di abbandonarsi. Qualcuno aveva spinto Robert dalla cima del santuario dove aveva scelto di abitare. Le sue preghiere, il suo Dio, il suo amato rifugio l'avevano tradito.

Dal momento in cui aveva acconsentito a sostituire un sacerdote «troppo stanco» nel confessionale di una chiesa di Washington, la sua vita aveva avuto i minuti contati. Aveva cominciato a scivolare a folle velocità verso quel luogo, verso quel momento.

– Perché è salito quassú? – balbettò l'abate. – Nessuno ci viene mai. Non ce n'è bisogno.

– Dobbiamo andare da lui, – disse suor Irene.

Lacoste si girò verso Dussault. – Li accompagni?

Appena gli altri uscirono dalla terrazza, digitò un messaggio veloce per Gamache.

Beauvoir avvistò Gamache da lontano. Aveva l'aria di un ministro dell'esecutivo che esce dal Parlamento. Autorevole ma disinvolto. Non si poteva dire lo stesso del tipo che lo accompagnava.

Per un momento terribile, Beauvoir pensò che Gamache fosse stato arrestato. Insieme a lui c'era un agente della Royal Canadian Mounted Police, con tanto di uniforme rosso scarlatto. E in mezzo a loro un giovane uomo ben vestito.

L'agente stringeva in una morsa d'acciaio il braccio dell'uomo.

I turisti scattavano foto e filmavano con i cellulari, elettrizzati alla vista della famosa uniforme. Mancava solo un cavallo.

Impossibile bloccare le foto, impossibile impedire che le immagini circolassero sui social media. In ogni caso di lí a poco, con l'eccezione degli organi controllati dal governo, tutti i media sarebbero stati oscurati. Tutte le notizie avrebbero subito una censura preventiva. Fino a quel momento, l'immagine del sergente di cavalleria a Parliament

Hill sarebbe stata liberamente condivisa da centinaia di persone. E accanto a lui, ben riconoscibile nell'inquadratura, sarebbe comparso anche l'ispettore capo Gamache, insieme a un giovanotto scontroso. Tutto il mondo, inclusi i cospiratori, l'avrebbe visto.

Gamache salí in macchina, e dopo aver presentato a Beauvoir i due compagni che si erano sistemati sul sedile posteriore, gli restituí la pistola. Jean-Guy la annusò.

– Non l'ho usata, – gli comunicò Armand. Quindi scrisse a David Lavigne un semplice «*Merci*». Il vicecommissario non aveva risposto a nessuno dei suoi ultimi messaggi. Si era inabissato, e Gamache si augurò che l'avesse fatto per libera scelta.

– Torniamo verso la frontiera del Québec, – annunciò Gamache. – Veloci.

– Andiamo in Québec? – trasecolò il giovane uomo sul sedile posteriore. – Fatemi uscire.

Jean-Guy si immise nel traffico su Wellington Street mentre Gamache bloccava le portiere.

Adesso l'ospite era diventato a tutti gli effetti un ostaggio. E i tre poliziotti avevano appena superato un limite.

Capitolo 37

La *conference call* era fissata per la sera stessa.

– Non hanno idea dell'ordine del giorno? – chiese Gamache mentre si avvicinavano al confine.

– No. Sanno solo che si tratta di una cosa seria.

– Di cosa state parlando? – Il sergente si sporse in avanti dal sedile posteriore.

L'assistente di Jeanne Caron, seduto accanto al poliziotto, ascoltò in silenzio mentre Gamache forniva una risposta concisa alla domanda.

Alla fine erano entrambi increduli.

– Aspetti un secondo. La mia capa avrebbe un piano per avvelenare l'acqua potabile di Montréal? È semplicemente ri…

Gli altri attesero che pronunciasse per intero la parola *ridicolo*, ma lui si zittí. Gamache si girò a guardarlo senza dire nulla.

– Da qualche tempo non fa piú gli stessi orari. Rientra in ufficio dopo che tutti gli altri sono usciti. Molto tardi la sera, visto che io mi trattengo sempre fino alle otto. Lo so perché il giorno dopo la sua scrivania non è piú la stessa. Tira fuori dei faldoni riservati, ne preleva altri. Dei colleghi sono venuti a chiedermeli, ma non si trovano piú. Credo anche che abbia copiato informazioni da altri dipartimenti.

– Che dipartimenti?

– Non li ricordo tutti.

– Be', faccia uno sforzo! – alzò la voce Beauvoir. Gamache gli posò una mano sul braccio.

– L'unico che ricordo è la Corte dei conti. Non capivo perché bazzicasse quel dipartimento. Poi ha cominciato a girare la voce che il suo e il nostro capo, Monsieur Lauzon, sarebbe stato promosso vicepremier. Cosí mi sono detto che forse voleva solo portarsi avanti con il lavoro.

– Però...? – lo incalzò Gamache con voce pacata.

– Però aveva una strana frenesia. In genere è una molto metodica. La chiamiamo Robo-Caron. Una via di mezzo tra...

– Quei faldoni non li ha consultati: li ha ripuliti, – lo interruppe Beauvoir. – Cancellava tutto quello che poteva mettere nei casini il suo capo.

Una pausa, quindi si girò verso Gamache. – Inclusa quella brutta storia di sua figlia.

– Che storia? – chiese il sergente Gauthier senza ottenere risposta. Dentro di sé, Gamache concordava con il suo vice.

Dopo che l'accusa di omicidio stradale a carico della figlia di Lauzon era caduta, Armand aveva interpellato la Corte dei conti, l'organismo che vigila sull'etica giudiziaria. Non si aspettava alcun provvedimento, e infatti non ce n'erano stati. Però voleva che il tentativo di insabbiamento e le minacce ai suoi danni restassero nei fascicoli. Un fascicolo ora espunto da Jeanne Caron.

Ecco perché lei desiderava vederlo, perché aveva bisogno di vederlo. Perché l'aveva chiamato con insistenza. Per recapitargli nuove e piú feroci minacce. Per assicurarsi che non gli saltasse in testa di montare uno scandalo. Non poteva dimostrare nulla, ma anche solo un'accusa per il vicepremier sarebbe stata un duro colpo.

Eppure qualcosa non tornava. Se Caron e il vicepremier erano cosí disperati, se avevano ammazzato Langlois, Parisi e probabilmente altri, perché non uccidere anche lui? Quantomeno minacciarlo seriamente, se temevano che avesse depositato prove incriminanti presso un avvocato. Invece, dopo quelle prime chiamate, non si erano piú fatti vivi.

Era una tregua terrificante. Come se un'enorme creatura stesse nuotando appena sotto il pelo dell'acqua. Preparandosi a colpire.

Noi attendiamo. Attendiamo.

– Dove andiamo? – chiese Beauvoir.

– A Montréal. Alla Missione.

– Credi che ci troveremo Caron e Dom Philippe? Perché proprio lí?

– Be', non immagino un altro posto dove trovarli insieme. Se l'attacco è imminente, una questione di ore, al massimo di un giorno, dovranno controllare che sia tutto pronto. E spero che abbiano fissato un appuntamento con l'esecutore materiale, con chi è in possesso del veleno. Un rifugio per senzatetto è un luogo sicuro.

– Un santuario, – intervenne l'assistente di Caron sporgendosi tra i sedili. – Il vecchio ha usato questa parola per convincere Caron a seguirlo.

– Ha detto «santuario»? Proprio cosí?

– Sí. Ha detto che lí nessuno li avrebbe disturbati. C'entra anche Monsieur Lauzon? Anche lui è coinvolto?

– Coinvolto? – fece Beauvoir. – Lui è il lupo nero.

– Prego?

– C'è il ministro dietro all'attentato. Quando migliaia di persone moriranno e decine di migliaia si ammaleranno, oltre ai terroristi la responsabilità ricadrà su qualcun altro. E non sarà lui.

– Sarà il Primo ministro, – disse il sergente.

– Esatto. Lo incolperanno della tragedia. In Parlamento si scaglieranno contro di lui. Il vicepremier si prenderà il potere esecutivo. Dichiarerà la legge marziale, sospenderà le libertà civili. I nemici politici verranno silenziati.

– Un *coup*, – riepilogò Castonguay.

– Uno stato di polizia, – aggiunse il sergente Gauthier.

– Posso scrivere un messaggio alla mia amica? – chiese l'assistente. – Per avvisarla che non riesco a venire a cena. Cosí non si preoccupa.

Gamache gli allungò il telefono ma nello specchietto retrovisore scambiò uno sguardo con il sergente, l'unico in grado di controllare cosa effettivamente avrebbe scritto il loro ostaggio.

– Guarda chi si rivede.

Claudine McGregor squadrò i due poliziotti fermi davanti a lei. L'assistente di Caron e Gauthier erano rimasti in macchina. In un rifugio per senzatetto uno sbirro con indosso l'uniforme della cavalleria non avrebbe suscitato molta simpatia.

Invece Gamache e Beauvoir, ogni giorno di piú, lí dentro non sembravano fuori luogo.

Tutti e due esausti e sbattuti. Con i vestiti stazzonati e non proprio freschi di bucato, anziché impeccabili come si presentavano fino a poco tempo prima.

– Vi serve un letto, signori? – chiese la direttrice della Missione. – Una doccia?

Gamache le rivolse un sorriso tirato. – Ci serve un'informazione. È qui l'uomo che avete soprannominato Tanfo di Muffa?

Si sentí ridicolo a riferirsi all'abate in quei termini, e ancora piú ridicolo quando la donna si prese la briga di correggerlo.

– Non «di muffa». Solo Tanfo.

Gamache aspettò una risposta alla sua domanda.

– Non fornirò alla polizia informazioni sui nostri ospiti. Questo per loro è un posto sicuro. Non devono mai dubitarne.

– Un santuario? È cosí che lo chiama Tanfo?

– E io che ne so? Non lo seguo passo passo. Sono molto piú occupata a tenermi controvento.

La direttrice sostenne lo sguardo di Gamache. – D'accordo, ispettore. Qui Tanfo non c'è.

– Non ci costa nulla procurarci un mandato.

– Non sarò io a fermarvi. Ma perderete tempo, e ho l'impressione che non ve ne resti molto. È la verità, ispettore capo. Si fidi.

Gamache le rivolse un brusco cenno di assenso e si avviò alla porta. – Andiamo. Non sono qui.

– Tu credi a quella donna? – lo investí Beauvoir una volta fuori.

– Tu no?

Beauvoir ci pensò su. Sí, negli ultimi giorni aveva sviluppato una forma di rispetto per quella vecchia brontolona, che si era assunta una responsabilità da cui tutti erano fuggiti. Annuí.

– Secondo te dove sono quei due?

– Ci sono altri due posti che Dom Philippe considera santuari.

– Saint-Gilbert-Entre-les-Loups, – replicò Beauvoir risalendo in macchina. – E la sua casa d'infanzia a Blanc-Sablon.

Gamache sbatté la portiera. – Esatto.

– Non li avete trovati? – chiese il sergente.

– *Non*. Qual è il piú probabile? Secondo te dove si sono diretti?

I tre rimasero zitti, in attesa della risposta dell'ispettore capo. In attesa che dicesse loro cosa fare.

Armand avvicinò le mani al viso. Si strofinò gli occhi e, con grande sorpresa degli altri, seppellí il volto tra le dita. Come per tagliare fuori il mondo. La pressione. Implacabile, logorante.

Doveva fare una scelta. Doveva rispondere alla domanda. Quale dei due?

Tutto dipendeva dalla decisione giusta, e ne aveva già presa una sbagliata. Entrambi i luoghi erano lontani, non avrebbero potuto rimediare a un eventuale errore. E la *conference call*, il punto di non ritorno, era fissata di lí a poco.

Con una donna al seguito, il monastero era l'opzione piú insidiosa. Ma forse Philippe l'aveva scelta proprio per quello.

Dal canto suo, Blanc-Sablon aveva il vantaggio di essere un posto remoto, difficile da raggiungere. Inoltre l'abate lo conosceva bene. Ne conosceva i nascondigli, aveva amici e familiari che l'avrebbero protetto anche dalla polizia. Soprattutto dalla polizia.

Una scelta sicura non c'era. Forse doveva tirare

a caso e basta. All'improvviso il velo, e infine le mani, gli scivolarono dagli occhi. Armand si girò verso Beauvoir.

– Three Pines.

– Eh?

– Parlando con Olivier, Dom Philippe ha definito il villaggio «un santuario». Sono andati là.

– A Three Pines? – Beauvoir era incredulo. – A che scopo?

– È vicino, è un luogo appartato...

– Ed è il tuo villaggio, *patron*. Chi andrebbe a nascondersi proprio dove abita chi gli sta alle calcagna?

– Io. Mi nasconderei nell'accampamento nemico. Forse è una strategia a cui Dom Philippe non arriverebbe mai, ma Jeanne Caron sí.

Gamache vide il sergente digitare un messaggio nello specchietto retrovisore, probabilmente per avvisare la famiglia. La stessa famiglia di Diane. Per avvisarli di andarsene da Montréal.

Armand non lo bloccò. Lo doveva a Diane.

Beauvoir si staccò dal marciapiede e andò in direzione sud, verso il villaggio. – Se è come dici, Annie, Reine-Marie e tutti gli altri potrebbero essere in pericolo.

– No. Philippe e Caron vorranno passare inosservati. Difficilmente si avvicineranno a casa. Si limiteranno ad aspettare che si calmino le acque. Comunque scriverò un messaggio a Reine-Marie per avvisarla di chiudere a chiave le porte.

A quel punto fu l'assistente a intervenire. – Se davvero Madame Caron e questo abate tengono le fila del complotto, perché dovrebbero nascondersi?

Da chi si nascondono? Siamo noi che dovremmo cercare un nascondiglio.

– Si nascondono da noi, – rispose il sergente. – Sanno che li stiamo cercando.

– Non ha senso, – l'assistente si guardò intorno, come a cercare approvazione da una platea invisibile. – Se lei ha ragione, ispettore capo, Madame Caron ha commissionato almeno un omicidio, forse di piú. Dispone di una squadra di sicari al suo servizio e ha paura di noi?

Per quanto offeso dal messaggio implicito in quelle parole, ovvero che lui non rappresentasse una minaccia, Beauvoir doveva ammettere che l'assistente aveva sollevato una valida obiezione. Perché a Caron e all'abate serviva un santuario?

– Che cazzo, – Beauvoir si girò a scrutare Gamache. – Hai pensato che forse non stanno scappando affatto? Sono andati a Three Pines per incastrarti. Forse per piazzarci in casa uno di quei faldoni compromettenti.

Gamache rimase zitto. In verità a quell'ipotesi non aveva pensato.

– Ma è anche possibile che quei faldoni vogliano tenerli al sicuro, – suggerí il sergente. – Forse per «santuario» intendono proprio quello. Un posto sicuro per i faldoni.

– Esatto, – si accalorò Jean-Guy. – Un posto dove imboscarli finché non si sentono tranquilli.

– Cosa c'è in quei faldoni? – chiese il sergente.

Gli altri tre risposero in coro.

– Probabilmente dei materiali in grado di incriminare Lauzon, – la voce pacata di Gamache surclassò le altre due, poi ci fu silenzio. – Ecco perché li hanno rubati. Forse ha ragione lei, sergente Gauthier. Forse piú che sé stessi desiderano mettere al sicuro quelle carte. Non per incriminarmi o per proteggere Lauzon, ma per non finire in carcere.

– Per pararsi il culo, – aggiunse Beauvoir. – Una volta salito al potere, probabilmente Lauzon comincerà a eliminare tutti i potenziali avversari. Manuale del tiranno, pagina uno.

– Ma se quei documenti sono pericolosi soprattutto per lui, – aggiunse Gauthier, – si possono usare anche per ricattarlo.

– Già, – assentí Castonguay. – Lauzon può anche diventare Primo ministro, ma con quelle prove il coltello dalla parte del manico l'avrà lei. L'avranno loro.

– Sempre ammesso che quei documenti restino intatti, – precisò Gamache.

– Che succede? – domandò Beauvoir.

Avevano appena svoltato nella stradina sterrata che portava a Three Pines. Dal sedile del passeggero, dove sedeva Gamache, si era alzato un gemito sordo. Come il ringhio di uno che cerca di trattenere una fitta di dolore.

– Un'ora fa mi è arrivata una mail dai responsabili dell'indagine a Chicoutimi.

– L'omicidio della donna che lavorava alle poste.

– *Oui*. La sto leggendo ora. E mi sa tanto che adesso abbiamo scoperto il movente. Aveva un nipote. Il suo nome di battesimo è Ferdinand, ma l'ha cambiato in Robert dopo aver preso i voti per diventare…

– Oh cazzo. Un monaco certosino.

– Sí.

Gamache tirò fuori il telefono e chiamò Lacoste.

– L'hanno uccisa per mandare un avvertimento a lui, – disse Beauvoir mentre Gamache ascoltava gli squilli dall'altra parte, in attesa di una risposta. Poi la linea fu interrotta.

Riprovò. Il telefono di Lacoste non era raggiungibile. Il monastero della Grande Chartreuse, come Saint-Gilbert, era troppo isolato per avere una copertura affidabile.

– Quando Robert ha scoperto dell'omicidio di sua zia, – proseguí Beauvoir, – è scappato alla Grande Chartreuse. Fuori di sé. E il tipo delle Magdalen Islands? Lui cosa c'entra? Probabilmente è stato ammazzato dallo stesso sicario.

– Sicario o sicaria, – replicò Gamache digitando un messaggio per Lacoste. – Sí, la mia ipotesi è quella.

Beauvoir fermò il Suv a un centinaio di metri dalla cresta della collina che declinava verso Three Pines. Scesero tutti e quattro.

Erano da poco passate le cinque di pomeriggio. Le undici in Francia. Gamache immaginava che Lacoste stesse conferendo con Frère Robert, o che ci avrebbe parlato di lí a poco. Non mancava molto alla *conference call*. E, prima di collegarsi, a lui servivano informazioni solide.

Durante la discesa, nel Suv d'un tratto silenzioso, aveva passato in rassegna i possibili nascondigli.

La capanna dell'eremita? Quasi di certo l'abate non ne era al corrente.

Il B&B? Il bistrot? Quelli erano luoghi con cui già aveva dimestichezza. Forse si erano nascosti in un seminterrato. Accettando la possibilità di essere scoperti.

No, non avrebbero rischiato un'abitazione privata. E tantomeno l'albergo con Spa che avevano ricavato nella vecchia magione degli Hadley. Troppo andirivieni.

Alla fine non rimase che il luogo piú ovvio. Puntò il dito verso la chiesetta di St Thomas, dentro la quale s'intravedeva un tenue bagliore.

– Eccolo, il santuario.

Ordinò all'assistente di restare in macchina, quindi fece cenno a Beauvoir di consegnargli le chiavi. Riluttante, l'altro obbedí.

– Per stare sul sicuro, – aggiunse Gamache. Il giovane non protestò.

I tre poliziotti si incamminarono verso la chiesa, ma proprio in quel momento il cellulare del capo vibrò per un messaggio contrassegnato come urgente. Era di Isabelle.

Dopo averlo letto, Gamache si rabbuiò.

– Robert è morto. Si è gettato, o piú probabilmente l'hanno spinto, dalla torre della Grande Chartreuse.

– Merda. Significa che da lui non sapremo piú nulla.

– Significa che sono cominciate le pulizie di primavera. E che vogliono sferrare l'attacco, ammesso che non sia già partito.

Si avviò rapido verso la cappella, dov'era custodita la loro ultima speranza.

Dopo qualche passo, si mise a correre.

Capitolo 38

– C'è un ingresso sul retro, – disse Beauvoir al sergente. – Lei si piazzi lí.

Di corsa, Gauthier fece il giro della chiesa e tirò fuori la pistola dalla fondina.

Gamache e Beauvoir salirono i gradini d'ingresso, attenti a non fare rumore. Le ombre erano lunghe, strisciavano verso di loro dal bosco. Beauvoir estrasse la pistola, attese il segnale di Gamache per spalancare con un calcio il portone della chiesa ed entrò insieme a lui.

– *Bonjour*, Armand.

Claude Dussault si fece il segno della croce, quindi lentamente, con metodo, accese la torcia ed esaminò il cadavere di Frère Robert. Alle sue spalle, in semicerchio e guidati dall'abate, i monaci della Grande Chartreuse intonavano preghiere.

Tra le mani Robert non aveva nulla. Non aveva residui sotto le unghie. Nulla indicava che avesse lottato per la vita.

Se davvero si era trattato di un omicidio – Dussault alzò gli occhi e incrociò lo sguardo di Lacoste in cima alla torretta – l'assassino l'aveva colto alle spalle. Una spinta. Non era difficile.

Zero prove. Zero ragioni per sospettare un omicidio. A parte il fatto che il morto era il testimone chiave per sventare un attentato terroristico. Di per sé pareva un movente valido, specie se esaminato alla luce di quanto aveva detto l'abate. Lassú non veniva mai nessuno. Da decenni, apparentemente non vi metteva piede anima viva.

Era un luogo perfetto per un appuntamento clandestino, per un delitto.

Isabelle Lacoste fece sfarfallare la torcia del telefono sul pavimento di pietra della torretta. Era appiccicoso di feci e minuscoli ossicini di uccelli probabilmente caduti dal nido. C'erano foglie e ramoscelli portati dal vento o caduti dal becco dei volatili di passaggio. Inconsapevoli che la torretta fosse troppo alta. Il vento troppo forte. I loro piccoli troppo fragili.

All'epoca in cui la Grande Chartreuse era stata costruita, i conventi fungevano anche da fortezze. Dal bastione Lacoste vedeva le montagne in lontananza. Avrebbe potuto assistere all'arrivo del nemico. Sebbene probabilmente non servisse spingere lo sguardo tanto in là.

Scattò una foto al monaco precipitato al suolo da decine di metri, ai monaci intenti a pregare per la sua anima. Tra loro ce n'era uno precipitato da ancora piú in alto.

Al suono di quella voce garbata, Armand sentí rizzarsi i peli sulle braccia. L'avrebbe riconosciuta ovunque. In qualsiasi momento. Nonostante ora fosse piú matura, piú armoniosa, piú autorevole rispetto alla prima e unica volta che si erano incontrati. Anni prima.

Beauvoir aveva impugnato la pistola con entrambe le mani e la puntava contro la capa dello staff del vicepremier del Canada e contro l'abate di Saint-Gilbert-Entre-les-Loups. Lo sguardo vigile, tutto il corpo in allerta.

D'istinto, Jean-Guy era balzato in avanti per coprire almeno in parte l'inerme Gamache.

Armand aveva avuto un'esitazione. Il suono della voce di lei l'aveva paralizzato per un istante, che per uno sbirro equivaleva al tempo di una vita. Era il tempo che sarebbe bastato a una pistola per sparare, il suo piú grande timore. Non che non fosse preparato. Ma evidentemente non abbastanza.

Si vergognò subito di quell'impasse: per una frazione di secondo, aveva messo in pericolo Jean-Guy. Si riprese altrettanto in fretta, nonostante la vampata di sudore freddo e il cuore che gli martellava nel petto, come se lui stesso volesse scagliarsi contro Jeanne Caron. L'imperdonabile Caron.

Lei e l'abate erano fermi vicino all'altare. Li stavano aspettando.

– Siete in arresto, – esordí Gamache.

– Mani in alto, tenete i palmi in vista, – ordinò Beauvoir. Nessuno dei due si mosse, cosí ripeté, a voce piú alta: – Mani in alto! Subito!

Per un momento parve che la terra avesse smesso di girare. Che il tempo si fosse interrotto. Tutti i fantasmi che tallonavano Armand si fermarono a godersi la scena, chiedendosi se al loro gruppo stesse per aggiungersi un elemento, impossibile stabilire chi.

Poi l'abate si animò. – In arresto? Perché, Armand? Non abbiamo fatto niente. Siamo venuti a cercarti. Jeanne è mia nipote. Siamo venuti a chiedere il tuo aiuto.

– A chiedere aiuto? – lo aggredí Beauvoir. – È stata lei a orchestrare tutto.

Dom Philippe spostò lo sguardo da Caron a lui.

– Non avete capito. Sta per succedere una cosa terribile. E lei sta tentando di fermarla.

– Ecco perché ho provato a contattarvi, – disse Caron senza muoversi.

Gamache l'aveva vista innumerevoli volte al telegiornale, ferma alle spalle di Lauzon, mentre lui sciorinava dichiarazioni ufficiali. L'aveva vista invecchiare. Eppure nella sua testa rivedeva sempre la donna sul finire della ventina che l'aveva sfidato a contraddirla, sicura di sé, della sua posizione, del suo potere. Sicura di avere gli strumenti per demolirlo. Ci era quasi riuscita. Aveva quasi rovinato non solo lui ma anche Daniel. Suo figlio. Aveva quasi ucciso il suo bambino.

Adesso ce l'aveva di nuovo davanti. Longilinea, elegante, con i capelli sapientemente tinti e le rughe sul viso dissimulate dal trucco. Gli occhi non erano cambiati. Dentro s'intravedeva lo stesso freddo calcolo di sempre. Sulle possibilità che aveva di sconfiggerlo.

– Mani in alto! – ripeté Beauvoir.

Lentamente, Caron staccò le mani dai fianchi.

– Dovevo parlare con te per metterti in guardia, Armand.

Armand. Gli dava del tu come se fossero amici. Gamache si sforzò di ignorare quel dettaglio insignificante. Senza dubbio studiato per destabilizzarlo. Aveva raggiunto lo scopo, doveva ammettere. Era cosí vulnerabile, quando c'era di mezzo Caron?

Armand le puntò gli occhi in faccia. – A proposito di cosa?

– Stanno pianificando un attentato all'acqua potabile di Montréal –. La voce era sottile, quasi implorante. – Devi fermarli.

In quel momento lo sguardo di lei sembrava diverso. Attento alla sua reazione. Quando questa si fece attendere, Caron aggiunse: – Lo sai già. Hai seguito le nostre tracce.

Fece un passo avanti.

– Ferma! – le ordinò Gamache. Ne aveva abbastanza. Si girò verso Beauvoir. – Dammi la pistola.

Senza esitazione, il vice obbedí e rimase a guardare mentre Gamache si avvicinava a Caron e all'abate. Il vecchio fece un passo indietro, lei non si mosse.

Con la pistola in pugno, Armand si fermò dove Jean-Guy e Annie si erano sposati. Nel punto in cui i suoi nipoti avevano ricevuto il battesimo, Armand puntò un'arma contro Jeanne Caron.

Dal retro comparve il sergente. Caron spostò gli occhi su di lui. – Per carità, provi a convincerlo. Gli assicuri che dico la verità.

Gauthier rimase impassibile.

– Devo sapere dove e quando, – disse Gamache.

– Se lo sapessi li avrei già fermati, ma non lo so.

Ora Caron era rattrappita su di sé, con le mani in alto, terrorizzata dalla pistola.

– Mi dica quello che sa.

– So che lo faranno presto. So che dietro c'è Lauzon. So che l'obiettivo è uno dei sei impianti di depurazione di Montréal, ma non so quale. Non ne ho la certezza.

Gamache invece aveva la certezza che lei stesse mentendo, oppure che stesse mescolando verità e menzogna, come i bugiardi piú navigati. La sua speranza, continuando a interrogarla, era di strapparle un brandello di quella verità. E riconoscerlo.

– Che ruolo aveva Charles Langlois in questa storia?

– L'ho reclutato per fare ricerche, credendo che di lui non avrebbero sospettato. Mi sono sbagliata.

Gamache si rivolse all'abate, che stava seguendo lo scambio con occhi sgranati.

– E tu? Come ci sei entrato?

– È importante? Ti prego, Armand, abbiamo poco tem...

– Come? – ripeté Gamache, quasi urlando.

– Il mio priore. È stato lui a fare da tramite –. Philippe fece un altro passo indietro. – Mi ha scritto e mi ha chiesto di venire alla Grande Chartreuse. C'era un problema. Dovevamo incontrarci in segreto.

– E tu gli ha obbedito. Ti sei imbarcato in quel viaggio solo perché te l'aveva chiesto lui.

– Se questo giovanotto ti facesse la stessa richiesta, – l'abate indicò Beauvoir, – tu non lo ascolteresti? Alla Grande Chartreuse uno dei monaci, un certo Robert, mi ha riferito ciò che aveva udito durante una confessione.

– Cosa?

– Che l'acqua di Montréal stava per essere avvelenata.

– Solo quello? Niente di piú?

– No. Non aveva prove. Ma era spaventato, Armand. Pieno di orrore.

– Chi era stato a confessarsi con lui? – chiese Beauvoir.

– Gliel'ho chiesto, ma lui non lo sapeva. O meglio, ho avuto l'impressione che sapesse ma non volesse dirmelo. Mi ha implorato di non riferire nulla a Sébastien, il mio priore, né alla sua amica suor Irene. Non voleva metterli in pericolo. Cosí io ho mentito e ho detto loro che non si era confidato neppure con me.

– Cosa c'era di concreto nella testimonianza di Robert? – chiese Gamache.

– In termini di prove, intendi? Niente, te l'ho detto. Non aveva in mano nulla per dimostrare le sue affermazioni.

L'abate non aggiunse altro. Armand rimase in attesa. *Noi attendiamo. Attendiamo*. E alla fine Dom Philippe mangiò la foglia. – Sono stato io a chiedergli di trascrivermi una pagina della ricetta del Chartreuse e di regalarmi una bottiglia del liquore prodotto dai monaci.

– Perché? – Beauvoir sembrava quasi incantato dalla voce carezzevole dell'abate.

– Se mi fosse capitato qualcosa, volevo che le persone incaricate dell'indagine mi trovassero addosso quegli oggetti. Che capissero che venivo dalla Grande Chartreuse. Sono quasi sicuro che Robert avesse altro da dire, però non sono riuscito a persuaderlo. Abbiamo recitato una preghiera insieme, poi mi sono congedato.

– Hai lasciato quegli oggetti qui, per me, – disse Gamache. – Perché?

– Da solo non sarei riuscito a fermare quello che sta succedendo. E neppure Jeanne ci sarebbe riuscita. Non avevamo prove. E io dovevo stare attento. Tu però avresti capito chi ti stava parlando e saresti andato al monastero. Avresti ottenuto da Robert la testimonianza integrale. Li avresti fermati.

– *Qualche disgrazia*.

L'abate annuí. – Quegli oggetti li hai trovati, però sei qui. Non laggiú. Non hai capito.

Beauvoir stava per ribattere che ci era andata Lacoste, a parlare con Robert, ma l'istinto gli suggerí di stare zitto.

Il cervello di Gamache lavorava in fretta: catalogava ogni stralcio di prova, ogni congettura, li esaminava e passava ai seguenti. Le parole dell'abate coincidevano con ciò che avevano scoperto fin lí.

– Hai detto che Frère Robert voleva proteggere i suoi amici.

– *Oui*.

– Rifletticí bene. È stata una sua testuale dichiarazione o una tua inferenza?

Tornando con il pensiero a quella rivelazione enorme sussurrata nella cella minuscola, al momento di verità di Frère Robert, l'abate strinse le palpebre.

– No. Non l'ha detto esplicitamente, ma non vedo per quale altra ragione avrei dovuto tacere con i suoi migliori amici.

Isabelle Lacoste non aveva paura dell'altezza, eppure era difficile non soccombere alla terribile, subdola tentazione di scivolare oltre il parapetto in una sorta di estasi ipnotica.

A Robert era capitata la stessa cosa? Possibile che si fosse trattato davvero di un incidente? Aveva dato appuntamento a qualcuno lassú ed era stato calamitato oltre il bordo dalla sua stessa fobia? Le sue paure avevano finito per ucciderlo?

Intanto bisognava chiarire come avesse fatto Robert a salire, uno dopo l'altro, tutti quei gradini. Doveva essere stato disperato per accettare un incontro nel luogo per lui piú spaventoso al mondo. Cosa l'aveva attirato lassú?

Capitolo 39

Armand Gamache abbassò la pistola per scrutare in viso Jeanne Caron, per studiare i suoi occhi mentre la interrogava.

– Ha detto che a Montréal esistono sei impianti di depurazione dell'acqua ma secondo lei ne avevano preso di mira uno in particolare. Quale?

– Stavo appunto cercando di scoprirlo nelle carte di Lauzon. Quando stamattina è partito per Washington, sono entrata da lui. Nel suo ufficio c'è un cassetto segreto nascosto in un antico scrittoio con l'alzata avvolgibile. Ci ho trovato dei documenti, li ho messi là dentro.

Indicò un borsone posato sull'altare.

– Se aveva il forte sospetto di un imminente attacco alla nostra acqua potabile, perché non si è rivolta alla Royal Canadian Mounted Police? Perché non ha parlato con le forze dell'ordine?

– Ci ho provato. Ho chiamato te, Armand, domenica mattina.

– Sono l'ultima persona a cui si rivolgerebbe per avere aiuto. Voglio la verità. Subito!

– È la verità. Ascoltami –. Ora Caron sembrava disperata. – Anni fa, quando ho cercato di corromperti, poi ti ho minacciato e ho danneggiato tuo figlio, tu non hai fatto cadere le accuse di omicidio a carico della figlia di Lauzon. Hai resistito ai ricatti, alle intimidazioni. Sei rimasto saldo nella tua posizione, incurante delle minacce. Mi sono rivolta a te perché sei l'unico che, ne ero certa, non si sarebbe mai fatto corrompere e trascinare in questo complotto.

Gamache si girò per un attimo verso l'abate, che aveva il volto consumato dalla tensione.

– Credimi, – aggiunse Caron. – Conosco il mio capo. Lauzon non ha freni, non ha scrupoli morali. Non si fermerà davanti a nulla pur di ottenere ciò che vuole.

– E sarebbe? – chiese Gamache.

– Potere, naturalmente. E insieme a quello denaro, con tutto ciò che ne consegue.

– In che modo avvelenare l'acqua di Montréal può avvicinarlo a ciò che desidera?

Caron lo guardò con aria desolata. – Sai già la risposta, ma se vuoi giocare al gatto col topo a me sta bene. Ti dico io cosa accadrà. Usando l'acqua del rubinetto, le persone cominceranno a morire. In tutta la città. In poche ore monterà il panico. Il primo compito di un leader politico è assicurare la sicurezza dei cittadini. Se fallisce, è finito. Nel giro di una settimana il premier verrà rimosso dall'incarico. Lauzon è un liberale, per cui se uno come lui inizia ad abbracciare misure draconiane, queste dai cittadini verranno percepite come davvero necessarie. *Voilà*. Un colpo di stato.

– Tanto valeva organizzare un attentato ai danni del Primo ministro, – intervenne Beauvoir. – Sarebbe stato un modo piú semplice per prendersi il potere.

– Vero, ma non avrebbe ottenuto il potere assoluto che gli garantirà invece questa strategia. Diventerà un dittatore e insieme un benefattore. Ho cominciato ad avere i primi sospetti un anno fa. Nella sua agenda sono spuntati da un giorno all'altro una serie di meeting privati. All'inizio credevo avesse un'amante, poi ho capito che s'incontrava con soggetti che per lui sarebbero stati molto pericolosi, dal punto di vista politico. Persone con cui non poteva farsi vedere in giro.

– Mi servono i nomi.

– Te ne serve uno solo –. Prima che Caron riaprisse bocca, Gamache sapeva già chi avrebbe tirato in ballo. – Joseph Moretti.

Il boss mafioso evocato da Lavigne, che però non l'aveva mai nominato apertamente. Il vicepremier era stato avvistato a Ste Émiline, dove la famiglia Moretti aveva una seconda casa.

Joseph Moretti era il capo della sesta famiglia, altrettanto potente delle cinque famiglie mafiose americane. Dalle sue ville di Montréal e Ste Émiline, controllava il traffico di droga, tabacco, alcol, il business della prostituzione e del gioco d'azzardo e tutte le altre attività di riciclaggio nelle regioni del Canada.

Gamache aveva già dei sospetti sulla mafia, ma era convinto che fossero stati reclutati solo come sicari, per gli omicidi a Chicoutimi e nelle Magdalen Islands. Che avessero a loro volta reclutato Paolo Parisi per poi ammazzarlo.

Non sarebbe mai risalito al capomandamento. Al capofamiglia. A Joseph Moretti.

– Ha prove concrete?

– Poche. So che si sono incontrati, ma non so

di cosa abbiano parlato. In ogni caso, quello che ci serve è là dentro.

Di nuovo, Caron indicò il borsone posato sulla piattaforma rialzata dell'altare.

– Lei è stata al fianco di Marcus Lauzon dalla sua prima campagna. Ha organizzato le sue rielezioni, è stata nominata alla guida del suo staff. Ha pianificato la sua ascesa. Non è solo una collaboratrice di cui si fida ciecamente, ma il suo braccio destro –. Gamache la squadrò con intenzione. – Vuole farmi credere che l'ha tenuta all'oscuro di tutto?

L'aveva stanata. La maschera era caduta e l'antica ostilità aveva ripreso il sopravvento. Il disprezzo che Caron nutriva per lui riemerse per un istante, prima che lei si affrettasse a scacciarlo.

Il suo volto si distese in un sorriso. – Ottimo riassunto, *monsieur*. L'ho aiutato, certo. All'inizio. Mazzette a pubblici ministeri, a commissioni giudiziarie. Per agevolarlo nella scalata. Credevo che prima o poi, arrivato all'ultimo scalino, mi avrebbe ricompensata. Poi però ho capito che c'erano altri eventi, riunioni, accordi, di cui mi teneva all'oscuro. Mi sono ripromessa di scoprire cosa stava tramando. Vedevo continui riferimenti all'acqua corrente. Alla sicurezza dell'acqua. Tutti molto generici –. Fece una pausa. – Le prime avvisaglie risalgono a diversi anni fa.

Nel suo tono non c'era piú traccia di arroganza. Per una volta Jeanne Caron sembrava, ed era, spaventata. E per una volta Gamache le credette.

Restituí la pistola a Jean-Guy. – Cosa sa di Paolo Parisi?

– Parisi? Ho letto il nome su una delle carte di

Lauzon. Un personaggio secondario che Lauzon ha aiutato a superare la frontiera canadese. Perché?

Gamache si rivolse a Dom Philippe. – E tu?

– Io?

– Facevate colazione insieme tutti i giorni alla Missione.

– No. Facevo colazione con un povero ragazzo italiano che non parlava una parola d'inglese né di francese.

– Come mai?

– Perché era da solo in una città straniera. Tu non l'avresti aiutato?

L'abate aveva un'aria cosí sincera che Gamache si ritrovò quasi sedotto dalla sua versione.

– Cosa ti diceva?

– Veramente la metà delle volte non ci capivo un tubo.

Gamache scrutò il monaco ormai anziano. Non esistevano prove del fatto che Tanfo e Parisi avessero rapporti al di là delle colazioni alla Missione. Alla famigerata riunione tra Philippe, Langlois e Caron, Parisi non aveva partecipato. Anzi, con tutta probabilità li aveva spiati. Era possibile che l'abate dicesse la verità.

Era anche possibile, se non probabile, che sia l'abate che Charles Langlois intendessero contrastare l'attentato, mentre Caron si era servita di loro. E Langlois aveva cominciato a rendersene conto.

Gamache si rivolse a lei. – Quando ha capito che i cospiratori volevano avvelenare l'acqua potabile di Montréal?

– Sono stato io a dirglielo, – intervenne l'abate. – Dopo il colloquio con Robert sono andato dritto da mia nipote nell'Ottawa, ma lei ha rifiutato di incontrarmi.

– Non ci parlavamo piú da tanti anni, – spiegò Caron.

– Cosí ho deciso di scriverle un biglietto, qualcosa che mi spianasse la strada. L'unico pezzo di carta che avevo era la ricetta di Robert. L'ho strappata in due e sul retro ho scritto una sola parola: *Acqua*. Non mi sembrava saggio dire di piú. Non sapevo in che mani sarebbe finito.

– E quell'unica parola, acqua, è stata sufficiente, – disse Gamache.

– Sapevo che al centro del complotto c'era l'acqua, pur continuando a ignorarne i dettagli, – disse Caron. – Cosí quando ho ricevuto quel messaggio dovevo assolutamente sapere chi l'avesse scritto. Vedere zio Yves mi ha sconvolta.

– Le ho raccontato della confessione di Robert a proposito di un imprecisato attacco alla nostra acqua corrente. All'inizio lei era scettica.

Gamache sentí il telefono vibrargli in tasca. Lo ignorò.

– Mio zio aveva solo la parola di un monaco paranoico chiuso in un monastero francese. Senza prove solide e irrefutabili, nessuno sarebbe stato disposto a credere che il vicepremier stesse lavorando nell'ombra per avvelenare migliaia di cittadini. Io stessa faticavo a crederci. Ci servivano fatti concreti.

– Cosí Jeanne ha avvicinato il giovane Langlois, – disse l'abate.

Gamache ascoltava con attenzione. Presto la versione di Caron avrebbe cominciato a mostrare delle crepe.

– L'avevo conosciuto durante una visita ufficiale alla Missione. Mi aveva raccontato la sua storia. Aveva studiato per diventare biologo marino ma era rimasto invischiato nelle droghe. Aveva perso tutto. Non aveva piú rapporti con i genitori. Poi si era disintossicato. All'epoca era un ospite della Missione, e io avevo appena cominciato a sospettare che Lauzon stesse tramando qualcosa che avesse a che fare con l'acqua. Sapevo che di Charles ci si poteva fidare.

– O meglio, sapeva che sarebbe stato disposto a farsi sfruttare, – ribatté Gamache in tono gelido.

– L'ho sfruttato nello stesso modo in cui tu sfrutti i tuoi agenti, ispettore capo. Per ora io ne ho perso uno. E tu? Quanti sono morti sotto la tua guida? A quanti hai rivelato che la città è in pericolo?

Beauvoir venne avanti, ma Gamache lo bloccò. Non distolse l'attenzione da Caron. – In che rapporti è con l'Action Québec Bleu?

– Prego?

– Il gruppo ambientalista, – spiegò Beauvoir.

– Mai sentito nominare.

Gamache valutò la risposta. Caron sembrava sincera. – Charles Langlois lavorava per loro. Studiano l'inquinamento delle acque.

– Non gliel'ho procurato io, quel lavoro. Se la minaccia veniva da terroristi interni al governo, perché avrei dovuto piazzarlo in una minuscola organizzazione di cui nessuno ha mai sentito parlare? È assurdo.

Beauvoir e Gamache si scambiarono un'occhiata. Caron aveva ragione. Era uno scenario assurdo. Però Langlois, senza ombra di dubbio, aveva lavorato per l'Action Québec Bleu. Forse faceva due lavori, il gruppo ambientalista lo impegnava solo part-time. Restava da capire perché ne avesse tenuto Caron all'oscuro.

– Quando mio zio è venuto da me con l'ipotesi di un attentato all'acqua potabile di Montréal, finalmente avevamo una pista. Avrebbero colpito uno dei sei impianti di depurazione idrica, scegliendolo probabilmente tra i due piú grossi. Ho procurato a Charles un impiego all'Atwater, ma non ne ha cavato nulla. Cosí l'ho fatto trasferire nel secondo, lo stabilimento Charles-Jules Des Baillets a LaSalle.

– Un altro tentativo a vuoto, – intervenne l'abate. – Non avevamo idea del luogo scelto dai terroristi, non avevamo piú ipotesi. Cosí ci siamo incontrati tutti e tre alla Missione per decidere il da farsi. A quel punto Jeanne ha proposto di coinvolgere te, Armand.

– Non avete mai pensato che l'obiettivo potessero essere due stabilimenti o anche di piú? – chiese Beauvoir. – Come per l'undici settembre a New York e il sette luglio a Londra. Per aumentare le probabilità di successo.

– Cosí avrebbero aumentato anche le probabilità di una soffiata, – ribatté Gamache.

– Come quella partita da Washington, – disse l'abate. – Grazie al cielo.

– Quando è stato ucciso, Langlois lavorava all'impianto di LaSalle, – riprese Beauvoir. – Forse a quel punto aveva davvero scoperto qualcosa.

– Lo credo anch'io, – disse Caron. – È lo stabilimento piú grande e piú moderno. Però tra tutti è quello con il piú sofisticato sistema di tracciamento e neutralizzazione delle tossine. Ecco perché l'ho scelto per secondo.

Gamache aveva studiato le caratteristiche dei vari impianti. Quello di LaSalle faceva diversi passaggi e chiudeva con l'ipoclorito di sodio, una soluzione disinfettante in grado di eliminare tutte le tossine tranne...

– Il botulino sopravvive a qualsiasi trattamento.

Caron annuí. – Temevo questa ipotesi. È anche la mia.

– Ipotesi? Non sa che tossina utilizzeranno?

– Non con certezza. Spero di ricavarla dai documenti che ho rubato. Ho cominciato a scorrerli, ma non ho avuto modo di leggerli tutti. E adesso stiamo sprecando tempo. Domani mattina, al suo rientro, Lauzon troverà la scrivania scassinata e capirà subito chi è stato. Non si può piú tornare indietro.

Nella tasca di Gamache, il cellulare vibrò di nuovo. Questa volta lo tirò fuori e controllò il messaggio. Era di Lacoste.

Frère Robert era morto. Quasi certamente ucciso. Al messaggio era allegata un'immagine.

– Cosa succede? – chiese Beauvoir.

Gamache gli allungò il telefono, notando che Dom Philippe sbirciava con la coda dell'occhio, un po' in disparte.

Gamache non si mosse. Intuendo lo slittamento dell'attenzione, Beauvoir abbassò il telefono.

St Thomas non pareva piú un santuario.

Laggiú nell'ombra, quasi invisibile, era balugìnata una luce.

Gamache ebbe appena il tempo di girarsi per avvertire gli altri quando arrivò il primo sparo.

– È successo da poco, – valutò Dussault mentre Lacoste si inginocchiava per illuminare con la torcia il cadavere di Frère Robert, riverso a faccia in giú nell'erba.

Il capo aveva letto il messaggio ma non gli aveva ancora risposto. Era strano: in genere la rassicurava con un telegrafico «Ricevuto». Ma fin lí ancora nulla.

– Ho contattato la polizia di Grenoble, – annunciò Dussault. – Manderanno una squadra.

Lacoste si alzò e interruppe la litania di preghiere per chiedere all'abate: – Manca qualcuno?

Lui girò lo sguardo sui confratelli riuniti intorno al corpo. – Frère Constantine.

– Il secondo monaco che custodisce la ricetta? – chiese Dussault.

– Sí.

– Dobbiamo trovarlo, – disse Lacoste. E subito dopo, a Sébastien: – Può portarmi da lui?

I monaci la guardavano come se non riuscissero a decidere se Lacoste fosse una santa o il diavolo. Una cosa però la sapevano: prima che quella donna varcasse la soglia del monastero, loro erano tutti vivi e vegeti.

Lacoste seguí all'interno Frère Sébastien.

– In realtà volevo chiederle una cosa in privato. È sicuro che Frère Robert non le abbia rivelato nulla?

– Sono sicuro. Si limitava a ripetere che stava per capitare qualcosa di orribile. La cella di Constantine è laggiú.

– Prima diamo un'occhiata a quella di Robert.

– Giusto. È da questa parte.

Di fronte alla porta chiusa, Sébastien esitò. – È stato un incidente, vero?

– No.

Fino a quel momento, il monaco del Québec aveva rimosso meticolosamente la realtà dei fatti. Ora non era piú possibile.

– Chi è stato?

– Secondo lei?

– Non lo so. Non può essere stato uno di noi.

Uno di noi. Poche espressioni sono piú insidiose di questa, pensò Lacoste. In parte perché contiene una verità. Esistono squadre, tribú, famiglie, comitive. Amici. Noi. Eppure non è soltanto la definizione di un gruppo. Esprime una volontà di distinzione. Il «noi» implica che esista un «loro». «Noi» è meglio di «loro».

– Ipotizziamo che sia stato uno di voi. Lei come si sentirebbe?

Sébastien parve sbalordito dalla domanda. Però era intelligente, aveva già assimilato la verità dei fatti. Uno di «noi» aveva ucciso Robert.

– Mi lasci riflettere.

– Nel frattempo devo dare un'occhiata alla cella del suo amico.

La cella aveva all'incirca la forma di un alveare. La base era circolare e abbastanza ampia, per quanto spoglia. C'erano una stufa e un tavolo di legno grezzo con uno sgabello. Il pavimento era di ardesia. Infine una scala portava a un soppalco triangolare con un materasso imbottito di paglia.

O almeno, era stato imbottito fino a poche ore prima.

Ora il materasso era vuoto e l'imbottitura sparsa dappertutto. I libri erano stati aperti e scagliati a terra. Il tavolo e lo sgabello erano rovesciati.

– Non tocchi nulla, – ordinò Lacoste al monaco, che d'istinto si era chinato a raccogliere una Bibbia da terra. – Dobbiamo trovare Frère Constantine.

Arrivata alla porta, Lacoste si girò bruscamente, andò alla stufa e vi passò sopra la mano. Era fredda.

La cella di Constantine era vuota. – Dove può essere andato?

– In infermeria.

– È un medico?

– No, ma laggiú c'è una stanzetta a parte dove preparano l'elisir. Il Chartreuse viene fatto fermentare in una distilleria, però la formula è miscelata qui.

– È passata la mezzanotte. Possibile che gli sia venuta voglia di miscelare a quest'ora?

– Lui preferisce lavorare di notte. Dice che è piú tranquillo.

Mentre percorrevano in fretta il corridoio, Lacoste sentí il *tum-tum* dei rotori di un elicottero. I poliziotti di Grenoble erano arrivati.

E presto avrebbero reclamato l'indagine.

Capitolo 40

Accadde tutto nel giro di pochi secondi.

Bang, bang, bang!

Il legno esplose in una pioggia di schegge, i presenti scattarono da tutte le parti. L'aria era satura di cordite.

Bang! Gamache si buttò a terra e vide Beauvoir girarsi sullo stomaco, prendere la mira e…

Come era iniziata, la sparatoria cessò.

Gamache strisciò sul pavimento e guardò in direzione degli spari. L'agente della Royal Canadian Mounted Police brandiva la pistola con entrambe le mani, puntandola verso il pavimento e il corpo di una donna. Gamache si rimise in piedi e corse da Beauvoir.

– Jean-Guy, sei…

– Sto bene, – disse lui rialzandosi.

– Accendi le luci, – disse Gamache.

Pochi secondi piú tardi, quando Beauvoir schiacciò l'interruttore, Gamache era già inginocchiato accanto all'uomo riverso sull'altare.

– Non avere paura, – gli stava dicendo. A mani nude, tamponava con vigore la ferita aperta nel petto dell'abate. Dom Philippe aveva gli occhi sgranati, un rivolo di sangue gli colava da un lato della bocca.

Stava morendo, e lo sapeva. A ogni battito del cuore, il sangue gli defluiva dal corpo. Armand non poteva fermare l'emorragia, e se anche ci fosse riuscito il danno agli organi interni era troppo grave. Cosí smise di provarci, prese tra le sue le mani fredde di Dom Philippe e le avvicinò al petto.

Gli occhi azzurri dell'abate divennero vitrei.

– Padre nostro, che sei nei... – riuscí a recitare prima che lo sguardo dell'abate si spegnesse del tutto. Armand si piegò su di lui e gli sussurrò all'orecchio: – Signore, accogli questo tuo figlio. Accogli Yves –. Infine si fece il segno della croce.

– *Patron*?

Gamache alzò gli occhi.

– Caron è andata.

– Morta?

– Scappata. Insieme al borsone. C'è una striscia di sangue. È ferita.

– Trovala. E trova quel borsone.

Jean-Guy corse fuori dalla porta sul retro mentre Armand si avvicinava in fretta al sergente. Ai suoi piedi c'era il cadavere insanguinato della donna dell'*Open Da Night*. La donna che cercavano senza sosta da giorni.

E che invece aveva trovato loro.

Jean-Guy riapparve sulla porta. – La macchina non c'è piú.

– L'assistente?

– Idem.

– Abbiamo la certezza che Caron sia arrivata alla macchina?

– Sí. C'è del sangue nel punto dov'era parcheggiata.

Gamache annuí, si asciugò le mani insanguinate sui pantaloni. – Mi dài la tua pistola, per favore?

La voce del capo era cosí soffusa, cosí distratta che Jean-Guy non fu sicuro di aver capito finché lui non allungò il palmo aperto.

Beauvoir gli consegnò l'arma, quindi con sconcerto osservò Gamache stringerla in pugno e in una sola mossa fluida puntarla alla tempia del sergente.

– La pistola.

– Signore?

– Subito.

Una pausa, quindi l'agente allentò la presa sull'arma e Beauvoir la requisí.

– *Patron*? – chiese Jean-Guy.

– Monsieur Gamache? – chiese Gauthier.

– Resti immobile.

Senza staccare gli occhi dal prigioniero, Gamache chiese a Beauvoir: – Hai le manette?

– *Oui*.

Le tirò fuori, aspettò che Gamache confermasse con un cenno della testa e allungò la mano per afferrare la destra del sergente. Gauthier si divincolò bruscamente.

– Che cazzo...? Siete impazziti? State dalla loro parte?

– Ammanettalo al banco.

Quando il sergente fu immobilizzato, Gamache abbassò la pistola e perquisí il cadavere dell'assassina. Indugiò un attimo a contemplarla. Infine si rivolse a Gauthier.

– Come ha fatto a trovarci?

– Ci ha seguiti. Non è chiaro? Per carità, Armand. Cosa le è saltato in testa?

– Nessuno ci seguiva, mentre venivamo qui, – ribatté Beauvoir.

– Qualcuno deve averle comunicato dove stavamo andando, – disse Gamache. – Il telefono di Castonguay ce l'ho io, per cui lui non è stato. Invece tu hai digitato un messaggio. Ho dato per scontato che scrivessi alla tua famiglia, per metterli in guardia. Forse addirittura al vicecommissario Lavigne per tenerlo al corrente –. Gamache fece una pausa studiata. – Invece hai rivelato all'assalitrice la nostra destinazione.

– Non è vero!

– Ci stavi tu alla porta sul retro. Come hai fatto a non vederla?

– È buio.

– Ma per piacere, – borbottò Beauvoir.

– Il piano era di fare fuori sia Caron che Dom Philippe? Poi secondo le istruzioni tu avresti dovuto uccidere anche l'assassina. Immagino che il borsone sia stato una brutta sorpresa. C'è anche il tuo nome in quei documenti?

– Siete pazzi. Vi ho salvato la vita. Avrebbe ucciso anche voi.

Con la mano libera, Gauthier indicò scompostamente la donna.

Gamache lo fissò finché fu lui a distogliere lo sguardo.

– Gli ordini erano di tenermi in vita finché non avessi conferito con i politici. Loro avrebbero dato l'allerta, da lí sarebbe dilagato il panico. E comunque l'attentato sarebbe partito.

Detto ciò, si rivolse a Beauvoir: – Perché non ha colpito noi? Ero piú vicino alla pistola di Dom Philippe e Caron. Se ci avesse voluti morti, a quest'ora lo saremmo –. Poi, al sergente: – Vi serviamo vivi. E ciò significa che l'attentato è vicino. Tu cosa sai? – Pausa. – Forza!

Allora Gauthier provò a fare leva su Beauvoir. – Tutto questo è folle. Almeno lei lo capisce? Diane diceva che Gamache era pericoloso. Io non volevo crederle. Diceva che li avrebbe fatti ammazzare tutti, e cosí è stato.

Si voltò di nuovo verso Gamache. Adesso sembrava furioso. – Lei ha mandato a morire mia sorella.

– Non ho tempo per questa conversazione.

Gamache restituí la pistola a Beauvoir e chiamò la stazione locale della Sûreté e il medico legale.

– *Patron*, la *conference call*.

– Cancellala. Gira un avviso alla polizia nazionale con la descrizione di Caron e la targa della macchina.

Armand coprí il cadavere di Dom Philippe con la tovaglia da altare. E nel farlo notò un foglietto che spuntava dal taschino della giacca. S'inginocchiò e lo prese.

Era la fotografia del giovane Yves, di sua sorella Eunice e della nipotina Jeanne. L'unica cosa che aveva tenuto con sé in tutti gli anni passati a Saint Gilbert Tra i Lupi. L'unica cosa che si era portato via.

Armand rimise la foto nel taschino.

– La donna ha sparato a Caron, per cui non possiamo escludere che dicesse la verità, – disse Beauvoir.

– Può darsi. O forse stanno cominciando a tagliare i rami secchi. Forse Lauzon ha capito che lei l'avrebbe ricattato, quando fosse giunto ai vertici. Le prove contenute nel borsone potrebbero essere le stesse dei quaderni di Langlois. Nel mezzo di una sparatoria, ferita, Caron si è fermata a recuperarlo. Dev'essere importante.

– O l'ha preso per fermare l'attentato, oppure per avere prove contro Lauzon.

Gamache assentí.

– Non abbiamo certezze.

– Forse qualcuna ce l'abbiamo.

Arrivarono le autopattuglie a sirene spiegate, e insieme a loro il medico legale. Gamache prese da parte Beauvoir e gli annunciò a bassa voce: – Oggi ho fatto colazione con Shona Dorion.

– La blogger? Quella che ti odia? Perché mai la inviteresti a... – Gamache non rispose e Beauvoir ci arrivò da solo. – Per lo stesso motivo che ha spinto Caron a cercarti.

– Nessuno penserebbe che siamo alleati. E credo che Langlois abbia fatto la stessa cosa. Credo di sapere dove ha nascosto i quaderni.

Frère Constantine si trovava davvero nella stanzetta dietro l'infermeria. Vivo e vegeto. Ignaro. Un piccoletto grassoccio, felicemente intento a preparare la sua mistura. Al loro ingresso alzò lo sguardo, come se stesse aspettando qualcuno.

Nel vedere Frère Sébastien, la sua espressione cambiò. E ancora di piú nel vedere chi lo accompagnava. Una donna.

– Cosa è successo? Lei non dovrebbe stare qui.

Con la mano paffuta, cercò di coprire l'enorme manoscritto aperto sul tavolo davanti a lui.

– Ha trascorso qui tutta la giornata, *mon frère*? – gli chiese Lacoste.

– Lei chi è? Che cosa ci fa qui? Non può stare qui dentro. Sto preparando la ricetta. E lei è una donna.

Dal tono, non si capiva quale tra le due colpe considerasse piú grave. Certo è che per un monaco il binomio risultava intollerabile.

– Dov'è Robert? Lo sto aspettando da almeno mezz'ora. Dovete uscire di qui.

Constantine fece *sciò* con la mano, urtando uno degli innumerevoli pestelli allineati sul tavolo.

Sugli scaffali alle sue spalle erano stipati vasetti di erbe essiccate, di noci aromatizzate con spezie.

I profumi erano cosí tanti che era impossibile individuarne uno solo. Però la mistura era gradevole. Respirandola, Isabelle provò un conforto immediato. Come se Natale e Pasqua, il Ringraziamento e Ferragosto avessero deciso di fare una festa tutti insieme.

Le dispiaceva rovinare l'atmosfera, ma non aveva scelta. – Purtroppo devo comunicarle che Frère Robert è morto.

– Morto? – All'improvviso il monaco pareva disorientato. – Impossibile. È troppo giovane. Come è successo?

Spostò in fretta lo sguardo dall'una all'altro. Era evidente che per quel giovane entrato da poco nella loro comunità monastica provava un affetto particolare.

– Le ha mai consegnato qualcosa da custodire? – chiese Lacoste.

– Da custodire? Be', una cosa la custodivamo per forza. La formula.

– Oltre a quella, intendo.

Lacoste si guardò intorno. – Dove teneva la sua copia del manoscritto?

– Non posso dirglielo.

Il monaco raddrizzò la schiena. Aveva un'aria solenne e impavida. Però si capiva che di paura ne aveva eccome.

– Chi è lei? Dove sono gli altri?

– Ti prego, Constantine. Mi conosci. Sono Frère Sébastien.

– Vieni da fuori, non sei un confratello.

– Sono venuto qui per proteggere Robert. Sono un gilbertino.

L'altro non parve rassicurato da quella dichiarazione.

– E io sono un'agente della polizia, – disse Lacoste.

Di male in peggio. – Lei non è di qui. Ha un accento strano.

– Vengo dal Québec.

Fino a un momento prima, quel monaco rubicondo era impegnato in un'occupazione che da decenni conosceva a memoria. Perpetuava una tradizione, un rituale, un compito sacro che i suoi confratelli avevano svolto per secoli.

Ora però un gilbertino e una donna (una poliziotta del Québec!) avevano invaso il suo luogo di pace. Per annunciargli che il secondo custode della ricetta era morto.

– Non voglio vedere la ricetta, *mon frère*. Ma ho bisogno di sapere se c'è qualcosa che Robert ha nascosto qui dentro. La prego. Non ci muoveremo da qui, però le chiedo almeno di dare un'occhiata in giro.

– *Oui*?

Da dietro la porta chiusa a chiave filtrò una voce incerta.

– Monsieur Langlois? Sono Armand Gamache. Ci siamo incontrati quando sono venuto a comunicarle la morte di suo figlio.

Prima di uscire da Three Pines per dirigersi verso Montréal, Armand e Jean-Guy avevano fatto tappa a casa, per rassicurare i familiari e gli altri abitanti che non correvano rischi. Non erano piú tenuti a chiudere a chiave le porte.

– Allora è vero: quelli erano spari –. Senza aggiungere altro, Reine-Marie aveva guardato le mani insanguinate di Armand e i suoi pantaloni macchiati. Grazie al cielo, lui e Jean-Guy erano illesi.

– *Oui*.

Armand aveva raccontato alla sua famiglia cosa era accaduto, poi era andato di sopra a farsi una doccia e a cambiarsi. Prima di uscire, aveva preso la bottiglietta delle aspirine e aveva esitato. Forse gli sarebbe servita. Se l'era infilata in tasca e aveva fatto tappa di sotto nel suo studio, dove aveva rapidamente messo per iscritto tutto ciò che aveva scoperto. Un lampo di luce aveva catturato il suo sguardo, ma stavolta non si trattava del baluginio di una pistola. Erano lucciole che svolazzavano fuori dalla finestra.

Armand si era trattenuto a osservarle. Si era perso per un attimo nella loro allegra danza. Aveva tirato a indovinare dove sarebbe apparsa la lucina seguente, e aveva sbagliato. Si era chiesto a quale scopo evolutivo corrispondesse il loro tratto specifico. Perché a certi coleotteri era stata data la capacità di accendersi da soli?

O forse, aveva ragionato mettendo il foglio dove solo Reine-Marie avrebbe potuto trovarlo, di scopi non ce n'erano. Forse essere una lucina nella notte era di per sé uno scopo. Un gesto di sfida. Quelle minuscole creature rappresentavano la resistenza contro il buio infinito.

– Devo andare, – Armand si era seduto accanto a Reine-Marie e le aveva preso la mano. Jean-Guy era di sopra con Annie, in camera dei bambini che dormivano.

– Sei tranquillo?

– Sí. So cosa fare, dove andare, – Armand aveva abbozzato un sorriso. – *Ça va bien aller.*

– *Fais attention, monsieur.*

– Starò attento. Lo prometto, *madame*. E riporterò a casa Jean-Guy.

– Qualcuno ha detto il mio nome? – si era intromesso Jean-Guy scendendo le scale con Annie.

– Testa di rapa?

Jean-Guy aveva sobbalzato, quindi si era girato verso la voce improvvisa. Come Armand e Reine-Marie. La testa di Ruth era spuntata da dietro i cuscini del divano, dove si era stravaccata per fare un pisolino.

– Cristo santo, vecchia strega. Mi hai fatto quasi prendere un colpo.

– Cazzo, cazzo, cazzo, – aveva declamato l'anatra.

– Già. La prossima volta devo impegnarmi di piú.

La vecchia poetessa aveva provato invano ad alzarsi, poi aveva accettato l'aiuto che Jean-Guy le aveva offerto.

L'aveva guardato negli occhi. – Ti conviene tornare a casa sano e salvo.

– Te lo prometto, – aveva detto Jean-Guy, baciandola su entrambe le guance. – Grazie per aver badato alla famiglia.

Mentre la macchina di Jean-Guy e Armand passava accanto alla chiesa circondata da autopattuglie e ambulanze, Ruth aveva borbottato tra sé: – *Resto dove mi hanno messa | fatta di speranza e nuda pietra*.

Erano i versi di una delle sue poesie piú ermetiche. – *Prego che la dea assetata di morte scelga di salvare anziché uccidere*.

– Vieni.

Reine-Marie aveva posato l'avambraccio sopra quello ossuto di Ruth, Annie le aveva raggiunte sull'altro lato e insieme erano tornate dentro casa, seguite da Rosa. In silenzio, per una volta.

Sulla porta, Reine-Marie aveva guardato di nuovo verso la collina. La macchina non si vedeva piú.

... che nel mezzo del tuo incubo,
l'ultimo, una leonessa buona
ti raggiunga con la bocca bendata...

Poi lo sguardo le era scivolato sulla chiesa nel preciso istante in cui il corpo minuto di un monaco gentile, avvolto in una tovaglia da altare, veniva caricato su un'ambulanza.

... afferri piano la tua anima per la collottola,
e la sospinga nel buio del paradiso.

Capitolo 41

– Sono della Sûreté du Québec.

Armand fece scivolare il distintivo sotto la porta. *Noi attendiamo...*

Lui e Beauvoir si scambiarono un'occhiata.

– È tardi. Cosa vuole? – La voce del padre di Charles Langlois era querula, tremebonda.

– Mi perdoni. Non posso spiegarle la situazione da qua fuori. Ci fa entrare? – Fin lí l'appartamento era rimasto al buio. Dopo quelle parole, una lama di luce filtrò da sotto la porta. Il distintivo venne risputato sul pianerottolo.

– Tornate domani mattina.

Armand cercò di inventarsi qualcosa, qualunque cosa potesse indurre l'uomo ad aprire.

Beauvoir teneva appiccicato l'orecchio alla porta. – Madame Langlois sta dicendo qualcosa. Non sento le parole, ma pare che stiano discutendo.

Gamache riprese a parlare: – Non so se avete visto i filmati che circolano in rete. Mi auguro di no, ma nel caso mi avrete visto parlare con Charles. Non si sentono le parole, ma lo stavo implorando di rivelarmi cosa aveva scoperto. È a quel punto che lui ha detto «famiglia». Voleva che venissi qui da voi, non solo per portarvi conforto, ma anche per trovare ciò che aveva messo al sicuro –. Gamache fece una pausa. – Si fidava di me. Ora è il vostro turno.

Attendiamo...

Un *clic*, poi la porta si aprí.

Frère Constantine infilò un segnalibro di pelle consunta nel grosso volume e lo chiuse con decisione. Lo strinse al petto e si avviò nel retro del laboratorio.

Al suo ritorno, era ancora abbarbicato al manoscritto, ma in mano aveva un'altra cosa.

– *Merci*.

Gamache accettò di accomodarsi al tavolo della cucina e scrutò i coniugi Langlois, il cui unico figlio era morto a pochi centimetri dall'estraneo che adesso sedeva nel cuore della loro casa.

Accanto a lui, Jean-Guy faceva saltellare il ginocchio su e giú. Il tempo era agli sgoccioli.

– Charles vi ha dato qualcosa da custodire, – disse Gamache senza preamboli. – I suoi quaderni. Sapeva che nessuno sarebbe venuto a cercarli qui: non faceva mistero del fatto che non aveste rapporti da anni.

Monsieur e Madame Langlois non replicarono. Erano seduti l'uno accanto all'altra, senza dire una parola. Senza confermare né smentire.

Il ginocchio di Beauvoir rallentò il movimento.

– Dobbiamo vederli.

I coniugi Langlois si scambiarono un'occhiata, poi entrambi si alzarono e uscirono dalla stanza. Rientrarono meno di un minuto dopo con una sporta di stoffa. Sopra c'era il simbolo dello yin e dello yang, con un pesce che saltava nel mezzo. Il logo dell'Action Québec Bleu.

La sporta non era pesante. Dentro c'erano solo due quaderni.

Beauvoir la prese, mentre Armand ringraziava i genitori. Nell'espressione della madre c'era una domanda inequivocabile.

– *Oui*, – disse Gamache. – Avete fatto la cosa giusta.

Isabelle Lacoste prese i fogli che Frère Constantine gli aveva allungato.

I ritagli di due articoli scritti in francese, del quotidiano del Québec «Le Soleil». Stando alle date, erano usciti a due giorni di distanza l'uno dall'altro. Il primo riferiva dell'omicidio di un'impiegata postale a Chicoutimi. Il secondo della morte violenta di un insegnante alle Îles de la Madeleine.

A parte qualche piega, non c'erano segni né annotazioni.

– Nient'altro? – chiese Isabelle al monaco, che fece no con la testa.

– Cosa sono quelli? – chiese Sébastien, allungando il collo per guardare.

– Un attimo.

Lacoste scattò una foto a entrambi i ritagli e le girò a Beauvoir e a Gamache.

Gamache lesse la mail di Lacoste e studiò le fotografie.

«Novità?», aveva scritto Lacoste.

«Trovati i quaderni di Langlois, – rispose lui. – Ti aggiorno a breve».

Lacoste si rimise in tasca il telefono. Poi mostrò i ritagli a Sébastien e disse soltanto: – Prove.

– Di cosa?

– Che il pericolo era concreto. Questi due, – fece oscillare i ritagli, – sono stati ammazzati per dare un avvertimento a Robert. Una è sua zia.

– E l'altro?

– Un perfetto estraneo, credo. Scelto a caso. Per assicurarsi che Robert capisse con chi aveva a che fare, in caso nutrisse ancora dei dubbi. E farlo sentire responsabile della morte di due persone.

– Responsabile? Perché?

– Si era incontrato con Dom Philippe pur sapendo che non avrebbe dovuto parlare con nessuno. Resta da capire come hanno saputo dell'incontro. Lei ha qualche idea?

Lacoste sorvegliò la reazione di Sébastien, che rifletté un momento e scosse la testa, senza staccare gli occhi dai suoi.

Constantine, intuendo che stava accadendo qualcosa, strinse il manoscritto al petto con piú convinzione.

Jean-Guy svoltò in una stradina laterale e parcheggiò. Il colossale impianto idrico Charles-Jules Des Baillets era illuminato e spiccava nel buio a un isolato di distanza.

I due poliziotti tirarono fuori i quaderni e misero da parte il primo, in cui il giovane biologo aveva documentato le sue indagini sui laghi del centro e del nord. Un diversivo, capí Gamache. Per depistare e confondere chiunque fosse venuto a cercare i quaderni. Stando al primo, il giovane biologo si era limitato a esaminare l'inquinamento delle acque lacustri.

Le informazioni importanti stavano nel secondo quaderno. Quello che copriva il periodo durante il quale Langlois era stato impiegato all'Atwater, per poi spostarsi, come documentavano le ultime pagine, al Charles-Jules Des Baillets.

Gamache andò dritto all'ultima pagina. Cosa avesse scoperto Langlois era molto chiaro. Scritto a caratteri cubitali e sottolineato diverse volte, si leggeva:

Botulino. 25/08@23:50

– Santo cielo –. Beauvoir impallidí. – È oggi, – controllò il cellulare, – tra quarantasette minuti.

Gamache non disse nulla. Sotto l'orario, Langlois aveva scritto: *Quale pompa???*

– Tre punti interrogativi? – balbettò Beauvoir. – Che cazzo, non lo sapeva?

Gamache scorse il quaderno a ritroso, alla ricerca di nomi. Trovò Caron: accanto al suo nome altri punti interrogativi. Lauzon, il vicepremier.

Ce n'erano altri, accompagnati o meno da punti interrogativi.

Si sentí mancare quando lesse nell'elenco sia Madeleine Toussaint, la capa di tutta la Sûreté, sia Evelyn Tardiff, del dipartimento Crimine organizzato.

Un nome, tuttavia, non lo stupí affatto.

David Lavigne. Il vicecommissario della Royal Canadian Mounted Police, nonché suo amico.

Aveva capito che era coinvolto quando il sergente mandato a «proteggerli» si era invece rivelato un nemico.

– Non era il fratello di Diane, quello?

– No. Era tutta una balla per entrare nelle mie grazie. Qualcuno mi crede piú vulnerabile di quanto non sia.

A dispetto di quelle parole, Jean-Guy sapeva che il nome dell'agente rimasta uccisa nella ex fabbrica aveva stuzzicato una ferita che non si sarebbe mai rimarginata. Il capo aveva imparato a conviverci. Come quelli che convivono con il dolore cronico.

Mentre Beauvoir sfogliava il quaderno, Gamache si concentrò sulle verifiche a proposito dei colleghi alla Sûreté.

Charles Langlois, almeno per iscritto, si dichiarava incerto su chi fosse coinvolto nell'attentato. Ci voleva qualcuno con l'autorizzazione ad accedere alle pompe principali. Capace di intervenire sulle sofisticate operazioni di trattamento.

Una sola persona non sarebbe bastata. Servivano una piccola squadra di terroristi addestrati, e almeno due o tre ingegneri con un'approfondita conoscenza dell'impianto.

Gamache contemplò lo stabilimento, sfolgorante e sinistro.

Se Langlois ci aveva visto giusto, in quel momento… Gamache controllò l'orologio… mancavano quarantatre minuti all'attentato.

Di sicuro i cospiratori si trovavano già nello stabilimento. Gamache e Beauvoir non potevano rischiare di far partire l'allarme e generare una reazione a catena. Una cosa però Gamache poteva farla.

Chiamò l'agente di turno al quartier generale della Sûreté.

– Forrest, ti chiedo di mettere insieme una squadra d'assalto. Pesantemente armata. Non posso dirti di piú. Tieniti pronto.

Riagganciò senza neppure attendere il «sissignore» dell'altro.

– Esiste un modo per bloccare completamente lo stabilimento? – chiese Beauvoir.

Gamache scosse la testa. – Non lo so –. Era convinto di sí, però non riusciva a immaginarselo. – Ci serve aiuto.

– E da chi?

– Da lei.

Gamache indicò il nome di una delle ingegnere con meno esperienza tra quelle citate da Langlois.

– Perché proprio lei? – chiese Beauvoir.

– Perché sa di certo come fermare l'impianto e stasera non è di turno. Le persone reclutate per avvelenare l'acqua probabilmente stasera lavorano, cosí i terroristi non rischiano grane.

– L'hai scelta a caso.

– Piú o meno. Di qualcuno dobbiamo fidarci per forza.

Capitolo 42

– Mi sta accusando di fare parte di tutto questo? – Sébastien fissava incredulo Lacoste. – Qualunque cosa significhi «tutto questo».

– Sto dicendo che se queste persone, – Lacoste agitò di nuovo i fogli, – sono state uccise per infliggere una punizione e un monito a Robert dopo il suo confronto con l'abate, esistono solo quattro persone che potrebbero aver riferito la cosa al suo assassino. L'abate, lo stesso Robert, suor Irene e lei.

Lacoste puntò gli occhi in faccia al monaco. Non gli regalò terreno.

– È assurdo.

Lacoste proseguí come se l'altro non avesse parlato: – E tra questi solo uno avrebbe avuto la possibilità di spingere Robert giú dalla torretta.

Fece una pausa, lo sguardo sempre piú glaciale. – Devo sapere cosa le ha detto Robert. E devo sapere chi, a Washington, ha riferito a Robert dell'attentato.

La mano destra di Sébastien, nascosta tra le pieghe di tela grezza, spuntò all'improvviso dalla tonaca. Brandiva un coltello recuperato dal tavolo di Frère Constantine, corto ma appuntito.

8G.

– Sei sicuro?

– Per niente.

Beauvoir emise un verso gutturale ma non disse nulla, schiacciò il citofono e basta.

Una volta. Due.

– Chi è? – La voce era giovane. Seccata, con una sfumatura di agitazione.

– Mi chiamo Armand Gamache. Lavoro per la Sûreté.

– Sono… – una pausa, – … le undici passate. Cosa volete? È successo qualcosa? – Ora la voce era decisamente agitata.

– I suoi familiari stanno bene. Però ci serve il suo aiuto. Per favore, ci faccia entrare.

– Arretrate fino al punto in cui posso vedervi.

Gamache obbedí, guardando dritto nella telecamera.

– Cosa vi serve? Perché siete qui?

Stavano perdendo tempo. Non potevano piú permettersi di essere vaghi.

– Abbiamo intercettato un imminente attacco all'acqua potabile di Montréal. Ci serve il suo aiuto.

– È uno scherzo?

– Se cosí fosse, mi troverei qui? – Gamache sentiva montare la rabbia. – Mi ha riconosciuto, sa che di me si può fidare.

– Forse. Ma il tipo che è con lei non sembra molto padrone di sé.

Un altro grugnito. Poi silenzio.

– Vengo giú.

Manon Lagacé apparve due minuti dopo. Era

giovanissima e indossava dei jeans e una felpa con la scritta «École Polytechnique», alla quale aveva appuntato una spilla con una minuscola rosa bianca.

Gamache allungò il palmo aperto. – Mi dia il suo telefono.

– No. Non salirò in macchina con voi finché non mi farete vedere i distintivi e mi darete un quadro piú preciso della situazione.

– Per carità del cielo, – sbottò Beauvoir. – L'attentato è previsto tra, – guardò il telefono, – trentasette minuti.

– Allora vi conviene sbrigarvi.

All'unisono, Gamache e Beauvoir estrassero i distintivi. La ragazza li esaminò, fece un rapido confronto tra le foto e i volti, infine li restituí.

– D'accordo. Ditemi tutto.

– Possiamo almeno avviarci verso la macchina? – chiese Beauvoir.

– No. State sprecando del tempo prezioso. Ditemi.

– Nel giro di trentasei minuti, – disse Gamache, – la fornitura di acqua potabile di Montréal verrà avvelenata dallo stabilimento in cui lavora.

I due poliziotti scrutarono la reazione della ragazza. Sembrava sopraffatta dallo stupore. – Perché dite questo?

Era una domanda legittima, solo che mancava il tempo per la risposta completa.

– Ce l'ha detto Charles Langlois. – Era la versione succinta: Manon Lagacé avrebbe dovuto farse-la bastare.

– L'addetto alla manutenzione?

– Lo conosceva?

– Ogni tanto scambiavamo due chiacchiere. Ho sentito che è stato ucciso da un pirata della strada, – disse la ragazza. Una pausa, quindi si concentrò su Gamache. – Lei era lí con lui. Non è stato un incidente.

– *Non*. Per avvelenare l'acqua useranno il botulino.

Lei assorbí in fretta il dato. – Ma cosí uccideranno...

– Migliaia di persone, – disse Beauvoir. – Decine di migliaia. *Patron*, dobbiamo andare. Con o senza di lei.

– È cosí. Per favore, venga con noi.

Gamache attese un momento: constatato che la ragazza non si decideva a seguirli, si avviò in fretta alla macchina. Subito dopo sentí dei passi alle spalle. Per poco non scoppiò a piangere.

Mentre Beauvoir guidava veloce per le strade dei sobborghi residenziali, Gamache chiese alla giovane ingegnera: – È possibile bloccare l'impianto?

– Sí, esiste un blocco di emergenza. Si aziona dal centro comandi all'ultimo piano. Ovviamente sarebbe un sabotaggio. L'equivalente di un attentato terroristico.

– Sí.

La ragazza valutò la situazione. – Perché ci siete solo voi? Non vedo la Royal Canadian Mounted Police, non vedo squadre speciali. Deve esistere per forza a Montréal un'unità antiterrorismo. Perché non avete piazzato colleghi dappertutto? – Ci ragionò su, poi si abbandonò contro lo schienale con il viso sconvolto. – Oh, mio Dio. È terrorismo domestico, vero? Non sapete di chi potete fidarvi –. Gamache non disse nulla e lei concluse: – Siamo soli.

– Siamo abbastanza. Grazie a lei.

– Certo, come no...

Beauvoir accostò a mezzo isolato dallo stabilimento.

– Se le venisse in mente di mettere del veleno nel sistema, come farebbe? – le chiese Gamache.

– Userei una delle due principali porte d'ingresso, al livello uno e al livello due. E poi piazzerei qualcuno al centro comandi, per interrompere le operazioni e assicurarmi che nessuno faccia scattare l'allarme o tolga l'alimentazione. Di notte c'è meno personale. Il cambio di turno scatta a mezzanotte, poi alle otto di mattina e cosí via. Oddio. Dev'esserci dentro anche l'ingegnere capo di turno. Lo conosco.

La ragazza fissò Gamache, l'impatto della tragedia la investí di colpo. – Devo parlare con i miei, avvertirli –. Si allungò a prendere il cellulare, ma Gamache fu piú svelto.

Lei provò a schiaffeggiarlo, lui le bloccò il polso. – *Non*. Ora l'unico modo per salvarli è fermare l'attentato.

– Merda, – disse lei. – Fanculo, fanculo, fanculo.

– È dei nostri o no?

Lei lo guardò con rabbia. – Oggi non sono di turno. Non mi faranno entrare.

– Deve distrarli e basta, – disse Beauvoir.

Fu piú facile di quanto avessero osato sperare. Il vigilante conosceva la giovane ingegnera: sebbene confuso sul perché si fosse presentata a quell'ora, non si insospettí.

Cominciò ad avere paura solo quando Beauvoir tirò fuori la sua pistola, costrinse lui e i colleghi a riparare nel retro, li ammanettò e li chiuse dentro a chiave. Non prima di averli disarmati.

Gamache requisí la pistola del vigilante e se le infilò nella cintura.

– Di questo non mi avevate avvisato, – disse Manon.

– Alcune delle guardie devono essere per forza complici, – disse Gamache. – Dov'è il centro comandi? Dobbiamo fermare l'impianto.

– Non funzionerà. Non subito, almeno. Servono almeno dieci minuti perché tutti i processi si arrestino. E nel frattempo se ne accorgeranno. Se versano il veleno nel sistema, si diffonderà lo stesso e raggiungerà la città.

Gamache non rispose subito. Doveva riflettere.

– Esiste un modo per staccare soltanto le pompe?

– Sí. Un protocollo di emergenza. Ma va attivato nella stanza apposita.

– E noi ci andremo. In cosa consiste questo protocollo?

– È un codice.

– Me lo dia.

Gamache si scrisse cinque cifre e un simbolo sulla mano. – In che modo comunicheranno i terroristi? I cellulari funzionano qui dentro?

– No. Troppo cemento e troppo metallo. Abbiamo un telefono fisso in tutte le stanze.

– È una linea interna o si può raggiungere anche l'esterno?

– Si possono fare chiamate all'esterno.

– Grazie al cielo, – commentò Gamache incrociando lo sguardo di Jean-Guy.

L'ingegnera allungò un badge a Gamache.

– Per entrare le servirà questo. Lo schiacci contro lo schermo all'ingresso, la porta dovrebbe aprirsi.

– Dovrebbe?

– Si aprirà.

– È possibile capire che una pompa è stata chiusa?

– Al centro comandi lo vedranno. Scatterà un allarme e si accenderanno delle luci rosse.

– Da lí riusciranno a ripristinare il funzionamento, – disse Beauvoir.

– Sí, ma ci vorranno ore.

– Dove sono i locali da cui si controllano le pompe?

Manon si avvicinò a una delle pareti nell'ufficio della sorveglianza. – Qui c'è una mappa dello stabilimento. La pompa numero uno si trova qui, – disse indicando un punto al livello uno, al centro esatto del lunghissimo corridoio. – L'altra è due piani piú su, proprio sopra la prima. I controlli di emergenza per staccarle sono sul pannello accanto alla turbina. Troverete degli impiegati pronti a ostacolarvi.

– Temo che non saranno solo impiegati, – disse Beauvoir. – E che non si limiteranno a ostacolarci. Io prendo il pianterreno.

– *Non*. Tu devi andare di sopra con Madame Lagacé e assumere il controllo del centro comandi prima che scatti l'allarme.

– Fammi andare alle pompe, *patron*. Al centro comandi ci vai tu.

Gamache non riuscí a trattenere un sorriso. – Chi tra i due correrà piú rischi di venire ostacolato?

Seppure contrariato, Beauvoir sapeva che il capo aveva ragione: quella era l'unica soluzione possibile.

– *Bon*, – disse Gamache. – Quando vedi che la pompa numero uno è offline, aspetta tre minuti, poi blocca tutto lo stabilimento e chiama Forrest. Fai venire la squadra d'assalto. Dopo che ho staccato anche la seconda, dobbiamo evitare che i terroristi scappino dallo stabilimento. E dobbiamo prenderli vivi.

Beauvoir annuí. – Va bene.

Gamache afferrò l'avambraccio di Jean-Guy. – Tu resti al centro comandi. A prescindere da cosa succederà. Sei l'ultimo avamposto –. Gli piantò gli occhi in viso. – A prescindere da cosa succederà.

Jean-Guy sapeva a cosa si riferiva il capo.

Lacoste fece un passo indietro.

– Come ha potuto mettersi con i terroristi? Facilitare la morte di migliaia, decine di migliaia di persone?

– L'ha visto il mondo? – la investí il monaco, quasi urlando. – Ha visto in che stato è il mondo in cui viviamo? Dobbiamo fare qualcosa per scuotere dal torpore i leader che ci governano. La razionalità non serve. I fatti non servono. Se neppure gli incendi riescono a smuoverli, cosa ci resta?

– Mi sta dicendo che si è fatto coinvolgere in un attentato contro l'acqua potabile di Montréal per salvare il pianeta?

– Sí! Esatto. Per costringere le persone a svegliarsi e a vedere lo sfacelo in cui ci troviamo. Se serve l'ecoterrorismo, be', io ci sto.

– Sta vaneggiando. Questo è solo terrorismo, punto.

– Me ne frego delle definizioni. Ho la coscienza pulita, io.

– Quale coscienza? È disposto a uccidere migliaia di persone per attirare l'attenzione di qualche leader politico?

– Mi prende per il culo? È colpa loro se siamo caduti cosí in basso. E adesso è troppo tardi. Ci serve un solo leader con le idee chiare, che prenda in mano la situazione. Uno con il coraggio di fare ciò che è necessario.

– Lei è un ingenuo. Si è fatto usare. Hanno trasformato le sue buone intenzioni in una cosa mostruosa. Come fa a non capirlo? Uccidere migliaia di persone non è la soluzione.

– Allora qual è la soluzione? Le abbiamo tentate tutte.

Sébastien fece un passo verso Lacoste ma non andò oltre. Frère Constantine sollevò con entrambe le mani il massiccio volume con la ricetta e colpí il confratello su un lato della testa, mandandolo al tappeto. Come il Chartreuse faceva da secoli.

Capitolo 43

L'ispettore capo Gamache passò davanti a due addetti alla manutenzione e a uno che sembrava un tecnico. Per un momento temette di essere fermato e interrogato. Anziché evitare lo sguardo dell'uomo, attirò la sua attenzione e gli rivolse un vigoroso cenno del capo.

Il tecnico esitò un istante, quindi rispose al saluto e proseguí per la sua strada. Gamache sentí il sudore gocciolargli lungo la schiena.

Ebbe cura di non rallentare il passo, sforzandosi di sembrare uno con un mucchio di pensieri per la testa. Con una faccia che non invitava alle chiacchiere. Che non ammetteva sciocchezze. Raggiunte le scale le infilò di slancio, afferrò il corrimano e fece i gradini due alla volta.

– Non sapevo che fossi di turno, – commentò il tipo che intercettò Beauvoir e Lagacé lungo il corridoio del quarto piano. Indossava la cravatta e una camicia con le maniche arrotolate, e portava un paio di occhiali dalla montatura pesante.

Manon sorrise, accennò a Beauvoir con il capo e fece una smorfia. – Quello è mio cognato, è venuto a trovarmi da Gaspé. Parte domattina presto, grazie al cielo. Gli ho promesso che gli avrei mostrato dove lavoro –. Abbassò la voce. – È un mezzo coglione.

Beauvoir si guardò intorno e disse ad alta voce: – Tutto qui? Mi aspettavo di piú.

Non avevano tempo da perdere. Se Gamache fosse arrivato alla pompa prima che loro facessero irruzione nel centro comandi… se si fossero accese le spie rosse… se quelli del centro comandi avessero visto sui monitor cosa stava capitando…

– Sai chi c'è di turno al centro comandi?

– Lavoie.

– Oh, bene. Forse ci farà entrare –. Di nuovo, Lagacé abbassò la voce. – Speriamo di no. Voglio solo metterlo sull'aereo per Gaspé il prima possibile. Manca poco alla fine del turno. Ti prepari a staccare?

– Venti minuti, – disse il tipo. – Poi vado in ferie per una settimana.

– Goditela, – gli augurò lei allontanandosi.

– Pure tu, – replicò l'altro con un sorrisetto solidale. – A proposito: il bagno degli uomini al terzo piano è intasato.

Gamache arrivò in cima alle scale, spalancò la porta sul corridoio e si ritrovò faccia a faccia con una guardia con un fucile d'assalto.

Rimasero entrambi di sasso, ma Gamache fu piú svelto a reagire. La guardia riuscí solo ad agitare scompostamente il fucile, beccandosi in pieno il colpo alla tempia che gli assestò Gamache con la pistola. L'ispettore capo trascinò la guardia esanime sul pianerottolo, lo perquisí rapidamente, quindi lo ammanettò alla ringhiera e gli prese il fucile d'assalto. Non era la dotazione standard per i vigilantes.

Quella non era una guardia.

Gamache riaprí la porta, aspettandosi un attrito o un ostacolo. Invece fu investito da un rumore quasi assordante.

L'acqua scorreva su entrambi i lati di un lungo e largo corridoio. Lí dentro i torrenti del St Lawrence venivano sottoposti alla filtrazione a sabbia prima di entrare nella stazione di pompaggio e fluire nelle case, negli alberghi, negli uffici, nelle scuole e negli ospedali di Montréal.

Ora Gamache non aveva piú nascondigli, né tempo per rifugiarsi altrove. Si mise a correre, staccò la piastrina dal fucile e la gettò nel primo dei due torrenti, quindi buttò il fucile nell'altro.

Arrivò alla pompa numero uno in meno di venti secondi. Senza perdere tempo a controllare se avesse qualcuno alle spalle, estrasse il badge di Manon Lagacé e lo fece tamburellare sullo schermo.

Niente.

Riprovò di nuovo. Niente.

Si sentiva come al supermercato, quando il terminale non leggeva la sua carta di credito e gli altri clienti in fila gli lanciavano sguardi seccati.

Quella però era molto piú di una seccatura.

Stava per tentare un'altra volta, quando si ricordò le istruzioni della ragazza. Schiacciare, non tamburellare. Premette forte il badge contro lo schermo e udí un clangore sordo.

La porta di metallo si aprí.

Un tipo vestito da vigilante fermo dall'altra parte si girò e lo fissò. D'istinto, allungò il braccio verso la fondina, ma Gamache gli aveva già puntato la pistola in fronte.

– Che cazzo...

– Giú la pistola e mani in vista.

Il tipo obbedí.

Gamache abbracciò la stanza con gli occhi. Cinque persone, tutte in camice bianco, si erano girate a guardarlo. Gli occhi sgranati. Armand si rese conto che l'avevano scambiato per un terrorista, per cui i veri terroristi probabilmente non avevano ancora agito. Capí inoltre che non sarebbe riuscito a distinguere gli innocenti dalle mele marce.

E che in fondo non importava. Doveva dare per scontato che fossero tutti colpevoli.

– Mettetevi a terra. Tirate fuori i telefoni e fateli scivolare verso di me. Tenete le mani sopra la testa.

Gamache perquisí la guardia. Nelle tasche non aveva nulla, neppure un documento. Era un professionista. Lo immobilizzò con una fascetta di plastica e raccolse l'arma, infilandosela nella cintura prima di avviarsi in fretta al pannello di controllo accanto all'enorme pompa.

– Che diavolo stai facendo? – strillò uno degli impiegati. Non ottenne risposta.

Un paio di suoi colleghi singhiozzavano piano. Almeno uno pregava.

Gamache li ignorò tutti. Tranne uno.

Teneva le mani sopra la testa in maniera goffa e innaturale.

– Tu, – disse Gamache puntandogli contro la pistola. – Abbassa lentamente la mano destra e apri il palmo a terra –. L'uomo esitò. – Subito!

Mentre il tipo eseguiva, una bottiglietta cadde sul pavimento di cemento e rotolò verso l'ispettore capo.

– Quanto manca? – chiese Beauvoir percorrendo in fretta il corridoio insieme a Manon Lagacé. – Dobbiamo arrivare al centro comandi prima che il mio capo stacchi la pompa.

– Sí, questo l'avevo capito. Per di qui. Almeno credo.

– Credo? Non ne sei sicura? Aspetta un attimo. Cosa intendeva il tizio con quella frase sul bagno intasato?

– Sono ingegneri. È il loro livello di comunicazione.

Beauvoir le afferrò il braccio e la costrinse a voltarsi. – Cos'è che fai qui dentro?

– Sono un'ingegnera.

– Okay, ma di cosa ti occupi?

Lei esitò un istante. – Servizi igienico-sanitari.

– I bagni?

– Tutto il materiale di scarto –. Lagacé lo fissò, sfidandolo a replicare.

Beauvoir raccolse la sfida.

– Non credi che avresti dovuto dircelo prima? Dobbiamo fermare un attacco terroristico, non sturare un cesso.

– Ascoltami bene, stronzo arrogante. Pensavo che sapeste cosa stavate facendo. Se anche ve l'avessi detto, cosa sarebbe cambiato? Sareste passati al prossimo della lista? – Lo squadrò da capo a piedi. – Mi avete implorato di aiutarvi, e anziché tornare a letto vi ho seguito. Che ti piaccia o no, ci sono in mezzo. Il centro comandi dev'essere qui da qualche parte.

– Mi prendi per il culo?

– Guarda, ci siamo proprio di fronte.

La ragazza indicò la porta piú vicina con un sorrisetto sardonico. – Si vede che abbiamo fortuna.

La placca sulla parete recitava: CENTRO COMANDI.

– Stai dietro di me, – disse Beauvoir.

Questa volta Manon Lagacé non protestò.

Gamache raccolse la bottiglietta, la esaminò, quindi se la fece scivolare in tasca. Se avesse avuto tempo, avrebbe messo sotto torchio il tecnico che si era nascosto nel palmo il veleno, ma ora aveva cose piú urgenti da fare.

Arrivato al pannello di controllo digitò rapidamente il codice, facendo una piccola pausa all'ultimo.

Pregò il Signore che Beauvoir avesse già occupato il centro comandi.

Infine schiacciò l'ultimo tasto.

La porta non era chiusa a chiave, per cui verosimilmente i terroristi non avevano ancora agito. Gli impiegati del centro comandi non erano stati sequestrati dai cospiratori.

Beauvoir estrasse la pistola e fece irruzione nella stanza. Sei persone si girarono a guardarlo, due di loro in divisa da vigilantes. Stavano per mettere mano alle pistole quando un lampo rosso si accese su uno degli schermi.

Poi l'intera parete cominciò a divampare di luci rosse.

– Che diavolo…? – balbettò il tipo seduto al pannello comandi.

Era uno spettacolo cosí incredibile che uno dei

vigilantes ne rimase ipnotizzato. L'altro invece impugnò una Magnum. Un'arma di cui in genere le guardie non disponevano. Ebbe appena il tempo di prendere la mira: Beauvoir sparò e lui si accasciò a terra.

Poi scoppiò l'inferno.

Per un breve istante, tra proiettili, luci stroboscopiche e urla, Beauvoir perse di vista il secondo sicario.

– State giú! – strillò, temendo che stesse per aprire il fuoco. Eppure si sentirono solo gli strilli atterriti degli impiegati che si buttavano a terra.

Poi Beauvoir notò l'oscillazione della porta che si chiudeva lentamente. La raggiunse e la spalancò, ma non c'era traccia dell'uomo. L'istinto gli diceva di correre dietro al sicario. Se fosse riuscito ad avvisare i colleghi...

Invece Beauvoir indietreggiò e richiuse la porta.

Manon presidiava il pannello comandi. – La pompa numero uno è offline, – confermò.

C'erano monitor accesi con numeri e grafici; altri invece, dove in genere si trovano le telecamere di sorveglianza, erano spenti.

– Blocca l'impianto! Subito!

– Non dovremmo aspettare? Gamache ha detto...

– Subito!

Le lucine rosse continuavano a lampeggiare, le persone sdraiate sul pavimento piangevano e supplicavano. Uno strillava rivolto a Manon. Le chiedeva cosa stesse combinando.

– Zitti!

All'unisono, gli impiegati girarono gli occhi su Beauvoir e obbedirono.

– Tenete le mani sopra la testa. Non muovetevi. Non parlate.

– Devo capire come si fa, – borbottò Manon. – C'è qualcosa che non quadra.

– Per Dio, sbrigati.

Beauvoir si avvicinò al cadavere e gli requisí la pistola, poi frugò nelle tasche. Zero documenti, zero cellulari.

– Grandissimo stronzo, – sbottò Manon rivolta all'ingegnere capo, che come gli altri era sdraiato a terra. – Hai sabotato il sistema.

– In che senso? – fece Beauvoir.

– Ha forzato il sistema con un virus che si attiva automaticamente quando una o entrambe le pompe sono scollegate. È il loro piano B. Non possiamo piú bloccare l'impianto.

Beauvoir si accostò all'ingegnere e gli puntò la pistola alla tempia. – Riparalo.

– Non può, – disse Manon.

– Se l'ha fatto, può anche disfarlo.

– No, ha usato un codice variabile. Non scadrà prima di qualche giorno.

– Cazzo.

Beauvoir cercò disperatamente di ragionare. – Gamache può ancora staccare la pompa numero due?

Manon si girò a guardarlo e fece no con la testa. – Non credo.

Cazzo.

Beauvoir voleva avvisare Gamache, però lí dentro i cellulari non andavano. Guardò verso la porta chiusa. Doveva uscire da lí. Scovare la pompa numero due. Avvisare Gamache. E al tempo stesso non poteva abbandonare il centro comandi.

Impossibile fare arrivare un messaggio al capo.

Scandagliò freneticamente la stanza. Doveva chiamare Forrest e mobilitare la squadra speciale. Un telefono. C'era un telefono su una scrivania. Una linea fissa.

Alzò la cornetta. Nessun segnale.

– Riesci a farlo funzionare di nuovo?

– Ci provo.

Senza alzarsi dalla sedia da ufficio, Manon scivolò sulle rotelle fino a un altro pannello.

– Ripara anche le telecamere di sorveglianza.

– Vuoi che lavi pure i vetri, già che ci sono? – A mezza voce, Manon sibilò: – Stronzo –. E un secondo dopo: – Oh cazzo, ha funzionato. È piú facile che sgorgare i cessi degli uomini.

I monitor erano ancora spenti, però adesso alzando la cornetta del telefono si sentiva il segnale di libero. – Forrest, sono Beauvoir.

– *Oui, patron*. Siamo pronti.

Jean-Guy gli diede istruzioni. Nascondersi non serviva piú. Tanto ormai erano fottuti. Con un po' di fortuna potevano beccare i terroristi prima che cercassero di fuggire. Anche se era troppo tardi per fermare il veleno.

– E noi cosa facciamo? – chiese Manon. Aveva il panico nella voce, gli occhi stralunati.

– Tu devi trovare un altro modo per bloccare l'impianto.

L'espressione di Manon non lasciava adito a dubbi.

Avevano fallito. Per quanto difficile da immaginare, il disastro era inevitabile. Nel giro di pochi minuti, ammesso che non fosse già in circolo, il botulino avrebbe contaminato le case, gli uffici, le scuole, gli ospedali e ogni rubinetto della città.

Capitolo 44

Gamache faceva i gradini due alla volta: in una mano aveva la pistola, con l'altra reggeva la tasca dove aveva infilato la bottiglietta. La teneva al sicuro. Sherry Caufield gli aveva dato uno spunto prezioso. Il botulino l'avrebbero versato in un piccolo contenitore, mascherandolo da medicinale o da flacone di shampoo per evitare grane ai controlli sicurezza.

Prima di uscire dal locale della pompa numero uno, Gamache aveva sradicato il telefono dalla parete, ignaro che fosse già morto, aveva piantato una pallottola nel pannello comandi e aveva chiuso a chiave la porta dietro di sé.

Gli restavano due minuti scarsi prima che Beauvoir e Lagacé cominciassero a bloccare l'impianto. Con quella mossa avrebbero allertato i terroristi, ammesso che non fossero già in allerta e pronti a versare il veleno nella pompa numero due.

Gamache raggiunse il secondo piano e si scagliò contro le porte a spinta, ritrovandosi al centro di un altro lungo corridoio. I torrenti scorrevano a destra e a sinistra, in un frastuono assordante. Perlustrando il corridoio da un capo all'altro, Gamache vide una sola persona, a una certa distanza da lui.

Scattò verso il locale della pompa, senza piú curarsi di passare inosservato. Di nuovo, schiacciò il badge di Lagacé contro lo schermo e sentí il clangore metallico della porta che si sbloccava.

Stava per girare la maniglia quando sentí un oggetto che premeva contro la nuca. Capí subito di cosa si trattava.

Lo scroscio dell'acqua aveva mascherato il rumore dei passi.

– Molla la pistola, Armand.

Gamache si girò e vide David Lavigne. Se lo aspettava, eppure non riuscí a evitare un'ondata di malessere. Una persona in cui aveva riposto completa fiducia gli stava puntando contro un'arma.

– Non farlo, David.

– Molla la pistola.

Questa volta a parlare era stato uno dei tre uomini che stavano con Lavigne. Gamache riconobbe due dei tirapiedi di Moretti. Il terzo non lo conosceva. Grosso, placido. Silenzioso. Probabilmente uno delle forze speciali.

Armand non aveva scelta. Sentí il tonfo della pistola che cadeva sul pavimento, il sibilo del metallo mentre uno degli sgherri la calciava via col piede. Abbassò la mano destra, si sfiorò la tasca e sentí la bottiglietta.

– Hai trovato i quaderni di Langlois, vero? L'unico filo spezzato. Ti sei incaponito a scovarlo e a seguirlo.

Gamache non rispose.

– Petrie avrebbe dovuto ammazzarti in quella chiesa. Ho fatto un grosso errore strategico.

– Petrie. Il sergente? – I pensieri di Gamache si rincorrevano in fretta. Doveva tirarla per le lunghe, dare a Beauvoir e a Lagacé il tempo di bloccare l'impianto. – Non era il fratello di Diane.

– No. Alla fine ci sei arrivato anche tu.

Lavigne rivolse un cenno a uno dei tirapiedi, e lui si fece avanti per perquisire Gamache.

Armand fece scattare il braccio e colpí dritto in faccia l'uomo, che si afflosciò sul pavimento. Poi si scagliò contro Lavigne, ma gli altri riuscirono a buttarlo giú. Si girò all'ultimo secondo: la sua unica preoccupazione era di non cadere sulla bottiglietta che aveva in tasca, di non versarne il contenuto. Appena fu a terra, qualcuno gli sferrò un calcio sul fianco con l'anfibio.

Gamache sussultò dal dolore e rimase immobile.

– Tirati su in ginocchio, – berciò Lavigne. – Alzati su quelle cazzo di ginocchia.

Gamache si preparò a un altro calcio e spostò il gomito sul fianco, per proteggere ciò che aveva in tasca.

Tempo, tempo. Gli serviva tempo. Ogni secondo guadagnato era prezioso. Rimase sdraiato a terra.

– Cosa facciamo?

– Per favore, prova a capire come bloccare l'impianto.

– Te l'ho detto, è impossibile. In compenso credo di aver rianimato le telecamere.

Beauvoir alzò gli occhi e nello stesso istante la fila di monitor si accese. Sugli schermi si alternavano le riprese delle varie stanze. Nessuna traccia di Gamache.

– Dev'esserci per forza un modo. Una soluzione. Tieni –. Beauvoir allungò a Manon la pistola che aveva requisito al finto vigilante. – Usala quando sarà necessario.

La ragazza alzò le mani e disse: – Non la voglio. Non userò mai un'arma.

Gamache aveva notato la spilla con la rosa bianca che aveva sulla felpa, ne conosceva il significato. Era un omaggio alle quattordici ragazze che erano state uccise in un attentato all'École Polytechnique di Montréal. La facoltà di Ingegneria. Il cecchino le aveva uccise perché erano donne. Perché avevano osato aspirare a una professione «da maschi». Perché avevano osato paragonarsi agli uomini.

Le aveva uccise perché avevano osato.

Dopo quel femminicidio le leggi sulle armi da fuoco in Canada erano state inasprite. E ora lui offriva una pistola a una giovane ingegnera laureata all'École, incoraggiandola a servirsene.

– Non abbiamo altra scelta.

– E invece sí.

Beauvoir posò la pistola sul pannello. – Quando ti servirà cambierai idea.

– Dove stai andando?

Beauvoir voleva uscire per trovare Gamache, per raggiungerlo alla pompa numero due, ma prima che potesse arrivare alla porta sentí qualcuno bussare da fuori. I nemici erano già lí. Non c'era piú modo di fuggire.

D'istinto, Beauvoir indietreggiò.

Manon aveva gli occhi sbarrati. – Merda.

– Verosimilmente là fuori ce n'è piú d'una.

– No, no. Cinque anni fa c'è stata una grossa fuga di materiale di scarto nel Lac-Saint-Louis, una delle nostre fonti di acqua potabile. È stato un casino, un disastro ambientale di proporzioni…

– Stai scherzando? Ora ci mettiamo a chiacchierare del piú e del meno?

Lo sguardo di Beauvoir guizzava da Manon ai monitor. Gamache non si vedeva. – No, ascolta. Da quel momento hanno installato misure di sicurezza, – la ragazza spiegava in fretta, quasi mangiandosi le parole, – per evitare che riaccada. Però in questo stabilimento, unica al mondo, c'è un'altra precauzione. Se ci si aspetta una fuga di acque di scarto e tutte le altre misure fanno cilecca...

– L'impianto si blocca?

– Di default.

– Riusciresti a provocare il blocco?

– Sí, credo di sí. Bisogna simulare una perdita. Da qui però è impossibile. Ci dobbiamo spostare alle acque di scarto.

Da dietro la porta arrivò il tonfo sordo di un piede o di una spallata.

– Dove si trovano?

– Al piano di sotto.

Beauvoir fece un giro completo, alla disperata ricerca di una via d'uscita alternativa. I suoi occhi ne individuarono una, ma lui la scartò subito. Impossibile. Dal corridoio arrivò addirittura uno sparo. La porta cigolò.

– Soffri di claustrofobia? – chiese alla ragazza.

In quel preciso istante, su uno dei monitor passò l'immagine della videocamera piazzata fuori dalla pompa numero due. Era in bianco e nero. Gamache se ne stava rannicchiato sul cemento, con un sicario che torreggiava su di lui.

Due mani lo afferrarono e lo costrinsero a mettersi in ginocchio. Sapeva cosa significava quella manovra ben prima di sentire la canna della pistola alla base del cranio.

– Oh no, – esclamò Jean-Guy. Voleva staccare gli occhi, ma non ci riusciva. – No-no-no.

L'immagine cambiò, sullo schermo apparve un'altra stanza. – Recupera la ripresa di prima.

– Sei sicuro di volere…

– Recuperala!

Armand fece aderire i gomiti al corpo per proteggere il contenuto della tasca. Se per caso, quando era caduto…

– Ti ho visto fare una cosa strana, Armand. Cos'hai lí dentro?

Lavigne fece il solito cenno con la testa, uno degli sgherri tolse la giacca a Gamache e gliela allungò.

– Ammanettalo.

Lo sgherro immobilizzò le braccia di Gamache dietro la schiena, e lui sentí la fascetta di plastica segargli i polsi.

Dava le spalle a Lavigne, per cui non riusciva a vederlo in viso, ma sentí il grugnito di autentica soddisfazione che accompagnò la sua scoperta.

– Oh, Armand. Sei appena diventato nostro complice.

Beauvoir avvicinò una sedia al muro, ci salí sopra e staccò la grata che copriva il cunicolo della ventola. Abbastanza grande, valutò.

O forse abbastanza piccolo perché una persona ci si potesse incuneare a misura.

Spostando lo sguardo dal tunnel al monitor, provò un'ondata di panico.

Lavigne si chinò fino ad avvicinare il viso a pochi centimetri da quello di Gamache. Il suo collega storico. Fino a non molto tempo prima avevano fiducia l'uno dell'altro. Una fiducia su cui Lavigne aveva contato. Che aveva sfruttato. Manipolato.

Sollevò la bottiglietta. – Furbo usare un piccolo contenitore di plastica, vero? Per non fare insospettire la security –. Lo allungò a uno degli sgherri. – Portalo dentro. Consegnalo alla responsabile tecnica. Saprà cosa farne.

– No! – Gamache scattò in piedi e con un calcio fu costretto di nuovo a terra. – Ti supplico, – boccheggiò. – Per carità del cielo, David, non farlo.

Di nuovo, gli sgherri lo costrinsero a tirarsi su in ginocchio.

– È peggio di quel che credi, Armand. Ovviamente non potevi sapere che la quantità di neurotossina a nostra disposizione bastava solo per un cilindro, e che quindi avevamo deciso di concentrarci sulla pompa numero uno. Con la numero due, – accennò alla porta socchiusa, – ci saremmo limitati alla brucellosi. Brutta roba, certo, ma non letale quanto... – si girò verso il contenitore che lo sgherro teneva il piú lontano possibile da sé, convinto che fosse una precauzione valida in caso di fuoriuscita.

– Hai chiuso la pompa numero uno, Armand. Bella mossa. Hai addirittura chiuso a chiave la porta, cosí nessuno può piú entrare o uscire. Altra bella mossa. Ma non è stata una bella mossa intascarsi il botulino. Per metterlo al sicuro. Andrai al creatore sapendo che anziché prevenire una catastrofe hai contribuito a scatenarla. Ci hai consegnato dritto il veleno.

– Perché? – chiese Armand. Aveva rinunciato al giochetto di guadagnare minuti. Il tempo era scaduto.

– Perché mi sono messo dalla loro parte? Se sapessi cosa accadrà nelle prossime settimane, capiresti che è una domanda inutile.

Lavigne si girò a guardare la pesante porta di metallo della pompa numero due richiudersi alle spalle del sicario. – Buffo pensare che una cosa cosí piccola abbia il potere di ammazzare tante persone. Del resto anche un proiettile da nove millimetri è sufficiente a stendere uno stangone di un metro e novanta.

Gamache aguzzò l'udito per cogliere non le parole di Lavigne ma il rumore delle turbine che rallentavano fino a fermarsi. Il rumore che gli avrebbe annunciato la riuscita di Beauvoir.

Non sentí la minima variazione.

– Di loro che ne facciamo? – chiese Manon riferendosi agli uomini e alle donne ancora sdraiati a terra.

Almeno uno era tra i collaboratori, forse piú di uno. La certezza l'avevano solo sull'ingegnere capo. Beauvoir li aveva legati e imbavagliati tutti. Per stare sul sicuro.

– Li lasciamo qui –. Un'altra scarica di proiettili,

poi la serratura cedette del tutto. Beauvoir lanciò un'ultima occhiata al monitor (Armand era ancora in ginocchio) e gridò: – Sbrigati!

Jean-Guy era ancora vivo? Armand cominciava a dubitarne. Se lo fosse stato, le turbine a quel punto avrebbero almeno rallentato.

Pensò a Annie. A Honoré e a Idola. *Désolé. Désolé.*

Perché gli sgherri non l'avevano ancora ammazzato? Cosa aspettavano? Ebbe la risposta qualche secondo piú tardi.

– Dove li hai nascosti?

– Cosa?

– I quaderni di Langlois, – berciò Lavigne per sovrastare il rombo dell'acqua.

Armand rimase zitto, guardò fisso davanti a sé. Era un peccato, pensò, che l'ultima cosa che avrebbe visto da vivo fossero le parole «Pompa numero due». Ed era un peccato che quello fosse uno dei suoi ultimi pensieri.

No. Non gli restavano molte scelte a disposizione, però una l'aveva.

Mentre David Lavigne gli urlava contro, immaginò il giardino sul retro di casa sua in un tardo pomeriggio d'estate. Era seduto con Reine-Marie. Ascoltavano i rumori provenienti dal bosco mentre gli scoiattoli andavano su e giú dagli alberi o un cervo fendeva la boscaglia. Per tornare a casa.

Armand prendeva la mano di Reine-Marie, in sottofondo il canto degli uccelli e il ronzio molesto delle cicale, che in quel momento gli sarebbe parso un richiamo idilliaco.

Intorno a loro danzavano le lucciole.

Era stato fortunato. Era nato in una generazione ignara della fine. Convinta che i boschi, i fiumi e l'aria pulita durassero per sempre.

La sua era stata l'ultima generazione a crederlo davvero.

E la generazione a cui apparteneva, si rese conto, era anche la principale responsabile del suo omicidio.

Una grossa mano gli spinse la testa in avanti, finché arrivò a toccarsi il petto con il mento. Sentí la canna premere piú forte contro la nuca, fu sferzato da una fitta di panico. Di incredulità. Stava per morire.

Respirò a fondo il profumo dell'aiuola di rose e l'odore muschiato del bosco.

Pensò alla donna di Chicoutimi e all'uomo di Gaspé. Alla paura che dovevano aver avuto. Almeno lui sapeva il motivo per cui l'avrebbero giustiziato.

Chissà se questo rendeva tutto piú sopportabile. Forse.

– È fatta.

La voce aveva un forte accento straniero. Russo. Ovviamente avevano reclutato dei mercenari. Cosí i testimoni avrebbero sostenuto che si era trattato di terrorismo internazionale. Non interno.

– I quaderni. Dove sono?

Poiché Armand continuava a rifiutarsi di parlare, Lavigne si piegò su di lui. – Andrò al tuo piccolo villaggio paradisiaco, Armand, e lo raderò al suolo. Appiccherò fuoco alle case con tutti dentro. A cominciare da Reine-Marie. Poi Annie. Daniel. Florence…

A ogni nome, Armand serrava forte gli occhi. Si sforzava di scacciare le immagini.

– Zora. Honoré. E la piccola, come si chiama? Quella con la sindrome di Down, come mia cognata.

Gamache provò a divincolarsi. Inutile. Gli sgherri lo tennero ancora piú fermo, gli afferrarono i capelli e gli girarono la testa all'indietro per costringerlo a guardare Lavigne.

– Idola, giusto? Moriranno tutti, se non mi dici dove hai nascosto i quaderni. Se me lo dici, giuro che li risparmio.

Armand aveva il respiro affannoso.

Eccolo, l'incubo. L'ultimo…

Armand avrebbe voluto dire al suo ex amico dove stavano i quaderni. Credere alle sue parole. Ma sapeva che stava mentendo. Se anche gliel'avesse detto, i suoi sarebbero morti comunque. Eppure avrebbe voluto, quanto l'avrebbe voluto…

– Ti prego, – singhiozzò. – Per carità del cielo, non farlo. Loro non sanno niente. I quaderni non sono là.

– Allora dove sono? Dimmelo!

Armand strizzò le palpebre e scosse la testa. I quaderni di Charles erano l'unica prova, l'unica testimonianza che denunciava il complotto. Che faceva nomi. Dovevano essere custoditi. A tutti i costi.

Capitolo 45

Due sicari con i fucili d'assalto spianati fecero irruzione nel centro comandi.

Dentro c'erano solo gli impiegati sdraiati a terra. Il capo ingegnere, imbavagliato, stava cercando di dire qualcosa.

– Cazzo.

Il capo corse verso la sedia ed esaminò il vano aperto della ventola.

Salí sulla sedia, infilò il fucile nel tunnel e sparò una raffica di mitra.

– Giú le armi.

Beauvoir spuntò da dietro il pannello impugnando la pistola. I sicari si girarono senza abbassare i mitra. Non ebbero neppure il tempo di metterlo a fuoco... *Bang! Bang! Bang!*

Crollarono entrambi a terra. Beauvoir requisí i fucili. – Andiamo, svelta!

Manon Lagacé seguí l'ispettore fuori dalla porta. In un minuto avevano sceso le scale ed erano entrati nella stanza adibita alle acque di scarico. I tre impiegati che lavoravano lí sembravano piú confusi che spaventati.

– Cosa sta succedendo, Manon? Erano spari, quelli?

Poi videro l'uomo entrato insieme alla collega. Aveva in mano una pistola.

– State lontani, – disse Manon. – Mi serve il pannello comandi.

Digitò in fretta dei codici sulla tastiera e si mise in attesa.

– Cosa stai facendo? – sbottò uno degli impiegati.

– Ha aperto gli sbarramenti. Sta provocando una fuga. *Arrête!*

– No, – disse il terzo. – Ha bloccato tutto il cazzo di impianto. Ascoltate.

Aveva ragione. Ora Beauvoir lo sentiva con chiarezza. Un lieve slittamento nel ronzio delle macchine, nel martellare e nel pulsare tutto intorno a loro. Il rumore di sottofondo era diventato piú lento e grave. Come un enorme cuore che cessa di battere.

– Ci vorrà comunque troppo tempo… – Manon scrutò Beauvoir. – Non muoverti.

– Dimmi dove sono, Armand. A te non servono piú a nulla, ma possono salvare la tua famiglia –. Silenzio. – No?

Lavigne si spostò di lato e fece un cenno con la testa all'uomo alle spalle di Gamache.

Armand lo sentí irrigidirsi e inspirare. Come fa d'istinto chi si prepara a sparare.

Signore, accogli questo tuo figlio…

L'ultima cosa che udí fu l'inconfondibile rumore delle turbine che rallentavano. Cadde in avanti, battendo il viso contro il cemento. Non sentí lo sparo.

Beauvoir era arrivato alla porta a spinta sul pianerottolo quando sentí gli spari. La spalancò, si ritrovò in un lungo e ampio corridoio. L'eco degli spari stava svanendo. Nel silenzio. Un perfetto, assoluto silenzio. I torrenti ai due lati del corridoio erano immobili. Tutto fermo. Tutto fermo. Tutto fermo.

Poi vide i cadaveri accasciati sul cemento, davanti alla porta della pompa numero due.

Le lucciole. Tutte intorno a lui.

Solo che facevano un verso strano. Una specie di scampanellio. No. Quasi un grido.

Anche la donna di Chicoutimi e l'uomo di Gaspé avevano visto le lucciole, prima di morire?

È un'allucinazione che interviene quando il nervo ottico smette di funzionare?

Armand si augurava che anche loro le avessero viste. Era uno spettacolo meraviglioso. Sarebbe stato quasi confortante, non fosse stato per l'ululato che aveva in testa. Non sentiva nulla. Né dolore, né paura. Solo uno strano distacco.

Famiglia. Famiglia...

Jean-Guy afferrò i primi due cadaveri della pila e li scaraventò di lato.

Armand era a faccia in giú, il sangue gli impregnava il colletto della camicia bianca. Gli usciva dall'orecchio e andava a raccogliersi nell'occhio sinistro. Aveva le mani legate dietro la schiena.

– No, – supplicò. – Nonononono.

Posò la mano contro il viso di Armand e la tenne lí. Aveva paura di girarlo. Paura di guardare.

Le lucciole erano volate via, come se le avessero spaventate. Armand sentí qualcosa sul viso. Una mano. Tiepida. Rassicurante.

Non ci vedeva. Aveva qualcosa nell'occhio sinistro. Però aveva capito chi era, e provò una fitta di gioia. Jean-Guy era vivo.

Con l'occhio destro, quello buono, vide un sicario sfocato. Morto. A terra.

Cosí Armand capí cos'era successo. Nell'istante in cui l'uomo aveva sparato, qualcun altro aveva sparato a lui. Il proiettile non era riuscito a fare il suo lavoro. Non del tutto. Non ancora.

Armand sentí che gli venivano slegate le mani. Poi fu girato sulla schiena. Jean-Guy era inginocchiato accanto a lui. Gli aveva preso la mano. Stava dicendo qualcosa.

Armand vedeva le labbra che si muovevano ma sentiva solo lo strepito che gli perforava la testa. Aveva del sangue in bocca e sapeva di essere cieco da un occhio. Da lí era uscito il proiettile?

Mosse le labbra.

Jean-Guy si chinò su di lui.

– Vai, – Armand si augurò di aver parlato ma non sentí la propria voce. – Fermali.

Beauvoir guardò verso la porta aperta della stanza con la pompa numero due. – Il veleno?

– L'hanno versato dentro.

Le parole, flebili, venivano da una donna accasciata contro la parete, con una pistola accanto. – Ho sentito il sicario che lo diceva appena prima che gli sparassi. Siamo arrivati tardi. Il tecnico là dentro ha dell'altro veleno.

Beauvoir corse alla porta della pompa numero due e la spalancò. Gli impiegati erano a terra. Per un momento Beauvoir credette che fossero tutti morti. Poi, uno alla volta, alzarono il capo.

– Non vi muovete. Sono della Sûreté.

– Lei sta con quelli, – disse un impiegato indicando una donna in camice bianco. – Ha messo qualcosa nell'acqua.

– Mani sopra la testa, – ordinò Beauvoir. – Tutti.

Con occhi allucinati, cercò la linea fissa. Doveva dichiarare lo stato di emergenza. Corse verso il telefono.

– No.

Beauvoir si girò, vide Gamache appoggiato allo stipite. Il sangue gli copriva metà del volto, la voce era innaturalmente alta, come per sovrastare un forte rumore.

– Devo chiamare aiuto, – disse Beauvoir.

– Non era veleno. Solo acqua. Li ho scambiati.

Armand sentiva la testa pulsare e la vista che si annebbiava, di lí a poco non sarebbe piú riuscito a parlare. I sensi lo stavano abbandonando. Le gambe gli tremavano. – Ho lasciato il veleno alla pompa numero uno. Sotto il pannello. Andate a prenderlo.

Beauvoir scrutò Gamache. – Acqua? – Jean-Guy si sentí pervadere da una strana euforia. – Era solo acqua quella che hanno versato?

Adesso però il capo aveva lo sguardo vitreo, la testa che tentennava sul collo. Il respiro affannoso. Stava per svenire. Beauvoir sapeva che il proiettile gli aveva solo sfiorato la testa, ma lo sparo cosí vicino all'orecchio doveva aver causato una brutta commozione cerebrale. E forse qualcosa di peggio.

Corse da lui.

– Va', – disse Armand scuotendo la testa. – Metti in sicurezza l'impianto.

Prima di uscire, Beauvoir perquisí la donna con

il camice bianco e trovò un'altra provetta. Ammanettò la donna alla pompa.

– Sicuro che ce la fai? – chiese un'ultima volta ad Armand. Lui annuí.

Jean-Guy scomparve in fondo al corridoio. Armand si staccò dalla porta, fece un passo indietro e inciampò, superò i cadaveri dei sicari e di David Lavigne, per poi accasciarsi accanto alla donna che gli aveva salvato la vita.

Stringendola tra le braccia, mormorò: – Jeanne?

Capitolo 46

– Non ci credo, – disse Clara ridendo.

– È andata cosí, lo giuro.

Erano al bistrot davanti al camino, e Jean-Guy stava intrattenendo gli amici con gli «aneddoti» del blitz all'impianto di depurazione. In gran parte, Armand lo sapeva, si trattava di aneddoti inventati.

Avrebbe potuto protestare, ma gli piaceva sentirli ridere. Sia pure a sue spese.

– Dovete sapere che quando è crollato in avanti, – stava dicendo Jean-Guy, – si è morsicato il labbro e ha sbattuto il naso per terra.

– Tontolone, – commentò Ruth. Come tutte le anatre, Rosa fece sí con la testolina.

Il protagonista dell'aneddoto era Armand. Tutti ascoltavano divertiti. Lui non lo trovava molto divertente. Di certo sul momento non lo era stato, anche se il racconto di Jean-Guy riusciva quasi a renderlo tale.

Anche Armand sorrideva, benché faticasse a seguire la conversazione. Di fatto non sentiva le parole, ma nelle settimane successive al blitz era diventato molto bravo a leggere le labbra.

– Aveva il naso e la bocca ricoperti di sangue. Subito non ho capito che avesse fatto tutto da solo. Sembrava molto peggio di ciò che era.

Quella parte era vera, pensò Armand. Jeanne Caron aveva sparato al sicario nel preciso istante in cui lui aveva premuto il grilletto, cosí il proiettile all'ultimo momento aveva deviato dalla traiettoria, limitandosi a sfiorarlo. Eppure, come capita con le ferite alla testa, da quel graffio superficiale era scaturito sangue. Tanto sangue. Il proiettile lo aveva solo pizzicato: era stata l'esplosione cosí vicina alla testa a provocare il danno.

Il corpo del cecchino l'aveva spinto in avanti, sul cemento, dove era rimasto stordito e mezzo svenuto. Ignaro di ciò che era successo. Ma sicuro di morire.

– A quel punto, – continuò Jean-Guy, – mentre lo tengo stretto Armand sussurra: «Di'...» e poi si mette tossire... «che amo...», e giú a tossire ancora piú forte.

– Bella scena, – approvò Gabri. – Un bel finale tragico, solo che ti sei dimenticato di farlo morire.

– Colpa dello sceneggiatore, – disse Armand. La sua voce era innaturalmente alta. Faceva fatica a modularla per colpa delle mille cicale che gli avevano fatto il nido in testa e strepitavano notte e giorno.

Perfino Reine-Marie si uní alle risate. Anche se la sua era piú incerta delle altre.

– Tossiva cosí forte che è stata dura capire il nome, – proseguí Jean-Guy in un sussurro confidenziale, – ma credo che le sue ultime parole siano state: «Di' a Ruth che l'amo».

A quel punto intorno al fuoco scoppiò un boato. Armand spostò gli occhi dall'uno all'altra, chiedendosi cosa avesse detto Jean-Guy.

Ruth annuí compiaciuta. – L'ho sempre saputo.

– Secondo me invece, – disse Reine-Marie afferrando la mano del marito e scandendo le sillabe in modo lento e chiaro, – intendevi un'altra cosa: «Di' a Gabri che amo la sua bistecca con le patatine».

Finalmente anche Armand partecipò all'allegria generale.

Mentre gli amici continuavano a chiacchierare, la sua attenzione vacillò. Era sfiancante stare dietro a una conversazione senza riuscire a udirla.

Sorseggiò il suo scotch, prese un pezzo di baguette appena sfornata con sopra del Saint André e contemplò il parco oltre la finestra. Era arrivato il crepuscolo. Il cielo virava all'arancio, per cui non era facile distinguerlo dal bosco, il rosso del tramonto dal rosso delle chiome degli aceri in autunno. Sembravano una cosa sola.

Sentí una mano sul braccio e si girò verso Reine-Marie.

– Andiamo a casa? – scandí lei in silenzio.

Lui annuí.

Camminando nel parco, Reine-Marie, Armand e Jean-Guy calciavano le foglie secche che incontravano lungo il tragitto.

Quel mattino, mentre era in studio, Armand aveva osservato Billy Williams che le rastrellava fino a formare una grossa catasta ordinata. Ruth e Rosa occupavano la panchina. La «loro» panchina, cosí la chiamava Ruth. Clara stava uscendo dal cancello nell'aria pungente del mattino, per andare in libreria a chiacchierare con Myrna. Un filo di fumo si srotolava dal comignolo del bistrot, i primi avventori cominciavano a riunirsi per il solito caffè con croissant.

Un'ora piú tardi, quando Armand aveva alzato gli occhi dalle sue carte, le foglie erano già sparpagliate dappertutto, grazie ai bambini che erano saltati nella catasta, ci si erano rotolati ridendo e si erano lanciati a vicenda manciate di foglie.

Florence, Zora, Honoré e perfino la piccola Idola erano tornati a casa per pranzo con le guance arrossate e foglie rosse, gialle e arancioni appiccicate ai maglioni. Alle felpe. Dentro gli scarponcini.

Le vacanze estive erano finite. Daniel e Annie con le rispettive famiglie erano dovuti tornare in città e al lavoro, ma si rifugiavano a Three Pines nel fine settimana.

Armand osservò Reine-Marie intenta a calciare le foglie sul sentiero nella luce del tramonto, come una bambina di dieci anni. Lui la imitò. E lo stesso Jean-Guy. Erano bambini che giocano insieme. Lui non udiva il fruscio delle foglie, ma lo ricordava. E in compenso sentiva piú intensamente il loro profumo dolciastro e muschiato.

L'autunno era arrivato in anticipo. Le stagioni erano mutevoli, sempre piú imprevedibili. Il meteo disorientava. Eppure mentre nel crepuscolo camminavano oltre i tre pini, verso casa, tutto nel mondo pareva girare per il verso giusto. Probabilmente era un'illusione, ma Armand pensò che ogni tanto potevano concedersene una.

Dopo cena, Armand e Reine-Marie fecero il bagno ai nipotini e lessero loro una favola.

Fu un'impresa. I bambini non capivano cos'avesse di strano il nonno. Perché chiacchierasse meno di prima. Perché li guardasse con tanta attenzione mentre parlavano. Perché a volte non capisse le loro parole. Perché altre ancora alzasse la voce.

Non capivano perché fosse tanto diverso.

La novità li spaventava, e lui se ne rendeva conto. Ne soffriva. Però ogni sera leggeva loro una favola, consultando con lo sguardo Reine-Marie per accertarsi di non alzare troppo la voce. Poi li abbracciava, dava loro il bacio della buonanotte e diceva loro che li amava.

Infine Armand e Reine-Marie presero le loro tazze di tè e andarono a sedersi sulle sdraio in fondo al giardino.

Alla luce che filtrava dalla casa, Armand riusciva a distinguere a stento le labbra della moglie. Nel corso degli anni quelle labbra avevano composto parole meravigliose. A cominciare dalla prima volta in cui l'aveva sentita pronunciare «Ti amo».

Era diventato abbastanza bravo a leggere le labbra, però gli mancava la voce di Reine-Marie. Gli mancava tanto, ogni giorno di piú, parlare con lei del piú e del meno. Le chiacchiere banali, i commenti spontanei.

E, sebbene si sforzasse di nasconderlo, Armand sapeva che anche Reine-Marie sentiva la mancanza di quelle cose. Una mancanza profonda. Andavano ancora al bistrot, frequentavano casa di Myrna e Clara insieme a tutti gli altri, per cena o per l'aperitivo. Invitavano ancora gli amici a casa. Però adesso lui sedeva in silenzio. Si sforzava di seguire. Per i primi minuti, gli amici si rivolgevano direttamente a lui, scandivano le parole forte e chiaro.

Ma dopo un po', inevitabilmente, tornavano alle loro abitudini di conversazione. E lui tornava nel suo mondo.

Il funerale di Dom Philippe si era svolto nel monastero di Saint-Gilbert-Entre-les-Loups.

Il funerale di Yves Rosseau invece era stato celebrato in una piccola cappella che affacciava sul molo di Blanc-Sablon. Avevano sparso le ceneri sul suo scoglio preferito. Quello che allungava i tentacoli nell'acqua, lo stesso su cui il giovane Yves sedeva a contemplare il grande mistero. Un mistero che ora il vecchio Yves aveva risolto.

Dom Philippe, Yves Rousseau, era tornato a casa.

Armand non aveva partecipato a nessuno dei due funerali. Avrebbe voluto, ma i medici avevano detto che con quella brutta commozione cerebrale e il danno all'udito prendere un aereo era troppo rischioso. Jean-Guy e Isabelle erano andati a tutte e due le cerimonie, e Armand e Reine-Marie avevano seguito online il sermone che padre David aveva pronunciato in onore dell'amico: – Sentiremo la sua presenza nella pioggia, nel vento, nella neve gelida, nel profumo delle foglie d'autunno, nel silenzio profondo e totalizzante. Forse sentiremo la sua mancanza, ma non saremo mai lontani da lui. Yves ha fatto ritorno alla gioia. E un giorno lo seguiremo anche noi.

Armand si era avvicinato allo schermo e aveva osservato Jeanne Caron avanzare zoppicando tra i presenti per spargere le ceneri dello zio sullo scoglio e nell'acqua, dove si sarebbe riunito con sua sorella, la madre di Jean. Aveva pronunciato qualche parola. Armand aveva dovuto chiedere a Reine-Marie.

– Credo abbia detto: «Perdonami».

Isabelle era andata a Three Pines per fare rapporto al capo di persona. Gamache aveva letto il suo resoconto ufficiale, ma voleva anche la versione ufficiosa. Avevano capito subito che parlare sarebbe stato faticoso. Cosí si erano seduti insieme in giardino a scriversi messaggi.

Sulle prime quel metodo era parso ridicolo a entrambi. Scomodo, addirittura cafone. Però poi avevano trovato il ritmo. L'ispettore capo Gamache faceva domande, Lacoste rispondeva.

«Che ruolo ha avuto Sébastien in tutta la vicenda?»

«Si rifiuta di parlare. Come sai, la polizia francese l'ha arrestato per l'omicidio di Frère Robert. Il Canada ha chiesto l'estradizione, ma le autorità francesi tentennano. Un omicidio alla famigerata Grande Chartreuse, dove la vittima è uno dei monaci che custodiscono la ricetta, catalizza l'opinione pubblica».

Gamache aveva annuito. Il silenzio di Sébastien, per quanto dannoso, era inevitabile.

«Hai una teoria?»

«Forse ti sembrerà da pazzi, ma sospetto che nel confessionale ci fosse lui».

Gamache si era stranito. «A Washington? Durante la confessione ascoltata da Frère Robert?»

«Sí. Sébastien non aveva capito chi si nascondesse dietro la grata, ma Robert sapeva che era stato il suo amico a rivelare di aver preso parte a un piano terroristico. Ecco perché Robert non l'ha mai cercato, e ha chiesto invece a suor Irene di venire a Roma. Robert è fuggito in Francia solo quando anche Sébastien è arrivato a Roma. Stava scappando da lui».

Gamache aveva annuito di nuovo. Era una buona teoria.

«Robert sapeva che Sébastien era implicato nel piano. Ma come ha fatto Sébastien a sapere che Robert aveva ascoltato la confessione? Lui di certo non gliel'avrebbe mai detto».

«Credo che a dirglielo, accidentalmente, sia stata suor Irene. È stata lei a raccontare che Robert aveva sentito una cosa orribile nel confessionale, un giorno che gli era toccato sostituire il sacerdote. E quando ha collegato, Sébastien è andato nel panico», aveva scritto Isabelle.

Bisognava tappare la bocca a Robert. In fretta. Cosí Sébastien l'aveva seguito e si era intrufolato alla Grande Chartreuse da converso, in teoria per proteggere l'amico ma di fatto per tenerlo d'occhio, se necessario ucciderlo.

«Robert dev'essere rimasto scioccato nel ritrovarsi davanti Sébastien».

«Sí. L'unica persona da cui doveva guardarsi era rinchiusa con lui in un monastero sperduto. Inoltre Sébastien deve aver comunicato con i suoi complici canadesi, che hanno giustiziato la zia di Robert e un perfetto sconosciuto. A mo' di avvertimento».

«Poi hanno recapitato a Sébastien i ritagli, affinché li mostrasse a Robert. E Dom Philippe? Perché è stato convocato?»

«L'ho chiesto a Irene. È saltato fuori che a implorare Sébastien di chiamare l'abate è stata lei. Credo che lui abbia ceduto per non insospettirla, ma anche per mettere alla prova Robert. Se c'era qualcuno con cui lui potesse infrangere il silenzio, quello era Philippe».

«Dunque Philippe arriva, – aveva scritto Armand, – e in effetti Robert gli confida del complotto per avvelenare l'acqua. Ma non dice che dentro c'è anche Sébastien. Ha troppa paura. Si fa promettere dall'abate di non raccontare nulla agli altri due. Per proteggerli, dice. In realtà voleva proteggere sé stesso».

Gamache si era distratto, aveva fatto vagare lo sguardo verso il bosco alle spalle di Isabelle.

La pausa era durata cosí a lungo che Isabelle si era chiesta se il capo avesse un vuoto di lucidità. In quei giorni accadeva spesso. Era preoccupata, ma non aveva detto nulla.

Eppure sapeva che sarebbe stato un errore sottovalutare Gamache. Era scaltro. A volte addirittura subdolo. In altre mani quelle caratteristiche sarebbero state un pericolo. In lui erano una risorsa, come la decisione presa il giorno dell'attentato di riempire d'acqua una bottiglietta per le aspirine. In caso si fosse presentata l'opportunità di uno scambio.

Come infatti era successo. Gamache non poteva sapere che tipo di contenitore avrebbero scelto per il veleno, ma contava sul fatto che neppure i terroristi conoscessero i dettagli. Sapevano solo che si sarebbe trattato di una piccola bottiglietta di plastica per ingannare i controlli.

Gli unici a sapere erano quelli chiusi nel locale della pompa numero uno.

Nel bagno della sua casa a Three Pines, valutando l'opportunità di uno scambio, Gamache aveva esitato tra la bottiglietta per le aspirine e il flacone di shampoo da viaggio. Poi aveva scelto la bottiglietta e l'aveva riempita d'acqua. Nel rapporto finale aveva spiegato che a quel punto sapeva già che il vicecommissario Lavigne era ai vertici del complotto. Sapeva che era un consumatore abituale di aspirine. Aveva seguito l'istinto.

Lacoste, Beauvoir e la squadra avevano ricavato un'immensa soddisfazione dalla notizia che al posto del veleno i terroristi avessero versato nel sistema acqua di sorgente di Three Pines.

Lí sotto il portico della casa di Three Pines, Isabelle aveva capito che Gamache non era ancora pronto per riprendere il suo posto alla Omicidi. Al momento era in congedo, almeno finché non avesse recuperato l'udito e si fosse ripreso dalla commozione cerebrale causata dallo sparo cosí vicino all'orecchio.

Solo al suo psicoterapeuta Armand raccontava quanto fosse sfinito. Il frinire delle cicale nella testa, una conseguenza del timpano danneggiato unito alla commozione cerebrale, era fastidioso come il primo giorno. Gli impediva di dormire. Gli offuscava i pensieri.

Quando finalmente riusciva a prendere sonno, poco dopo si svegliava urlando. Se ne rendeva conto solo perché Reine-Marie accendeva la luce, gli appoggiava la mano sul gomito e gli chiedeva se stesse bene. Allora lui si riscuoteva e la fissava, stupefatto. Poi la abbracciava forte. A volte lei si accorgeva che nel sonno aveva pianto.

Sebbene Reine-Marie si ostinasse a indagare, Armand non le aveva ancora raccontato di cosa parlassero gli incubi notturni.

Un giorno, assicurava al suo psicoterapeuta, l'avrebbe fatto. Ma non adesso.

In quei sogni, nitidi come la realtà, era inginocchiato con la pistola puntata alla nuca. David Lavigne voleva sapere una cosa. Alzava la voce. I quaderni di Charles. Voleva sapere dove li avesse nascosti.

Nella realtà non gliel'aveva rivelato. Nel sogno invece crollava.

Armand non capiva perché al centro dell'incubo ci fossero i quaderni. Le immagini del vicecommissario che mette in pratica la minaccia di una strage a Three Pines erano molto peggio.

O la prospettiva che i terroristi contaminassero il sistema con il vero veleno. Vedere decine di migliaia di persone morire perché lui aveva fallito, quello sarebbe dovuto essere il suo incubo.

O beccarsi un proiettile in testa anziché venirne sfiorato e basta. Sí, c'erano un mucchio di scenari piú brutti.

Perché continuare a sognare quei maledetti quaderni?

Il suo psicoterapeuta aveva suggerito che il suo inconscio avesse deciso di cominciare dalla parte piú facile. Di tenersi le altre per dopo. Con il tempo, i suoi incubi sarebbero peggiorati.

Quella non era stata una seduta particolarmente proficua. Gamache si chiedeva anche perché, nella realtà, Lavigne non l'avesse tartassato sul computer o sulla mappa. L'unica spiegazione era che ignorasse l'esistenza di entrambi.

Il computer non l'avevano ancora trovato, ma lui era fiducioso.

– *Patron*? – Isabelle si era sporta a toccargli il ginocchio.

– Scusa, – aveva detto lui sorridendo. La sua voce era la stessa di prima. O quasi. Aveva una nota svagata, a volte era troppo alta. – Stavo riflettendo.

– Su cosa?

Gamache si era alzato ed era tornato un minuto dopo con due taccuini e due penne. Le aveva allungato una penna e un taccuino e sul proprio aveva scritto, con cura: «Sugli arresti. Su quelli che non sono stati arrestati».

Era ovvio che la «conversazione» non era destinata ad altri che a lei. Le aveva passato il taccuino, e dopo aver letto Lacoste aveva alzato gli occhi.

Quelli dell'ispettore capo Gamache erano piú limpidi, piú acuti e piú intelligenti che mai. Lui c'era ancora. Con lo stesso sguardo incrollabile nella tempesta.

E c'era ancora una tempesta.

Capitolo 47

Il blitz all'impianto di depurazione idrica di LaSalle aveva scatenato uno tsunami di proporzioni enormi. Sulla base della testimonianza di Jeanne Caron e delle prove che lei aveva raccolto e custodito nel borsone, Marcus Lauzon, il vicepremier, era stato arrestato e accusato di omicidio e di alto tradimento. Naturalmente lui, nonostante le prove fossero schiaccianti, aveva negato tutto.

Era in corso un'indagine su altre prominenti figure politiche. La Royal Canadian Mounted Police non se la passava bene: dalle indagini era emerso senza ombra di dubbio che il loro commissario, morto durante il blitz, aveva partecipato a un piano terroristico per uccidere migliaia di persone e sovvertire il governo.

Neppure la Sûreté ne era uscita illesa.

Il commissario Toussaint era stata subito scagionata, cosí come la responsabile del dipartimento Crimine organizzato, ma l'ispettore capo Goudreau della divisione Autostrade aveva ricevuto diversi capi d'imputazione.

Gamache si era a lungo chiesto come mai a un ufficiale cosí ottuso fosse stato affidato un portafoglio tanto impegnativo: ora sapeva che Goudreau non era solo un incompetente. Era un criminale.

«Almeno adesso sappiamo che è stato Paolo Parisi a far passare il botulino oltre la frontiera. Con l'aiuto di Goudreau».

«Sarebbe utile sapere cos'altro ha fatto passare. O chi», aveva scritto Armand.

«Vuoi che faccia qualche ricerca, *patron*? Con discrezione?»

Gamache aveva valutato la proposta e l'aveva rifiutata. «È prematuro. I detective che stanno sulle indagini sono bravi professionisti. Ne verranno a capo».

«Non hanno arrestato Moretti», aveva scritto Lacoste, vedendo Gamache rabbuiarsi.

A inquietarlo nell'indagine c'erano diversi aspetti, e quello era il primo. Il ruolo della mafia. Jospeh Moretti aveva negato qualsiasi implicazione, e il suo consigliere aveva ribadito che le bande mafiose agivano per conto loro. Inoltre Monsieur Moretti con la mafia non aveva nulla a che fare. La mafia non esisteva, né a Montréal, né altrove. La cosiddetta «sesta famiglia» era un'invenzione.

Fino a lí tutto normale. A Gamache dava da pensare il fatto che Tardiff, la capa del Crimine organizzato, non sapesse del complotto e della sua intersezione con la mafia. Nonostante ovvi segnali, aveva fermamente negato che a Montréal si stesse muovendo qualcosa.

C'era dentro anche lei? O semplicemente, come capita a tutti, aveva commesso uno sbaglio?

Era facile scivolare nelle teorie della cospirazione. Scambiare un errore di valutazione per malafede.

Vedere complotti, tradimenti e macchinazioni dove non ce n'erano.

Gamache stava molto attento a non vedere cattiveria dove c'era soltanto stupidità. Nel mondo sono piú gli stupidi dei cattivi. Però entrambe le categorie sono pericolose. E la cattiveria non va sottovalutata.

Evelyn Tardiff non era solo una collega: era un'amica. Ma anche David Lavigne era stato un amico.

Invece Jeanne Caron l'aveva sempre considerata una nemica. E lei aveva salvato la vita non solo a lui ma a migliaia di persone.

Appena si era ripresa dalle ferite, aveva fatto visita ai Gamache a Three Pines.

– Vorrei andare a trovare vostro figlio al piú presto, – aveva detto Jeanne. – Chiedergli perdono per quello che ho combinato anni fa.

Reine-Marie la ascoltava a labbra strette. Era un fresco, piovoso mattino di inizio autunno, e Olivier aveva acceso il fuoco nel grosso camino. Dopo aver saputo della visita di Madame Caron, Reine-Marie si era rifiutata di accoglierla in casa.

Capiva che Caron aveva salvato la vita a suo marito in quelle ore terribili e che doveva esserle grata, ma guardandola in viso provava solo rabbia.

Reine-Marie aveva scelto di sedersi il piú lontano possibile da Caron e di partecipare lo stesso alla conversazione. Da parte sua Caron, intuendo che l'altra comprensibilmente le era ancora ostile, aveva cercato di ingraziarsela, ottenendo solo di peggiorare la situazione.

Reine-Marie era rimasta seduta rigida, fatta di dura pietra e speranza, per citare Ruth, soprattutto la speranza che l'ospite togliesse il disturbo il piú in fretta possibile.

– Non è che non le sia grata per ciò che ha fatto, Armand, – aveva detto la sera prima della visita. – Però bastava spedirle un bel cestino di frutta e tanti saluti.

Armand aveva sorriso. Non aveva capito tutte le parole, però aveva colto lo spirito.

Al termine dell'incontro al bistrot, aveva accompagnato Caron alla macchina.

– Mi auguro che un giorno sua moglie riesca a perdonarmi.

Lui aveva annuito senza replicare. A lei era venuto il dubbio che non avesse capito. Gamache aveva lo sguardo sfocato, l'espressione quasi assente.

Ci sarebbe voluto altro tempo perché potesse rientrare in servizio. Ammesso che decidesse di rientrare. Caron si era guardata intorno e aveva pensato che esistevano posti peggiori, cose peggiori che andare in pensione lí.

Aveva sperato che lui fosse d'accordo con lei.

Alla fine Gamache si era riscosso dai propri pensieri. – La chiave. Hai dato a Charles una chiave per entrare in casa nostra. Come te la sei procurata?

– Mi aspettavo questa domanda. Tramite la tua donna delle pulizie.

Caron si era resa conto che stava parlando all'ispettore capo con frasi semplici e brevi, come se fosse un bambino. – Sull'autobus. Ho pagato un tipo perché le rubasse la chiave e ho fatto una copia. Lei non se n'è accorta. C'è una cosa però che mi preoccupa. Come faceva Parisi a sapere che Charles ti aveva dato appuntamento all'*Open Da Night*?

Armand le aveva chiesto di ripetere, aveva seguito con sguardo assorto il movimento delle sue labbra. Poi aveva fatto spallucce.

– L'avrà seguito fino a lí. In che altro modo poteva saperlo?

Gamache parlava a voce piú alta di quanto fosse necessario, e presumibilmente ne era ignaro.

– Non so se l'hai saputo, Armand, ma quando abbiamo sparso le ceneri di mio zio a Blanc-Sablon, abbiamo trovato una statuetta sul suo scoglio preferito. Nessuno sapeva chi fosse stato a metterla lí.

Armand aveva abbozzato un sorriso vago, come se avesse capito solo in parte.

Invece aveva capito alla perfezione: preferiva non rivelare a Caron che quelle sculture le aveva create Clara Morrow dopo che lui stesso gliele aveva commissionate.

Armand le aveva affidate a Jean-Guy chiedendogli di sistemarne una sullo scoglio preferito di Yves nel villaggio natale e l'altra sulla penisola di Saint-Gilbert-Entre-les-Loups, dove il capotribú aveva raccontato al primo abate la storia dei due lupi.

A testimonianza della missione, Jean-Guy aveva scattato due fotografie che adesso troneggiavano incorniciate sulla scrivania di Armand. In tutte e due il soggetto era il lupo grigio, intento a contemplare l'acqua. Senza mai abbassare la guardia.

E poi aveva capito un'altra cosa. La domanda su Parisi era cruciale, molto piú di quanto lui avesse lasciato intendere a Caron.

Quella notte, dopo aver vegliato per ore sforzandosi di placare le cicale, alla fine Armand si arrese e si alzò. Preparò il tè e accese il fuoco nel camino. Henri lo seguí al piano di sotto e si issò faticosamente sul divano, posandogli il testone in grembo.

A poco a poco, Armand sentí le palpebre farsi pesanti. Posò la tazza di tè, si abbandonò all'indietro e si addormentò.

Si svegliò di soprassalto e trovò Henri seduto che lo fissava. Aveva avuto un altro incubo su quei maledetti quaderni.

Lavigne lo minacciava di uccidere la sua famiglia e non solo, se Armand non glieli avesse consegnati. Si capiva perché gli servissero tanto. Charles Langlois aveva documentato, in maniera tale da inchiodarlo definitivamente, la trama del complotto. Si trattava di terrorismo nazionale, non esterno. Coordinato dal vicepremier in persona.

Per tutelare l'ascesa al potere di Lauzon, quei quaderni andavano distrutti.

Per l'ennesima volta, nel sogno Gamache diceva a Lavigne dove trovarli. E invariabilmente si svegliava urlando.

Seppellí il volto tra le mani e lo strofinò vigorosamente. Se quello era il piú blando dei suoi incubi, lo aspettavano tempi difficili. Rimase seduto al buio nel suo tranquillo soggiorno a Three Pines, con l'unico bagliore delle braci morenti. E per la prima volta si costrinse a tornare nei meandri dello stabilimento idrico.

Sentiva la canna della pistola premere contro la nuca. Sapeva che stava per morire. Eppure ad atterrirlo non era solo la prospettiva della sua morte violenta. Lavigne sputava minacce. Se non avesse ricevuto al piú presto quei quaderni sarebbe venuto a Three Pines e…

Eccolo lí. Il dettaglio che lo disturbava.

Quaderni. Al plurale. Non solo il quaderno che

documentava l'attentato all'acqua potabile di Montréal. Lavigne chiedeva, bramava e pretendeva entrambi.

Perché?

E perché Charles Langlois li aveva nascosti tutti e due? Poteva limitarsi a quello con le prove dell'attentato.

Armand si tirò su a sedere e spostò lo sguardo dal camino a Henri, che era stato il modello di Clara per il lupo grigio e le cui smisurate orecchie erano adesso completamente protese in avanti.

Cane e padrone si scrutarono a vicenda per un momento, quindi Armand si alzò e andò nel suo studio, dove si mise seduto al computer.

Aveva consegnato i quaderni al pubblico ministero, però prima ne aveva fatte delle scansioni.

Le aprí entrambe. Sapendo di avere davanti a sé una lunga nottata, preparò il caffè, tostò del pane e tornò in studio.

Il vecchio e puzzolente Fred e la minuscola Gracie si erano uniti a Henri, tutti e tre raggomitolati ai suoi piedi.

Charles Langlois aveva riempito due quaderni. Il secondo era la cronaca di ciò che aveva scoperto durante le sue indagini allo stabilimento di LaSalle. Quello su cui lui e Beauvoir si erano concentrati. Quello che il pubblico ministero stava passando al setaccio. Quello su cui si fondavano molte delle accuse.

Ma…

Mettiamo che.

Mettiamo che le cose fossero andate al contrario. Le prove di Langlois sull'acqua potabile di Montréal costituivano il primo quaderno. Terrificanti, certo. Ma erano solo l'inizio. La scoperta che aveva sospinto il giovane biologo in una caverna ancora piú buia e profonda.

Lí aveva trovato qualcos'altro. Una cosa ancora piú brutta. Una persona piú brutta. Di cui aveva lasciato testimonianza nell'altro quaderno. Ecco perché David Lavigne aveva chiesto entrambi i quaderni. Era il secondo quello che piú gli serviva distruggere. Quello sui laghi.

Gamache aprí il file e cominciò a scorrere le pagine scansionate. Parole a casaccio, numeri. Disegni. Stralci di frasi. Ma sufficienti per dare a Gamache un'idea del perché Lavigne cercasse entrambi i quaderni.

Rimase seduto a lungo davanti allo schermo. Poi aprí la app di messaggistica sicura e scrisse un messaggio a Jean-Guy e a Isabelle.

Erano le 4:15 del mattino quando arrivarono, l'uno dopo l'altra. Armand aveva attizzato il fuoco, che ora scoppiettava nel camino. C'era una caffettiera appena fatta e la casa profumava di fagottini alla cannella ancora caldi.

– Cosa devi dirci? – chiese Jean-Guy.

Armand indicò il portatile aperto sul tavolino in soggiorno.

Il lupo nero era lí dentro. Negli scarabocchi di un giovane biologo che stava appena cominciando a capire cosa aveva per le mani.

Concentrandosi su un solo attentato, lasciandosi fuorviare in quel modo, avevano permesso alla creatura di farsi ancora piú cattiva. Ancora piú potente. Ancora piú vicina.

Isabelle e Jean-Guy si misero seduti a leggere da cima a fondo, infine alzarono gli occhi.

– Abbiamo un problema.

Ringraziamenti.

Innanzitutto voglio ringraziare voi, amici e amiche, per il sostegno, la compagnia, la pazienza. È passato un anno da *Tracce dal passato*, e voi siete rimasti al mio fianco. Grazie. Non esiste scrittore o scrittrice con un pubblico altrettanto meraviglioso. Mi siete stati vicini in modi che non dimenticherò mai, ben al di là dei libri. E siete stati anche ottimi compagni di strada. Generosi e buffi. Assidui. Gentili nel segnalarmi le sviste nei miei romanzi (ce n'è invariabilmente qualcuna). Sempre pronti a rallegrare me e i personaggi.

Siete stati generosi anche con il piccolo villaggio del Québec dove vivo, Knowlton, che non è Three Pines ma ne ha ispirato lo spirito. Un luogo inclusivo, attento, capace di solidarietà. Non è perfetto (servono piú bar dove fare colazione!), ma è casa. Ecco di cosa parlano davvero i miei libri. Di casa.

I libri di Gamache sono veri e propri *crime*, come si nota anche in quest'ultimo, eppure in fondo parlano di comunità. Accoglienza. Appartenenza. Coraggio. Parlano del trionfo dell'amore e del potere dell'amicizia. Dello sforzo per diventare sempre migliori.

Progresso, non perfezione.

Il lupo grigio è dedicato a Rocky e a Steve Gottlieb, i miei grandi amici di Londra. Ho incontrato Rocky su un ascensore… e al momento di uscire eravamo già quasi amiche. Poi ho incontrato suo marito, Steve. Bello, simpatico, attento, generoso e divertentissimo. Io e Steve, devo ammetterlo, ci siamo un po' infatuati l'uno dell'altra. E loro hanno cominciato a invitarmi a pranzo tutte le domeniche. Il pollo arrosto di Rocky. Divino. In un certo senso, Rocky e Steve mi ricordavano me e Michael. O Armand e Reine-Marie. Tanto amore, un'amicizia profondissima.

Steve è morto nel 2023, all'età di novantaquattro anni, con Rocky accanto che gli teneva la mano. È stato un lutto terribile. In questo libro scrivo che Armand, tutti loro e tutti noi non desideriamo altro, quando arriva la fine. Che ci sia qualcuno a tenerci la mano.

E adesso tutti coloro che amano Rocky e Steve tengono la mano a Rocky, mentre lei naviga in questa sua nuova vita. Forse potete intuire come ci si sente.

Voglio ringraziare la mia assistente e grande amica Lise Desrosiers, che tutti i giorni mi offre amicizia e affetto. Lisa, che io e Michael abbiamo trovato letteralmente nel giardino di casa, e che in seguito per me è diventata come una sorella. La punzecchio di continuo con la minaccia di licenziarla, e quando non sono io a licenziarla è lei che minaccia di dare le dimissioni. Tutte balle, naturalmente. Lisa è il mio braccio destro, la persona che alla fine mi stringerà la mano. Come io stringerò la sua.

Grazie a Linda Lyall, ovvero Linda «in Scotland», che gestisce la newsletter, mi dà una mano con i social media, risponde a gran parte dei vostri messaggi. E fa tanto altro. Michael ha conosciuto Linda in Scozia ancora prima che la serie di Gamache venisse pubblicata. Linda è stata parte essenziale della squadra, delle nostre vite, del successo e del divertimento. Ancora prima del primo giorno, è stata molto piú che una collega. Siamo rimaste accanto nella buona e nella cattiva sorte.

Grazie a Danny e a Lucy della Brome Lake Books, per come fate il tifo per i miei romanzi e perché siete come una famiglia. Grazie a tutti i librai e i bibliotecari che hanno accolto Armand e Three Pines. Mi avete regalato una carriera meravigliosa.

Grazie agli amici Normand, Peter e Bow, a Kirk, Walter e Dafne, a Cynthia, Finni e Sally, ai miei vecchi amici Linda e David Rosenblatt, a Paul Workman e Mellissa Fung, a Rosemary Attenborough, a Sukie e Hillary, a Bob e Rita, a Bonnie e Patsy, a Ann, Allida e Judy. A Jack, Jane, Guy, Wendy a Lois. Grazie a Oscar e Brendan. *Merci* Jean e Pascal, siete i vicini migliori al mondo. E grazie a tutti i miei vicini di Knowlton, per la vostra solidarietà e pazienza. Grazie a Alfred per essere stato uno straordinario Armand e un amico prezioso. Grazie e benvenuta a Isabelle Rosa, l'ultima arrivata nella banda di Three Pines. Una preziosa aggiunta.

Grazie a Don e Erin Weisberg, a John e Connie Sargent, a Sally Richardson. Al grande Steve Rubin. Ci manchi tanto!

Grazie al mio amato Jamie Broadhurst, collega da una

vita, e a Joan Westland-Eby. Due amici cosí importanti da sedere nel comitato consultivo di Three Pines.

Non dimentico mai che i fondi donati dalla Three Pines Foundation sono in sostanza i vostri soldi. Quando comprate un romanzo di Gamache, gran parte del prezzo di copertina va alla fondazione, che aiuta chi ha bisogno di una mano. Come tutti noi, a volte.

In questo libro ci sono scene ambientate in un rifugio chiamato la Missione. Molti abitanti di Montréal capiranno che è ispirato alla Old Brewery Mission, un luogo importante, dove ci si dedica ad aiutare chi non ha una casa e chi è in difficoltà. Ovviamente, la «mia» Missione e la Old Brewery sono due cose diverse. Una è fittizia, l'altra è reale.

Se avete voglia di fare una donazione, andate su missionoldbrewery.ca. Ogni contributo è ben accetto.

Verso la fine de *Il lupo grigio* c'è un necrologio. Non l'ho scritto io. Era contenuto in una lettera che il bravo scrittore Richard Wagamese ha inviato a un'amica comune, Shelagh Rogers, quando il cane di lei è venuto a mancare. Sapeva quanto amore si erano scambiati e ha scritto un discorso meraviglioso. In seguito Shelagh ha rivisitato quelle parole per la morte della madre. E mi ha dato il permesso di usarle anche nel libro.

Grazie, cara Shelagh, e grazie all'enorme cuore e al talento di Richard Wagamese. Come sempre, le poesie di Ruth sono in realtà di Margaret Atwood. Quando Lise e Isabelle hanno avuto problemi a ottenere l'autorizzazione per usarle nel romanzo, ho scritto direttamente a Margaret. E lei non ha esitato ad aiutarmi, scrivendo agli agenti e agli editori, seguendo personalmente le trattative finché il problema non si è risolto, senza per giunta farmi pagare i diritti. Grazie, Peggy, e grazie ai tuoi collaboratori.

Voglio ringraziare il mio straordinario agente, David Gernert, e la sua squadra, in particolare Rebecca Gardner, Will Roberts e Ellen Goodson Coughtrey.

Grazie a Jo Dickinson, a tutta la squadra di Hodder nel Regno Unito e a tutti i miei editori stranieri. È grazie al loro lavoro se i libri di Gamache sono diventati best seller internazionali.

Grazie a Louise Loiselle, la mia editrice nel Québec, mia amica e vicina.

Questo libro si trova nelle vostre mani per merito degli sforzi e del talento delle donne e degli uomini che lavorano alla Minotaur / St. Martin's Press. Kelley Ragland, la mia editor, è stata di recente promossa direttrice editoriale! Intelligente, brava, piena di intuito. Ho detto brava? Kelley è un genio. Sono molto fortunata ad averla incontrata nella vita vera e in quella letteraria.

Andy Martin accompagna i miei romanzi da almeno vent'anni. Paul Hochman e Allison Ziegler sono i due sfavillanti talenti del marketing che hanno portato i libri di Gamache, e molto altro, alla vostra attenzione. Non è facile trovare idee efficaci e fresche al diciannovesimo libro della serie, eppure loro ci riescono.

Sarah Melnyk è il mio ufficio stampa, e anche lei è capace di scovare idee sempre nuove. Nuove strategie. Quando viaggiamo insieme per promuovere i libri, è lei che si assicura che io sia sempre nel posto giusto. L'anno passato ho avuto il piacere di partecipare al suo matrimonio con l'eccellente Thom.

Vi piace la copertina? Io la adoro! È stata ideata dall'incredibile genio artistico di David Rotstein. Grazie, David.

Grazie a Jennifer Enderlin e a Jon Yaged, i boss dei boss in Macmillan.

E infine grazie a Muggins, la divina Miss M. Che mi ha stravolto la vita. L'ha riempita di peli, di inattesi e sgraditi «regalini». Di odori. Di coccole, leccatine, abbracci e allegria. Mi ha introdotto agli smacchiatori per tessuti e a vicini che senza di lei sarebbero rimasti estranei. Si raggomitola con me sul divano e si addormenta russando mentre guardiamo *Slow Horses* (che tra parentesi è una gran bella serie). Muggins, la golden retriever tutta fango, meraviglia e montagne di cacca.

Per ragioni oscure, con grande sorpresa di entrambe, ogni tanto mi ritrovo a chiamarla Michael. Però l'amore è amore, come Ruth e Rosa potrebbero testimoniare. Come Rocky e Steve hanno testimoniato. Come voi sapete bene, amiche e amici miei.

E ora mettiamoci al lavoro sul prossimo Gamache, sperando che Mugs si decida a mollare quel pupazzo parlante...

Nota al testo.

I versi a p. 511 sono tratti dalla poesia *Sekhmet, The Lion-Headed Goddess of War* di Margaret Atwood (contenuta nella raccolta *Morning in the Burned House*. Reprinted by permission of Curtis Brown Group, Ltd. All rights reserved; a nome di Margaret Atwood, *Morning in the Burned House*, Houghton Mifflin Co., Boston - New York 1995). La traduzione è di Letizia Sacchini.

I versi alle pagine 170, 173, 249, 250, 268, 281, 487 sono tratti da T. S. Eliot, *Assassinio nella cattedrale*, a cura di Roberto Sanesi, traduzione di Tommaso Giglio e Raffaele La Capria, Rizzoli, Milano 2020.

Questo libro è stampato su carta contenente fibre certificate FSC®
e con fibre provenienti da altre fonti controllate.

FSC
www.fsc.org
MISTO
Carta | A sostegno della gestione forestale responsabile
FSC® C115118

Stampato su carta HOLMEN con fibra vergine
proveniente da foreste sostenibili
www.holmen.com/paper

Stampato per conto della Casa editrice Einaudi
presso ELCOGRAF S.p.A. - Stabilimento di Cles (Tn)
nel mese di novembre 2024

C.L. 26592

Edizione						Anno			
1	2	3	4	5	6	2024	2025	2026	2027